VIRGINIA HENLEY
Traum meiner Nächte

Buch

Fünf lange Jahre auf einem Sträflingsschiff haben aus Sean O'Toole, dem Earl of Kildare, einen unnachgiebigen Mann gemacht. Dann gelingt ihm die Flucht, und mit der ganzen Hitze seines irischen Herzens schwört er dem Engländer Rache, der ihn einst verriet. Ein Plan ist schnell gefaßt: Der Earl wird mit Emerald, der Tochter seines Erzfeindes, ein uneheliches Kind zeugen. Mit einem irischen Bastard unter dem Herzen ist der angesehenen englischen Familie die Schande gewiß. Ein gefährlicher Plan für Sean, denn während seine Tage auf dem Schiff voller Demütigungen und härtester Arbeit waren, beherrschte ihn in den langen, einsamen Nächten die Sehnsucht nach den grünen Augen Emeralds.

Zuerst ist Emerald ziemlich verängstigt. Allzulange ist sie brutal von ihrem Vater herumgestoßen worden, um nicht zu wissen, daß demütiger Gehorsam oft das beste Mittel zum Überleben ist. Jetzt aber geht ihr diese ganze Entführungsgeschichte ziemlich an die Nerven. Kaum hat sie Seans sanftem Werben in einer heißen Liebesnacht nachgegeben, muß sie feststellen, daß dieser irische Klotz nur an Rache, nicht an Liebe denken kann. Und so beschließt Emerald, Sean eine besonders interessante Lektion zu erteilen...

Autorin

Virginia Henley ist eine der ganz großen Autorinnen im Genre des romantischen historischen Romans. Jedes ihrer bisherigen Bücher kletterte in die Bestsellerlisten der *New York Times* und von *USA Today*. Zu ihren vielen Auszeichnungen gehört u. a. der Lifetime Achievement Award von *Romantic Times*. Sie lebt abwechselnd in Ontario, Kanada, und St. Petersburg, Florida.

Bereits bei Goldmann im Programm

Der Falke und die Lilie (42994), Der Falke und die Taube (42995), Der Pirat und die Sklavin (42997), Der Rabe und die Rose (42996), Glühender Saphir (42993), Namenlose Versuchung (42937), Trügerische Herzen (42938), Rosenträume (43796), Sinnliche Eroberung (43806)

VIRGINIA HENLEY

Traum meiner Nächte

Roman

Aus dem Amerikanischen
von Anne Koerten

GOLDMANN

Originaltitel: Dream Lover
Originalverlag: Delacorte Press, Bantam Doubleday Dell
Publishing Group, Inc., New York

Umwelthinweis:
Alle bedruckten Materialien dieses Taschenbuches
sind chlorfrei und umweltschonend.
Das Papier enthält Recycling-Anteile.

Der Goldmann Verlag
ist ein Unternehmen der Verlagsgruppe Bertelsmann

Deutsche Erstveröffentlichung April 1998
© der Originalausgabe 1997 by Virginia Henley
© der deutschsprachigen Ausgabe 1998 by
Wilhelm Goldmann Verlag, München
Umschlaggestaltung: Design Team München
Umschlagillustration: Monti/Schlück, Garbsen
Satz: Uhl + Massopust, Aalen
Druck: Elsnerdruck, Berlin
Verlagsnummer: 43986
Lektorat: SK
Redaktion: Petra Zimmermann
Herstellung: Heidrun Nawrot
Made in Germany
ISBN 3-442-43986-8

3 5 7 9 10 8 6 4 2

Für meine Enkelin
Tara Jasmine Henley

1

Als die vollkommene, zeitlose Form des runden Kopfes, vor Nässe schimmernd, auftauchte, konnte Emerald den Blick nicht wenden. Dann wurde alles übrige sichtbar – muskulös, glänzend, zylinderförmig.

Heute zeigte er sich besonders verspielt, als er, der Schwerkraft trotzend, mit kraftvollen Bewegungen ständig auf- und niederglitt. Immer näher kam er, bis sie einander fast berührten und er sie herausforderte, neckte und lockte, mit ihm den Ritt durch die Tiefen zu wagen.

Emerald konnte der Versuchung nicht widerstehen, ihn zu streicheln. Als sie die Hand ausstreckte und knapp oberhalb des Kopfes die Finger sanft über seine seidig schimmernde Haut gleiten ließ, prustete er ihr ohne Vorwarnung ins Gesicht. Der warme, salzige Geschmack war ihr vertraut und angenehm. Sich mit einer Hand festhaltend, schob sie ihr Hemd über die Knie und schwang sich rittlings mit bloßen Beinen auf seinen Rücken.

Sie hatten sich diesem Spiel schon oft hingegeben, so daß er genau wußte, was er zu tun hatte. Er vollführte eine Rolle, so daß sie unten war und er oben, um sich gleich darauf um die eigene Achse zu drehen. Für einen Moment ließ er ihr Zeit zum Luftholen, ehe er mit ausgelassenem Schwung in die dunklen, geheimnisvollen Wellen hinabstieß.

Emerald hielt sich auf dem Rücken des Delphins fest, während er auf den Grund des tiefen Gezeitenbeckens der Grotte tauchte, wieder emporglitt und im Wasser mit ihr herumtollte wie jeden Tag, seitdem sie einander entdeckt hatten.

Sean FitzGerald O'Toole blieb wie gebannt am Grotteneingang stehen. Was er vor sich sah, raubte ihm den Atem und versetzte seine Phantasie in einen wahren Höhenflug. Das zauberhafte weibliche Wesen auf dem Delphin mußte eine dem Märchenreich entsprungene Undine sein, eine Wassernixe, die in dieser glitzernden Kristallgrotte hauste.

Mit ihrem herzförmigen Gesicht, das eine schwarze Rauchwolke umgab, die er schließlich als ihr Haar erkannte, hatte er sie auf den ersten Blick für ein Kind gehalten. Doch als das Wasser dann ihr kurzes weißes Hemd benetzte und es durchscheinend machte, wurden ihre Brüste sichtbar, die wie köstliche feste Früchte wirkten. In diesem Moment wurde ihm klar, daß das zarte Wesen etwa sechzehn sein mußte, da sie, wiewohl noch keine erwachsene Frau, so verführerisch wirkte, daß sie ihn sofort erregte.

Als ihr Lachen von den hohen Grottenwänden wie das Klingeln von Silberglöckchen widerhallte, war ihm, als hätte er nie etwas Schöneres gehört. Zwischen diesem wie aus einem uralten Mythos entstandenen Paar mußte ein Band der Liebe, des Vertrauens und der Fröhlichkeit bestehen, wie er es noch nie zuvor gespürt und erlebt hatte. Bange Ehrfurcht überfiel ihn, da er zufällig auf diesen Ort gestoßen war ... und auf diese Szene. Plötzlich verschwanden Mädchen und Delphin unter Wasser, und er zweifelte schon, ob die beiden nicht nur seiner erhitzten Vorstellungskraft entsprungen waren.

Seans Blick wanderte über seine Umgebung, wie verzaubert von der Schönheit, die er so unerwartet entdeckt hatte. Die hohe, gewölbte Höhle glitzerte irisierend in allen Farben, so daß Myriaden von kleinen Regenbogen auf der Wasseroberfläche tanzten und sie zu einem wahren Zauberweiher machten. Dann aber gewann sein Verstand die Oberhand, als er sich sagte, daß er sich auf der zu Wales gehörenden Insel Anglesey befand. Dieses Mineral mußte daher Anglesit sein, Bleisulfat in weißen, halbdurchsichtigen Kristallprismen, deren steinerner Schimmer an das Blitzen von Diamanten erinnerte.

Seine natürliche Neugierde siegte, als er weiter in die Höhle ging, um deren Kristallwände genauer zu untersuchen. Das Wissen um die Ursache der zauberischen Wirkung seiner Umgebung tat jedoch deren Schönheit für ihn keinen Abbruch. Im Gegenteil, seine silbergrauen Augen registrierten mit der Wertschätzung des Kenners die glitzernde Pracht, die sich ihm darbot.

Mit einem Mal wurde der Bann gebrochen, als die junge Nymphe quietschend vor Vergnügen auftauchte. Ihr langes schwarzes Haar haftete naß an Kopf und Schultern. Vom Rücken des Meerestieres springend, schwamm sie an den Rand des Felsensees und kletterte auf den Steinsims, die Gefahr, sich die Knie aufzuschürfen, nicht beachtend, und ohne Rücksicht darauf, daß sie einer tropfenden Wasserratte glich. Sie war keine Vision, sondern nichts weiter als ein sterbliches Mädchen. Sean errötete über seine eigene Torheit.

Als sie mit unschuldigen Händen das Haar aus dem Gesicht strich, fiel ihr Blick auf den Störenfried. Ihre grünen Augen wurden riesengroß, während sie ihn verwundert anstarrte. Regungslos betrachtete sie jeden einzelnen seiner Gesichtszüge, um dann auf seinem Hals und den breiten Schultern zu verweilen und weiterzuwandern über die nackte Brust, als verfolge sie jeden Muskel. Ihre Smaragdaugen musterten ihn mit so großer Eindringlichkeit, als wäre er der erste Mann, der ihr jemals unter die Augen gekommen war.

Sean O'Toole war verstohlene Seitenblicke seitens weiblicher Wesen gewohnt, denen gefallen mußte, was sie sahen. Doch war es für ihn völlig ungewohnt, peinlich genau fixiert zu werden wie ein Junghengst auf dem Pferdemarkt von Puck.

»Wer bist du?« fragte sie so gebieterisch wie eine in ihrem kristallenen Reich herrschende Königin.

Sie sah, wie er stolz den Kopf hob, als er zur Antwort gab: »Sean O'Toole.«

Ihr Gesicht nahm einen Ausdruck reinsten Entzückens an. »Ach«, hauchte sie, »du bist Ire.« Sie sagte es voller Bewunderung, wobei aus ihren Juwelenaugen Anerkennung für sein Gesicht und seinen Körperbau leuchtete. »Meine Mutter ist auch Irin. Ich liebe sie über alles! Sie ist eine FitzGerald aus Kildare und die schönste Frau, die man sich nur vorstellen kann.«

Sean grinste sie an. Nun wußte er, wer sie war. »Meine eigene Mutter ist eine FitzGerald. Wir sind also verwandt.« Er deutete eine Verbeugung an.

»Ach, wie wunderbar für dich. Das erklärt deine außergewöhnliche Schönheit!«

»Meine Schönheit?« Es verschlug ihm fast die Sprache, so verdutzt war er. Und wieder tastete die Nymphe seinen Körper mit ihren bewundernden Blicken ab.

Emerald nahm diese makellose Gestalt von neuem in Augenschein. Noch nie zuvor hatte sie einen fast unbekleideten Mann gesehen. Sein Oberkörper war muskulös und zeigte straffes, jugendliches Fleisch. Ihr kritisches Auge weidete sich an dem anmutigen Schwung der ausgeprägten Wangenknochen, der breiten Schultern und des geschmeidigen Rückens. Seine Haut, von Natur aus olivfarben, glänzte durch die Kraft der Sonne tiefdunkel. Seine weiße, an den Knien abgeschnittene Segeltuchhose hob sich als auffallender Kontrast zu seiner dunklen Haut ab. Sein pechschwarzes Haar bildete ein widerspenstiges Lockengewirr, und seine Augen waren von sonderbarem Zinngrau, das im ungewöhnlichen Licht der Grotte silbern schimmerte. In ihrem jungen Leben hatte sie noch nie jemanden gesehen, der schöner gewesen wäre. Sie war von ihm total verzaubert.

»Gehen wir in die Sonne, damit ich dich besser sehen kann.«

Sean war sofort einverstanden. Er hielt das für nichts weiter als ausgleichende Gerechtigkeit, denn nun würde er ihre Brüste deutlicher erkennen können. Seite an Seite verließen sie die Höhle. Er überragte sie um gut drei Handbreit. Kaum traten sie hinaus auf den in praller Sonne liegenden Strand, schämte Sean sich unvermittelt seiner unlauteren Gedanken. Das junge Mädchen war völlig unbefangen, was ihren Körper betraf. Sie hatte keine Ahnung, daß ihr weißes Hemd in nassem Zustand durchsichtig war. Ihre natürliche Unschuld war zwar die eines Kindes. Doch so, wie sie ihn mit anbetendem Blick anschaute, war ihm klar, daß sie sich auf dem Weg zur fraulichen Reife befand.

Wie Naturkinder streckten sie sich auf dem muschelübersäten Sand in der heißen Sonne aus, um zu plaudern. »Du hast den Delphin schon zuvor geritten?« Er sprach seine Gedanken laut aus, noch immer voller Verwunderung ob des Schauspiels.

»Es ist ein Tümmler.«

»Das ist dasselbe. Was sofort zeigt, daß die Engländer nicht alles wissen, auch wenn sie es sich einbilden«, zog er sie auf.

»Ich bin nur zur Hälfte englisch«, erwiderte sie mit Nachdruck.

»Und zur Hälfte Nixe. Ich habe noch nie Delphine in diesen Gewässern gesehen. Sie bevorzugen wärmere Breiten, die Gewässer vor den Küsten Frankreichs und Spaniens etwa.«

»Dieser ist offensichtlich dem Golfstrom gefolgt. Anglesey hat ein mildes, ozeanisches Klima mit zeitigem Frühjahrsbeginn und viel Wärme.«

Sein rechter Mundwinkel zog sich nach oben. »Du redest wie ein Schundroman.«

»Wie eine Enzyklopädie«, berichtigte sie ihn.

Sean lachte schallend und zeigte seine strahlend weißen Zähne. »Na schön, aber geärgert hat es dich, Engländerin.«

»Ich heiße Emerald FitzGerald Montague. Ich bin halbe Irin!« beharrte sie leidenschaftlich. Die Sonne hatte ihr Baumwollhemd getrocknet, und die dunklen Haarsträhnen, die ihr Gesicht umrahmten, verwandelten sich allmählich wieder in eine Rauchschwade.

Sean lachte belustigt. »Das laß deinen Vater lieber nicht hören.«

Ein Schatten schien über ihr Gesicht zu huschen. »Du kennst meinen Vater?« Sie schauderte leicht zusammen, ohne sich dessen bewußt zu sein.

Ihn kennen? Er war schon lange vor meiner Geburt der abgefeimte Komplize meines Vaters. Unsere Väter sind untrennbar miteinander verbunden, nicht nur durch Heirat, sondern durch die unheilige Allianz von Schmuggel, Diebstahl, Freibeuterei und einer Vielzahl anderer Schurkereien, von Bestechung angefangen bis zu Verrat.

»Fürchtest du ihn?«

»Er macht mir angst«, gestand sie, um dann ernst hinzuzufügen: »Nicht nur mir, er ängstigt meinen Bruder Johnny noch viel mehr.«

Dieses Eingeständnis rührte ihn zutiefst. Wie im Namen der Heiligen Dreifaltigkeit hatte William Montague dieses herrliche, elfenhafte Geschöpf zeugen können? Obwohl sie sich ihm bereitwillig und offen anvertraute, wollte Sean lieber auf der Hut sein. Dies war die Tochter Montagues, eines englischen Aristokraten und daher eines geborenen Irenfeindes. Wiewohl die O'Tooles und die Montagues seit zwanzig Jahren gemeinsame Sache machten, geschah es nur um des Profites willen. Sean wußte instinktiv, daß die zwei Männer einander im Tod nicht ausstehen konnten.

»Aber meine Mutter ist ein Engel und beschützt uns vor seinem Zorn. Er wird immer so wütend, daß er puterrot anläuft. Dann führt sie ihn hinauf, um ihn zu besänftigen. Sie muß dabei irgendeinen irischen Zauber anwenden, denn wenn er wieder herunterkommt, hat er sich beruhigt.«

Was die attraktive, junge Amber FitzGerald alles tun mußte, um ihre Kinder zu schützen, konnte Sean sich annähernd vorstellen. »Man kann einen Tyrannen nicht beschwichtigen«, sagte er nur angewidert.

»Ja, ein Tyrann ist er wirklich. Er würde ihr nie erlauben, zu Besuch nach Irland zu fahren, aber sie hat es geschafft, ihn zu überreden, daß wir im Frühsommer nach Anglesey dürfen, während er in Liverpool bei der Admiralität zu tun hat. Es ist nur wenige Stunden entfernt. Unser Haus ist wunderschön. Es hat einen Aussichtsturm, auf dem meine Mutter viele Stunden verbringt, um von dort aus zu ihrer geliebten Smaragdinsel hinüberzublicken und die Schiffe zu beobachten. Wie weit ist es bis Irland?«

»Von hier bis Dublin sind es etwa fünfzig oder sechzig Meilen Luftlinie … heute sind wir die Strecke in Rekordzeit gesegelt.«

»Habt ihr bei der Admiralität etwas erledigen müssen?«

Wir haben hier verdammt unlautere Dinge zu erledigen, dachte er. »Ich bin geschäftlich hier«, wich er aus und fragte sich, ob sie von den unterhalb des Hauses gelegenen Schmugglerhöhlen wußte. Ihrer eigenen Sicherheit zuliebe hoffte er, daß das nicht der Fall sein möge. Er warf einen Blick hinauf zum Haus auf der Klippe. Amber mußte vom Schmuggelgeschäft wissen. Von ihrem Aussichtsturm aus konnte ihr das Ein- und Auslaufen der Schiffe nicht entgangen sein.

Die letzte Partie nach Anglesey hatte sein Bruder Joseph übernommen, während Sean Liverpool angesteuert hatte. Heute aber waren zwei Rücken nötig gewesen, um die geschmuggelte Fracht ins Versteck zu schleppen, und um den Zöllnern ein Schnippchen zu schlagen, bedurfte es ohnehin eines kühleren Kopfes, als Joseph ihn hatte. Nachdem die Ladung gelöscht und eine andere an Bord genommen worden war, hatte Joseph vorgeschlagen, Sean solle sich die Insel ansehen. »Laß dir ruhig Zeit. Die Mannschaft hat schwer zupacken müssen, daß wir ihnen eine Stunde Schwimmen gönnen wollen, ehe wir wieder auf Heimatkurs gehen. Hier ist es schon im Frühling sommerlich heiß.«

Ein Stich des Argwohns durchzuckte Sean. Zum Teufel… was Joseph wohl treiben mochte, während die Burschen schwammen und er die Insel erkundete? Sean setzte sich ruckartig auf. »Wird dein Vater heute zurückerwartet?«

»Nein, dem Himmel sei Dank. Wenn es so wäre, würde ich nicht wagen, in der Grotte zu spielen, und Mutter würde nicht singen und sich mit ihrem Seidengewand schmücken.«

Seans Verdacht nahm konkrete Formen an. Joseph mußte Amber auf einer Fahrt nach Anglesey begegnet sein, während ihr Mann abwesend war. Und Joseph, zwar zwei Jahre älter als Sean, besaß aber in vielen Dingen nicht einen Funken Verstand. Sean schnellte hoch und setzte zum Laufen an. Vielleicht kam er noch zurecht, um Schaden zu verhindern.

»Wohin willst du?« rief Emerald enttäuscht.

»Ich muß ein verflixtes Feuer ausmachen«, rief er über seine Schulter zurück.

Emerald lachte. Er sagte die lustigsten Sachen. Dies hier war ein Ort des Zaubers, an dem Wünsche in Erfüllung gingen. Ihr Prinz war erschienen, und er war Ire. *Genauso wie es sein sollte*, dachte sie. *Und eines schönen Tages wird er mit seinem großen Schiff kommen, und wir werden nach Irland segeln, wo wir in alle Ewigkeit glücklich vereint leben werden.* Als Emerald ihre Zehen ins Wasser hielt, überlief sie ein köstlicher Schauer.

Auch Amber FitzGerald überlief ein köstlicher Schauer, als Joseph O'Toole ihre Zehen in seinen Mund steckte und spielerisch daran sog. Sie lagen matt ausgestreckt im großen Bett, nach dem Rausch der wilden Leidenschaft.

»Kleiner Nimmersatt«, schnurrte sie, »du möchtest mich wohl auffressen?«

Seine blauen Augen verschleierten sich. »Eine gute Idee. Damit werde ich sofort anfangen«, murmelte er heiser und schob seinen dunklen Kopf zwischen ihre sahnehellen Schenkel.

Amber stöhnte auf. »Joseph, letzte Nacht träumte ich von dir.«

»Dann bist du so unersättlich wie ich.«

»Ist es denn nach achtzehn Jahren einer lieblosen Ehe ein Wunder?«

Joseph, dessen heißer Mund in ihrem pochenden Schoß lag, forderte: »Sag mir noch einmal, daß ich dein erster Liebhaber bin!«

»Es ist die Wahrheit. Er ist so eifersüchtig und mißtrauisch, daß er mich wie ein Drache bewacht und wie ein Falke beobachtet.«

»Der alte Montague kommt mir eher wie ein Geier als ein Falke vor.«

Amber schauderte, diesmal aber nicht wegen Josephs warmer Zunge. Montague *war* ein Geier, der sie verschlang, mit Körper und Seele. Aber ehe er sie verschlang, bestrafte er sie. Bestrafte sie für ihre Schönheit, für ihre Jugend, bestrafte sie dafür, daß sie *Irin* war.

Ihre inbrünstigen Worte, die vor Abscheu für ihren aristokratischen englischen Ehemann bebten, ließen Josephs Glied zu Marmor werden. Es war ihm ein Vergnügen, den alten Bullen zum Hahnrei zu machen. Die Hörner paßten zu ihm. Montague verschmähte die Engländer, die Iren und überhaupt alle Nationalitäten, die ihm Geld brachten. Dies hier war die Vergeltung. Er konnte es ihm heimzahlen, auf ihn mit Verachtung spucken. Aber Joseph vergaß den Mann völlig, als er Ambers üppigen Körper mit seinem bedeckte. Sie war so reizvoll, so hingebungsvoll und so reif, so überreif…

Als ihr Geliebter sie mit seinem harten, muskulösen Körper bedrängte, versuchte Amber, das Liebesspiel hinauszuzögern, da sie nicht wußte, wann sie in ihrem Leben wieder eine derartige Wärme genießen würde können. Aber Joseph war zu jung und unbeherrscht, um sich zurückzuhalten. Er stieß wild zu, um sich dann steil aufzubäumen und mit drei heftigen, abschließenden Stößen zum Höhepunkt zu kommen. Amber gab sich bereitwillig den Forderungen seines kraftvollen Körpers hin. Sie paßte sich seinem Rhythmus an, gelangte mit einem gutturalen Schrei auf den Gipfel ihrer Lust und stammelte voller Ekstase immer wieder seinen Namen.

Sean, drauf und dran, die Tür der Schlafkammer aufzubrechen, hörte ihren Aufschrei und wußte, daß er zu spät gekommen war. Das Unheil war geschehen. Er konnte nichts tun, als sie die letzten Schauer ihrer Leidenschaft ungestört genießen zu lassen. Am liebsten hätte er Joseph freilich die Seele aus dem Leib geschüttelt, weil er sich auf eine so riskante Sache eingelassen hatte. Doch in die Lustschreie der jungen Frau mischte sich soviel Wehmut, daß man heraushören konnte, wie dünn gesät diese losgelösten, euphorischen Momente waren. Was schadete es? Was schadete es, wenn sie in einem Leben der Unterwerfung einen Augenblick der Wonne fand?

Er verließ das Haus und wanderte hinaus auf den langen gemauerten Pier, an dem die *Half Moon* festgemacht war. Als die Besatzung ihn sah, kletterte sie an Bord. Alle waren sie miteinander versippt. Sie waren Neffen, Onkel oder Vettern zweiten, dritten oder vierten Grades. Seans Großvater mütterlicherseits, Edward FitzGerald, Earl von Kildare, war einer von dreiundzwanzig Geschwistern gewesen. Drei Generationen von FitzGeralds bildeten einen großen, eigenen Clan. Die meisten der männlichen Mitglieder stellten die Besatzungen für die Handelsflotte der O'Tooles.

»Danny, Davie, ihr beiden kommt herunter. Wir wollen die Ladung kontrollieren.« Die Befehle kamen Sean O'Toole leicht über die Lippen. Seit seinem zwölften Lebensjahr war er dazu erzogen worden, einmal das Schiffahrtsunternehmen der Familie zu übernehmen. Sein Vater Shamus hatte erkannt, daß Seans Charakter für den Umgang mit Menschen eher geeignet war als der von Joseph. Sean nahm das Leben mit Humor. Fast immer gelang es ihm, brenzlige Situationen mit Charme und Witz zu entschärfen. Joseph hingegen war erzogen worden, einmal für Irland in die Politik zu gehen. Dazu hatte er viele, dafür notwendige Eigenschaften.

Shamus O'Tooles Verstand gehörte zu den gerissensten von ganz Irland. Um Strafsanktionen zu entgehen, hatte er alle Familienangehörige als Protestanten registrieren lassen, obwohl sie es nicht waren. Greystones, sein prachtvolles, im georgianischen Stil erbauten Haus, war als Castle Lies, als »Lügenschloß« bekannt. Für diesen Namen gab es viele Gründe. Einer der plausibelsten war der Umstand, daß jeden Morgen, den Gott heraufdämmern ließ, in der Hauskapelle die heilige Messe gefeiert wurde. Der einzige Rat, den Shamus seinen Söhnen intensiv eingebleut hatte, lautete: *Handelt immer zweckdienlich, und ihr werdet nie ganz falsch handeln!*

Unter Deck überprüfte Sean die Taue, die die Brandyfässer sicherten, und wies dann die Burschen an, sie mit den Heringsfässern zu tarnen, die sie auf der Hinfahrt schon benutzt hatten, um dahinter die Fässer voll rauchigem irischen Whisky zu verstecken. Glücklicherweise war die Trunksucht das größte Laster des achtzehnten Jahrhunderts. Die O'Tooles hatten ein Vermögen mit dem illegalen Export irischen Whiskys gemacht, und ein zweites, indem sie illegalen französischen Brandy ins Land schmuggelten, um den unersättlichen Bedarf der reichen Anglo-Iren zu befriedigen, die das Land beherrschten – oder zumindest glaubten, es zu beherrschen.

Als Joseph schließlich an Bord erschien, brauchte die Mannschaft keinen Befehl, um den Anker zu lichten und Segel zu setzen. Noch ehe er die Kabine betrat, in der Sean damit beschäftigt war, Frachtpapiere zu fälschen, war das Schiff vom Pier in die Mündung der Meerenge geglitten, die sich zur Irischen See hin öffnete.

»Tut mir leid, daß ich die Bearbeitung der Papiere nicht geschafft habe, aber du bist für diesen Kram ohnehin geeigneter als ich.«

»Deine Feder hast du wohl eingetaucht, aber nicht in Tinte«, sagte Sean gedehnt.

Joseph versuchte sofort, sich zu verteidigen. »Was zum Teufel soll das heißen?«

Sean sah seinen Bruder offen an. »Genau das, was du dahinter vermutest.« Dann wanderte sein Blick über Josephs Hals. »Du hast einen blauroten Fleck an der Kehle.«

Josephs helle Wangen färbten sich verräterisch rot, er lachte auf. »Oben im Haus konnte ein Mädchen seine Finger nicht von mir lassen.«

Wieder hielt Sean den Blick seines Bruders fest. »Joseph, du kannst dir soviel vorlügen, wie du willst. Aber mach bitte nicht den Fehler, mich anzulügen. Wie zum Teufel soll ich dir den Rücken decken, wenn ich nicht weiß, was du im Schilde führst?« Sean musterte seinen Bruder in belustigter Empörung.

»Würdest du sie sehen, dann hättest du Verständnis.«

»Ich brauche sie nicht zu sehen. Sie ist eine FitzGerald, und das sagt alles.« Sean seufzte und sammelte die Papiere ein. »Was geschehen ist, ist nun mal geschehen und kann nicht wieder rückgängig gemacht werden. Aber wenn du das nächste Mal in Versuchung gerätst, dann denk daran, was Montague tun wird, wenn er dahinterkommt. In der Admiralität ist ihm ein ganzes Netzwerk an Spionen zu Diensten, und das Hauspersonal redet sowieso.«

Joseph schluckte schwer, da er sofort an Kastration dachte, ließ dann aber das für ihn typische, herausfordernde Lachen hören. »Ich fürchte diesen alten Saukerl nicht!«

Das solltest du aber, dachte Sean, *da dieser Mann keine Seele hat.* Die Angst verbergend, die er um seinen Bruder hatte, schlug er ihm auf die Schulter. »Du gedankenloser junger Teufel, meine Sorge gilt nicht dir, sondern Amber FitzGerald.«

Als das Handelsschiff der O'Tooles in den Hafen von Dublin einlief, der angeblich mit Mann und Maus den Engländern gehörte und von der Britischen Admiralität beherrscht wurde, schaffte Sean es in kürzester Zeit, die Fracht unauffällig durch den Zoll zu bringen.

Während die *Half Moon* dann endgültig auf Heimatkurs ging und den ein kurzes Stück nördlich von Dublin gelegenen Hafen von Greystones ansteuerte, sagte Joseph: »Vater wird über den Erfolg des heutigen Tages bestimmt erfreut sein.«

»Ja«, grinste Sean, »aber das würde er sich nie anmerken lassen. Ich wette einen Goldsovereign, daß die ersten Worte aus seinem Mund lauten werden: ›*Wo, beim Höllenfeuer, habt ihr zwei Satansbraten gesteckt?*‹«

2

»Wo, beim Höllenfeuer, habt ihr zwei Satansbraten gesteckt?«
schnauzte Shamus O'Toole sie an. »Seit zwei Stunden hättet
ihr zurück sein sollen.«

»Warum? Was ist passiert?« fragte Sean todernst.

Joseph lachte, und Paddy Burke, Shamus O'Tooles Verwalter, der über alle Vorgänge auf Greystones genau Bescheid
wußte, lachte mit.

Shamus bedachte Paddy mit einem rügenden Blick. »Sie
sollen diese Satansbraten nicht noch ermutigen.«

»Willst du nicht wissen, wie es lief, Vater?« Joseph sagte es
mit einem Schmunzeln.

»Nicht nötig. Ihr beide macht so selbstzufriedene Gesichter, daß ihr ausseht wie Bantamhähne.« Shamus' Blick glitt
mit einem verschmitzten Zwinkern über die Gesichter der
grinsenden Besatzung. Es gab so viele FitzGeralds, daß er erst
gar nicht den Versuch einer Unterscheidung unternahm. »Ihr
Jungs habt gute Arbeit geleistet. Mr. Burke wird eine andere
Besatzung mit dem Löschen der Ladung beauftragen. Ihr geht
indessen in die Küche und sagt zu Mary Malone, sie soll euch
tüchtig füttern.«

Da Greystones die fraglos beste Köchin im County Dublin
in seinen Diensten hatte, brachen die FitzGeralds in ein Freu-
dengeheul aus, ehe sie unter Gerempel und Geschubse zu
einem Wettrennen zur Küchentür ansetzten.

»Ihr nicht, ihr zwei Satansbraten.« Die mächtige Stimme
des Vaters ließ Sean und Joseph mitten im Schritt innehalten.
»Nun, jemand muß doch das Löschen der Ladung beaufsich-
tigen. Muß ich euch in Erinnerung rufen, was für Faulpelze
die FitzGeralds sind?«

Als ihr Vater und Mr. Burke gegangen waren, sagte Joseph

trocken: »Er freut sich über unsere Arbeit mehr, als ich erwartete.«

Sean feixte. »Das ist nur seine Art, zum Ausdruck zu bringen, daß wir unseren Auftrag gefälligst zu Ende führen sollen.«

Joseph streckte seine müden Muskeln. Seinem Dafürhalten nach hatten sie für diesen Tag schon genug Bewegung hinter sich. »Wir kommen sicher erst nach Mitternacht ins Bett.«

Sean versetzte ihm einen scherzhaften Rippenstoß und neckte ihn: »Du willst dich beklagen? Hast du nicht den ganzen Nachmittag im Bett verbracht?«

Die einzige FitzGerald, die Shamus O'Toole in höchstem Maß bewunderte, war seine Frau Kathleen. Besser gesagt, er betete sie an. Als er ihr Schlafgemach betrat, brachte er einen Schwenker voll des edlen französischen Brandys mit, den er eben bekommen hatte.

Er war verärgert, als er sah, daß Kathleen nicht allein war. Kate Kennedy, Haushälterin auf Greystones, die auch als Zofe seiner Frau fungierte, hatte eben nach Kathleens Haarbürste gegriffen. Sie war eine große, energische Person, die es sogar mit ihm höchstpersönlich aufzunehmen wagte. Wäre es anders gewesen, sie hätte in diesem Haus als Haushälterin keine fünf Minuten überlebt.

»Fort mit dir, Kate Kennedy. Ich kann mich selbst um Kathleens Bedürfnisse kümmern.«

»Sind Sie sich dessen sicher? Sie benötigt hundert Bürstenstriche«, entgegnete Kate stirnrunzelnd, als sie ihm die Haarbürste reichte.

»Shamus!« tönte laut Kathleens Mahnung. »Jetzt keine zweideutigen Bemerkungen, bitte!«

Kate wandte sich griemend zum Gehen. Doch ehe sie die Tür schloß, rief Shamus ihr laut hinterher: »Das Frauenzim-

mer hat eine Zunge, mit der man Metall schneiden könnte.«
Er legte die Bürste auf das Toilettentischchen und flüsterte
seiner Frau mit lüsterner Stimme zu: »Ich werde dir jetzt hundert meiner Bürstenstriche verabreichen.«

Kathleen ließ ein Kichern hören, als er den Brandy
schwenkte. »Hundert Striche, daß ich nicht lache. Jede Wette,
daß du nicht mehr als fünfzig schaffst.«

»Und wer macht jetzt die zweideutigen Anspielungen,
meine Schöne?«

Kathleen saß vor dem Spiegel, in ein züchtiges Nachthemd
gehüllt, das mit mindestens zwei Dutzend Knöpfen von der
Brust bis zum Kinn geschlossen war. Shamus fuhr sich mit der
Zunge über seine Lippen, als er sich vorstellte, wie er sie aufknöpfte, einen nach dem anderen. Er stellte den Brandy vor
Kathleen ab und hob eine lange Flechte ihres Haares an seine
Wange. »Nimm ein Schlückchen, meine süße Kate, es wird
dein Inneres entflammen.«

»Dies und andere Anregungsmittel, die dir vorschweben.«
Sie griff lachend nach dem Glas, um es zum Bett zu tragen.
»Aber zuerst müssen wir miteinander etwas bereden.« Als
daraufhin Enttäuschung über sein außerordentlich gut geschnittenes Gesicht huschte, versprach sie: »Und wenn wir es
beredet haben, teilen wir uns den Brandy wie in unserer
Hochzeitsnacht.«

Die Erinnerung ließ ihn den Kopf schütteln. »Richtig unanständig, daß wir nach zweiundzwanzig Jahren noch immer
verliebt sind.« Das Bett mit der Federmatratze gab unter seinem Gewicht nach.

»Skandalös geradezu«, gab sie ihm kichernd recht, schlüpfte
unter die Decke und rutschte auf seine Bettseite. Sie neigte den
Kopf, um ihre Wange am spröden schwarzen Haar seines
Armes zu reiben, mit dem er sie an sich zog. »Also, es geht um
die Geburtstagsfeier.«

Shamus stöhnte gequält. »Doch nicht schon wieder! Diese zwei jungen Teufel beherrschen wahrlich jeden deiner wachen Gedanken.«

»Ach, wirklich? Und wer hat für sie zum Geburtstag zwei neue Schiffe gekauft?«

»Es sind wahre Schönheiten, Kate. Schoner, die schneller als der Wind segeln. Höchste Zeit, daß jeder sein eigenes Schiff bekommt. Joseph wird einundzwanzig. Hm, sonderbar, daß ihre Geburtstage so knapp hintereinanderfolgen, obwohl sie sich doch unterscheiden wie Feuer und Wasser.«

»Das kommt daher, weil sie unter verschiedenen Sternen geboren wurden. Die Konstellationen sind es, die über unsere Persönlichkeit entscheiden. Unsere Söhne sind von verschiedenem Temperament. Joseph ist hitzköpfig und leicht beleidigt.«

»Ja, er verliert sofort die Fassung. Seine Fäuste sind immer bereit zuzuschlagen, um jemandem die Nase zu verrükken.«

»Sean ist besonnener veranlagt. Er überlegt, ehe er handelt.« Für Sean hatte sie eine besondere Schwäche. Er war aber auch ein besonders hübscher Junge mit viel natürlichem Charme. Kein Wunder, daß die Mädchen verrückt nach ihm waren und ihn nicht in Ruhe lassen wollten. Sein Humor umfaßte die gesamte Gefühlsskala von hintergründig bis unanständig. Er konnte lustig, unflätig, derb, grausam, witzig, charmant oder selbstironisch sein, und das gewünschte Ergebnis war immer dasselbe: er amüsierte andere, während er sich selbst amüsierte.

»Bevor Sean sich auf einen Kampf einläßt, denkt er nach, legt sich eine Strategie zurecht und geht dann die Sache gezielt an.« *Ja, und das Ergebnis kann verheerend sein*, dachte Shamus insgeheim.

»Ihre Geburtstage liegen eine knappe Woche auseinander.

Die Feier erfordert Planung, Shamus. Da Seans Geburtstag auf einen Samstag fällt und der von Joseph auf einen Montag, ist es logisch, wenn man das Fest für Sonntag ansetzt, doch erscheint es mir als gotteslästerlich.«

»Aber gar nicht. Sind wir nicht Protestanten?«

Kathleen verdrehte die Augen. »Wenn du es sagst, Shamus.«

»Nun, ich sage es, und damit wäre das geregelt...« Seine Finger machten sich am obersten Knopf ihres Nachthemdes zu schaffen.

Sie hielt seine Hand fest. »Wir sind noch nicht fertig.«

Er stöhnte. »Wir haben doch noch gar nicht angefangen.«

»Ich muß die Zahl der Gäste festlegen, damit ich die Einladungen verschicken kann. Die FitzGeralds allein zählen über fünfzig.«

»Du willst doch nicht etwa alle einladen?« fragte er entsetzt.

»Kannst du mir sagen, was du gegen die FitzGeralds hast?« In ihren Augen blitzte es kampflustig auf.

Shamus, der seine Worte ein wenig mildern wollte, antwortete genau das Falsche: »Nun ja, gegen deinen Vater habe ich ja nichts und natürlich auch nichts gegen die Burschen, die unsere Schiffe bemannen. Aber diese Frauenzimmer, von denen es in deiner Familie nur so wimmelt, sind ja ärger als eine Läuseplage.«

»Was kann ich dafür, wenn die Männer wegsterben und die Frauen so langlebig sind? Du solltest dem Himmel dafür danken. Dein Sohn Joseph wird nach dem Tod meines Vaters Earl von Kildare, möge Gott mir vergeben, daß ich es laut ausspreche.«

»Ich wollte dich nicht aufbringen, meine Schöne. Natürlich mußt du auch deine Schwestern einladen.«

»Und meine Nichten und Kusinen und Tanten.«

Wieder stöhnte Shamus auf. »Aber eine von ihnen hält sich für eine keltische Prinzessin und hüllt sich in purpurne Schleier.«

»Das ist Tiara. Die ist aber nicht ganz bei Trost.«

»Alle sind nicht ganz bei Trost.«

»Du kennst ja nicht einmal ihre Namen«, brachte sie in anklagendem Ton vor.

»Natürlich kenne ich sie«, verteidigte er sich. »Da wären einmal Meggie und Maggie und Meagan, und dann die vielen anderen mit den Phantasienamen nach Edelsteinen wie Opal und Beryl und Amber –«

»Amber ist die, die William Montague heiratete. An die Montagues habe ich die Einladung bereits geschickt. Stell dir vor, er wird allein kommen. Amber tut mir sehr leid.«

»Sie ist selbst schuld. Sie hat ihn genommen, weil er Geld hat und dem englischen Adel entstammt.«

»Sie war eine Unschuld von fünfzehn Jahren. Damals sah sie darin eine Gelegenheit, Maynooth Castle zu entfliehen, das damals und heute von einem Stamm weiblicher FitzGeralds bevölkert wird, die an Zahl die Stämme Israels übertreffen.« Für Kathleen war es selbstverständlich, in der Meinung über ihre Familie ab und zu umzuschwenken und ihrem Mann beizupflichten.

Seine Arme umfingen sie fester. »Wenn jemand es mit einem Montague aufnehmen kann, dann eine FitzGerald.«

»Das bezweifle ich, Shamus, mein Liebling. Ich glaube, dazu bedarf es eines O'Toole.«

Da küßte er sie. Gründlich. Er konnte nicht länger warten. Sie war die älteste Tochter des Earl von Kildare und die bei weitem schönste und intelligenteste der zahllosen FitzGeralds. Sie war die erste, und sie war die beste. Nie würde Shamus sein großes Glück wirklich fassen können.

In der massiv eingerichteten Küche von Greystones rührte Mary Malone in einem großen Topf mit Porridge. Als Kate Kennedy eintrat und sich auf die Suche nach einem Tablett machte, öffnete Paddy Burke die Außentür und betrat den warmen Raum. In Marys Wangen bildeten sich beim Anblick des stattlichen Verwalters zwei Lachgrübchen. »Na, wie ist das Wetter, Mr. Burke?«

»Es schüttet wie aus Kannen, Mrs. Malone.«

Sie schöpfte Porridge in eine Schüssel und verlieh dem Gericht mit einem ordentlichen Schuß Whisky zusätzliches Aroma. »Das verleiben Sie sich mal ein, Mr. Burke. Es wird Ihre innersten Herzwinkel erwärmen.«

»Sie sind zu liebenswürdig, Mrs. Malone. Was machen heute Ihre Zahnschmerzen?«

»Eine Spur besser, Mr. Burke. Ich fühlte mich ja viel elender, wenn es mir nur halb so schlecht ging…«

Kate Kennedy breitete ein weißes Leinentuch aufs Tablett und zwinkerte Paddy Burke zu. »Kein Wunder, daß es ihr etwas besser geht. Gestern hat sie sich so viel Whisky einverleibt, daß es einen Toten ins Delirium versenkt hätte.«

»Ja, und das bringt mich auf eine Idee, Kate Kennedy. Ein Fäßchen Whisky wäre vielleicht das einzige Mittel, um deine Zunge zu versüßen, meinen Sie nicht auch, Mr. Burke?«

»Mrs. Malone, ich muß schon sehr bitten, lassen Sie mich aus dem Spiel. Ich schätze es nicht, als großer, häßlicher Dorn zwischen zwei Rosen zu geraten.«

»Ich möchte einige von deinen speziellen Weizenküchlein für die Herrin, Mary«, wechselte Kate grinsend das Thema.

Die Köchin warf einen besorgten Blick auf das Tablett, das Kate zurechtmachte. »Geht es ihr nicht gut?«

»Wo denkst du hin, Mary Malone. Aber ›Er‹ höchstpersönlich hat entschieden, daß sie im Bett frühstücken soll.«

Mary war schockiert. »Wie unanständig.«

Kate rollte mit den Augen. »Unanständig ist das richtige Wort. Wenn ich dir verraten könnte, was in diesem Schlafzimmer vor sich geht, würden dir die Haare zu Berge stehen, Mary Malone.«

Kaum hatte sie die Worte ausgesprochen, als Shamus durch die Küchentür polterte, mit einem Stirnrunzeln, das sein geheimes Vergnügen über den Ausspruch der Haushälterin kaum zu verbergen mochte. Dennoch bedachte er die Frauen mit einem finsteren Blick und nahm Kate Kennedy das Tablett ab. »Ich bringe es selbst hinauf. Kathleen und ich möchten ein Weilchen ungestört bleiben.«

Paddy Burke erstickte vor Belustigung beinahe an seinem Porridge, als er sah, wie den Frauen vor Verblüffung der Mund offenblieb. Er beeilte sich mit dem Essen, da er wußte, daß bald die Verwalter sämtlicher wohlhabenden anglo-irischen Häuser Dublins eintreffen würden, um Fässer mit geschmuggeltem französischen Brandy abzuholen. Shamus hatte in kluger Voraussicht den Preis erhöht, da zu erwarten war, daß die Nachfrage damit automatisch auf das Doppelte hinaufschnellen würde.

»Paddy, du hast hoffentlich ein paar Fäßchen für unser Fest auf die Seite getan?« fragte Shamus eine Weile später auf dem Weg in den Keller.

»Das habe ich. Wann wird gefeiert?«

»Sonntag.«

Paddy rieb seine Nase. »Ich dachte, am Sonntag sollte die Ladung für Captain Moonlight eintreffen.«

Mit *Captain Moonlight* waren alle irischen Aufständischen gemeint, vor allem aber der Geheimbund von Freischärlern, der entstanden war, als England sich im Krieg mit Amerika befand. Englands Notlage hatte Irland damals die ersehnte Gelegenheit dazu geboten. Da Frankreich und Spanien mit den amerikanischen Kolonien verbündet waren, wäre Irland einer eventuellen Invasion durch diese Mächte schutzlos ausgesetzt gewesen. Die Flotte und Armee der Engländer wären nicht imstande gewesen, die gesamte Küste der britischen Inseln zu schützen. Es mußten daher fünfzigtausend irische Freiwillige zur Verteidigung aufgeboten werden, die nach dem Krieg in den Untergrund gingen, statt sich aufzulösen, obwohl sie ihren Eid auf die britische Krone abgelegt hatten.

Männer wie Shamus O'Tooles Schwiegervater Edward FitzGerald, Earl von Kildare, leidenschaftlich der Befreiung Irlands aus englischem Joch ergeben, hatten Handlungsfreiheit für das irische Parlament durchgesetzt. Doch noch ein Jahrzehnt später war es irischen Katholiken weder erlaubt, einen Sitz in diesem Parlament einzunehmen, noch dessen Abgeordnete zu wählen. Edward FitzGerald, offiziell einer der Gründer der Gesellschaft Vereinigter Iren, unternahm im geheimen jedoch weitaus riskantere und tollkühnere Dinge für seine unterdrückten katholischen Landsleute. Der Reichtum der Kildares, seit Generationen angehäuft, floß nun aus seinen Schatztruhen und wurde verwendet, um Waffen und Munition für die Rebellen und Nahrung für die hungernden Bauern auf seinen riesigen Ländereien zu beschaffen.

Shamus O'Toole besaß nicht das mitleidige Herz seines Schwiegervaters. Anders als dieser war Shamus nicht mit einem Silberlöffel im Mund geboren worden, sondern in bitterer Armut zur Welt gekommen. Sein Vater hatte seine Mutter verlassen, und zu zweit hatten sie sich mit Torfstecherei durchbringen müssen, kaum daß er fünf geworden war.

In alten Zeiten waren die O'Tooles ein mächtiger Clan gewesen, und Shamus hatte sehr früh in seinem Leben beschlossen, zu einer Macht aufzusteigen, mit der man rechnen mußte. Noch vor seinem zehnten Jahr hatte Shamus den Wert klugen Eigennutzes erkannt. Seine angeborene Gerissenheit erwies sich als wertvoller als jeder Silberlöffel. Mit zwölf heuerte er auf einem Handelsschiff an; mit fünfzehn war er dessen Eigner. Und mit zwanzig war er reich und erfahren genug, um die Tochter eines Earls zu verführen.

Die unheilige Allianz, die er mit William Montague ein paar Jahre nach seiner Heirat eingegangen war, entwickelte sich äußerst erfolgreich. Montagues Bruder, der Earl von Sandwich, Kommissar der Admiralität, war während des Krieges mit Amerika zum Ersten Lord der Admiralität ernannt worden. Für Shamus O'Toole war dies gleichbedeutend mit einer Lizenz zum Banknotendrucken, so daß er für Kathleen Greystones bauen konnte, dieses grandiose georgianische Herrenhaus mit Anklängen an den Stil Palladios. Er sorgte dafür, daß es größer und schöner wurde als jedes andere, das reiche anglo-irische Aristokraten überall im Osten Irlands errichteten. Als Sandwich gar Vizeschatzkanzler von Irland wurde, war das für Shamus wie Manna vom Himmel. Mit tatkräftiger Hilfe Montagues hatte O'Toole die Grafschaft Dublin praktisch in seiner Tasche.

Als William Montague die Einladung für die Feier auf Greystones öffnete, preßte er befriedigt die Lippen zusammen. Seine hohe Stellung innerhalb der Admiralität gestattete es ihm, über Menschen, Schiffe und deren Fracht zu bestimmen. Dank seiner Partnerschaft mit O'Toole war er nun sogar vermögender als sein Bruder, der Titelerbe. Aber Montagues große Liebe galt im Grunde der Macht und nicht dem Geld. Als er beschloß, in seiner besten Uniform auf seinem eigenen Admiralitätsschiff nach Dublin zu segeln und als Fracht Waffen für den Krieg seines Landes mit Frankreich mitzuführen, regte sich in ihm sogar so etwas wie ein Gefühl der absoluten Allmacht.

Er verzog seinen Mund zu einem zynischen Lächeln, während er sich ausmalte, welche Wirkung die Einladung auf Amber haben würde. Was würde sie wohl alles tun, um mitfahren zu dürfen? Erregung überfiel ihn, als er an ihre sexuellen Künste dachte. Er riß die Tür seines Arbeitszimmers auf und kläffte: »Jack!«

William hatte seinen Neffen nach Dublin mitgenommen, um ihn in der Admiralität als Sekretär einzusetzen. Mittlerweile war der Junge ihm unentbehrlich geworden. »Hast du Erkundigungen über das Bordell in der Lime Street eingeholt?«

»Das habe ich, Mylord.« Ein einfaches *Sir* hätte es auch getan, da William Montague keinen Titel führte. Aber Jack wußte, daß Macht auf seinen Onkel wie ein Aphrodisiakum wirkte. »Man bedient dort besondere Neigungen und bildet die Mädchen in Gehorsam aus … auf orientalische Art«, setzte er hinzu, nicht imstande, seine plötzliche Gier zu verbergen.

»Braver Junge.« William entging die Lüsternheit des Jungen keineswegs. »Du darfst mich dorthin begleiten«, sagte er und warf seine Feder hin.

Fleischliche Lust schockierte Jack Raymond keineswegs. Sein Vater, der Earl von Sandwich, galt als berüchtigter Schürzenjäger, dessen Triebe ihm den Spitznamen »Lord Lecher«, der geile Lord, eingebracht hatten. Seine Gemahlin, die Tochter eines irischen Viscounts, litt nach zahlreichen Fehlgeburten an einer Gemütskrankheit, so daß er seine Geliebte, Martha Raymond, in sein Stadthaus an der Pall Mall geholt hatte und nun eine Ehe zu dritt führte. Jack war eines von fünf Kindern aus dieser Verbindung und zum Glück für ihn der einzige Knabe. Wiewohl seine Zukunft wahrscheinlich als gesichert anzusehen war, litt Jack unter der Unsicherheit seiner Bastardexistenz und würde sich nie zufriedengeben, bis er nicht einen Weg gefunden hatte, den Namen Montague zu führen.

Als die beiden das Gebäude der Admiralität verließen, befand William sich in erwartungsvoller Stimmung. »Wie würde es dir gefallen, mich nächsten Samstag zu einem Fest der O'Tooles zu begleiten? Ich werde mit der *Defense* nach Dublin segeln; du kannst als mein Leutnant fungieren.«

»Das würde mir sehr gefallen, Mylord. Irland kenne ich noch nicht. Was wird gefeiert?«

»Geburtstage – O'Tooles Söhne.« Montague, der plötzlich in mißmutiges Schweigen verfiel, malmte mit den Kiefern. Er neidete O'Toole seine Söhne. Er und Shamus hatten FitzGerald-Frauen geheiratet, aber Amber hatte nur eine nichtsnutzige Tochter und einen Waschlappen von Sohn in die Welt gesetzt. Der Junge duckte sich, wenn sein Vater ihn auch nur ansah. War Demut bei einem weiblichen Wesen wünschenswert, so war sie bei einem Mann widerlich.

»Werden Sie Emerald und John mitnehmen, Sir?«

Montague hatte es nicht in Erwägung gezogen. Nun aber, da Jack den Vorschlag machte, überlegte er, daß es vielleicht nicht schaden konnte, da die Anwesenheit seiner Kinder an Bord jeglichen Verdacht hinsichtlich seiner Fracht zerstreuen würde. »John könnte von der Erfahrung profitieren«, grunzte Montague. Sein Sohn – wie übrigens auch der Bastard seines Bruders – war nicht annähernd so reif wie die jungen O'Tooles. Das Zusammensein mit ihnen würde diesem Schwächling vielleicht mal einen wichtigen Denkanstoß geben.

3

Emerald lag im zuckerfeinen Sand allein am Strand in der heißen Sonne. Eine köstliche Vorahnung erfüllte sie. Sanft zauste eine leichte Brise ihre dunklen Locken. Sie empfand eine sehnsüchtige Freude, weil sie wußte, daß er bald, sehr bald zu ihr kommen würde.

Sie hielt die Augen geschlossen, bis sie spürte, wie ein Flattern, zart wie ein Falterflügel, ihren Mundwinkel streifte. Insgeheim lächelnd hob sie langsam die Lider. Er kniete vor ihr, in ihren Anblick versunken. In seinen dunkelgrauen Augen tanzten Lachpünktchen. Seinen Blick festhaltend, richtete sie sich behutsam auf, kniete nieder und verharrte vor ihm.

Es bedurfte keiner Worte, doch das Verlangen nach Berührung brachte das Blut der beiden in Wallung. Sie streckten gleichzeitig eine Hand aus und tasteten sich gegenseitig mit den Fingerspitzen ab ... die Wangen, die Kehle, die Schultern. Emeralds Hand streifte sein Herz und spürte es unter ihren Fingern pochen. Er war der Mann in Vollkommenheit. Ihr irischer Prinz. Er beugte sich über sie, um ihre Lippen mit seinen einzufangen, doch als er nur einen Wimpernschlag entfernt war, erwachte Emerald und hörte sich lediglich seinen Namen flüstern: »Sean, Sean.«

Emerald FitzGerald Montague warf entschlossen die Decke zurück, fuhr mit den Fingern durch ihre prachtvolle dunkle Haarfülle und schwang die langen Beine auf den Teppich neben dem Bett. Ohne sich anzuziehen, lief sie die Treppe zum Schlafgemach ihrer Mutter hinunter. Wie an den meisten Tagen, wenn ihr Vater nicht zu Hause war, schlüpfte Emerald ins Bett ihrer Mutter, um die Pläne für den Tag zu besprechen.

Amber, die ihre Tochter über alles liebte, war für jede ihrer Stimmungen, jeden ihrer Gedanken empfänglich. »Liebling, du kommst mir heute so anders vor.«

Emerald errötete. Es war das erste Mal, daß ihre Mutter erlebte, wie ihre Wangen sich vor Verlegenheit rosig färbten. »Ich habe geträumt«, erklärte sie aber dann.

»Kam dein Prinz im Traum vor?«

Emerald nickte und schlang ihre Arme um sich, ihrer Brüste offenbar zum ersten Mal bewußt.

»Wie schön für dich. Ich glaube, du wirst allmählich erwachsen. Und wer war dein Märchenprinz?«

Das Gesicht ihrer Tochter nahm einen hingerissenen Ausdruck an. »Er war Ire.«

»Dann hüte dein Herz gut, mein Liebling, weil er dann sicher ein raffinierter Spitzbube ist.«

Amber stand lachend auf, nicht ohne ihrer Tochter vorher einen Kuß auf den dunklen Kopf zu drücken. Sie öffnete die hohen Glastüren und trat hinaus auf den Balkon, von dem aus man zum Aussichtsturm gelangte. Als ihr Blick über den Horizont schweifte, erspähte sie die Segel eines Schiffes, das wohl von Liverpool her kam, um die Ladung irischen Whiskys abzuholen, die in den Höhlen unterhalb des Hauses verborgen lagerte.

Doch dann erfaßte sie eine böse Vorahnung, als ihr klar wurde, daß die Segel für ein Handelsschiff viel zu klein waren. Das war niemand anderer als William mit seinem Lieblingsschiff, der *Swallow*. Enttäuscht starrte sie übers Wasser, in der Hoffnung, es handle sich um eine Sinnestäuschung. Aber schon griffen die kalten Finger der Angst nach ihrem Herzen und hielten es fest. Rasch kehrte sie zurück in ihr Schlafgemach. »Liebling, die Märchenwiese muß warten. Dein Vater kommt. Lauf und such Johnny und sage ihm, daß er nicht fort darf. Und mach schnell! Uns bleibt wenig Zeit, uns geziemend anzukleiden.«

Johnnys Schlafkammer, in demselben Flügel gelegen wie ihre, war leer, als Emerald eintrat. Ohne zu zögern, lief sie zwei Treppen hinunter, direkt durch die Küche und durch die Hintertür hinaus, wobei sie sich den Umhang eines der Mädchen schnappte, um ihr Nachtgewand zu verbergen.

Emerald fand Johnny in den Stallungen, als er eben dabei

war, sein Welsh Pony zu satteln. Ihr Bruder, nicht wie sie mit der dunklen Schönheit der Mutter gesegnet, war statt dessen mit der roten Gesichtsfarbe und den strähnigen braunen Haaren seines Vaters geschlagen.

»Du darfst nicht fort. Vater kommt«, eröffnete sie ihm außer Atem. Aus dem Ausdruck, der nun über Johnnys Gesicht huschte, sprach so viel Angst, daß Emerald schon glaubte, er würde in den Sattel springen und einfach davonreiten. Gleich darauf aber wußte sie, daß er es nicht wagen würde. Die Nachricht bewirkte vielmehr, daß er wie angewurzelt stehenblieb.

»Was muß ich tun?« fragte er verzweifelt, während ihm das Blut aus dem geröteten Gesicht wich.

»Bis sein Schiff einläuft, bleibt uns eine Stunde Zeit. Zieh dich um, und setze deine beste Perücke auf. Mit dem Halstuch werde ich dir helfen. Und versuche vor allem, deine Angst vor ihm zu verbergen.«

»Emerald, du hast gut reden. Wenn wir wieder in London sind, wird Mutter dich auf die St. Albans Academy für junge Damen schicken. Ich aber soll in die Marine, besser gesagt in die Admiralität, wo er mich Tag und Nacht schikanieren kann. Ein Hundeleben wird das!«

»Das tut mir leid, Johnny. Wenn ich könnte, würde ich mit dir tauschen.« Es war nicht das erste Mal, daß Emerald der Gedanke kam, sie hätte eigentlich als der Sohn geboren werden sollen und Johnny lieber als Tochter. »Mutter wird ihn schon beschwichtigen wie immer. Los, wir müssen uns beeilen.«

Keine Stunde war vergangen, als William Montague auch schon seine Familie, die sich ihm in Festtagskleidung präsentierte, kritisch in Augenschein nahm. Sein Blick glitt über seine Kinder und blieb an seiner schönen, jungen Frau hängen, die beflissen vortrat, um ihn zu begrüßen.

Amber versank in einem tiefen Knicks, um ihm ungehinderten Einblick auf ihre schwellenden Brüste zu gewähren, die sich, durch Fischbein gestützt, über dem modisch tiefen Ausschnitt aus cremefarbigem Brokat wölbten.

»Willkommen, Mylord, wir haben Sie in diesem Frühjahr viel zu selten zu sehen bekommen«, log sie gekonnt.

Ihr von Natur aus bernsteinfarbenes Haar war gepudert und mit Hilfe von Spitzenbändern zu einer kunstvollen Hochfrisur aufgetürmt. Es würde nicht lange dauern, dachte William wollüstig, und er würde es über ihre nackten Brüste ausbreiten. Er ergriff ihre Hand und zog Amber hoch. In Kürze würde sie wieder vor ihm knien. Er leckte sich die Lippen.

Dann wurden Williams Augen schmal, als er seine reglos wie Statuen dastehenden Kinder musterte. Seine Tochter trug ein Spitzenhäubchen und eine gestärkte weiße Kittelschürze, unter der lange weiße Spitzenhöschen und zierliche Ziegenlederstiefel hervorlugten. »Warst du ein artiges Mädchen?« fragte er barsch.

»Ja, Vater«, antwortete Emerald in klarem, festem Ton.

Ihr trotzig vorgeschobenes Kinn verriet ihm, daß sie sich ihre Angst vor ihm niemals anmerken lassen würde. Da sie ihm zu wenig Angriffsfläche bot, wandte er sich an seinen Sohn. »Hast du dich anständig aufgeführt?« schnauzte er ihn an.

»Ja… ja, Sir«, kam es im Flüsterton über Johnnys Lippen.

»Das hatte ich befürchtet, du Hasenfuß ohne Mumm in den Knochen. Mit siebzehn solltest du deiner Fleischeslust nach Herzenslust frönen, von einem Ende Angleseys zum anderen.«

Johnnys tiefe Röte entlockte seinem Vater ein verächtliches Auflachen. »Warte nur, bis wir dich in der Navy haben. Dann wird dir die Sache schon beigebracht.«

Williams Aufmerksamkeit wurde durch Ambers verführerische Stimme von seinem Sohn abgelenkt. »Ich hoffe sehr, Sie können über Nacht bleiben, Mylord.«

O ja, dachte William, *ich werde die ganze Nacht damit zubringen, es mit dir zu treiben.* Er zog einen Umschlag aus seiner Brusttasche und hielt ihn hoch. »Die Einladung zum Fest der O'Tooles hat mich bewogen, auf einen Sprung von Liverpool aus herüberzukommen.«

»Ein Fest?« Ambers Stimme brach fast vor Aufregung.

»Shamus O'Tooles Einladungen zu der alljährlich stattfindenden Geburtstagsfeier für seine Söhne sind sehr begehrt. In diesem Jahr ziehe ich in Erwägung, meine Familie mitzunehmen und sie den FitzGeralds vorzuführen.«

Amber spürte Hoffnung in sich aufkeimen. In achtzehn Jahren Ehe hatte William ihr niemals erlaubt, zu Besuch nach Irland zu fahren. Sofort ermahnte sie sich, sich nicht zu große Hoffnungen zu machen, da unweigerlich eine Enttäuschung folgen mußte. Doch der Gedanke an einen Besuch bei den FitzGeralds verlieh ihrer Phantasie unwillkürlich Schwingen. Und Joseph würde auch da sein... sie schloß kurz die Augen, um ihre Sehnsucht zu verbergen.

Ihre Hingerissenheit entlockte William ein Lächeln. »Komm hinauf, damit wir den Besuch genau planen können. Er fällt auf nächsten Sonntag. Ich möchte auf der *Defense* segeln. Es macht mir keine Umstände, hier anzulegen und meine Familie an Bord zu nehmen.«

Das Lächeln ihres Mannes erwidernd, legte Amber gehorsam die Hand auf seinen Arm. Der Preis, den er für Irland fordern würde, war hoch, doch war sie bereit, ihn zu zahlen.

Emeralds Herz pochte. Sie wollte ihren Ohren nicht trauen. Die Vorstellung, Sean FitzGerald O'Toole wiederzusehen, genügte schon, um ihr Schwindel zu bereiten, aber wirklich nach Irland zu seiner Geburtstagsfeier zu fahren, war wie ein unerwarteter Traum, der wahr geworden war!

»Ach, Johnny, ich kann doch nicht in einem solchen Kinderkleid auf dem Fest erscheinen«, jammerte Emerald, den Rand ihrer Kittelschürze geringschätzig befingernd.

»Der nimmt uns doch nie mit«, sagte Johnny tonlos. »Er verachtet die Iren. Sie sind für ihn nur Untermenschen.«

»Mutter wird ihn schon überreden. Er wird ihrem Zauber nicht widerstehen können«, beruhigte Emerald ihn.

»Jetzt werden sie stundenlang oben bleiben«, seufzte Johnny, der aussah, als litte er an Übelkeit.

»Verstehst du denn nicht? Sie hält ihn oben möglichst lange fest, damit er uns ungeschoren läßt.«

Johnny empfand tiefe Dankbarkeit, weil Emerald in ihrer Unschuld das Opfer ihrer Mutter nicht begriff, und er wünschte, er selbst hätte nicht so gut Bescheid gewußt. Es war ein Wissen, das ihn mit ohnmächtigem Schuldgefühl erfüllte.

»Was hat Vater gemeint, als er sagte, du solltest deiner Fleischeslust frönen?«

Johnny runzelte die Stirn. »Das kann ich dir nicht sagen. Es würde dich schockieren.«

»Natürlich würde es mich nicht schockieren. Wie soll ich etwas erfahren, wenn du es mir nicht sagen willst? Ach, einerlei, ich werde Mutter fragen. Sie sagt mir immer alles.«

»Nein, Em, frage Mutter lieber nicht. Ich will es dir sagen. Nun, er meinte damit... sich nackt ausziehen... und... mit Mädchen schlafen.«

Trotz ihrer vorangegangenen Neugier schockierten Emerald die unzüchtigen Bilder tatsächlich, die ihr vor Augen traten. »Ich glaube dir nicht«, wehrte sie erschrocken ab.

Die Einladung, von Sean persönlich überbracht, sollte auch auf Maynooth helle Aufregung hervorrufen. Es war ein Ritt von zwölf Meilen von Greystones nach Maynooth Castle, wo sein Großvater, Edward FitzGerald residierte. Dem Earl gehörten Hunderte von Morgen der lieblichen Grafschaft Kildare samt dem Flüßchen Rye bis zu dessen Vereinigung mit dem Liffey an einem herrlichen Fleckchen Erde mit Namen Salmon Leap.

Eine Gruppe junger FitzGeralds hatte sich zusammengefunden, um wie alljährlich die anmutigen Fische zu beobachten, die sich abmühten, in ihre Laichgründe zurückzukehren. Als die Mädchen Sean gewahrten, umdrängten sie unter begeisterten Ausrufen sein Pferd. Die Freude der Jungen ware ebenso aufrichtig, da Sean sich beim gesamten Clan der Fitz-Geralds großer Beliebtheit erfreute.

Alle redeten durcheinander. »Du bist gekommen, Sean?« »Was führt dich zu uns, Sean?« »Ist etwas passiert, Sean?«

»Könnt ihr nicht sehen, daß ich gekommen bin?« Er grinste und entschloß sich abzusitzen, da sie ihn ohnehin nicht weiterreiten ließen.

»Bald ist dein Geburtstag, Sean. Sag, was können wir dir schenken, Sean?« fragte eine der hübschen Kusinen, die sofort seinen Arm nahm und sich so schwer darauf stützte, als hätte allein seine Nähe ihr alle Kraft geraubt.

»Fiona, beanspruche ihn nicht für dich allein. Laß uns auch noch etwas übrig«, rief Deirdre aus.

»Es ist genug da, also zankt euch nicht um mich«, neckte er sie. »Sonntags gibt es ein Fest. Ihr seid alle eingeladen.«

Wieder kreischten die Mädchen.

»Aber du wirst doch nicht alle Mädchen einladen?« fragte Rory ungläubig.

»Jede einzelne«, bekräftige Sean.

Kichernd und flüsternd beratschlagten die Mädchen, was als Geschenk für ihn in Frage käme, sprachen aber auch aus, was sie ihm tatsächlich gern schenken würden.

»Ich begnüge mich mit einem Tanz mit jeder von euch«, sagte Sean und zog an den glänzenden Haaren derjenigen, die ihm am nächsten stand.

»Versprichst du, mit uns zu tanzen?« erscholl die Frage im Chor.

»Habe ich das nicht eben gesagt?«

Je näher sie dem Schloß kamen, desto lauter wurden die Geräusche von Hämmern und Meißeln, die Arbeit der Handwerker, die Seans Großvater beschäftigte, der an dem uralten, aus dem Mittelalter stammenden Bau ständig Renovierungsarbeiten durchführen oder Anbauten errichten ließ.

Edward FitzGerald ließ die Arbeiter stehen und ging seinem Enkel zur Begrüßung entgegen. »Sean, meiner Seel, jedesmal, wenn ich dich sehe, bist du stattlicher.«

»Das könnte ich auch von dir sagen, Großvater, doch das wäre nur eine Wiederholung.«

Die beiden Männer umarmten einander herzlich. »Komm hinein, wir wollen auf deinen Geburtstag trinken. Kaum zu glauben, daß du zwanzig wirst.«

Sean übergab sein Pferd Rory, der es in den Stall führen sollte. Als sie die Eingangshalle mit der hohen Deckenwölbung durchschritten, kam die Tantenschar der FitzGeralds zur Begrüßung des Lieblingsneffen gelaufen.

»Sean, mein Liebling, wie schön, dich wiederzusehen«, rief Meagan. »Wie schafft es Kathleen nur, mit diesem Teufel von Ehemann fertig zu werden?«

»Sie beklagt sich nie«, griente Sean.

»Schenk Meagan keine Beachtung«, mischte sich ihre verwitwete Schwester Maggie ein. »Sie läßt ihren Käse lieber hart werden, ehe sie ihn in die Mausefalle tut.«

Sean war klar, daß dies ein drastisches Gleichnis für die Jungfernschaft ihrer Schwester sein sollte.

»Bei *dir* ist auch schon lange kein Sonnenstrahl mehr

durchs Fenster gefallen, Maggie«, holte Meagan zum süffisanten Gegenschlag aus.

Andere weibliche FitzGeralds schüttelten seine Hände, umarmten und küßten ihn, während Sean versuchte, sich den Weg durch die Halle zu bahnen.

»Laßt dem Burschen doch Luft«, polterte sein Großvater, »sonst bringen wir ihn noch vor seinem Geburtstag unter die Erde.«

»Ihr alle seid zum Fest eingeladen«, verkündete Sean aufgeräumt, als sein Großvater ihn ins Heiligtum seiner Bibliothek zog und die Tür schloß.

»Weiber waren immer schon der Fluch von Maynooth. Nichts als Schwestern und Töchter.«

Sean senkte seine Stimme. »Das Fest soll am Sonntag stattfinden. Und das Schmuggelgut kommt am selben Tag.«

Der Earl of Kildare schenkte erst seinem Enkel einen Schluck Whisky ein und dann sich selbst. »Ich bin froh, daß dein Vater nicht Joseph zum Überbringer der Nachricht bestimmte. Sein Ruf soll blütenweiß bleiben. Er ist der nächste Earl und darf sich nicht mit Verrat beflecken. Zwischen Joseph und Captain Moonlight darf es keine Verbindung, welcher Art auch immer, geben.«

»Mein Bruder weiß, was er tun muß. Aber ich bin bereit, jederzeit mit dir gemeinsame Sache zu machen«, bekräftigte Sean.

Edward FitzGerald war sehr stolz auf den jungen Mann, der vor ihm stand. Sein Blick fiel auf sein Haar, schwarz wie Rabenschwingen, und glitt dann zu seinen breiten Schultern. »Sean, du hast von den FitzGeralds und von den O'Tooles jeweils das Beste mitbekommen. Dein Verstand, der um mehrere Ecken denken kann, hat geradezu teuflisches Format. Deine grauen Zellen sind so zahlreich, daß deine Gedankengänge stets sinnvolle Umwege machen können. Du hast alles – Verstand, Mut und Charme – aber Kathleen zuliebe kann ich nicht zulassen, daß du mit mir gemeinsame Sache machst. Es würde deiner Mutter das Herz brechen.« Er trank den Whisky aus, um anzuzeigen, daß das Thema abgeschlossen war. »Wann können wir das Zeug nach Maynooth schaffen?«

»Noch in derselben Nacht, mit den Wagen, die die Fitz-Geralds zum Fest und wieder nach Hause bringen.«

Der Earl nickte mit ernster Miene. »Es ist schrecklich, ein Ire zu sein.«

Sean grinste. »Bis man die Alternativen bedenkt«, erwiderte er und ließ seine Hand anerkennend über eine Reihe von Lederfolianten gleiten.

»Nach mir soll die Bibliothek dir gehören. Joseph sind die Bücher juristischen und politischen Inhalts zugedacht, aber alle anderen sollst du bekommen.«

»Diese Bücher sind für mich wie alte Freunde.«

»Du hast die meisten gelesen, die Geschichtsbücher, die Mythen, die Volkssagen, auch jene in Gälisch – du bist der einzige, von dem ich weiß, daß er sie in Ehren halten wird.«

Als sie die Bibliothekstür öffneten, saß ein halbes Dutzend Mädchen in den Sesseln auf dem Korridor in Erwartung der Beute auf der Lauer. Sean wurde zwanzig und würde vielleicht bald auf Freiersfüße gehen. War da eine FitzGerald nicht die logische Wahl? Falls er jedoch Ehebande scheute und nur lose Tändelei im Sinn hatte, war dann die logische Wahl nicht auch eine FitzGerald?

Seans Mutter Kathleen und ihre Schwestern waren keusch, wie es sich für ehrbare, gottesfürchtige Irinnen schickte. Für die jüngere Generation freilich galten diese hehren moralischen Ideale längst nicht mehr. Im Verlauf der nächsten Stunde versuchten nicht weniger als sieben Mädchen ihn hinauf auf die Wehrgänge und Wachtürme von Maynooth zu locken.

Seans Humor war seine beste Verteidigung. »Es gibt hier fünfundfünfzig Schlafkammern. Sicher kostet es mein Leben, die Schritte in diese Richtung zu lenken.«

Sean, der im Haus seines Großvaters lieber Vorsicht walten ließ, konnte sich über Zahl und Vielfalt seiner Eroberungen sowieso nicht beklagen. Da seine Mutter ihm den Umgang mit dem weiblichen Personal auf Greystones strikt untersagt hatte, stellte Sean hin und wieder Pächterstöchtern nach. Meist suchte er sich sein Vergnügen allerdings in Dublin, wo sich ihm unbegrenzte Möglichkeiten boten, da sein Großvater ein Stadthaus in der eleganten Merrion Row unterhielt, das Sean zur freien Verfügung stand. Im letzten Monat hatte er das Haus gut genutzt und die Reize verschiedener weiblicher Wesen genossen – eines Barmädchens aus Brazen Head, einer Verkäuferin, die in einem Bettwarenladen in der Grafton Street arbeitete, einer Schauspielerin aus der Smock Alley sowie der unbefriedigten jungen Gemahlin Sir Rochard Herons, eines englischen Würdenträgers auf Dublin Castle.

Sean erspähte seine Großtante Tiara, jene unter den purpurnen Schleiern, die ihn in Hörweite umflatterten. »Wäre Prinzessin Tiara zugegen und würde sie mich in ihren Thronsaal locken, wäre die Versuchung gewaltig.«

»Wenn du dich nicht benimmst, zieh ich dir die Ohren lang«, erwiderte Tiara hoheitsvoll.

Sean legte den Arm um sie und gab ihr einen liebevollen Kuß. »Vergiß nicht, mir am Sonntag einen Tanz zu reservieren.«

»Du kannst Kathleen ausrichten, daß wir zum Fest kommen.«

Sean hatte keine Ahnung, ob sie im Namen aller FitzGeralds sprach oder für sich das königliche *Wir* beanspruchte. Sein Blick fiel auf eine andere Kusine, die das Weiß einer Novizin trug. Ein Besuch auf Maynooth bescherte ihm immer wieder Überraschungen.

Auf ihrem Sommersitz auf Anglesey sah Amber Montague dem bevorstehenden Fest mit mehr Vorfreude entgegen als alle anderen FitzGeralds zusammen.

Sie hatte alles getan, was ihr Mann von ihr gefordert hatte, unterwürfig, scheinbar voller Hingabe, aber zu ihrem eigenen Schutz geistesabwesend. Irland und Joseph waren den Preis wert. Amber hatte das Gefühl, auf einer Wolke dahinzuschweben. Sie wußte schon genau, was sie selbst tragen würde und ging nun eilig im Geiste die Garderobe ihrer Tochter durch.

Wie stolz sie sein würde, mit der süßen Emerald und ihrem lieben Sohn vor den FitzGeralds und den O'Tooles zu erscheinen! Bei dem Gedanken an den Besuch in der Heimat wurde Amber ganz schwindlig vor Glück. Schon glaubte sie den Torfrauch, vermischt mit dem süßen Duft grünen Grases, in der Nase zu spüren. »Wann sollen wir am Sonntag bereit sein, William?« fragte sie, einen Strumpf über ihr langes Bein ziehend.

Der weiche, verträumte Blick schwand aus ihren Augen, als er sagte: »Amber, meine Liebe, du mußt mich wohl mißverstanden haben. Es kann nicht die Rede davon sein, daß *du* mitfährst.«

Ihr Herz stolperte und drohte dann stillzustehen.

»Du glaubst doch nicht im Ernst, daß ich meine Frau dem vulgären Treiben einer Horde ungehobelter Bauernlümmel aussetze?«

»Aber es ist meine Familie, William. Mein Onkel ist Earl von Kildare.«

»Just aus diesem Grund habe ich dich geheiratet. Aber jedes Fest der O'Tooles ist wohl dazu verurteilt, zu einem gewöhnlichen Saufgelage zu eskalieren. Ich werde meine Perle doch nicht diesen Säuen vorwerfen. Du bist ein viel zu köstlicher Leckerbissen, als daß ich dich einer Sippe lüsterner Iren präsentieren würde.«

Amber schmeckte Asche in ihrem Mund. Verlegte sie sich

aufs Bitten, würde das seine Machtgelüste nur steigern, während seine Antwort dieselbe bleiben würde. Seine Weigerung war endgültig.

»Ich beabsichtige Emerald und John sowie meinen Neffen Jack mitzunehmen. Es wird dem Jungen guttun. Er hängt zu stark an deinen Röcken. Ich will endlich einen Mann aus ihm machen. Ein Bursche, der nicht saufen und herumhuren kann, ohne dabei seine fünf Sinne zusammenzuhalten, ist ein jämmerlicher Schwächling.«

Fast hätte Amber laut herausgeschrien: »*Warum nimmst du dann Emerald mit, wenn es ein Saufgelage wird?*« Doch sie hielt sich noch rechtzeitig zurück, da sie ihre geliebte Tochter nicht der Chance berauben wollte, Irland und die FitzGerald-Verwandtschaft zu besuchen. Amber schluckte schwer. Nun erkannte sie, daß alles wieder nur ein grausames Spiel gewesen war. Es war, als hätte man ihr einen Stich ins Herz versetzt. Aber sie wagte nicht zu weinen, aus Angst, blutige Tränen zu vergießen.

Um ihre Demütigung vollkommen zu machen, hielt er ihr die Peitsche entgegen, mit der er sie immer quälte, und wartete unerbittlich und mit verhangenem Blick, bis Amber sie küßte.

4

Als am Tag des Festes die ersten Anzeichen der Morgendämmerung den Himmel rosig färbten, war ganz Greystones schon auf den Beinen und emsig an der Arbeit. Die Geburtstagsgeschenke waren im Schutze der Dunkelheit angeliefert worden, so daß sie eine vollendete Überraschung werden würden.

Stallknechte der FitzGeralds aus Maynooth hatten nach Mitternacht zwei Vollblüter in die Stallungen von Greystones geschmuggelt. Aus der Zucht des Earl, der für Joseph einen prachtvollen Fuchs und für Sean einen kohlpechschwarzen Zuchthengst ausgesucht hatte, stammten einige der edelsten Rennpferde, die es in Kildare gab.

Zwei von Shamus' Kapitänen, die Murphy-Brüder, hatten die neuen Schoner in der Werft in Birkenhead unweit Liverpool abgeholt. Shamus hatte ihnen eingeschärft, vor vier Uhr morgens auch nicht ein Zipfelchen Segel sehen zu lassen. Als Joseph und Sean zum Frühstück herunterkamen, saßen die Murphys schon behaglich in Mary Malones Küche.

»Sieh mal, was der Wind da hereingeweht hat«, sagte Sean zu seinem Bruder. »Die beiden Wasserratten wittern ein Gelage hundert Meilen weit.«

»Ihr zwei Halunken seid nicht eingeladen«, knurrte Joseph.

Sean griff die Neckerei auf. »Nur weil ihr FitzGerald-Mädchen geheiratet habt, gehört ihr noch lange nicht zur Familie.«

Pat Murphy fluchte durch seinen Bart: »Arrogante Ekel, alle beide. Keiner von euch wird das Deck eines Schiffes betreten, auf dem ich Kapitän bin!«

Auf ein Nicken Seans hin versetzte Joseph Pat Murphy einen überraschenden Schubs, während Sean mit dem Fuß den Schemel unter dessen Bruder Tim wegkickte. Unter lautem Gebrüll stürzten sich nun alle vier in ein Handgemenge, das damit endete, daß sich alle in einem Durcheinander von Armen und Beinen auf dem Küchenboden wälzten. Das Spiel nahm ein jähes Ende, als Mary Malone kaltes Wasser aus einem Krug über sie goß. »Eine Schande, sich wie die Wilden zu benehmen, noch dazu am Geburtstag. Raus aus meiner Küche, auf der Stelle! Heute wird hier für hundert Gäste gekocht!«

Die Brüder starrten entgeistert ihre in echtem Zorn geratene beleibte Köchin an, ehe sie in amüsiertes Gelächter ausbrachen.

Shamus betrat die Szene und bemerkte trocken: »Die beiden haben nur Unfug im Kopf, Mary Malone. Sie sind so ausgelassen, daß kaltes Wasser alleine nichts nützt, um Würde und Anstand wiederherzustellen. Ihr zwei Satansbraten«, sagte er, zu seinen Söhnen gewendet, »ihr steht jetzt sofort auf! Vor dem Frühstück müssen zwei Schiffe entladen werden.«

Noch immer lachend, rappelten sich alle vier auf. »Sollen doch die Murphys die Fracht löschen, sie führen das Kommando auf den verdammten Schiffen«, sagte Sean, der sich die Lachtränen aus den Augen wischte.

»Nun, da irren Sie sich aber gewaltig, Captain O'Toole«, sagte darauf Shamus, der sich ein Grinsen nicht länger verkneifen konnte.

Sean und Joseph tauschten verblüffte Blicke, ehe es ihnen dämmerte. Mit einem gellenden Freudenjuchzer rannten sie los, waren zur Tür hinaus und hielten nicht inne, bis sie die weiten Rasenflächen hinter sich gebracht hatten und Greystones' Hafen unter sich sahen.

Die vor Anker liegenden Schoner funkelten wie kostbare Edelsteine in der Frühmorgensonne. Sie waren so neu, daß die beiden meinten, bis hier oben hin den Teer und die frische Farbe riechen zu können. Trotz ihrer Ähnlichkeit glichen sie einander nicht völlig. Das größere, höhere war blau und golden, das längere, schlankere schwarz und silbern.

»Die Eignerpapiere findet ihr in den Logbüchern, und eure Besatzung sucht ihr euch am besten heute aus, wenn alle Burschen hier sind«, rief Shamus ihnen zu und bedeutete, sie sollten ihr neues Eigentum in Besitz nehmen. Dann ließ er sie allein. Sie waren erwachsene Männer und sollten das Vergnügen kennenlernen, bei der Übernahme des Kommandos übers Deck des eigenen Schiffes zu schreiten.

Sowohl der Vater als auch die Söhne verbargen ihre tiefen Gefühle. Unter Iren war es halt nicht üblich, sich in aller Öffentlichkeit zu umarmen und zu küssen. Aber Shamus' stolzer Blick ließ seine Söhne nicht los, als sie hinunter an die lange Kaimauer stürmten. Mit einem geradezu schwachsinnigen Grinsen nahmen Joseph und Sean ihre Geburtstagsgeschenke voller Ehrfurcht in Besitz. Um zu entscheiden, welches Schiff wem gehören sollte, bedurfte es keiner Debatte. Joseph hielt auf das blau-goldene zu, während Sean an Bord des schwarz-silbernen ging und einen tiefen Laut des Entzückens und der Bewunderung ausstieß. Er verlor sein Herz auf der Stelle an das langgestreckte, schlanke Schiff, dessen schnittige Linien ahnen ließen, welche Geschwindigkeit es erreichen konnte.

Sean redete mit dem Schiff wie mit einer Frau. Ein Schiff war wie eine Geliebte, besitzergreifend und eifersüchtig, jedoch zu Treue und Gehorsam fähig, wenn man es mit Festigkeit und Liebe behandelte. Er fuhr zärtlich mit der Hand die glänzende Reling entlang, liebkoste sie mit seiner Berührung, mit den Augen und mit seiner leisen, einschmeichelnden Stimme. Das Schiff, eine Schönheit, die seinen Pulsschlag beschleunigte, beflügelte seine Phantasie dermaßen, daß sich vor seinen Augen eine strahlende Zukunft erhob, die es mit beiden Händen zu packen galt.

Als die mit FitzGeralds voll besetzten Wagen eintrafen, standen schon Unmengen von reichgedeckten Schragentischen auf den Rasenflächen. Das Hauspersonal von Greystones war ununterbrochen damit beschäftigt, Nachschub für das Festmahl aus der riesigen Küche heranzuschaffen.

Allmählich trafen auch die anderen Gäste ein, meist aus alten irischen Familien, nicht den neuen anglo-irischen entstammend. Da sie ihre Fiedeln mitgebracht hatten, mischten

sich bald fröhliche Weisen mit dem allgemeinen Stimmenge-
wirr.

Edward FitzGerald lächelte seiner Tochter Kathleen liebevoll zu. Zwar hatte er keine Söhne, die seinen Namen hätten
weiterführen können, doch hatte seine Älteste diesen Mangel
mehr als wettgemacht. Sie hatte ihm zwei prächtige Enkelsöhne geschenkt, um die ihn jedermann beneidete.

»Und jetzt denk daran, Vater, daß du nur den halben Tag
Hochverrat planen kannst, die andere Hälfte ist fürs Feiern
und die Heiterkeit reserviert.«

Seine blauen Augen zwinkerten verschmitzt. »Tja, eine
Frau findet wohl immer einen Grund, einen Mann um sein
Vergnügen zu bringen.«

Eine Gruppe junger Leute umringte Sean und Joseph, als
sie vom Hafen zum Haus zurückkehrten, und drängte die
Brüder in Richtung Stallungen, wo die nächste Geburtstags-
überraschung harrte. Als die zwei Brüder hoch zu Pferde wieder auftauchten, strahlten Eltern und Großvater gleichermaßen.

»Danke, Sir, er ist herrlich. Ich will ihn Luzifer nennen«,
sagte Sean, der begeistert den schwarzen seidigen Hals seines
neuen Freundes tätschelte.

»Habt ihr zwei Satansbraten denn schon Namen für eure
Schiffe?« fragte Shamus in dem Versuch, sich über sie lustig zu
machen.

Sean zwinkerte Joseph zu. »Wie sollten zwei junge Teufel
ihre Schiffe wohl anders nennen als *Sulphur* und *Brimstone*?«

»Was für eine Respektlosigkeit! Ganz zu schweigen davon,
daß man den Teufel nicht an die Wand malen soll«, schalt ihre
Mutter liebevoll. Nicht ein einziges Haar auf ihren dunklen
Köpfen hätte sie anders haben wollen. Der Stolz auf die beiden spiegelte sich in ihrem Antlitz.

So aufgeregt war Emerald Montague noch nie im Leben gewesen. Von frühester Kindheit an hatte ihre Mutter ihr von Irland und den Iren erzählt. Die Märchen, mit denen sie zu Bett gebracht wurde, entstammten der reichen Überlieferung der Heimat ihrer Mutter, die Lieder, die Emerald lernte, waren die Lieder Erins, und die Schilderungen ihrer Mutter von ihrer geliebten Smaragdinsel und den exzentrischen Fitz-Geralds hatten in ihr die unstillbare Sehnsucht geweckt, dies alles einmal mit eigenen Augen sehen zu können.

Falls Amber todtraurig war, weil sie ihre Kinder nicht zur Geburtstagsfeier begleiten durfte, so verstand sie es, ihre Gefühle meisterhaft unter Kontrolle zu halten. Doch Emerald spürte, daß ihre Mutter die Enttäuschung tief im Inneren verbarg. Ihre gesamte Aufmerksamkeit schenkte sie ihren Kindern, um dafür zu sorgen, daß der Besuch ein voller Erfolg wurde.

Johns Garderobe war kein Problem. Da er mit siebzehn so gut wie erwachsen war, wurden seine Anzüge von den besten Herrenschneidern Londons angefertigt. Obschon er sich auf Anglesy am liebsten in alten Reithosen herumtrieb, enthielt sein Ankleidezimmer eine Garderobe, um die ihn jeder Dandy beneidet hätte.

Emeralds Garderobe war es, die ihrer Mutter Gedanken machte. »Das sind doch alles Kleider für kleine Mädchen«, jammerte Emerald mit einem angewiderten Blick auf ihre Sachen. »Äh, sie sind sehr hübsch«, berichtigte sie sich hastig, in der Hoffnung, die Gefühle der Mutter nicht verletzt zu haben, »aber ich bin jetzt fast sechzehn und kann doch nicht mehr in Kittelschürze und langer Rüschenhose unter die Leute. Ich möchte nicht, daß Sean – ich meine die FitzGeralds – mich auslachen.«

Ach – Sean war es also, an den sie ihr Herz verloren hatte! Er mußte damals Joseph begleitet haben. Gott mochte dem kleinen Mädchen beistehen, wenn er nur einen Bruchteil des irischen Charmes seines Bruders besaß. »Du hast ganz recht, mein Schatz. Bei den FitzGeralds gibt es so viele Frauen, und die könnten schon recht boshaft werden. Ich möchte, daß du sie alle ausstichst. Du wirst dein neues Samtcape tragen, da es auf dem Schiff sehr kalt sein kann. Aber wenn du den Umhang ablegst, sollen dich alle neiderfüllt anstarren.«

»Ja«, nickte Emerald mit leuchtenden Augen, bis in die Fingerspitzen ganz Frau, »genau das möchte ich.«

»Komm mit in mein Zimmer. Wir wollen in meiner Garderobe suchen, bis wir etwas finden, das für dich geändert werden kann.«

Am Sonntag morgen zog Emerald zum erstenmal im Leben Seidenstrümpfe anstelle ihrer langen Stoffhöschen an. Als ihre Mutter ihr in das grüne Samtkleid half, klagte Emerald: »Wir haben das Korsett vergessen… was soll ich jetzt nur machen?«

Amber lachte. »Liebling, du brauchst kein Korsett.«

»Aber was ist damit?« Emerald bedeckte ihre hochgeschobenen Brüste mit den Händen.

»*Das* wird heute der Neid jedes weiblichen Wesens in ganz Irland sein. Vertraue mir, ich kenne mich in diesen Dingen aus.«

Von ihrem Fenster aus sah Emerald die Segel eines Schiffes, das aus östlicher Richtung in die Menai Street einfuhr und damit ihren Vater brachte. »Ach, du meine Güte«, entfuhr es beiden wie aus einem Mund. Sie wußten sehr wohl, daß es nie möglich war, William Montagues Wohlwollen zu erregen.

»Überlaß deinen Vater mir«, sagte Amber entschlossen. »Ehe er wieder ausläuft, bleibt ihm nur Zeit, zu kontrollieren, ob Johnny seinen Vorstellungen entspricht. Glätte dein

Haar ein wenig, und binde es mit einem Band zurück«, rief sie über die Schulter, als sie die Röcke raffte und in Johns Zimmer eilte.

Ihr Sohn trug zu einer maßgeschneiderten marineblauen Jacke aus edelstem Material eine hellbeige Kniehose, die sich faltenlos an seine Schenkel schmiegte und von weißen Strümpfen ergänzt wurde. Eine mattgoldene Brokatweste bildete den Glanzpunkt seiner Aufmachung. »Dein Halstuch würde den Prince of Wales beschämen, Johnny. Du siehst prächtig aus«, lobte Amber ihn, um sein Selbstvertrauen zu stärken. Marineblau stand ihm wirklich gut, und mit liebevollen Händen schob sie eine widerspenstige Haarsträhne unter seine Perücke.

»Dein Vater kommt. Ich möchte, daß er dich zuerst sieht, weil ich weiß, daß er an dir heute keinen Makel entdecken wird. Bleib bei mir, während ich ihn auf Emerald vorbereite.«

Montague kam allein zum Haus heraufgeschritten. Nach einem kritischen Blick, der seinem Sohn galt, war er tatsächlich ein wenig besänftigt, da John heute sehr erwachsen wirkte. Auch die Fügsamkeit seiner Frau bot ihm Anlaß zur Zufriedenheit. Als es sich zeigte, daß sie ihn auch nicht in letzter Minute anflehen würde, er solle sie mitnehmen, verspürte er ein wohliges Gefühl der Allmacht. Sein Blick ruhte wohlwollend auf ihren Brüsten, die sich unter dem fließenden Stoff des Morgenmantels abzeichneten.

»Wenn ich die Kinder wieder zu Hause abliefere, werde ich die Nacht hier verbringen. Du brauchst nicht auf mich zu warten, Amber, meine Liebe, ich werde dich wecken.«

»William«, setzte sie leise an, und wandte, ohne daß er es merkte, ihre gesamte List an, um ihren Willen durchzusetzen. »Deine Tochter soll heute wie eine Lady aussehen – wie eine *englische* Lady. Ich war seit Jahren nicht mehr in Irland, könnte mir aber vorstellen, daß die jungen Frauen noch immer in Leinenkitteln herumlaufen und ihre Knöchel zeigen, wie auch ich seinerzeit es tat. Falscher Stolz veranlaßt sie, keine importierten Seiden oder Brokate zu tragen. Sie verarbeiten nur Leinen oder Wolle oder in Irland verfertigtes Tuch. Wenn sie aber Emerald in ihrem Samt sehen, werden sie vor Neid sicher grasgrün.«

Wie auf ein Stichwort hin erschien Emerald, deren schwarze seidige Locken um ihre Schultern tanzten. Ihrer Zierlichkeit wegen hatte ihr Vater sie noch als Kind angesehen. Nun aber sah er, daß sie fast schon zur Frau herangereift war. »Vom Hals abwärts sieht sie aus wie eine Lady, doch ihr Haar ist wirr wie Brombeergestrüpp. Hat sie denn keine anständige, gepuderte Perücke?« knurrte er.

Amber sah, wie sich die Augen ihrer Tochter mit dem grünen Feuer der Aufsässigkeit füllten, und antwortete rasch, ehe es zu einem Eklat kommen konnte: »William, das ist ein Versäumnis meinerseits. Emerald, geh hinauf und setzte deine Perücke auf. Dein Vater möchte, daß du wie eine englische *Lady* aussiehst.«

Jack Raymond streckte dienstfertig seine Hand aus, um Emerald an Bord zu helfen. Sie gestattete es ihm, ließ ihn dann aber sofort stehen und ging allein übers Deck. Ihre Aufsässigkeit zeigte sich nicht mehr in ihren Augen, sondern versteckte sich in ihrem Inneren. Sie sah, wie Johnny ihrem Vetter Jack, der heute eine Leutnantsuniform trug, die Hand schüttelte. Jack hatte die gleichen wulstigen Lippen wie ihr Onkel und sah diesem überhaupt sehr ähnlich. Trotz seiner tadellosen, sportlichen Haltung wurde Emerald den Eindruck nicht los, daß in seinen Augen immer die Andeutung einer Drohung lag.

Sie war froh, daß ihn auf der Überfahrt das Kommando über die Besatzung sehr beschäftigen und von ihr fernhalten würde. Er hatte nämlich in ihrer Gesellschaft die Neigung entwickelt, sich wie eine Klette an sie zu heften. Doch sie verdrängte die Gedanken an ihren widerwärtigen Vetter, als ihr Bruder sich zu ihr gesellte. »Johnny, ich kann es nicht fassen, daß wir wirklich nach Irland fahren!« Am Morgen vor dem Erwachen hatte Emerald wieder ihren schönen Traum erlebt. Das köstliche Gefühl der Vorfreude war ihr geblieben, ebenso die über Freude hinausgehende Beglückung, da sie wußte, daß sie »ihn« bald, sehr bald wiedersehen würde. Er war ihr vollkommener irischer Prinz, und in ihrem Inneren flüsterte sie sehnsüchtig seinen Namen. »Sean, Sean.«

»Hoffentlich wird die See nicht zu ruppig, wenn wir die Meerenge hinter uns haben. Ich möchte mich nicht vor Vater übergeben«, riß Johnnys klägliche Stimme sie aus ihren Gedanken.

»Dann atme einige Male tief durch, er kommt nämlich gerade.«

»O Gott, Emerald, tu etwas, das seine Aufmerksamkeit von mir ablenkt.«

Sie drückte seine Hand und wandte sich an ihren Vater. »Heute trägst du aber eine sehr schmucke Uniform, Vater.«

»Eine Uniform verleiht einem viel Autorität, und nur wenige ziehen diese Autorität in Zweifel. Denk daran, John. Bald wirst auch du eine tragen. Keine Angst, mein Junge, wir werden einen richtigen Mann aus dir machen.«

Aus dem Augenwinkel sah Emerald, daß Johnny nahe daran war, sich zu übergeben. Mit voller Absicht lehnte sie sich weit über die Reling, wohlwissend, was nun folgen würde. Prompt riß ihr der Wind die Perücke vom Kopf und ließ sie über die Wellenkämme tanzen. »Herrjeh«, jammerte sie laut, »das war meine allerbeste Perücke.«

Wangen und Doppelkinn ihres Vaters liefen puterrot an. Er packte sie roh am Arm, marschierte mit ihr ans obere Ende der

Kajüttreppe und deutete auf einen am Treppenabsatz hängenden Beutel. »Weißt du, was der Beutel enthält?«

Emerald schüttelte nur den Kopf, da ihre Stimme ihr nicht gehorchte.

»Eine neunschwänzige Katze. Erregst du heute noch einmal meinen Unwillen, dann lasse ich die Katze aus dem Sack!«

Sie sank vor Erleichterung in sich zusammen, als er ihren Arm losließ. *Es ist nicht fair! Warum muß ihn immer jemand besänftigen und bei guter Laune halten?* Und doch war ihre Befriedigung groß, weil es ihr gelungen war, Johnny vor Strafe zu bewahren und sich obendrein ihres gräßlichen Kopfputzes zu entledigen.

Shamus entdeckte Montagues Segel und ging hinunter an den Kai, um sicherzustellen, daß die *Defense* genügend Platz fand, um festzumachen und entladen zu werden. Als er den Partner seiner finsteren Machenschaften begrüßte, ließ Shamus sich nicht anmerken, wie ulkig ihm Montagues Admiralsuniform vorkam. *Damit mußte er sich Mut einflößen, um die Waffen herzubringen!* »Wie ich sehe, sind Sie ungehindert durchgekommen.«

»Wie immer«, erwiderte Montague mit seiner üblichen englischen Arroganz. Er warf einen neidischen Blick auf die zwei neuen Schiffe. »Gehören sie Ihnen, Shamus?«

»Sie gehören meinen Söhnen, das größere Joseph, das schwarz-silberne Sean«, sagte er voller Stolz.

»A propos Söhne. Ich möchte, daß Sie meinen kennenlernen. Das ist John und das meine Tochter Emerald. Jack kennen Sie ja schon.«

Shamus wechselte einen Händedruck mit John und verbeugte sich galant vor Emerald. Da seinem aufmerksamen Blick kaum etwas entging, hatte er auch bemerkt, daß das Mädchen bei der Erwähnung seiner Söhne errötet war. »Herzlich willkommen in unserem Heim. Das Fest ist in vollem Gange. In den Gärten wimmelt es nur so von jungen Leuten. Lauft hinauf zum Haus und amüsiert euch.« Er wandte sich wieder an Montague. »Ihre Besatzung kann die Fracht hier entladen. Falls Hilfe gebraucht wird, haben wir genug Kerle, die zupacken können.«

Wie immer zeigte Montague keine Neugierde hinsichtlich der endgültigen Bestimmung der Fracht, was vermutlich der Grund dafür war, daß die zwei Männer schon so lange miteinander Geschäfte machten. William schien nur Interesse für das Gold zu haben, das die Fracht ihm bringen würde, und genau dies war in O'Tooles Sinn. Montague überließ es Jack, das Löschen der Fracht zu überwachen und begleitete Shamus zum Haus.

»Viel Munition für die Waffen habe ich nicht mitgebracht, aber ich kann Ihnen nächste Woche mit einer ganzen Schiffsladung dienen.«

»Gut. Das reicht.« Shamus nickte. »Schaffen Sie das Zeug nach Anglesey, alles übrige erledigen wir.« Auf Williams erleichterte Miene hin verbiß Shamus sich ein Auflachen. Er hätte seinen Kopf darauf verwettet, daß die Munition sich bereits auf Anglesey befand. Aber Montague besaß nicht den Mut, einen ganzen Laderaum voller Sprengstoff zu transportieren, der hochgehen und ihn unvermittelt in die Ewigkeit befördern konnte. Zu viele Sünden lagerten auf der Seele des schrecklichen Williams, als daß er gelassen vor seinen Schöpfer hätte treten können.

Als Kathleen die beiden näherkommen sah, drückte sie warnend den Arm ihres Vaters und trat vor, um Montague zu begrüßen. »Willkommen auf unserem Fest, William.« Als sie ihm ihre Hand bot, führt er diese an seine Lippen, wobei er ungeniert die Schönheit von Kathleens Gesicht und Gestalt musterte. Sie wußte, daß der Engländer die Frauen der Fitz-

Geralds sehr anziehend fand. Kein Wunder, daß er den Kopf verloren hatte, als die fünfzehnjährige Amber ihn mit ihrem Zauber betört hatte.

»Ich bin nicht allein gekommen. Ich habe Sohn und Tochter mitgebracht, damit sie die Familie ihrer Mutter kennenlernen.«

»Das wird auch Zeit, aber wo ist Amber?« fragte Kathleen mit Nachdruck.

»Sie läßt ihr Bedauern ausdrücken. Aber ihre empfindliche Konstitution macht ihr jede Seefahrt zur Folter«, erwiderte William aalglatt.

Wenn sie dich erträgt, hat sie eine eiserne Konstitution. Und was die Folter anlangt, so vermute ich, daß die Ärmste sie jeden Tag ihres Lebens durch dich erfahren muß. »Ich will nach den Kindern sehen und dafür sorgen, daß sie sich amüsieren. Vater, schenke William doch bitte einen Doppelten ein. So nüchtern, wie er aussieht, hat er sicher viel nachzuholen.«

Edward FitzGerald und William Montague hatten seit Jahren keine Geschäfte miteinander getätigt. Zumindest nicht solche, von denen Montague wußte, dachte der Earl boshaft. Er hatte Montague eine der Töchter seines Bruders zur Frau gegeben, da er sehr gut gewußt hatte, daß das kleine raffinierte Ding sich mit einem Nein damals nicht abgefunden hätte. Gut, Amber hatte den englischen Aristokraten verführt. Aber sie war klug genug gewesen, ihm sexuelle Freiheiten bis nach dem Heiratsantrag zu verweigern.

Edward goß ihm ein Glas rauchigen irischen Whisky ein. »Montague, Sie können sich glücklich schätzen. Sie besitzen etwas, das mir verweigert wurde, nämlich einen Sohn.« Kathleen, seine Erstgeborene, war mit einem totgeborenen Bruder als Zwilling zur Welt gekommen. »Die Tochter war unvermeidlich, da jeder FitzGerald, tot oder lebendig, mindestens eine in die Welt gesetzt hat. Doch bei mir war der Schöpfer gegen einen Sohn.«

»Soviel ich weiß, sind Sie eines von dreiundzwanzig Kindern. Ihr Vater muß doch etliche Söhne gezeugt haben.«

»Nicht viele, und außer mir hat keiner überlebt. Einer starb als Kind, und drei lebten lange genug, um vor ihrem frühen Dahinscheiden Töchter in die Welt zu setzen.«

»Daher gehören alle männlichen FitzGeralds, die die Handelsflotte bemannen, schon der dritten Generation an«, schloß Montague nachdenklich.

»So ist es«, sagte Edward, sein Glas hebend. »Ich trinke auf Enkelsöhne! Wo wären wir ohne sie?«

William Montague schalt sich insgeheim einen Toren. Die FitzGeralds waren so zahlreich, daß er auf die Nachfolgefrage nie einen Gedanken verschwendet hatte. Warum hatte er noch nie daran gedacht, daß Shamus O'Tooles ältester Sohn Edward FitzGeralds Erbe und der nächste Earl von Kildare sein würde? Sofort entwickelte er einen Plan. Was sprach dagegen, seine Tochter Emerald mit Joseph FitzGerald O'Toole zu vermählen? Vielleicht war eine Tochter doch zu etwas gut.

5

Emerald stockte der Atem, als sie das georgianische Herrenhaus in seiner ganzen Pracht inmitten einer geradezu vollkommenen Umgebung erblickte. *Das also ist Castle Lies, das Schloß der Lügen*, dachte sie mit ahnungsvollem Schauder, als ihr Blick die Menschenmenge auf der Suche nach einem ganz bestimmten Gesicht überflog. Da sie es nirgends entdecken konnte, nahm sie ihren ganzen Mut zusammen und näherte sich einer Gruppe junger FitzGeralds beiderlei Ge-

schlechts. »Wie geht es euch? Es freut mich, eure Bekanntschaft zu machen.«

Totenstille trat ein, als die Blicke der Mädchen sich auf den
Störenfried richteten und die samtumspannten, hochgeschobenen Brüste erspähten.

»Sieh an, wenn das nicht die Königin von England ist«, ließ
Fiona sich schließlich vernehmen und entlockte damit den anderen Mädchen boshaftes Gelächter.

Emerald schluckte die Stichelei tapfer und wagte einen
neuen Versuch. »Ich bin mütterlicherseits eine FitzGerald …
ich bin halb irisch.«

»Und welche Hälfte ist das? Die obere?« fragte Fiona gedehnt, während zwei junge Männer Emeralds Brüste interessiert beäugten.

»Sicher, wenn sie Irin ist, muß sie eine aus dem kleinen Volk
sein«, meinte Deirdre darauf.

Aus Emeralds Wangen wich jede Farbe. Noch nie war sie
sich ihres zierlichen, dunkelhaarigen Aussehens so bewußt
gewesen.

»Und … wie heißt du?« fragte eines der Mädchen.

»Die Dame heißt Emerald«, hörte sie hinter sich eine tiefe
Stimme.

Emerald drehte sich um und blickte in Sean O'Tooles
graue, lachende Augen. Plötzlich spielte es keine Rolle mehr,
daß die Mädchen grausam gewesen waren. Nichts spielte eine
Rolle, nur daß er da war und auf sie hinunterlachte, so nahe,
daß sie ihn anfassen konnte. Ihre dunklen Locken über die
Schulter werfend, bedachte sie ihn mit einem strahlenden
Lächeln. »Alles Gute zum Geburtstag, Sean.«

Er griente in Erinnerung an ihre letzte Begegnung. Die Bewunderung, die sie ihm entgegenbrachte, war nicht zu übersehen. Sein Herz setzte für einen Schlag aus. Eine Prise Hel-
denverehrung zum Geburtstag war nicht zu verachten. Sein

Blick wanderte über ihr grünes Samtkleid, das ihre weiblichen Formen betonte, dann beugte er sich zu ihr und flüsterte: »Diese elegante Dame kann doch niemals Emerald Montague sein? Wie hast du es geschafft, in so kurzer Zeit zur Frau zu werden?«

Sie lachte ihm ins Gesicht, entzückt, daß er sie für erwachsen hielt.

Sean umfaßte ihre beiden Hände und hörte ihr rasches Atemholen, als er ihre Finger galant an seine Lippen führte. Er sah, daß ihr Blick auf seinem Mund ruhte, und er ahnte, daß sie sich zum ersten Mal im Leben fragte, wie der Kuß eines Mannes wohl sein mochte. »Ich weiß, was du möchtest«, zog er sie auf.

»Was?« hauchte Emerald, deren Wangen sich rosig färbten.

»Tanzen natürlich. Sollen wir?« Er bot ihr seinen Arm, und als sie ihn nahm, wirbelte Sean sie sofort über den Rasen. Er beugte sich zu ihr und flüsterte: »Wir müssen warten, bis wir allein sind, um das andere zu tun.«

Emerald, die Seans starke Arme um sich spürte, glaubte, in der Luft zu schweben. Seine Nähe ließ ihr Herz singen, unbekannte Hitze ergriff von ihr Besitz. Als der Tanz endete, war sie wie berauscht, daß Sean sie nach wie vor in seinen Armen hielt, und sie in den nächsten Tanz mitriß, kaum daß die Musik von neuem einsetzte. Sie hätte ewig an ihn geschmiegt bleiben und tanzen und flirten mögen.

Ihre Kusine Fiona tippte ihm auf die Schulter. »Sean, du hast versprochen, mit allen zu tanzen.«

»Das habe ich«, sagte er galant, doch ehe er Emerald losließ, raunte er ihr augenzwinkernd zu: »Wir treffen uns später bei den Stallungen.«

Die Weiblichkeit, alte wie junge, umdrängte Sean nun, und er tanzte wie versprochen mit jeder einzelnen. Als die Fiedeln schließlich eine bekannte Weise anstimmten, erhob sich ringsum der Ruf: »Zeig uns deine Gigue, Sean!« Immer bereit, den Leuten einen Gefallen zu tun, sprang Sean auf ein Ale-Faß und tanzte die Gigue, ohne einen einzigen falschen Schritt zu tun, und das auf einer Bühne, auf deren Durchmesser knapp zwei Füße paßten.

Obwohl er mit allen in der Runde scherzte und plauderte, war Sean sich der Nähe Emeralds deutlich bewußt. Er beobachtete genau, wie sie später den Stallungen zustrebte, und er brauchte weniger als eine Minute, um sich seinen Kusinen zu entziehen. Doch bevor er sich auf Emeralds Spuren heften konnte, stoppte ihn Shamus.

»Hast du die Waffen von der *Defense* kontrolliert?«

»Ja. Die Zahl stimmt, doch die Munition ist knapp.«

Shamus nickte. »Das weiß ich. Wir werden sie selbst von Anglesey holen müssen.« Er dirigierte ihn zu Montague, der mit Edward FitzGerald und Joseph in ein Gespräch vertieft war.

Enttäuschung hatte Joseph wie eine kalte Woge erfaßt, als er sah, daß Amber William Montague nicht begleitet hatte. Trotz seiner Abneigung gegen den Mann zog ihn die Hoffnung an die Seite des Engländers, ihn ihren Namen nennen zu hören. In Joseph regte sich nämlich allmählich der Verdacht, daß er sich mit der »Liebe« genannten Krankheit angesteckt hatte.

Montague sagte gerade: »Shamus, ich weiß die Einladung zu schätzen und möchte selbst eine aussprechen. Da Joseph für die Politik bestimmt ist, biete ich ihm die Gastfreundschaft meines Hauses in London für die Saison. Damit hätte er Gelegenheit, in beiden Häusern des Parlaments Sitzungen zu besuchen und sich einen Eindruck von der Gegenseite zu verschaffen. Ich könnte ihn mit sehr einflußreichen Leuten bekannt machen. Vergessen Sie nicht, daß mein Bruder Sandwich in London zu jedem großen Haus, politisch oder sonstwie, Zutritt hat und ein intimer Freund des Prince von Wales ist.«

Shamus sah seinen Schwiegervater an, um dessen Reaktion abzuschätzen. Edward FitzGerald haßte das britische Parlament von ganzem Herzen.

Edward lächelte Shamus zu, als er elegant erwiderte: »London wäre für Joseph eine unschätzbare Erfahrung. Obwohl ich hoffe, daß es nie dazu kommt, bin ich Zyniker genug, mir vorzustellen, daß die Parlamente Irlands und Englands eines Tages vereinigt werden könnten.«

Mit einem Mal gefiel Joseph die Aussicht auf einen Aufenthalt in London sehr, weil Amber bald dorthin zurückkehren würde. Er streckte Montague die Hand entgegen. »Danke für die Einladung, Sir. Den Hafen von London habe ich mit Frachten schon angelaufen, hatte aber nie Gelegenheit, das gesellschaftliche Leben der Stadt kennenzulernen.«

»In diesem Jahr werde ich früher als sonst nach London zurückkehren. Die Admiralität hat mit Frankreich alle Hände voll zu tun. Mehr als zwei Wochen in Liverpool wird man mir nicht zugestehen.«

Sean biß sich auf die Lippen, um nicht laut aufzulachen. Josephs Verstand steckte momentan in seinem Schwanz. Dennoch hätte er selbst nichts gegen einen Besuch in London gehabt. Die Stadt war für die Handelsschiffahrt Mittelpunkt der Welt, und der Krieg in Frankreich bot gute Profitchancen. Sean suchte Josephs Blick, und die Brüder verabschiedeten sich höflich und schlenderten zu den Stallungen.

»Hast du den Verstand verloren, Joseph? Dein Verlangen stand dir deutlich ins Gesicht geschrieben. Als er dir seine Gastfreundschaft anbot, hat er damit nicht gemeint, daß du es mit seiner Frau treibst. O Gott, Joseph, laß davon ab, nach verbotenen Früchten zu greifen. Es gibt für uns überall eine reiche Auswahl an willigen Mädchen. Sperr die Augen auf und sieh, was sich vor deiner Nase bietet. Und jetzt entschuldige mich.«

Joseph starrte seinem Bruder nach, als dieser allein das Stallgebäude betrat. Bei Gott, warum hatte er tatsächlich übersehen, was sich ihm praktisch vor der Nase bot? Montague würde den Rest des Tages hier verbringen, während Amber allein auf Anglesey war. Joseph lächelte. *Ich werde sie heute nachmittag besuchen!* Er lief zum Haus, um das Geschenk zu holen, das er seiner Liebsten zugedacht hatte. Als er den kostbaren Bernsteinschmuck in einer Fracht aus dem Ostseeraum entdeckt hatte, war ihm klar, daß sie von den Ohrgehängen mit ihren Einsprengseln von Sonnenpünktchen begeistert sein würde.

Als Sean den Stall betrat, war Emerald versunken in die Bewunderung seines Vollblüters. »Hallo, meine Schöne. Der Bursche heißt Luzifer.«

»Ich dachte mir, daß er dir gehört – er paßt zu dir. Er sieht gefährlich aus.«

Sean lachte. »Soll das heißen, daß auch ich gefährlich aussehe?«

»Vielleicht«, sagte sie mit einem verführerischen Augenaufschlag.

»Wir beide sind lammfromm«, neckte er sie, »ich will es dir beweisen.« Sean streichelte Luzifers seidige Nüstern, um sich dann auf seinen ungesattelten Rücken zu schwingen. »Möchtest du auch aufsitzen?« lud er Emerald ein.

Als Emerald zögerte, drängte er: »Du brauchst keine Angst zu haben.«

Sie schüttelte ihre Locken. »Ich habe keine Angst.« Kaum war sie näher an das Pferd herangetreten, als er sich auch schon niederbeugte und sie mit kraftvollen Händen zu sich heraufhob. »Oh!« rief sie atemlos und klammerte sich überrascht an die schwarze Mähne.

Er setzte sie vor sich zwischen seine Schenkel. »Ich lasse

dich schon nicht fallen.« Als er einen Arm um ihre schmale Taille legte, stieg ihm der Duft ihres Haares in die Nase. Ihre Haarflut anhebend, drückte er seine Lippen auf ihren Nacken und spürte, wie sie ein Schauer überlief. »Du bist hier heute das hübscheste Mädchen.«

Seans Kopf fuhr mit einem Ruck hoch, als jemand den Stall betrat.

Ein korrekt gekleideter Jüngling starrte zu ihnen hinauf. »Emerald, ich habe dich gesucht.«

»Johnny! Das ist Sean O'Toole.« Schuldbewußt ließ sie sich vom Pferderücken gleiten.

»Du mußt Emeralds Bruder sein. Willkommen auf Greystones.«

Der junge Mann errötete über das ganze Gesicht. »Hallo... hoffentlich hast du nichts dagegen, wenn ich mich hier im Stall umsehe, aber ich bin ein wahrer Pferdenarr.«

»Was sollte ich dagegen haben«, sagte Sean und versuchte, dem schüchternen Jungen seine Befangenheit zu nehmen. *Das also ist Montagues Sohn. Der hat ja Angst vor seinem eigenen Schatten! Kein Wunder, daß er sich vor seinem Vater schier in die Hosen macht.*

»Er ist bildschön«, sagte Johnny, der die Hand ausstreckte, um Luzifers Hals zu streicheln. »Wirst du ihn bei Rennen laufen lassen?«

»Möglich«, sagte Sean und saß ab. »Interessierst du dich für Rennen?«

»Ja, sehr«, antwortete Johnny eifrig. »Von meiner Mutter weiß ich, daß Kildare das Zentrum des irischen Rennsports ist. Was würde ich nicht dafür geben, Curragh zu sehen. Ist es noch immer so, wie es war, als sie hier lebte?«

Sean nickte. »Ja, es ist eine Ebene, bedeckt von üppigem, dichtem Gras, das sich über fünftausend Morgen ohne Zaun oder Baum erstreckt.«

»Johnny kennt sich mit Pferden aus«, sagte Emerald stolz.

Von Seans warmherziger Art angezogen, gestand Johnny: »Ich würde gern eine Zucht anfangen, aber mein Vater hat andere Pläne. Er zwingt mich in die Admiralität, obwohl ich das Meer fürchte und schrecklich unter Seekrankheit leide.«

»Wie schade, da ich dich einladen wollte, später meinen neuen Schoner zu besichtigen.« Sean warf Emerald einen Blick zu, mit dem er sie wortlos zu einem Besuch auf seinem Schiff einlud.

»Danke, aber wenn es dir nichts ausmacht, würde ich viel lieber hier bei den Pferden bleiben«, bat Johnny.

»Wie du willst. Einmal mußt du ohne deinen Vater auf Besuch kommen, dann werden wir nach Curragh fahren und uns die Rennen ansehen.«

»Ach ja, wie gern ich das täte!« Johnny schüttelte impulsiv Seans Hand. Es gab nicht viele junge Männer, die ihm unbefangen freundschaftlich begegneten, und er konnte es kaum fassen, daß dieser O'Toole, der bereits ein Schiff sein eigen nannte, ihn wie seinesgleichen behandelte.

»Ich muß jetzt zurück zum Fest«, entschuldigte Sean sich.

Als er gegangen war, sagte Johnny zu Emerald: »Ich finde, hier ist es wunderschön. Amüsierst du dich auch?«

Emerald rümpfte die Nase. »Das tat ich ... bis du aufgetaucht bist.«

»Du hättest mit ihm nicht allein sein dürfen.«

»Du hast uns ja gar keine Möglichkeit dazu gegeben!«

»Es tut mir leid«, lächelte er. »Los, lauf ihm nach, du brauchst nicht hier bei mir zu bleiben.«

Als Emerald an der steinernen Balustrade vorüberging, fegten Kathleen O'Tooles anmutige Röcke die Terrassenstufen herunter. »Ach, da bist du ja, ich habe dich schon überall gesucht.« Sie nahm Emeralds schmale Hand. »Komm mit, damit wir uns ungestört unterhalten können.«

Sie führte Emerald in einen prachtvollen Empfangssalon und bot ihr Platz auf einem gepolsterten Fenstersitz mit Ausblick auf einen, mit einer Mauer umgebenen Garten an. Dazu reichte sie ihr ein Glas Wein. »Ich bin Kathleen O'Toole. Und jetzt berichte mir, wie es meiner liebsten Kusine Amber geht.«

Da wußte Emerald, daß die Dame Seans Mutter und eine ältere Kusine ihrer eigenen Mutter war. Beherzt trank sie erst einen Schluck Wein, dann den nächsten. Und dann sprudelte es nur so aus ihr heraus. »Meine Mutter ist wohlauf, doch sehnt sie sich nach einem Besuch in ihrer Heimat. Mein Vater wird es nie zulassen, daß sie herkommt... ich glaube, aus Angst, sie würde nie wieder zu ihm zurückkehren.«

Emeralds unschuldige Enthüllung tat Kathleen im Herzen weh. »Nun ja, sie ist eine schöne, junge Frau, und man kann es deinem Vater nicht verdenken, daß er sie eifersüchtig hütet.«

»Ihre Familie fehlt ihr sehr. Ich habe versucht, mit den Vettern und Kusinen bekannt zu werden, aber da ich aus England komme, halten sie mich wohl für eine Feindin.«

Als Kathleen die zierliche Elfengestalt in feinem Samt betrachtete, konnte sie sich lebhaft vorstellen, daß die FitzGerald-Mädchen sich wie an den Schnurrhaaren gezogene Katzen gebärdet hatten. »Liebes Kind, du hast einen völlig falschen Eindruck bekommen. Die FitzGeralds haben nur dein Samtkleid und deine hübschen hohen Brüste gesehen. Ein Blick genügte, und sie wußten, daß dir der Löwenanteil an Aufmerksamkeit zufallen würde. Lauf zurück zum Tanz und amüsiere dich. Schließlich ist das die Geburtstagsfeier meiner Söhne.«

Emerald trank den köstlichen Wein aus und gestand: »Ich

habe deinen Sohn schon auf Anglesey kennengelernt, wo er in Angelegenheiten der Admiralität zu tun hatte.«

Kathleen sah, wie sie die langen Wimpern senkte und brennende Röte ihr Gesicht färbte. Beide blickten jedoch auf, als eine hohe Gestalt die Treppe der Eingangshalle heruntergelaufen kam. Einen Augenblick glaubte Emerald, Seans dunklen Kopf zu sehen, und Kathleen hörte ihr rasches Atemholen.

»Joseph«, rief seine Mutter, »hier ist jemand, der gerne tanzen würde.«

Joseph steckte seinen Kopf in den Salon und sah das weibliche Wesen am Fenster ausdruckslos an. »Ich wollte mit dem Schoner eine Ausfahrt unternehmen«, erklärte er leicht verstimmt. Er wollte ja nicht unhöflich sein, konnte es aber kaum erwarten, seine Besatzung zusammenzutrommeln und die Anker zu lichten.

»Großartig! Hier ist eine junge Dame, die bestimmt nichts lieber täte, als segeln zu gehen.«

Da sie das Licht im Rücken hatte, hatte Joseph keine Ahnung, welche der FitzGerald-Kusinen es war. Doch würde er sie gleich an einen anderen weiterreichen, sobald er mit ihr draußen war. Galant bot er ihr seinen Arm, und Emerald, der es in ihrer Verlegenheit die Rede verschlagen hatte, ließ sich von Joseph hinausgeleiten. »Kenne ich dich, Schätzchen?« fragte er mit einem Blick in ihr unbekanntes Gesicht.

»Nein, aber ich kenne deinen Bruder Sean.«

»Das hätte ich mir denken können«, lachte Joseph erleichtert. »Immer sind es die hübschesten Mädchen, die ihr Herz an ihn verlieren. Wenn du zu Sean möchtest, wirst du ihn wahrscheinlich an Bord seines neuen Schoners finden.«

Emeralds Blick folgte Josephs Hand. Die Vorstellung, daß Sean O'Toole Kapitän seines eigenen Schiffes war, beschleunigte ihren Puls.

»Halte dein Herz bloß unter Schloß und Riegel!« warnte Joseph scherzhaft und ließ sie mit einer Verbeugung stehen, um sich auf die Suche nach seiner Besatzung zu machen.

Als William Montague seine Tochter am Arm Joseph O'Tooles vorüberschlendern sah, stieß er Shamus an. »Das ist ein Paar, wie der Himmel es zusammenfügt. Eine Engländerin als Frau könnte für Joseph ein Vorteil sein, schon gar, wenn es die Nichte des Vizeschatzkanzlers von Irland ist.«

Du bist ein gerissener Bursche, Willie. Du weißt genau, daß Joseph einen Earl-Titel erbt, dachte Shamus. »Die Idee verdient nähere Überlegung, William. Ich werde mit Kathleen darüber sprechen, aber Sie müssen verstehen, daß die endgültige Entscheidung bei Joseph liegt. Meine Söhne sind Männer, die im Leben ihre eigenen Entscheidungen treffen.«

Emerald war nicht das einzige weibliche Wesen, das sich auf die Suche nach Sean O'Toole machte. Bridget FitzGerald hatte entschieden, daß die Zeit reif war, Sean sein schönstes Geburtstagsgeschenk zu präsentieren. Da sie ahnte, daß sein neues Schiff ihn wie ein Magnet anziehen würde, hielt sie Ausschau, bis sie ihn zur Anlegestelle gehen sah, wartete ein paar Minuten und folgte ihm dann unauffällig an Bord.

Seans graue Augen blickten erwartungsvoll und in der Hoffnung, es würde Emerald sein, vom Logbuch auf, in das er seine erste Eintragung machte. Als jedoch eine junge Frau in Weiß die Kapitänskajüte betrat, registrierte er ihr Novizinnengewand mit einiger Belustigung. Er konnte sich niemanden vorstellen, der für ein Kloster ungeeigneter war als diese temperamentvolle Schönheit.

»Alles Gute zum Geburtstag, Sean«, sagte sie und hielt ihm ein Päckchen entgegen. »Ich habe ein Hemd für dich genäht.«

»Biddy, das ist reizend von dir«, sagte er und wickelte ein feines Leinenhemd aus.

»Zieh es an, damit man sieht, ob es dir an deinen breiten Schultern paßt.«

Mit einem amüsierten Aufblitzen seiner weißen Zähne zog Sean sein Hemd aus.

Sofort warf sich Bridget an seine nackte Brust. »Ich habe beschlossen, mich nicht für Christus aufzubewahren!«

»Das ist pure Gotteslästerung, du unartiges Ding«, versetzte er lachend.

Emerald, deren Puls inzwischen vor Aufregung raste, ging an Bord des schlanken Schoners und kletterte unter Deck. »Sean?« rief sie. »Bist du hier unten?«

Da er nicht wollte, daß Emerald ihn halbnackt mit Bridget überraschte, befahl er seiner Kusine mit strengem Blick: »Kein Wort!« Er griff sich sein Hemd, ging aus der Kabine und schloß die Tür energisch hinter sich. Mit seinen Armen in die Hemdsärmel fahrend, ging er nach vorne, um Emerald aufzuhalten und sie in die entgegengesetzte Richtung zu führen.

»Ich weiß, daß du viel lieber meinem Bruder das Schiff zeigen möchtest, aber begnügst du dich auch mit mir?« Ihre grünen Augen strahlten ihn mutwillig an.

»Ich wußte, daß du kommen würdest«, antwortete er lachend.

»Ich konnte nicht widerstehen«, ihre Mundwinkel zogen sich nach oben, »ich mußte das Schiff sehen.«

»Ich bin es, dem du nicht widerstehen konntest, Emerald.«

»Nein, wirklich«, stritt sie empört ab. »Ich habe noch nie ein neues Schiff gesehen.« Ihr Blick glitt über sein offenes Hemd und blieb auf seiner nackten Brust haften. Wie in ihrem Traum spürte sie dieses köstliche Gefühl der Vorahnung.

»Ich wette, es gibt sehr vieles, das du noch nie gesehen

hast.« Seine Finger brannten darauf, sie zu berühren. Er streckte die Hand aus und strich über die weiche Pelzverbrämung an ihrem Ausschnitt. Dann liebkoste er mit den Fingerspitzen Wangen, Kehle, Schultern.

Das Verlangen nach Berührung brachte ihr Blut endgültig in Wallung. Emerald fuhr mit dem Finger über die gestickten Initialen des Hemdes und stellte sich vor, wie sich seine warme olivfarbene Haut anfühlen mochte. Kühn tastete ihre Hand über sein Herz und spürte es unter ihren Fingern schlagen. Atemlos verfolgte sie, wie er sich über sie beugte, um sich ihren Lippen zu nähern, und wußte, daß es diesmal kein Traum war.

Sein Mund war fest und fordernd. Er teilte ihre Lippen, um ihre Süße auszukosten. Der Kuß schien eine Ewigkeit zu dauern, und als er sie schließlich freigab, machte seine Nähe sie schwindlig.

»Du schmeckst nach Wein und Frau«, flüsterte er heiser und berührte ihre Lippen mit seinen Fingerspitzen, von dem Verlangen nach mehr erfüllt.

Für Emerald war es ein Schock, als ihr klar wurde, daß das Empfinden, das ihren Körper durchströmte, pure Lust war. Sie trat verwirrt zurück, drehte sich um und ging die Kajüttreppe hinunter, um ihren inneren Aufruhr zu verbergen. »Das ist ein wirklich schönes Schiff. Ist das die Kapitänskajüte?« Ehe er sie daran hindern konnte, öffnete Emerald die Tür und blieb wie angewurzelt stehen.

Bridget FitzGerald hatte ihr Novizinnengewand abgeworfen und lag nackt in der Koje des Kapitäns. »Ich dachte, du wolltest sie loswerden«, giftete Bidget zuckersüß.

Emeralds Hand flog an ihren Mund, als sie die Situation erfaßte. Sean O'Toole hatte sich angezogen, als er aus der Kabine gekommen war! »Ihr habt der Fleischeslust gefrönt!«

Obwohl sie ihn in dieser kompromittierenden Situation ertappt hatte, sah Sean sofort das Komische daran. »Du hast wohl wieder in der Enzyklopädie nachgeschlagen, Engländerin«, platzte er amüsiert heraus.

»Oooh«, rief sie aus, drehte sich um und strauchelte fast in ihrer Eile, der skandalösen Szene zu entfliehen.

»Emerald!« rief er ihr nach, doch sein Rufen stieß auf taube Ohren. Plötzlich ließ ihn sein Humor im Stich. »Siehst du, was du angerichtet hast?« fuhr er Bridget an, deren offenkundige Bereitwilligkeit ihm mit einem Mal nicht mehr verlockend erschien. »Warum kannst du dich nicht wie eine Dame benehmen?« Er ließ einen resignierten Seufzer hören, da er wußte, daß er ebensogut Birnen an einem Apfelbaum hätte suchen können, und rannte Emerald Montague nach.

Tränen waren in Emeralds Augen gestiegen, als sie über das Deck der *Sulphur* lief und versuchte, vom Schiff herunterzukommen. In ihrem verstörten Zustand rannte sie bis zum Bug und blieb erst stehen, als sie nicht weiterkonnte. Sich umdrehend sah sie sich nun dem Urheber ihres Jammers Aug' in Aug' gegenüber.

Sean stand breitbeinig vor ihr und vertrat ihr wirksam den Weg. »Emerald, lauf nicht weg. Sei nicht albern wegen vorhin. Es war doch gar nichts.«

»Mit ›nichts‹ willst du wohl sagen, daß es für dich alltäglich ist«, rief sie wütend. Der Wind erfaßte ihre schwarzen Locken und zauste sie. Ihre hochgeschobenen Brüste hoben und senkten sich entrüstet. Ihre grünen Augen flammten ihn empört an. Sein Bild hatte täglich ihre Gedanken erfüllt und Träume von ihm ihre Nächte. Seit sie ihn in der Grotte zum ersten Mal erblickt hatte, war sie vernarrt in den schönen irischen Jüngling, ihren Prinzen.

Sean erkannte ganz klar, daß ihre Unschuld sich empört

hatte, und er war dankbar, daß es so war. Er fand es entzückend, daß sie so erfrischend unschuldig an Körper und Geist war. »Was für eine stolze kleine Schönheit du doch bist«, murmelte er halb im Selbstgespräch.

Seine Worte ließen ihren Zorn von neuem auflodern. »Ich hasse Irland und alle Iren. Aber am meisten hasse ich dich, Sean O'Toole!« Sie schleuderte ihm die Worte so leidenschaftlich entgegen, daß er ihrem feurigen Temperament nicht widerstehen konnte. Er riß sie in seine Arme und als er ihre Lippen mit seiner Zunge teilte, schmeckte er die schwindelerregende Mischung aus heißer Wut, eisiger Verachtung und süßer Unschuld in einem.

Emerald leistete nur geringen Widerstand, kaum aber hatte er sie losgelassen, als sie ausholte und ihm mit aller Kraft ins Gesicht schlug.

Sean starrte sie ungläubig an, fassungslos, daß ihre kleine Hand so kräftig zuschlagen konnte. Er packte ihre Handgelenke, um weitere Gewalt zu verhindern und blickte verblüfft auf sie hinunter. Wie konnte ein kleines Mädchen ihn so in Rage bringen und zugleich entzücken? Er zog sie an seinen kraftvollen jungen Körper und beugte sich dann so über sie, daß er ihren Blick mit seinen dunklen Augen festhielt. »Eines Tages, meine stolze Schöne, werde ich etwas tun, damit ich mir diesen Schlag wirklich verdiene!«

Seans Aufmerksamkeit wurde abgelenkt, als die *Brimstone* den Anker lichtete und davonglitt. Er trat an die Reling und rief seinem Bruder zu: »Wohin zum Teufel willst du?«

»Dreimal darfst du raten!« rief Joseph zurück, der mit den Händen einen Trichter vor seinem Mund formte.

Sean wußte sofort, daß sein Bruder nach Anglesey wollte. »Bist du völlig übergeschnappt? Komm zurück!« Sean fluchte und erwog, ihm nachzusegeln, doch er wußte, daß er ihn windelweich prügeln würde, wenn er ihn erwischte. Resigniert zuckte er mit den Schultern. *Zur Hölle mit dir, Joseph. Was man sich einbrockt, muß man auch auslöffeln.* Als ihm Emerald wieder einfiel, war sie schon von Bord geflohen.

6

Kathleen gesellte sich zu ihrem Mann, nachdem sie die Lämmer begutachtet hatte, die in der Küche langsam am Rost brutzelten. Nun wollte sie sich noch vergewissern, ob die Schweinebraten an den Feuern im Freien etwa zur selben Zeit fertig sein würden.

»Wo ist Joseph?« fragte Shamus seine Frau.

»Er unternimmt mit der kleinen Emerald eine Segeltour. Die beiden schienen voneinander recht angetan.«

»Na, was habe ich gesagt?« bemerkte William mit einem Zwinkern.

»Ich dachte, die Jungen würden mit den Schiffen um die Wette segeln. Wo steckt Sean?«

»Er ist mit den FitzGeralds und mit John Montague in den Stallungen und organisiert im Moment ein Pferderennen«, informierte Kathleen ihn. »Shamus, kümmere du dich um die Schweinebraten. Ich möchte, daß alles gleichzeitig fertig ist und aufgetragen werden kann.«

»Recht hast du, meine Liebe. Paddy Burke hat eben Torf nachgelegt, damit die Feuer besser brennen.« Als er seiner Frau nachblickte, die sich zu ihren Schwestern gesellte, spürte er, wie sein Herz vor Stolz schwoll. Weit und breit gab es keine Frau, die ihr auch nur das Wasser reichen konnte. Er wandte sich wieder seinem Schwiegervater und William Montague zu. »Kommt, die Murphys veranstalten heute einen Boxkampf. Ich weiß, daß ihr beide gern wettet, also heraus mit eurem Geld!«

Jack Raymond kochte vor Wut. Immer hatte man ihn glauben gemacht, diese Iren seien ein unterdrücktes Volk in einem unterworfenen Land, seiner Meinung nach völlig gerechtfertigt, da Iren minderwertig waren. Doch die FitzGeralds und im besonderen die O'Tooles straften diese Theorie Lügen.

Sein eigener Vater war Träger eines englischen Adelstitels, während Shamus O'Toole nichts weiter als ein dreckiger Ire war. Doch das Glück war den Söhnen dieses Hauses so gewogen, daß es ihnen alles im Leben mitgegeben hatte, worauf es ankam. Nicht nur, daß sie in einem Herrenhaus lebten und ein Heer dienstbarer Geister nur darauf wartete, jeden ihrer Wünsche zu erfüllen. Ihnen gehörte auch ein blühendes Schifffahrtsunternehmen, das ihnen ein Riesenvermögen eingebracht hatte. Umgeben von einer liebevollen Familie, die sie mit Zuneigung und Bewunderung überhäufte, waren sie auch noch mit teuflisch gutem Aussehen und einem kräftigen Körperbau gesegnet. Diese Ungerechtigkeit lag Jack Raymond schwer im Magen. Doch was ihn am meisten wurmte, war ihre Fähigkeit zum Glücklichsein.

Es brachte Jacks Blut zum Sieden, wenn er sah, wie diese Menschen ihr Leben genossen. Alles taten sie mit wahrer Leidenschaft, sei es Essen, Trinken oder Tanzen, und immer schienen sie Grund zum Lachen zu haben. Die Tatsache, daß sie vom Rest der Welt, eingeschlossen ihm selbst, als minderwertig, ja, auf einer Stufe mit Tieren stehend angesehen wurden, schien sie keinen Deut zu kümmern.

Jack hätte sich nie soweit herabgelassen, an ihren vulgären Lustbarkeiten teilzunehmen. Er stand als Beobachter abseits, hochmütig und allein. Er wünschte, er hätte diese Lebenslust nie mit eigenen Augen gesehen. Am meisten aber wünschte er, Emerald Montague hätte dies alles nicht erlebt. Jack, der sie insgeheim verehrte, betrachtete sie als sein Eigentum. Sie zur Frau zu bekommen, wünschte er sich mehr als alles auf der

Welt, in erster Linie ihres Namens wegen. Daß ihm heute in Sean und Joseph O'Toole – neben all den verwandtschaftlichen Schwierigkeiten – zwei beachtliche Rivalen erwachsen waren, war ihm nur allzu deutlich bewußt.

Er mußte sich seinem Onkel unentbehrlich machen. Er wollte Augen und Ohren offenhalten und an William jede Information weitergeben, die diesem von Nutzen sein konnte. War es eine Information, die den O'Tooles schadete, um so besser. Jack Raymond konnte sich nicht erinnern, jemals einen jämmerlicheren Tag erlebt zu haben.

Johnny Montague konnte sich nicht erinnern, sich jemals im Leben besser unterhalten zu haben. So unglaublich es ihm auch vorkam, aber die irischen Mädchen schienen ihn unwiderstehlich zu finden. Ihm war irgendwie klar, daß Kleidung, Sprache und Nationalität ihn von den anderen jungen Männern unterschieden. Die holde Weiblichkeit aber schien eben diesen Unterschied zu schätzen. Paarweise hängte sie sich an ihn, fragte ihn über London aus, lauschte hingerissen und aufmerksam seinen Antworten und bediente ihn von vorne und hinten. Kaum war Deirdre losgelaufen, um ihm eine Erfrischung zu holen, als schon eine andere FitzGerald an seiner Seite war und ihm Kuchen anbot. Ganz klar, heute konnte er unter den ihn umschwebenden Blüten nach Belieben wählen, und seine Wahl fiel auf ein blondes Mädchen mit blauen Augen namens Nan.

Sean O'Toole bot ihm großzügig ein Pferd an, so daß Johnny sich am Pferderennen beteiligen konnte, und als er den zweiten Platz belegte, nahm er hochrot und triumphierend Nans Kuß als Lohn entgegen. Johnny Montague war nun überzeugt, er würde nie mehr im Leben ein Land wie Irland finden, das dem Himmel auf Erden am nächsten kam.

Himmlisches Glück war genau das Gefühl, das Amber im Moment empfand. Mit nichts geschmückt als mit den Bernstein-Ohrgehängen, die Joseph ihr geschenkt hatte, lag sie entspannt nach dem wilden Liebesspiel im Bett.

»Ich habe noch eine Überraschung für dich, meine Schöne«, murmelte er an ihrer Kehle. »Ich werde nach England kommen.«

Amber verharrte reglos, wollte, daß es wahr sei, hoffte, daß er nicht scherzte.

»Und jetzt kommt der komische Teil – William selbst hat mich eingeladen.«

»William?« Ein gequälter Blick verschattete ihre schönen Augen.

Seine Finger verschlangen sich in ihrem glänzenden Haar. »Ich dachte, ich würde wahnsinnig, als ich hörte, du würdest aus Anglesey bald fortgehen. Aber dein Gemahl hat das Dilemma zuvorkommend gelöst. Er hat mich für die Saison nach London eingeladen, damit ich mir aus eigener Anschauung einen Eindruck von englischer Politik verschaffen kann.«

»Ach, Joseph, versprich mir, daß du vorsichtig sein wirst. Wenn er etwas argwöhnt, wird er dich vernichten.«

»Würde er mich als Gast in sein Haus einladen, wenn er etwas argwöhnte?«

»Du darfst nicht bei uns wohnen, du mußt dir ein eigenes Haus nehmen, damit ich dich dort besuchen kann.«

Er kniete sich über sie und strich mit warmen Händen über ihre samtige Haut. »Komm jetzt zu mir«, befahl er leise.

»Gott steh mir bei, ich liebe dich so sehr, Joseph. Liebe mich noch einmal, und versprich mir dann, daß du gehst, solange ich nicht die Kraft habe, dich zuürckzuhalten.«

Auf Greystones waren die Lamm- und Schweinespießbraten fertig, und die Gäste stellten sich mit Tellern an, während

Mary Malone, Paddy Burke und Shamus O'Toole das saftige Fleisch aufschnitten.

Sean verfluchte insgeheim die Abwesenheit seines Bruders. Joseph hätte wenigstens soviel Anstand haben sollen, um an seinem eigenen Geburtstagsfest dabei zu sein. Um Josephs Abwesenheit so gut wie möglich zu vertuschen, plauderte er mit jedem einzelnen Gast, scherzte und trank mit ihnen und bedankte sich bei allen für ihr Kommen. Während er die Abwesenheit seines Bruders ein ums andere Mal entschuldigte, stieg sein Zorn.

Shamus füllte die Teller von Montague und dessen Neffen Jack. »Nun, William, wo bleibt Ihre Besatzung?«

»Die *Defense* hat eine Kombüse. Die Seeleute bekommen ihr eigenes Essen.«

»Aber nicht heute. Jack, sei so gut und hol die Burschen auf ein Stück Braten und einen Krug Ale.«

»Und wenn du schon unten bist, dann sieh nach, ob Joseph O'Toole mit meiner Tochter schon zurückgekommen ist.«

Jack erstarrte vor Entsetzen, weil man Emerald gestattet hatte, mit seinem irischen Rivalen eine Segelpartie zu unternehmen.

»Keine Angst, mit unserem Joseph geschieht ihr nichts«, sagte Shamus beruhigend.

»Hoffen wir, daß sie sicher ist, andernfalls es eine Hochzeit gibt, noch ehe der Tag um ist«, gelobte William nur halb im Scherz. »Jack, würdest du die Leute von der *Defense* wohl holen, damit sie die großzügige Gastfreundschaft der O'Tooles genießen können?«

Als Jack hinunter zum Schiff ging, um den Männern die Einladung zu überbringen, staunte er nicht schlecht, als er Emeralds zierliche Gestalt auf den Stufen der Kajüttreppe kauern sah.

»Was treibst du denn hier ganz allein, Emerald?«

Sie blickte mit trotzigem Blick auf. »Ich wollte allein sein. Ich ziehe meine eigene Gesellschaft jener von dreckigem Lumpenpack vor.«

Er stieg die Stufen hinunter und setzte sich neben sie. »Alle glauben, du seiest mit Joseph O'Toole losgesegelt.«

»Mit einem O'Toole würde ich nicht segeln, und wenn es der einzige Mensch auf der Welt wäre«, sagte Emerald darauf verächtlich. »Sie haben weder Manieren noch Moral!«

»Sie sind nicht würdig, dir die Schuhe zu putzen. Die Iren sind ungebildete, ungewaschene Wilde.«

»Wer hat dich nach deiner Meinung gefragt? Meine Mutter ist Irin, und ich möchte nicht ein Wort gegen sie hören!« Emerald war bereit, ihre schlechte Laune an jedem Opfer auszulassen, nur um ihr Herzweh zu lindern.

Kleines Luder, fluchte Jack insgeheim. Sein Vater und sein Onkel hatten die richtige Einstellung, was Frauen anbelangte – völlige Unterwerfung. Man mußte sie in ihre Schranken weisen und mit eiserner Hand beherrschen. Er zügelte seinen überwältigenden Wunsch, sie zu packen und zu schütteln, hielt seine Hände aber wohlweislich zurück. Seine Zeit war noch nicht gekommen. Wenn aber seine ausgeklügelten Pläne Früchte zeitigten, würde er eines Tages das Vergnügen haben, sie unter seinen Willen zu beugen.

»Es wird schon spät, ich kann dich hier in der Dunkelheit nicht allein lassen.«

»Spar dir dein Mitleid, ich kann darauf verzichten«, fuhr sie ihn an. »Geh und sag meinem Vater, daß ich bereit bin aufzubrechen.«

Beide schwiegen, als die unverkennbaren Geräusche eines nahenden Schiffes über das dunkle Wasser an ihre Ohren drang. Sie hörten das Einholen der Segel und das Geräusch des durch die Klüse rasselnden Ankers. Und plötzlich hörten sie Sean O'Tooles tiefe, zornige Stimme.

»Wird auch verdammt Zeit! Auf welches Teufelsspiel hast du dich eingelassen, Joseph? Du stiehlst dich davon, um es mit deiner Hure zu treiben und überläßt es mir, deine Abwesenheit zu rechtfertigen.«

»Lieber Bruder, hüte deine Zunge. Amber ist nicht meine Hure. Zufällig liebe ich sie.«

»Joseph, hör auf, dich selbst zu belügen. Würdest du sie lieben, dann hättest du dich gehütet, ihr die Schlinge um den Hals zu legen. Montague wird sie töten, wenn er euer Liebesgetändel entdeckt.«

Emerald stockte der Atem. Haltsuchend streckte sie ihre Hände aus, bis diese an Jacks goldene Uniformknöpfe stießen. Jack erfaßte ihre Hände und zog sie an sich. »Pst«, raunte er ihr warnend zu.

Lügen! Lügen! Lügen! echote es in Emeralds Kopf. Sie holte stoßweise Atem, ehe Jacks Hand ihr den Mund zuhielt. Durch ihr Schweigen konnten sie Joseph O'Toole klar und deutlich hören.

»Montague wird uns nicht finden. Er ist viel zu sehr davon beansprucht, Waffen gegen Gold einzuhandeln. Herrgott, warum hat man die Waffen nicht schon auf die Wagen verladen, die nach Maynooth gehen?«

»Warum schreist du es nicht in die ganze Welt hinaus, Joseph? Wie du selbst sehen kannst, liegt die *Defense* noch hier. Wir können die Wagen nicht beladen, ehe Montagues Schiff nicht ausgelaufen ist.«

Als die zornigen Stimmen sich entfernten, schwindelte es Jack Raymond beinahe, so unerhört war das Wissen, das der Zufall ihm zugespielt hatte. Und Wissen war gleichbedeutend mit Macht. Er gab sich diesem erhebenden Gefühl vollends hin. Ein Häppchen seines Wissens würde er sofort an William weitergeben; das andere würde er für sich behalten und auskosten, bis der richtige Augenblick gekommen war. Langsam wurde Raymond wieder des Mädchens gewahr, das sich mit ihren Fingern nach wie vor an seine Uniform klammerte. Plötzlich hätte er am liebsten laut aufgelacht. Jemand, der kein böses Wort gegen die eigene Mutter hören wollte, hatte eben einen vernichtenden Schlag erlitten.

Emerald glaubte, von dem Schmerz, der ihr Herz traf, sterben zu müssen. War sie erst heute morgen glücklich gewesen? In der Zeitspanne eines Nachmittags war ihre Welt zerstört worden, zerstört von den verdammten Iren! Gottes Fluch über alle, bis zum letzten!

»Ich kann nicht mehr«, flüsterte sie völlig außer sich.

»Komm, nimm meinen Arm, ich bleibe an deiner Seite. Kopf hoch und halte dich an mir fest.« Jack bückte sich nach ihrem Umhang, den er ihr um die Schultern legte.

Emerald, die zu keinem klaren Gedanken fähig war, ließ sich von Jack Raymond von Bord helfen und stützte sich auch auf dem Pfad zum Herrenhaus auf seinen Arm. Gelächter der Gäste und die Musik beleidigten ihre Ohren, als Jack sie über den weichen Rasen führte, auf den sich längst Dunkelheit gesenkt hatte. Wie sehr sie sich wünschte, sie wäre nie nach *Castle Lies* gekommen!

William Montague sah seine Tochter mit neuen Augen. »Ich bin sehr stolz auf dich. Du hast dich heute gut gehalten, mein Mädchen.«

»Vater, ich möchte gehen«, murmelte sie.

»Was, du willst nicht tanzen? Hm, vielleicht hast du recht. Für eine Dame ziemt es sich nicht, herumzuhüpfen und sich zur Schau zu stellen.« Montague wandte sich an Jack. »Wenn du John auftreibst, wollen wir uns verabschieden.«

Irgendwie brachte Emerald den Abschied hinter sich. Hocherhobenen Hauptes ließ sie ein höfliches kleines Lächeln sehen, während sie sich innerlich völlig zurückzog. Sie hörte weder

Shamus O'Tooles fröhliches Lebewohl, noch spürte sie Kathleens Kuß auf ihrer Wange.

Auf der Überfahrt zurück nach Anglesey, wollte Johnnys Redeschwall kein Ende nehmen. Greystones hatte einen so tiefen Eindruck in ihm hinterlassen, daß aus ihm ein anderer Mensch geworden zu sein schien. Er redete in einem fort, während Emerald neben ihm an der Reling stand, stumm vor Jammer. So wenig sie von dem aufnahm, was er sagte, war ihr doch klar, daß er an Irland und alles, was sich auf dieser Insel befand, sein Herz verloren hatte. Sich im Geist von Johnny lösend, klammerte Emerald sich verzweifelt an die Reling, wobei sie sich fragte, wie lange sie sich noch auf den Beinen halten konnte.

Auf dem Achterdeck vertraute Jack Raymond William Montague einiges von dem an, was er an diesem Tag erfahren hatte. »Sir, auf Greystones gibt es eine Privatkapelle, in der man die heilige Messe feiert. Außerdem habe ich auch mitbekommen, daß die Waffen heute nacht mit dem Wagen nach Maynooth befördert werden sollen.«

»Es gibt verdammt wenig, was ich über die O'Tooles und die FitzGeralds nicht weiß, Jack«, entgegnete William hochmütig. *Aber diese Information gehört dazu*, registrierte er befriedigt. *Bei Gott, der verdammte Earl von Kildare steckt bis zum Hals in Hochverrat!*

Jack verriet nicht alles, was er wußte. Das Geheimnis von Amber und Joseph behielt er für sich, ja, er weidete sich förmlich daran. Mit dieser Information konnte er so viele Menschen, darunter auch Emerald, erpressen, daß er gar nicht wußte, mit wem er anfangen sollte. Im Moment wollte er sein As noch im Ärmel behalten. Diese Karte war viel zu wertvoll, um sie ohne sorgfältige Überlegung auszuspielen.

Kaum hatte Amber das Gesicht ihrer Tochter gesehen, als sie auch schon wußte, daß etwas Schreckliches geschehen sein mußte. Emerald, die totenblaß war, konnte sich kaum auf den Beinen halten.

William trug eine so selbstzufriedene Miene zur Schau, als hätte er etwas sehr Kluges vollbracht, und Johnny hörte nicht auf, von den Pferden der O'Tooles zu schwärmen. Ihr war sofort klar, daß die Männer getrunken hatten, und sie fragte sich, ob es das war, was ihrer Tochter zu schaffen machte.

»Emerald?« fragte sie leise.

Schwarze Wimpern hoben sich, um glühendes grünes Feuer zu versprühen, das in den Augen ihrer Tochter brannte. »Mutter.«

Die Stimme ihrer Tochter troff vor Anklage und Verachtung. Eine böse Vorahnung ließ Amber zurückschrecken. Die Bindung zwischen Mutter und Tochter war immer ungetrübt gewesen. War heute etwas geschehen, um sie zu trennen? Das war ausgeschlossen. Sicher spielte ihre Phantasie ihr einen Streich.

Amber wandte sich an ihren Sohn, aus Angst, Emeralds sonderbarer Stimmung auf den Grund zu gehen. »John, ich bin sehr glücklich, daß du dich gut unterhalten hast, mein Lieber. Morgen mußt du mir alles erzählen.« Amber benetzte nervös die Lippen, als sie ihrer Tochter wieder einen Blick zuwarf. *Jemand hat sie heute tief verletzt. Mein Gott, was hat man ihr angetan?* Ihr nächster Blick galt ihrem Mann, der vor Neuigkeiten zu bersten schien. »Gibt es etwas, das du mir sagen möchtest, William?«

»Ehrlich gesagt, ja. Ich glaube, ich konnte Shamus O'Toole eine Verbindung zwischen Emerald und seinem Sohn Joseph plausibel machen. Unsere Tochter wird die nächste Countess von Kildare!«

Amber starrte fassungslos in Emeralds grüne Augen, die

sich mit einem Mal erschrocken weiteten. »Joseph? Das kann nicht sein«, krächzte sie. »Nein!« Auf ihren Vater zuwankend, sank Emerald ohnmächtig zu Boden.

Amber kniete nieder und barg den Kopf ihrer Tochter in ihrem Schoß. »Sie ist krank«, rief sie anklagend aus.

»Unsinn«, sagte William, der Emerald hochhob und mit ihr in den Armen ziemlich unsicher die Stufen erklomm. »Zuviel Aufregung, das ist alles.«

Augenblicke, nachdem ihr Vater sie auf ihr Bett gelegt hatte, schlug Emerald zögernd die Augen auf und entzog sich den Händen ihrer Mutter, die sich bemühte, sie auszuziehen.

»Liebling… du bist in Ohnmacht gefallen«, sagte Amber besorgt.

»Jetzt geht es mir wieder gut. Laß mich allein«, flüsterte Emerald. Der Schmerz, den sie in den Augen ihrer Mutter las, entsprach jenem, den sie selbst in ihrem Herzen fühlte, und sie konnte weder den einen noch den anderen ertragen.

»Wir sprechen uns morgen, wenn dein Vater fort ist. Versuch zu schlafen.«

Ihr Gesicht zur Wand drehend, wünschte Emerald sich aus ganzem Herzen, sie würde erwachen und entdecken, daß der ganze Tag nur ein Alptraum gewesen war.

Als Amber zu William in ihr gemeinsames Schlafgemach ging, stand sie große Angst aus. Es erforderte viel Mut, ihn herauszufordern, doch gegen die Pläne, die er schmiedete, mußte sie unbedingt Protest einlegen. »Emerald ist zu jung für eine Ehe, William.«

Seine lüsternen Augen glitten über ihren verlockenden Körper. »Du selbst warst jünger, als du mich eingefangen hast.«

»Das… das war etwas anderes. Ich war viel reifer als Emerald.«

»Keine Angst, meine Liebe, ich habe ja nur das Samenkorn gepflanzt. Doch ist es eines, das ich zu hegen und zu pflegen gedenke. Ich möchte, daß du dich ans Packen machst. Wir kehren nach London zurück, sobald meine Angelegenheiten erledigt sind. In Kürze werden wir den künftigen Earl von Kildare bei uns zu Gast haben.«

Das also hat dieses Ekel im Sinn. Er will Joseph nur, weil er Kildare beerbt!

William kam näher und streckte eine Hand aus, um ihre Brust besitzergreifend zu drücken. »Da fällt mir ein, daß du einen großen Pluspunkt in diesen Plänen darstellst. Sollten die Reize der süßen kleinen Emerald den jungen Teufel nicht reizen, dann wird er zweifellos deinen fatalen Verlockungen zugänglich sein.«

7

Emerald schloß die Augen. Sie war seelisch so mitgenommen, daß sie alles, was sie gehört hatte, einfach leugnete. Nichts davon war möglich oder wahr. Weder die gegen ihre Mutter und Joseph geäußerten Verleumdungen noch diese Lüge von ihrer Verlobung.

Sie glitt in gnädigen Schlaf und träumte, daß sie im zuckerfeinen Sand allein in der heißen Sonne läge. Eine köstliche Vorahnung erfüllte sie. Sanft zauste eine leichte Brise ihre dunklen Locken. Sie empfand eine sehnsüchtige Freude, weil sie wußte, daß er bald, sehr bald kommen würde.

Sie hielt die Augen geschlossen, bis sie spürte, wie ein Flattern, zart wie ein Falterflügel, ihren Mundwinkel streifte. Insgeheim lächelnd hob sie langsam die Lider. Er kniete vor ihr, in ihren Anblick versunken. In seinen dunkelgrauen Augen tanzten Lachpünktchen. Seinen Blick festhaltend, richtete sie sich behutsam auf, kniete nieder und verharrte vor ihm.

Es bedurfte keiner Worte zwischen ihnen, doch das Verlangen nach Berührung brachte das Blut der beiden in Wallung. Sie streckten gleichzeitig eine Hand aus und tasteten sich gegenseitig mit den Fingerspitzen ab … die Wangen, die Kehle, die Schultern. Emeralds Hand streifte sein Herz und spürte es unter ihren Fingern pochen. Er war der Mann in Vollkommenheit. Ihr irischer Prinz. Er beugte sich über sie, um ihre Lippen mit seinen einzufangen, doch als er nur einen Wimpernschlag entfernt war, flüsterte er: »Ich gebe dich Joseph.«

»Ich möchte deine Hure nicht, ich möchte meine eigene, ich will Amber!« forderte Joseph.

»Nein, nein, wir sind keine Huren!« rief Emerald aus. Sie schlug die Augen auf und starrte verzweifelt in die Dunkelheit. Der Traum! Der Traum hatte sie wieder heimgesucht, doch auch er war häßlich geworden. Ihr schöner Traum war zerstört worden!

Am Morgen verließ Emerald das Haus in dem Moment, als die Sonne über den Horizont stieg. Sie wollte keine Konfrontation mit ihrer Mutter, sie wollte heute nicht einmal unter demselben Dach mit ihr sein. Sie wollte allein sein und suchte Zuflucht in ihrer Kristallgrotte.

William Montague saß in seinem Amtszimmer in Liverpool und kontrollierte die Gegenrechnung der Zahlungen, die aus Irland fällig waren. Abgesehen von jenen Büchern, deren Bearbeitung er Jack überließ, führte Montague seine eigenen. Er war nicht so dumm, seine ungesetzlich erworbenen Gewinne zur Gänze mit seinem Bruder zu teilen. Der Earl von Sandwich mochte zwar den begehrten Titel besitzen, doch William war es, der Verstand und Gerissenheit besaß.

Er kehrte Liverpool ohne Bedauern den Rücken. Es war der dreckigste Hafen Englands; sogar die Bordelle waren zweitklassig. Nachdem er den Betrag am Fuß der Seite notiert hatte, klappte er das Buch zu. Vor der Rückkehr nach London mußte er nur noch eine Sache erledigen. Er mußte das Geld kassieren, das er aus Irland zu erwarten hatte. Eine kurze Fahrt hinüber und ein Besuch auf Dublin Castle, dann konnte er seine Familie aus Anglesey abholen.

Seine mit Tränensäcken unterlegten Augen wurden schmal, als er an Joseph O'Tooles schnittigen neuen Schoner dachte. Er und Joseph würden vielleicht gute Geschäfte miteinander machen. Shamus hatte sich geweigert, eines seiner Schiffe für einen Sklaventransport zur Verfügung zu stellen, aber der junge Joseph mochte sich zugänglicher zeigen. William beschloß, die Situation auszuloten, wenn Joseph nach London käme. Eines stand jedenfalls fest: Wenn der alte FitzGerald das Zeitliche gesegnet hatte und Joseph den Titel erbte, würde kein Penny mehr für die klägliche Sache Irlands vergeudet werden, nicht, wenn er selbst in dieser Sache etwas zu sagen hatte.

Der Keim einer Idee fing in William Montagues Gehirn zu sprießen an. Er schenkte sich ein Glas rauchigen irischen Whiskys ein und zog sämtliche Aspekte in seine Überlegung ein. Während er den Whisky trank, entblößte die Andeutung eines Lächelns seine gelben Zähne. Vielleicht verfügte er über ein Mittel, die Wartezeit, bis Joseph den Titel bekäme, abzuküren!

Eine ganze Woche war vergangen, seitdem Joseph Amber gesehen hatte, und seine Enthaltsamkeit wirkte sich verheerend auf seine Laune aus, so sehr, daß Shamus schließlich seinem Unmut über seinen Sohn beim Frühstück Ausdruck verlieh. »Die ganze Woche über verziehst du deinen Mund wie ein griesgrämiges altes Weib«, hielt Shamus ihm vor. »Wie wär's, wenn du heute eine neue Ladung abholst?«

»Ich wollte mir in Dublin neue Sachen zum Anziehen kaufen. Ich kann nicht in Lumpen nach London fahren.«

Da sagte Sean: »Wenn es die Munition in Anglesey ist, kann ich sie holen.«

»Anglesey?« fragte Joseph mit plötzlich erwachendem Eifer. »Ich werde sie holen.«

»Es ist besser, wenn ich das erledige«, sagte Sean mit besonderer Betonung.

Shamus verkniff sich ein Grinsen. »Laß Joseph segeln. Er möchte doch die kleine Montague sehen.«

Das Blut wich aus Josephs Gesicht, als seine tiefblauen Augen sich ungläubig Sean zuwandten. *Allmächtiger, du hast mich doch nicht verraten?*

Sean warnte ihn hastig: »Vater meint Emerald.«

»Emerald wer?« gab Joseph verständnislos zurück.

Sein Vater erklärte: »Das Mädel, mit dem du hinausgesegelt bist. Montagues Tochter, die er mit dir vermählen will.«

»Tochter?« staunte Joseph.

»Vermählen?« gab Sean von sich.

»Wart ihr bei der Feier so betrunken, daß ihr euch an gar nichts erinnern könnt?« fragte Shamus, schon im Aufstehen, da er argwöhnte, daß seine Söhne sich wie üblich über ihn lustig machen wollten. »Also, macht das gefälligst untereinander aus, wer nach Anglesey segelt. Ich habe zu tun.«

Die Brüder starrten einander entgeistert an. »Montague möchte mich mit seiner Tochter verheiraten?« fragte Joseph fassungslos.

»Nur über meine Leiche!« erklärte Sean hitzig.

»Damit ist die Sache entschieden«, sagte Joseph mit Bestimmtheit. »Ich segle nach Anglesey. Ich muß Amber sagen, was dieses alte Ekel vorhat.«

Gegen diese Logik konnte Sean nichts vorbringen. Er wußte, daß Montague Ende der Woche nach London zurückkehren würde, und je eher Amber außer Josephs Reichweite käme, desto besser. In Sean regten sich bereits Zweifel, ob der geplante Besuch in London vernünftig war. Er unterzog seine eigenen Gefühle für Emerald einer Überprüfung. Sonderbar, daß er für das unschuldige junge Ding erst besitzergreifende Gefühle verspürt hatte, als er von dem Plan einer Verlobung mit seinem Bruder hörte.

Nun fragte er sich, was es eigentlich war, das er für sie empfand. Er rief sich die erste Begegnung in Erinnerung, als allein ihr Anblick ihn verzaubert hatte. Ihre rasche Auffassungsgabe und ihr Verstand kamen erst im Gespräch zur Geltung, ebenso ihre lebhafte Phantasie. Sean war erschrocken über die Gefühle, die er für sie empfand. Dann dachte er an die Ohrfeige, die sie ihm an seinem Geburtstag gegeben hatte, und aus seinen Augen funkelte Belustigung. Er rieb sich die Backe, auf der er meinte, noch immer ihre Handschrift brennen zu spüren. Die erste Frau, die ihn geohrfeigt hatte, blieb einem Mann wohl ewig im Gedächtnis.

Während Joseph O'Toole nach Anglesey segelte, um Amber vor den Plänen ihres Mannes zu warnen, wurde William Montague auf Dublin Castle mit allem gebührenden Zeremoniell von Sir Richard Heron empfangen, der als Berater Lord Castlereaghs, des Ministers für Irische Angelegenheiten, fungierte.

Nachdem die finanzielle Seite geregelt worden war, bat Montague um ein privates Wort mit Lord Castlereagh, dessen Aufgabe es war, Irland zu regieren und für Frieden zu sorgen. Im Moment drückten ihn große Sorgen. Da es in vier Grafschaften gleichzeitig zu Unruhe gekommen war, hatte Castlereagh englische Truppen mit dem Ziel entsandt, die Rebellion im Keim zu ersticken, damit es England nicht unerwartet mit einer umfassenden irischen Revolution zu tun bekäme.

Nachdem er vorgelassen worden war, verschwendete William keine Zeit mit höflichen Floskeln. »Ich verfüge über eine Information, die sich für Sie als sehr wertvoll erweisen könnte«, eröffnete er Lord Castlereagh.

»Und wieviel wird diese Information kosten, Montague?« fragte der geplagte Minister zynisch.

William machte ein gekränktes Gesicht. »Keinen einzigen Penny, Mylord. Meine Loyalität zu England und mein Pflichtbewußtsein drängen mich, Sie zum Mitwisser zu machen.«

»Dann sprechen Sie, Montague. Die Unruhen steigern sich von Minute zu Minute. Von ganz oben, von Belfast ausgehend, droht die Rebellion bis zur Spitze Irlands in Cork überzugreifen.«

»Ich besitze Informationen hinsichtlich der Identität eines Captain Moonlight!«

»Captain Moonlight!« explodierte Castlereagh. »Es gibt ein gutes Dutzend dieser Renegaten, die das Landvolk bewaffnen und es zum Hochverrat anstiften!«

»Mylord, das bezweifle ich nicht. Aber wenn Sie einen dieser Anstifter entlarven könnten, wäre es doch sicher ganz einfach, ihm die anderen Namen zu entreißen?«

»Montague, Sie würden sich wundern, wie verschwiegen und clanbewußt diese Iren sein können. Sie sind eine ganz eigene Rasse. Gott möge sie verrotten lassen! Aber sagen Sie schon, wer ist dieser bestimmte Captain Moonlight?«

»Da der Name, den zu enthüllen ich im Begriff stehe, ein edler und mächtiger ist, muß ich für mich völlige Anonymität fordern.«

»Sie haben mein Wort darauf«, versprach Castlereagh.

Zwei bewaffnete Posten von Dublin Castle schleppten die Goldkassette an Bord der *Swallow*. Als das Schiff den Hafen von Dublin hinter sich ließ, fühlte William sich als echter Patriot. Heute machte er die vielen kleinen in der Vergangenheit begangenen Unkorrektheiten wett, indem er seinem Land zu Hilfe kam. Die Tatsache, daß er sich bei dieser Gelegenheit selbst kräftig half, erfüllte ihn mit Genugtuung. Kein Gefühl auf Erden glich der Gewißheit, daß man es in der Hand hatte, schicksalhafte Ereignisse so zu steuern, daß einem das Glück lachte.

Amber hielt Joseph auf Armeslänge Abstand. »Heute hättest du nicht kommen sollen. Joseph, es ist nicht gut. Wir dürfen einander nicht mehr sehen.«

»Hör auf, Amber.« Er löste ihre Hände und umfaßte ihre Schultern. »So habe ich nie zuvor empfunden. Ich kann meine Gefühle nicht einfach wechseln wie die Windrichtungen!«

Emeralds Schatten stand zwischen ihnen. »Joseph, ich könnte an Jahren deine Mutter sein«, sagte sie kläglich.

»Du bist knapp über dreißig, um Himmels willen, jung und temperamentvoll und an einen alten Mann gekettet.«

»Auf Greystones muß Emerald alles über uns entdeckt haben, mit so viel Verachtung sieht sie mich an. Sie will nicht einmal unter demselben Dach mit mir bleiben und geht schon im Morgengrauen aus dem Haus, um erst zurückzukommen, wenn es dämmert.«

»Amber, ich weiß gar nicht, wie die Kleine aussieht. Der Gedanke, daß wir je eine Verbindung eingehen könnten, erscheint mir lachhaft.«

»Ich habe William erklärt, daß sie zu jung sei. Wenn wir in London sind, wird sie auf eine Schule gehen. Unsere Koffer sind gepackt. Wir fahren morgen, Joseph.«

»Ich komme nach London.« Sein Ton war unbeirrt.

Amber sah mit Besorgnis tief in seine blauen Augen. Es konnte nicht sein. Sie würde mit ihm ins Bett gehen und die Überredungskunst ihres Körpers benutzen müssen, um ihn dazu zu bringen, sich ihrem Entschluß zu beugen.

Amber hatte aber nicht mit Josephs ureigener Überredungskunst gerechnet. Ihr Zusammensein war von so großer Leidenschaft und der schmerzlichen Erkenntnis erfüllt, daß es das letzte Mal sein konnte, daß sie keinen Gedanken an das Morgen verschwendete. Sie hielten einander fest umfangen, flüsterten, tauschten zärtliche Versprechen, schworen sich ewige Liebe, und sie trennten sich.

Amber sank an diesem warmen Nachmittag in einen leichten Schlummer, von der köstlichen Schlaffheit eines Übermaßes an Liebe erschöpft. Joseph war wach und betrachtete die friedlich daliegende Amber. Er wagte nicht zu schlafen. Seine Besatzung hatte die Munition schon an Bord genommen und konnte es kaum erwarten, das Schmuggelgut an der Zollkontrolle vorbei und in den Hafen von Greystones zu schaffen. Er mußte Amber verlassen.

Als Josephs blau-goldene *Brimstone* aus der Enge der Menai Street glitt, schritt William Montague auf dem Deck der *Swallow* auf und ab, eine gesummte Melodie auf den Lippen. Er war an Anglesey fast vorüber, als ihm eine höchst ansprechende Idee kam. Warum sollte er mit dem Abholen der Familie bis morgen warten? Er konnte die Nacht mit Amber verbringen und das Sommerhaus am Morgen abschließen. Je weiter sie von Irland entfernt waren, wenn der Haftbefehl herauskäme, desto weniger Verdacht würde Shamus schöpfen.

Montague rief laut das Kommando, auf Südkurs zu gehen. Die *Swallow* umrundete Penmon Point, segelte am zerklüfteten Beaumaris Castle vorüber und fuhr von Osten her in die

Menai Street ein. Er erblickte von weitem Joseph FitzGeralds Schoner unter geblähten Segeln und nahm an, er habe den Rest der Munition abgeholt. Als er von Bord ging und die in den Fels gehauenen Stufen zum Haus hinaufging, war es völlig still. Im und ums Haus waren nirgends Anzeichen von Aktivität zu sehen. Fast verlassen sah es aus. Nun, vielleicht hatte Amber das Personal in Erwartung der morgigen Abreise bereits entlassen.

Die Räume zu ebener Erde waren tatsächlich leer; Schachteln und Packkisten türmten sich in der Eingangshalle. Die Räume hallten von seinen Schritten wider. Da fiel Williams Blick auf ein violettes Seidengewand, das auf der Treppe lag. Diese Unordnung beschleunigte seinen Schritt, und er stieg stirnrunzelnd die Treppen hinauf.

Als William das Schlafgemach betrat, stieg ihm unverkennbarer Moschusgeruch in die Nase. Es roch nach Sex. In atemloser, langsam aufsteigender Wut trat er dicht ans Bett. Ambers nackter Körper war verlockend, noch immer weich vor Wollust, noch immer warm vor Leidenschaft, noch immer feucht vor Anstrengung.

Amber rührte sich in ihrem traumlosen Schlaf. Halb erwacht dehnte und streckte sie die nackten Glieder auf dem zerwühlten Laken. Als sie das Geräusch seiner Schritte vernahm, lächelte sie leicht. »Joseph?« murmelte sie.

Als er sie anstarrte und den Namen hörte, den sie aussprach, fiel es ihm wie Schuppen von den Augen. Williams Gesicht verzerrte sich vor Zorn, da er alle seine so sorgsam ausgeklügelten Pläne mit einem Schlag vernichtet sah. Diese dreckige irische Hure hatte sein Leben ruiniert! Nicht nur, daß sie ihm Hörner aufgesetzt hatte, sie hatte ihn mit dem Mann betrogen, den er sich zum Schwiegersohn ausersehen hatte, dem zuliebe er ein Komplott geschmiedet hatte, um ihn rasch zum Earl von Kildare zu machen! Es war, als hätten sich die Iren gegen ihn verschworen. Von dem Moment an, als er seinen Blick auf Amber FitzGerald geheftet hatte, war er verflucht gewesen.

Eine blutrote Woge zerstörenden Hasses erfaßte ihn, bis Wahnsinn von seinem Verstand Besitz ergriff. Er packte Amber am Nackenhaar und rieb ihr Gesicht in dem Samenfleck, den ihr Geliebter auf dem Laken hinterlassen hatte. »Du dreckige irische Hure«, brüllte er, »es mit einem irischen Schwein in meinem Bett zu treiben! Ich werde dich töten!«

Montague riß seine Reitgerte aus dem Schrank. Die namenlose Angst, die er in Ambers Augen las, befeuerte sein Verlangen, sie für die Sünden zu strafen, die sie gegen ihn begangen hatte. Mit aller Kraft holte er aus und ließ die Peitsche auf ihr bloßes Fleisch knallen. Grausam und voll perverser Wonne genoß er ihre qualvollen Schreie. Als sie versuchte, ihre Brüste mit den Händen zu schützen, schlug er blindwütig auf ihr Gesicht ein. Sie zog ihre Arme über Gesicht und Kopf, was ihren nackten Körper Montagues Raserei völlig auslieferte.

Amber schaffte es, sich vom Bett hinunter auf den Boden zu rollen, worauf William sie mit voller Wucht in den Unterleib und die Rippen trat. Ambers schrille Schreie verloren sich in einem klagenden Wimmern. Stille trat aber erst ein, als sie bewußtlos wurde.

»Verschwinde zurück nach Irland, wo du hingehörst. Du wirst deine Kinder niemals wiedersehen.« Montague versetzte ihr einen letzten mächtigen Tritt, ehe er sie anspuckte und den Raum verließ. Dann holte er seine Schlüssel hervor und sperrte die Tür ab.

Seine Wut war aber noch lange nicht verraucht. »John!« brüllte er lauthals. »Emerald!« Dazu fluchte er unflätig, weil er nicht wußte, wo sie steckten. Sein Zorn entzündete sich besonders daran, daß er es nicht geschafft hatte, seine Frau zu beherrschen. Im Gegenteil. Er hatte nicht gewußt, was in seinem eigenen Haus vor sich ging. Montague schwor sich, diese Situation sofort zu ändern und ging ins Freie, um sich auf die Suche nach seinen Kindern zu machen. Er rief ihre Namen in einem Ton, der sofortigen Gehorsam verlangte.

Das Gebrüll ihres Vaters drang bis in die Kristallgrotte. Emerald beschlich eine böse Vorahnung. Seine Wut war offensichtlich, und sie wußte, daß seine Gewalttätigkeit jeden treffen würde. Sie bekam es mit der Angst zu tun. Vor etlichen Stunden hatte sie Joseph O'Tooles Schiff am Horizont gesehen und war aus dem Haus gelaufen, so weit weg wie möglich. Ihre Abscheu über das lasterhafte Verhalten ihrer Mutter verzehrte sie beinahe. Nun aber verblasste dieses Gefühl neben der Furcht, die sie empfand.

Ihr Vater hätte erst morgen kommen sollen. Was, wenn er ihre Mutter in den Armen Joseph O'Tooles ertappt hatte? Emerald griff nach ihrem Handtuch und lief zögernd auf das Haus zu. Dabei schlug ihr Herz so heftig, daß das Blut in ihren Ohren rauschte. Als die Mole in ihr Blickfeld kam, sah sie erleichtert, daß zumindest O'Tooles Schoner ausgelaufen war und nur das Schiff ihres Vaters dort lag.

William Montague sah seine Tochter, ehe sie ihn bemerkte. Ihr Aussehen war derart skandalös, daß er seinen Augen nicht traute. Sie trug nur ein nasses Hemd, das ihren Körper schamlos preisgab. Ihr langes schwarzes Haar hing in feuchten Strähnen über den Rücken. Ihre Arme und Beine waren völlig nackt. Sie sah aus wie die Göre eines Kesselflickers… sie sah irisch aus!

Emerald sah ihn auf sich zustiefeln, seine Reitgerte schwingend, das Gesicht puterrot vor Zorn. Als er die Gerte hob, blieb sie wie angewurzelt stehen.

»Hinein ins Haus! Anziehen! Hast du denn kein Schamgefühl? Hat man dir erlaubt, so auf der Insel herumzulaufen?«

Durch Emeralds Erstarrung noch mehr aufgebracht, schrie er: »Los! Hörst du mich, Mädchen?«

Auf seine Worte hin fing sie zu laufen an. Als sie an ihm vorüber auf das Haus zurannte, ließ er seine Gerte auf ihre nackten Beine schnalzen. Auf das Haus schier zufliegend, verschluckte sie einen Schrei, wobei die Panik ihr fast die Luft nahm. Sie lief hinauf in ihre Kammer, wohl wissend, daß es vor ihm und seiner blinden Wut kein Entrinnen gab. Sie hörte das Trampeln seiner Schritte auf der Treppe, und plötzlich erstickte die Angst um ihre Mutter ihre eigene. Sie zog in Windeseile einen trockenen Unterrock und ein Kleid an, wobei ihre Hände unkontrolliert zitterten. Als er drohend in ihrer Tür stand, verschluckte sie abermals einen Schreckensschrei und flüsterte: »Wo ist Mutter?«

Entsetzt sah sie, daß ihn erneut ein Anfall unbeherrschter Wut erfaßte. »Wage niemals wieder, ihren Namen in den Mund zu nehmen! Die babylonische Hure ist für immer fort! Durchgebrannt mit ihrem dreckigen irischen Liebhaber! Sie ist gestorben für mich! Geh an Bord, wir laufen unverzüglich aus!«

»W… wo ist Johnny?« stotterte sie.

»Den finde ich schon noch!«

Als Montague verschwand und sie seine Schritte die Treppe hinunterpoltern hörte, sank sie völlig verängstigt aufs Bett. Er hatte die Wahrheit über ihre Mutter und Joseph O'Toole entdeckt! Was hatte sich in diesem Haus zugetragen, während sie sich in ihrer Kristallhöhle versteckt hatte? Ihre Mutter würde sie und Johnny doch nie im Stich lassen, dazu liebte sie ihre Kinder doch zu sehr, oder?

Emerald fing leise zu weinen an. *Es ist meine Schuld, daß sie fort ist. Ich wollte nicht in ihre Nähe und strafte sie mit so viel*

Verachtung, daß sie glauben mußte, ich hätte sie nicht mehr lieb. Wie hatte ihre Mutter mit O'Toole durchbrennen können? Wie hatte sie Joseph ihren Kindern vorziehen können?

Vorsichtig schlich sie aus ihrem Zimmer, die Treppe zum nächsten Stockwerk hinauf, in den Flügel, in dem sich das Gemach ihrer Mutter befand. Als sie die Türklinke heruntderdrückte, stellte sie fest, daß die Tür versperrt war. »Mutter?« rief sie leise, den Mund an die Tür pressend.

Stille war die Antwort. Hatte er sie getötet? Als sie sich bückte und durchs Schlüsselloch spähte, konnte sie nur das zerwühlte, ungemachte Bett ausmachen. Langsam richtete sie sich wieder auf. Nein. Da war niemand. Emerald konnte es kaum glauben, aber ihr Vater mußte in seiner Wut die Wahrheit gesagt haben.

Emerald hörte nun von unten Geräusche und floh leise in ihr eigenes Zimmer. Hastig packte sie ein paar Kleidungssachen in ein Köfferchen aus Weidengeflecht. Sie zog ihren Rock hoch und begutachtete die roten Striemen am linken Bein, die die Gerte ihres Vaters hinterlassen hatte. Sie waren geschwollen und taten weh. Ihre Mutter hätte gewußt, mit welchen Kräutern sich der Schmerz lindern ließ, nun war sie nicht mehr da.

Emerald versteckte ihre Beine in Strümpfen, schlüpfte rasch in Schuhe und warf einen Blick in den Spiegel. Ihr Haar war nun halb getrocknet und ringelte sich dank ihrer Naturlocken zu Hunderten von kleinen Löckchen. Ein letztes Mal ließ sie ihren Blick durch den Raum wandern. Hier, wo sie die Freiheit von Sand, Meer und Sonne genossen hatte, war sie glücklich gewesen. Glücklich bis zu jenem schicksalhaften Tag, als sie nach Irland gefahren war. Es war der Tag, an dem ihre Welt in Schutt und Asche zerfallen war. *Verdammt, Mutter, verdammt, daß du Irin bist!*

Emerald trug ihren Koffer hinunter und sah, daß die Besatzung der *Swallow* die Kisten aus der Eingangshalle zum Schiff schleppte. Eine kalte Hand schien ihre Kehle zuzudrücken, als sie die grob schimpfende Stimme ihres Vaters hörte, der mit Johnny von den Stallungen her kam. Ihr Entsetzen stieg, als sie ihren Bruder erblickte. Ihr Vater hatte Johnny mit seiner Gerte so brutal ins Gesicht geschlagen, daß die Haut auf den Wangenknochen aufgesprungen war. Der Junge war so bleich, daß sie schon glaubte, er würde ohnmächtig werden.

»Emerald«, hauchte er, als er sie sah.

»Du wirst deine Schwester nie wieder mit diesem lächerlichen Namen nennen! Eine Ausgeburt vulgärster irischer Phantasie! Ich dulde es nicht, hörst du mich? Von nun an heißt sie schlicht Emma. Das ist ein anständiger englischer Name!« Er sah seine Tochter voller Abscheu an. »Und bedeck gefälligst dein abscheuliches irisches Haar!«

»Johnny, du blutest ja«, flüsterte sie.

»Er heißt John. Ich werde einen Mann aus ihm machen, und wenn es ihn umbringt.« Er kniff die Augen drohend zusammen. »Sollte ich dahinterkommen, daß ihr beide mit eurer irischen Hure von Mutter unter einer Decke gesteckt habt und von ihrer Treulosigkeit wußtet, bringe ich euch beide um!«

Emeralds Innerstes krampfte sich zusammen, als sie hörte, wie ihre geliebte Mutter auf gemeinste Weise geschmäht wurde. *Mein Gott, Mutter, warum hast du das getan? Warum hast du uns hintergangen? Wie konntest du mit einem Knaben durchbrennen, der dein Sohn sein könnte?*

»Los, an Bord der *Swallow*! Euer Anblick ist mir unerträglich. Von heute an werde ich auch die letzte Spur des Irentums in euch auslöschen. Notfalls mit Gewalt!«

8

Rory FitzGeralds Pferd hatte Schaum vor dem Maul, als er prustend und wild schnaubend auf dem Hof von Greystones anhielt. »Wo ist euer Vater?«

Sean wollte seinen Vetter schon rügen, weil er sein Pferd nicht geschont hatte, als er plötzlich Schlimmes ahnte. »Unterwegs nach Belfast. Ist etwas?«

»Allmächtiger!« gab Rory von sich. Panik schnürte ihm die Kehle zu.

»Komm herein, Rory. Geht es um Großvater?«

Rory nickte. Fast hatte er Angst, die Katastrophe jemandem anderen als dem tatkräftigen und nüchternen Shamus O'Toole anzuvertrauen.

»Was ist los?« fragte Kathleen beunruhigt, als sie Rorys verzweifelte Miene sah.

»Gegen ihn liegt ein Haftbefehl vor«, platzte Rory heraus.

»Wie viele kamen nach Maynooth?« fragte Sean.

»Vier Uniformierte. Sie durchsuchten das Schloß samt den Nebengebäuden und entdeckten die Waffen in den geheimen Gewölben.«

Sean wünschte, Rory hätte vor seiner Mutter den Mund gehalten.

»Wenn mein Vater zuläßt, daß ihm etwas geschieht, bringe ich ihn eigenhändig um!« stieß Kathleen hervor.

»Pst, ich werde ihn finden. Ich schaffe ihn außer Landes«, versprach Sean.

»Dein Vater wird toben, wenn du dich in die Sache einmischst, da kannst du sicher sein!«

»Sind die Soldaten noch auf Maynooth?« fragte Sean.

»Zwei sind geblieben, um ihn zu erwarten, die anderen zwei sind mit den Beweisen davon.«

Sean machte sich sofort auf die Suche nach Paddy Burke und eröffnete ihm die bestürzende Nachricht.

»Verdammt, dein Vater ist angeblich losgefahren, um Leinwand zu besorgen, spielt aber in Wahrheit den Kurier zwischen dem Earl und Wolfe Tone.«

»Falls Sie wissen, wo mein Großvater ist oder wie ich ihm eine Nachricht zukommen lassen kann, dann sagen Sie es mir, um Gottes willen, Mr. Burke.«

Paddy Burke zögerte. Shamus würde ihm glatt die Eier abschneiden, wenn seine Söhne in diese Machenschaften hineingezogen wurden.

»Mr. Burke, ich muß ihn außer Landes schaffen. Wenn er nach Maynooth zurückkehrt, fällt er der Gegenseite in die Hände.«

»Sein Verbindungsmann in Dublin ist Bill Murphy in der Thomas Street.«

Sean staunte nicht schlecht, daß der Vater der Murphy-Brüder an der Verschwörung beteiligt war. Doch eigentlich hätte er es sich denken können, nachdem beide Brüder mit FitzGeralds verheiratet waren. »Meine Mutter ist außer sich. Ich fahre nach Dublin und komme sofort wieder, wenn ich etwas Neues weiß.«

Sean erschrak zutiefst, als er Edward FitzGerald bei Murphy antraf, völlig arglos und in der vorderen Wohnstube sitzend. »Großvater, man will dich verhaften. Die Miliz erwartet dich in Maynooth.«

»Allmächtiger! Ich will doch nicht, daß du da hineingezogen wirst. Mich wundert, daß dein Vater dich schickte, Sean.«

»Das hat er nicht. Er ist nach Belfast gesegelt. Der junge Rory kam in Windeseile nach Greystones, und Mutter ist natürlich außer sich vor Sorge. – Ich muß dich aus Irland rausschaffen, solange die Häfen für dich noch offen sind.«

»Liegt ein Haftbefehl gegen mich vor, dann werden die Häfen kontrolliert. Und wenn diese Bastarde mich auf deinem Schiff verhaften, bedeutete das für deine Mutter den Tod.«

»Auf der *Sulphur* gibt es einen geheimen Frachtraum«, drängte Sean, doch sein Großvater schob sein Kinn eigensinnig vor. »Laß dich von einem der Murphy-Brüder nach Frankreich bringen.«

»Ich bin Earl von Kildare. Glaubst du auch nur einen Moment, ich ließe mich von den Engländern aus meinem eigenen Land verjagen? Wohl kaum!«

»Das ist nur dein eigensinniger irischer Stolz! Du kennst das Motto meines Vaters: *Tu immer das Zweckdienliche.*«

»Sean, mein Junge, wenn unser Volk überleben soll, muß der Würgegriff der Engländer gebrochen werden. Und das müssen vor allem Männer wie ich erreichen. Wenn ein irischer Earl nicht standhält, wer dann?«

»Dann halte ich mit dir stand«, erklärte Sean.

»Das wirst du nicht! Du und Joseph, ihr seid die nächste Generation. Versagen wir, so ruht Irlands einzige Hoffnung auf euch. Glückt meiner Generation der Aufstand nicht mehr, müßt ihr versuchen, die Unabhängigkeit mit den Mitteln der Diplomatie zu erreichen. Versprich mir, daß du Joseph heraushalten wirst. Du weißt ja, was für ein Hitzkopf er ist.«

Die Haltung seines Großvaters war für Sean O'Toole kaum erträglich. Doch er mußte sich damit abfinden. Der Earl von Kildare war sein eigener Herr, der seine eigenen Entscheidungen traf, und so sollte es sein. Sean fuhr direkt nach Hause nach Greystones, in der Hoffnung, sein Vater würde noch am selben Tag heimkehren. Zumindest aber konnte er seine Mutter damit beruhigen, daß er ihren Vater gewarnt hatte und daß dieser momentan in Sicherheit war. Von der Unbeugsamkeit ihres Vaters sagte er Kathleen nichts, darüber sprach er nur mit Paddy Burke.

Das Tageslicht verblaßte am Himmel, als Joseph aus Dublin heimkehrte, wo er sich für seine Reise nach London einge- kleidet hatte. Als er ins Haus stürzte, als sei ihm der Leibhaf- tige auf den Fersen, genügte ein Blick in sein aschfahles Ge- sicht, um zu wissen, daß er schlechte Nachrichten brachte.

»Ganz Dublin weiß, daß man Großvater festgenommen hat!«

»Aber ich habe heute noch mit ihm im Haus der Murphys gesprochen«, protestierte Sean.

»Dort soll er verhaftet worden sein, in der Thomas Street… Gerüchte wollen wissen, daß Schüsse fielen!«

»Heilige Muttergottes, wenn er verhaftet wurde, wird er unweigerlich in den Verliesen von Dublin Castle landen. Ich muß zu ihm«, rief Kathleen.

Paddy Burke versuchte sie davon abzuhalten. »Ich denke, Sie sollten besser auf Shamus warten.«

»Ich sollte, aber ich tue es nicht«, sagte sie entschieden.

»Wir kommen mit«, sagte Joseph mit fester Stimme.

»Das werdet ihr nicht! Keine Widerrede!«

»Ich werde Kathleen begleiten«, sagte Paddy Burke. »Wir müssen euch beide nach Möglichkeit aus der Sache heraushal- ten.«

Sean fixierte Mr. Burke mit einem durchdringenden, un- beugbaren Blick. »*Ich* werde meine Mutter nach Dublin Castle begleiten. Sie werden Joseph daran hindern, uns zu folgen. Ich mußte Großvater versprechen, Joseph aus dem Ganzen rauszuhalten.«

Keine Widerrede duldend, wurde der Wagen angespannt, und kurze Zeit später erreichten sie die Stadt, in der die Leute in kleinen Gruppen und mit ernsten Mienen heftig diskutie- rend auf der Straße standen. In Dublin Castle angekommen, bestand Kathleen darauf, daß Sean ihr das Reden überließ und stellte sich in nahezu königlicher Würde vor: »Ich bin Kathleen FitzGerald, älteste Tochter des Earl von Kildare. Ich möchte meinen Vater besuchen.«

Sie mußten Ewigkeiten warten, während der erste Beamte den nächsten holte. Vor jedem wiederholte sie ihre Forderung, der man zuerst mit Ausflüchten begegnete, dann mit Verzögerungstaktik und schließlich mit unverblümter Ablehnung. Kathleen aber ließ sich nicht beirren, und Sean, für den sie der Inbegriff der tatkräftigen, unbeugsamen Irin war, bewunderte sie wieder einmal grenzenlos. Er durfte erleben, wie die englischen Beamten klein beigaben, einer nach dem anderen.

Schließlich wurden sie in eine Zelle der Verliese von Dublin Castle geführt, in die man Edward FitzGerald geworfen hatte. Als Kathleen sah, daß ihr Vater schwer verwundet war, flammte ihr irisches Temperament von neuem auf. Sie beschimpfte die Wachposten in ihrer Begleitung, weil er nicht anständig versorgt worden war.

Der Earl von Kildare war allerdings keineswegs erfreut über den Besuch seiner Tochter und seines Enkelsohnes, da er das als unerwünschte Einmischung in seine ureigenen Angelegenheiten betrachtete.

Sean bestach die Posten mit Geld, damit sie vor der Zelle blieben und ihnen ein paar Augenblicke allein gönnten.

In Kathleens Wut mischte sich eine unendliche Angst. »Wenn du stirbst, rede ich nie mehr ein Wort mit dir.«

»Eine sehr sinnvolle Drohung«, blaffte er sie an. »Wenn du glaubst, du hättest mir gegenüber eine Verpflichtung, so irrst du dich. Du bist in erster Linie deinen Söhnen verpflichtet. Sie sollten inzwischen längst außer Landes sein.«

»Vater, du hattest kein Recht, dich für Irland zu opfern!«

Sean sah etwas, was seine Mutter nicht begriff: sein Großvater litt große Schmerzen und war geschwächt von einem enormen Blutverlust. Als ihre Blicke sich trafen, war Sean klar, daß er einen Sterbenden vor sich hatte.

»Ich habe um die Seele unseres Volkes gekämpft. Die Engländer wollen uns mit Erniedrigung, Verfolgung und Ausbeutung in die Knie zwingen. Sean, versprich mir, daß du dich um Joseph kümmern wirst.«

Sie wechselten einen Händedruck. »Das werde ich«, gelobte Sean.

Edward, der mit seinen Kräften fast am Ende war, gestattete Kathleen, sich um seine klaffenden Wunden zu kümmern. Geschickt und mit Tränen in den Augen reinigte sie die Verletzungen und verband sie fest mit Leinenstreifen, die sie aus ihrem Unterrock riß.

Der Posten riß die Zellentür auf. »Die Zeit ist um.«

»Eure verdammte Zeit in Irland ist um, du englisches Schwein!« schleuderte Kathleen ihm unbeherrscht entgegen.

Als der Posten den Gewehrkolben hob, trat Sean schützend vor seine Mutter und fixierte den Mann mit einem solch bösen Blick aus steingrauen Augen, daß dieser unwillkürlich einen Schritt rückwärts machte.

»Sollte dem Earl etwas zustoßen, werden wir Mordanklage erheben.« Seans leise geäußerten Worte klangen so gefährlich, daß der Posten vollends zurückwich. Er ließ den beiden ohne jede Einmischung Zeit, sich von Edwad FitzGerald, Earl von Kildare, mit aller Liebe und Bewunderung für seine ungebrochene Stärke zu verabschieden.

Als die beiden dann später zu Hause eintrafen, war Shamus schon da. Er hörte schweigend zu, während Kathleen ihrer Empörung Luft machte. Voller Zuneigung legte er seine starken Arme um sie und versuchte, sie zu beruhigen. An seine Söhne gewandt, befahl er: »Ihr zwei jungen Satansbraten macht euch auf den Weg nach London. Noch heute abend!«

Kurz nach Mitternacht gingen Sean und Joseph mit einer aus drei FitzGeralds bestehenden Besatzung an Bord der *Sulphur*. Man war übereingekommen, daß die Besatzung sie in

London absetzen und nach einem Monat wieder abholen würde, vorausgesetzt, sie wären nicht zur Fahndung ausgeschrieben.

Die O'Toole-Brüder waren hin- und hergerissen, da sie einerseits ihre Familie angesichts der großen Sorgen nicht im Stich lassen wollten, andererseits aber wußten, daß sie sich absetzen mußten, ehe sie in das Ränkespiel der irischen Rebellen hineingezogen wurden. Es war der Wunsch der Familie, und es war das klügste. Doch fiel es ihnen sehr schwer, den Anweisungen Folge zu leisten. Beide litten unter Schuldgefühlen und kamen sich vor wie feige Ratten, die das sinkende Schiff verließen.

Auf der *Sulphur* übernahm Sean als erster das Ruder, während Joseph sich ein paar Stunden hinlegte. Sean betrachtete die Sterne am dunklen Himmel, die wie über schwarzen Samt verstreute Diamanten funkelten. Während die *Sulphur* geräuschlos über das Meer glitt, ordnete Sean seine Gedanken.

Jemand mußte Edward FitzGerald verraten haben. Wie kam es, daß seine Überlegungen immer wieder zu William Montague zurückkehrten? Oberflächlich gesehen, schien keine Logik dahinterzustecken, da Montague selbst in die verräterischen Machenschaften verstrickt war. Er war es, der seinem eigenen Land die Waffen gestohlen hatte. Die O'Tooles und die Montagues waren seit achtzehn Jahren Partner und hatten einander nie hintergangen.

Sean schüttelte den Kopf, suchte nach einem möglichen Motiv. Wie konnte der »gerissene Willie«, wie er genannt wurde, aus diesem Verrat Profit schlagen? Und dann kristallisierte sich in ihm ein ungeheurer Verdacht. Warum war William Montague so sehr daran interessiert, seine Tochter zu verheiraten? Die Antwort darauf lautete: *Um sie zur Countess von Kildare zu machen.* Sean seufzte. Er mußte eingestehen, daß er Montague vor allem deswegen verdächtigte, weil er Engländer war. Das war schon Grund genug.

Als Joseph ihn später ablöste und ihn in seiner Koje der Schlaf übermannte, hatte Sean einen lebhaften Traum. *Eine Frau saß mit dem Rücken zu ihm da. Sie war völlig nackt. Ihr Rücken war elegant geschwungen, die Haut wie weißer Samt. Dunkles Haar umfloß ihre Schultern wie eine Rauchwolke. Er hob die seidige Fülle, um ihren Nacken zu entblößen, berührte ihn mit den Lippen, hingerissen von ihrem Geschmack und dem Duft. Sein Mund folgte der köstlichen Linie ihres Rückgrats bis zu ihrem Gesäß. Diese geheime Stelle war so sinnlich, daß er sie, von heißer Leidenschaft übermannt, in Besitz nehmen wollte. Er wußte sehr wohl, wer sie war, ohne ihr Gesicht zu sehen. Doch sie war nicht für ihn bestimmt. Wieso schmeckten verbotene Früchte so viel süßer? Sie gehörte William Montague. Sie gehörte Joseph O'Toole. Ihm gehörte sie nicht. Noch nicht.*

Sein Mund glitt tiefer. Seine Zungenspitze fuhr die Kluft entlang, die ihre wohlgerundeten Gesäßbacken teilten. Sein Verlangen war so groß, daß ihn ein Zittern überfiel. Sanft drehte er sie zu sich um... und ließ entsetzt von ihr ab. Blut quoll aus einer Bauchwunde, und ihre Augen waren jene von Edward FitzGerald. »Sean, versprich mir, daß du dich um Joseph kümmern wirst.«

Nachdem Sean mit einem Ruck erwacht war, merkte er, wo er sich befand. Verdammter William Montague, verdammte Amber Montague, verdammte Emerald Montague!

Und Emerald Montague glaubte wahrhaftig, sie sei verdammt. Das häßliche, mit wertvollen Antiquitäten vollgestopfte Backsteinhaus auf dem Portman Square erschien ihr ohne das Lachen ihrer Mutter wie ein Mausoleum. In ihrer

Verzweiflung betrauerte Emerald den Verlust ihrer Mutter, als wäre diese tatsächlich gestorben. Sie sehnte die Schule als Zuflucht herbei, doch ihr Vater machte auch diese Hoffnung sofort zunichte. Auf der Schule wäre sie seiner Kontrolle entzogen gewesen, für Montague ein unakzeptabler Zustand.

Statt dessen stellte er eine Mrs. Irma Bludget als Gouvernante ein, doch war diese Bludget alles andere, nur das nicht. Sie war vielmehr Zuchtmeisterin, Kerkermeisterin, Spionin und Informantin in einem. Neben dieser grobknochigen Person wirkte Emerald oder Emma, wie sie nun gerufen wurde, noch kleiner und zierlicher.

An die strahlende Schönheit ihrer Mutter gewöhnt, brachte es Emma kaum über sich, Mrs. Bludget auch nur anzusehen. Ihren höchst unschön hervorquellenden Augen entging keine Einzelheit, ihr Mund war praktisch lippenlos, ihre Zähne klein und spitz.

Montague hatte sich keinen Zwang angetan, als er Mrs. Bludget ihre Pflichten erläuterte. »Ich möchte, daß Sie sämtliche Spuren irischer Neigungen, die meine Tochter zeigen sollte, ausmerzen. Die Iren sind mir widerwärtig! Sie soll auch nicht mehr Emerald heißen. Von nun an wird sie Emma gerufen. Weiter möchte ich, daß sich ihr Aussehen ändert, beginnend mit ihrem Haar. Alles soll anders werden: Kleidung, Sprechweise, Lektüre, Musik, Haltung und vor allem ihr Trotz. Ihre Mutter war eine Dirne, weshalb Sie dafür sorgen müssen, daß Emma nie von wollüstigen Regungen befallen wird. Ich möchte sie gehorsam, keusch und *demütig*.«

Vom Tag ihrer Ankunft an machte Mrs. Bludget Emmas Leben zum Alptraum. Alle Spiegel wurden entfernt, das Essen wurde rationiert, Emma wurde wegen jedem Wort, jeder Handlung getadelt. Man schnitt ihr das Haar ab und zwang sie, lange Gebete zu lernen, um sie von sündigem Tun abzuhalten und ihr alles Teuflische auszutreiben.

Mrs. Bludget war sich mit William Montague aus ganzer Seele darin einig, daß man sein Kind züchtigt, wenn man es liebt. Als Emma sich bei ihrem Vater bitterlich beklagte, weil Mrs. Bludget sie geschlagen hatte, eröffnete er ihr ungerührt, daß sie mit einer zusätzlichen Tracht Prügel nach seiner Heimkehr rechnen müsse, falls sie dieser guten Frau jemals wieder Anlaß gäbe, sie zu strafen.

In ihrem stummen Leid klagte Emma ihre Mutter an, daß diese sie einem Leben ausgeliefert hatte, das so freudlos war, daß es nicht mehr lebenswert war. Sie teilte ihr Leben in zwei Perioden ein – die Zeit vor dem Fest der O'Tooles und die Zeit nachher. Das Fest war der Tag, an dem ihr Elend begonnen hatte.

Da ihre Tage so öde waren, träumte Emma fast jede Nacht. Sie träumte von ihrer Mutter, doch waren diese Träume nie angenehm, sondern mit Anklagen, Vorwürfen und Tränen durchsetzt. Ihr wiederkehrender Traum von Sean fing zwar immer gleich an, endete nun aber anders.

Emerald lag im zuckerfeinen Sand allein am Strand in der heißen Sonne. Eine köstliche Vorahnung erfüllte sie. Sanft zauste eine leichte Brise ihre dunklen Locken. Sie empfand eine sehnsüchtige Freude, weil sie wußte, daß er bald, sehr bald zu ihr kommen würde. Sie hielt die Augen geschlossen, bis sie spürte, wie ein Flattern, zart wie ein Falterflügel, ihren Mundwinkel streifte. Insgeheim lächelnd hob sie langsam die Lider.

Er kniete vor ihr, in ihren Anblick versunken. In seinen dunkelgrauen Augen tanzten Lachpünktchen. Seinen Blick festhaltend, richtete sie sich behutsam auf, kniete nieder und verharrte vor ihm. Es bedurfte keiner Worte, doch das Verlangen nach Berührung brachte das Blut der beiden in Wallung. Sie streckten gleichzeitig eine Hand aus und tasteten sich gegenseitig mit den Fingerspitzen ab... die Wangen, die Kehle, die Schultern. Emeralds Hand streifte sein Herz und spürte es unter ihren Fingern pochen. Er war der Mann in Vollkommenheit. Ihr irischer Prinz. Er beugte sich über sie, um ihre Lippen einzufangen, doch als er nur einen Wimpernschlag entfernt war, verwandelte Sean sich in Joseph O'Toole. »Ich werde auch dich nehmen. Ich habe Amber, aber ich will auch dich!«

Emma erwachte, von Schuldgefühlen geplagt, da sie im Traum gewillt gewesen war, mit ihm zu gehen, um ihre Mutter wiederzusehen. »Ich hasse Irland und die Iren«, flüsterte sie. Emma hatte noch nie Haß empfunden, nun aber wurde ihr dieses dunkle Gefühl sehr vertraut. Sie haßte Irma Bludget, sie haßte ihren Vater, sie haßte die O'Tooles, und sie haßte ihre Mutter.

Als Amber zu sich kam, waren Montague und ihre Kinder schon einen Tag und eine Nacht fort. Sie wußte nicht, daß sie eine ausgerenkte Schulter, drei gebrochene Rippen und eine gequetschte Niere hatte. Ihr Körper war übersät mit offenen Wunden, und jede Bewegung war so schmerzhaft, daß sie auf dem Boden liegenblieb.

Als es wieder Nacht wurde, verspürte sie so quälenden Durst, daß sie zur Tür kroch. Sie fand sie versperrt und hatte nicht die Kraft, sie aufzubrechen. Amber verlor erneut das Bewußtsein, bis wieder ein Tag heraufdämmerte.

Mit Hilfe ihres gesunden Armes robbte sie durch den Raum zu einem Krug aus Kupfer, der einen Strauß aus blauem Rittersporn enthielt, Blumen die sie in sehnsüchtiger Erwartung von Josephs Besuch arrangiert hatte. War es erst gestern gewesen? Oder vorgestern? Ihr schien seither ein ganzes Menschenalter vergangen zu sein. Sie zog die Blumen heraus und führte den Krug an den Mund. Das Wasser schmeckte so faulig, daß sie den ersten Schluck voller Ekel ausspuckte. Da sie aber wußte, daß sie keine andere Wahl hatte, trank sie hastig drei Schluck. Das Wasser schmeckte nicht nur brackig, es hatte auch einen gräßlichen metallischen Beigeschmack.

Da fiel ihr ein, daß Montague neben seiner Reitgerte auch eine Brandykaraffe im Schrank aufbewahrte. Sie richtete sich auf die Knie auf und zog sich am Schrank hoch. Ihre Schmerzen waren so groß, daß sie fast die Karaffe fallen ließ. Mit zitternder Hand hob sie sie an die Lippen und trank von der starken Flüssigkeit. Wie Feuer durchdrang der Alkohol ihr Innerstes, doch als sie mehr davon schluckte, schien er ihren Schmerz zu lindern.

Amber benutzte den Kupferkrug, um die nicht sehr dicke Holztüre zu zertrümmern. Es dauerte lange und bedurfte ihrer ganzen Kraft. Wieder zu Atem gekommen, zog sie langsam die einzigen Kleidungsstücke an, die ihr geblieben waren – die Sachen, die Joseph ihr ausgezogen hatte, als sie sich unwissentlich zum letzten Mal geliebt hatten. Es war ein Anflug von Trotz. der sie bewog, die Bernsteinohrgehänge, die Joseph ihr geschenkt hatte, an den Ohren zu befestigen.

Die zwei Treppen waren für sie eine schier übermenschliche Anstrengung. Sie legte den Weg buchstäblich auf dem Bauch kriechend zurück, Stufe für Stufe. Die Kisten mit ihren Habseligkeiten, die sich in der Eingangshalle gestapelt hatten, waren fort. Als sie sich mit ihrem linken Arm hochzog, um in den Spiegel zu blicken, zuckte sie erschrocken zurück. Ihr Gesicht war von der Stirn bis zum Kinn mit schillernden Blutergüssen verunstaltet. Sie ließ schaudernd den Dielentisch los und fiel auf die rechte Schulter. Durch den Schmerz des Aufpralls drohte sie erneut ohnmächtig zu werden. Sie zwang sich, bei Bewußtsein zu bleiben, und als der Schmerz nachließ, merkte sie, daß der heftige Sturz ihre Schulter wieder eingerenkt hatte. Das brachte sie halbwegs auf die

Füße, so daß sie mit unsicheren Schritten das Haus inspizieren konnte.

Die Speisekammer war leer. Die Dienstboten hatten gründlich aufgeräumt, ehe sie das Haus verließen. Im Kräutergarten fand sie Schnittlauch und Petersilie. Die verschlang sie und alles, was annähernd eßbar war. Ihre gebrochenen Rippen hinderten sie daran, frisches Wasser aus dem Brunnen zu ziehen, doch enthielt der Eimer noch ein bißchen Wasser, das sie durstig trank.

Sie wußte, daß sie nach Irland und zu Joseph mußte. Er war ihre einzige Hoffnung. Als es dunkelte, legte sie die zwei Meilen zum Dorf wankenden Schrittes zurück und wartete auf eines der im Morgengrauen ausfahrenden Fischerboote. Man starrte sie wie ein Gespenst an, bis einer der Fischer sie erkannte. Aus Mitleid nahm er sie auf und brachte sie hinüber in ihre Heimat, die sie seit siebzehn Jahren nicht mehr betreten hatte. Amber nahm ihren goldenen Ehering ab und drückte ihn dem Mann in die Hand, nachdem er ihr an Land geholfen hatte. »Ich danke dir. Dafür habe ich keine Verwendung mehr«, flüsterte sie.

9

Die *Sulphur* erreichte am späten Nachmittag die breite Themsemündung und glitt flußaufwärts, am Tower Wharf und dem aufragenden Tower vorüber. An der alten Zollstation wurde das Schiff kontrolliert und durfte dann das Hafenbecken ansteuern.

»Ich habe mir überlegt, daß wir uns lieber eine eigene Unterkunft suchen sollten, statt Montagues Gastfreundschaft in Anspruch zu nehmen«, erklärte Joseph.

Sean, der es trotz seiner Vorfreude auf die Begegnung mit Emerald für am besten hielt, Joseph nicht unter einem Dach mit Amber Montague wohnen zu lassen, pflichtete ihm sofort bei. »Eine gute Idee. Ehe wir uns nicht ein wenig umgesehen haben, braucht der ›gerissene Willie‹ von unserer Ankunft nichts zu erfahren.«

Doch William erfuhr binnen einer Stunde von ihrer Ankunft. Die Zollstation und der Navy Tower unweit der Tower Wharf meldeten ihm, daß die O'Tooles mit ihrem Schoner *Sulphur* eingetroffen seien.

Just als Sean und Joseph ihr Gepäck an Deck trugen, glitt das Schiff der Admiralität, die *Defense*, auf den Liegeplatz neben ihnen. An Bord befanden sich William Montague, sein Sohn John und sein Neffe Jack.

»Nun, das nenne ich aber eine gute Planung«, rief William betont herzlich.

Zu verdammt gut, dachte Sean.

»Ich hatte keine Ahnung, daß ihr schon diesen Monat in London sein würdet, aber ihr seid auf meinem Schiff und in meinem Haus hochwillkommen. Ist auf Greystones alles wohlauf?«

»Es könnte nicht besser sein«, gab Sean zurück, ehe Joseph den Mund aufmachen konnte. Falls dieser Halunke bei ihrem Unglück seine Hand im Spiel gehabt hatte, würde er es rasch genug erfahren.

»Jack, John, bringt das Gepäck der beiden an Bord«, befahl Montague, und die zwei jungen Männer kamen unverzüglich seinem Befehl nach.

Sean rief die Besatzung zusammen. »Leute, wir treffen uns in einem Monat hier wieder. Falls wir schon vorher genug haben, dann schwimmen wir nach Hause«, sagte er augenzwinkernd.

»Bringt die *Brimstone* mit, wenn ihr zurückkommt. Ich

habe es satt, Seans Kommando unterstellt zu sein«, scherzte Joseph. Dann wurden die Brüder wieder ernst. »Helft Groß- vater wenn irgend möglich«, trug Joseph ihnen auf.

»Geht mit Gott«, sagte Sean zum Abschied. »Er möge euch schützen«

Als sie an Bord der *Defense* kletterten, spürte Sean über- deutlich, daß allein Johnny, der sich wie eine Klette an ihn hängte, sich aufrichtig über ihr Kommen freute. Die Bewun- derung des Jungen war nicht zu übersehen.

»Das muß gefeiert werden«, dröhnte William Montague, der jedem kräftig die Hand schüttelte, »und ich kenne genau den Ort für heißblütige, junge Teufelskerle, wie ihr es seid. Als mein Bruder Sandwich von den Fleischtöpfen des Orients zurückkehrte, schuf er den Diwan Club. Ich kann euch garan- tieren, daß ihr Vergleichbares noch nie gesehen habt.«

Jacks Miene verrät Eifer, während Johnny beunruhigt dreinsieht, beobachtete Sean. Im übrigen konnte er sich nicht vorstellen, daß Joseph in Stimmung für ein Bordell war. Die einzige Frau, nach der es ihn gelüstete, war Amber. Sean hin- gegen mußte zugeben, daß ihn eine gewisse Neugierde plagte, da er mit Sitten und Gebräuchen des Ostens nicht vertraut war und nichts dagegen hatte, seinen Horizont zu erweitern, und sei es auf Kosten der Moral.

Die fünf Männer gingen unter Deck in die Kapitänskajüte, wo ihnen Montague französischen Brandy einschenkte und das Glas hob. »Auf die Sünden des Fleisches!«

Sean sah, wie Montagues Blick zu Joseph huschte, und Arg- wohn keimte in ihm auf. Glücklicherweise schienen Josephs Gedanken arglos zu sein – oder er verstand es meisterhaft, sich zu verstellen. Sean war nun fest entschlossen, seinem Bruder reinen Wein einzuschenken. Er würde ihm eröffnen müssen, daß Montague mit ihm Katz und Maus spielte, weil er hinter die Sache mit Amber gekommen war. Er wollte ihm auch

nicht verschweigen, daß Montague vermutlich ihren Großvater ans Messer geliefert hatte. Und er mußte ihm sagen, daß
der Earl von Kildare im Sterben lag.

Jack Raymond machte eine zweideutige Bemerkung, über
die Joseph schallend lachte. Morgen ist noch Zeit genug, beschloß Sean. Joseph sollte seinen ersten Abend in London un-
beschwert genießen.

Auf der Fahrt in den Diwan Club unterhielt Montague sie mit
der Geschichte der »Kavalierstour« des Earl von Sandwich.
»Um endlich etwas anderes zu unternehmen als die anderen,
charterte mein Bruder in Italien ein Schiff, das ihn nach Grie-
chenland, Zypern und Ägypten brachte. Der Sultan des Otto-
manischen Reiches hatte es ihm besonders angetan, ein Des-
pot, der umgeben von Pracht und Prunk eine drakonische
Herrschaft ausübte, vor allem über seinen Harem. Mein Bruder ließ sich vom Islam stark beeinflussen. Die Polygamie und
die Unterwerfung der Frauen haben es ihm besonders angetan. Wenn Frauen ihren Platz genau kennen, ist für uns das
Leben viel angenehmer.«

Sean sah, wie Josephs Mund sich verhärtete und er seine
Stirn runzelte. Er wußte, daß sein Bruder unablässig an Am-
ber dachte. Überstanden sie den Abend, ohne daß es zu einem
Debakel kam, würde es an ein Wunder grenzen.

Als sie die Portale zum Diwan Club durchschritten, war es
wie der Eintritt in eine andere Welt. Der Duft nach Räucher-
stäbchen lag in der Luft, östliche Klänge, von Flöten, Sitars,
Zimbeln und anderen fremdartigen Instrumenten erzeugt,
schwebten durch die Räumlichkeiten.

Im ersten Gemach wurden sie von Eunuchen empfangen,
die ihnen eine farbenfrohe Auswahl an Gewändern, Turbanen
und Dolchen anboten. Es stand ihnen frei, ihre eigenen Kleider anzubehalten oder sich orientalisch zu kostümieren. Wil-

liam Montague ging mit gutem Beispiel voran, indem er ein fließendes, nur von einem Gürtel zusammengehaltenes Gewand mit Goldturban und passendem Dolch wählte. Sein Neffe Jack machte es ihm nach und wählte eine Pfauenrobe und einen Silberdolch.

Die zwei O'Tooles waren ratlos. Joseph lehnte die lächerliche Aufmachung ab, als er sah, wie komisch Montague darin aussah. Johnny, hin- und hergerissen zwischen den peinlichen Möglichkeiten, dem Beispiel seines Vater zu folgen und sich seiner eigenen Kleider entledigen zu müssen oder sie anzubehalten, fragte Sean hilfesuchend: »Nun, wie entscheidest du dich?«

Sean verbarg seine Belustigung, nicht nur über Johnny, sondern über die ganze Maskerade. Die Phantasiekostüme taten seiner Männlichkeit zwar keinen Abbruch, doch wußte er genau, daß er sich schier totlachen würde, wenn er sich mit all den Kinkerlitzchen schmückte. Sean zog sich mit einem Kompromiß aus der Affäre, indem er Jacke und Hemd ablegte und eine cremefarbige Dschellaba über seine eigene lange Hose anzog. Johnny, der erleichtert lächelte, machte es ihm nach.

Die fünf Männer wurden nun in ein inneres Gemach geführt, das auf das üppigste eingerichtet war, um den Eindruck höchster Prachtentfaltung zu erwecken. Die Wände waren verspiegelt. Auf dem mit Orientteppichen bedeckten Boden lagen unzählige Brokatkissen aller Art verteilt. Den Mittelpunkt bildete ein Springbrunnen in Gestalt einer nackten Nymphe, aus deren Brüsten Wasser sprühte. Topfpalmen vervollständigten den Eindruck einer Wüstenoase. Sean biß sich auf die Lippen. *Fehlt nur ein Kamel*, dachte er respektlos.

Eine Tür öffnete sich, um fünf weibliche Wesen in durchsichtigen Pluderhosen mit Tabletts in den Händen einzulassen. Ihre Brüste waren entblößt, dafür waren ihre Gesichter mit Schleiern verhüllt. Demütig kniend boten die Mädchen den Gästen ein Täßchen türkischen Kaffee an. Als Sean einen Schluck davon trank, spürte er einen unbekannten Geschmack auf der Zunge.

Auf jedem Tablett lag eine Peitsche. Montague und Jack Raymond griffen sofort danach und ließen sie mit größtem Vergnügen durch die Luft sirren. Als Montague sah, daß die O'Tooles nicht reagierten, erklärte er: »Die Sklavinnen, die eure Wünsche nicht erfüllen oder euren Befehlen nicht gehorchen wollen, erwecken damit das Mißfallen ihrer Herren. Also erwarten sie geradezu, gezüchtigt zu werden.«

»Darf ich mir meine Hure aussuchen?« fragte Joseph sarkastisch.

Montague lachte auf. »Diese fünf sind nur Trinksklavinnen, die unseren Durst löschen sollen. Hinter jener Tür warten zahllose Mädchen, die zur Wahl stehen, um andere Bedürfnisse zu befriedigen, wie immer diese beschaffen sein mögen. Wählt nicht nur eine, hier wird Vielweiberei ermutigt. Kommt.«

Die breiten Türflügel wurden von zwei hünenhaften schwarzen Eunuchen geöffnet, die den Blick auf einen Harem unverschleierter, sparsam bekleideter, auf Diwanen ruhender Schönheiten freigab. Da es im Raum sehr warm war, fächelten Sklaven den Gästen mittels riesiger Straußenfedern sofort Kühlung zu. Hinter Perlenvorhängen verborgen, lagen Alkoven, falls die Herren es nicht vorzogen, mitten im Raum eine wilde Orgie zu feiern.

Montague stieß eine Frau unsanft mit seiner Peitsche an. Als sie vor ihm auf die Knie fiel, lagerte er sich auf den Diwan, den sie vorher eingenommen hatte, und deutete auf eine andere, die er wollte.

Joseph warf sich auf ein Kissen neben drei Mädchen, die Wasserpfeife rauchten. Für Hurerei war er nicht in Stimmung, hatte aber nichts dagegen, ein für ihn neues Rauschmittel auszuprobieren. Johnny heftete sich an Seans Fersen, und dieser tat sein Bestes, um dem Jungen die Scheu zu nehmen und ihn ein wenig aufzumuntern. Als Seans Blick auf das jüngste Mädchen im Raum fiel, stieß er Johnny an. »Warum sprichst du nicht die dort an? Sie hat ein süßes Gesicht.« Johnny kam zögernd seiner Aufforderung nach, worauf Sean für sich das Mädchen mit dem kecksten Gesicht wählte.

Er streckte die Hand aus. »Möchtest du mit mir kommen?«

Sie legte ihre Hand in seine und ließ sich, die Augen gesenkt, von ihm hinter einen Perlenvorhang führen. Seans Blick überflog den Alkoven und registrierte den niedrigen Diwan, der breit genug für zwei war. Das halbbekleidete Mädchen fiel auf die Knie und flüsterte demütig: »Was wünscht Ihr, Herr?«

»Du wirst alles tun, was ich verlange?«

»Ja, Herr«, hauchte sie.

»Dann möchte ich, daß du das Getue sein läßt und mit mir sprichst.«

Im Blick des Mädchens lag Erstaunen, als sie die Wimpern hob und in silberne, humorvolle blitzende Augen sah. Sie fing sofort zu kichern an. »Herrjeh, was für ein irrer Schuppen dieser Ort doch ist!«

Sean streckte sich auf dem Diwan aus und klopfte neben sich. »Komm und erzähl mir mehr darüber.« Sein Grinsen sprach Bände, als sie sich auf das Lager niederließ und ihre Brüste herausfordernd dabei hüpften.

»Sie scheinen mir ein netter Herr zu sein, nicht wie die üblichen Kunden, die wir haben. Bei diesen alten Saftsäcken rührt sich gar nichts, ehe sie nicht den Gebieter spielen und ein Mädchen erniedrigen können. Wir müssen ihnen erst die schmutzigen Füße und andere widerliche Teile ablecken. Und auch danach setzen sie meist noch die Peitsche in Aktion, ehe bei ihnen etwas strammsteht.«

»Warum arbeitest du hier?«

»Das Geld ist gut. Ich verdiene hundert Piaster pro Nacht.«

»Das ist ja nur ungefähr ein Pfund«, sagte Sean, der die fremde Währung schnell umgerechnet hatte.

»Tja, keines der anderen Bordelle zahlt die Mädchen so gut, und es besteht immer die Möglichkeit, daß einer dieser Geldsäcke einen als Geliebte nimmt.«

»Wie heißt du?«

»Türkische Wonne«, sagte sie, wobei sie sich vor Lachen fast verschluckte. »Mein richtiger Name ist Nellie Carter. Aber du möchtest doch sicher nicht nur plaudern, oder?« Sie griff unter seine lange Dschellaba und tastete sich weiter seinen Schenkel hinauf. Als sie ihr Ziel erreicht hatte, strich sie ehrfurchtsvoll über sein geschwollenes Glied. »Meine Güte, ist das schön. Das einzige, was die alten Wichser, die sonst herkommen, hart macht, ist flüssiger Balsam!«

Sean lachte. »Du *bist* eine Wonne. Dein Name paßt hervorragend zu dir. Warum gönnen wir uns nicht eine gute altmodische Bumserei und kosten dann etwas Exotisches zum Rauchen aus?«

»O ja gerne. Wir haben türkischen Tabak, Haschisch, Hanf oder Opium. Du kannst dir das Gift aussuchen.«

Beim Verlassen des Diwan Clubs zeigten sich bei allen außer Johnny die Folgen der Ausschweifungen. Jack und William Montague waren sternhagelvoll. Ersterer konnte sich kaum auf den Beinen halten, letzterer war noch mißlauniger als vorher.

Sean spürte die Nachwirkungen des Haschischs, das er geraucht hatte. Das Gefühl war nicht gerade unangenehm, aber Joseph brauchte seine tatkräftige Hilfe, um sich aufrecht halten zu können, was ihn doch etwas anstrengte. Sean fragte sich, was die Pfeife außer Wasser wohl noch enthalten haben mochte, da sein Bruder offensichtlich Gummibeine hatte.

Als sie das Deck der *Defense* erreichten, schien der Fußmarsch durch die frische Luft Joseph ein wenig gestärkt zu haben. Sean ließ ihn allein weiterlaufen und trat an die Reling, um seinen Blick bewundernd über die Stadt schweifen zu lassen, die als größte der Welt galt. Schiffslaternen blinkten in der Finsternis, und jenseits des Hafens war die Stadt in ein Lichtermeer getaucht, dessen Schein bis in den dunklen Himmel reichte.

Sean hörte hinter sich jemanden halblaut hervorstoßen: »Irisches Gesindel«, und es folgten Worte, die sich anhörten wie »Einem anderen die Frau wegnehmen... ich werde dir eine Lektion erteilen.«

Zwischen Jack Raymond und Joseph entspann sich ein Faustkampf, während William Montague, der etwas abseits stand, seiner Besatzung etwas zurief. Ohne einen Moment zu zögern, griff Sean nach einem schweren Keil, der in seiner Nähe lag, und warf sich in das Getümmel. »Englische Schweinehunde«, fluchte er, als er auf drei, vier Schädel einhieb, um an Josephs Seite gelangen zu können.

Montague brüllte: »Hängt sie an den Daumen auf!« Sean, der von vier Matrosen der *Defense* gepackt wurde, konnte sich nicht mehr rühren. Vor Wut schnaubend und mit aller Kraft um sich tretend, mußte er hilflos zusehen, wie auch Joseph kampfunfähig gemacht wurde. Dann sah er nur noch Johnny Montagues entsetzten Gesichtsausdruck, ehe alles um ihn herum schwarz wurde.

Als Sean langsam zu sich kam, war sein erster Gedanke, daß das Haschisch, das er geraucht hatte, eine alptraumhafte Reaktion in ihm erzeugte. Ihm war, als hätte er keine Hände, doch seine Schultern schmerzten höllisch. Er schüttelte den Kopf, um ihn zu klären, und spürte, wie sein ganzer Körper langsam durch die Luft schwang. Der Schmerz in Armen und Schultern steigerte sich, aber Hände hatte er immer noch keine. Nun kam er ganz zu sich und starrte in die Finsternis. Das Schiff bewegte sich. Ein Ufer war nicht auszumachen. Es herrschte tiefste Dunkelheit. Er rief sich die Augenblicke, ehe er das Bewußtsein verloren hatte, ins Gedächtnis. Und jetzt wurde ihm klar, daß man ihn aufgehängt hatte wie eine Schweinehälfte!

Der Schmerz in Armen und Schultern war unerträglich. Er versuchte sich abzulenken und legte den Kopf in den Nacken, um zu seinen Fesseln hinaufzublicken. Kein Wunder, daß er seine Hände nicht spürte. Man hatte ihn an den Daumen aufgehängt. Seine Blutzirkulation war abgestorben, so daß Hände und Arme taub waren. Ein deftiger Fluch kam ihm über die Lippen, während er den Kopf senkte und um sich blickte. Er versuchte, die Dunkelheit zu durchdringen. *O Gott, nein!* schrie sein Innerstes auf, denn am anderen Ende des Decks konnte er noch einen langsam hin- und herpendelnden Körper erkennen: Joseph! Das konnte doch nicht Joseph sein!

»Joe, Joe«, krächzte er, doch als er keine Antwort bekam, entschied er, daß sein Bruder bewußtlos besser dran war. Seans Verstand suchte nach Antworten. Kein Zweifel, Montague wußte, daß Joseph ihm Hörner aufgesetzt hatte. Dieser Hurensohn mußte seine Rache genau geplant haben. Er hatte sie mit Absicht ins Freudenhaus eingeladen, da er wußte, daß der Abend sie außer Gefecht setzen würde. Und sie hatten mitgespielt und sich wie Opferlämmer zur Schlachtbank führen lassen. *Kein Wunder, daß die verdammten Engländer die Iren beschränkt nennen!* dachte er voller Selbstverachtung.

Der Schmerz, der seinen Körper quälte, war so grausam, daß er erneut in gnädige Bewußtlosigkeit fiel. Als Sean wieder zu sich kam, graute der Tag. Josephs Kopf hing tief auf die Brust, und Sean sah entsetzt, wie aus einer Bauchwunde Blut aufs Deck tropfte.

Seans Arme und Hände waren taub, aber seine Stimme war ihm geblieben. Er fing so laut zu schreien und heftig zu zappeln an, daß der Hauptmast erzitterte. Etliche uniformierte Seeleute stellten sich in einem weiten Kreis um ihn auf, aber keiner wagte, ihn ohne Montagues Befehl abzuschneiden. Schließlich näherte sich Jack Raymond den Brüdern. Er untersuchte Joseph, bedachte Sean mit einem finsteren Blick und entfernte sich, um seinen Onkel zu wecken.

Als Jack die Tür der Kapitänskajüte öffnete, kämpfte Montague sich eben in seine Admiralsuniform. »Wer macht dieses Geschrei?« knurrte er.

»Sean O'Toole … und Joseph ist tot«, platzte Jack voller Genugtuung heraus.

In Montagues Augen flammte kurz Triumph auf, ehe ihm die Folgen des mordlüsternen Vorgehens bewußt wurden. »So was Dummes. Was sollen wir denn jetzt tun?«

Jack zuckte grienend die Schultern. »Natürlich hat Sean O'Toole seinen Bruder aus Eifersucht kaltblütig getötet.«

»Jack, das ist brillant«, strahlte Montague. Daß er nun tief in Jacks Schuld stand, brauchte er nicht auszusprechen. Sein Neffe wußte es ohnehin.

Montague schritt hinaus aufs Deck. »Schneidet sie ab«, befahl er.

Zuerst schnitt Jack Joseph ab und lagerte dessen starr werdenden Körper aufs Deck der *Defense*.

Seans Blick verriet blankes Entsetzen, als ihm klar wurde, welches Schicksal sein Bruder hatte erleiden müssen.

Als Jack die Lederfesseln durchschnitt, die Sean an den

Daumen festhielten, ging er nach Möglichkeit auf Distanz, eine unnötige Vorsichtsmaßnahme, wie sich zeigte, da Sean in Händen und Armen absolut kein Gefühl hatte und wie eine Stoffpuppe aufs Deck plumpste.

Auf Ellbogen und Knien kroch Sean zu seinem Bruder, um hilflos an dessen Leichnam zu knien. Es war der schlimmste Augenblick seines Lebens. Auf den Knien vor den Engländern, die seinen Bruder wie Vieh abgestochen hatten! »Joseph ist tot!« schluchzte er. Er wollte nicht glauben, was seine Augen sahen.

»Ja, und du hast ihn ermordet«, klagte Montague ihn dreist an.

»Fluch über deine schwarze Seele, du verkommenes Engländerschwein!«

»Männer, legt ihn in Ketten!« befahl Montague ungerührt. Vier Mann waren nötig, um seine Anordnung auszuführen.

»Du hast ihn erstochen, du oder dein Speichellecker Jack – ihr beide habt Dolche aus dem Bordell bei euch gehabt – und das alles, weil er Amber die einzige Lust bereitete, die sie je erlebt hatte!«

»Halt dein dreckiges Irenmaul«, schnauzte Montague und trat dem Gefesselten mit voller Wucht zwischen die Beine. Dann ließ er, befriedigt über Seans Aufstöhnen, den Blick über die Gesichter der versammelten Besatzung wandern. »Ich habe genug Zeugen für das, was letzte Nacht auf der *Defense* passierte.« William sah seinen Sohn an. »John, sag etwas, du hast sie kämpfen gesehen.«

Johnny setzte dreimal an, ehe er die Worte herausquetschte. »Ich war betrunken, Vater.«

Seans zinngraue Augen durchbohrten ihn. »Sag die Wahrheit, Johnny!« Johnnys verängstigte Miene ließ jedoch seine Hoffnung auf den Nullpunkt sinken. Als die Männer ihn unter Deck schleiften, war Seans Blick auf Josephs Leichnam gerichtet, und sein Kummer drohte ihm das Herz zu zerreißen.

Das Einsetzen der Blutzirkulation in seinen Armen war ein schneidender Schmerz. Er war ihm willkommen, da er hoffte, er würde die Qual in seinem Inneren auslöschen. Während er angekettet im Laderaum lag, bekam er hohes Fieber. Schuldgefühle durchschüttelten ihn, und Todessehnsucht stieg in ihm auf. »Joseph, Joseph, ich habe Großvater einen Eid geschworen, daß ich für deine Sicherheit sorgen würde!« In tiefste Verzweiflung gestoßen, fing er unzusammenhängend an zu phantasieren, während seine Daumen sich schwarz färbten und bis zur Formlosigkeit aufquollen.

Während der nächsten vierundzwanzig Stunden war er meistens bewußtlos. Irgend jemand war bei ihm und drängte ihm, Wasser zu trinken, kühlte sein Fieber mit einem kalten Schwamm, massierte seine Hände, raunte seinen Namen. »Sean, alles wird wieder gut, alles.« Sean fühlte sich getröstet und hörte auf, um sich zu schlagen, wenn Joseph zu ihm sprach. Doch als er schließlich die Augen öffnete, sah er, daß es Johnny Montague war, der sich um ihn kümmerte.

»Sean, es tut mir leid. Dein linker Daumen ist brandig. Der Schiffsarzt muß ihn amputieren.«

Sean starrte den Jungen an, dem die Tränen übers Gesicht liefen. »Ich habe eben meinen Bruder verloren, was macht da ein Daumen schon aus?«

Johnny löste seine Ketten und half ihm in die Kajüte des Arztes. Diese war nicht allzu sauber, ebenso wie der Arzt. Er schenkte Sean ein Glas Rum ein, das der verächtlich zurückwies. Daraufhin kippte der Arzt den Rum selbst hinunter, offensichtlich nicht das erste Glas des Tages. Er legte Seans Linke auf einen schweren Holzblock und hob ein Fleischerbeil. »Das wird dir mehr weh tun als mir, Kamerad.«

Ein rascher Hieb trennte den geschwärzten Daumen am

zweiten Glied ab. Sean biß sich fast die Zunge ab, als er die Zähne zusammenbiß, um den Schrei in seiner Kehle zu unterdrücken. Als der Arzt die Wunde mit einem glühenden Feuerhaken ausbrannte, verlor Sean gnädig das Bewußtsein.

Das Gerichtsverfahren vor der Admiralität war kurz; die Beweise konstruiert. Sean O'Toole wurde für schuldig befunden, seinen Bruder an dem Tag ermordet zu haben, als beide auf der *Defense* als Besatzungsmitglieder anheuerten. Seine Unterschrift wurde vorgelegt, William Montague machte seine Aussage, und Jack Raymond trat als Kronzeuge gegen ihn auf. Seans Proteste, sein Widerstand und seine irischen Flüche stießen bei den Richtern auf taube Ohren.

Er wurde im Sinne der Anklage für schuldig befunden. Binnen achtundvierzig Stunden nach seiner Ankunft in London wurde Sean FitzGerald O'Toole zu zehn Jahren Haft auf einem der als Woolwich-Wracks bekannten Sträflingsschiffe verurteilt.

10

Amber FitzGerald, die ab sofort den Namen Montague abgelegt hatte, schlug sich zu Fuß bis *Castle Lies* durch. Die violetten Schwellungen ihres Gesichtes schimmerten an den Rändern schon ins Gelbliche. Einfach an den Eingang zu gehen und Joseph zu verlangen kam nicht in Frage. Es gab dort zu viele schwatzhafte Dienstboten. Amber versteckte sich bis zum Einbruch der Dämmerung, dann sah sie einen Mann das Pförtnerhaus betreten, in dem sie sofort Paddy Burke erkannte. Ihn hätte sie auch nach all den Jahren überall wiedererkannt.

Als er auf ihr zaghaftes Pochen hin die Tür öffnete, zogen

sich seine schweren Brauen geschockt zusammen. »Jesus und seine Jünger, wer hat dir das denn angetan, Mädchen?«

»Mr. Burke, ich bin Amber FitzGerald, ich muß Joseph sprechen!«

»Meine Güte! Treten Sie ein, Sie sehen ja halbtot aus. Ich hab' Sie erst erkannt, als Sie Ihren Namen nannten.« Er führte sie in seine Stube und machte Anstalten, ihr etwas Stärkendes einzuschenken.

»Mr. Burke, hätten Sie ein Schlückchen Milch? Mein Magen verträgt wohl nichts Stärkeres.«

Er nickte, bot ihr zuerst vor dem Torffeuer Platz an und holte ihr dann eine Tasse Milch. Scharf musterte er Amber. »Hat Montague Ihnen das angetan?«

Sie bejahte, und ihr nächstes Wort verriet ihm den Grund. »Joseph…«

»Heilige Muttergottes, Joseph und Sean sind in London… als Gäste Ihres Mannes.« Er sah, wie Angst um Joseph sie jäh erfaßte. »Es ist wohl am besten, wenn ich Shamus höchstpersönlich hole«, entschied Paddy.

»Ist meine Kusine Kathleen zu Hause?«

Paddy zögerte. Für Kathleen war der Tag tragisch verlaufen. Ihr Vater war in den Verliesen von Dublin Castle seinen Verletzungen erlegen, und sie hatte seine sterbliche Hülle nach Greystones überführen lassen. Morgen würde der letzte Earl von Kildare auf Maynooth seine letzte Ruhestätte finden. Da fiel ihm ein, daß Edward FitzGerald Ambers Onkel war. »Wir haben Trauer. Kathleens Vater, also Ihr Onkel Edward, wurde von den Engländern verhaftet und ist seinen Verletzungen erlegen.«

»O nein…«, schluchzte Amber.

Als er seine mächtige Hand sanft auf ihre Schulter legte, empfand sie das trotz allen Schmerzes als tröstlich. »Ich werde Shamus holen«, sagte Paddy leise.

Mary Malone und Kate Kennedy, beide in Schwarz, standen in der großen Küche, als Paddy eintrat. »Er mußte im besten Mannesalter sterben«, sagte Mary gerade kopfschüttelnd und schlug gleichzeitig das Kreuzzeichen.

»Ich wußte, daß es um ihn geschehen war, als ich letzte Nacht den Totengeist hörte«, murmelte Kate.

»Wo ist Shamus?« mischte Paddy Burke sich dazwischen.

»Er mußte seine Frau ins Bett tragen, so erschöpft war sie«, erwiderte Kate. »Eine Irin erträgt alles stark und unerschrocken. Aber wenn der Tod ein Familienmitglied ereilt, bricht alles in hilflosem Schmerz zusammen.«

Paddy ging hinauf, klopfte sachte an die Tür des Schlafgemachs und rief leise: »Shamus.«

Nach einer Minute öffnete Shamus die Tür und trat hinaus auf den Korridor.

»Im Pförtnerhaus haben wir unerwarteten Besuch. Wenn es nicht dringend wäre, würde ich Sie nicht stören.« Unterwegs eröffnete Paddy Shamus, in welchem Zustand sich Amber befand.

Dennoch traf Shamus ihr Anblick unvorbereitet. »Das hat Montague dir angetan?« fragte er. »Warum?«

Die Frage hing drohend in der Luft, während Amber nach Worten suchte, um ihm beizubringen, daß sie und Joseph ein ehebrecherisches Verhältnis gehabt hatten. Es gab keine. Sie fuhr sich mit der Zunge über die Lippen. »Joseph und ich waren ein Liebespaar. Ich hatte keine andere Zuflucht.«

Shamus wich vor ihr zurück, als hätte sie ihm einen Stich ins Herz versetzt. »Joseph ist bei Montague!«

»Ich weiß ... Paddy hat es mir gesagt.« Endlich ließ sie ihren Tränen freien Lauf.

Shamus funkelte sie mit eisigen blauen Augen an. »Ein Unglück kommt selten allein«, sagte er voller Bitterkeit. Er bedeutete Paddy, mit ihm hinauf in den Wachturm zu gehen.

»Ich muß dringend nach London, aber morgen geht es nicht. Kathleen wird mich bei der Beerdigung brauchen.« Er lief im Kreis wie ein Tier im Käfig. »Versorge Amber, gib ihr Geld, was immer sie braucht, aber schaff die kleine Hure fort von Greystones.«

Vier Tage darauf segelte Shamus O'Toole die Themse hinauf und eilte schnurstracks zu William Montague.

Der erwartete ihn schon mit aufgesetzter Trauermiene in der Admiralität, an einem Ort, der seine Macht und Autorität unterstrich.

»Montague, ich habe Nachrichten für meine Söhne, wo sind sie?« fragte O'Toole ohne Umschweife.

»Setzen Sie sich, Shamus. Ich habe schlechte Nachrichten für Sie. Ihr verdammter Sohn Sean hat am Abend seiner Ankunft in London seinen Bruder Joseph im Streit getötet.«

»Lügner!« donnerte O'Toole und schlug mit der Faust auf die eichene Schreibtischfläche.

Ungerührt sprach Montague weiter. »Es geschah auf meinem Flaggschiff, der *Defense*. Ich sah es mit eigenen Augen, genauso wie mein Neffe Jack und mein Sohn John.«

»Wo ist Sean?« brachte Shamus mühsam beherrscht heraus.

»Er wurde wegen Mordes verurteilt und verbüßt eine zehnjährige Haft. Unsere englische Gerichtsbarkeit bewies große Milde, als sie ihn nicht wegen Brudermordes hängte.«

»Wo ist Josephs Leichnam?« Shamus O'Tooles Stimme zitterte. Er mußte sich zügeln, seine Hände nicht um Montagues Kehle zu legen. Ihn auf eigenem Terrain zu töten wäre jedoch nicht zweckmäßig, und das Leben hatte Shamus gelehrt, immer das Zweckmäßige zu tun.

»Es hat sich vor fünf Tagen zugetragen. Die Admiralität hat ihn in der Nähe, auf dem All Hallows Churchyard beisetzen lassen. Ich bedaure diese Tragödie zutiefst, Shamus.«

»Das tun Sie nicht«, erwiderte O'Toole tonlos.

»Warum sagen Sie etwas so Schändliches?«

»Weil ich Amber FitzGerald gesehen habe!«

Montagues Blick flackerte.

Shamus O'Toole erhob sich und wandte sich zum Gehen. Er konnte diesen dreckigen englischen Schurken keinen Moment länger ertragen. »Eines lassen Sie sich gesagt sein, Montague: Sollten Sie jemals wieder einen Fuß auf meinen Grund und Boden setzen, sind Sie ein toter Mann«, schwor Shamus.

O'Toole ging geradewegs zum Old Bailey Court, um etwas über Seans Prozeß und Verurteilung zu erfahren. Die Unterlagen blieben jedoch unauffindbar. Als Shamus erklärte, wo sich das angebliche Verbrechen zugetragen hatte und wer beteiligt gewesen war, erfuhr er, daß alles, was auf einem Schiff der Admiralität geschähe, auch vor einem Gericht der Admiralität abgeurteilt würde.

Da an der Spitze der Admiralität der Earl von Sandwich, William Montagues Bruder, stand, wußte Shamus O'Toole, daß er dieses Verbrechen momentan ungesühnt hinnehmen mußte. Aber er würde wiederkommen – mit einem Plan, mit Bestechungsgeld, mit allem Nötigen, um Sean die Freiheit zu verschaffen.

Weitere zwei Tage benötigte er, um die gerichtliche Bewilligung zur Exhumierung von Josephs Leichnam zu bekommen. Shamus ließ den Sarg seines Sohnes an Bord von Josephs eigenem Schiff, der *Brimstone*, schaffen. Als sie den Anker lichteten und themseabwärts segelten, stellte Shamus sich die Frage, wie lange sein geliebter Sohn Joseph Earl von Kildare gewesen war. *Einen Tag lang, vielleicht.* Sein Herz war schwer wie Stein. Er hatte seine zwei Söhne zum Schutz nach London geschickt. Nun war einer in Gefangenschaft, und den anderen brachte er tot nach Hause. *Wie soll ich Kathleen gegenübertreten?*

Amber FitzGerald fragte sich, wohin sie gehen sollte. Dublin kam nicht in Frage. Sie wollte nicht, daß die FitzGeralds von ihrem Los erführen. Schließlich entschied sie sich für das Hafenstädtchen Wicklow in der Kildare benachbarten Grafschaft.

Sie wußte, daß Shamus O'Toole mehr als großzügig gewesen war, als er ihr über Paddy Burke einen großen Geldbetrag gegeben hatte, der mindestens ein Jahr reichen würde. Doch der Gedanke, was sie machen sollte, wenn das Geld verbraucht war, ließ ihr keine Ruhe. Niemals wieder wollte sie um Wohltaten betteln, von keinem Menschen.

Wenn sie alles aufs Spiel setzte und das Geld in ein Geschäft investierte, war sie gezwungen, einen Erfolg daraus zu machen. Amber wußte es und entschied sich dennoch für dieses Wagnis. Schließlich war sie allein auf sich gestellt, und niemanden ging es etwas an, welche Art von Geschäft in ihren Gedanken Gestalt annahm. Sie kaufte ein Haus in Wicklow und verwandte achtzehn Stunden täglich darauf, ihrem Unternehmen zum Erfolg zu verhelfen. Und sie schwor sich, eines Tages Rache zu üben.

Sean O'Toole wurde der Kopf kahl geschoren. Es war der letzte Haarschnitt während seiner Haft. Er bekam eine Segeltuchhose, Segeltuchschuhe und ein Baumwollhemd. Der Tag, an dem er das Häftlingsschiff betrat, war für lange Zeit der letzte Tag, an dem er sauber war. Als neuer Häftling wurde er aufs dritte Deck verwiesen. Es war das unterste eines alten Indienfahrers, der *Justicia*, die fünfhundert Sträflinge beherbergte.

Das Gesetz forderte, daß die Sträflinge schwere Arbeiten zu leisten hatten, weshalb sie zum Ent- und Beladen von Schiffen eingesetzt wurden, zum Holztransport, zum Reinigen von Schiffen in den Werften und, am schlimmsten, zum

Ausbaggern von Sand, Erde und Steinen, um die Fahrrinne der Themse frei zu halten.

Die Häftlinge waren von Ungeziefer befallen und starrten vor Schmutz. Die Nahrung war ungenügend, Schlafgelegenheiten gab es nicht. Die Nacht über wurden sie paarweise aneinandergefesselt. Einer wurde mit beiden Armen und Füßen an die Wand gekettet, der zweite mit einem Handgelenk an seinen Leidensgenossen. Dann wurden die Luken dichtgemacht, und alle fünfhundert Insassen waren in erstickender, stinkender Finsternis eingesperrt.

Als direkte Folge dieser unglaublichen Verhältnisse wüteten Krankheiten, Seuchen und Tod. Starb ein Gefangener, wurde er im nahen Marschgebiet verscharrt, wo hohe Riedgräser bald jede Spur ausgehobenen Erdreichs verbargen.

In den ersten Monaten seiner Haft unternahm Sean sieben Fluchtversuche. Jedesmal wurde er gefangen, gefoltert und halb tot geprügelt. Daraufhin zügelte er sein Ungestüm, da ihm klar wurde, daß nur kluge Geduld und Hartnäckigkeit einen Ausweg boten. Den Tod fürchtete Sean O'Toole nicht, im Gegenteil. Unzählige Male wünschte er sich, an Josephs Stelle gestorben zu sein. Aber allmählich ging ihm auf, daß *Tod* einen leichten Ausweg bedeutete. Das *Leben* war es, das die Hölle auf Erden bedeutete. Ein Leben ohne Freiheit war schlimmer als jeder Tod.

Mangel, Hunger, Ungeziefer und sein Verlangen nach Rache machten ihm mehr zu schaffen als Brutalität, Dreck und Schwerstarbeit. Er war so zornerfüllt, vom Haß so besessen, daß sein Glaube an einen gerechten Herrgott nicht länger bestand. Nur der Glaube an sich selbst hielt ihn am Leben.

Das wichtigste war zu überleben, um Rache üben zu können. Die zum Überleben nötigen Bestandteile waren da: Er brauchte nur Nahrung, Schlaf und Arbeit. In seinem Kopf war kein Platz mehr für Gedanken, die über das bloße Überleben hinausgingen. Das Verlangen nach Freiheit oder Liebe war völlig nutzlos. Alles Denken, alles Bemühen mußte aufs Überleben gerichtet sein.

Hatten die Wachen an Bord der *Justicia* ihn körperlich voll in der Gewalt, so hatte Sean O'Toole sich selbst geistig total unter Kontrolle. Seine Träume standen freilich auf einem ganz anderen Blatt. Zunächst war er zu erschöpft, um zu träumen. Doch sobald er sich an die schwere körperliche Arbeit gewöhnt hatte, wuchsen seinem Schlaf die Flügel. Er befuhr die sieben Weltmeere, er delektierte sich an Ambrosia, und wenn er sich der Liebe hingab, dann meist mit einer Frau, deren Haar einer Rauchwolke glich. Der Sex in seinen Träumen war so hocherotisch, daß ihm war, als ritte er ungestüme Pferde auf einem Zauberteppich!

Das erste Jahr war das schwerste. Danach war er gegen alles abgehärtet. Sean ließ einen eisernen Panzer um sich und sein Herz wachsen. Er schützte ihn vor allen Gefühlen bis auf eines: dem Verlangen nach Rache. Sein Haß loderte unauslöschlich in ihm.

Er beherrschte Schmerz, Hunger, Erschöpfung, Sorge und vor allem seine Gedanken. Die Gedanken an seine Familie waren jedoch so sehr mit Schuld beladen, daß er sich zwang, darüber nicht mehr nachzugrübeln. Erst wenn er seine Freiheit wiedererlangt hatte, würde er sich erlauben, Entscheidungen in dieser Richtung zu treffen. Gedanken, die der Familie seines Feindes galten, waren aber etwas anderes. Sein Haß auf Montague erstreckte sich auf alle Mitglieder dieser Familie. Auf seinen Bruder, den Earl von Sandwich, seinen Neffen Jack, seine Frau Amber, seinen Sohn John und seine Tochter Emerald. Er würde sich an jedem und allen rächen. Wie eine Litanei schwor er sich allabendlich: *»Ich kriege sie, und wenn ich bis in die Hölle müßte!«*

Sean O'Toole verschlang jeden Bissen Essen, der ihm in die Finger geriet. Was kümmerte es ihn, wenn der Zwieback voller Maden war, die Mehlsuppe ranzig, das Brot schimmelig oder das Wasser faul? Alles war Futter für seine Lebensmühle. Seine Jugend und Kraft wirkten auf viele ältere, schwächere Häftlinge so furchteinflößend, daß sie es ohne Gegenwehr hinnahmen, wenn er sich ihre Rationen aneignete. Er tat es ohne Skrupel, weil er sein Gewissen verloren hatte.

Auf der *Justicia* gehörte er zu den Häftlingen, die am meisten leisteten. Er wußte die Plackerei zu schätzen, da sie ihn sehnig, hart und stark machte. Nach dem zweiten Jahr wurde er nicht mehr an die Wand gekettet, sondern an seinen Nachbarn gefesselt. So hatte er wenigstens eine Körperseite frei.

Im dritten Jahr hatte er perfekt gelernt, seine Wut zu beherrschen. Mit seinen spöttischen Bemerkungen und Witzeleien brachte er manchmal sogar die Aufseher zum Lachen. Die irische Überlebenskunst, eine merkwürdig paradoxe Mischung aus Fatalismus und Hoffnung, lag ihm im Blut. Über sechshundert Jahre Unterdrückung mittels Hungersnöten, Mord, Versklavung und Verfolgung hatten ihm die Kraft verliehen, die er nun zum Überleben brauchte. Das einzige, was in ihm lebte und gärte, war sein Rachedurst.

Dieses Rachegefühl war das einzige Vergnügen, das er sich gönnte. Und er hatte eine Erinnerung, die ihn stets ansporte: seinen Daumenstumpf. Der Tod war für seine Feinde eine zu leichte Strafe. Der Tod war eine süße, sanfte Belohnung. Die wahre Hölle war ein elendigliches Leben. Ja, das Leben war die wahre Hölle auf Erden! Er wünschte seinen Feinden ein langes Leben, damit sie alles Leid, allen Schmerz, alle Demütigung, die er ihnen in wildem Haß zudachte, in aller Ausführlichkeit spüren konnten.

Sein viertes Haftjahr kam und ging. Er war nun schon so

lange da, daß er auf dem ersten Unterdeck hauste. Seine liebste Arbeit war die schwerste: die Sandablagerungen vom Grund der Themse heraufholen. Als hervorragender Schwimmer und Taucher tat er sich bei dieser Arbeit besonders hervor. Das kalte Wasser machte ihm nichts aus, und er war es längst gewöhnt, daß ihm das nasse Kleidungszeug auf der Haut antrocknete.

So wie sein Körper nun ganz aus geschmeidigen Sehnen und Muskeln bestand, so war sein Verstand messerscharf geworden und immer auf der Lauer nach einer Fluchtgelegenheit. Als sein fünftes Haftjahr begann, rechnete man nicht mehr mit seinen Ausbruchsversuchen. Er wußte: ein mißglückter Versuch würde ihn alles kosten, wofür er noch lebte. Beim nächsten Mal mußte die Flucht also gelingen.

Sean O'Toole tauchte zögernd aus den Tiefen des Schlafes auf. Der immerwährende Gestank beleidigte erst bewußt seine Nase und dann seine Zunge, da die Ausdünstungen so scharf waren, daß er sie schmecken konnte. Jahrelang massenhaft eingekerkerte Menschen mit ihrer Notdurft, die sie einfach unter sich verrichteten, mit Gebrochenem und ungewaschenen Körpern, mit schwärenden Wunden und ansteckenden Krankheiten bildeten Giftschwaden, die jeder einzelne feuchte Balken des Häftlingsschiffes einsog und wieder ausströmte.

Die vertrauten Geräusche der Morgendämmerung drangen an Seans Ohren: Husten, Spucken und Stöhnen, vermischt mit dem unerbittlichen Kettengerassel und dem ständigen Wellenschlag der Themse an den Schiffsrumpf. Er verschob seine Lage leicht auf den harten Planken und streckte seine ununterbrochen schmerzenden Muskeln. Seine Bewegung verscheuchte die Kakerlaken von seinen nackten Zehen, so daß ihr nächtlicher Festschmaus ein jähes Ende fand – bis zum nächsten Mal.

Tief in seinen Eingeweiden nagte unbarmherzig der Hunger. Doch die bis ins Mark dringende Kälte und die Feuchtigkeit, die einem schier die Knochen aufweichte, spürte er nicht mehr. Er öffnete in der Finsternis die Augen und sah tatsächlich alles. Dunkelheit bildete für sein Sichtvermögen keine Schranke mehr. Seine Nasenflügel bebten und hießen den bekannten Gestank willkommen. Die scharrenden, unmenschlichen Geräusche waren Musik in seinen Ohren. Muskelschmerzen und Hunger zeigten ihm an, wie er noch lebte. Wieder hatte er einen Tag überlebt. Wieder war er seinem Ziel einen Tag nähergerückt.

Köstliche Rache!

Als der Aufseher ihn von dem Unglücklichen an seiner Seite löste, stand er auf und streckte Arme, Schultern und Beine.

»Heute riecht die Luft schon nach Frühling«, sagte der einfältige Mann.

Sean zog eine seiner schwarzen Brauen hoch und schnupperte genüßlich. »Ach. Und ich dachte, dieser merkwürdige Geruch käme von dir.«

An O'Tooles bissige, zweideutige Bemerkungen gewöhnt, grinste der Aufseher nur. Er würde diesen Satz später am Tag selbst verwenden – so wie er es immer tat, wenn er von Sean so etwas aufgefangen hatte.

Sean verschlang seinen Haferbrei, um gleich darauf auch die Portion des Mannes zu vertilgen, an den er nachts angekettet gewesen war. Der Alte schien heute noch apathischer als sonst und am Essen nicht sonderlich interessiert. Als sie aufs Deck getrieben und zur Tagesfron eingeteilt wurden, lächelte O'Toole mit spöttischer Anerkennung, da er wieder tauchen und graben sollte. »Was für ein Glückspilz ich doch bin. Bei welch anderer Tätigkeit könnte ich mich gleichzeitig waschen?«

Nach einer Stunde Tauchen sollte sich sein Scherz bewahrheiten. Heute hatte er wahrlich Grund, sein Glück zu preisen! Auf dem Grund der Themse lag ein Messer, das ihn geradezu aufmunternd anblitzte. Sean verkniff es sich, sofort danach zu greifen. Erst tauchte er auf, um sich zu vergewissern, wo die Aufseher sich aufhielten. Als er sah, daß ihre Aufmerksamkeit nicht ihm galt, tauchte er wieder zum Grund hinunter und legte mit einer fast liebkosenden Bewegung die Finger um die Klinge.

Das Messer zu finden war ein Glückstreffer gewesen. Nun aber stand er vor dem Problem, es den ganzen Tag während des Tauchens und Grabens unauffällig bei sich zu behalten. In seinen Hosenbund konnte er es nicht stecken, da man den Griff sehen würde. Er erwog, es irgendwo zu verstecken und es dann am Abend zu holen. Doch der Strömung wegen und weil ihm der Gedanke unerträglich war, das kostbare Stück aus der Hand zu geben, verwarf er die Idee.

Es gab nur ein in Frage kommendes Versteck, und das war die Rückseite seiner Segeltuchhose, wobei er die Messerklinge zwischen seine Hinterbacken stecken mußte. Es würde fast unmöglich sein, das Messer den ganzen Tag über dort zu verstecken, aber Sean fand keine andere Möglichkeit.

Während der langen Stunden seiner Schwerstarbeit schnitt ihn die Klinge mehr als einmal ins Fleisch, doch immer wenn er den scharfen Stich spürte, erfaßte ihn ein Gefühl der Hochstimmung. Nachdem sich fünf Stunden dahingeschleppt hatten, bekam er vom ständigen Zusammenkneifen seiner Hinterbacken einen Krampf, verriet aber weder durch Worte oder Verhalten, daß er Schmerzen litt. Im Gegenteil, der Schmerz zeigte ihm, daß er noch lebte und daß der letzte Tag seiner Haft gekommen war …

Ein Gedanke schoß störend durch sein Bewußtsein: *Wie viele werde ich töten müssen, um meine Freiheit zu erlangen?*

Sofort verdrängte er diese Vorstellung. Es war einerlei, wie viele. Diesmal mußte es klappen!

Während der Mittagspause setzte er sich nicht hin und schlang im Stehen das muffige Brot und den Napf übelriechender Kohlsuppe in sich hinein. In diesem Moment schwor Sean O'Toole sich, nie wieder Kohlsuppe zu essen.

»Gönn deinen Beinen eine Pause«, forderte der Aufseher ihn leutselig auf.

»Nein, danke«, erwiderte Sean mit schiefem Grinsen. »Wenn ich mich nach eurer Kohlsuppe entspanne, knatter ich mir die Seele aus dem Leib!«

Der Aufseher lachte schallend und beschloß, heute die Suppe auszulassen.

Auch dieser scheinbar endlose Arbeitstag fand schließlich ein Ende. Ehe sie für die Nacht angekettet wurden, bekamen die Sträflinge Grütze und Schiffszwieback mit Fleischzulage, das heißt, mit so vielen Maden, daß man kaum den Zwieback sah. Da der Mann, an den O'Toole den ganzen Monat angekettet worden war, keinerlei Interesse am Essen zeigte, verschlang Sean wiederum gierig eine Doppelration.

Schließlich ketteten die Aufseher die Männer wie gewohnt zusammen und schlossen dann die Luken, um sie in totaler Finsternis zurückzulassen. Sean O'Toole zügelte seine Ungeduld. Auf diese Nacht hatte er fast fünf Jahre gewartet. Er würde also fünf Stunden auch noch aushalten können. Die oberste Etage, direkt unter dem Hauptdeck gelegen, war besser dran, als die unteren Decks, da es hier zwei offene Luken gab, die nur durch Eisenstäbe geschützt waren. Es dauerte nicht lange, und Seans Augen hatten sich so an die Dunkelheit gewöhnt, daß er die Umrisse erkennen konnte.

Er zählte seine Atemzüge, um sich die Zeit zu vertreiben und seine Unruhe zu beherrschen. Er atmete fünfzehn Mal in der Minute, neunhundertmal in einer Stunde. Nach viertausendfünfhundert Atemzügen schliefen die meisten seiner Mithäftlinge tief und fest seit Stunden.

Die Kette festhaltend, damit sie nicht rasselte, drehte er sich und schüttelte seinen Nachbarn, dessen Handgelenk an seines gekettet war.

Nichts.

Abermals schüttelte er ihn und versetzte ihm sicherheitshalber einen Rippenstoß. Als abermals jegliche Reaktion ausblieb, sah er dem Mann ins Gesicht. Trotz der Finsternis konnte man erkennen, daß er aschfahl war. Als er ihn näher untersuchte, mußte Sean O'Toole bestürzt feststellen, daß er an einen Toten gefesselt war. Er brauchte eine Weile, um seinen Schock zu überwinden, und versuchte dann, die Handschellen mit dem Messer aufzustemmen, doch das Eisen gab nicht nach. Da er nicht riskieren wollte, die Klinge abzubrechen, beendete er diese Versuche und überlegte, wie er freikommen konnte.

Da ihm keine andere Lösung einfallen wollte, entschloß er sich zu einer radikalen Lösung – er schnitt die Hand des Toten am Gelenk über der Fessel ab. Seine Beweglichkeit hatte er damit gewonnen, wenn auch mit der einen Handschelle, die nun an seinem Handgelenk baumelte. Von der abgeschnittenen Hand säbelte er sorgfältig den Daumen ab, warf die Hand auf den Boden und nahm den Daumen mit sich.

Während er sich zur nächstliegenden Luke durcharbeitete, warf er jedem, an dem er vorüberkam, einen solch drohenden Blick zu, daß die jeweiligen Männer mucksmäuschenstill waren. Sie beobachteten vielmehr gespannt, wie Sean die Stäbe der Luke geschickt lockerte. Als es ihm endlich geglückt war, das Gitter zu entfernen, erfaßte ihn kurz die Panik über die kleine Öffnung.

Sean befürchtete, daß er mit seinen breiten Schultern stekkenbleiben könnte. Doch er biß die Zähne zusammen und zwängte sich mit eiserner Entschlossenheit durch das enge Loch. Nach schmerzhaften Verrenkungen und einer ihm endlos erscheinenden Zeit hatte er es tatsächlich geschafft. Mit einer katzenhaften Bewegung rutschte er aufs Oberdeck, huschte vorsichtig über die Planken und glitt mit einem lautlosen Sprung ins Wasser.

11

Emma Montague saß teilnahmslos vor ihrem Spiegel, den sie auf Grund von guter Führung wiederbekommen hatte. Es war ihr einundzwanzigster Geburtstag, doch von Freude war bei ihr keine Spur. Ihr Leben war so eingeengt, monoton und öde, daß sich dieser Tag nicht von den anderen unterscheiden würde.

Über fünf Jahre lang hatte sie nun schon unter der strengen Führung Irma Bludgets zu leiden. Als Folge davon hatte sich alles an ihr verändert. Emmas Persönlichkeit war so geknebelt worden, daß aus ihr ein passives, fast marionettenhaftes Geschöpf geworden war. Anfangs hatte sie noch aufbegehrt, doch die körperlichen Züchtigungen Bludgets und ihres Vaters hatten ihr eingebleut, daß Fügsamkeit ihr Leben sehr viel erträglicher machte.

Ihr dunkles, lebhaftes Aussehen, das als *zu* irisch erklärt worden war, wurde von gepuderten Perücken und hellem Gesichtspuder überdeckt. Die für sie ausgewählten Kleider, unweigerlich in pastelligem Rosa oder Blau gehalten, ließen sie wie eine Schäferin aus Meißner Porzellan aussehen. Sie wußte, daß ihr Vater entzückt war, wenn sie wie eine junge englische Lady aussah, ganz wie aus Milch und Wasser.

An ihre Mutter versuchte Emma nicht zu denken, da es sie zu sehr aufwühlte. Wie konnte eine Frau Kinder im Stich lassen, die sie angebetet hatten? Der Gedanke, ihre Mutter hätte sie nie geliebt, war unerträglich. Für Emma gab es keine geselligen Anlässe, die sie besuchen durfte, weder im Almack's Club noch anderswo, da die jungen Damen, die solche Veranstaltungen besuchten, in den Augen ihres Vaters und Mrs. Bludgets dreiste und vulgäre Geschöpfe waren. Emmas gesellschaftliches Leben beschränkte sich daher auf Teenachmittage mit würdigen Stützen der Gesellschaft oder auf gelegentliche Dinnerpartys, an denen ihr Vater teilnahm, wenn er glaubte, es könne seiner Karriere förderlich sein.

Ihr Haß auf das häßliche Backsteinhaus am Portman Square hatte sich auf bloße Abneigung reduziert. Haß war ein zu starkes Gefühl, als daß es eine wohlerzogene junge Dame überhaupt besessen hätte. Zuweilen gab sie sich Tagträumen von einer Ehe hin, ihre einzige Hoffnung auf Entkommen. Ihre nächtlichen Träume freilich waren ein anderes Kapitel. Oft erwachte sie errötend und mit schlechtem Gewissen, wenn sie von Sean FitzGerald O'Toole geträumt hatte. Er war böse, und sie schämte sich, daß sie manchmal von ihm träumte. Was für ein naives kleines Mädchen sie gewesen war, als sie ihm begegnet war und ihn für ihren irischen Prinzen gehalten hatte. Sie redete sich ein, daß sie nicht war wie ihre Mutter. Nie würde sie so zügellos sein, verderbt von schlechtem irischen Blut.

Als Emma in den Spiegel starrte, sah sie zu ihrem Entsetzen eine Träne über ihre Wange gleiten. Ungeduldig wischte sie sie fort, entschlossen, an ihrem Geburtstag nicht zu weinen. Wie oberflächlich sie war, sich Selbstmitleid hinzugeben, wenn sie doch in einem Haus voller Kostbarkeiten lebte, umgeben von einer Schar dienstbarer Geister, die einem alle Arbeiten abnahmen.

Sie stieß einen tiefen Seufzer aus und klingelte nach ihrer Zofe. Als Jane eintrat, folgte ihr Mrs. Bludget auf dem Fuß. Emma bezwang ihren Ärger. Welches Kleid auch immer sie für ihr Geburtstagsdinner wählte, Mrs. Bludget würde es nicht billigen und etwas anderes aussuchen. Emma ließ die Schultern hängen. Was machte es denn aus? Ein Pastellkleid war ja doch wie das andere.

An der Dinnerparty nahmen ihr Onkel John, Earl von Sandwich, und sein Sohn Jack teil. Den ganzen Abend über wurde Emma das Gefühl nicht los, daß Bruder, Onkel und Vetter ein Geheimnis teilten, von dem sie ausgeschlossen war. Erst als Jack Raymond sie später in den Musiksalon begleitete, wurde ihr das Geheimnis offenbart. Jack bat um ihre Hand.

Sie war so verblüfft, daß es ihr die Rede verschlug, obwohl sie gleichzeitig wußte, daß sie eigentlich keinen Grund zur Verwunderung hatte. Niemand stand ihrem Vater näher als Jack. Ihre gegenseitige Wertschätzung war offenkundig. Emma aber wollte Jack nicht heiraten, da sie wußte, daß sie ihn nie lieben konnte. Doch welche Alternative bot sich ihr, da sie keine anderen Verehrer hatte und auch in Zukunft auf keine hoffen durfte? Die Vorstellung, ihr Leben als alte Jungfer in diesem häßlichen Mausoleum von Haus verbringen zu müssen, ließ ihr außerdem das Blut in den Adern stocken.

Nahm sie Jacks Antrag an, wäre sie wenigstens der Fuchtel ihres Vaters entronnen, und Irma Bludget würde das Haus verlassen und das Leben einer anderen Unglücklichen vernichten. Eine andere Möglichkeit wäre es, Jack einfach einen Korb zu geben. Doch allein der Gedanke, dem väterlichen Willen zuwider zu handeln, ließ sie zurückschrecken. Verglichen mit ihrem Vater, erschien Jack als das kleinere Übel.

Sie sehnte sich verzweifelt nach jemandem, der sie liebte und den sie lieben konnte, und Emma glaubte, daß Kinder diese Lücke in ihrem Leben erfüllen würde. Sie würde in ihren Kindern aufgehen und die beste Mutter der Welt sein. *Keine Macht der Welt könnte mich dazu bringen, mein Kind im Stich zu lassen*, schwor sie sich.

Die vor ihr liegende Entscheidung war so schwierig, daß sie sich Rat bei dem einzigen Verbündeten auf der Welt, ihrem Bruder John, holte. Jack Raymond ließ sie unter einem Vorwand im Musiksalon warten und winkte John in die Bibliothek.

»Jack hat mich gebeten, ihn zu heiraten«, berichtete Emma atemlos, wohlwissend, daß man sie jeden Moment stören konnte.

»Ach, das habe ich seit urdenklichen Zeiten vorausgesehen«, erwiderte John.

»Warum hast du mich dann nicht gewarnt?« fragte sie vorwurfsvoll.

»Na ja, ich dachte, du wüßtest es. Er ist dir doch seit Jahren auf den Fersen. Der Antrag kann für dich also nicht so überraschend sein.«

»Ich ahnte es, wollte mir aber darüber keine Gedanken machen«, gab Emma stirnrunzelnd zu.

John wußte genau, was sie meinte. An manche Gedanken rührte man lieber gar nicht, so daß sie ungestört auf den Grund des Bewußtseins sinken konnten. Die Schwierigkeit jedoch war, daß diese Gedanken ungefragt wieder auftauchten, wenn man nur ein bißchen in den dunklen Seelentiefen stocherte. »Hast du seinen Antrag angenommen?«

»Noch nicht. Er wartet im Musiksalon«, sagte sie lahm.

»Diese Entscheidung mußt du allein treffen, Em.«

»Wenn ich seinen Antrag annehme, entkomme ich zwar Vaters Tyrannei, aber andererseits liebe ich Jack nicht und fürchte, daß ich ihn nie lieben werde.«

»Es ist deine Entscheidung, Em«, wiederholte er.

»Ist es das?« fragte sie wehmütig. »Ich glaube, es ist eher Vaters Entscheidung, und ich bringe nicht den Mut auf, mich dagegen aufzulehnen.«

Insgeheim war John entsetzt. Wo war das lebensfrohe Mädchen geblieben, das seine Perücke mutwillig mit Hilfe des Sturms der See geopfert hatte? Als Kind hatte sie doppelt soviel Mut gehabt wie er, obwohl sie knapp zwei Jahre jünger war. Wie oft hatte er sich gewünscht, er hätte den Mumm aufgebracht, in der Nacht des Mordes an Joseph O'Toole seinem Vater die Stirn zu bieten. Jetzt erst war er sich sicher, daß er sich auf die Seite Sean O'Toole schlagen würde, falls er jemals erneut die Möglichkeit dazu hätte.

Er hatte Sean maßlos bewundert und danach gestrebt, ihm ähnlich zu werden. Doch als es darauf angekommen war, hatte er kläglich versagt. John verachtete seine eigene Feigheit. Er war nie sicher gewesen, ob sein Vater Joseph getötet hatte, oder ob Jack die Untat begangen hatte, doch war es mit Sicherheit einer von beiden. Der von Sean O'Toole in jener Nacht geäußerten Anklage hatte John entnommen, daß die Untreue seiner Mutter Ursache des Mordes war. Er fragte sich ab und zu, ob auch sie tot war, doch sein Bewußtsein schreckte vor einer Antwort zurück. Lieber stellte er sich vor, daß sie in Freiheit in Irland lebte. Im übrigen freute er sich, daß sie seinem verderbten Vater entkommen war.

Im ersten Jahr nach ihrem Verschwinden hatte sein Vater alles versucht, um auf einem Schiff der Admiralität einen Seemann aus ihm zu machen, vergebens, wie es sich zeigte, da er tagtäglich an Seekrankheit gelitten hatte. Dann aber, o Wunder, hatte sein Vater Vernunft angenommen und ihn an einen Schreibtisch gesetzt, während er gleichzeitig Vetter Jack von seiner Stellung als Sekretär zu jener eines Marineleutnants aufsteigen ließ.

John hätte sich in seiner neuen Tätigkeit nicht besser bewähren können, wenn er auch seinem Vater seiner hohen Position in der Admiralität wegen noch immer die Stiefel lecken mußte. O Gott, wie sehr er ihn haßte! John ließ den Blick über Emmas bleiches Gesicht gleiten, wider alle Hoffnung hoffend, sie würden ihrem Vater trotzen und Jack Raymond sagen, er solle zur Hölle fahren.

»Tja, länger kann ich es wohl nicht mehr hinauszögern«, sagte Emma in stiller Resignation, dann aber erhellte sich ihre Miene kurz. »Mein Hochzeitsgeschenk wird Irma Bludgets Entlassung sein.«

Sean O'Toole schwamm von Woolwich nach Greenwich, wo er ans Ufer watete. Von dort lief er die fünf Meilen in die Londoner City. Nie im Leben hatte er sich hochgestimmter gefühlt. Die Aussicht auf anständiges Essen, auf ein Bad und eine Frau beflügelte ihn auf seinem Weg. Von seinen Rachegelüsten abgesehen, waren es die ersten Gedanken, die ihm seit langer, langer Zeit durch den Kopf gingen. Ganz speziellen Genuß würde ihm die Langsamkeit bereiten. Er wollte ganz langsam essen und jeden einzelnen Bissen genießen, ebenso wie er sich beim Baden Zeit lassen, sich in aller Ruhe einseifen, abreiben und im warmen Wasser geradezu einweichen wollte. Und in seinem ganzen Leben wollte er niemals mehr eine Frau hastig nehmen.

Er brachte die Nebenstraßen eines Stadtteiles hinter sich, in dem Spielhöllen mit teuren Freudenhäusern um die Gunst der Leute wetteiferten. Der erste Umhang, den er erspähte, war blitzschnell vom Rücken seines Besitzers gerissen. Als der Mann sich umdrehte und protestieren wollte, genügte ein einziger Blick auf den Dieb, um ihn zum Schweigen zu bringen.

Sean warf sich den schwarzen Umhang über und lief weiter zur St. James' Street, um dort mit kundigem Auge seine nächsten Opfer auszuwählen. Sie mußten nur reich und betrunken sein, Eigenschaften, die um diese frühe Morgenstunde in Mayfair auf fast alle Passanten zutrafen.

So gelangte er nahezu mühelos in den Besitz von drei Beuteln voller Goldmünzen. Ein Blick auf die kräftige, schwarzgekleidete, bärtige Gestalt mit der dunklen, wirren Mähne, und die Opfer wurden zahm wie ein Lamm.

Sean, der nun den Weg in eine weniger vornehme Gegend einschlug, lächelte vor sich hin. Es war ihm geglückt, zu fliehen und seine Taschen mit Gold zu füllen, ohne daß er gezwungen gewesen wäre, jemanden zu töten. Das Glück hatte sich endlich zu seinen Gunsten gewendet. Satan mochte seinen Feinden beistehen!

Sean O'Toole betrat das »George & Vulture« an den Wasserstufen von Blackfriars und setzte sich mit dem Rücken zur Wand an einen Tisch, von dem aus er die Tür im Blick behielt. Der Duft von Essen und Ale regte seine Geschmacksnerven so an, daß ihm das Wasser im Mund vor Erwartung zusammenlief. Er bestellte ein Steak, dazu einen Nieren- und Austernauflauf und einen Schoppen braunes Ale zum Nachspülen.

Als die Schankmaid das dampfende Gericht vor ihn hinstellte, unterzog er es einer längeren und eingehenden Betrachtung, bewunderte die Goldkruste, den durch die Risse austretenden Saft, die Art, wie sich aus glutheißen Tiefen Dampf hochkräuselte. Anerkennend beugte er sich darüber und sog das Aroma ein. Dann führte er den ersten Bissen an die Lippen, wobei sich seine Augen in seliger Befriedigung schlossen.

Er kostete jeden einzelnen Bissen, jeden Schluck, den er bestellte, intensiv aus, und zahlte danach mit einem silbernen Sixpencestück. Als das Schankmädchen ihm sein Wechselgeld brachte, sah sie sofort, daß der Gast einen Goldsovereign auf den Tisch gelegt hatte, der höchst einladend im Kerzenschein funkelte. Schließlich riß sie ihren Blick los und sah zu ihm auf.

»Kann ich noch was für Euch tun, Mylord?« Wie ein Lord sah er zwar nicht aus, doch wer so spendabel auftrat, verdiente Respekt.

»Was würdest du für einen Sovereign tun?«

»Alles«, erwiderte sie mit einem Blick auf die Goldmünze.

»Alles?« fragte er leise.

Sie überlegte, nachdenklich ihre Lippen benetzend. Der Mann sah zwar nicht ungefährlich aus, aber wie oft im Leben bot sich ihr die Chance, in einer Nacht einen Goldsovereign zu verdienen? Mit einem Nicken gab sie ihre Zustimmung.

»Ich brauche für die Nacht ein Zimmer für mich allein und ein Bad. Dazu Seife, ein Rasiermesser und eine grobe Feile aus dem Stall.«

Er bezahlte dem Wirt das Zimmer und folgte dem Mädchen ins obere Geschoß. Mit Hilfe eines Wasserträgers schaffte sie einen Zuber in den Raum, und während der Junge diesen mit dampfendem Wasser füllte, machte sie sich auf die Suche nach der Feile.

Als sie wiederkam, stand Sean O'Toole in der Mitte des Raumes, noch immer in seinen Umhang gehüllt. »Wie heißt du, Mädchen?«

»Lizzy, Mylord.«

»Also, Lizzy, ich brauche eine Rasur, einen Haarschnitt und eine gründliche Entlausung.«

Lizzy kicherte. Er sah so unappetitlich aus, daß er sich die Erwähnung der Läuse glatt hätte sparen können. »Im Wasser wird ohnehin die Hälfte davonschwimmen«, erklärte sie kenntnisreich.

»Bevor ich untertauche, mußt du mir eine Handschelle abfeilen«, sagte er leise.

»Ist die unter dem Mantel versteckt?«

»Keine Angst, Lizzy, ich tue dir nichts.«

Sie sah, wie sein Mund sich zu einem halbherzigen Lächeln verzog, das nicht bis zu seinen Augen vordrang. Sich zu ihrer vollen Größe aufrichtend, sagte sie fest: »Also, in Ordnung, ich glaube Euch – wenn das auch nicht viele tun würden.«

Abwechselnd bearbeiteten sie die eiserne Fessel, die in doppelter Ausführung von seinem rechten Handgelenk hing. Hätte er sie an der Linken getragen, Sean hätte sich ihrer in kürzester Zeit entledigt. Lizzy sah nun fasziniert zu, wie er, die Feile mit der Linken ergreifend und mit seinem Daumenstummel fest umklammernd, die rauhe Seite der Feile ohne Rücksicht auf seine Haut, die bald aus unzähligen Schürfwunden blutete, hin und her zog.

Ganz plötzlich gab das hartnäckige Eisen nach, die Teile sprangen auseinander, und sie zuckte zurück, als sie klirrend zu Boden fielen. Sean hob die Handschellen auf, legte sie auf den Tisch und bedeckte sie mit dem Mantel. Dann zog er sich rasch aus und stieg in das nunmehr lauwarme Wasser.

»Euer Bad ist kalt geworden … ich lasse heißes Wasser bringen.«

»Erst will ich dieses Wasser schmutzig machen … vermutlich bedarf es eines zweiten Bades, um mich von meinem strengen Geruch zu befreien.«

Lizzy hatte den Atem angehalten, als er sich auszog. Unter den Lumpen kam ein kraftvoll geschmeidiger Körper mit stählernen Muskeln zum Vorschein.

»Würdest du mich mit dem Rasiermesser von meinem Haargestrüpp befreien?«

Lizzy trat mit aufgeklapptem Rasiermesser hinter ihn. Als sie sein verfilztes schwarzes Gelock anhob und seinen Nakken entblößte, kam ihr der Gedanke, daß er ihr auf Gedeih und Verderb ausgeliefert war. Mit wachsendem Zutrauen machte sie sich daran, sein Haar samt allen Läusen abzu-

144

schneiden. »Ich wette, Ihr könntet eine Geschichte erzählen«, wagte sie einen Vorstoß.

»Lizzy, die würdest du nicht hören wollen.« Er sagte es gelassen und mit unmißverständlicher Endgültigkeit.

Nachdem sie sein Haar so geschnitten hatte, daß es sich nur im Nacken ein wenig lockte, machte sie sich über den struppigen Bart her, ganz behutsam, aus Angst, sie könnte ihm zu nahe kommen.

»Ich beiße nicht«, sagte er leise.

Sie blickte in zinngraue Augen. »Jede Wette, daß Ihr es doch tut«, widersprach sie.

»Lizzy, du bist ein tapferes Mädchen, daß du dich an einen wie mich herantraust.«

Sie blinzelte ihm zu. »Ich habe einen starken Magen.«

Da lachte er und legte den Kopf in den Nacken, daß die Sehnenstränge an seinem Hals wie Schiffstaue hervortraten.

Nachdem sie seinen Bart bis auf einen halben Zoll gekürzt hatte, seifte er sein Gesicht ein und nahm ihr das Messer ab, um sich zu rasieren. Lizzys Augen wurden groß vor Bewunderung, so umwerfend war die Verwandlung. Sein Gesicht war so hager, daß seine Wangenknochen scharf hervortraten. In seinen dunklen Augen loderte ein Feuer. Seine Männlichkeit war so augenfällig, daß sie Herzklopfen bekam. Er war Satans Ebenbild.

Aus dem verschmutzten Wasser steigend, wickelte Sean O'Toole sich das Handtuch um die Lenden. »Würdest du wohl den Jungen rufen und Wasser für ein neues Bad kommen lassen?«

Als das dampfende Wasser gebracht wurde, gab er dem Jungen ein Trinkgeld und sah ihm nach, als er ging. Dann nahm er Lizzys Hand und drückte den Goldsovereign hinein. »Danke.«

Er legte das Handtuch weg, stieg ins reine Wasser und ließ

sich hineinsinken. Als er es um seine Hüften spürte, war es ein so wohliges Gefühl, daß er vor Wonne erbebte. Er blickte auf und sah, daß Lizzys Blick voller Verlangen auf ihm ruhte.

»Würdest du mir Gesellschaft leisten?«

»Meiner Seel', und ich dachte schon, Ihr würdet nie fragen, Mylord!«

Als er einschlief, stieg schon die Sonne am Firmament hoch. Lizzy schlüpfte widerstrebend aus dem Bett und zog sich an. Mit einem wehmütigen Blick, der dem Schlafenden galt, murmelte sie. »Tja, das eine oder andere könnten die Engländer von den Iren wirklich lernen.«

Sean O'Toole schlief den Schlaf des Gerechten. Als er erwachte, war es früher Abend, und er sah, daß sein dreckiges altes Zeug gewaschen neben seinem Bett lag. »Lizzy, du bist zu gut. Damit wirst du in dieser verdammten Welt nicht weit kommen!«

Er zog sich an und legte dann den schwarzen Umhang über seine dürftige Aufmachung. Den abgeschnittenen Daumen wickelte er sorgfältig in ein Tuch und band ihn sich unter den Arm. Dann ging er hinunter in die Wirtsstube, um sich an einer Schüssel Gersten- und Hammelstew gütlich zu tun und sich zum Abschluß noch Krustenbrot und Lancaster-Käse zu gönnen. Er konnte sich nicht entsinnen, daß ihm jemals etwas so köstlich geschmeckt hatte.

Lizzy lächelte übers ganze Gesicht und errötete zu Seans Belustigung sogar.

»Ihr wollt also aufbrechen?« fragte sie, von dem Wunsch beseelt, er möge noch eine Weile verweilen.

»Ja, Lizzy. Aber ich werde dich nie vergessen.«

Ehe er ging, steckte er Lizzy noch einmal ein großzügiges Trinkgeld zu und verabschiedete sich.

»Gott befohlen«, gab sie ernst zurück.

Sean starrte sie kurz an. Glaubte sie wirklich, daß es einen Gott gab?

Er begab sich zu Meyer, Schweitzer & Davidson, einem Herrenschneider in der Cork Street. Als er bei seinem Eintreten schräge Blicke erntete, ließ er sofort Gold sehen, worauf das Personal ihn eilfertig umschwirrte und sich an Zuvorkommenheit gegenseitig überbot. Er kaufte einen fertigen Anzug, samt Strümpfen und Schuhen, zog die neue Kleidung gleich an und wies die Verkäufer an, sein altes Zeug wegzuwerfen. Dann bestellte er zwei weitere Garnituren, eine für den Tag, die andere für den Abend. Er bezahlte und gab Auftrag, alles bis zum Abend des nächsten Tages fertigzustellen.

Als er den Laden verließ, war es stockfinster, und London bei Nacht war eine Versuchung, der er nicht widerstehen konnte. Er durchstreifte die Straßen, machte sich mit der Stadt vertraut und kostete seine neu erlangte Freiheit voll aus. Am Ufer der Themse angelangt, betrat er das Savoy Hotel und nahm ein Zimmer. Mit einem festen Blick in die Augen des Empfangschefs erklärte er: »Mein Gepäck wird erst morgen eintreffen. Ich wünsche, daß Bettzeug und Handtücher zweimal täglich gewechselt werden. Und seien Sie so gut, mir Namen und Adresse des besten Handschuhmachers von London zu nennen. Und dann lassen Sie mir eine Flasche besten irischen Whisky auf mein Zimmer bringen.«

Sean FitzGerald O'Toole stellte sich vor den Spiegel in seinem Zimmer. Seit fast fünf Jahren hatte er sein Spiegelbild nicht mehr gesehen und starrte nun den Mann im Spiegel gleichmütig an. Seine Jugend war unwiderruflich vorbei. Sein fester, leicht gepolsterter Jungenkörper hatte sich zu einem stählernen Männerkörper entwickelt, der nur aus Knochen, Sehnen und Muskeln zu bestehen schien. Das Gesicht, das ihm entgegenblickte, war das eines Kelten – finster, unbewegt und gefährlich. Man hatte ihn zum Fürsten der Hölle gemacht!

Als die Glocke Mitternacht schlug, versperrte er seine Tür, ging hinunter zum Ufer und weiter zum Portman Square.

12

Als John Montague mühsam aus dem Schlaf auftauchte, ahnte er, daß etwas nicht stimmte. Die kalte Messerklinge, die er zwischen den Beinen spürte, ließ diese Ahnung zur Gewißheit werden.

Er wagte sich weder zu rühren noch zu atmen, da die Messerspitze seinen Hodensack berührte.

»Johnny, Junge, kannst du dich an mich noch erinnern?«

Die tiefe Stimme mit dem irischen Schmelz war ihm so deutlich im Gedächtnis geblieben, als hätte er sie erst gestern gehört. »Sean ... Sean O'Toole. O Gott, ist das ein neuer Alptraum?« flüsterte John Montague.

»Nennen wir es einen zum Leben erwachten Alptraum, Johnny.«

»Was ... was willst du?«

»Überleg kurz, sicher wird dir die Antwort einfallen.«

Die Stille wurde nur von Johns beschleunigten Atemzügen unterbrochen, bis er schließlich sagte: »Du willst Rache.«

»Du bist ein kluger Junge, Johnny.«

»Sean, es tut mir leid – damals benahm ich mich wie ein feiger Hund. Aus Angst vor meinem Vater wagte ich nicht, ihm zu widersprechen. Ich schwöre dir, daß ich nicht wußte, wer Joseph niederstach, aber es war mein Vater oder Jack Raymond.«

Die Dunkelheit begegnete seinen Worten mit Schweigen,

worauf er weiterredete, um die quälende Leere zu füllen. »Seither habe ich täglich bereut, daß ich kein Wort sagte.«

»Du hast mich durch Schweigen betrogen, doch war es das letzte Mal, daß du mich ohne Gegenleistung betrogen hast.«

»Ich schwöre, daß ich mich auf deine Seite stellen und die Wahrheit sagen würde, wenn ich alles noch einmal tun müßte.«

»Johnny, ich danke dem Teufel, daß wir nicht alles noch einmal tun müssen, denn Joseph würde einen zweiten Tod wenig schätzen. Und ich möchte ganz gewiß nicht noch einmal fünf Jahre auf einem Sträflingsschiff abdienen.«

»Vergib mir, Sean, vergib mir. Du hast ja keine Ahnung, wie sehr ich dich bewunderte, wie ich dich zum Idol erhob und wie sehr ich mich für das verachte, das ich dir antat!«

»Solltest du mir jemals wieder in die Quere kommen, wirst du nicht nur ohne Daumen enden, du wirst weder Schwanz noch Eier haben, wenn ich mit dir fertig bin.«

John Montague zitterte nun so heftig, daß er Gefahr lief, dadurch mit dem drohenden Messer verletzt zu werden.

»Johnny, mach dir nicht in die Hose«, sagte Sean und zog das Messer zwischen den Beinen des Jungen hervor. »Heute tue ich es noch nicht.«

Johnny holte ruckartig Atem, keineswegs überzeugt.

Sean O'Toole strich ein Schwefelhölzchen an und zündete die Kerzen neben John Montagues Bett an.

Johnny starrte den Eindringling mit großen Augen an. O'Toole hatte sich drastisch verändert. Nur seine Stimme und die zinngrauen Augen, aus denen silberne Flammen zu lodern schienen, waren unverändert geblieben. »Du bist nicht gekommen, um mich zu töten?« fragte Johnny.

»Ich möchte dich nicht töten. Ich möchte dich besitzen mit Leib und Seele, Johnny Montague.«

»Was soll ich für dich tun? Sag es, und ich tue es.« Er setzte sich an den Bettrand, und sein Besucher ließ sich ihm gegenüber auf einem Stuhl nieder.

»Du arbeitest in der Admiralität. Ich möchte, daß du meine Akten entfernst und vernichtest. Es muß aussehen, als wäre der Name Sean FitzGerald O'Toole dort nie aufgeschienen. Von meiner Verurteilung und Haft muß jede Spur getilgt werden. Geschieht es nicht, werden mein Messer und ich wiederkehren.«

»Es wird geschehen, genau wie du es sagst. Man wird dich nicht wieder festnehmen können, weil es keine Unterlagen über dein angebliches Verbrechen und deine Verurteilung gibt.«

Seans Mund verzog sich zur Andeutung eines Lächelns. Die Füße auf Johnnys Bett stützend, lehnte er sich zurück und verschränkte die Arme hinter den Kopf. »Ich habe jede Verbindung zu dieser Welt verloren. Was hat sich in den letzten fünf Jahren zugetragen, Johnny?«

»Meine Mutter ist kurz nach deiner Geburtstagsfeier durchgebrannt. Meine Schwester und ich haben sie seither nicht wieder zu Gesicht bekommen. Sie war in deinen Bruder verliebt, aber ich weiß nicht, ob sie überhaupt von seinem Tod erfahren hat… ich weiß gar nicht, ob sie selbst noch am Leben ist.«

»Amber war eine Hure.«

»Eine irische Hure!« erwiderte Johnny.

»Touché, Johnny, du hast mehr Mumm, als man dir ansieht.«

»Ich nehme an, du hast noch erfahren, daß dein Großvater Edward FitzGerald seinen Verletzungen erlag, nachdem er wegen Hochverrats festgenommen wurde?«

»Ich wußte, daß er es nicht überstehen würde«, sagte Sean leise. »Noch ein Grabstein, den ich vor der Tür deines Vaters ablade. Ich glaube, daß Montague der Informant war.«

Johnny riß erschrocken die Augen auf, nach einiger Überlegung aber hielt er es nicht für ausgeschlossen. »Ich traue ihm alles zu. Ich hasse und verachte ihn!«

»Gut, das macht dich zu einem besseren Verbündeten, und wenn du nicht mein Verbündeter bist, dann bist du mein Feind!«

»Ich bin dein *williger* Verbündeter, Sean, niemals dein Feind«, schwor Johnny.

»Ich nehme an, der Wohlstand deiner Familie blüht wie ein grüner Lorbeerbaum?« fragte Sean mit einem Anflug von Sarkasmus.

Schuldbewußt gab John zurück: »Ja, wir besitzen jetzt eine ganze Handelsflotte unter dem Namen Montague Linie.«

»Hm, ich glaube, du wirst dich für mich als unbezahlbar erweisen, Johnny. Wir sehen uns am Samstag wieder. Damit hast du ausreichend Zeit, dich um meine Akte zu kümmern.«

»Am Samstag heiratet meine Schwester«, platzte Johnny heraus.

»Wen?«

»Unseren Vetter Jack.«

Seans Gesicht erstarrte zu einer dunklen Maske. Dann lächelte er, doch sein Lächeln ließ seine Augen unberührt. »Nun, vielleicht wird der Earl von Kildare der Hochzeit beiwohnen.« Er verbeugte sich und verschmolz mit der Dunkelheit.

John Montague brauchte einen Augenblick, bis ihm aufging, daß es Sean FitzGerald O'Toole war, der nun den Titel eines Earl von Kildare führte.

Sean verbrachte die meiste Zeit des Tages beim Handschuhmacher, den ihm das Savoy mit der Versicherung empfohlen hatte, der Prinz von Wales und sein bester Freund George Bryan Brummell würden ihre Handschuhe nur dort anfertigen lassen.

Er zeigte seine linke Hand und erklärte, daß sie in einem Handschuh völlig normal aussehen sollte.

Man rief zwei Handschuhmacher aus der Werkstätte und präsentierte ihnen das Problem. Sie fertigten Skizzen seiner Hand in jeder denkbaren Position an und vermaßen sie exakt aus jedem Winkel. Nach einem Vergleich mit der anderen Hand machten sie Vorschläge, nicht ohne den Earl zu ermutigen, eigene beizusteuern.

Schließlich wurde ein perfekt sitzendes Probepaar mit einer aus Holz geschnitzten, im linken Daumen eingeklebten Attrappe hergestellt. Der Holzdaumen reichte bis zur halben Höhe, und als O'Toole den Handschuh überstreifte und das Leder straffte, konnte man unmöglich merken, daß das oberste Glied seines Daumens amputiert war. Sean O'Toole war so erfreut über die Kunst der Handschuhmacher, daß er zwei Dutzend Paar bestellte. Zwei Paar aus grauem Kitzleder, alle übrigen aus weichem schwarzen Leder.

Den Rest des Tages verbrachte er mit Einkäufen und deckte sich mit normalen Stiefeln, Reitstiefeln, Reithosen und Reitjacken ein. Er bestellte Hemden aus Seide und Leinen, Jacken und Westen, Krawatten, Batisthalstücher, Hüte und einen Pelerinenmantel sowie einen Malakka-Stock mit Ebenholzgriff, der ihm besonders gut gefiel. Das alles sollte unter dem Namen Kildare ans Savoy Hotel geliefert werden.

Auf dem Weg zum Savoy die Bond Street entlangschlendernd, blieb er vor dem Schaufenster eines Juweliers stehen, um die ausgestellten Kostbarkeiten zu bewundern. Sein Blick fiel auf eine Silberbrosche in Gestalt eines Delphins, und er betrat den Laden, um sie genauer zu betrachten. Als der Juwelier sie ihm auf die behandschuhte Hand legte, sah Sean, daß sie aus Sterlingsilber war und das Delphinauge ein Smaragd. Das ideale Geschenk für eine Frau mit Namen Emerald. Er ließ sich das Schmuckstück einpacken und bat dann um ein zusätzliches Etui von der Größe jenes der Brosche.

Als er abends seine Garderobe einer Musterung unterzog, bemerkte er, daß alles, was er ausgesucht hatte, schwarz oder weiß war. Die Erkenntnis, daß er nur noch makellos weiße Leinen- oder Seidensachen ertragen konnte, entlockte ihm ein zynisches Lächeln. Die schwarze Kleidung hatte er mit Bedacht gewählt. Sie drückten strenge Autorität aus. Von nun an würde er sich selbst und jeden, der ihm entgegentrat, beherrschen.

An jenem Abend holte Sean FitzGerald O'Toole den abgeschnittenen Daumen aus dem obersten Fach des Schrankes, in dem er ihn versteckt hatte, und tat ihn in das leere Etui des Juweliers. Er rieb sich die Hände und beschriftete dann zwei Kärtchen, auf denen das Wappen des Savoy prangte. Auf eines schrieb er *Braut*, auf das andere *Bräutigam*. Beide unterschrieb er mit: Earl von Kildare.

Als Emma Montague an ihrem Hochzeitstag erwachte, erfüllte sie ein Durcheinander von Gefühlen, unter denen Resignation das vorherrschende war. Als sie erfahren hatte, daß Jack und ihr Vater übereingekommen waren, der Bräutigam solle seinen Namen in Montague ändern, hatte sie keine Einwände erhoben, da sie wußte, daß er sich diesen Namen von Kindesbeinen an gewünscht hatte. Es war seine Methode, den Makel der unehelichen Geburt zu tilgen.

Was sie erbitterte, war die Tatsache, daß sie auch als Eheleute im Haus ihres Vaters am Portman Square wohnen sollten. Unter Aufbietung ihrer ganzen Überredungskunst hatte sie versucht, Jack davon abzubringen. Sie hatte vorgebracht, daß sie ein Haus mieten könnten, falls ein Kauf nicht in Frage käme. Es mußte ja nicht groß sein. Sie würde auch in einem kleinen Haus glücklich sein, wenn es nur ihnen gehörte. Aber natürlich wollte Jack sich nicht mit einem kleinen Haus zufriedengeben, wenn er im Herrenhaus der Montagues am Portman Square wohnen konnte.

Daraufhin hatte Emma ihren ganzen Mut zusammengenommen und sich ihrem Vater mit diesem Ansinnen genähert, er aber hatte eisern darauf bestanden, daß die Neuvermählten im Haus der Familie zu wohnen hätten. Als einziges Zugeständnis gestattete er ihnen, sich im dritten Stock eine eigene Wohnung einzurichten.

Als Emma für ihre Hochzeit angekleidet wurde, dämmerte ihr, daß die Ehe ihr nicht die ersehnte Erlösung aus väterlicher Tyrannei bringen würde, sondern ihr zwei Herren bescherte, denen es zu gehorchen galt. In ihrem weißen Kleid mit dem weißen Brautkranz und dem Schleier auf der gepuderten Perücke sah sie totenbleich aus. Sogar die Trauung wurde am Portman Square vorgenommen und verstärkte in ihr das beklemmende Gefühl, ihr Zuhause sei ein Gefängnis.

Die Trauungsformel vernahm Emma nur ganz undeutlich wie aus weiter Ferne. Erst Jacks lautes »Ja« ließ sie zusammenzucken und riß sie aus ihren Gedanken. Nun richtete der Geistliche das Wort an sie, doch der einzige Satz, der sich ihr einprägte, war: »*Willst du ihm gehorchen?*« Ihr gedämpftes »Ja« wurde nur von wenigen vernommen.

Später, beim Hochzeitsempfang, herrschte ein so großes Gedränge, daß Emma nur wenige Gesichter unterscheiden konnte. Auf zwei reich verzierten Stühlen erhöht thronend und den Blicken aller ausgesetzt, beobachteten die Neuvermählten das Ansammeln der Geschenke, die sich auf einem langen Refektoriumstisch im Ballsaal türmten.

Der Earl von Kildare schmuggelte seine kleinen Gaben auf den Tisch, ehe er sich in den Hintergrund zurückzog. Dank seiner Größe hatte er ungehinderten Blick auf das junge Paar. Seine grauen Augen suchten erst William Montague. Der

Mann war etwas gealtert und wenn möglich noch häßlicher geworden, aber alles in allem sah er so aus wie vor fünf Jahren.

Rachedurst erfaßte ihn so heftig, daß Sean dieses Gefühl zu riechen und schmecken glaubte. Fast hätte sich in ihm Mitleid mit dem »gerissenen Willie« geregt. Dann glitt sein Blick zum Podest und blieb an Jack Montague hängen, wie er sich nun nannte. Seans Pupillen verengten sich erheitert, als er sich vorstellte, was er dem Bräutigam zugedacht hatte.

Fast wie nebenbei blieb sein Blick an der Braut hängen. Dieses kleine, blasse, fade Ding konnte doch unmöglich das ungestüme, lebensfrohe Geschöpf sein, dem er in der Kristallgrotte begegnet war! Vielleicht hatte seine Erinnerung ihm einen Streich gespielt. Das weibliche Wesen, das in seinen erotischen Träumen immer wieder auftauchte, hatte nicht die geringste Ähnlichkeit mit dieser Person. Er empfand kein Bedauern, daß sie so unscheinbar war, er empfand für sie überhaupt nichts.

Außer Johnny Montague erkannte niemand den hochgewachsenen dunklen Mann mit den grauen Augen. Kaum hatte John ihn im Hintergrund des Raumes erblickt, als er zu ihm trat. »Was die Akten der Admiralität betrifft, so haben sie nie existiert.«

Seans düster verschlossener Mund verzog sich zu der Andeutung eines Lächelns. Dann wanderte sein Blick zu Johnnys Onkel. »Ich möchte die Namen der Feinde des Earl von Sandwich«, sagte er leise. *Alle Feinde der Montagues sind meine Freunde.*

»Ich verstehe«, murmelte Johnny, ehe er wieder in der Menge verschwand.

Sean beobachtete mit viel Geduld, wie das junge Paar die Hochzeitsgeschenke auspackte. Als seine Gaben in den Händen von Braut und Bräutigam waren, sah er einen freudigen Ausdruck über Emeralds Gesicht huschen. Seine Aufmerksamkeit konzentrierte sich jedoch auf Jack, als dieser sein Geschenk auspackte.

Sean wartete nur, bis er ihn zusammenzucken und erbleichen sah. Jeder Blutstropfen war aus seinem Gesicht gewichen.

Bis der Bräutigam seinen neuen Schwiegervater gesucht hatte und ihm den Inhalt des grausigen Geschenketuis zeigen konnte, hatte der Earl von Kildare längst äußerst zufrieden das Haus verlassen.

Emma Raymond Montague saß in Erwartung ihres Bräutigams nervös in ihrem Bett. Am späten Nachmittag ihres Hochzeitsempfanges war etwas passiert, das bewirkt hatte, daß Ehemann und Vater sich über zwei Stunden in der Bibliothek eingesperrt hatten. Sie erwartete nicht, daß ihr Vater seine Sorgen mit ihr besprach. Schon vor langer Zeit hatte sie gelernt, daß Frauen sich in die Angelegenheiten der Männer nicht einzumischen hatten. Vielleicht würde Jack ihr den Grund für die große Aufregung verraten.

Sie schlüpfte aus dem Bett und holte das kleine Etui aus der Nachttischlade. Als sie den Deckel hob, leuchtete es in ihren Augen freudig auf. Ihre Gedanken flogen über Jahre zurück in die Zeit, als sie den Delphin in der Kristallgrotte geritten hatte, zu jenem schicksalhaften Tag, als ihr irischer Prinz sie entdeckte – oder sie ihn.

Sie ging wieder zu Bett, den kleinen Schatz noch immer in Händen. Sie berührte die Augen des Silberdelphins mit einer Fingerspitze. »Emerald«, flüsterte sie, von dem Delphin, aber auch von ihrem richtigen Namen entzückt. Auf der Karte stand *Earl von Kildare*, aber Sean O'Toole mußte die Brosche ausgesucht und sie Edward FitzGerald übergeben haben, damit er sie ihr zuschickte. Sie konnte sich nicht erinnern, den Earl heute gesehen zu haben. Doch war ihr sowieso insgesamt nur ein Meer verschwommener Gesichter in einem überfüllten Ballsaal im Gedächtnis geblieben.

Während sie den Delphin in Händen hielt, schlug ihr Herz ein wenig schneller. Sie hatte ihn Jack nicht gezeigt und würde es auch nicht tun. Er war so abgelenkt gewesen, daß er sie gar nicht gefragt hatte, was das kleine Etui enthalten hatte. Wieder fragte sie sich, warum ihr Mann nicht käme, und allmählich argwöhnte sie, er würde überhaupt nicht kommen. Gähnend ließ Emma sich in die Kissen sinken. Es war ihr ohnehin viel lieber, wenn sie allein schlafen konnte. Mit dem Delphin in der Hand, die sie unters Kissen steckte, schlief sie ein.

Emerald lag im zuckerfeinen Sand allein am Strand in der heißen Sonne. Eine köstliche Vorahnung erfüllte sie. Sanft zauste eine leichte Brise ihre dunklen Locken. Sie empfand eine sehnsüchtige Freude, weil sie wußte, daß er bald, sehr bald zu ihr kommen würde. Sie hielt die Augen geschlossen, bis sie spürte, wie ein Flattern, zart wie ein Falterflügel, ihren Mundwinkel streifte. Insgeheim lächelnd hob sie langsam die Lider. Er kniete vor ihr, in ihren Anblick versunken. In seinen dunkelgrauen Augen tanzten Lachpünktchen. Seinen Blick festhaltend, richtete Emerald sich behutsam auf, kniete nieder und verharrte vor ihm. Es bedurfte keiner Worte, doch das Verlangen nach Berührung brachte das Blut der beiden in Wallung. Sie streckten gleichzeitig eine Hand aus und tasteten sich gegenseitig mit den Fingerspitzen ab... die Wangen, die Kehle, die Schultern. Emeralds Hand streifte sein Herz und spürte es unter ihren Fingern pochen. Er war der Mann in Vollkommenheit. Ihr irischer Prinz. Er beugte sich über sie, um ihre Lippen mit seinen einzufangen, doch als er nur einen Wimpernschlag entfernt war, erwachte Emerald.

Sie zuckte vor dem Mann zurück, der sie eng an sich gedrückt hielt und im Begriff stand, sie zu küssen.

»Emma, was ist denn?«

»N-nichts, ich war eingeschlafen… du hast mich erschreckt.«

Er zog sie wieder an sich und bedeckte ihren Mund mit seinem, während seine Hände ihr gleichzeitig das Nachthemd
auszogen.

Emma erstarrte unter dem beängstigenden Angriff.
Schockiert spürte sie, daß Jack splitternackt war und sie im
nächsten Moment ebenso nackt sein würde. »Jack, nicht!
Aufhören, bitte!«

»Was zum Teufel ist los mit dir?« fragte er.

»Das ist schlecht… es ist böse«, klagte sie.

»Emma, du bist meine Frau! Ich habe bis zur Ehe gewartet,
ehe ich dich anrührte, aber länger warten werde ich nicht.«
Mit einem häßlichen Ratschen zerfetzte er ihr Nachthemd
und knetete dann ihre nackten Brüste mit seinen heißen Händen.

Ein leises Schluchzen entrang sich ihr, und er ließ sie angewidert los. »Mein Gott, weißt du denn nicht, wie es zwischen
Mann und Frau zugeht?«

»Nun… ja… aber es ist so zügellos. Ich bin nicht wie meine
Mutter. Ich wurde keusch erzogen… zu einem braven Mädchen«, wisperte sie.

Jack, der nun kurz Geduld zeigte, die er nicht empfand,
sagte: »So sollte es bis zur Ehe auch sein. Aber mit deinem
Ehemann ist es anders. Ich habe das Recht, deinen Körper zu
benutzen, wann immer ich möchte. Wenn du aufhörst, dich
wie ein Kind aufzuführen, wird dir gefallen, was ich mit dir
mache.«

Emma bezweifelte dies mit allen Fasern ihres Herzens.

»Halt still und sei gehorsam.«

Emma war nicht gänzlich unwissend. Sie wußte, daß Mann
und Frau durch Verbindung ihrer Körper Kinder in die Welt
setzten. Sie hatte sich nur nicht vorstellen können, wie unan-

genehm das war. Entschlossen kniff sie die Augen zu und lag reglos da.

Jacks Vorgehen war so widerwärtig wie schmerzhaft. Als er fertig war und vor Anstrengung keuchend dalag, fühlte Emma sich beschmutzt und verletzt. Darüber hinaus jedoch empfand sie überwältigende Erleichterung, daß es vorüber war.

Jack beugte sich über sie. »Du bist ein kaltes kleines Ding. Aber keine Sorge, ich werde dich schon noch hinkriegen.«

Als ihr junger Ehemann schnarchend neben ihr lag, glitten ihr lautlos die Tränen über die Wangen. *Ich hasse und verachte alle Männer.* Sie wünschte, sie hätte sich in den Schlaf flüchten können, doch der gesegnete Schlaf schien unerreichbar fern. Eingesperrt hatte Emma sich schon lange gefühlt, nun aber schienen die Wände ihres Käfigs unaufhaltsam noch enger auf sie zuzurücken. Eine Woge der Übelkeit erfaßte sie, als ihr aufging, daß die morgige Nacht eine Wiederholung der heutigen bringen würde. In ihrer Unschuld hatte sie geglaubt, die Ehe würde ein Ausweg sein. Nun aber erkannte sie, daß sie gleichbedeutend mit dem Urteil »Lebenslänglich« war.

13

Sean O'Toole ging zum Hafen, um sich eine Passage nach Irland zu sichern. Gleichzeitig nutzte er die Gelegenheit, alles über die Montague-Linie in Erfahrung zu bringen. Das Unternehmen verfügte über acht eigene Handelsschiffe, von denen im Moment keines im Hafen lag. Sean erfuhr jedoch die Namen der Schiffe, ihre Größe und welche Routen sie befuhren.

Am Ende des alten Turnierfeldes von Whitehall, unweit der

Admiralität, wartete er, bis Johnny Montague nach der Arbeit nach Hause ging, um sich von ihm die Namensliste aller Feinde der Brüder Montague zu holen. Sean überflog die Liste und sah, daß ihm nicht alle Namen ein Begriff waren. Einige aber waren darunter, die dank ihrer Stellung in der hohen Politik allgemein bekannte Persönlichkeiten waren.

»Wie kann ich mit dir Kontakt aufnehmen?« fragte Johnny O'Toole.

»Gar nicht«, sagte Sean leise. »Wenn ich dich brauche, werde ich dich finden.«

John Montague bezweifelte den Wahrheitsgehalt dieser Worte keinen Augenblick.

Am nächsten Morgen lief das Postschiff nach Dublin mit dem Earl von Kildare und dessen stattlichem Gepäckstapel an Bord aus. Zwei Tage später, beim Anblick der dunstigen Küstenlinie Irlands, hatte Sean O'Toole das Gefühl, sein Herz stünde still, so schön war das Bild. Seine Augen glänzten silbrig, als das Schiff in den hufeisenförmigen Hafen einlief. Dann hob er den Blick zu den Feldern und Hügeln dahinter, die nach dem vielen Regen in sattem Grün prangten.

In den Ställen von Brazen Head mietete er ein Pferd und veranlaßte, daß sein Gepäck mit einem Fuhrwerk nach Greystones gebracht würde. Die Heimkehr erfüllte ihn mit Vorfreude und Angst gleichermaßen. Er fühlte sich wie der verlorene Sohn. Würde sein Vater bei seiner Ankunft das gemästete Kalb schlachten? Ohne Joseph an seiner Seite hegte er tiefste Zweifel, daß das der Fall sein würde.

Paddy Burke war der erste, der ihn sah, als er über den kurzen Dammweg ritt und dann unter dem Bogentor des Torturmes hindurch. Der Verwalter erkannte ihn sofort, obwohl er sich so stark verändert hatte.

»Gott sei gelobt!« rief Paddy, der sich bekreuzigte, ehe er das Pferd am Zaumzeug erfaßte, um es anzuhalten. »Willkommen daheim, Mylord.«

»Mr. Burke, Gott hat damit nichts zu schaffen. Der Teufel hat mir zur Flucht verholfen, damit ich Rache üben kann.«

»Amen darauf.«

»Wie haben Sie mich erkannt?« fragte Sean belustigt.

»Ich spürte Ihre Ausstrahlung. Nur mit den Augen hätte ich Sie nicht erkannt. Sie sind älter, größer, hagerer, härter als früher, und Ihr Rücken ist gerade wie ein Ladestock.«

Sean verzog zynisch den Mund. »Je mehr Demütigungen ich auf mich nehmen mußte, desto aufrechter hielt ich mich. Wo ist mein Vater?«

Paddy Burke zögerte nur kurz. »Er ist im Turm des Pförtnerhauses.«

Sean nahm zwei Stufen auf einmal. Shamus O'Toole saß an einem Fenster, eine Flinte auf den Knien.

»Ich bin es, Sean, Vater. Ich bin wieder daheim.«

Shamus starrte ihn lange ausdruckslos an, ehe er seine Sprache wiederfand. Langsam legte er seine Flinte beiseite und stand schwankend auf. »Verzeih mir. Ich habe alles versucht, um dich freizubekommen, aber die Montagues waren zu gerissen.« Er breitete hilflos die Arme aus, in die Sean sich stürzte, um ihn eine Zeitlang wortlos zu umklammern.

»Vater, du mußt mir glauben, daß ich Joseph nicht getötet habe.«

Shamus schob ihn entrüstet von sich und ließ sich entkräftet zurück in den Sessel fallen. Seine Augen glühten wie Kohlen in den Tiefen der Hölle. »Glaubst du, du müßtest das eigens aussprechen? Ich weiß, wer Joseph auf dem Gewissen hat und wer dich mir fünf Jahre raubte. Englische Verbrecher!« Er spuckte aus. »Jetzt bist du frei, und wir können es ihnen heimzahlen.«

»Worauf du dich verlassen kannst«, gelobte Sean. »Wo ist Mutter?«

»Draußen im Garten. Du weißt ja, wie sehr sie ihn liebt.«

Wieder nahm Sean O'Toole zwei Stufen auf einmal, dann lief er direkt hinaus zum schönen, umfriedeten Garten seiner Mutter. Sein Blick wanderte über die Beete voller Frühjahrsblumen und suchten die Frau, die ihm am teuersten im Leben war. Er konnte sie nicht auf den ersten Blick entdecken, doch als seine Augen eine Trauerweide streiften, fand er sie.

Sein Herzschlag stockte, als er vor dem kleinen Grabstein darunter auf die Knie fiel.

KATHLEEN FITZGERALD O'TOOLE
AUF EWIG GELIEBT

Sean O'Toole, der glaubte, die Tiefen des Hasses ausgelotet zu haben, mußte am Grab seiner Mutter erkennen, daß das nicht so war. Fünf Jahre lang hatte er Pläne geschmiedet, um die zwei Menschen, die den Montagues zum Opfer gefallen waren, zu rächen, ohne zu ahnen, daß diese noch einen dritten Tod verschuldet hatten. Kathleen, Herz und Seele von Greystones, unersetzlich, von allen geliebt und geachtet. Er würde keinen Augenblick Frieden finden, ehe er sie nicht gerächt hatte. Auf den Knien leistete er seiner geliebten Mutter diesen Schwur.

In dem vergeblichen Bemühen, ihn zu trösten, legte Paddy Burke ihm seine Hand auf die Schulter. »Es bricht einem das Herz. Jetzt ist sie seit zwei Jahren tot. Seither wohnt Shamus bei mir im Pförtnerhaus, weil ihm das große Haus ohne sie unerträglich ist. Ihr Verlust hat ihn fast in den Wahnsinn getrieben. Er erlitt einen Schlaganfall, und jetzt wollen ihm seine Beine nicht mehr so recht gehorchen. Dort oben sitzt er nun mit der Flinte, und wartet darauf, William Montague eine

Kugel durch den Leib zu jagen, wenn er kommt – und er schwört, daß er eines Tages kommen wird… eines Tages.«

»Der Tod ist für William Montague als Strafe zu mild. Erst soll er das Leben bis zur bitteren Neige auskosten.«

Den nächsten Tag verbrachte Sean allein an Bord seiner *Sulphur*. Als er seinen Vater im Turm des Pförtnerhauses wieder aufsuchte, hörte er mit Verwunderung, daß auch Shamus einen Rachefeldzug geplant hatte.

»Sean, mein Junge, ich habe nicht untätig dagesessen, während du gefangen warst. Die ganzen Jahre habe ich auf den Tag hingearbeitet, an dem du uns rächen wirst. Auf jedem Montague-Schiff fährt ein FitzGerald unter der Besatzung mit, ebenso auf den meisten englischen Admiralitätsschiffen.«

Seans Mund verzog sich belustigt. »Das spart mir viel Zeit. Vater, du bist halt doch der gerissenste Bursche, den es gibt.«

Dem Gesinde auf Greystones fiel es sehr schwer, sich mit dem verwandelten Sean O'Toole abzufinden. Natürlich begegnete man ihm als dem nunmehrigen Earl von Kildare mit höchster Ehrerbietung, was freilich nicht verhinderte, daß die Mäuler kaum stillstanden, um die Veränderungen an ihm aufzuzählen.

Kate Kennedy, die mit Mary Malone in der großen Küche beim Tee saß, sagte: »Keine Spur mehr von dem lebenslustigen Jungen von früher. Castle Lies hallte wider vor Fröhlichkeit, es gab Radau und Getöse, Wortgefechte und Zähneknirschen.«

»Als ob ich das nicht wüßte! Und jetzt ist er so still, daß er leise wie ein Staubkorn ins Haus kommt. Es zerreißt mir fast das Herz«, erwiderte Mary.

»Er ist so reinlich geworden, daß er seine Wäsche dreimal

täglich wechselt. Ich mußte eigenes eine Frau einstellen, die seine Hemden wäscht und doppelt stärkt. Und seine Handschuhe legt er nie ab – als ob es ihm unerträglich wäre, sich die Hände zu beschmutzen.«

»Kate Kennedy, das ist noch lange nicht alles. Wenn er zu Tisch geht, ist es das reinste Ritual. Das Tischtuch muß blütenweiß sein, das Geschirr nur vom Feinsten, die Gläser aus Bleikristall. Aber das ist noch gar nichts, verglichen mit den Ansprüchen, die er ans Essen stellt. Was die angeht, hat er sich zum puren Fanatiker entwickelt.«

Als Sean die Bücher durchging und sah, daß das Unternehmen unter seinem Vater und Paddy Burke florierte, atmete er erleichtert auf, da er nun wußte, daß er für geschäftliche Belange momentan wenig Zeit und Mühe aufwenden mußte und außerdem die O'Toole-Flotte zur Vernichtung der Montagues einsetzen konnte.

Eine Woche nach seiner Heimkehr setzte er sich zu Shamus und Paddy ins Pförtnerhaus. Er erfuhr nun von den schrecklichen Aufständen nach dem Tod seines Großvaters und vom brutalen Vorgehen der britischen Truppen, die zur Niederwerfung der Rebellen ausgeschickt worden waren.

»Dieser Bastard William Pitt bringt immer wieder ein Vereinigungsgesetz zur Vorlage, das die irische Gesetzgebung von Dublin nach Westminster verlegen würde. Und die Stimmen dazu kauft er sich mittels Bestechung!« beklagte sich Shamus voller Bitterkeit über seine irischen Landsleute.

Sean sagte bedauernd: »Es tut mir sehr leid, daß ich so rasch wieder gehen muß, aber mich rufen dringende Geschäfte nach England.«

»Ich könnte mir denken, daß Sie als Earl von Kildare mit unserer Sache dort weitermachen, wo Ihr Großvater sie aus der Hand legen mußte«, sagte Paddy nachdenklich.

Seans Miene verhärtete sich. »Irland kann warten, Mr. Burke. Mich nehmen zunächst eigene Angelegenheiten in Anspruch.«

»Ganz recht«, pflichtete Shamus ihm bei. »Möge dir auf dieser Fahrt dreifache Kraft beschieden sein.«

Mit einer wackeren, aus FitzGeralds bestehenden Besatzung segelte Sean O'Toole auf seiner *Sulphur* nach London zurück. Während der Fahrt überflog er die Liste der Gegner, die Johnny Montague ihm zugesteckt hatte, und zog ein paar Namen in Erwägung. Sir Horace Walpole und sein Sohn waren kluge Politiker, die im Oberhaus gegen alle Anträge John Montagues, des vierten Earl von Sandwich, opponierten. Sandwich hatte seine Ämter in der Admiralität seinem engen Freund, dem Duke von Bedford, zu verdanken, und wenn die beiden sich miteinander verschworen, war gegen ihren Einfluß im Oberhaus nur schwer etwas auszurichten.

Eine Notiz, die Johnny dem Namen des Duke von Newcastle beigefügt hatte, entlockte Sean O'Toole ein Lächeln. Johnny Montague war viel gewitzter, als es den Anschein hatte. Er hatte eigens festgehalten, daß der Duke von Newcastle einer der Erzfeinde des Duke von Bedford war.

Der Earl von Kildare beschloß, die auf der Liste angeführten Persönlichkeiten anläßlich eines Dinners im Savoy Hotel um sich zu versammeln. Enthüllte er ihnen den mannigfachen Verrat der Montagues an König und Vaterland, war es sehr zweifelhaft, ob der Würgegriff, den diese auf die Admiralität ausübten, noch lange Bestand haben würde.

Nach ihrer Heirat trieb Emma Montague wie in einer Art Vakuum dahin. Dank ihrer in jahrelanger Übung erworbenen Fähigkeit, Gefühle und Empfindungen zu verbergen, würde ihr nur so das Leben im häßlichen Backsteinhaus am Portman

Square mit der Zeit vielleicht einigermaßen erträglich vorkommen.

In ihrem Tagesablauf hatte sich in letzter Zeit ein sehr beunruhigendes Grundschema herausgebildet. Täglich um halb fünf Uhr nachmittags wurde sie von einer Woge der Übelkeit und starkem Angstgefühl erfaßt. Anfangs wußte sie nicht, was die Ursache dieser Empfindungen war, bis ihr eines Tages klar wurde, daß ihr Mann um halb fünf die Admiralität verließ…

Um dem beängstigenden Erstickungsgefühl zu entfliehen, hatte Emma es sich zur Gewohnheit gemacht, nach ihrem Mantel zu greifen und das Haus zu einem Spaziergang zu verlassen. In ihrem unbändigen Verlangen, dem Mausoleum am Portman Square zu entfliehen und frische Luft zu schnappen, verzichtete sie auf eine Begleitung.

Heute war das Gefühl des Eingesperrtseins besonders stark. Nachdem Jack sich vergangene Nacht fast zwei Stunden lang im Bett erfolglos mit ihr abgegeben hatte, hatte er ihr in seiner Enttäuschung rundheraus erklärt, daß sie als Ehefrau völlig unbefriedigend sei.

»Du bist nicht nur kalt, sondern frigide. Irgend etwas stimmt mit dir nicht, Emma – du bist nicht normal!«

»Du hättest mich nie heiraten dürfen«, gab Emma kläglich zur Antwort, wobei sie sich aus ganzem Herzen wünschte, sie hätte es nicht getan.

»So kann es nicht weitergehen. Ab morgen muß sich hier einiges ändern. Ich habe deine Tränen satt. Du wirst mir anders entgegenkommen, Emma, willig und voller Wärme! Ebensogut könnte ich ja Annäherungsversuche bei einer Toten machen!«

Als sie um Punkt halb fünf die übliche Übelkeit und Angst überfielen, faßte Emma also nach ihrem Mantel und stürzte aus dem Haus. Anstatt ihre Runde um den Platz zu machen, strebte sie der Baker Street zu, auf der sie sich weniger eingeengt fühlte als am Portman Square, da die Straße von Droschken und Fußgängern belebt wurde.

Plötzlich bemerkte Emma ein Gefährt, das an den Bürgersteig fuhr und neben ihr anhielt. Sie blieb stehen, um zu sehen, wer ihr folgte. Der Wagenschlag öffnete sich, und ein Mann vertrat ihr den Weg. Ihre grünen Augen weiteten sich in ihrem feinen, herzförmigen Gesicht, als sie ihn voller Verblüffung anstarrte.

»Emerald!«

Ihr Blick glitt langsam über jeden einzelnen Zug seines keltisch geprägten dunklen Gesichtes, in dem die schrägen Wangenknochen markant hervortraten. Und sie sah auch, daß seine grauen Augen nicht die kleinste Einzelheit entging. Seine Kleidung war in Schwarz und Weiß gehalten. Schwarze, schenkelhohe Stiefel zu engen, schwarzen Hosen, ein schwarzer Umhang auf mächtigen breiten Schultern. Ein blütenweißes Leinenhemd und schwarze Ziegenlederhandschuhe vervollständigten das Bild.

»Sean?« sagte sie verdutzt, wohlwissend, daß es niemand anders sein konnte.

Er streckte ihr eine schwarzbehandschuhte Hand entgegen. »Komm. Fahr mit mir, Emerald.«

Sie zögerte. Sie wußte, daß sie es nicht tun durfte. Sie war eine verheiratete Frau. Es gehörte sich nicht. Sie hatte Sean O'Toole seit über fünf Jahren nicht gesehen. Er war Ire und stellte somit alles das dar, was man sie zu hassen und verachten gelehrt hatte. Sie empfand Angst, als sie vor ihm stand. War ihm denn nicht klar, daß sie beide jetzt andere Menschen waren? Er war anders, sie war anders. Die Umstände waren anders; so wie früher würde es nie wieder sein.

Mit einem Blick auf seine ausgestreckte Hand erfaßte sie diese jedoch gegen alle Vernunft.

Wortlos half er ihr in die Equipage und gab dem Kutscher

ein Zeichen, indem er mit einem Elfenbeinstock gegen das Dach klopfte.

Fragen jagten durch ihren Kopf. Er war total verändert. Seine Jugend war vorbei. Sein Gesicht war jetzt das eines Mannes, kühn, männlich, gefährlich. Alles war wie aus Stein gemeißelt, sogar sein Mund, der sie in ihren Träumen so oft geküßt hatte. Sein Körper war hager und hart und signalisierte Kraft und Stärke.

»Emerald, komm mit mir auf die *Sulphur*.«

»Ich heiße jetzt Emma.«

»Nein, du heißt Emerald«, sagte er, ohne den Blick seiner silbernen Augen von ihr zu nehmen. »Du wirst immer Emerald heißen. Ein schöner Name.«

Auch sie fand ihren Namen schön, zumal, wenn er ihn aussprach. Mit einem Mal ging ihr auf, wie ungern sie es gehört hatte, wenn man sie Emma rief. Es klang so hausbacken und unschön. »Ich sollte nicht hinunter an die Themse… ich muß nach Hause.«

»Warum?« fragte er leise. »Erwartet dich dort jemand?«

Emerald dachte an das Haus am Portman Square und schauderte innerlich. Sie hatte es nicht eilig, nach Hause zu kommen, wußte aber, daß es großen Ärger geben würde, wenn sie zu lange ausblieb.

Als könne er ihre Gedanken lesen, sagte er: »Wenn schon, denn schon.«

Sie fragte sich, ob sie einen Besuch auf der *Sulphur* wagen sollte, und dann entschied sie, daß ihr an der Seite Sean O'Tooles nichts passieren konnte. Als der Wagen anhielt, erspähte sie Schiffsmaste durchs Fenster und hörte das rauhe Gekrächz der Möwen, die über den Heringsfängern ihre Kreise zogen.

Wieder streckte er ihr die Hand mit dem schwarzen Handschuh entgegen. »Kommst du, Emerald?«

Sie ließ sich von ihm aus dem Wagen zum Dock führen, und er hielt ihre Hand fest, bis sie an Bord des Schiffes waren. Er sah, wie sie den Kopf hob, sah, wie ihre Nasenflügel unter dem Salzgeruch der See erbebten, den sie einsog wie ein belebendes Elixier, ja, als hätte man ihr eben die Freiheit geschenkt. Sean, der dieses Gefühl nur zu gut kannte, wußte, wie Emerald zumute war.

Er beobachtete sie eindringlich, wandte den Blick nicht von ihr. Er sah, wie das simple Vergnügen, dem Verkehr auf dem Fluß zuzuschauen, Glanz in ihre Augen brachte. Er bemerkte auch, wie ihre Hand das Mahagonigeländer liebkoste, als sie unter Deck ging, sah, wie ihre Wangen sich röteten, als sie sich wohl erinnerte, ihn seinerzeit mit der splitternackten Bridget FitzGerald ertappt zu haben.

»Ich erinnere mich an alles, als wäre es gestern gewesen.«

»Es war aber nicht gestern. Es liegen fünf Jahre dazwischen.«

Sie drehte sich um und blickte zu ihm auf. »Ich dachte, ich würde dich nie wiedersehen. Nachdem meine Mutter... starb..., brachte mein Vater uns zurück nach London. Seither hat sich unser Leben sehr verändert. Von deiner Familie weiß ich gar nichts. Wo warst du all die Jahre? Was hast du gemacht?«

Er sah sie aus zusammengekniffenen Augen an und sagte: »Ich will dir alles auf unserer Fahrt nach Irland berichten.«

»Was? Du kannst doch nicht...« Nun erst merkte sie, daß das Schiff Fahrt machte, und lief hinauf an Deck. Die *Sulphur* hatte abgelegt! »Was soll das? Ich kann nicht zulassen, daß du mich nach Irland mitnimmst!«

Aus seinen Augen blitzte Belustigung. »Emerald, ich habe dich entführt. Dir bleibt gar keine andere Wahl.«

»Hast du den Verstand verloren, Sean O'Toole? Ich bin verheiratet.«

Seine Belustigung wuchs. »Ja, mit meinem Feind, Jack Raymond. Mein zweiter Feind ist William Montague, dein Vater. Sie haben etwas gemeinsam, etwas, das ihnen so viel wert ist, daß ich es ihnen raube.«

»Was denn?«

»Dich, Emerald!«

»Du bist verrückt! Das kannst du nicht tun!« rief sie aus.

»Ich habe es getan, Emerald.«

Sie lief an die Reling und sah gerade noch, wie das Schiff die Mündung der Themse hinter sich ließ.

Ohne den Blick seiner dunklen Augen von ihr zu wenden, trat Sean an ihre Seite. Ihre grünen Augen weiteten sich erschrocken, als er mit einer schwarzbehandschuhten Hand nach ihrem Kopf griff. Er riß ihr die gepuderte Perücke herunter und überließ sie dem Wind und den Wellen. Ihre schwarzen Locken waren völlig zerzaust, als sie der Perücke ungläubigen Blickes nachstarrte. Dann lachte sie unvermittelt auf.

Ich wette, daß es seit fünf Jahren ihr erstes Lachen ist. Er wollte, daß Emerald ihre Gefühle offenbarte und ihre Freiheit endlich genoß. Er wußte um jede Einzelheit ihrer Gefühle, da er sie selbst nach seiner Flucht empfunden hatte. Stoffe kamen einem so weich vor, daß man sie berühren mußte, Farben so lebendig, daß sie alles üppig, fruchtbar und reich aussehen ließen. Die Schönheit der Natur trieb einem die Tränen in die Augen.

»Die Montagues haben eine bleiche und mitleiderregende englische Lady aus dir gemacht. Ich will nun Schicht um Schicht entfernen, bis du dich wieder in eine lebensfrohe irische Schönheit zurückverwandelt hast.«

»Die Montagues hassen und verachten aber die Iren.«

Seans Grinsen war breit. »Ich weiß. Wie süß Rache doch sein kann.«

Nun erst wurde ihr völlig klar, daß er es ernst meinte. Er entführte sie tatsächlich; nahm sie mit sich nach Irland. Und wie er ganz richtig gesagt hatte, ließ er ihr keine Wahl. Gedanken aus der Vergangenheit überfielen sie. Bei der ersten Begegnung hatte sie sich ausgemalt, wie er eines herrlichen Tages mit seinem großen Schiff kommen würde, um sie nach Irland mitzunehmen, wo sie bis in alle Ewigkeit glücklich leben würden. Das alles war pure Phantasie gewesen, und doch war der Tag gekommen – heute war dieser Tag!

Sean O'Toole war ein wahrer Teufel! Er führte dieses verrückte, unmögliche, empörende Vorhaben tatsächlich aus! Im Innersten ihres Herzens war sie erleichtert, daß sie heute nicht mehr zum Portman Square zurückkehren und den Montagues in ihrem häßlichen Mausoleum gegenübertreten mußte.

14

»Emerald?«

Sie zuckte zusammen, als er ihren Namen aussprach. Zwei Nächte war sie nun an Bord und hatte ihn doch kaum zu sehen bekommen. »Was willst du?«

»Ich möchte, daß du endlich aufhörst, grundlos zusammenzufahren. Ich möchte, daß du dich nicht mehr ängstigst. Angst ist ein Dämon, der einen mit seinen ekelhaften Fängen die Luft abdrückt.« Er unternahm nicht den kleinsten Versuch, sie zu berühren, deshalb hatte sie keinen Vorwand, vor ihm zurückzuweichen. Er vollführte eine Armbewegung, die See und Himmel umfaßte. »Ich möchte, daß du Irland und was es heißt, irisch zu sein, voll auskostest.«

Nun sah sie die langsam aus dem Dunst aufsteigende Insel.

»Es ist der Ort, dem Himmelsstürme und die wilde See

ohne Unterlaß zusetzen, von einer Generation zur nächsten. Es ist eine romantische, geheimnisvolle Insel. Ein einzigartiger, jeglicher Zeit entrückter Ort. Diese Insel ist Paradies und Hölle zugleich. Trinke ihre Schönheit in vollen Zügen. Sie wird ewig in deinem Blut weiterleben. Atme tief ein, Emerald. Riechst du es?«

Emeralds Nasenflügel bebten, als ihre Lungen sich füllten. Es roch grün, üppig, würzig, mysteriös. »Ja… was ist es, das ich rieche?«

»Freiheit. Der herrlichste Duft der Welt.«

Wieder atmete sie tief durch, während der Himmel über ihr sich ständig veränderte. *Ja, Freiheit. Wahrhaftig, ich fühle mich frei wie nach langer Kerkerhaft.* Emerald sah Sean an. »Warst du im Gefängnis?« fragte sie ungläubig.

»Ja.« Sein dunkler Blick ließ ihr Gesicht nicht los.

»Haben mein Vater und Jack damit zu tun?«

»Sie haben mich dorthin gebracht.«

Es war für sie ein Schock… und wiederum auch nicht. Ihr Vater war zu allem fähig, und Jack sein ergebener Sklave. Deswegen also hatte Sean sie entführt… um die beiden zu bestrafen! Unwillkürlich lachte sie auf. Eine Ironie des Schicksals, daß es eine echte Strafe für sie war. Nicht weil sie sie liebten, sondern weil er ihnen ihr Eigentum genommen hatte.

Sean, der sie beobachtete, erkannte ihre Verletzlichkeit, die so groß war, daß er sie binnen eines Herzschlags hätte verführen können. Aber um seiner eigenen Lust willen würde er den Augenblick hinauszögern und auskosten. Ihm lag nichts daran, Emma, das englische Mäuschen, zu verführen. Er wollte die Herausforderung einer vollerblühten irischen Schönheit. Er wollte sie widerspenstig und köstlich, überlegen und spielerisch. Er wollte sie sorglos und ungehemmt, kühn und schön. Und dann erst wollte er sie verführen. Herrlich!

Emerald saß geduldig auf einer Taurolle, als die *Sulphur* am gemauerten Kai festmachte und der Anker rasselnd durch die Klüse glitt. Sean ging auf Emerald zu und streckte ihr die schwarz umhüllte Hand entgegen.

»Komm. Castle Lies erwartet dich.«

Sie ergriff seine Hand und ließ sich von ihm an Land geleiten. Er führte sie über den Damm, unter dem Pförtnerhausturm hindurch und über den weiten, grünen Rasen zum Eingang des prachtvollen georgianischen Hauses, das als Greystones bekannt war.

In der Eingangshalle deutete Kate Kennedy, die Haushälterin, einen Knicks an. »Willkommen daheim, Mylord.«

Ohne den Blick von der Frau an seiner Seite zu wenden, sagte Sean: »Kate, das ist Emerald FitzGerald.« Um seine Mundwinkel zuckte es. »Sie ist gekommen, um bei uns zu leben.«

Emerald wollte ihm verlegen ihre Hand entziehen, er aber ließ es nicht zu. Statt dessen verschränkte er besitzergreifend seine Finger mit ihren und drückte sie, um ihr Mut zu machen. Er fühlte sich bestätigt, als Emerald ihre Hand in seine schmiegte und voll angeborenem Stolz den Kopf hob.

»Sie soll das Schlafgemacht neben meinem bekommen.« Er löste den Blick von Emerald, um Kate kurz anzublinzeln. »Nur anstandshalber.« Sein Lächeln vertiefte sich. Als er auf die große Treppe zuging, blieb Emerald nichts anderes übrig, als mit ihm zu gehen.

Das in Schlüsselblumengelb gehaltene Zimmer vermittelte den Eindruck immerwährenden Sonnenscheins. Tief in die Wand eingelassene, hohe Fenster gewährten Ausblick auf den duftenden Garten und den dahinter liegenden Wald, jenseits dessen sich sanftgewellte grüne Hügel erhoben, die in aufragende, purpurne Berge übergingen.

Mit Kate auf den Fersen führte Sean Emerald durch die

Verbindungstür in sein eigenes Schlafgemach. »Wenn du deine Aussicht satt bekommst, mußt du hierherkommen.« Er führte sie an die Fenster, von denen aus man auf die ungestüme See mit ihren wechselnden Gezeiten sah. Er beobachtete ihr Gesicht und nahm jede Einzelheit wahr.

Da sein Blick so intensiv auf ihr ruhte, wurde Emerald sich ihres Aussehens bewußt. Sie hielt sich kerzengerade und hatte das Verlangen, ihre wirren Locken zu schütteln. Mit rosigen Wangen entzog sie ihm ihre Hand und ging wieder ins Schlüsselblumenzimmer. Nun erst fiel ihr auf, daß überall Spiegel hingen, an den Wänden, neben dem Bett, über dem Frisiertisch. Ihr Spiegelbild führte ihr allzu deutlich vor Augen, wie farblos und unscheinbar sie in den hausbackenen englischen Kleidern wirkte, so daß sie beschämt den Blick senkte.

Als Sean an ihre Seite trat, blickte sie zu ihm auf und stieß hervor: »Ich habe nichts anderes anzuziehen!« Gleich darauf wurde ihr bewußt, wie sich das in Kates Ohren anhören mußte, und sie errötete zutiefst.

Sean lachte vergnügt. »Zweifellos bist du dem Himmel dankbar, daß du keine anderen Kleider mehr hast, die so aussehen wie dieses. Hier auf Castle Lies gibt es Unmengen von Stoffen, Schmuggelgut aus allen Teilen der Welt, unter denen du morgen deine Wahl treffen kannst. Wir habe Seiden, Samte und Spitzen in allen denkbaren Farben und Tönungen, darunter solche, von denen du dir nie hättest träumen lassen.«

»Ich kann nicht zulassen, daß du mich einkleidest«, sagte sie züchtig.

Er zog die Schultern hoch. »Dann wirst du nackt herumlaufen müssen, da ich die Absicht habe, diese Sachen zu verbrennen – falls du nicht selbst das Verlangen spürst, sie dem Feuer zu überantworten.«

»Doch! Und wie gern!« entfuhr es Emerald spontan.

Sean lächelte beifällig. »Dann also nackt.«

»Sie sollten sich schämen, Mylord«, mischte Kate sich ein. »Nur damit Sie Ihren Spaß haben, machen Sie die Ärmste ganz verlegen.«

Sean verdrehte die Augen und blinzelte dann Emerald zu. »Frauen, nichts als Frauen! Ich muß verrückt sein, auszuziehen und mir noch eine zu klauen.«

»Sie haben sie entführt?« fragte Kate fassungslos.

Seans Blick haftete an Emeralds Lippen, glitt zu ihren Brüsten, um sich dann zu ihren grünen Augen zu erheben. »Ich konnte einfach nicht widerstehen«, griente er, ehe er in sein Zimmer ging und die Tür schloß.

Um ihre Verwirrung zu verbergen, ging Emerald an eines der hohen Fenster, das sie vorsichtig schloß, als sie dünne Schwaden opalfarbigen Dunstes hereintreiben sah. »Wo ist die Herrin des Hauses?« fragte sie leise, da sie Kathleen O'Toole bis jetzt noch nicht gesehen hatte.

»In ihrem Grab, Gott gebe ihrer Seele ewigen Frieden. Ich bin gleich wieder da, um Ihr Zimmer wohnlich zu machen, Ma'am.« Kate verschwand durch die andere Tür.

Entsetzt hatte Emerald aufgestöhnt, und sie mußte sich setzen, als ihre Knie zu zittern anfingen. Total durcheinander, ließ sie sich aufs weiche, breite Bett sinken. In ihr kämpften die Gefühle, als bestünde sie aus zwei völlig verschiedenen Personen: aus Emma und Emerald.

Was mögen seine Absichten sein? fragte Emma.

Du weißt genau, welche Absichten er hat! gab Emerald zur Antwort.

Ich weiß gar nichts, beharrte Emma prüde.

Er möchte dich nackt herumlaufen lassen! erklärte Emerald. Weiter kam sie nicht in ihrem Streitgespräch. Die Vorstellung ließ sie schwach werden.

Ihren Gedanken wuchsen Flügel – sie flogen zu den seligen Tagen auf der Insel Anglesey zurück, zu dem Tag, an dem sie zusammen auf dem sonnenüberfluteten Strand gelegen hatten. Sie war von dem schönen irischen Jüngling damals völlig hingerissen gewesen. Er hatte ihr Herz geraubt und es behalten. Und sie entdeckte mit leisem Erschrecken, daß sie ihn nun doppelt attraktiv fand mit seinem geschmeidigen, gestählten Körper, dem dunklen, wie gemeißelten Gesicht und den grauen Augen, die bis in ihr Innerstes zu sehen schienen und sie dahinschmelzen ließen.

Du bist ebenso zügellos und sündhaft wie deine Mutter! klagte Emma sie an.

Vielleicht bin ich es, gab Emerald verträumt zurück.

Sie strich über die mit einem grünen Rankenmuster bestickte Überdecke des Bettes. Winzige Blümchen sprossen an den Stengeln, kleine Insekten saßen auf den Blättern, und auf den Ästen hatten sich Singvögel niedergelassen. Wieviel Zeit und Liebe in dieser Stickerei steckte…

Sie ging ans Fenster, um zu beobachten, wie sich in den Baumkronen die Dunkelheit verdichtete. Als Kind hatten Geschichten von Zauberwäldern sie fasziniert. Ihr Herz fing wild zu schlagen an, als sie ein Geräusch an der Tür hörte und sah, wie sie langsam geöffnet wurde. *Er kommt!*

Doch es war nur Kate Kennedy mit Bettzeug und Handtüchern in den Armen.

»Das Bett ist bereits gemacht«, wandte Emerald ein.

»Wo denken Sie hin, Madam! Es entspricht bei weitem nicht Mylords Anforderungen. Er verlangt in diesem Punkt absolute Perfektion. Das Bettzeug muß makellos und frisch sein, glatt gebügelt und nach Lavendel duftend.«

»Ich verstehe«, sagte Emerald langsam. Das hieß also, daß Mylord das Bett benützen würde.

»Mit der Zeit werden Sie sich an die Art des Earl gewöhnen. Er gibt sich nur zufrieden, wenn alles ohne Fehl und Tadel ist.«

»Der Earl?« fragte Emerald erstaunt.

»Ja, er ist der Earl von Kildare. Wußten Sie das nicht?«

Von neuem verwirrt, schüttelte Emerald den Kopf.

»Ich werde Mary Malone anweisen, sie soll Ihnen etwas zu essen bringen. Sie müssen ja halb verhungert sein.«

Wieder allein, ließ Emerald sich in einem eleganten Ohrensessel nieder und ließ die Schicksalsnacht vor ihrem geistigen Auge Revue passieren, als sie von der Geburtstagsfeier bei den O'Tooles zurückgekehrt war. Ihr Vater hatte angekündigt: *Ich konnte Shamus O'Toole eine Verbindung zwischen Emerald und seinem Sohn Joseph plausibel machen. Unsere Tochter wird die nächste Countess von Kildare.*

Wenn Sean nun Earl von Kildare war, dann mußte Joseph tot sein. Irgendwo in den tiefsten Abgründen ihres Bewußtseins hatte sie immer angenommen, daß ihre Mutter mit Joseph durchgebrannt war. Emerald plagten so viele Fragen, die Sean nicht beantwortet hatte. War denn seine ganze Familie tot und ausgelöscht? Sie ging durch den Raum zur Verbindungstür. Nach kurzem Zögern klopfte sie an. Keine Antwort. Zaghaft öffnete sie die Tür einen Spaltbreit. Sein Gemach war leer.

Im Turm des Pförtnerhauses saßen drei Männer und tranken rauchigen irischen Whisky.

»Einen ganzen Monat warst du fort. Ich machte mir allmählich Sorgen.«

»Vater, um mich brauchst du dir nie Sorgen zu machen. Ich spotte dem Schicksal, das mir den Buckel runterrutschen soll! Ich habe geschworen, sie zu vernichten, und daran soll mich nichts hindern.«

»Aber die Montagues sind so gerissen –«

»Was Gerissenheit angeht, sind die dummen Engländer blutige Laien.«

Paddy Burke runzelte die Stirn. »Sie haben die kleine Montague mitgebracht.«

»Das habe ich, Mr. Burke«, bestätigte Sean.

»Zu schade, daß du nicht ihren Vater mitgebracht hast«, sagte Shamus. »In dem Augenblick, da sein Schatten auf meinen Grund und Boden fällt, ist er ein toter Mann!«

»Noch möchte ich ihn nicht tot, Vater. Ich hatte eine lange Aussprache mit Sir Horace Walpole und anderen ehrgeizigen Politikern. Ich eröffnete ihnen, daß die Montagues den größten Teil Irlands in der Tasche hätten und ungestraft ihren Schmuggelgeschäften nachgehen könnten. Daß Bestechung gang und gäbe ist, wußten sie natürlich, daß aber auch die Montagues sich dieses Mittels bedienen, war ihnen nicht bekannt. Weiter eröffnete ich ihnen, daß William Montague sein hohes Amt in der Admiralität benutzt hätte, um an den vorigen Earl von Kildare Waffen zu verkaufen. Waffen, die eigentlich zum Einsatz in Frankreich bestimmt waren. Ich hob hervor, daß er es nur mit Wissen seines Bruders Sandwich tun konnte, der, für diese Zwecke sehr praktisch, Erster Lord der Admiralität ist.«

»Hast du Glauben gefunden?« fragte Shamus.

»O ja, ihre Reaktion war so explosiv, als hätte ich Schießpulver ins Feuer gestreut.«

Shamus goß seinen Whisky in einem Zug hinunter und leckte sich genüßlich die Lippen. »Die Montagues sind so stark davon in Anspruch genommen, die Iren zu hassen und zu verachten, daß sie uns unterschätzt haben.«

»Ich nahm mir die Zeit, die Freundschaft des Duke von Newcastle zu gewinnen. Wir kommen gut miteinander aus. Er hat eine charmante und sehr verständnisvolle Gemahlin«, sagte Sean, bedächtig an seinem Glas nippend.

»Hoffentlich machst du dir nicht zur Gewohnheit, die Frauen anderer Männer zu sammeln. Es reicht, daß du Montagues Tochter entführt hast.«

Seans Lippen verzogen sich zu dem wohlvertrauten halben Lächeln. »Sie sind einer kleinen Prise irischen Charmes sehr zugänglich.«

»Wie kann Newcastle uns helfen?«

»Der König schätzt ihn. Just in diesem Augenblick verrät er Seiner Majestät vielleicht, daß die Montagues zwei Sklavenschiffe unter Segel haben. Natürlich sind sie zu gewitzt, um sie unter ihrem Namen registriert zu haben. Sie laufen unter Jack Raymonds Namen.«

»Ist denn das Gesetz gegen den Sklavenhandel schon verabschiedet worden?« fragte Paddy.

»Ein Gesetz, das englischen Schiffen Sklavenhandel verbietet, liegt dem Parlament vor, Mr. Burke, aber das bedeutet noch lange nicht das Ende dieses schmutzigen Geschäftes. Der König und Premierminister Pitt sind empört, weil englische Schiffe noch immer aktiv daran beteiligt sind. Wenn nun bekannt wird, daß der Erste Lord der Admiralität Sklavenschiffe besitzt, droht ihm ein Gerichtsverfahren.«

»Und die Freundschaft der Montagues mit dem Prinz von Wales wird nicht verhindern, daß sie ihre Ämter verlieren?« fragte Shamus besorgt.

»Vater, denk daran, daß es noch immer König George ist, der über England herrscht. Sein dicker Sohn ist nur Gegenstand allgemeinen Spottes!«

»Das ist gut. Wenn diese miesen, verlausten Köter ihre Ämter in der Admiralität verlieren, wird es einen so großen Skandal geben, daß wir unsere Rache genießen können.«

»Nur vorübergehend«, knurrte Sean. »Sie werden zwar in den Augen der Gesellschaft an Ansehen verlieren, ihr Reichtum aber bleibt ihnen erhalten. Ich beabsichtige, sie auch finanziell zu ruinieren. Ich habe den Kapitänen der Hälfte unserer Flotte neue Order gegeben.«

Seans vorgeschobenes Kinn verriet Paddy Burke seine Entschlossenheit. Sean lächelte oft, aber Paddy entging nicht, daß kaum ein Lächeln die Augen erreichte.

Sean stellte sein leeres Glas auf den Kaminsims und reckte sich. »Ich wünsche euch beiden jetzt eine gute Nacht.«

Paddy begleitete ihn an die Tür. »Weiß das Mädchen, daß seine Mutter ein Stück weiter an der Küste in Wicklow lebt?«

»Nein, von Amber weiß es gar nichts, und so soll es bleiben.«

»Wollen Sie dem Mädchen Gewalt antun?« fragte Paddy unverblümt.

»Ihm Gewalt antun? Ich möchte nicht nur seinen Körper, Mr. Burke, ich möchte auch seine Seele besitzen.«

Der Lack der Zivilisation deckte den Wilden, der vor ihm stand, nur ganz dünn. Mr. Burke wußte, daß bei Sean O'Toole unter Humor und Charme der Fürst der Hölle steckte.

Emerald nahm ihr Dinner allein ein. Das Essen, das nicht köstlicher hätte sein können, war viel besser als alles, was es am Portman Square je gegeben hatte. Immer wenn die Tür aufging, bekam sie Herzklopfen, doch immer war es nur Kate Kennedy.

»Madam, ein Bad ist für Sie vorbereitet. Wenn Sie mir folgen würden.«

Gewohnt zu folgen, kam Emerald der Aufforderung nach und staunte nicht schlecht, als sie sah, wie groß das ganz in strahlendem Weiß gehaltene und reich mit Spiegeln ausgestattete Bad war. Ein silberner Korb enthielt eine großzügige Auswahl an Seifen und Ölen und an harten und weichen Schwämmen. Neben dem Korb türmte sich ein Stapel schneeweißer türkischer Handtücher.

Es dauerte eine Weile, bis sie den Mut aufbrachte, sich auszuziehen. Ihre Finger griffen nach der Silberbrosche, dem silbernen Delphin, den sie an ihrem Hemd befestigt hatte, damit ihn niemand sah. Und plötzlich wurde ihr klar, daß

Sean bei ihrer Hochzeit gewesen war. Er selbst hatte das Geschenk gebracht! Warum, ach, warum nur hatte er sie nicht geholt, ehe sie Jack Raymond angetraut worden war? Jetzt war alles so hoffnungslos verwirrt! Sie seufzte tief und schaffte es, mit niedergeschlagenen Augen zu baden, ohne sich anzusehen.

Wieder in ihrem gelben Schlafzimmer, wurde ihr klar, daß sie in ihrem Hemd schlafen mußte, da sie kein Nachthemd hatte. Sie ging zum Bett und befingerte nervös den kleinen Delphin. Reglos dasitzend erwartete sie, daß Sean käme. Was für ein Teufel er doch war! Warum kam er nicht und brachte es hinter sich? Wenn er käme, würde sie sich wehren. Sie schauderte vor Abscheu zusammen, als sie an die körperlichen Intimitäten dachte, die Jack ihr aufzwang.

Als die Kerze heruntergebrannt war, fing Emerald zu gähnen an. Ihre Gedanken wanderten träge zu den schier unglaublichen Dingen, die ihr in den letzten Tagen widerfahren waren, und sie fragte sich kurz, was Jack und ihr Vater getan hatten, als sie ihr Verschwinden bemerkten. Ihr Bewußtsein versagte sich, länger an die beiden zu denken. Sie schloß die Augen, als der Schlaf sie übermannte. Sie würden nie dahinterkommen, wo sie war, auch in Millionen Jahren nicht.

Auf dem Portman Square wußten Jack Raymond und William Montague genau, wo sie war. Zähneknirschend und in ohnmächtigem Zorn starrten sie die Nachricht an, die ihnen überbracht worden war. Obwohl die Unterschrift fehlte, wußten sie sofort, von wem sie stammte.

Wenn Emerald einen irischen Bastard in ihrem Leib trägt, werde ich sie wieder dem Schoß ihrer liebevollen Familie zuführen.

»Du hättest dieses irische Schwein töten sollen, als du Joseph erstochen hast!« knirschte Montague.

»Wir beide haben Joseph O'Toole die tödlichen Stiche versetzt. Glaube ja nicht, du könntest deine Hände jetzt in Unschuld waschen!« Jack Raymond sagte es in drohendem Ton.

»Um Himmels willen, wir hängen beide drin und wollen uns nicht gegenseitig an die Gurgel fahren.«

Beide Männer hatten genug Sorgen, auch ohne die zusätzliche Demütigung einer Entehrung durch Emerald. Ein Unglück schien wirklich selten allein zu kommen. Der Earl von Sandwich stand nicht nur wegen Unfähigkeit und Korruption unter Anklage, es wurde auch wegen Hochverrats gegen ihn ermittelt. Die Montagues hatten alle Hände voll zu tun, um dem Klatsch entgegenzutreten, doch wußte natürlich ganz London von dem Skandal.

»Wir machen uns auf und holen sie zurück!« erklärte Jack.

»Ausgeschlossen. Wenn wir einen Fuß auf ihr Gebiet setzen, sind wir tote Männer. Shamus O'Toole wartet schon seit Jahren, daß ich diesen tödlichen Fehler begehe.«

»Dann schicke John hin und laß ihn die Sache aushandeln… Mal sehen, wieviel O'Toole für Emmas Freilassung fordert«, schlug Jack in seiner Verzweiflung vor.

»Sean O'Toole ist nun der mächtige Earl von Kildare. Glaubst du wirklich, John ist befähigt, mit ihm zu verhandeln?«

»Er ist die einzige Hoffnung, die uns bleibt«, antwortete Jack tonlos.

Ohne einen Gedanken an Johns Sicherheit zu verschwenden, gab Montague sein Einverständnis und wies Jack noch an: »Verbrenne die Nachricht, ehe sie jemandem vom Hauspersonal in die Hände fällt. Ein Skandal in der Familie reicht.«

15

Die Frühmorgensonne fiel durch die tief eingelassenen Fenster des Schlüsselblumenzimmers. Kaum hatte Emerald wahrgenommen, daß sie allein war, als Sean durch die Verbindungstür eintrat. Sie zog die Decke bis zum Kinn und senkte die Wimpern.

»Ich lasse nicht zu, daß du auch nur einen kostbaren Augenblick dieses prachtvollen Tages versäumst.« Mit lausbübischer Miene griff er am Fußende nach ihren Decken und entzog sie ihr mit einem einzigen, festen Ruck.

Emerald versuchte sich in ihr Hemd zu verkriechen, indem sie sich wie ein Fötus einrollte. Sein Gesicht spiegelte eine Mischung aus Ernst und Heiterkeit. »Zum Teufel, wo bleibt der Spaß, wenn man ein Mädchen neckt, das nicht mitmacht?«

»Was willst du?« murmelte sie wachsam.

»Ich möchte, daß du aufschaust und deine schönen Smaragdaugen sehen läßt. Ich möchte, daß du lächelst und lachst, wie dir zumute ist. Ich möchte, daß du deine Gefühle auslebst, so wie sich das eine solch schöne Frau wie du leisten kann. Du wurdest in einem häßlichen Karton unter Verschluß gehalten. Ich habe bislang nur den Deckel angehoben! Rausklettern mußt du selbst. Wenn du zum Beispiel etwas sehr komisch findest, dann möchte ich, daß du dir geradezu den Bauch vor Lachen hältst. Wenn du zornig bist, möchte ich, daß das Feuer in deinen Augen Funken sprüht. Ich möchte, daß du so gut einsteckst, wie du austeilen kannst. Wenn ich dir die Decke wegziehe, solltest du mich treten und anspucken. Ich möchte sehen, wie du deine Locken schüttelst und dich in jedem Spiegel des Hauses bewunderst. Ich möchte, daß deine Kleiderrechnungen so gigantisch sind, daß sie einen armen Mann aus

mir machen. Ich möchte, daß du dich in Leidenschaft hinein-
steigerst… über irgend etwas!«

Seine Worte waren für sie so unerwartet, daß sie sich ent-
spannte und ihre zusammengekrümmte Haltung aufgab.

Sein Blick fiel auf die Silberbrosche. »Ich möchte, daß du
meinetwegen auf deinem Hinterteil Schmuck trägst – und
zwar deshalb, weil du unkonventionell bist, nicht weil du ihn
verstecken mußt. Zum Teufel, Emerald, du bist Irin! Laß es
alle Welt sehen!«

Seine Worte verliehen ihr den Mut, zu ihm aufzuschauen.
Sie sah, daß er hohe schwarze Stiefel und enge schwarze Reithosen anhatte. Sein weißes Batisthemd stand am Hals offen.
Und er trug wieder seine schwarzen Handschuhe. Er setzte
sich neben sie aufs Bett. »Was möchtest du heute unternehmen?«

Ehe Emerald antworten konnte, trat Kate Kennedy mit
einem Frühstückstablett ein. Beim Anblick des Paares auf
dem Bett, blieb sie unvermittelt stehen.

Sean zwinkerte einer errötenden Emerald zu. »Kate, ich bin
ein Mann, kein verdammter Mönch, und sie zieht mich an wie
ein Magnet.« Er verzog amüsiert den Mund. »Du wirst dich
daran gewöhnen müssen.«

Obwohl er zu Kate sprach, wußte Emerald, daß seine
Worte ihr galten.

Sich vom Bett erhebend, nahm er Kate das Tablett ab und
plazierte es auf Emeralds Knie. »Ich habe nach Dublin um
eine Schneiderin geschickt, die jedoch erst in einigen Stunden
eintreffen dürfte. Würdest du mit mir ausreiten, Emerald,
wenn ich etwas zum Anziehen für dich finde?«

Kaum hatte sie durch ein Nicken ihr Einverständnis gegeben, als er auch schon auf der Suche nach einem passenden
Kleid davonlief. Emerald fiel es nun viel leichter zu essen, da
sie seinen forschenden Blick nicht mehr auf sich spürte.

»Er hat in seinem Zimmer geschlafen«, stellte sie Kate gegenüber schüchtern fest.

»Es geht mich nichts an, welchen Raum der Earl zum Schlafen wählt. Ich mache lieber, daß ich zu meiner Arbeit komme«, sagte Kate spitz und schloß mit Nachdruck hinter sich die Tür.

Emerald kaute langsam und führte sich Seans Worte zugleich mit dem Essen zu Gemüte. Obwohl sie nur spärliche Erfahrungen mit Anbetern hatte, war sie fast sicher, daß Sean um sie warb. Ihr Zutrauen in ihre eigene Anziehungskraft wuchs zaghaft.

Sean kam wieder und warf eines seiner Hemden und eine Knabenreithose aufs Bett. »Ich lasse dir genau fünf Minuten Zeit. Wenn du fertig bist, klopf bei mir an.«

Vier dieser fünf Minuten brachte sie damit zu, die Herrensachen zu betrachten, die er ihr zumutete. Plötzlich fiel ihr ein, daß sein Ultimatum fast abgelaufen war, und sie schlüpfte in weniger als einer Minute in Hemd und Hose.

Als sie an seine Tür klopfte, riß er sie auf und grinste Emerald an. »Hallo, Irin, wirst du es denn nie lernen? Wenn ein Mann dir fünf Minuten gibt, dann wirf ihn hinaus und laß ihn eine Stunde warten.«

»Bitte, bleib eine Minute ernst. So kann ich nicht hinaus... sieh mich an!«

»Die Stallburschen werden scharf auf dich sein. Du hast den knackigsten kleinen Hintern, den ich seit langem gesehen habe, und die Form deiner kecken Brüste zeichnet sich unter dem Batisthemd verführerisch ab. Wo also liegt dein Problem?«

Sie stöhnte auf. »Du, mein Lieber, bist mein Problem!«

Er schob ihr einen schwarzumhüllten Finger unters Kinn und hob es an, bis ihre grünen Augen ihn ansahen. »Irin, das war erst der Anfang!«

Sie versetzte ihm einen Klaps auf den Finger, stemmte die Hände in die Hüften und stellte sich breitbeinig hin. Just als sie den Mund aufmachen wollte, um ihm eine Strafpredigt zu halten, bückte er sich blitzartig, schlang die Arme um ihre Taille und legte Emerald über seine rechte Schulter.

»Festhalten, Irin«, warnte er sie, während er aus dem Zimmer lief.

Sie wollte schrill protestieren, als er etwas noch viel Schlimmeres tat. Er schwang ein Bein über den glänzenden Handlauf des Treppengeländers, so daß sie zu zweit die anmutige Kurve der Treppe hinunterglitten, um über den Geländerpfosten hinweg auf dem Teppich zu landen.

»Autsch!« rief sie aus, nachdem sie auf ihm zu liegen kam.

»Ich hab deinen Fall abgefedert«, behauptete er lachend.

»Abgefedert? Du bist ja viel härter als der blanke Boden!«

Sean verdrehte gekränkt die Augen. »Irin, du hast keine Ahnung.«

Als Mr. Burke mit zwei Hunden im Gefolge die Eingangshalle betrat und die Tiere die beiden auf dem Boden liegen sahen, hielten sie das für ein neues, wundervolles Spiel. Seans Wolfshund rollte kläffend neben sie auf den Rücken und tappte mit den Pfoten in die Luft, während der Windhund auf Emeralds Schoß landete und begeistert ihr Ohr abschleckte.

Emerald kreischte und lachte gleichzeitig. »Ach, immer schon habe ich mir einen Hund gewünscht, aber man hat ihn mir nicht erlaubt«, stieß sie atemlos hervor.

Sean nahm ihre Hand, zog sie hoch und beide liefen los, dicht gefolgt von den Hunden. »Du kannst zwei haben!« bot er ihr lachend an. Bei den Stallungen angekommen, erhöhte er sein Angebot: »Du kannst auch ein paar Katzen haben. Und wie wär's mit einem Huhn?« Er tat so, als wolle er eines fangen.

»Hör auf, Sean, hör auf.« Prustend versuchte sie, wieder zu Atem zu kommen.

»Ich möchte mit dir spielen.« Sein Ton war so eindringlich, daß ihr der Atem stockte.

Da ließ er ihren Blick los und sagte beiläufig. »Dort drüben ist die Sattelkammer. Such dir passende Stiefel, während ich die Pferde sattle.«

Als er sie in den Sattel hob, wünschte sie, seine Hände würden sie länger umfassen. Um ihre Verwirrung zu verbergen, als er sie losließ, sagte sie: »Im Herrensitz zu reiten, ist nicht damenhaft.«

»Ich möchte dich nicht damenhaft«, erklärte er und rückte sie im Sattel zurecht. »Ich werde dir beibringen, wie ein Wirbelwind zu reiten.«

»Ist das Luzifer, der Hengst, den du damals zum Geburtstag bekommen hast?«

Er nickte und streichelte den seidigen schwarzen Hals. »Damals war er fast noch ein Fohlen.«

»Du auch.«

Ihre Blicke trafen kurz aufeinander, und Emerald nutzte den Augenblick, um ihm eine Frage zu stellen. »Bist du Earl von Kildare?«

»Für dich bin ich kein Earl. Für dich möchte ich nur Sean sein.«

»Wenn du Earl bist, bedeutet das, daß dein Bruder tot ist.«

»Er möge in Frieden ruhen«, murmelte Sean. Dann lenkte er sein Pferd näher an ihres heran. »Emerald, irisches Temperament und irische Laune richten sich nach dem Wetter. Heute haben wir Sonne, deswegen heißt es, beschwingt und glücklich zu sein. Der Himmel wechselt hier so rasch, daß wir noch viel Zeit für düstere, schwermütige Gedanken haben werden.«

Sie spürte, daß er ihr jetzt nichts sagen würde, auch wenn sie noch so sehr in ihn drang. Zum Himmel blickend, vergaß Emerald ihre Sorgen. Das also war ihr geliebtes Irland! Sie wollte

187

diesen Augenblick auskosten und genießen. Sie ritten los, und Emerald konnte sich nicht satt sehen an den Veränderungen der Wolken über ihr. Eben war der Himmel noch von klarem, leuchtendem Blau, da drohte er im nächsten Moment von einem grauen Wolkengebirge, das furchterregend daherfegte, bedeckt zu werden. Aber nicht lange, und goldene Sonnenstrahlen drangen schräg durchs Gewölk und vertrieben die finstere Gefahr. Die Stimmungen wechselten ununterbrochen – schien die Dunkelheit siegen zu wollen, strahlte gleich darauf der Himmel so hell, daß einem das Herz im Leib lachte.

Er deutete mit dem Zeigefinger auf die sattgrünen Wiesen. »Die Farben wechseln auch hier wie von Zauberhand.«

Sie sah, wie ein goldenes Feld hellgrün und dann dunkelgrün wurde, um dann über Blau und Purpur in Schwarz überzugehen.

»Die Luft ändert sich mit der Tageszeit. Am Morgen kann sie weich sein, am Nachmittag schwer und mitunter drückend. Und am Abend dann leicht und klar.«

»Irland ist einzigartig«, brach es aus ihr heraus. Sie fühlte und schmeckte das geradezu, als sie es aussprach.

»Mag der Tag auch noch so bedeckt gewesen sein, im Sommer ist der Himmel bei Sonnenuntergang rot, rosig oder gelb gestreift.«

»Die Worte fließen wie Sahne von deiner Zunge.«

Ihre Worte beschworen ein dermaßen erotisches Bild herauf, daß ihm seine Hose sofort zu eng wurde.

Plötzliches Hundegebell verriet ihnen, daß sie gleich Gesellschaft von den Vierbeinern bekommen würden. Als Sean angaloppierte, flitzten sowohl der Wolfshund als auch der Windhund an ihm vorüber. Emerald sah den dreien verdutzt hinterher und drückte dann heftig ihre Knie in die Seiten der Stute. Es wäre doch gelacht, wenn sie diesen Teufel nicht einholen könnte!

Mit hochroten Wangen preschte sie hinter Sean her, an den Ufern des Liffey entlang, voller Bewunderung für die Wasservögel und Wiesenblumen. Endlich verlangsamte Sean sein Tempo, so daß Emerald, ohne sich anzustrengen, mithalten konnte. »Möchtest du ein Fleckchen mit Namen Salmon Leap sehen?«

Sie nickte, dankbar für eine Ruhepause.

Am Zusammenfluß von Rye und Liffey half er ihr von ihrer Stute und band ihre Pferde an einem vollerblühten Weißdornstrauch fest. Es war ein wundersamer Ort, an dem ein Fluß sich aus einer Höhe von knapp zehn Metern als Wasserfall in den anderen ergoß. Sean nahm Emeralds Hand, als sie zum niedriger gelegenen der zwei schäumenden Flußläufe gingen. Er legte sich auf den Bauch ins hohe grüne Gras und zog sie neben sich.

Fasziniert sah sie zu, wie die großen Fische vergebens versuchten, gegen die starke Strömung und kleinere Wasserfälle vorwärts zu kommen. Viele landeten im Salto auf ihrer Schwanzflosse, andere auf dem Rücken. »Ach, die Armen«, sagte sie bedauernd.

»Nein, sieh doch genauer hin. Wenn sie nächstes Mal zum Fuß des Hindernisses schwimmen, springt der Lachs knapp über die Wasseroberfläche, um Höhe und Distanz abzuschätzen. Beim zweiten Versuch schaffen es manchmal schon einige.«

»Das entgegenströmende Wasser treibt sie zurück«, sagte Emerald atemlos.

»Erst beim dritten oder vierten Versuch erheben sich die meisten hoch übers Wasser und lassen sich in die Krümmung der Stromschnellen fallen.«

»Dort! Einer hat es geschafft!« rief Emerald erleichtert aus.

»Die einzig erfolgreiche Methode für sie ist es, mit dem Kopf dort ins Wasser zu hechten, wo es über die Felsen stürzt. Dort in dem Vakuum verharren sie einen Moment und schwimmen dann weiter gegen die Strömung an.«

»Und warum tun sie das?«

»Sie werden vom Überlebens- und Fortpflanzungsinstinkt getrieben.« Die Lektion, die ihn der Lachs gelehrt hatte, war ihm sehr zugute gekommen.

»Du hast hier oft gelegen.« Ihre Hände waren so nahe, daß Emerald ihre ausstreckte und sie in seine legte. Der schwarze Lederhandschuh bildete einen scharfen Kontrast zu ihrer hellen Haut. Seine Silberaugen tasteten minutenlang ihr herzförmiges Gesicht ab, dann zog er langsam ihre Hand an seinen Mund und küßte jede einzelne Fingerspitze.

Diese intime Geste betörte Emerald zutiefst, und ein Anflug von Wonne durchzuckte ihren Leib. Nie war sie sich ihrer Weiblichkeit mehr bewußt gewesen. Und Sean O'Toole war unverkennbar männlich, ganz und gar männlich, schwindelerregend männlich, gefährlich männlich.

Es war kein ganz neues Gefühl, da er diese Wirkung immer schon auf sie ausgeübt hatte. Sie konnte nichts dafür. In den Jahren der Trennung hatte sie es geschafft, jeden Gedanken an ihn zu verdrängen, doch dafür hatte sie um so lebhafter von ihm geträumt. War sie nun mit ihm zusammen wie jetzt, spielten ihre Gefühle und Empfindungen Purzelbaum. Irgend etwas hatte er an sich, was sie überwältigte.

»Komm, Irin«, sagte er und zog sie hoch. »Es wird Zeit, daß wir uns um deine Garderobe kümmern.«

Der Windhund rannte wieder ausgelassen neben ihnen her. Der Wolfshund aber zog es vor, sich auf Lachsfang zu begeben.

Kate Kennedy brachte Mrs. McBride und ihre Assistentin in einen der Empfangsräume. Die Schneiderin war entzückt, daß der Earl von Kildare sie nach Greystones gebeten hatte. Gleichzeitig platzte sie fast vor Neugier, wer wohl das weibliche Wesen sein mochte, das er mit Kleidern zu überschütten gedachte. Doch die gezielten Fragen, die Mrs. McBride Kate Kennedy stellte, stießen auf Schweigen. Kate, dem Klatsch an sich nicht abgeneigt, zeigte sich Außenstehenden gegenüber prinzipiell zugeknöpft.

Als der Hausherr, gefolgt von einer völlig zerzausten Emerald die Halle betrat, machte Kate sich wortlos verständlich, indem sie mit dem Daumen in Richtung des Empfangssalons deutete, worauf Sean sagte: »Mary soll einen anständigen Lunch für sie vorbereiten. Es wird mindestens eine Stunde dauern, bis wir sie empfangen können.«

Den Fuß auf der untersten Stufe, streckte er seine schwarze Hand Emerald entgegen. »Komm.«

Als sie gemeinsam die Treppe hinaufgingen, schlug ihr das Herz heftig gegen die Rippen. Sean verstand es wahrhaftig, sie aus dem Gleichgewicht zu bringen. Nie wußte sie, was sie als nächstes von ihm erwarten sollte.

Gewiß nicht das große Gemach im zweiten Stock. In der Mitte stapelten sich Stoffballen, während die Wände vom Boden bis zur Decke von Regalen eingenommen wurden. Darauf lagerten Materialien jeder Art und Farbe aus allen Teilen der Welt.

»Laß dir beim Aussuchen Zeit«, forderte er sie auf. »Und wenn du nicht hinaufreichst, dann nimm die Leiter zu Hilfe. Ich komme gleich wieder.«

Die Leiter glitt eine Schiene entlang wie in einer Bibliothek. Für eine Frau war dieser Lagerraum wie Ali Babas Schatzkammer. Emeralds entzückter Blick huschte durch den Raum und nahm alles gleichzeitig auf. Sie benutzte die Leiter, um an die verschiedenen Ballen heranzukommen, doch sie tat nicht mehr, als die Stoffe voller Bewunderung zu berühren.

Als Sean wiederkam, sah er wieder makellos aus, und ihr fiel auf, daß er ein frisches Hemd angezogen hatte.

»Hast du noch nichts ausgesucht? Ich erwartete, einen Berg von ausgewählten Stoffen vorzufinden.«

»Alles ist so schön.« Ihre Augen funkelten vor Verlangen, aber noch immer traf sie keine Entscheidung.

»Wie wär's mit einem praktischen braunen Wollstoff für ein Reitkostüm? Hier wäre weinroter Bombasin für den Nachmittag, und diesen babyblauen Satin schlage ich für ein Abendkleid vor.«

Er sah das Funkeln in ihren Augen erlöschen.

»Ich denke, ein Reitkostüm wäre wirklich sehr praktisch«, murmelte sie, um einen begeisterten Ton bemüht und um zu verbergen, daß sie sich jämmerlich fühlte.

»Praktisch und unauffällig und hausbacken, und nicht zu vergessen absolut scheußlich!«

Sie blickte ihn unsicher an. »Warum mußt du mich aufziehen?« flüsterte sie.

»Ich will dich dazu bringen, deine verdammte Meinung zu sagen und genau das auszuwählen, was *dir* gefällt, und nicht das, was vielleicht anderen gefallen könnte, mir beispielsweise. Es soll dir, *Emerald*, zusagen! Sei extravagant, ausschweifend, schwelgerisch. Oder weißt du nicht, wie man schwelgt?«

In ihrem geheimsten Inneren wußte Emerald, daß sie für gewisse Ausschweifungen geradezu geboren war. Sie reckte ihr Kinn und wies stumm auf einen Ballen pfauenblauer Seide, dann auf einen smaragdgrünen. Sean hob die Ballen herunter. Bei den Musselinstoffen konnte sie sich zwischen Gelb, Apricot, Lavendel und hellem Gischtgrün nicht entscheiden. Nachdem sie Sean einen Blick zugeworfen hatte und seine spöttischen silbernen Augen sah, erklärte sie mit einem angestrengten Kickser: »Alle.«

Sein Lächeln verriet ihr, daß es ihn freute. »Wäre ein cremefarbenes Reitkostüm unpraktisch?« fragte sie ihn nun spitzbübisch.

»Geradezu sündhaft unpraktisch«, nickte er und fügte den Ballen zum Stapel hinzu.

Ihre Finger glitten liebkosend über einen Leinenballen in flammendem Orange. »Ich möchte nicht unersättlich sein.«

»Warum nicht? Mach dir meine Maxime zu eigen und nimm dir im Leben, was du möchtest.«

Seine Aufmunterung spornte sie an, einen Ballen aus hauchfeinem weißen, mit Silberfäden durchwirkten Material zu wählen. Die Fäden waren so feinversponnen und weich, daß ihre Schönheit Emerald ein Seufzen entlockte. Als nächstes wählte sie wagemutig einen scharlachroten Stoff, wobei sie sich vorstellte, wie lebhaft er sich von ihrem schwarzen Haar abheben würde.

Als sie glaubte, ihre Schwelgerei hätte seine Erwartungen übertroffen, bedankte sie sich freudestrahlend, und er trug alle Ballen in ihr Zimmer und häufte sie auf dem Bett auf.

»Mrs. McBride kann das Zimmer neben deinem bekommen. So wie es aussieht, wird sie wohl eine Zeitlang bei uns bleiben. Wollen wir etwas essen?«

»Ach, ich bin viel zu aufgeregt dazu. Können wir nicht anfangen?«

»Ganz wie du möchtest. Ungeduld kann bei einer schönen Frau eine aufregende Eigenschaft sein.«

Emerald schluckte schwer. Sean O'Toole verfügte selbst über ein paar aufregende Eigenschaften... Die Blicke, mit denen er sie bedachte, ganz zu schweigen von seinen Anspielungen, ließen ihr Herz schneller schlagen.

Die nächsten zwei Stunden vergingen damit, daß Mrs. McBride ihre Maße nahm und ihr die letzten modischen Neuheiten beschrieb. Ihr Modesalon wurde von vielen Damen der reichen anglo-irischen Gesellschaft frequentiert, so daß sie ständig informiert war, was in London und Paris als letzter Schrei galt. Emerald machte selbst Vorschläge, darunter einige sehr gewagte, und Mrs. McBride merkte sofort, daß ihre junge Kundin genau wußte, welche Farben ihre dunkle Erscheinung vorteilhaft betonten.

Der Earl steckte seinen Kopf zur Tür herein. »Mrs. McBride, darf ich Sie auf ein Wort bitten?«

Sein dunkles Aussehen machte sie ganz flatterig. Dazu kam seine charmante Art, alle Ersuchen höflich vorzubringen, anstatt Befehle zu erteilen wie die meisten anderen reichen Herren.

Er überreichte ihr einen Ballen roten Samt. »Könnten Sie daraus für die Dame ein Abendkleid und vielleicht ein passendes, mit weißem Satin gefüttertes Cape schneidern?«

»Aber natürlich, Mylord.«

»Ich habe Kate Kennedy gebeten, ein halbes Dutzend unserer Hausmädchen, die mit Nadel und Faden geschickt umgehen können, zusammenzurufen. Natürlich werden Sie mehr Arbeitstische brauchen. Sagen Sie meiner Haushälterin, welche Räumlichkeiten Sie benötigen.«

»Danke, Mylord. Wie umsichtig von Ihnen.«

Als fiele ihm das erst jetzt ein, sagte er wie beiläufig: »Noch etwas, Mrs. McBride, könnten Sie auch eine dieser raffinierten kleinen Masken anfertigen, hinter der man sein Gesicht versteckt? Wenn ich die Dame morgen ins Theater ausführe, soll nicht ganz Dublin erfahren, daß sie William Montagues Tochter ist, zumal sie erst kürzlich geheiratet hat.«

Die Frau zwinkerte hastig. Sie konnte ihr Glück nicht fassen, das ihr diesen saftigen Skandal zugespielt hatte. William Montague, der Bruder des Vizeschatzmeisters von Irland, gehörte zu den bekanntesten Persönlichkeiten des Landes. Sie malte sich schon aus, wie ihren Kundinnen der Mund vor Verblüffung offenbleiben würde, wenn sie ihnen verriet, daß der Earl von Kildare Montagues Tochter zur Geliebten genommen hatte und offen mit ihr zusammenlebte!

16

Bis zum Nachmittag des nächsten Tages waren zwei Räume im ersten Stock und einer im Erdgeschoß zu Nähstuben umgewandelt worden. Als Sean eintrat, fiel Emerald auf, daß alle Mädchen innehielten, um ihn anzusehen. Er sah allerdings auch so fabelhaft aus, daß man es ihnen nicht verargen konnte. Auf sie selbst übte er schließlich eine ähnliche Wirkung aus.

Sie lächelte. Heute morgen hatte sie ihm nicht die Chance gegeben, ihr die Decke wegzuziehen. Sie war bereits aufgestanden und angekleidet, als er durch die Verbindungstür eingetreten war. Sein Mund zeigte eine Belustigung, weil sie ihm diesmal einen Schritt voraus war. Ihr Lächeln vertiefte sich. Wenn er sie keck haben wollte, nun, dann würde sie ihm zeigen, was Keckheit hieß.

»Mir würden knappe schwarze Reithosen und schwarze Lederhandschuhe wie diese zusagen«, sagte sie zu Mrs. McBride, ehe sie Sean unter gesenkten Wimpern hervor einen Seitenblick zuwarf, der so viel Verlockung enthielt, daß sie sich weiblich bis in die Zehenspitzen fühlte. Dann aber vergaß sie, verführerisch zu sein und fragte ernst: »Willst du heute wirklich mit mir ins Theater gehen?«

»Wenn du möchtest.« Er führte ihre Hand an seine Lippen, und Emerald konnte die Erregung nicht verbergen, die sie empfand. »Warte, bis du meine Abendrobe siehst. Du wirst mich nicht wiedererkennen!«

»Wir müssen uns fertig machen, wenn wir nach Dublin wollen. Kate erwartet dich oben bereits.«

Eine Stunde später mußte Emerald zugeben, daß Kate Kennedy eine hervorragende Zofe war und mit der Haarbürste wahre Wunder vollbrachte. Emerald wußte, daß sie noch nie im Leben so elegant ausgesehen hatte. Der rote Samt ließ ihre Schultern und ein schockierendes Stück weißen Brustansatz frei. Die Samtmaske verbarg ihre Identität nicht wirklich, erhöhte aber ihren Reiz beträchtlich.

Sie drehte sich vor dem Spiegel um, als sie seine tiefe Stimme hörte. »Bist du fertig, meine Schöne?« Ihr stockte der Atem bei seinem Anblick. Schwarzer Abendanzug und weißes Hemd und Halstuch bildeten einen aufregenden Kontrast. Offiziell gekleidet war er jeder Zoll ein Earl des Königreiches. Seine Anziehungskraft wirkte geradezu magnetisch auf sie. Verlangen raste wie Feuer durch ihre Adern.

Sie wollte, daß er sich hochhöbe, in sein Schlafgemach trüge und sie die ganze Nacht küsse. Sie unterdrückte gerade noch ein sehnsuchtsvolles Seufzen, bevor er näher kam, ihr das Seidencape um die Schultern legte, ihre Hand nahm und sagte: »Komm.«

In der Kutsche setzte er sich auf den Sitz ihr gegenüber. »Ich möchte deinen Anblick bis zur Neige auskosten.«

Die Nähe auf so engem Raum ließen bei Emerald Herz und Puls rasen. Sie sah, wie es in seinen grauen Augen blitzte, als sein Blick sie erfaßte, Stück für Stück, sich langsam über sie bewegte, sinnlich, von den Augen zu ihrem Mund und zu ihren hochgeschobenen Brüsten. Emerald ertappte sich dabei, daß sie ihn ebenfalls genauestens musterte. Ihr Blick hing zuerst hungrig an seinem Mund und senkte sich dann auf seine starken, schwarzbehandschuhten Hände. Wie sehnte sie sich danach, daß Mund und Hände von ihr Besitz ergriffen! Die sexuelle Spannung zwischen ihnen steigerte sich, bis Emerald am liebsten vor Begehren aufgeschrien hätte. Dann brach seine tiefe Stimme die Spannung.

»Was möchtest du heute sehen? Ein Theaterstück, eine Oper oder vielleicht die Music Hall?«

Sie erklärte, daß das Theater und alles, was damit zusammenhing, eine ihr unbekannte Welt sei. »Sicher wird mir gefallen, was dich unterhält.«

Ihre Worte entlockten ihm ein Lächeln. »Ich verspreche, daß es dir gefallen wird«, murmelte er mit einem merkwürdig vertraulichen Unterton. Emerald argwöhnte, daß er nicht das Theater oder die Oper meinte. Er liebte sie mit seinen Augen, er streichelte sie mit seinen Worten, und doch hatte die einzige körperliche Berührung sich bisher auf ihre Finger beschränkt.

Emerald sehnte sich danach, daß er mehr täte. Sie schloß ihre Augen und stellte sich vor, wie sein Mund sich auf ihrem anfühlen mochte. Er mußte doch wissen, daß sie geküßt werden wollte? Als sie die Augen aufschlug, sah sie, daß es dämmerte und im Wageninneren Halbdunkel herrschte. Doch sie spürte, daß er von ihr abgerückt war. Dämpfte er sein Verlangen nach ihr, weil sie eine verbotene Frucht war?

Sean hatte gesehen, wie Emerald die Augen schloß und ihr Verlangen hinter gesenkten Lidern verbarg. Und er wußte, daß das leichte Zittern ihrer Lippen die Vorfreude auf einen Kuß verriet. Sein Verlangen nach ihr wuchs stündlich, ähnlich wie ihr wachsendes Gefühl der Freiheit und ihre Bereitschaft, allem den Rücken zu kehren, was Vater und Ehemann darstellten. Doch er wollte, daß Emerald sich nach ihm verzehrte. Wenn ihr Verlangen sich in Begierde verwandelte und der Schmerz unerträglich wurde, dann würde er sie besitzen, mit Leib und Seele, und sie zur Seinen machen.

In der Oper nahm Sean zwei Logenplätze, die besten im Haus. Ehe die Lichter erloschen, konnte das gesamte Publikum sie beide in Augenschein nehmen. Die Männer, voller Bewunderung für die schöne Frau, beneideten den Earl glühend, während die Frauen ihre Operngläser auf Emerald richteten und sie um ihr Kleid und ihren Geliebten beneideten.

Sean sah Emerald an, daß sie die Aufmerksamkeit genoß.

Sie verlieh ihr Selbstvertrauen und machte sie, wenn möglich, noch schöner. Als die Lichter erloschen, das Orchester die Ouvertüre anstimmte und der Vorhang sich hob, sah Sean, daß Emerald sich vorbeugte und nun ihre ganze Aufmerksamkeit der Bühne galt. Er konnte seinen Blick nicht von ihr losreißen. Sie war so unbeschreiblich reizvoll – wie mußte sich ihr Mann nach ihr sehnen. Sich vorzustellen, wie groß Jack Raymonds Schmerz über den Verlust war, bereitete ihm große Genugtuung. In London würde man von diesem Opernabend erfahren, und Sean hoffte, daß die Gerüchte Raymond wie Stiche einer Klinge durchbohren würden.

Emerald genoß den Abend so sehr, daß Sean nicht widerstehen konnte und sie in ein nahes Restaurant auf ein spätes Champagnersouper führte. Nachdem sie in einem der durch Portieren abgetrennten Separees Platz genommen hatten, widmete er ihr seine ungeteilte Aufmerksamkeit, während sie ihm hingerissen gestand, wie sehr ihr die Vorstellung gefallen hätte.

Diesmal hatte er sich nicht ihr gegenüber gesetzt, sondern neben sie. Während er sie beim Reden beobachtete, sah er, daß ihre Augen funkelten und ein neues Strahlen sie umgab. Das Kerzenlicht, das ringsum flackernde Schatten warf, machte das Souper zu einem Beisammensein von höchster Intimität. Sie verschränkte ihre Finger im Schoß, worauf er ihr ein gefülltes Champagnerglas in die Hand drückte. »Ahnst du eigentlich, wie schön du heute bist? Sieh dich an.« Er deutete mit einer Kopfbewegung auf die verspiegelte Wand. Als Emerald ihren Blick hob, um ihr Spiegelbild zu betrachten, drückte er einen Kuß auf ihre nackte Schulter. »Was läßt dich so strahlen, meine Schöne?« raunte er.

»Das kommt wohl daher, daß ich so glücklich bin«, lachte sie mit sprühenden Augen.

Als sie aufbrachen, legte er ihr das Cape um und umfing

ihre Schultern mit besitzergreifenden Händen. Dann senkte er den Kopf und flüsterte ihr ins Ohr: »Heute wollen wir uns die Rückfahrt nach Greystones sparen und die Nacht in meinem Stadthaus in der Merrion Row verbringen.«

Emerald hatte das Gefühl, die Champagnerperlen würden in ihren Adern prickeln. Während die Kutsche auf der kurzen Fahrt durch Dublins Straßen rollte, empfand sie schwindelnde Erregung und Vorfreude. Er nannte sie nicht mehr »Irin«, sondern »meine Schöne«. Und ihr gefiel sehr, was er sagte. Würde er ihr heute noch sagen, daß er sie liebte? Sie hoffte aus ganzem Herzen, daß es heute sein würde. Welcher Zeitpunkt hätte vollkommener sein können?

Sean schloß die Haustür mit seinem Schlüssel auf und winkte abwehrend dem Bediensteten zu, der im Stadthaus schon seit einem Jahrzehnt für Ordnung sorgte. Dann nahm er Emerald in seine Arme und trug sie hinauf in eines der Schlafzimmer.

Ihre Arme um seinen Nacken geschlungen, war ihr ganz schwach vor Verlangen. Als er sie auf den weichen Teppich stellte, schwankte sie leicht. Das machte nicht der Champagner, nein, das Gefühl seines harten Körpers machte sie schwindlig. Als er im Schlafgemach Licht machte, nahm Emerald das elegante Mobiliar aus Rosenholz gar nicht wahr, da sie einzig und allein Augen für Sean hatte.

Er nahm ihre Hand in seine und zog sie vor den hohen Ankleidespiegel. »Ich möchte, daß du dich siehst, meine Schöne.«

In Emeralds Augen war das Paar im Spiegel sehr verliebt. Er ragte hinter ihr auf, eine dunkle Gestalt, die sich scharf von ihrer leuchtendroten Samtrobe abhob. Er nahm ihr den Umhang ab und ließ ihn auf den Teppich sinken. Als nächstes entfernte er ihre Maske, dann zog er die Nadeln aus ihrem Haar und ließ die schwere Haarflut auf ihre nackten Schultern fallen.

»Du bist eine echte irische Schönheit«, erklärte er, und zum ersten Mal in ihrem Leben nahm Emerald bewußt wahr, wie attraktiv sie war.

Sean führte sie an einen Frisiertisch, vor dessen Spiegel sie sich niederließ. »Mach dich fürs Bett zurecht«, sagte er heiser. Seine dunklen Augen schienen sie im Spiegel förmlich zu hypnotisieren. Schließlich senkte sie scheu ihre Lider. »Ich habe nichts fürs Bett.« Es war ein kaum hörbares Flüstern.

Er schob ihr einen Parfümflakon hin. »Das müßte reichen.«

Emeralds Brüste hoben und senkten sich unter ihren angestrengten Atemzügen. Sie sah, wie er nach einer silbernen Haarbürste griff, sah, wie seine Hände über ihrem Kopf verharrten.

»Als ich dich zum ersten Mal sah, hielt ich dein Haar für eine Rauchwolke. Es verlockt einen, es anzufassen. Darf ich es bürsten, Emerald?«

Sie nickte wortlos, vor Vorfreude erschauernd. Die langgezogenen, langsamen Bürstenstriche ließen das Haar unter der Bürste knistern. »Ziehst du deine Handschuhe nicht aus?«

Ihre Bitte traf ihn ins Herz. Langsam schälte er den rechten Handschuh von der Hand, um dann die bloßen Finger in der seidigen Haarfülle zu begraben, es zu berühren, zu liebkosen, damit zu spielen und sie zu necken, bis die schwarzen Locken sich vorwitzig um Schultern und Gesicht ringelten. Er senkte seine Nase in diese Haarpracht und sog ihren Duft genüßlich ein. Dann streifte er es von ihrem Nacken und drückte seine Lippen auf ihre Haut.

Emerald atmete schwer, als sie spürte, wie er sich an den Verschlüssen ihres Kleides zu schaffen machte. Sie trug nichts darunter und fragte sich, ob er ihr Geheimnis geahnt hatte. Als sie seinen glühenden Mund über ihren Rücken gleiten spürte, wußte sie, daß die Liebe zwischen Mann und Frau so sein sollte. Sie spürte ein erregendes Prickeln ihr Rückgrat entlang und schloß die Augen, um es ganz auszukosten.

Emerald riß ihre Augen wieder auf, als er von hinten in ihr Kleid griff und ihre Brüste umfaßte. Ihn dies alles im Spiegel tun zu sehen erhöhte ihre Erregung. Sein Blick hielt ihren mit einer Eindringlichkeit fest, der sie sich nicht entziehen konnte. Seine Augen waren schwarz vor Leidenschaft, als er sah, wie ihr Gesicht das sinnliche Verlangen ihres Körpers widerspiegelte. Seine Fingerspitzen streichelten ihre Brustknospen, bis sie sich zu kleinen Edelsteinen verhärteten.

Seine Hände fühlten sich auf jeder Brust anders an, und es war für sie ein kleiner Schock, als sie merkte, daß die eine Brust von seiner nackten Handfläche liebkost wurde, die andere aber von lederumhüllten Fingern. Das Kleid verwehrte ihr den Blick darauf, was seine Hände darunter taten, doch ihre Phantasie gaukelte ihr ein so erotisches Bild von schwarzem Leder und hellem Fleisch vor, daß sie Feuchtigkeit zwischen ihren Beinen spürte. Als sich ihrer Kehle ein tiefes Stöhnen entrang, glitten Seans Hände, noch immer unter dem Kleid, zu ihrer Taille und hoben Emerald hoch.

Schweratmend sah sie zu, wie der Samt zu Boden glitt und sie völlig nackt vor dem Spiegel stand. Er drehte sie zu sich um, und sie begrub ihr Gesicht an seiner breiten Schulter, als er sie zum Bett trug.

Er legte sie hin, breitete ihr Haar wie ein schwarzes Meer übers Kissen und senkte dann seinen Mund auf ihren.

Sie hatte so lange auf seinen Kuß gewartet, daß ihr Mund sich gierig öffnete und ihr Körper sich in ungezügelter Lust aufbäumte. Sein Geschmack weckte ein geradezu raubtierhaftes Verlangen in ihr.

Seans heiße Lippen glitten zu ihrer Kehle. Seine Worte bebten an ihrer Haut. »Gute Nacht, Emerald.«

Als er leise durch den Raum ging und durch die Verbindungstür verschwand, fühlte sie, wie ein wilder Schrei sich in ihrer Brust zusammenballte. Der Schrei erstarb jedoch zu einem verzweifelten Schluchzen und endete in einem Flüstern. »Liebe mich, Sean, liebe mich.«

Emerald wälzte sich unruhig in ihrem breiten Bett. An Schlaf war nicht zu denken. Alle ihre Sinne waren zum Zerreißen gespannt, so daß sie sogar das Gefühl der Laken an ihrer Haut als erregend empfand. Stunden schienen zu vergehen, bis ihr Blut sich abgekühlt hatte und ihr Herz wieder ruhig schlug.

Allmählich ging ihr auf, daß ihre Gefühle und ihr Verlangen ganz untypisch für sie waren. Hatte sie nicht die körperlichen Vorgänge zwischen Männern und Frauen verabscheut? Wie konnte ihr die Rolle als Ehefrau widerwärtig sein und sie sich gleichzeitig danach verzehren, als Geliebte in die Arme genommen zu werden? Ihr Gewissen regte sich. Sie war Jack mit Kälte begegnet. Seine Anschuldigungen, die er ihr entgegengeschleudert hatte, waren berechtigt. Und doch lag sie da und fieberte nach Sean O'Toole.

Sie war ihm unendlich dankbar. Er hatte ihr nicht nur die Freiheit verschafft, sondern ihr auch ihr *Selbst* zurückgegeben. Sie konnte nicht aufhören, ihn zu lieben, genauso wie sie nicht aufhören konnte zu atmen. Über Emeralds Gesicht glitt ein weiches Lächeln. Sie vertraute ihm voll und ganz. Konnte sie zulassen, daß er den Schritt bestimmte, oder sollte sie sich bemühen, die Dinge zwischen ihnen voranzutreiben? Nein, er würde wissen, wann der Zeitpunkt für die Liebe gekommen war. Sean würde alles perfekt machen!

Als Emerald erwachte, waren ihre Augen schwer, und sie hatte das Gefühl, überhaupt nicht geschlafen zu haben. Ehe sie aufstehen konnte, trat Sean mit einem Tablett ein.

Sie beäugte seine Reitstiefel und das am Kragen offene Leinenhemd.

»Emerald, es tut mir leid, daß du nichts zum Umziehen hast.«

Sie tat seine Worte mit einer Handbewegung ab. »Mich über Konventionen hinwegzusetzen erscheint mir neuerdings ganz natürlich.«

»Schaffe ich da etwa ein Ungeheuer?« neckte er sie.

»Schon möglich, aber heute bin ich ein sehr schlaftrunkenes Ungeheuer.« Sie schob mit einer graziösen Bewegung ihre Haarflut zurück und warf ihm einen sehnsüchtigen Blick unter den Wimpern hervor zu.

Er setzte sich neben sie aufs Bett. »Heute hast du irische Augen. Die dunklen Ringe sehen aus, als hättest du dir mit rußigen Fingern die Augen gerieben.« Er beugte sich über sie, und sie sicherte das Tablett zwischen ihnen.

»Wage es ja nicht, mich zu küssen«, gurrte sie aufreizend. »Fange nichts an, ehe du nicht bereit bist, es zu Ende zu führen«, setzte sie glucksend hinzu.

Sean lachte mit zurückgelegtem Kopf. »Meine Schöne, endlich hast du eigenen Verstand entwickelt!«

Sie zuckte anmutig mit den Schultern. »Ich habe mich nur entschlossen, ein paar eigene Regeln für unser köstliches Spiel aufzustellen.«

Als Sean sich später im Wagen ihr gegenüber niederlassen wollte, sagte Emerald gebieterisch: »Nein, nein, setz dich neben mich.«

Mit einem amüsierten Hochziehen der Augenbrauen tat er ihr den Gefallen.

Sie zog den Umhang behaglich um sich und lehnte sich an seine Schulter. »Ich habe nicht annähernd genug Schlaf bekommen. Wenn wir Castle Lies erreichen, kannst du mich wecken.« Sie gähnte hinter vorgehaltener Hand und ließ sie dann auf seinen linken Oberschenkel sinken. Sie konnte sich seinen spöttischen Blick und den Kommentar dazu gut vorstellen. *Du beherrscht das Spiel allmählich recht geschickt.*

Es dauerte jedoch nicht lange, und das Schaukeln ihres Gefährts und seine Körperwärme schläferten sie tatsächlich ein. Als er spürte, wie sie völlig entspannt an ihm lehnte und ganz flach atmete, staunte er, daß sie sich so sicher fühlte, in seinen Armen einschlafen zu dürfen. Nur ein törichtes kleines Ding konnte sich dem Fürsten der Hölle anvertrauen.

Mit sanften Händen verschob er sie in eine bequemere Stellung und bettete sie auf seinen Schoß. Sofort wurde ihm sein Fehler klar. Das Gefühl ihres Körpers weckte schlagartig Verlangen in ihm. Obwohl er seine Reaktion zu beherrschen suchte, schaffte er es nicht. Seine Erregung war nicht zu übersehen. Sean rückte vorsichtig hin und her, um den Druck seiner engen Reithose zu lockern, was seine Lage nur noch verschlimmerte. Ihr Hinterteil drückte auf seinen Schaft, der mit jedem Herzschlag härter wurde.

Sein Blick und seine Sinne wurden von ihr gefesselt. Ihr Cape klaffte vorne auseinander und ihre Brüste drückten sich an seinen Arm, der ihren Körper umschlungen hatte. Der Duft ihrer Wärme stahl sich in seine Nase und steigerte sein Begehren. Was für ein Idiot er gestern doch gewesen war! Er hatte sie nackt im Bett gehabt, und ihr Körper hatte sich ihm willig entgegengebogen, als er ihr einen Gute-Nacht-Kuß gab.

Er spreizte die Beine, und sie rutschte zwischen seine Schenkel und drückte gegen seine intimsten Teile, bis der süße Schmerz schier unerträglich wurde. Die Hitze ihres Körpers mischte sich mit seiner, überflutete seine Lenden und drang sodann in sein Blut ein, bis der Schmerz des Verlangens in ihm pulsierte. Er wußte, daß er es nicht mehr lange aushalten konnte, ehe er sie in Besitz nahm.

Während er sie auf seinem Schoß hielt, realisierte er, wie

zierlich sie war. Sein Beschützerinstinkt erwachte, doch er unterdrückte ihn mit aller Kraft. Er würde nicht zulassen, daß sein Herz bei dieser Verführung mitspielte. Vielleicht hatte er einen taktischen Fehler begangen. Indem er sich zurückhielt, bis Emerald sich nach ihm verzehrte, hatte sein eigenes Verlangen geradezu raubtierhafte Dimensionen angenommen. Wenn er nicht auf der Hut war, würde sie für ihn zur Besessenheit werden, und das konnte er sich nicht leisten.

Sollte er sie einfach hier in der Kutsche nehmen? Er sah aus dem Fenster. Die Zeit war zu knapp. Er fluchte leise. Wie würde er es schaffen, bis zum Nachmittag zu warten?

17

Als die Kutsche mit einem Ruck auf dem Hof von Greystones anhielt, öffnete Emerald die Augen, streckte sich genüßlich und befreite sich rasch aus Seans Armen. Wunderbar erquickt sprang sie aus dem Wagen und lief die Stufen zur Eingangshalle hinauf.

»Wird aber auch Zeit!« empfing Kate Kennedy sie, die Hände in die Hüften gestützt. Ein Blick auf das Abendkleid genügte. »Hat dieser Teufel von Mann Sie die ganze Nacht wach gehalten?«

»Wir haben die Nacht im Stadthaus an der Merrion Row verbracht.«

Kate verdrehte die Augen gen Himmel. »Meine Frage ist nicht beantwortet. Hat dieser Teufel von Mann Sie die ganze Nacht wach gehalten?«

Emerald fand langsam Gefallen an Kates deftigem Humor. »Kate, ich sterbe vor Hunger. Bringen Sie Mary Malones Küche für mich in Schwung, während ich nachsehe, wie Mrs.

McBride vorankommt. Dann können Sie hinaufkommen und mir beim Umziehen helfen, während ich Ihnen berichte, welch herrlichen Abend ich verbrachte.«

Es dauerte eine Weile, bis Sean soweit war, aus der Kutsche aussteigen zu können. Nachdem er das Haus betreten hatte, ging er direkt hinauf. Ihm war klar, daß er sie schmecken, riechen, in vollen Zügen genießen mußte und er gedachte, den ganzen Nachmittag darauf zu verwenden, seinen sinnlichen Wissensdurst zu stillen.

Rasch öffnete er die Verbindungstür zu ihrem Zimmer. Er wußte, daß sie als erstes das rote Samtkleid ausziehen würde, und er wollte ihr dabei zusehen.

Er wartete eine halbe Ewigkeit, aber Emerald ließ sich nicht blicken. *Was zum Teufel hat sie aufgehalten?* fragte er sich voller Ungeduld. Er lief weitere zehn Minuten auf und ab, ehe er sich entschloß, die Zeit zu nutzen und sich auszukleiden. Nachdem er sich bis auf die Haut ausgezogen hatte, schob er die Tür ein Stückchen weiter auf. Er wollte, daß Emerald ihn ebenfalls – wie zufällig natürlich nur – sah.

Zu seinem großen Entsetzen füllte sich ihr Zimmer plötzlich mit einer Schar schwatzender Frauenzimmer, Mrs. McBride und ihre gackernden Helferinnen, die er allesamt zur Hölle wünschte. Tief Atem holend, beherrschte er sich und zwang sich, seine Glut abzukühlen. Seine Enttäuschung wuchs, als er sah, daß Berge von Kleidern gebracht und aufs Bett gehäuft wurden, damit Emerald sie begutachten konnte.

Da trat Kate Kennedy an die inzwischen angelehnte Verbindungstür und musterte seinen muskulösen Körper von oben bis unten, voll offener Bewunderung für seine männlichen Vorzüge. »Sie können sich getrost wieder anziehen, Mylord. Sie muß ein Dutzend Kleider anprobieren, ehe sie Sie ausprobieren kann.« Damit warf sie breit grienend, aber energisch die Tür ins Schloß.

»*Verflixte Weibsbilder!*« Alle hatten sich gegen ihn verschworen. Langsam zog Sean seine Hose wieder an und trat an seinen Schrank, um ein frisches Hemd herauszusuchen. Er mußte sich eben noch eine Zeitlang in Geduld fassen. Aber hatte seine Geduld nicht die beste Schulung der Welt durchlaufen? Es kam darauf an, sich auf das Ziel zu konzentrieren, mit absoluter Sicherheit zu wissen, wo und wie man es erreichen würde und jede sich bietende Gelegenheit zu nutzen, die einen diesem Ziel näherbrachte.

Er lachte über seine eigene Torheit. Ein Mädchen ins Bett zu bringen war schließlich keine Sache auf Leben und Tod. Nachdem er neue schwarze Lederhandschuhe angezogen hatte, ging er hinunter in Mary Malones Küche. Er hatte ganz vergessen, daß es noch einen anderen Appetit zu stillen galt.

Zwei FitzGerald-Kapitäne hielten hof vor dem Küchengesinde und berichteten von den exotischen Leckereien, die auf den Kanaren als genießbar galten.

»Und wenn euch das sonderbar vorkommt, dann wartet ab, bis ihr etwas von den Paarungsgewohnheiten erfahrt.«

Mary Malone wischte sich mit der Küchenschürze Lachtränen von den Wangen.

Bei Seans Eintreten wurden die Männer sofort ernst. Sie hatten eine Mission ausgeführt und konnten es nun kaum erwarten, ihm zu melden, daß alle seine Pläne erstaunlich erfolgreich in die Tat umgesetzt worden waren.

»Beide Schiffe?« fragte Sean gespannt.

»Ja, die Information, die du uns gegeben hast, traf voll zu«, bestätigte David. »Die armen Teufel werden die Elfenbeinküste vermutlich nie wiedersehen, aber befreit haben wir sie.«

»Gab es Ärger mit dem Verkauf der Schiffe?«

»Nein, wir haben beide in Gibraltar verhökert und das Geld unter der Besatzung, wie versprochen, aufgeteilt. Aber ich glaube, du bist zu großzügig. Wir hätten die Schiffe behalten sollen.«

»Nein, David. Der Gestank eines Sklavenschiffes bleibt ewig haften.« Sean stieg unwillkürlich die Erinnerung an den Geruch eines Schiffs voller Sträflinge in die Nase, und sein Hunger verging ihm. »Habt ihr nennenswerte Fracht mitgebracht?« frage er.

David FitzGeralds Grinsen hätte nicht breiter sein können. »Zweiundvierzigzollmusketen – tausend Stück.«

»Gute Arbeit, David. Wir werden sie unter unseren Besatzungen verteilen. Paddy Burke weiß, welches Schiff zusätzliche Bewaffnung braucht.«

»Er hat uns bereits eine Liste gegeben und eine der Musketen mitgenommen, um sie Shamus zu zeigen.«

»Ich werde ein paar Fässer für deine Männer hinunterschicken. Morgen ist auch noch Zeit für die Befehlsausgabe.«

»Je teuflischer der Plan, desto größer die Freude unter den Leuten.«

»Nun, dann werden sie jubeln«, bemerkte Sean trocken. Er ging durch die Küchentür hinaus und strebte dem Stallgebäude zu, als er plötzlich innehielt und den Kopf hob wie ein Witterung aufnehmendes Wild. Die ersehnte Chance war da. Er lief zurück ins Haus und nahm auf der Treppe zwei Stufen auf einmal. Ohne anzuklopfen, stürmte er in Emeralds Schlafgemach.

»Emerald, es regnet!«

Ein Dutzend weiblicher Augen blickten ihn verdutzt an, doch er redete weiter, als wären er und Emerald allein. »Es gibt nichts Weicheres als irischen Sommerregen.« Er streckte die Hand aus. »Komm, geh mit mir spazieren.«

Die Dienstboten tauschten Blicke, die besagten, daß sie den Earl für verrückt hielten, aber Emerald, die ein neues hellgrünes Musselinkleid anhatte, klatschte begeistert in die Hände.

»Das wäre im Moment alles, meine Damen. Ich gehe außer Haus, um durch den Regen zu toben.«

Lachend liefen sie Hand in Hand die Treppe hinunter und zur Küchentür hinaus.

»Setz dich auf die Stufe«, befahl er. Als sie gehorchte, zog er seine Stiefel aus und kniete sodann vor ihr nieder, um ihr die Schuhe auszuziehen. »Im irischen Regen muß man barfuß laufen, das gehört zu den Regeln.« Er hob ihren Fuß an seine Lippen, ehe er ihn freigab, und sie war entzückt von dieser sinnlichen Geste.

Er zog sie auf die Beine. »Wir müssen laufen wie der Teufel und den Regentropfen ausweichen, bis wir den Stall erreichen. Bist du bereit?«

»Bereit, Mylord.«

Sie rannten über den Hof, rannten prustend durch die Stallungen und blieben am Hintereingang stehen, der sich auf die Wiese öffnete. »Bist du sicher, daß du jedem einzelnen Tropfen ausweichen konntest?«

»Das konnte ich! Ich bin staubtrocken«, erklärte sie.

»Gut. Und jetzt gehen wir spazieren.«

Hand in Hand betraten sie die Wiese, aber weit kamen sie nicht, da hatte das hohe grüne Gras sie bis zu den Knien durchnäßt. »Fühl, wie weich und warm er ist.« Sie hoben ihre Gesichter anbetend dem Himmel entgegen. »Fang den Regen mit den Wimpern auf, laß ihn von der Nase rinnen.«

»Das ist Zauberei – ich kann ihn riechen«, rief sie aus und streckte die Zunge heraus, um den Regen auch zu schmecken.

»Na? Ist er gut?«

»Köstlich.«

Er hob ihren Arm und schnupperte anerkennend an ihrer nassen Haut. Dann ließ er seine Zunge von ihrem Handgelenk aus aufwärts flattern, die Innenseite ihres Armes entlang, bis zum Ellbogen und nahm die Regentropfen auf, die in kleinen

Rinnsalen herunterliefen. »Hm, regennasse Haut ist berauschend. Probier es aus«, forderte er sie auf.

Sie warf ihm unter vor Feuchtigkeit schweren Wimpern einen aufreizenden Blick zu und küßte dann mit leicht geöffnetem Mund seine Halskuhle, dort, wo sein nasses Hemd offenstand. Seine Hände umschlossen ihre Gesäßbacken, und er drückte sie an sich, während sein Glied länger und härter wurde. »Der Regen läßt alles wachsen,« flüsterte er.

»Ich sagte ja, daß das reinste Zauberei ist.« Sie entzog sich seiner Umarmung und fing an, auf der Wiese zu tanzen, hüfttief in Wiesenblumen. Er sah ihr zu, um dann ihre Verfolgung aufzunehmen, und als er sie einholte, zog er sie unter sich ins hohe Gras.

Sie lachte in sein dunkles Gesicht auf, mit jeder Minute mehr in ihn verliebt.

»Bewege deine Schultern. Du mußt bis auf die Haut naß werden.«

Emerald bewegte nicht nur ihre Schultern, und Sean verdrehte seine Augen in gespielter Glückseligkeit. »Und jetzt du«, befahl sie giggelnd, und er rollte sich mit ihr im nassen Gras, bis sie auf ihm zu liegen kam.

Auf subtile Weise rieb er alle seine harten Körperteile an ihren weichen, so daß beide atemlos vor Begehren wurden.

Emerald wollte das Spiel jedoch nicht zu Ende spielen. Sean konnte sie bis zur totalen Hingabe reizen, dann plötzlich innehalten und sie zutiefst verstört zurücklassen. Diesmal wollte sie ihn die Grenzen seiner Beherrschung überschreiten lassen, da sie nun glaubte, den Grundzug seines Spiels zu erkennen. Drang sie weiter vor, zog er sich zurück. Würde er unersättlich werden, wenn sie sich zurückzöge?

»Sean, würdest du mich in den Garten führen?«

Seine Augen, die der Regen silbern tönte, blickten sie mit unverhüllter Lust an. Er sah, wie ihre vollen Brüste sich hoben und senkten. Sie atmete schwer vor Erregung, vor fieberhaftem Verlangen, er möge in sie eindringen. Eben erst hatte sie wollüstig in seinen Armen gelegen. Was zum Teufel wollte sie nun im Garten machen?

Mit liebevoller und charmanter Geduld, die er nicht empfand, erwiderte er: »Wie kann ich dir etwas verweigern, wenn du mich so hinreißend bittest? Ich werde dich mit größtem Vergnügen in den Garten führen.«

Er folgte ihr von der Wiese über die weitläufigen Rasenflächen Greystones in den prachtvollen Garten. Die regennassen Rosen ließen momentan die Köpfe hängen; beim ersten Sonnenstrahl aber würden sie ihre Blüten heben und schöner als zuvor sein.

Emerald trat unter die weitgespannten Äste einer jungen Blutbuche, die sie vor dem Regen schützte.

»Rühr dich nicht«, murmelte Sean. Vom Laub eingerahmt, sah sie aus wie eine märchenhafte Wasserelfe. Er griff nach einem Ast und schüttelte ihn heftig. Unzählige Tröpfchen regneten auf sie herab, und sie lachte silberhell. Als sie weiter an den prachtvollen Blumenbeeten vorbeischlenderten, war der Duft so betäubend, daß er ihnen köstlich zu Kopfe stieg.

Sean pflückte eine Rittenspornblüte und hielt ihr den winzigen Kelch an die Lippen, damit sie daraus trinken konnte. Vergnügt watete Emerald in den Teich und bückte sich nach einer Seerose, deren gerundete, kelchförmige Blütenblätter voller Regenwasser waren. Mit aufreizendem Lachen ließ sie das Wasser daraus über ihn rinnen.

Ohne zu zögern, folgte er ihr in den Teich und hob sie mit einem lauten Triumphschrei hoch. »Nun kommt der beste Teil, nämlich das gegenseitige Trockenreiben«, flüsterte er in ihr Ohr.

Er trug sie durch das große Hauptportal an den Fuß der

Treppe. »Leg deine nassen Beine um mich«, lockte er, seine Lippen noch immer an ihrem Ohr.

Emerald kam seiner Bitte nach und schlug die nassen Arme um seinen Nacken und ihre Beine um seine Hüften. In dieser intimen Stellung stieg er die Treppe hinauf, und hielt vor dem Schlafgemach inne, um die Tür zu öffnen.

Sie hob ihren Kopf, so daß sie einander tief in die Augen sehen konnten. »Ist das nicht der Ort, wo ich dich treten, dich anspucken und zwei Stunden lang warten lassen soll?«

Sein Humor war ihm abhandengekommen. Er kam mit seinem Gesicht ganz nahe an sie heran. »Nein! Dies ist der Ort, an dem du mir alles gibst, was ich ersehne.« Er stieß die Tür mit dem bloßen Fuß zu, und stellte Emerald dann mitten im Raum auf die Beine. »Bleib genau hier stehen!«

Er zog die Gardinen vor den hohen Fenstern zurück. Der Himmel hatte sich geklärt, die spätnachmittägliche Sonne flutete herein. Er holte Handtücher, die er zu ihren Füßen fallen ließ. Erst trocknete er ausgiebig ihr Haar und frottierte es energisch, bis es in einem Gekräusel winziger Löckchen auf ihre Schulter fiel.

Emerald war fasziniert, wie langsam er vorging. Er hatte keine Eile, schien aber für sein Liebesspiel einen genauen Plan zu haben: welche Teile er zuerst unbedeckt haben wollte und welche verhüllt. Er knöpfte das Oberteil ihres Musselinkleides auf, das total durchnäßt war und an ihrem Körper klebte. Langsam löste er es von ihren Brüsten und verfuhr dann ähnlich mit ihrem durchsichtigen Hemd, ehe er beides bis unter ihre Taille schob und ihre Brüste voller Sehnsucht anstarrte.

Vom Stoff befreit, sprangen sie keck vor, schimmernd und feucht vom warmen Regen. Sie sah, wie er einen schwarzen Handschuh auszog. Dann faßte er nach unten, nach einem Handtuch, wie sie glaubte. Das war nicht der Fall. Statt dessen griffen beide Hände unter ihre Röcke und glitten langsam über ihre nassen Beine und Schenkel. Bei ihren nackten Hinterbacken angelangt, drückte er Emerald an sich und senkte den Kopf, so daß er die Feuchtigkeit zwischen ihren Brüsten mit der Zunge auflecken konnte.

Als sein Mund sich eine ihrer Brustspitzen näherte, wanderte eine Hand nach vorne zu ihrem Schamhügel. Während seine Zunge die aufgereckte Knospe ihrer Brust liebkoste, schob sein Daumen die verborgenen feuchten Falten zwischen ihren Beinen auseinander. Er spürte, wie Emerald erbebte. Sanft blies er warmen Atem auf die harten kleinen Spitzen beider Brüste und sah, wie sie noch fester wurden.

»Es erregt eine Frau, wenn ein Mann mit seiner Hand unter ihr Kleid fährt. Sie denkt, er täte etwas Verruchtes, und dabei kommt sie sich selbst sehr unmoralisch vor.«

Emerald schnappte nach Luft, als er mit der Fingerspitze über ihre Schamlippen rieb. Was er sagte, war die reine Wahrheit. Er war sündig und sie unanständig. Schon wollte sie vor Erregung aufschreien, doch es kam nur ein gutturales Stöhnen heraus.

Er küßte ihre Kehle und wanderte mit heißen Lippen zurück zu ihren Brüsten, die er eine nach der anderen schier verschlang. Gleichzeitig zog sein Daumen Kreise um das Zentrum ihrer Weiblichkeit.

Emerald stieß unzusammenhängende Laute aus, während er mit ihrem Körper spielte und in ihr Empfindungen weckte, von denen sie nicht geahnt hatte, daß eine Frau sie fühlen konnte. So wie sie sich ihm voller Lust hingab und ihrer Wonne Ausdruck verlieh, erkannte er, daß ihre Begierde noch nie geweckt worden war. Wilde Erregung erfaßte ihn. Ihr Mann hatte ihr zwar die Jungfräulichkeit geraubt, war aber nie ihr Geliebter gewesen.

»Jetzt wird es Zeit, daß du siehst, was wir tun«, raunte er verheißungsvoll, »und daß ich sehe, wie du Lust erfährst.« Er schob den hellgrünen Musselin über ihre Hüften hinunter bis zu den Knöcheln und half ihr, aus den regennassen Sachen zu steigen. Als sie nackt vor ihm stand, schienen Seans dunkelgraue Augen sie zu liebkosen.

Seine Blicke weckten in ihr das Gefühl, wunderschön zu sein. Dann hob er ein Handtuch hoch, rollte es zu einem Seil und schob es ihr zwischen die Beine, um es hin- und herzuziehen, langsam, sinnlich. Er sah, wie ihre Augen während des Vorspiels einen entrückten Ausdruck annahmen und ihr Atem sich beschleunigte. Als sie mit einem kehligen Schrei der Explosion ihrer Lust Ausdruck geben wollte, nahm er sie in die Arme und erstickte ihren Schrei mit einem gierigen Kuß.

Sean war überzeugt, daß sie noch nie zum Höhepunkt gebracht worden war. Sein Bestreben war es, ihren Körper zu lehren, allein schon durch Berührung zum Gipfel des Verlangens zu kommen.

Er hakte sich auf seine Knie, so daß ihr Unterleib quer über seinen harten Schenkeln lag und nahm sie fest in seinen linken Arm. Dann führte er seinen Mittelfinger in sie ein und hielt ihn still. Ihre Lider flatterten vor Begehren, als sein Mund sich auf ihre Lippen preßte. Er wollte sie allein durch leidenschaftliche Küsse zum Orgasmus bringen, wollte fühlen, wie ihr Innerstes sich krampfartig zusammenzog und seinen Finger erfaßte.

Emeralds Schoß war feucht vor Begierde und forderte ihn auf, zuzustoßen, einzudringen, immer wieder, doch sein Finger blieb reglos. Dafür tat seine Zunge in ihrem Mund alles, wonach sie sich verzehrte. Schließlich wurden beide belohnt, als er in der Tiefe ihres Körpers ein köstliches Pulsieren um seinen Finger spürte, erst federleicht, dann stärker und in einem Rhythmus, der sich ihrem Herzschlag anglich. Sean stieß hemmungslos mit seiner Zunge in ihren Mund, bis ihre Hingabe vollkommen war.

Emerald verengte sich so krampfartig, daß die gesamte Länge seines Fingers gedrückt wurde. Ihr Höhepunkt war so enorm und kam so schnell, daß er glaubte, sie würde ohnmächtig. Sie stieß in seinen Mund einen gurgelnden Schrei aus, als sie vor Wonne zu vergehen glaubte.

Er zog seinen Finger aus ihr und streichelte ihren Schamhügel mit seiner ganzen Hand, liebkoste und rieb ihn, bis ihre Hitzeschauer zu feuchtem Beben schmolzen.

Plötzlich durchschnitt ein scharfer Knall die Luft. Emerald riß die Augen auf, ein Ruck ging durch ihren Körper. »Was war das?« keuchte sie.

»Ein Schuß.« Sean war schon auf den Beinen und rannte zur Tür. »Mein Vater.«

»Dein Vater?« fragte Emerald ungläubig.

Sean lief ohne weitere Erklärung hinaus.

Emerald sank auf ihre Fersen zurück, wie betäubt von dieser Enthüllung. Da sie auf Greystones keine Spur von Shamus O'Toole gesehen hatte, hatte sie angenommen, daß auch Seans Vater tot sei. Hastig machte sie sich daran, ihr nasses Kleid überzuziehen, warf das ebenso nasse Hemd zur Seite und lief Sean nach.

Draußen waren Männerstimmen von der See her zu hören. Eine kleine Gruppe stand auf dem zum Hafen führenden Weg. Sie hielt inne, unsicher, ob sie weitergehen sollte, bis sie die Gestalt ihres Bruders Johnny in der Ferne erkannte. Würgende Angst erfaßte sie, als sie sah, wie Männer ihm auf die Beine halfen und sie erkennen mußte, daß es Johnny war, dem der Schuß gegolten hatte.

18

Emerald hob den Saum ihres nassen Rockes, und ihre bloßen Füße flogen förmlich über die Strecke, die sie von ihrem Bruder trennte. »Johnny, Johnny, ist dir etwas passiert?«

Er war bleich und wirkte verstört, sein Ton aber war gelassen, als er sagte: »Emerald, es ist nichts.«

Vor Erleichterung fast schluchzend, warf sie die Arme um ihn.

Die englische Besatzung, die John auf der *Swallow* begleitet hatte, stand da und musterte die unter dem Befehl der Fitz-Geralds stehenden Iren mit finsteren Blicken. Die Stimmung war so explosiv, daß ein Handgemenge zu befürchten war.

Sean gab knappe Befehle. »Es wird keinen Kampf geben. Geht zurück an eure Arbeit.« Die Männer warfen wachsame Blicke in die Richtung des Pförtnerhausturmes, gehorchten aber Seans Befehl.

»Jemand wollte dich töten!« Emerald schüttelte ihren Bruder, um es ihm begreiflich zu machen.

»Hm, wenn Shamus O'Toole wirklich auf mich gezielt hätte, wäre ich jetzt ein toter Mann.«

Sean grinste John an und schlug ihm auf die Schulter. »Recht hast du. Laß uns gehen, damit du dir einen Drink einverleiben kannst.«

Sie gingen davon wie die besten Freunde und ließen Emerald verdutzt stehen. Sie war vor über einer Woche von zu Hause verschwunden, und doch war John nicht erstaunt, sie auf Greystones anzutreffen. Sean und ihr Bruder schienen ein Herz und eine Seele zu sein. Kam er denn öfter hierher? Und wenn, warum hatte man auf ihn geschossen? *Verdammte Mannsbilder! Wenn die glauben, sie könnten mich für dumm verkaufen, dann haben sie sich gründlich getäuscht!*

Emeralds irische Ader gewann die Oberhand. Nie wieder würde sie ihre Wut hinunterschlucken, im Gegenteil, sie wollte sie an jemandem auslassen. Sie lief los, zum Pförtnerhaus, auf der Suche nach einem Opfer. Als sie nach flüchtigem Anklopfen einfach eintrat, stieß sie mit Paddy Burke zusammen, der eben hinauswollte.

»Wer hat die Schüsse abgegeben?« fuhr sie ihn an.

»Es war nur ein einziger Schuß.«

Ihre lodernden Augen verrieten ihren Zorn. »Wer?« wollte sie wissen, die Hände in die Hüften gestützt.

Paddy Burke wies mit dem Daumen zum Turm: »Er.«

Damit machte er sich davon, und sie lief die Steintreppen hinauf.

Shamus O'Toole saß mit einem Fernrohr an einem Turmfenster. Vor ihm lehnten vier Flinten an der Mauer.

»Beinahe hätten Sie meinen Bruder getötet!« Sie schleuderte ihm die Anklage mit wütender Leidenschaft und unbesorgt um die Folgen entgegen.

Shamus lachte sichtlich vergnügt auf. »Töten wollte ich ihn nicht, sonst wäre er jetzt wirklich tot. Ich wollte ihn nur zu Tode erschrecken.«

»Das ist Ihnen nicht geglückt! Aber mich haben Sie zu Tode erschreckt! Warum haben Sie auf ihn geschossen?«

»Er ist ein Montague«, erklärte Shamus.

»Das bin ich auch.«

»Damit solltest du dich nie brüsten, Mädchen.« Seine hellen blauen Augen musterten sie von Kopf bis Fuß. »Deinem Aussehen nach bist du eine FitzGerald. Damit kannst du freilich angeben. Komm her ans Fenster, damit ich dich besser betrachten kann.«

Sie trat vor, nicht weil sie gehorchen wollte, sondern weil sie nicht wollte, er sollte glauben, sie hätte vor ihm Angst.

»Du siehst meiner Kathleen ähnlich. Kein Wunder, daß Sean

sich in dich verliebt hat. Bist du mit ihm im Regen herumgelaufen, Mädchen? Das hat sie auch gern getan.« Sein Blick nahm einen verträumten Ausdruck an, und Emerald bekam das unheimliche Gefühl, daß er völlig in der Vergangenheit weilte. Shamus O'Toole mußte schon ein wenig verwirrt sein und war vermutlich für sein Tun nicht mehr verantwortlich. Warum lebte er hier wie ein Einsiedler, wenn doch das herrliche Greystones so viel Platz bot? Jemand mußte ihm die Waffen wegnehmen. Sie wollte abends mit Sean darüber sprechen.

»Geh und zieh dir das nasse Zeug aus, meine Schöne. Sonst kommst du noch zu spät zum Dinner.«

Emerald hatte den Eindruck, daß Shamus mit seiner Frau zu sprechen glaubte. »Ja… das werde ich… ich ziehe mich gleich um.«

Wieder in ihrem Zimmer, sah sie im Spiegel, daß sie einem zerlumpten Zigeunermädchen ähnelte. Zur Hebung ihres Selbstbewußtseins und Mutes, die sie benötigte, um die vielen Fragen zu stellen, die sie auf dem Herzen hatte, entschied sie sich für ein lavendelblaues Seidenkleid. Sie war schon angezogen, als die Verbindungstür sich öffnete.

»Meine Liebe, es tut mir leid, daß wir vorhin so unsanft unterbrochen wurden, aber ich hatte keine Ahnung, daß dein Bruder uns heute besuchen würde.«

Sie errötete nicht… zu ihrer stillen Freude. »Wo ist er?« fragte sie.

»Nun, natürlich in einem Gästezimmer, zwei Türen weiter. Sollen wir ihn zum Dinner abholen?«

Emerald biß sich auf die Lippen. Eigentlich wollte sie Johnny allein sprechen. Da Sean ihr jedoch galant den Arm bot, wäre es ihr kindisch erschienen, ihn zurückzuweisen. Als sie hinaus auf den Korridor traten, stand John schon vor ihnen, und gemeinsam gingen sie hinunter ins Speisezimmer.

Sean rückte ihr einen Stuhl zurecht. »Würdest du zwischen uns Platz nehmen, meine Liebe?« So saß Emerald am Kopfende des Tisches, und die zwei Männer saßen sich gegenüber.

Johnny lächelte ihr zu. »Em, ich habe dich nie so strahlend gesehen.«

Gleich darauf vertieften die zwei Männer sich über ihren Kopf hinweg in ein Gespräch. Sie redeten von Handelsschiffen, Frachten und Schiffahrtsrouten. Weiter über die Admiralität, die Politik, über das Unterhaus und das Oberhaus. Premierminister Pitt wurde erwähnt, Newcastle, Bedford und König George. Dabei benutzten sie eine Art Geheimsprache, die sie zwar verstanden, nicht aber Emerald. John sagte Dinge wie: *die Information, die du von mir wolltest* und *diese Privatangelegenheit*, während Sean von *jenem vertraulichen Auftrag* sprach und *einen anderen Auftrag* ankündigte.

Erst nach dem Hauptgang gingen sie zu lockerem Geplauder über und scherzten und lachten, während sich das Gespräch nun um Pferde drehte. Sean versprach John einen Ausritt auf dem Gebiet von Curragh, und John erbat sich einen Besuch auf Maynooth, wo er eine gewisse Nan FritzGerald wiedersehen wollte.

Emeralds Verwunderung gepaart mit Verbitterung hätte nicht größer sein können. Wie konnten die beiden es wagen, ihre Gegenwart dermaßen zu ignorieren? Sie hatte erwartet, John würde für sein Erscheinen eine Erklärung liefern und Sean für den Schuß, den sein Vater abgefeuert hatte. Kein Zweifel, man hatte sich gegen sie verschworen!

Ihre Serviette hinwerfend und mit der Faust auf den Tisch schlagend, so heftig, daß das Silber klirrte, sprang sie auf. »Aufhören!«

Beide Männer sahen sie mit höflicher Aufmerksamkeit an.

Ihre Locken schüttelnd, wandte sich sich wütend an John:

»Ich bin seit mehr als einer Woche verschwunden. Wie hast du mich gefunden?«

»Vater sagte, du wärest auf Greystones.«

»Meine Güte ... wie hat er das denn herausgefunden?!«

»Natürlich war ich es, der es ihm mitteilte«, sagte Sean offen. »Wo bliebe das Vergnügen, einen Feind zu verwunden, wenn man nicht anschließend die Klinge herumdreht und Salz in die Wunde streut?«

»Hat man dich geschickt, um mich zu holen?« fragte Emerald Johnny.

Dieser wandte sich an Sean. »Tatsächlich ist es mein Auftrag, herauszufinden, wieviel Geld du für ihre Auslieferung verlangst.«

Sean lachte auf. »Sag ihnen, daß Besitz neun Zehntel des Gesetzes bedeutet. Das gilt für das Schiff ebenso wie für deine Schwester. Ich behalte beide.«

»Es macht dir offenbar nichts aus, mir die Sache zu erschweren«, entgegnete John trocken.

»Nicht im mindesten. Widerstand stärkt den Charakter.«

»Nun, ich nehme also an, die Montague-Linie wird mit einem Schiff weniger auskommen müssen.« John zog philosophisch die Schultern hoch.

»Tja, diese Woche werden es allerdings noch drei Schiffe weniger sein. Die Sklavenschiffe haben sich in Luft aufgelöst.«

»Gott sei Dank«, äußerte John mit Nachdruck.

»Laß dir gesagt sein, daß Gott damit nichts zu tun hat«, lautete Seans freundliche Antwort.

»Verdammt, ihr beide, ihr tut es ja wieder!« rief Emerald empört aus.

Emeralds Benehmen schockierte ihren Bruder. »Wo hast du dir so schlechte Manieren angewöhnt?«

»Ach, die hat sie von mir. Ich mag es, wenn meine Frauen wild und eigenwillig sind, damit ich sie zähmen kann.«

Sie griff nach ihrem Wasserglas und schüttete den Inhalt in Sean O'Tooles spöttisches Gesicht. »Ich glaube, in deiner Familie ist der Irrsinn erheblich!« Nachdem sie diese Feststellung losgeworden war, rauschte sie in königlicher Haltung hinaus.

Um ihrem Ärger Luft zu machen, lief Emerald in ihrem Zimmer auf und ab, zog die Vorhänge vor das verdunkelte Fenster und boxte die Zierkissen auf dem Bett. Von dem Gespräch der beiden hatte sie zwar nicht alles verstanden, aber eines war ihr klar: Sean hatte Johnny irgendwie in der Hand und setzte ihn für seine Zwecke wie einen Bauern im Schachspiel ein. In Anbetracht von Seans befehlsgewohnter Art eigentlich auch kein Wunder.

Daß sie aus Sean wenig herausbekommen würde, wußte Emerald und hatte deshalb auch nicht die Absicht, ihre Zeit mit ihm zu vergeuden. Wollte sie etwas erfahren, was da vorging, mußte sie Johnny in die Mangel nehmen. Als nun an die Tür gepocht wurde, hoffte sie, daß es ihr Bruder wäre, doch trat Mrs. McBride ein.

»Ich habe Ihnen die Nachtgewänder und den Morgenmantel gebracht, die der Earl bestellte.«

»Ach, danke, Mrs. McBride.« Emerald war ein wenig verwirrt, da sie keine Ahnung gehabt hatte, daß er intime Dessous eigens für sie hatte nähen lassen.

»Ehrlich gesagt, war der Morgenmantel meine Idee. In den Sachen, die er bestellte, würden Sie glatt erfrieren«, erklärte Mrs. McBride, um leiser fortzufahren: »Männer lieben Sachen aus Seide. Und wenn es ums Bett geht, schweben die praktischen Erwägungen aus dem Fenster.«

Emerald stieg Röte in die Wangen. »Wie umsichtig von Ihnen, Mrs. McBride.«

»Molly und ich kehren morgen nach Dublin zurück, da nun der Großteil Ihrer Garderobe fertig ist. Wenn auch alles andere, was der Earl bestellte, fertig sein wird, schicken wir die Sachen unverzüglich nach Greystones.«

Emerald hatte keine Ahnung, welche anderen Dinge bestellt worden waren. Sean neigte zur Geheimniskrämerei und freute sich immer, wenn er sie überraschen konnte. »Ich möchte Ihnen danken, Mrs. McBride. Sie verstehen Ihr Handwerk. Noch nie hatte ich Kleider, die mir so gut paßten.«

»Es ist mir ein Vergnügen, für eine so schöne Dame arbeiten zu dürfen. Ich hoffe sehr, Sie werden meine Dienste wieder in Anspruch nehmen. Leben Sie wohl.«

Kate Kennedy kam nun herein und machte sich im Zimmer zu schaffen, indem sie die Lichter anzündete und die Bettdecke zurückschlug. Immer wieder warf sie dabei einen Blick auf Emerald, die noch immer sichtlich aufgebracht war.

»Kate, sitzen die beiden noch bei Tisch?«

»Nein, sie sind rüber ins Pförtnerhaus, um weiter Pläne zu schmieden. Vermutlich die halbe Nacht.«

Für Emerald war es unbegreiflich, wie ihr Bruder den Abend mit einem Mann verbringen konnte, der auf ihn geschossen hatte. »Kate, ist Shamus O'Toole … nicht mehr ganz richtig beisammen?«

»Ja, seine Beine taugen nicht mehr viel.«

»Nein, ich meine hier oben.« Emerald tippte an ihre Schläfe.

»Sie meinen, ob er nicht ganz richtig im Kopf ist? Wo denken Sie hin! Die Beine ersetzt ihm Mr. Burke, und sein Verstand ist so klar, daß er immer noch um ein paar Ecken denken kann.« Kate glaubte nun zu wissen, was los war. Kein Wunder, daß Sean ihr böse war, wenn sie seinen Vater des Irrsinns bezichtigte. »Ach übrigens, Sie sollten heute nicht mehr draußen herumlaufen. Unten am Dock ankern drei Schiffe voller Seeleute, und Sie wissen sicher, wie die sind, wenn sie ein, zwei Fäßchen geleert haben.«

»Danke, Kate. Ich werde ein Bad nehmen und zu Bett gehen.« Kaum war sie allein, als Emerald die ausgesucht schönen Nachtgewänder genauer in Augenschein nahm. Sie wählte eines aus weißer, kunstvoll bestickter Seide und griff nach dem Morgenmantel aus weicher Schafwolle, um sich mit den Sachen ins Bad zurückzuziehen.

Als sie eine Stunde später wiederkam, zeigten ihr die Spiegel in ihrem Zimmer, wie hübsch sie in ihrem hauchdünnen weißen und fast bräutlich anmutenden Nachtgewand aussah. *»Reiß dich zusammen und laß die Träumereien«*, ermahnte sie ihr Spiegelbild. In ihren Morgenmantel gehüllt, huschte sie hinaus auf den Korridor. Sie wollte Johnny in seinem Zimmer erwarten. Emerald kuschelte sich in einen großen Ohrensessel. Nötigenfalls war sie gewillt, die ganze Nacht auszuharren, da sie entschlossen war, alles zu erfahren, was ihr Bruder wußte.

»Em, was um alles in der Welt machst du hier in der Dunkelheit?«

Johnny Montague stellte einen Kandelaber mit brennenden Kerzen auf den Kaminsims.

Emerald, die während der Wartezeit unruhig eingenickt war, war sofort hellwach. »Ich sitze im Dunkeln, weil Männer Frauen gern im dunkeln tappen lassen! Du *mußt* mir unbedingt verraten, was hier gespielt wird.«

»Wieviel weißt du?« fragte John wachsam.

»Ach…, gar nichts. Ich vermute nur, daß Sean dich als Schachfigur einsetzt und dich zwingt, gegen Vater zu arbeiten.«

Johnny faßte nach den Händen seiner Schwester. »Ach, Em, er glaubt, er zwinge mich dazu, doch hat es noch niemals ein willigeres Werkzeug gegeben als mich. Sean glaubt, daß er seine Rachegelüste befriedigt, aber in Wahrheit sind es meine!«

»Was habt ihr vor?«

»Wir werden ihn vernichten. Bedränge mich jetzt nicht um Einzelheiten, es ist besser, wenn du nichts weißt.«

»Ich weiß, warum du und ich Vater hassen, aber ich kenne den Grund für den Haß der O'Tooles nicht.«

»Hat Sean dir denn nichts erzählt?« fragte Johnny ungläubig.

»Sean hält meist den Mund. Und wenn er ihn aufmacht, dann sagt er etwas Amüsantes oder wirbt um mich.«

Johnny ließ ihre Hände los und machte eine Runde in seinem üppig ausgestatteten Schlafgemach, ehe er sich mit einem tiefen Seufzer in einen Sessel ihr gegenüber sinken ließ. »Als Vater erfuhr, daß Joseph O'Toole Erbe des Earls von Kildare sein würde, faßte er den Entschluß, dich mit ihm zu verloben. Sein nächster Schritt war es, Edward FitzGerald als Verräter anzuzeigen, weil er die Aufständischen mit Waffen beliefert hatte. Vater kannte alle Einzelheiten, da er selbst die Waffen besorgt hatte. Er wollte den Earl aus dem Weg schaffen, damit du vom Augenblick deiner Heirat an Countess sein würdest.

Als die Engländer den alten FitzGerald festnahmen, schickte die Familie Joseph und Sean zu ihrem Schutz nach London. Inzwischen hatte Vater aber erfahren, daß unsere Mutter und Joseph ein Liebespaar waren. Er verlor fast den Verstand, als er sehen mußte, daß sein mörderisches Komplott vergebens gewesen war. Seine Wut war so groß, daß er sich sofort daranmachte, einen Rachefeldzug zu planen.

An dem Abend ihrer Ankunft in London führte Vater die Brüder O'Toole und uns alle zu einer Orgie in den Diwan Club aus. Kaum waren wir wieder an Bord, als sich eine Rauferei entspann, die Vater inszeniert hatte, um Joseph O'Toole loszuwerden. Jack Raymond war sein Mitwisser. Einer der beiden stach auf Joseph ein, und Vater gab Befehl, die Brüder an den Daumen aufzuhängen. Am Morgen war Joseph tot, und Sean lag im Fieberdelirium. Sein einer Daumen war brandig, so daß man ihn abschneiden mußte.«

»Ein Daumen wurde ihm abgeschnitten?« flüsterte sie entsetzt.

»Warum glaubst du wohl, daß er ständig Handschuhe trägt? Na, jedenfalls war das noch nicht das Ärgste. Kaum war Sean wieder bei Bewußtsein, als Vater ihn wegen Mordes an seinem eigenen Bruder verhaften ließ. Es kam zu einem Prozeß vor der Admiralität, einem Schnellverfahren, bei dem Vater den Vorsitz führte und Jack Raymond als Hauptzeuge auftrat. Zu meiner Schande muß ich gestehen, daß die Angst vor Vater mich lähmte und ich kein einziges Wort zu Seans Verteidigung äußerte.

Man verurteilte ihn zu zehn Jahren auf einem Sträflingsschiff, was einem Todesurteil gleichkam, da die Hölle auf diesen Schiffen höchstens ein paar Monate zu ertragen ist. Aber Sean O'Toole hat überlebt. Fünf lange Jahre hat ihn sein Haß am Leben erhalten, ehe ihm die Flucht glückte.«

Während er sprach, war Emerald immer bleicher geworden. Sie kämpfte mit den Tränen, die hinter ihren geschlossenen Lidern brannten. In ihrer Kehle saß ein Klumpen, der sie fast erstickte.

»Em, ist etwas?«

Sie konnte nicht antworten.

»Mich wundert, daß Sean meinen Anblick erträgt und es fertigbringt, das Wort an mich zu richten, nachdem ich ein Montague bin. Wie kann er es ertragen, dich zu berühren? Er muß dich sehr lieben, um darüber hinwegzusehen, daß auch du eine Montague bist.«

Emeralds Hand preßte sich an ihr Herz, um den unerträglichen Schmerz zu lindern, der ihr den Atem raubte.

»Wenige Tage vor deiner Hochzeit glückte ihm die Flucht, viel zu spät, um die Heirat zu verhindern. Deshalb hat er dich einfach entführt. Gesetze bedeuten Sean O'Toole nicht viel, vor allem keine englischen Gesetze.«

»Warum hast du nie…« Ihre Stimme gehorchte ihr nicht.

»Warum ich nichts sagte? Weil ich wußte, daß du ihn liebst. Ich bin weder blind noch taub. Einmal… vor Jahren, hast du ihn deinen irischen Prinzen genannt. Ich konnte dir doch nicht das Herz brechen, Em. Nachdem Mutter fortging, war dein Leben ein einziges Jammertal, so daß ich dich nicht noch unglücklicher machen konnte.«

Sie wollte ihn fragen, warum er zugelassen hatte, daß sie Jack Raymond heiratete, doch wäre es ungerecht gewesen, John die Schuld zu geben. Sie hatte diesen Entschluß allein gefaßt. Du lieber Gott, wie sehr sie ihren Mann verachtete! Jetzt wußte sie mit unumstößlicher Gewißheit, daß er sie nur geheiratet hatte, um ein Montague zu werden. Der Name war von Übel, gleichbedeutend mit einem Fluch. Sie wollte keinen Anteil mehr daran. Sie war eine FitzGerald durch und durch.

Johnny schenkte aus einer Karaffe Whisky in ein Glas und brachte es ihr. Emerald schüttelte den Kopf. Sie wußte, daß sie kein Wort sagen, geschweige denn einen Schluck trinken konnte. In einer stummen Liebkosung strich sie ihm über die Wange und ging, nachdem sie den Morgenmantel enger um sich gerafft hatte, zurück in ihr Zimmer.

Lautlos trat sie an die Verbindungstür und lehnte sich dagegen. Der Schmerz in ihrer Kehle hatte sich ausgeweitet und lastete nun auf ihrem Herz. Ein Blick auf den Boden zeigte ihr, daß kein Lichtstreifen unter der Tür hindurchdrang. Emerald hatte Sean noch nie so sehr gebraucht wie in diesem Moment, doch wollte sie geben und nicht nehmen. Sie wollte ihn mit ihrer Liebe einhüllen, so daß er für immer unverletzlich bleiben würde.

Ihr Spiegelbild sagte ihr, daß sie sich fassen mußte. Sie ging an den Waschtisch, goß Wasser aus einem Krug in die Schüssel und kühlte ihre Augen. Auf dem Bettrand sitzend, versuchte sie, tief durchzuatmen. Nach ein paar Minuten hatte sie sich beruhigt, doch wußte sie, daß sie keinen Schlaf finden würde.

Das Verlangen, mit Sean zusammenzusein, war überwältigend. Er war ihre Liebe, ihr Leben. Sie mußte ihm sagen, ihm zeigen, was er ihr bedeutete. Mit dem Leuchter in der Hand drückte sie die Klinke zur Verbindungstür. Leise betrat sie sein Zimmer und ging zögernd zu seinem Bett. Sean war sofort wach. »Emerald?«

Aus ganzem Herzen wünschte sie, seinen Namen auszusprechen, aber wieder brachte sie kein Wort heraus. Als sie ans Bett trat, sah Sean, daß ihre Hände, die den Leuchter hielten, zitterten und daß ihre Augen in Tränen schwammen. Er setzte sich auf und nahm ihr den Leuchter ab. »Was ist? Was ist passiert?«

Ihre Knie wurden weich, so daß sie auf sein Bett sank.

Rasch steckte er seine Linke unter die Decke und faßte mit der anderen nach ihr. Diese abwehrende Geste gab ihr den Rest. Die Dämme barsten, und sie fing zu schluchzen an.

Seans Finger griffen in ihr Haar, als er ihren Kopf an seine Brust drückte. »Pst, ganz ruhig.« Seine Lippen küßten sanft ihre Stirn. »Was immer es ist, ich werde es lindern«, sagte er liebevoll. Seine Worte machten jedoch alles nur noch schlimmer. Er hielt sie noch eine Weile an sich gedrückt und flüsterte ihr dann ins Ohr: »Du mußt es mir verraten, Liebes.«

Emerald hob den Kopf und schluckte krampfhaft. »Johnny hat mir alles gesagt.«

19

Aus Seans Augen blitzte dunkler Zorn. »Verdammt, das hätte er dir nie sagen dürfen!« stieß er hervor.

»Sean, ich liebe dich so sehr, daß ich es nicht ertragen kann... ich kann es nicht ertragen.« Sich vor und zurück wiegend, immer wieder, wehklagte sie auf echte irische Art.

Er knirschte frustriert mit den Zähnen. »Und wenn du weinst, kann *ich* es nicht ertragen!«

Er hob ihr Kinn und sah sie an. Sie sah so unglaublich jung aus. Und ihr weißes Seidennachthemd ließ sie auch noch unschuldig, rein und unberührt aussehen. Aber das würde sie nicht lange bleiben, nicht, wenn er seine Rache befriedigte. »Emerald, du sollst meinetwegen keine Tränen vergießen, ich bin es nicht wert.«

Sie lächelte zitternd. »Du hast nur eine dunkle Seite. Laß zu, daß ich dich liebe.« Sie verspürte das Bedürfnis, ihn von aller Brutalität, die er erlitten hatte, zu befreien.

»Emerald, es ist nicht nur eine dunkle, es sind nur schwarze Seiten – ich bin rettungslos verloren. Geh fort, ehe es zu spät für dich ist.«

Als Antwort griff sie unter die Decke und erfaßte seine Hand.

»Nein!« Er zuckte zusammen, als hätte ihn glühendes Eisen berührt.

»Sean, ich liebe dich. Ich liebe dich als Ganzes. Deine Hand ist ein Teil von dir, bitte versteck sie nicht vor mir.«

»Hier also, sieh dir das häßliche Ding an!« Er warf die Decke zurück, um den vernarbten Daumenstumpf zu enthüllen. Seine dunklen Augen ließen ihr Gesicht nicht los, da er ihre Reaktion sehen wollte, und er gewann den Eindruck, daß sie ihre Abscheu bemerkenswert gut zu verbergen verstand.

Aber anders würde es sein, wenn er sie zu berühren versuchte. Nie wollte er sehen, wie sie vor ihm zurückwich.

Seine Augen weiteten sich, als er sah, daß sie ihre Hand nach seiner Linken ausstreckte. Sie zog sie in einer Liebkosung an ihre Wange, um sodann ein Dutzend kleiner Küsse darauf zu plazieren. Tränen rannen ihr über die Wangen und benetzten seinen vernarbten Daumenstumpf.

Sean stöhnte auf, als hätte er wider besseres Wissen einen Entschluß gefaßt. »Komm. Komm herein zu mir.« Er schlug die Decke noch weiter zurück, und Emerald schlüpfte zu ihm ins Bett. Er schlang die Arme um sie und zog ihren bebenden weichen Körper an seinen harten. Sanft hielt er sie in seinen starken Armen und streichelte ihr Haar, während sie sich schluchzend an ihn klammerte.

Warum bist du vor mir nicht davongelaufen, Emerald? *Warum hast du es mir so leichtgemacht?*

Er hielt sie fest, bis sie sich ausgeweint hatte. Während ihr Schluchzen nachließ und sie ruhig dalag, ihre Wange an sein Herz gedrückt, dessen Wärme und Kraft in ihren Körper zu dringen schien, hatte Emerald sich nie sicherer und behüteter gefühlt. Zusammen in einem Bett zu liegen, wie in einen warmen Kokon gehüllt zu sein. Es war das, was sie für den Rest ihres Lebens wollte.

Sie hob ihr Gesicht und blickte ihn an. Seine dunkle Schönheit wirkte auf sie unwiderstehlich. Sie zeichnete mit der Spitze ihres Zeigefingers seine schwarzen Brauen nach, die schrägen Wangenknochen, strich über seine dunklen Stoppeln am Kinn. Das bereitete ihr so viel Vergnügen, daß sich in ihr plötzlich das Verlangen regte, ihn ganz zu erkunden.

Da ihr sein Körper noch unbekannt war, wollte sie jeden Muskel, jede Stelle seines gestählten Körpers spüren. Sie wollte ihn ansehen, ihn riechen, ihn schmecken. Ihr war klar, daß sie Jahre brauchen würde, um herauszufinden, was in seinem

Kopf oder gar in seinem Herzen vorging, da er nicht bereit war, seine Gedanken mit jemandem zu teilen. Nun war er wenigstens gewillt, seinen Körper und dessen Geheimnisse mit ihr zu teilen. Und das genügte Emerald vorerst.

Ihre aufrichtige Liebe würde seine inneren Verletzungen vielleicht heilen können, so daß er ihr irgendwann rückhaltlos Vertrauen schenken würde. Seine Augen waren von unergründlicher Tiefe, als sie zu ihm aufblickte. Seine Hände aber umfaßten langsam ihr Gesicht, und dann zogen seine Lippen jeden Zug nach, von der Schläfe bis zum Kinn. Er hatte die Führung übernommen.

Sie verdoppelte ihre Liebkosungen, indem sie sein Gesicht umfaßte, um ihre Küsse auf jeden Millimeter zu verteilen. Ehe sie fertig war, war er bei ihrer Kehle und den Schultern angelangt, überschüttete sie mit federleichten Küssen, knabberte an ihrer seidigen Haut, flüsterte Liebesworte. Sie machte es ihm nach und ließ Lippen und Zunge über die kraftvolle Säule seines Halses gleiten, rieb ihre Wange an seinem Schlüsselbein, liebkoste die Sehnen seiner breiten Schultern.

Seans Hände strichen über ihren Körper abwärts, nahmen die weiße Seide ihres Hemdes mit und zog es ihr mit einer geschickten Bewegung über den Kopf. Das Gefühl ihrer nackten Haut an seinem bloßen Fleisch war so erregend, daß sie aufstöhnte. Doch seine Liebkosung galt keiner intimen Stelle. Statt dessen nahm er ihre Hand und drückte einen Kuß auf die Innenfläche, ehe seine Lippen den zarten blauen Adern an ihrem Handgelenk folgten. Seine Zungenspitze glitt die Unterseite ihres Armes entlang zum Ellenbogen, so daß sie überall sinnliches Prickeln spürte.

Indem er sie so langsam und sanft erkundete, erregte und steigerte er ihre Sinne. Sofort wollte Emerald das gleiche für Sean tun. Sie beugte sich über ihn und hob seine Arme über seinen Kopf. Dann begann sie ihre Verführung in den empfindlichen Höhlungen, knabbernd, flüsternd, seinen schwindelerregenden männlichen Duft einatmend. Sie bedeckte seine erhobenen Arme mit Küssen, bis sie nicht mehr weiterreichte. Also rückte sie mit ihrem ganzen Körper höher, um seine Finger und dann seine Daumen küssen zu können.

Ihre Brüste streiften sein Gesicht und füllten seine Nase mit ihrem weiblichen Duft. Er schloß die Augen, atmete ein und genoß ihre wachsende Erregung. Dann nahm sie ohne Vorwarnung seinen Daumenstumpf in den Mund und saugte sanft daran, um ihm zu beweisen, daß sie alles, auch die Narben an seinem Körper liebte.

Wollust schoß wie eine glühende Fontäne in Sean hoch. Es drängte ihn, sie mit Gewalt zu nehmen, gleich einem wilden Raubtier, das sein Opfer packte und verschlang. Doch er bezähmte dieses mächtige Verlangen. Später würde noch Zeit für ungezügelte Raserei sein. Dieses erste Mal mußte Emerald jeden einzelnen Moment genießen.

Um seine rohe Begierde zu stoppen, faßte er mit seinen Händen um ihre Mitte und hob sie an, bis seine Lippen ihren Schamhügel streiften und sein Mund Besitz von ihr ergriff. Emerald stöhnte auf. Als seine heiße Zunge in sie eindrang, war es, als wäre ein Blitz durch sie hindurchgefahren.

In ihren kühnsten Träumen hätte sie sich nicht vorstellen können, daß ein Mann so etwas tat, und doch genoß sie es so sehr, daß sie sich ihm weit öffnete. Sie drehte und wand sich vor Wonne, so daß Sean das Spiel verzögerte und zwischen den heißen, feuchten Stößen seine Zunge auch immer wieder um ihre pralle Lustperle kreisen ließ. Als Emerald schließlich zum Höhepunkt kam, kostete er ihre Sahne voller Gier und unersättlich. Emeralds kehlige Schreie waren bis in den höchsten Turm von Greystones zu hören.

»Wenn ich das nur für dich tun könnte«, stieß sie dann atemlos hervor.

»Was denn?« fragte er heiser.

»Dich mit meinem Mund lieben.«

»Kleine Unschuld«, murmelte er.

»Was?« Sie umfaßte vorsichtig sein erigiertes Glied, was Sean fast zum Platzen brachte. »Ach, wie dick und hart es ist! Ich hatte keine Ahnung, daß es so empfindlich sein kann. Glaubst du, daß meine Lippen und meine Zunge dir Lust bereiten könnten?«

»Ein wenig vielleicht«, knurrte er mit angehaltenem Atem.

Ihre Lippen berührten ihn erst leicht, unsicher, was sie erwartete und wie er reagieren würde. Sean stöhnte jedoch so lustvoll auf, daß sie ihre Hemmungen verlor. Tief nahm sie sein Glied in ihren Mund und saugte hingebungsvoll daran, erregt darüber, wie lang und stark es wurde ... wie heiß es pulsierte ... bis ... »Das reicht, meine Schöne«, keuchte Sean, und faßte in ihr Haar, um sie sanft wegzuziehen, ehe er sich zuckend ergoß. Das Wissen um ihre erotische Macht über ihn hatte ihr die Röte in die Wangen getrieben, und Sean gestand sich ein, daß er nie eine Frau gesehen hatte, die in ihrer Leidenschaft schöner gewesen wäre. Er wußte, daß dies der Moment war, auf den er gewartet hatte. Und nun wollte er sie in ihrem Stolz und ihrer Leidenschaft vollends zur Seinen machen.

Sich auf sie legend, öffnete er ihre seidigen Schenkel weit und drang langsam und fest mit einem kräftigen Stoß in sie ein. Ihre Scheide war so heiß, daß sie ihn fast versengte und er in seiner Leidenschaft laut aufstöhnte. Als er ganz in ihr war, raunte er ihr zu, was er mit ihr tun würde, wie ihr zumute sein würde und wie herrlich es sich anfühlte, endlich tief in sie eingedrungen zu sein.

Emerald wurde von fiebrigem Begehren erfaßt, als sie spürte, wie er sie mit seiner Männlichkeit ausfüllte. Sie wollte seinem fordernden Körper alles geben und schlang ihre Beine um seinen Rücken. Das heiße Gleiten seiner mächtigen Stöße trieb sie fast zum Wahnsinn. Sie genoß das Gewicht seines Körpers, kostete die pulsierende Härte tief in ihrem Inneren und den erregenden männlichen Duft seiner Haut aus, während er seiner so lange unterdrückten Begierde freien Lauf ließ.

Vor Leidenschaft außer sich, grub sie ihre scharfen kleinen Zähne in seine Schulter. Sie spürte, wie sie sich seinem Rhythmus anpaßte, die Welt hinter sich ließ, aufstieg in schwindelerregende Höhen – bis sie glaubte, ihr Herzschlag müsse aussetzen. In diesem Moment ergoß sich Sean mit einem gurgelnden Laut in sie, und gemeinsam verharrten sie auf dem Gipfel ihrer Lust. Sterne zerbarsten um sie. Sie waren eins. Ein Mensch. Lange dauerte es, bis sich ihr Herzschlag einigermaßen wieder beruhigt hatte.

Emerald hielt Sean fest, da sie nicht wollte, daß er sich aus ihr zurückzog. Sie streichelte seinen Rücken von den Schultern zum Gesäß. Sie überschüttete ihn mit lauter kleinen Küssen, die eine Spur wie von glühender Lava in ihm erzeugten. Sean hatte in Emerald ein solch unfaßbares Glücksgefühl geweckt, daß sie vermeinte, von ihm nie genug bekommen zu können.

Plötzlich spürten ihre Fingerspitzen knotige Erhebungen auf seinem Rücken. Blinde Wut erfaßte Emerald, als ihr bewußt wurde, daß es vernarbte Verletzungen waren, die man ihm zugefügt hatte. Es kümmerte sie wenig, daß sein schöner Körper nicht makellos war, doch wenn sie sich vorstellte, wie machtlos er gewesen war und wieviel Selbstbeherrschung es bedurft hatte, um zu überleben, brach es ihr fast das Herz. Am liebsten hätte sie ihren Vater und Jack Raymond auf der Stelle umgebracht und alle, die an seinen Qualen schuld waren.

Sean spürte ihren Zorn. Er drehte sich auf den Rücken und rollte sie mit sich, so daß sie auf ihm lag. Er kannte nur einen

Weg, sie zu besänftigen. Er faßte in ihr Haar und zog ihren Kopf an sich. Dann preßte er seine Lippen auf ihre und erkundete ihren Mund so gierig, daß sie keine Chancen für einen klaren Gedanken mehr hatte. Sie überließ sich willig und voller Hingabe ihrer von neuem erwachenden Leidenschaft.

Noch ehe der Morgen graute, hatte Sean sie mehrmals und vollendet befriedigt. Köstliche Mattigkeit überkam sie endlich, und ihre Lider wurden schwer. Unter Auferbietung ihrer ganzen Kraftreserven bewegte sie sich unruhig in seinen Armen. »Ich muß zurück in mein Zimmer, ehe die Dienstboten mich hier finden.«

Sein Arm legte sich fest um sie. »Es wird kein verstohlenes Schleichen geben. Ich möchte dich allabendlich in meinem Bett finden und dich jeden Morgen mit Küssen wecken. So etwa.« Seine Lippen streiften ihre Stirn, glitten leicht über die Schläfen und berührten jedes Lid. Als sein Mund den ihren erreichte, war sie erneut zu allem bereit.

Sie war weich vor Übersättigung, warm und schmiegsam und willens, ihm jederzeit alles zu geben. Sean wollte sie genauso. Und er wollte, daß sie so bliebe. Er schlüpfte aus dem Bett und steckte die Decke um sie fest. »Heute morgen wollen wir einen Ausritt durch unsere und die benachbarte Grafschaft unternehmen.«

Als Emerald ächzte, lachte Sean. »Du nicht, meine Schöne. Ich werde dich bei Johnny entschuldigen und sagen, du wärest die ganze Nacht durchgeritten.« Er grinste sie lüstern an.

»Sean!«

»Hm, reicht den Erröten bis zu deinen reizenden Brüsten?« Er zog die Decke herunter und drückte einen Kuß auf jede ihrer sofort steif werdenden Brustwarzen. Sein Blick wurde ernst, als er sagte: »Ich habe dich begehrt, seit du sechzehn warst… und das Warten hat sich gelohnt, meine Schöne. Du sollst dich ausruhen, damit wir die nächste Nacht wieder zur Explosion bringen können.«

Seine Worte bewirkten, daß sie Gänsehaut bekam, während ihr Inneres in Flammen stand. Wie würde sie bis zum Abend warten können?

Sean wählte mit Absicht für den Ausritt zwei der rassigsten Vollblüter, deren Greystones sich rühmen konnte. Der Rasen auf der ausgedehnten Ebene war weich und dicht, und die Grashalme stellten sich sofort wieder auf, nachdem die Pferdehufe darüber hinweggedonnert waren. Johnny Montagues hingerissene Miene und seine endlosen Fragen die berühmte irische Vollblutzucht betreffend, verrieten Sean, daß der junge Mann in seinem Element war. Er lauschte aufmerksam, als Sean ihm erklärte, daß auf den üppigen Wiesen von Meath die edelsten Pferde grasten, während sich in Kildare das Zentrum der irischen Pferderennen befände.

Den Nachmittag verbrachten sie auf Maynooth, wo Sean den Umzug der Bücher seines Großvaters in seine eigene Bibliothek veranlaßte. Während er damit beschäftigt war, bat er Nan FitzGerald, ihrem Besucher die Zeit zu vertreiben. Johnny, der sie nie vergessen hatte, holte seine frühere Schüchternheit ein. In den fünf Jahren seit ihrer letzten Begegnung hatte Nan sich von einem hübschen Mädchen in eine schöne Frau verwandelt. Ihr Wesen aber hatte sich nicht geändert. Sie war noch immer das reizendste weibliche Geschöpf, dem John je begegnet war.

In ihrer Gesellschaft verlor er auch bald seine Befangenheit, während Nans Herz beim Anblick des vornehm aussehenden jungen Mannes heftiger zu schlagen begann. Um ihn zu unterhalten und gleichzeitig von den anderen Mädchen auf Maynooth fernzuhalten, führte Nan ihn hinauf zu den Zinnen und Türmen des Schlosses.

»Ich fühle mich geschmeichelt, daß du dich an mich erinnern kannst.«

»Ach, Johnny, ich habe sehr oft an dich gedacht.«

»Du bist nicht verheiratet oder verlobt?« fragte er gespannt.

Nan schüttelte rasch den Kopf, in der Hoffnung, diese Tatsache würde ihn beflügeln. Aber Johnny errötete nur über seine mutige Frage und schwieg erschrocken. Nan entschied, daß sie nicht wieder fünf Jahre warten konnte, um die Bekanntschaft weiterzubringen. Sie schluckte und platzte dann heraus: »Johnny, glaubst du an Liebe auf den ersten Blick?«

»Ja, ich glaube daran«, erwiderte er ernsthaft. »Genau das ist nämlich Emerald und Sean passiert.«

»Stimmt es, daß er sie geraubt und verführt hat?« fragte Nan atemlos, momentan von ihrem Ziel abgelenkt.

»Es stimmt, und ich weiß, es klingt wie ein Verbrechen von Sean. Aber meine Schwester ist so in ihn verliebt, daß sie vor Liebe buchstäblich glüht.«

»Wie romantisch… unser Wiedersehen hat mir nämlich klargemacht, daß auch ich in dich verliebt bin«, sagte nun Nan entschlossen und schaute ihn leicht verlegen aus dunkelblauen Augen an. Johnnys Herz weitete sich. Wie verflogen war seine Schüchternheit, als er ihre Hände ergriff und sie an sich zog. Dann streifte er behutsam mit seinen Lippen ihren Mund, um ihn nach kurzem Zögern in Besitz zu nehmen. Mit Hingabe erwiderte Nan seinen Kuß, und die Intensität ihrer Gefühle ließ die Welt um sie versinken.

Erst bei Seans Räuspern fuhren sie schuldbewußt auseinander. Sean, der über ihre neue Vertrautheit elegant hinwegsah, bat um die Begleitung der beiden. Gemeinsam besuchten sie nun mit Johnny die ausgedehnten Stallungen des Gutes, die Weideflächen sowie die zahlreichen Pachthöfe, auf denen Pferde gezüchtet wurden. Sean bemerkte, wie hingerissen Johnny über das alles war.

Als der Junge einen tiefen Seufzer hören ließ und murmelte: »Ich wünschte, ich wäre hier geboren worden«, wußte Sean, daß er sein Ziel erreicht hatte. Pferde und die entzückende Nan vor seiner Nase zu plazieren war eine sehr subtile Art der Folter.

Auf dem Rückweg nach Greystones dachte Johnny an das, was er zurückließ, und Sean erhöhte die Qual, indem er ihm in Erinnerung rief, was vor ihm lag: »Ich werde dich und deine Besatzung auf der *Half Moon* nach England zurückbringen. Ich weiß, daß du die Heimkehr kaum erwarten kannst, aber könntest du dich noch bis morgen gedulden?«

»Du bist grausam und ein Mistkerl obendrein«, schimpfte Johnny.

»Unbarmherzig«, gab Sean ihm mit spöttischem Blick recht.

Johnny war der Ansicht, daß Shamus O'Tooles Schuß eine verdammt hilfreiche Sache gewesen war. Die englische Besatzung war überzeugt, er, Johnny, wäre nur um Haaresbreite dem Tod entgangen. Die FitzGeralds hatten sämtliche Feuerwaffen und Munition der *Swallow* an sich gebracht und die englischen Seeleute in dem Glauben gelassen, sie seien Gefangene. Und Johnny hütete sich, sie von der Meinung abzubringen, man könnte sie in ihren Kojen töten, wann immer es Sean O'Toole beliebte. Teils weil es stimmte, teils weil er selbst besser dastand, falls William Montague die Leute einer Befragung unterzog.

»Wenn die Montague-Linie in den nächsten Wochen Schiffe verliert, mußt du deinem Vater raten, neue zu kaufen. Natürlich werde ich die Finanzierung übernehmen. Sind Probleme vorauszusehen?«

»Als Seemann bin ich erbärmlich, aber auf festem Boden ist die Schiffahrt meine große Stärke. Der langweilige Papierkram ist meine ureigene Domäne. Vater verläßt sich da ganz auf mich.« John überlegte kurz, ehe er eine Information von höchster Bedeutung weitergab. »Bei der Versicherung der Fracht lasse ich es drauf ankommen. Mindestens zwei von zehn Ladungen werden nicht versichert. Das spart viel Geld und ist übrigens in der Handelsschiffahrt gang und gäbe.«

Seans Blick blieb undurchdringlich. »Da ich seit kurzem Aktionär von Lloyd's in London bin, kann ich *dir* genau auflisten, welche Montague-Schiffe versichert sind oder besser gesagt, welche nicht versichert sind.«

»Überläßt du irgend etwas dem Zufall?«

»Sehr wenig, Johnny. Ich hatte fünf Jahre Zeit, meine Pläne zu schmieden, und da mir Fortuna mit dem Erbe der Earls – würde ein Vermögen zuspielte, habe ich nun die Mittel, diese Pläne in die Tat umzusetzen.«

Johnny Montague wußte, daß er eigentlich nicht überrascht hätte sein sollen. Wie kam es, daß die Iren von den Engländern immer unterschätzt wurden? Seine Gedanken flogen zu Emerald. Er hoffte, sie würde nicht diesem Fehler verfallen. Um ihretwillen hoffte er, sie würde Sean O'Toole gewachsen sein.

Emerald konnte nicht aufhören zu singen. Heute sah sie die Welt mit ganz anderen Augen. Alles und jeder waren unendlich viel schöner. Die Rosenholzmöbel ihres Zimmers glänzten, die Sonne, die durch die Fensterscheiben fiel, verwandelte diese zu purem Gold. Als Kate die Bettlaken wechselte, kamen ihr diese weißer und besser gestärkt vor, das Frühstück mundete ihr wie himmlisches Ambrosia und sogar das Wasser in der Wanne fühlte sich an ihrer Haut doppelt köstlich an.

Sie füllte das Haus mit Blumen, deren Duft und Farben sie bezauberte. Ihr Herz quoll über vor Freude, die sie mit allen teilen wollte. Am Nachmittag beschloß sie, Seans Vater im Pförtnerhaus zu besuchen. Ihr Zorn ihm gegenüber war verraucht und hatte nur Mitleid hinterlassen.

Sie nahm einen Arm voller blauer und gelber Lupinen mit,

die sie einem erstaunten Mr. Burke entgegenhielt. »Ich bin Emerald FitzGerald und komme zu Besuch«, kündigte sie fröhlich an.

Das Zwinkern in Shamus' Augen verriet Paddy Burke, wie sehr er sich über weibliche Gesellschaft freute.

Während sie mit ihm plauderte, sorgte sie in dem Turmzimmer für ein wenig Ordnung, ehe sie sich auf einem Schemel neben Shamus niederließ und sich von ihm einen kleinen französischen Brandy anbieten ließ. Ihr Herz floß vor Anteilnahme für diesen Mann über. Durch das Verschulden der Montagues war seine Familie zerstört worden. Seine geliebte Frau Kathleen mußte an gebrochenem Herzen gestorben sein, als sie erfuhr, daß beide Söhne für sie verloren waren.

Emerald lenkte das Gespräch geschickt so, daß Shamus verleitet wurde, in Erinnerungen an glückliche Zeiten zu schwelgen. Er war ein Mann, der gern redete, schon gar, wenn er eine so schöne und aufmerksame Zuhörerin hatte.

Als sie ging, empfanden beide Männer Bedauern. »Komm wieder. Du hast Sonnenschein mitgebracht«, strahlte Shamus.

»Das werde ich«, versprach sie beglückt.

Als Emerald beschloß, sich zum Dinner umzukleiden, war es natürlich nicht das Dinner, für das sie sich zurechtmachte, es war Sean FitzGerald. Sie wählte pfauenblaue Seide und flocht einen Kranz cremefarbener Rosen in ihr Haar.

Von ihrem hohen Fenster aus erspähte sie die zwei Reiter schon von weitem. Da sie sich denken konnte, daß Sean bereits nach ihr Ausschau hielt, raffte sie eilends ihre Röcke und lief ihm entgegen.

Kaum hatte er sie gesehen, als er auch schon wie der Blitz vom Pferd sprang. Er breitete seine Arme aus, und sie warf sich hinein. Dann hob er sie hoch und wirbelte sie herum. »Diese Eleganz – meinetwegen?«, sagte er leise und biß sie verspielt ins Ohrläppchen.

Sie hob ihr Gesicht und flüsterte: »Seid Ihr nicht der verwöhnte Earl von Kildare?«

»Der bin ich, Madam.« Sein rascher, leidenschaftlicher Kuß raubte ihr den Atem. »Du riechst nach Rosen und Verheißungen. Ich sollte dich nicht anfassen, bis ich diesen Stallgeruch losgeworden bin.«

Sie sog seinen männlichen Duft ein und verdrehte anerkennend die Augen. »Pferd, gemischt mit Leder ist für mich das reinste Aphrodisiakum.«

»Wäre das wahr, könnte ich Bad und Dinner auslassen und schnurstracks mit dir ins Bett gehen.«

Als Johnny aus dem Stall kam, blieb er absichtlich zurück, um ihnen einen Augenblick des Alleinseins zu ermöglichen.

Emerald tat, als hätte sie ihn eben erst bemerkt. »Ach, ich vergesse ganz, daß wir Gesellschaft haben. Ich glaube, wir müssen schließlich doch das Dinner noch erdulden. Aber tröste dich, ich habe veranlaßt, daß Mary Malone einige deiner Lieblingsgerichte zubereitet hat.«

An diesem Abend fühlte Johnny sich bei Tisch als fünftes Rad am Wagen. Obwohl sie ihn liebenswürdig in ihr Gespräch einbezogen, hatten Emerald und Sean nur Augen füreinander. Als das Dessert aufgetragen wurde, bemerkte Johnny, daß sie unter dem Tisch doch tatsächlich Händchen hielten. *Wenn sie es schafft, das wilde Tier zu zähmen, das in Sean O'Toole schlummert, ist sie ihm vielleicht doch gewachsen*, grübelte Johnny. Schließlich wurden ihm die sehnsüchtigen Blicke der beiden unerträglich, und er empfahl sich für die Nacht.

Sean stellte Emeralds Füße auf den dicken Teppich, versperrte die Zimmertür und zog seine Lederhandschuhe aus.

Als sie anfing, die Verschlüsse am Oberteil ihres pfauenblauen Seidenkleides aufzuknöpfen, unterbrach er sie.

»Zieh dich nicht aus. Überlaß mir dieses Vergnügen.«

Sie ließ ihre Hände sinken und sah ihm voller Verlangen zu, als er sich rasch seiner Sachen entledigte. »Bekommst du immer, was du möchtest?« zog sie ihn auf.

»Mit ein wenig irischem Charme und ein wenig freundlicher Überredung, meistens.« Sein Körper war ganz Sehnen und Muskeln und durchtrainiertes Fleisch, über das sich straff seine dunkle Haut spannte. Tiefschwarzes Haar wuchs auf seiner Brust und verjüngte sich über dem flachen Leib nach unten zu einer dünnen Linie, um sich im Schritt wieder üppig zu kräuseln. Die Natur hatte es gut mit ihm gemeint und ihn bei der Ausstattung seiner Männlichkeit sehr großzügig bedacht.

Als er auf sie zuging, sah sie, daß sein Glied sich schon hart aufgerichtet hatte. Sie stand reglos da, als er unter ihre Seidenröcke griff. Seine Finger streichelten sie spielerisch, drangen in sie ein, umkreisten ihre Liebesperle und stießen wieder in sie, bis ihre Spalte heiß und schlüpfrig war. Nun spreizte er Emeralds Beine und hob sie auf seinen vorstehenden, erigierten Schaft.

Sie umklammerte seine Schultern und grub ihre Nägel in sein festes Fleisch. Bis er sämtliche Knöpfe geöffnet hatte, so daß ihre Brüste ungehindert hervorsprangen, keuchte sie vor Verlangen. Seine Zunge spielte nur kurz mit ihren Brustknopsen, doch es reichte, um sie zu harten Spitzen werden zu lassen. Er wußte, daß sie kein Vorspiel mehr brauchte.

Sean hob Seidenkleid und Hemd gleichzeitig. Dann umfaßte er ihr nacktes Gesäß und drang mit einem energischen Stoß endgültig in sie ein, wobei sich ein wilder Schrei seiner Kehle entrang.

Die Nacht explodierte.

20

Sean genoß das Abebben des Gewitters fast so wie den Sturm selbst. Er lehnte in halbsitzender Stellung in den Kissen, während Emerald auf dem Bauch lag, ihren Kopf auf seine Brust geschmiegt. So hatte er sie gern, weich, weiblich und gesättigt. Er streichelte geistesabwesend ihr Hinterteil, während seine Lippen ihren Scheitel streiften. Betört und bezaubert wie er war, mußte er sich ermahnen, nicht zu gefühlsbetont zu werden. Ihre gemeinsame Zeit war nicht unbegrenzt. Sie war nur Mittel zum Zweck. Und sie *wird enden*, rief er sich in Erinnerung.

Er spürte, wie sein Geschlecht sich regte. Sein Appetit auf diese Frau war anscheinend unersättlich. Würde er denn von ihr nie genug bekommen? »Morgen bringe ich deinen Bruder und seine Besatzung nach England zurück. Kommst du mit? Traust du mir zu, dich nach London und wieder herauszuschmuggeln? Aufs Schmuggeln verstehe ich mich.«

Ihre Hand griff zwischen ihre Körper und drückte seinen Schaft, der an ihrem Leib erregt anschwoll. »Rein und raus, ja, ja, darin bist du wirklich gut«, neckte sie ihn, bemüht, die Entscheidung hinauszuschieben. Für Emerald war London gleichbedeutend mit den Montagues – sie wollte beide nicht wiedersehen. Die Alternative aber war ebensowenig wünschenswert. Von diesem Mann wollte sie nicht getrennt werden, und wenn es nur für ein paar Nächte war. Sie hob ihm ihr Gesicht entgegen. »Mußt du fahren?«

Er küßte ihre Mundwinkel. »Ich werde für deine Sicherheit sorgen. Kommst du mit?«

Sie wußte, daß sie ihm ans Ende der Welt folgen würde. Ihre Mundwinkel verzogen sich zu einem spitzbübischen Lächeln. »Überrede mich.«

Sean O'Tooles Überredungskunst war sehr wirkungsvoll, und das nicht nur bei Frauen. Noch ehe die *Half Moon* im Hafen von London anlegte, stand die Besatzung der Montagues bis zum letzten Mann heimlich in seinem Sold.

Emerald verabschiedete sich tränenreich von ihrem Bruder. »Johnny, ich stehe Todesangst um dich aus. Wie wirst du Vater gegenübertreten? Der Verlust der *Swallow* wird ihn mehr aufbringen als mein Verschwinden.«

Johnny gab ihr einen Kuß auf die Stirn. »Er hat nie ernsthaft erwartet, daß O'Toole dich ausliefern würde. Und was das Schiff betrifft, so hat er einfach seinen Gegner unterschätzt. Es wird ihm eine Lehre sein, wenn auch eine kostspielige. Mach dir meinetwegen keine Sorgen, Emerald. Ich habe mich nicht umsonst um die Finanzen der Montagues gekümmert und konnte mir ein eigenes Nest bauen.«

Mit einem Mal war Emerald hinsichtlich ihres Bruders sehr viel zuversichtlicher. Der Junge, der sich von seinem Vater hatte quälen lassen, hatte seinen eigenen Weg und seine Stärke gefunden.

Wie es sich zeigen sollte, hätte der Zeitpunkt von Johns Rückkehr nicht günstiger sein können. König George hatte den Earl von Sandwich wegen der gegen ihn erhobenen unwiderlegbaren Anschuldigungen seines Postens als Erster Lord der Admiralität enthoben. Als John Montague seinen Vater traf, wußte dieser nicht mehr aus noch ein.

»Gottlob, daß du zurück bist. Wir sind ruiniert! Dank der Dummheit meines Bruders bleiben die lukrativen Tore der Admiralität uns von nun an verschlossen. Er hat sein Amt eingebüßt, weil er zu viele Feinde hatte, die auf seinen Sturz hinarbeiteten. Und sein Sturz ist auch unserer! Die ganze Familie Montague ist in Ungnade gefallen.«

»Vater, das stimmt einfach nicht. Dein Bruder ist es, der in Ungnade fiel, nicht du. Dein Bruder wurde vom König seines hohen Amtes enthoben, nicht du. Finanziell werden wir die Nachwirkungen spüren, aber dein Bruder ist es, der die Strafe der Gesellschaft zu spüren bekommen wird, nicht du.« John entdeckte, daß er es genoß, seinen Vater mit Halbwahrheiten zu manipulieren.

Auch Jack Raymond war bestrebt, seinen Schwiegervater zu besänftigen. »Mein Vater ist der Earl von Sandwich und hat hochgestellte Freunde. Er wird wieder auf den Füßen landen.«

»Dieser Halunke wird sicher wieder auf den Füßen landen! Aber ich bin finanziell ruiniert. Geh mir aus den Augen! Ein Mann, der seiner Frau nicht Herr wird, hat in diesem Haus nichts verloren.«

»Vater, beruhige dich«, befahl nun John. »Das Ende der Geschäfte mit der Admiralität bedeutet, daß uns mehr Zeit und Mittel bleiben, die wir in unsere eigene Handelsflotte investieren können. Du brauchst deinen Bruder Sandwich nicht, auch nicht seinen großen Freund, den Duke von Bedford. Die Montague-Linie ist deine Rettung. Handelsschifffahrt ist ein gutes Geschäft. Ich glaube, wir sollten expandieren.« John hielt es für günstiger, den Verlust der *Swallow* noch nicht zu erwähnen. Der alte Mann würde früh genug davon erfahren.

Er tarnte die Befriedigung, die er empfand, hinter der Maske des Bedauerns, als er vollendete: »Ich fürchte, O'Toole weigert sich, uns Emma auszuliefern. Aber man muß die gute Seite daran sehen. Denk an das viele Geld, das wir damit sparen.«

Sean ließ Emerald in einer Suite im Savoy Hotel zurück, während er sich in die City begab, um Bank- und Geschäftsangelegenheiten zu erledigen. Als er an jenem Abend wiederkam, hatte er für sie eine Überraschung.

»Aber ich hasse die Häuser in London«, protestierte sie.
»Sie sind häßlich und finster.« Insgeheim setzte sie hinzu: *Dir werden sie auch nicht gefallen. Man fühlt sich darin ohne Licht und Luft, eingeschlossen wie in einem Grab.*

Er faßte nach ihren Händen. »Vertraue mir. Komm und sieh es dir an.« Er beugte den Kopf und küßte sie. »Soll ich dich überreden?«

»Ja, bitte«, murmelte sie und öffnete ihren Mund für seine fordernde Zunge.

Die elegante Residenz an der Old Park Lane war das genaue Gegenteil des Mausoleums, in dem Emerald aufgewachsen war. Die Vorderfront des hohen Hauses gewährte Aussicht auf Serpentine und Rotten Row, während man von der Rückseite aus ungehindert auf die prachtvollen Blumenanlagen des Green Parks sehen konnte. Die renovierten und in Hellgrün gehaltenen Räume waren mit elegantem französischen Mobiliar in Weiß eingerichtet.

»Ich miete es ja nur, und zwar samt Personal«, erkläre Sean.

Emerald mußte nicht mehr weiter überredet werden, da sie sich auf den ersten Blick in das Haus verliebt hatte. Doch bedachte sie den attraktiven Mann, den sie anbetete, mit einem fragenden Seitenblick. »Und wirst du dich hier wohl fühlen?«

»Willst du damit andeuten, daß ich nur ein irischer Bauernlümmel bin?«

Sie bedachte ihn mit einem kecken Blick. »Tja, man könnte ja ein Schwein und ein paar Hühner halten, wenn es dich glücklich macht.« Er riß sie wortlos in seine Arme, faßte mit einem geschickten Griff in ihren Ausschnitt und holte eine Brust hervor. Als er sie in seinem warmen Mund versenkte, stöhnte sie gierig auf.

»Bist du denn immer in dieser Verfassung?«

»Daß ich es bin, ist verdammt gut, da du unersättlich bist, meine Schöne.«

»Findest du nicht, daß wir Glück haben, einander gefunden zu haben?« fragte sie selig.

Nachdem sie am nächsten Tag eingezogen waren, rief der Earl das Hauspersonal zusammen, um ihm Anweisungen zu geben und es mit seinen Ansprüchen vertraut zu machen. Sie waren hoch, gab er freimütig zu, insbesondere was Wäsche betraf, seine eigene sowie Tisch- und Bettwäsche. Heißes Wasser mußte ständig zur Verfügung stehen, so daß man zu jeder Tages- und Nachzeit ein Bad nehmen konnte. Die Mahlzeiten sollten von einem Meisterkoch zubereitet werden, der noch am selben Tag eintreffen würde.

Aber über allem stand die wichtigste Regel: seine Dame und deren Identität mußten zu allen Zeiten geschützt werden. Da ihn seine Geschäfte oft in die City führten und Emerald dann allein zurückbleiben würde, durfte in seiner Abwesenheit ohne seine ausdrückliche Erlaubnis niemand eingelassen werden.

Später am Tag brachte Sean zwei Besucher ins Haus, einen Perückenmacher und einen Juwelier. »Die Mode spielt in London total verrückt. Du wirst für einen Theaterbesuch eine gepuderte Perücke mit Straußenfedern brauchen.«

»Ach, ich weiß. Ich habe die Leute im Park paradieren gesehen. Nichts als Puder, Schönheitspflästerchen und Spitze – und das auch bei den Herren!« sagte sie lachend.

Während Emerald ihre Perücke angepaßt wurde, prüfte Sean die Schmuckstücke, die der Juwelier dabei hatte, und wählte spontan ein funkelndes Diamanthalsband, das zu dem roten Samt ihrer Robe herrlich passen würde. Zu Hause in Irland, wo sie sich mit ihrem eigenen herrlichen dunklen Haar zeigen konnte, würde der Schmuck noch besser zur Geltung kommen. Er stellte sie sich vor – nackt bis auf die Diamanten – und beschloß, bis zum Zubettgehen zu warten, ehe er ihr sein Geschenk überreichte.

»Morgen abend sind wir zu einem großen Fest eingeladen, das der Duke von Newcastle veranstaltet.«

Ihre Augen wurden groß. »Wie kommt es, daß du ihn kennst?«

»Ich machte es mir zur Aufgabe, die Freundschaft mit ihm zu pflegen, als ich entdeckte, daß wir gemeinsame Feinde hatten.«

»Du meinst die Montagues?«

»Im weitesten Sinn. Newcastle genießt den Erfolg seines Vernichtungsfeldzuges gegen Sandwich so sehr, daß er zur Feier seines Triumphes einen Ball veranstaltet.«

Emerald schauderte. »Mein Onkel ist ein schrecklicher Mensch. Was ist mit ihm geschehen?«

»Der König hat ihn seiner Ämter bei der Admiralität enthoben«, sagte Sean leichthin.

Emerald erschrak. Die Earls von Sandwich hatten seit den Tagen König Charles' II. an der Spitze der Admiralität gestanden. Sie sah Sean nachdenklich an. Wie hatte er den Sturz ihres Onkel erreicht? Sie zweifelte keinen Augenblick daran, daß er derjenige war, der mit geschickter Hand die Fäden gezogen hatte. Und sie hatte Verständnis für sein Bedürfnis nach Vergeltung. Die Montagues hatten ihm schwere Narben zugefügt, innerlich wie äußerlich.

Die unsichtbaren Narben aber konnten nicht verheilen, ehe er nicht Rache geübt hatte.

»Wird man dort eine Montague nicht beim ersten Ablick erschießen?« fragte sie und schlug einen ähnlich amüsierten Ton an wie er.

»In Perücke und Maske wirst du anonym bleiben«, versprach er leichthin.

Emerald mußte bald erfahren, daß Sean nicht die Wahrheit gesagt hatte. Zwei livrierte Diener standen am Eingang zum glänzenden Ballsaal, der eine, um die Umhänge der Damen in Empfang zu nehmen, der andere, um die Namen der Gäste anzukündigen. Sean reichte ihr mit Satin gefüttertes Cape dem Diener und nannte nur seinen Namen.

»Der Earl von Kildare.«

Sean ergriff ihren Arm, als sie den Ballsaal betraten und die Augen aller sich auf sie richteten. Man hörte ein Raunen, gefolgt von einem Augenblick der Stille. Emerald glaubte im ersten Moment, ihre und Seans Aufmachung hätte die Leute dermaßen verblüfft. In ihrer roten Samtrobe, um den Hals die blitzenden Diamanten, unterschied sie sich deutlich von den in pastellfarbigen Taft gekleideten und mit Perlen geschmückten Damen. Und Sean war als einziger der Herren in Schwarz erschienen.

Als ihre Gastgeberin, die Duchesse von Newcastle, vortrat, um sie zu begrüßen, erkannte Emerald diese Annahme jedoch sofort als Irrtum.

»Wie erheiternd, daß die Nichte des Earls von Sandwich mit uns seinen Sturz feiert.«

»Wie haben Sie so schnell meine Identität entdeckt, Euer Gnaden?« fragte Emerald versteinert.

Die Herzogin warf Sean einen aufreizenden Blick zu. »Meine Liebe, Kildare und ich sind sehr *intim*.«

Emeralds Augen funkelten unter ihrer Maske. Sie war wütend, weil Sean sie glauben gemacht hatte, ihre Identität würde unentdeckt bleiben. Außerdem war sie eifersüchtig auf seine Beziehung zur Duchesse von Newcastle, obwohl sie lieber tot umgefallen wäre, als sich dies anmerken zu lassen. Unvermittelt auflachend tippte sie ihn mit ihrem Fächer an. »Es stimmt also, du raffinierter Teufel, du hast tatsächlich eine Schwäche für ältere Frauen.«

Die Herzogin erstarrte. Als Sean ihre Hand zu einem flüchtigen Handkuß an die Lippen führte, fühlte er tiefe Bewunderung für seine hinreißende Partnerin. Sie zeigte sich dieser spitzen Engländerin durchaus gewachsen, und er hätte glatt seinen Kopf darauf verwettet, daß sie es mit allen Anwesenden in punkto Schlagfertigkeit locker aufnehmen konnte.

Als Newcastle sie begrüßte, warf Emerald Sean einen herausfordernden Blick zu und entfernte sich am Arm des Herzogs. Den Rest des Abends galt ihr der Löwenanteil der Aufmerksamkeit aller anwesenden Herren. Für sie spielte es keine Rolle, wessen Nichte oder Tochter sie war, da sie allein ihre Schönheit und die verführerische Aura, die sie umgab, zu schätzen wußten.

Ihr Geliebter wurde durchwegs beneidet. Wenn sie einen gefährlichen Draufgänger wie Kildare zu befriedigen verstand, dann mußte sie im Bett großartig sein. Emerald war nicht wenig erstaunt, als sie drei unmißverständliche Angebote für den Fall erhielt, daß sie ihres jetzigen Liebhabers überdrüssig werden sollte. Emerald wehrte alle amouröse Avancen lachend ab und spielte die Amüsierte, obwohl ihr gar nicht danach zumute war.

Allmählich dämmerte ihr, daß ganz London wissen mußte, daß sie ihren frisch angetrauten Ehemann verlassen hatte, um die Geliebte des Earl von Kildare zu werden. Weiter argwöhnte sie, daß Sean O'Toole sich absichtlich mit ihr vor der Gesellschaft brüstete. Wie naiv sie doch war! Sie wußte, daß er sie entführt hatte, um es den Montagues zu zeigen. Doch das genügte ihm offenbar nicht. Die ganze verdammte Welt sollte wissen, was er getan hatte und wie erfolgreich er dabei war.

Obwohl ihn die Blicke aller Frauen verfolgten, sah Emerald, daß er nicht flirtete. Er verbrachte den Abend damit, ernste Gespräche mit mächtigen und einflußreichen Männern zu führen. Fast wünschte sie, es wäre anders. Mit einer anderen

Frau hätte sie es aufnehmen können. Aber wie konnte sie gegen den finsteren Rachedurst kämpfen, der sein ständiger Antrieb war?

Sie leerte viel zu viele Gläser Champagner, während sie sich die neuesten Skandalgeschichten anhörte. Der sogenannte englische *ton*, die gute Gesellschaft, die sich ständig aus sich selbst speisend mit Klatsch vollpackte, spie diesen als Unrat aus, um jedermann in den Schmutz zu ziehen. Ein paar Stunden unter diesen von sich eingenommenen und hohlköpfigen Menschen genügten für Emerald, sie restlos abzulehnen.

Sean, der in ein Gespräch mit Newcastle vertieft war, merkte nichts von Emeralds Stimmung.

»Ich glaube, der Skandal um die Sklavenschiffe war sein Ruin; dies und die von Ihnen gelieferten Beweise für Bestechung und Verrat. Man deutete an – ganz inoffiziell natürlich –, daß die Regierung es Ihnen hoch anrechnen würde, falls Sie hinsichtlich dieser peinlichen Schiffe etwas unternehmen könnten.«

Seans Lächeln drang nicht bis zu seinen Augen. »Euer Gnaden, diesem Verlangen bin ich in kluger Voraussicht bereits nachgekommen.«

Sean entführte Emerald schließlich ihrem Tanzpartner und bedeutete ihr, daß er gehen wollte. An den Türen des Ballsaales angelangt, drehte sie sich um und warf einen Blick auf die überfüllte Tanzfläche. Dann nahm sie langsam ihre Samtmaske ab, um sie durch die Luft zu werfen. Einige der Herren stürmten vor und balgten sich um diese Trophäe.

Mit finsterem Blick, die Hand fest auf ihre Kehrseite drückkend, schob Sean sie durch die Tür. Zähneknirschend nahm er ihren Umhang in Empfang und legte ihn ihr übertrieben fest um die nackten Schultern und halbentblößten Brüste. »Was zum Teufel soll das?« knurrte er, als sie das palastartige Haus am Piccadilly verließen. »Du hast dich wie eine Hure benommen«, stieß er hervor.

»Aber, Sean, Liebster, genau das bin ich«, sagte sie zuckersüß. »Deine Hure. Und du hast dafür gesorgt, daß ganz London weiß, was ich bin.«

»Los, steig ein.« Sein Ton gab ihr zu verstehen, wie wütend er war.

Emerald ließ die Warnung unbeachtet. »Soll ich auf allen vieren kriechen, Mylord, damit ich Euch hier im Wagen bedienen kann?«

Er packte sie an den Schultern und schüttelte sie, daß ihr die Zähne klapperten. »Hör sofort auf, sonst vergesse ich mich.«

»Mir ist Eure gewalttätige Natur bekannt, Mylord. Vielleicht kann ich es damit aufnehmen! Kommt, ich lecke mir schon die Lippen nach Euch«, verhöhnte sie ihn.

Er drückte sie in den Sitz und preßte seinen Mund grob auf ihren. Doch Emerald wollte sich keinen Zwang antun lassen, biß ihm wütend in die Lippe und fuhr mit den Fingernägeln über seine rechte Wange.

Er zuckte zurück. »Kleines Luder!« fluchte er.

Worauf sie sich wie versprochen nach ihm die Lippen leckte, nämlich sein Blut schmeckte.

Schweigend betraten sie das Haus in Mayfair. Emerald lief die zwei Treppen zu ihrem geräumigen Schlafzimmer hinauf. Das Mädchen, das auf sie gewartet hatte, schickte sie fort. Ihre Wut auf ihn war nicht verraucht, im Gegenteil, sie wurde immer hitziger. Sie hatte die Diamanten für ein Geschenk der Liebe gehalten. Jetzt wußte sie, daß er sie und den Schmuck den Engländern nur vorführen wollte. Obwohl es schon sehr spät war, beschloß sie, daß der Abend noch nicht zu Ende sein sollte. Das Feuerwerk in ihr wartete auf die Entzündung.

Sean war im Salon geblieben und versuchte, seinen Zorn

mit französischem Brandy zu dämpfen. Kaum hatte er den Schwenker leer getrunken, war er wieder Herr seiner selbst. Langsam ging er die Treppe hinauf, und als er das Schlafgemach betrat, war er beinahe geneigt, ihr zu verzeihen.

Sie kehrte ihm absichtlich den Rücken zu.

Da spürte er, wie seine Fassung ihm um ein winziges Stück entglitt.

Ihre mit Pfauenfedern geschmückte Perücke hatte sie abgelegt, trug aber noch immer ihr Kleid und die Diamanten. Nun knöpfte sie das rote Samtkleid auf, ließ es an sich herunterrutschen und trat aus ihm heraus, wobei sie ihn völlig ignorierte. Bis auf Spitzenstrümpfe und Diamanten nackt, setzte sie sich an den Frisiertisch und griff zur Haarbürste.

Emerald wußte, daß seine dunklen Augen auf ihr hafteten. Sie beugte sich vor und den Kopf herunter, so daß ihr Haar fast den Teppich berührte, und fing energisch an, es zu bürsten. Dann warf sie es zurück, daß es wie eine Rauchwolke ihre Schultern umschwebte. Die Haarbürste noch in der Hand, ging sie mit katzenhafter Geschmeidigkeit zu Bett, um ihr Nachthemd unter dem Kissen hervorzuholen. Es war ein flammenfarbiges, hauchdünnes Gebilde, dazu geschaffen, die Sinne eines Mannes zu reizen. Sie machte sich nicht die Mühe, es anzuziehen, sondern nahm es mit zum Frisiertisch und drapierte es über den Schemel. Dann legte sie es darauf an, sich ausgiebig im Spiegel zu bewundern. Ihre Locken schüttelnd, fuhr sie noch einmal mit der Bürste durch, ehe sie lasziv das Gelock zwischen ihren Beinen bürstete.

»Zum Teufel, was für ein Spiel soll das sein?«

Sie ließ die Bürste fallen und ging, die Hände in die Hüften gestützt, aufreizend auf ihn zu. »Das Spiel einer Dirne. Das möchtest du doch, oder? Ich habe eben die Diamanten zum letzten Mal bewundert, ehe ich sie dir zurückgebe.«

»Sie gehören dir«, stieß er hervor.

»Nein, das glaube ich nicht. Sie sind dein Eigentum so wie ich. Wir sind da, um zur Schau gestellt zu werden.«

»Laß dieses Spiel«, sagte er, mühsam die Ruhe bewahrend. Er wußte, daß er sie zu Boden werfen und sofort nehmen würde, wenn er jetzt nicht den letzten Rest Beherrschung wahrte. Begehren mischte sich in seinen Zorn und gewann rasch die Oberhand.

»Mir war die Bedeutung nicht klar, als du mir gestern den Schmuck im Bett überreicht hast. Ich hatte keine Ahnung, daß ich dafür mit sexueller Gunst bezahlen müßte. War der gestrige Abend womöglich nur die Anzahlung?« Sie wußte so gut wie er, daß sie ihn mit Absicht reizte. Sie wollte ihn ihre weibliche Macht spüren lassen, um auszuprobieren, ob sie es fertigbrachte, ihn um seine Fassung zu bringen.

Er faßte mit kraftvollen Händen nach ihr und riß sie an sich. »Wenn du ein Feuerwerk möchtest, dann fange ich mit Raketen an.«

Sie wehrte sich wie eine fauchende Katze und genoß jeden flammenden Augenblick. Sie waren einander völlig ebenbürtig, jeder trieb den anderen zum Wahnsinn. Am Ende ergaben sich beide. Sean gab nach, weil er körperlich stärker war und ihr nicht weh tun wollte. Emerald ergab sich, weil sie seinen Stolz nicht verletzen wollte. Am Ende war es seine Zärtlichkeit, die ihren Zorn besänftigte. Seine Liebe und Zuneigung waren grenzenlos und zeigten ihr, wie viel sie ihm bedeutete.

Viel später, als sie in seinen Armen geborgen lag, flüsterten sie einander Liebesworte zu. »Meine süße Geliebte, ich wollte mich nicht mit dir brüsten. Ich schwöre dir, daß ich deine irische Schönheit angesichts so vieler angemalter Engländerinnen nur zur Geltung bringen wollte. Du brauchst das Halsband nie wieder in der Öffentlichkeit tragen, aber du mußt es behalten. Du hast kein eigenes Geld, es wird dir finanzielle Sicherheit bieten.«

253

»Mein Liebling, du bist die einzige Sicherheit, die ich jemals brauchen werde.«

Er drückte sie an sein Herz. »Versprichst du mir, daß du es behalten wirst?«

»Ich verspreche es«, flüsterte sie. »Aber wir wollen keine Einladungen mehr annehmen. Heute habe ich soviel Klatsch und Tratsch gehört, daß es mir für mein ganzes Leben reicht. Es interessiert mich nicht, daß der Duke von Devonshire seine Gemahlin Georgiana und seine Geliebte Elizabeth Foster zur gleichen Zeit geschwängert hat. Ich möchte nach Hause.«

»Nur noch ein paar Tage, Liebling. Ich habe hier im Hafen Schiffe liegen. Ehe wir nach Hause fahren, muß ich mit meinen Kapitänen sprechen. Morgen abend möchte ich dir die Lustgärten Londons zeigen. Nur wir beide. Warst du je in Vauxhall oder Ranelagh?«

»Natürlich nicht. Ich habe nie etwas Sündiges oder gar nur Vergnügliches tun dürfen.«

»Bis ich dich geraubt habe«, griente er. Sie lachte vergnügt. »Und jetzt sündige ich regelmäßig.« Sie schob ein glattes Knie zwischen seine muskulösen Schenkel. »Du hast mich gelehrt, wild und sündig zu sein und nie nein zu sagen. Jetzt siehst du, was du davon hast.«

21

»Er hat was getan?« brüllte William Montague und lief puterrot an.

»Er hat die *Swallow* konfisziert. Ich konnte nichts dagegen unternehmen. Wir waren praktisch seine Gefangenen, die FitzGeralds waren uns zahlenmäßig um das Doppelte überlegen. Ich kann von Glück reden, daß ich mit dem Leben davonkam – was ich aber nicht dir verdanke!«

»Was soll das heißen?« empörte sich Montague.

»Du hast gewußt, daß Shamus O'Toole auf einen Montague schießen würde, kaum daß er ihm unter die Augen käme. Deshalb habt ihr beide mich zum Sündenbock auserkoren. Du kannst dich glücklich schätzen, daß er dir deine Besatzung zurückschickte.«

»Was nützt mir eine Besatzung ohne Schiff? Wir müssen einen Vertrag erfüllen und Pferde für die Armee transportieren, auch wenn mein verdammter Bruder uns die Sache mit der Admiralität gründlich verdorben hat. Aber wenn es Verzögerungen gibt, sind wir aus dem Geschäft draußen, und ich verliere mein Gesicht vor Bedford, der noch immer imstande ist, für uns ein paar Fäden zu ziehen.«

»Ich will heute ein neues Schiff kaufen. Wenn wir Profit machen wollen, müssen wir expandieren, und wir wollen die Besatzung ja nicht verlieren.«

»Du kannst den Papierkram erledigen, aber welches Schiff wir kaufen, wird Jack entscheiden. Du kannst ja eine Schute nicht von einem Schoner unterscheiden.«

»Dein Vertrauen in meine Fähigkeiten ist überwältigend, Vater«, sagte John darauf trocken.

»Ich würde ja selbst gehen, wenn meine gottverdammte Gicht nicht wäre!«

John wußte, daß der Hinweis zwecklos war, daß die Gichtanfälle dem Jähzorn seines Vaters zuzuschreiben waren, der ihn morgens, mittags und abends überfiel.

Nachdem sie sich getrennt hatten, blieb Montague mißmutig an seinem Schreibtisch sitzen. Warum ist das Leben plötzlich so bitter geworden? fragte er sich. Er schüttelte den Kopf. Wenn er ehrlich sein wollte, mußte er zugeben, daß die Süße des Lebens ihm schon vor Jahren abhanden gekommen war.

Seit Amber ihn verlassen hatte. Niemand verstand es, ihn so zu trösten, wie seine Frau es vermocht hatte. Nichts konnte seine Gicht so lindern wie ihre Kräutermixturen. Er hatte keine Ahnung, was aus ihr geworden war, nahm jedoch an, daß sie in Irland lebte, bei den FitzGeralds auf Maynooth. Vielleicht wäre er gut beraten, wenn er sich versöhnlich zeigte und sie zurückholte.

Als John Montague mit seinem Schwager die Docks im Hafen abschritt, zeigte sich Jack Raymond von der Zahl der O'Toole-Schiffe sehr beeindruckt. »Sollte mir dieser irische Hurensohn jemals unterkommen, dann bringe ich ihn mit bloßen Händen um.«

John lachte dazu. »Vielleicht ergibt sich sofort die Möglichkeit dazu. Hier liegt die *Half Moon*. Könnte ja sein, daß er an Bord ist.«

Jack war fassungslos. »Er ist mit dir gekommen?«

»Die Montagues stellen für ihn keine Bedrohung dar. Ich glaube, er war gestern Ehrengast bei Newcastles Siegesball.«

Jack Raymond knirschte in ohnmächtigem Zorn mit den Zähnen. »Hat er meine Frau mitgenommen?«

»Natürlich nicht«, log John. »Er ist ja kein Narr.« John deutete mit einer Kopfbewegung auf die *Half Moon*. »Wenn man vom Teufel spricht… «

Raymond blickte mit einem Ruck auf und sah O'Toole lässig an der Reling lehnen. Jack starrte das dunkle, drohende Gesicht seines Widersachers fassungslos an. In diesem harten, gefährlichen Mann hätte er niemals Sean O'Toole erkannt. Trotz seiner lockeren Haltung wirkte er so furchteinflößend, daß Jack spürte, wie sich sein Inneres verkrampfte.

Warum hatte er die Welt nicht auch von diesem Stück irischen Abschaums befreit, als er sie von seinem Bruder befreite? Aber es war vielleicht noch nicht zu spät. Zwischen ihnen war so viel Haß und böses Blut, daß er sich nie sicher fühlen würde, solange O'Toole am Leben war. Der Gedanke, daß der Ire ihm seine Frau vor der Nase entführt hatte, war unerträglich. Noch viel schlimmer aber war Jack Raymonds Verdacht, daß Emerald bereitwillig mitgegangen war. Sobald es ihm gelungen war, sie zurückzubekommen, würde er sie für den Rest ihres Lebens büßen lassen!

Als Jack Raymond seinen Schritt beschleunigte, mußte John sich ein verächtliches Lächeln verkneifen. Er wußte, daß Raymond es mit O'Toole nicht aufnehmen konnte und eine Begegnung um jeden Preis vermeiden würde.

Die beiden Männer verbrachten den Vormittag damit, die Kontore sämtlicher Schiffsmakler aufzusuchen, so daß sie am Nachmittag die angebotenen Schiffe besichtigen konnten. Trotz gegenteiliger Behauptungen waren nur zwei davon seetüchtig. Das eine war ein irischer Schoner, das andere ein vor kurzem aus Gibraltar eingetroffener Zweimaster, der auch den Namen *Gibraltar* trug.

Dieses Schiff kam John verdächtig bekannt vor, obwohl es einen frischen Anstrich trug. Als er dann aber sah, daß es auch frisch gekalkt worden war, um den Gestank zu tilgen, wußte er, daß es eines der Sklavenschiffe war, das ihnen eigentlich gehörte – bevor O'Toole sie darum erleichterte.

Johnny lobte den Schoner über den grünen Klee, wohl wissend, daß Raymond gegen alles Irische voreingenommen war.

»Nein«, entschied auch Jack, wie vorauszusehen war, »der Zweimaster hat einen tieferen Laderaum, und daß er ein paar Jahre keinen Anstrich brauchen wird, kann ein Blinder sehen.«

»Mir sagt der Schoner trotzdem mehr zu – er ist viel schneller –, aber ich nehme an, daß ich mich deinem überlegenen Urteil beugen muß.«

»Du bist da, um die Formalitäten zu erledigen«, rief Jack ihm in Erinnerung.

»Ich werde die *Gibraltar* noch heute auf die Montagues überschreiben und sie unter diesem Namen registrieren lassen. Du wirst es Kapitän und Besatzung mitteilen, falls sie inzwischen nicht schon sternhagelvoll sind.« Kaum hatte Raymond ihn allein gelassen, als Johnny die Augen zu einem kurzen Stoßgebet schloß. *Ich erflehe nur eines – laß mich zugegen sein, wenn Vater erfährt, daß er sein eigenes verfluchtes Schiff gekauft hat!*

Sean O'Toole verspürte ein Prickeln im Nacken, das auch noch Stunden anhielt, nachdem Jack Raymond seiner Sicht entschwunden war. Furcht war es nicht, sondern eher eine Vorahnung oder Warnung, daß etwas in der Luft lag. Konfrontation war nicht Raymonds Sache, aber O'Toole verfiel nicht in den Fehler, ihn auch nur eine Sekunde lang zu unterschätzen. Haß und Böswilligkeit, die in dem einzigen raschen Blickaustausch gelegen hatte, verrieten ihm, daß Jack zurückschlagen würde.

Der Nachmittag war schon fortgeschritten, als ihm klar wurde, daß sein Unbehagen um Emerald kreiste. Er entschloß sich, sofort nach Hause in die Old Park Lane zurückzukehren, wählte aber einen Umweg, damit man ihm nicht folgen konnte.

Als Sean sie im duftenden Badewasser liegen sah, war er so erleichtert, daß ihm ganz schwach zumute wurde. »Zieh dich an. Ich habe deine Zofe bereits angewiesen, sie solle packen. Wir brechen auf.«

»Sean! Was ist mit deinem Versprechen, mich nach Vauxhall mitzunehmen?«

Er starrte sie verständnislos an und fuhr sich mit den Fingern durchs Haar.

Sie faßte mit der Hand an ihre Kehle. »Du machst mir angst … was ist los?«

Nun erst wurde ihm klar, welchen Anblick er bieten mußte, und zwang sich zur Ruhe. »Nichts ist passiert. Gestern wolltest du nach Hause fahren. Ich bemühe mich nur, dir einen Gefallen zu tun.

»Sag die Wahrheit! Du hast Vauxhall völlig vergessen, oder?«

Er lachte. »Meine Schöne, dein Anblick im Bad hat mich so abgelenkt, daß ich diese Art von Vergnügungsstätte ganz vergaß.« Nun kam ihm seine irrationale Vorahnung sehr töricht vor, da er sie hier gesund und unversehrt sah. Solange er bei ihr war, konnte ihr kein Leid geschehen. Er sah zu, wie sie den Schwamm über ihre Brüste kreisen ließ, die über die Wasseroberfläche lugten.

Emerald, der nicht entging, daß sein Blick dem Schwamm folgte, wußte um die Wirkung, die sie auf ihn ausübte. Sich in der Wanne zurücklehnend, hob sie den Schwamm und drückte ihn zusammen. Wasser rann über ihre wohlgeformten Schultern. Sie tauchte den Schwamm wieder ein, hob ein Bein und wrang den Schwamm behutsam darauf aus. Das tat seine Wirkung. Ihre Mundwinkel kräuselten sich, als sie sah, daß er seine Jacke ablegte und sein Halstuch lockerte.

Er ging neben ihr in die Knie, hob sie aus der Wanne und auf seinen Schoß, während er sich auf den Schemel neben der Wanne niederließ, ohne Rücksicht auf das Wasser, das seine Sachen durchtränkte. Er drückte ihr einen Kuß aufs Ohr. »Ich sehe nicht ein, warum wir nicht beides tun können. Ich bringe dich nach Vauxhall, und anschließend fahren wir direkt zum Schiff und laufen mit der Mitternachtsflut aus.«

Sie rückte ihr Gesäß zurecht, um seiner wachsenden Erektion entgegenzukommen. »Ich möchte das Feuerwerk nicht versäumen«, äußerte sie in aller Unschuld.

Er biß sie ins Ohrläppchen, das er eben geküßt hatte. »Ich werde dir ein Feuerwerk bereiten!«

259

»Versprochen?« fragte sie kokett, sich in seinen Armen zurücklehnend. Sein Schaft verhärtete sich in seiner nassen Hose, und er wünschte, es wäre kein Stoff zwischen ihnen.

Er umfaßte ihre Brüste mit seinen Handflächen und hob sie so fest, daß sie aufquietschte.

Er war gebührend zerknirscht. »Habe ich dir weh getan, Liebes? Ich bin ein grober Klotz.« Er umfing sie mit den Armen.

Sie strich liebkosend über seine Wange. »Natürlich hast du mir nicht weh getan. Du könntest mir nie etwas antun.«

An den Bottolp's Wharf zurückgekehrt, wo sich das Hauptkontor der Montague-Linie befand, wunderte Jack Raymond sich, als er Captain Bowers und seinen ersten Maat von der *Swallow* in William Montagues Büro antraf. Der Alte hatte keine Zeit verloren und verlangte eine Erklärung von den beiden, warum sie zugelassen hatte, daß die Besatzung die *Swallow* aufgab.

Kapitän und erster Maat ließen Montagues Tobsuchtsanfall reglos über sich ergehen. Vor Wut rasend, forderte er, der Kapitän müsse die feige Besatzung erbarmungslos bestrafen. Es verstehe sich von selbst, daß sie für die Fahrt nach Irland kein Geld bekämen. Doch erst als Montague ihnen androhte, sie ein ganzes Jahr lang nicht zu bezahlen, begehrten sie auf.

Jack gefiel es nicht schlecht, daß Montague sie mit seinen Drohungen mürbe gemacht hatte. Die Angst, eine Jahresheuer zu verlieren, würde sie vielleicht geneigter machen, auf Jacks Pläne einzugehen, die ihnen sehr viel einbringen würden. Er suchte Williams Blick.

»Nun?« donnerte der Alte.

»Wir haben ein neues Schiff gekauft. Sicher wird Captain Bowers seiner Besatzung gehörig die Leviten lesen, so daß sie in Zukunft vorsichtiger sein wird.«

»Diese räudigen Köter verdienen kein neues Schiff!« brüllte William, doch war es nur Theaterdonner. In Kriegszeiten waren Seeleute rar, obwohl die meisten lieber auf Handelsschiffen anheuerten als auf solchen der Admiralität oder der Navy.

Jack Raymond erklärte ihnen nun, wo sie die *Gibraltar*, die in Wapping lag, finden konnten, und strich die Vorzüge des Schiffes gehörig heraus. Er ließ William auch nicht im unklaren darüber, daß er sich gegen Johns Wahl eines irischen Schoners durchgesetzt hatte.

William beeilte sich, die Männer zu entlassen, damit er Jack nach dem Preis fragen konnte. »Ich werde selbst hingehen und überprüfen, ob wir den Gegenwert für unser Geld bekommen haben. Ich könnte an der Wasserstiege von Wapping im ›Prospect von Whitby‹ speisen. Wir treffen uns dort um acht.«

Jack Raymond folgte Captain Bowers und dessen erstem Maat, als diese darangingen, ihre Männer zusammenzutrommeln. Die meisten hockten im ›Bucket of Blood‹, einer Matrosenkneipe, die zu betreten Jack nie zuvor gewagt hatte. Er sichtete die zwei Seeleute an einem groben Tisch mit dem Bootsmann der *Heron*, ebenfalls einem Schiff der Montagues, das im Hafen lag.

Jack setzte sich an den Tisch. »Diese Runde übernehme ich. Ich komme mit einem Vorschlag, der Geld in eure Taschen fließen lassen wird.«

Die Männer waren ganz Ohr, ehe er auf die *Half Moon* zu sprechen kam. »Wo zum Teufel sollen wir so viel Schießpulver herbekommen?« fragte der zögernde Bowers.

»Herrgott, ich möchte ja nicht die ganzen Docks in die Luft jagen. Eine kleine Explosion im Laderaum genügt schon, um das Schiff in Brand zu setzen.«

Der erste Maat blieb skeptisch. »Auch wenn Sie uns das

Schießpulver verschaffen, ist es unmöglich, es an Bord zu bringen. O'Toole hat eine Tagwache und eine Nachtwache.«

Raymond ließ nicht locker. »Zwei Guineen für jeden, wenn die *Half Moon* in Flammen aufgeht.«

Sie schüttelten die Köpfe.

Raymond ging mit dem Preis höher. »Fünf!«

Nach langem Zögern gab Captain Bowers ihm endgültig Bescheid. »Ich möchte es um keinen Preis versuchen. O'Toole kennt kein Erbarmen.«

Jack erhob sich. »Feiges Pack. Für zehn Guineen kann ich sogar jemanden um die Ecke bringen lassen. Jeder Seemann in den Londoner Docks würde mir für die Hälfte glatt den Arm ausreißen.«

Wütend stürzte Jack Raymond aus der Kneipe, und der Bootsmann der *Heron* folgte ihm kurz darauf.

Als sie allein waren, grinste Bowers seinen ersten Maat an. »Wenn wir O'Toole die Sache stecken, verdoppelt er glatt Jacks Angebot.«

Daniels, der Bootsmann der *Heron*, beeilte sich, Jack Raymond einzuholen, ehe dieser mit einem anderen handelseins werden konnte. Seit dem Krieg in Frankreich gab es Schießpulver in Hülle und Fülle. Die Lagerhäuser der Navy waren vollgestopft mit Pulverfässern und anderen Sprengstoffen. Als er Jack eingeholt hatte, tippte er ihm auf die Schulter. »Möglich, daß ich an Eurem Vorschlag interessiert bin, Kumpel. Ein Pulverfaß zu klauen ist reines Kinderspiel, aber um die Zündschnur in Brand zu setzen, braucht es Mumm. Und der fehlt den Leuten von der *Swallow* offenbar.«

»Und wie gedenkst du, das Faß an Bord zu schaffen?« fragte Raymond.

»Nun, es gibt solche und solche Wege«, gab Daniels sich geheimnisvoll.

»Zum Beispiel?« drängte Raymond ihn.

»Ich kann mit den anderen an Bord gehen, wenn sie Fracht oder Vorräte laden. Oder ich kann von außen ein Loch in den Rumpf blasen. Ich bin Bootsmann, Schiffsrümpfe sind mein Metier. Und wenn alles schiefgeht, kann ich jemanden schmieren.«

»Ich geb dir jetzt einen Fünfer, der Rest folgt morgen nach vollbrachter Tat.«

»Hier und alles, Kumpel. Schießpulver ist kitzliges Zeug – es kann einen Mann in tausend Stücke reißen. Und dann erkennt ihn keiner mehr.«

Ein Einwand, den Jack nicht bestreiten konnte. Er zählte dem Bootsmann das Geld in die Hand.

Daniels spuckte auf die Münzen und lächelte. Er wußte, daß Kaufleute nur selten Dublin anliefen, ohne Schmuggelgut mitzuführen. Jetzt hieß es nur warten. Im Schutz der Dunkelheit sahen alle Fässer und Bottiche gleich aus.

Sean und Emerald schlenderten Hand in Hand durch die Lustgärten von Vauxhall. Die baumbestandenen, von bunten Lampions beleuchteten Promenaden sollten bei den blasierten Londonern romantische Nostalgie erwecken. Von Blumenbeeten und Skulpturen flankierte Wege führten zu verschiedenen Lustbarkeiten wie Musik, Tanz und Darbietungen aller Art.

Sie blieben stehen, um sich die Vorstellung eines Kasperltheaters anzusehen und quittierten den klassischen Kampf der Geschlechter mit herzlichem Lachen. Emerald leistete dem weiblichen Widerpart Kasperles Schützenhilfe, indem sie ausrief: »Die Ehe ist nichts weiter als gesetzlich erlaubte Sklaverei – eine freiheitsberaubende Institution!« Andere Frauen aus dem Publikum stimmten begeistert ein und unterbrachen das arme Kasperle mit Buhrufen, wann immer dieses seinen Mund aufmachte.

Sean zog sie amüsiert mit sich fort. »Dir gefällt es wohl, Unruhe zu stiften. Ich hätte dich zu einem Boxkampf mitnehmen sollen.«

»Igitt, ich könnte nicht mitansehen, wie Männer sich blutig dreschen.«

»Es sind nicht immer Männer. Bei Figg an der Oxford Road treten weibliche Schwertkämpfer auf. Sie müssen eine halbe Krone in jeder Faust halten. Lassen sie das Geld fallen, haben sie verloren.«

»Das hast du dir ausgedacht«, beschuldigte sie ihn.

»Nein, habe ich nicht. Die Londoner sind die sonderbarsten Menschen der Welt.«

Emerald fing zu kichern an. »Ich glaube wirklich, du hast recht. Sieh dir doch diese Leute an. Sie sind nicht da, um sich Vauxhall anzusehen, sondern damit Vauxhall sie sieht. Sie paradieren hier wie in einer Vorstellung, wie Schauspieler auf einer Bühne. Sie tragen keine Kleider, sondern Kostüme. *Lächerliche* Kostüme. Alle Frauen sehen aus wie Schlampen und alle Männer wie Hanswurste.«

Er zog sie an sich. »Weil sie Schlampen und Hanswurste sind.«

An den Erfrischungsständen angelangt, bestand Sean darauf, daß sie von allem kostete. Sie delektierten sich an Austern, schwarzen Bohnen, Fleischpasteten, gebratenen Kastanien und Pflaumenkuchen und spülten alles mit Ale und Apfelmost hinunter.

Als es dämmerte, fanden sie einen abgeschiedenen, zu einer versteckten Laube führenden Pfad. Doch nach nur zwei Küssen wurde ihre Zweisamkeit von anderen Verliebten gestört, so daß sie hinunter an den Fluß schlenderten, um den Funkenregen des Feuerwerks zu bestaunen. Als sie der lärmenden Menge überdrüssig waren, brachte eine Barke sie flußabwärts, wo sie am Tower Wharf abgesetzt wurden. Von dort war es noch ein kurzer Weg zum Liegeplatz der *Half Moon*.

Die Docks waren nur spärlich beleuchtet, was natürlich mit Absicht geschah. Im Schutze der Dunkelheit wurden viel mehr Geschäfte getätigt als bei hellichtem Tag. Um die finstere Stimmung noch zu unterstreichen, zog vom Wasser her Nebel auf, der die an den Docks liegenden Schiffe einhüllte und die weiter draußen vor Anker liegenden vollends der Sicht entzog.

»Ist es noch weit?« fragte Emerald, die sich fest an seine Hand klammerte.

Er legte einen starken, tröstenden Arm um sie und zog sie an sich. »Keine Angst, die *Half Moon* liegt neben dem Indienfahrer.« Wieder spürte er dieses gewisse Prickeln im Nacken. Er schrieb es Emeralds Nervosität zu.

Sie hatten die Hälfte der Laufplanke hinter sich, ehe die Deckwache sie sah und die Laterne hob, um festzustellen, wer an Bord kommen wollte.

»Guten Abend, Sir, ich werde Capt'n FitzGerald melden, daß Sie da sind. Bis zur Flut dauert es nicht mehr lang.« Ein unheimlicher Ruf kam aus dem Nebel, und die Antwort ertönte von der Rahe herab, der Querstange am Mast für das Rahsegel.

»Sag dem Kapitän, daß ich ihm am Ruder Gesellschaft leiste, sobald ich meine Lady untergebracht habe. In einer Nacht wie dieser kann ein zweites Augenpaar nicht schaden«, sagte Sean.

»Aye, aye, Sir.«

Die Kajüttreppe war unter Deck unbeleuchtet. Nebelschwaden verfärbten draußen das Licht der Schiffslaternen zu schwefeligem Gelb.

In der Eignerkajüte saß der Bootsmann der *Heron* im Finsteren. Er war mit einem Pulverfaß auf der Schulter einfach an

Bord marschiert, während die Fässer mit illegalem französischem Brandy in den Frachtraum geschleppt worden waren. Als er Schritte hörte, hob er mit angehaltenem Atem die Pistole in Brusthöhe.

Sean drückte die Klinke der Kabinentür. Als sie aufschwang, spürte er die Gefahr körpernah. Mit einer Hand stieß er Emerald hinter sich, während er mit der anderen seine kleine Pistole aus dem Gürtel zog. Sean schlug das Herz bis zum Hals, da seine Waffe zwar geladen war, das Zündloch aber aus Sicherheitsgründen kein Schießpulver enthielt. Ehe er die Waffe neigen und das Pulver einrinnen lassen konnte, ließ der Eindringling auch schon einen Feuerstein aufblitzen und hielt ihn an eine Sturmlampe.

»Verdammt gut, daß Sie nicht geschossen haben, sonst hätten Sie uns direkt in die Hölle gepustet«, sagte er spöttisch und mit unverkennbar irischem Tonfall.

»Das ist doch – Danny FitzGerald?« Sean hatte ihn länger als fünf Jahre nicht gesehen. »Was zum Teufel treibst du hier?«

Danny tippte auf das neben ihm stehende Pulverfaß. »Ich bin da, um die *Half Moon* in die Luft zu jagen, was verdammt einfach gewesen wäre. Deine Sicherheit existiert praktisch nicht. Du hast einen Feind dort draußen – ich weiß es, weil ich für ihn arbeite.«

»Mein Vater sagte, daß er FitzGeralds an Bord eines jeden Montague-Schiffes hätte.«

Danny nickte. »Ich bin Bootsmann auf der *Heron*. Dort heiße ich Daniels. Ich erstatte den Murphy-Brüdern regelmäßig Bericht.«

»Meinen Dank, Danny, für die Treue, die du den O'Tooles entgegenbringst.«

Danny zog die Schultern hoch. »Shamus bezahlt mich gut.«

»Mein Kapitän und seine Besatzung werden es von mir noch tüchtig zu hören bekommen.«

»Was kann man von verdammten FitzGeralds erwarten?«
erwiderte Danny mit unbewegter Miene.

Emerald versuchte, sich einen Reim auf das Gehörte zu
machen. »Hat mein Vater dich bezahlt, damit du Seans Schiff
in die Luft sprengst?«

»Ihr Gemahl war es.«

»Jack? O mein Gott! Sean, er wollte dich töten.« Sie begann
am ganzen Leib zu zittern.

Sean blinzelte ihr zu. »Warum wohl?«

»Meinetwegen«, flüsterte sie, ohne seine Erheiterung zu
teilen. Ihre Augen füllten sich mit Tränen.

»Nun, dazu bedarf es eines besseren Mannes, als Jack Raymond es ist, meine Schöne.« Er führte sie zu einem Sitz und
schenkte ihr einen Brandy ein. »Den trink ganz langsam. Ich
bin gleich wieder da.«

Man hörte das Rasseln der Ankerkette. »Die Flut kommt«,
sagte Danny, schon auf dem Weg zur Tür.

»Hast du nicht etwas vergessen?« rief Emerald aus.

»Ah, Verzeihung«, sagte Danny, das Pulverfaß auf seine
Schulter hebend. Als er und Sean hinauf an Deck liefen, sagte
er: »Ich mußte das Geld nehmen, ehe ein anderer es nahm. Die
meisten Montague-Leute würden sich bestechen lassen.«

»Mein Geld haben sie auch genommen«, sagte Sean voller
Ironie.

»Wenn die Montagues es einmal versuchten, werden sie es
sicher erneut versuchen und dann mehr Erfolg haben.«

»Ja. Vorsicht ist besser als Nachsicht, Danny«, sagte Sean
und nahm dem Mann das Pulverfaß ab. »Mr. FitzGerald!«
brüllte er laut übers Deck, auf seinen Kapitän zugehend.

David FitzGeralds Hand erstarrte am Steuer.

22

Wie so oft war der Nebel Vorbote der Hitze. Als die *Half Moon* die Isle of Wright passierte, schien die Sonne strahlend vom Himmel, und im englischen Kanal wehte nur eine leichte Westbrise.

Sean stellte für Emerald ein Sonnensegel auf, damit sie die Tage auf Deck verbringen und der Besatzung beim Setzen der Segel und Entwirren der Taue zusehen konnte. Sie starrte wie gebannt in die Höhe, als die Männer, Sean eingeschlossen, die Takelung mit affenartiger Behendigkeit erklommen.

In Cornwall angelangt, nahm die *Half Moon* frische Vorräte und Wasser an Bord, und Sean ging mit Emerald an Land, um Land's End zu erkunden. Auf den Klippen stehend, legte er den Arm um sie und deutete auf das glitzernde Wasser.

»Hier soll die Pforte zu einem fruchtbaren Landstrich liegen, den angeblich im elften Jahrhundert die See verschlang. Es heißt, daß das Gebiet bis zu den Scilly Islands reichte, achtundzwanzig Meilen in diese Richtung. Manche behaupten, sie hätten von hier aus eine untergegangene Stadt sehen können.«

»Ja, das sagenhafte Land Lyonesse! Als ich klein war, erzählte mir meine Mutter alles darüber. Die Dome und Türme und Wehranlagen des versunkenen Landes tauchten manchmal aus dem Meer auf.«

»Glaubst du an Sagen und Legenden, Emerald?«

»Ja, ja«, erwiderte sie leidenschaftlich. »Du etwa nicht?«

Er blickte übers Meer, und seine Augen spiegelten das klare Licht silbern wider. Er schüttelte den Kopf. »Früher schon. Emerald, bewahre dir den Glauben und die Erinnerung deiner Kindheit. Laß nicht zu, daß dir das alles entgleitet wie mir.«

Seine nachdenkliche, melancholische Stimmung hielt auch am nächsten Tag an, als er ihr Landmarken entlang der walisischen Küste zeigte und die mit ihnen verknüpften schaurigen Legenden erzählte. Dann erklärte er ihr, wie man durch Beobachtung der Berge das Wetter voraussagen konnte. »Sind ihre Gipfel in Nebel gehüllt, dann suche rasch Deckung; kann man aber auch die höchsten Erhebungen deutlich sehen, wird es heiß wie in den letzten Tagen.«

Sean machte sie auf die verschiedenen Seevögel aufmerksam und lehrte sie deren Namen, so daß sie bald Tordalken und Sturmvögel von Möwen und Tölpeln unterscheiden konnte. Am dritten Tag leistete sie Sean am Ruder Gesellschaft, während er David FitzGerald ablöste, um die *Half Moon* vom St.-George-Kanal in die Irische See zu steuern.

Auf sein Drängen hin übernahm sie das Ruder und kam sich dabei sehr versiert vor, obwohl sie wußte, daß seine starken Arme bereit waren, jeden eventuellen Fehler ihrerseits zu korrigieren. »Rate mal, wohin wir segeln«, flüsterte er ihr ins Ohr, als seine Hände sich über die ihren legten.

Sie blickte ihn über die Schulter hinweg an und sah das erwartungsvolle Funkeln in seinen Augen. Ihr Herz schlug schneller. »Gib mir einen kleinen Hinweis.«

Er lächelte ihr zu. »Jetzt übernehme ich lieber das Ruder. Die Menai Street ist ein wenig eng.«

»Anglesey!« hauchte sie überglücklich.

»Ich möchte deinen glücklichen Erinnerungen an die Insel heute neue hinzufügen. Unvergeßliche Erinnerungen, die man im Herzen bewahrt. Die nächsten Stunden sollen uns beiden als die glücklichsten unseres Lebens im Gedächtnis bleiben.«

Sie ließen die Besatzung zurück, die sich im warmen türkisfarbenen Wasser tummelte, und machten sich Hand in Hand auf den Weg zu ihrer Kristallgrotte. Schweigend zogen sie sich aus, wohl wissend, daß die heiligsten Rituale nackt zelebriert werden sollten. Alle ihre Sinne und Gedanken waren aufeinander eingestimmt.

Voll Staunen und Bewunderung erkundeten sie das funkelnde Labyrinth, dessen Wände von einer Schicht diamantartiger Kristalle überzogen war. Für sie würde diese hochgewölbte Höhle mit dem Wasserbecken, dem Myriaden tanzender kleiner Regenbogen besondere Magie verliehen, immer ein Ort des Zaubers sein. Ehrfürchtig betasteten sie die wie Juwelen glitzernden Wände und tauchten ihre Zehen ins glasklare Wasser.

Sean beobachtete Emerald, die im irisierenden Licht- und Schattenspiel noch schöner als sonst war. Seine Blicke verrieten ihr, wie hingerissen er von ihr war.

Emerald, die Seans dunkler, kraftvoller Schönheit regelrecht verfallen war, empfand seine Nähe berauschend. Er hatte sie fühlen gelehrt, hatte sie gelehrt, die Schönheit von Farben und Geräuschen zu schätzen, die Gegenwart voll auszukosten und sie von Vergangenheit und Zukunft zu trennen.

Als er ihre Hand nahm und sie gemeinsam ins Wasser tauchten, wurden sie in ein Märchen versetzt. Emerald spürte, wie sich ihre Haut straffte, wie ihr Blut vor Erregung prickelte und ihr Herz vor Liebe überströmte. Das Zusammensein an diesem Ort war erhebend und vollkommen... von vollkommener Erhabenheit.

Beim Schwimmen und Planschen jedoch wurde ihre Stimmung immer ausgelassener. Sie erklomm seinen Rücken und umschlang fest seinen Hals, während er tief tauchte und für seine Undine den Delphin spielte. Während sie unter Wasser herumalberten und Küsse tauschten, spürte sie, wie die äußere Welt für sie versank und sie allein in ihrem Paradies lebten. Da sie beide das Wasser nicht fürchteten, war ihr Spiel übermütig und sorglos und spiegelte jede Facette von Glückseligkeit und Freiheit wider. Schließlich warf sie sich in hemmungsloser Vorfreude in seine Arme.

Sean hob sie hinauf zum Ufer und kletterte neben sie. Als er sie umschlang, spürte sie das feste Band des Vertrauens und der Liebe und flüsterte: »Du allein schaffst es, mich festzuhalten, ohne daß ich mich unfrei fühle.«

In beidseitigem Einverständnis und ohne Worte ließen sie ihre Sachen an Ort und Stelle und traten aus der Kristallgrotte hinaus in den Sonnenschein. Emerald konnte dieser Versuchung nicht widerstehen: Sie legte sich auf den sonnendurchwärmten Sand und streckte selig ihre Glieder.

Sie schloß die Augen, überzeugt, daß sie unmöglich glücklicher sein konnte als in diesem Moment. Sean FitzGerald O'Toole war ihre ganze Welt. Sie konnte sich nicht vorstellen, ihn nicht zu kennen, nicht seine geschmeidigen Bewegungen zu sehen, seine tiefe Stimme nicht ihren Namen raunen zu hören. Ohne ihn war sie verloren gewesen, mit ihm fühlte sie sich vollkommen. Sicher würde eine so große Liebe eine ganze Ewigkeit währen.

Als Emerald sich auf jenen zuckerfeinen Sand in der Sonne rekelte, erfüllte sie eine köstliche Vorahnung. Sanft zauste eine leichte Brise ihre dunklen Locken. Sie empfand eine sehnsüchtige Freude, weil sie wußte, daß er sie bald, sehr bald lieben würde.

Sie hielt die Augen geschlossen, bis sie spürte, wie ein Flattern, zart wie Falterflügel, ihren Mundwinkel streifte. Insgeheim lächelnd hob sie langsam die Lider. Er kniete vor ihr, in ihren Anblick versunken. In seinen dunkelgrauen Augen tanzten Lachpünktchen. Seinen Blick festhaltend, richtete sie sich behutsam auf, kniete nieder und verharrte vor ihm.

Es bedurfte keiner Worte, doch das Verlangen nach Berührung brachte das Blut der beiden in Wallung. Sie streckten gleichzeitig eine Hand aus und tasteten sich gegenseitig mit den Fingerspitzen ab... die Wangen, den Hals, die Schultern. Emeralds Hand streifte sein Herz und spürte es unter ihren Fingern pochen. Er war der Mann in Vollkommenheit. Ihr irischer Prinz.

Er beugte sich über sie, um ihre Lippen mit seinen einzufangen, und als er nur einen Wimpernschlag entfernt war, flüsterte Emerald sehnsüchtig seinen Namen. »Sean, Sean.«

Er preßte seinen Mund an ihren Hals, damit sie nicht aufhörte, seinen Namen auszusprechen. »Deine Haut fühlt sich an wie warme Seide. Wie gern ich dich berühre und schmecke, wenn die Sonne dich erhitzt hat.« Er fuhr mit den Fingerspitzen die Senke zwischen ihren Brüsten entlang bis zum Nabel und ließ sie dann zwischen ihren Beinen versinken, um den Mittelpunkt ihrer Weiblichkeit zu berühren. Er hob seine Fingerspitzen an ihren Mund. »Koste«, drängte er sie.

Sie leckte einmal, kostete sich selbst und sah dann mit verhangenen Augen zu, wie er ihre Honigessenz von seinen Fingerspitzen sog. Was er mit ihr anstellte, es verfehlte nie die Wirkung, daß sie sich wild und sündig vorkam.

Sean lagerte sie zurück in den sonnenheißen Sand und breitete ihr Haar um ihr herzförmiges Gesicht wie zu einem dunklen Heiligenschein aus. Leidenschaft verdunkelte seine Augen. Das besitzergreifende Gefühl, das er für sie empfand, grenzte an Besessenheit. Er erklärte es damit, daß ihre gemeinsame Zeit befristet war, eine Tatsache, die ihn drängte, Emerald voll auszukosten, während er sie hatte.

Wenn nur – die Hände zu Fäusten geballt, gebot er dem Gedanken Einhalt, ehe er ihn zu Ende denken konnte. Er zwang sich überhaupt, das Denken zu lassen. Er konnte sehen und hören und riechen und schmecken und berühren. Das mußte ihm genügen. Er durfte die Dinge nicht mit dunklen Gedanken komplizierter machen als sie schon waren. Sie würde vielleicht noch monatelang nicht schwanger, vielleicht ein ganzes Jahr nicht. Solange war ihm Zeit beschieden.

Er hatte sie gelehrt, für den Augenblick zu leben, das Hier und Jetzt zu genießen. Sie waren in diesem Moment zusammen. Das allein zählte. Er würde sie beide tausend Tage und Nächte in einer einzigen, leuchtenden, unvergeßlichen Stunde erleben lassen. Das Verlangen kreiste in seinem Blut, doch er dämmte seine Glut ein, um sich auf Emeralds Lust zu konzentrieren.

Mit ihrer glühenden Leidenschaft hatte er nicht gerechnet. Sie klammerte ihre Beine hoch um seinen Rücken und wölbte sich so stark, daß sie sich praktisch mit seinem dicken, pulsierenden Schaft pfählte. Er hatte sie gelehrt, sich zu nehmen, was sie wollte, und es verlieh ihm tiefe Befriedigung, daß sie alles forderte, was er zu geben imstande war.

Er wußte, was sie wollte, und stieß zu, zog sich zurück, immer wieder, mit jedem Mal tiefer, bis sie sich wollüstig keuchend wand. Zog er sich zurück, feuerte sie ihn hemmungslos an, sich stärker und härter in sie zu versenken. Mit jedem Mal stieg ihr Lustgefühl, und sie fühlte sich emporgetragen in eine andere Welt.

Noch nie hatten sie die Hitze so gespürt wie jetzt auf dem glühenden Sand unter der sengenden Sonne, die auf ihr nacktes Fleisch schien. Beide standen innerlich in Flammen, und ihr Blut war wie ein Feuerstrom, der von einem zum anderen floß, bis beide in ihrem rasenden Verlangen die Beherrschung verloren.

Das leuchtende Gold hinter Emeralds Lidern blitzte zu flammendem Orange auf, wurde blutrot, um in Purpur überzugehen. Lange, köstliche Minuten verharrten sie kurz vor dem Tor der Erfüllung. Als sie diese intensive Lust nicht mehr länger ertragen konnte, erlangten sie gemeinsam den absoluten Höhepunkt. Mit gutturalen Schreien erreichten sie den

Gipfel der Lust, bis sich Sean in konvulsivischen Zuckungen in sie ergoß.

Eine volle Stunde lagen sie umschlungen da, tauschten Küsse und flüsterten Liebesworte, als hätten sie sich eine neue Welt geschaffen. Als Emerald in wohliger Erschöpfung die Augen schloß, studierte er eingehend ihr Gesicht. Er wollte es sich auf ewig einprägen. Die Erinnerung an diesen besonderen Tag wollte er für immer bewahren. Sie blieben, bis die Sonne langsam am Firmament versank.

Als sie schließlich auf Umwegen zurück zum Schiff gingen, überraschte die Besatzung sie mit einem aus dem Meer gewonnenen Festmahl. Auf einem Treibholzfeuer am Strand wurden die verschiedensten Fische, Garnelen und Hummer gesotten, die man zwischen den Klippen in Hülle und Fülle gefangen hatte. Sonne, Sand, Meer und das köstliche Mahl bildeten einen Tagesausklang, wie er vollkommener nicht hätte sein können.

Die *Half Moon* traf erst in tiefer Dunkelheit vor Greystones ein. Sean und Emerald gingen langsam den Weg hinauf, der sie zum großen Haus führte. Gegenseitig den Arm um die Taille des anderen gelegt, ihren Kopf, der nicht ganz seine Schulter erreichte, an ihn gelehnt. Keiner der beiden wollte, daß der Tag ein Ende fände, doch Sonne und See, ihre Albereien und ihre Leidenschaft hatten Emerald die letzten Energiereserven abgefordert.

Sean trug sie die Treppe hinauf und zog sie aus, während Emerald von ganzer Seele gähnte. Er schlüpfte neben ihr ins Bett und schmiegte seinen Körper an ihren Rücken, einen Arm besitzergreifend über sie gelegt. Als sie einschlief, lag ein Lächeln um ihre Lippen. Emerald wußte, daß sie sich nie besser gefühlt hatte.

Emerald konnte sich nicht erinnern, daß sie sich in ihrem ganzen Leben jämmerlicher gefühlt hätte! Über dem Rand des großen Bettes hängend erbrach sie ins Nachtgeschirr. Kate Kennedy eilte auf Emeralds Würgen hin ins große Schlafgemach. Der Anblick, der sich ihr bot, ließ sie innehalten.

»Sie sind guter Hoffnung«, verkündete sie in ihrer unverblümten Art.

Emerald hob ihr bleiches, leidendes Gesicht. »Das dachte ich mir.« Kaum hatte sie den Satz geäußert, als sie abermals von einer Woge der Übelkeit erfaßt wurde. Aufstöhnend senkte sie wieder den Kopf und entleerte die letzten Reste ihres Mageninhalts ins Porzellangeschirr.

Als ihre Übelkeit nachgelassen hatte, wechselte Kate die Bettwäsche und half Emerald beim Bad. War Kates Zunge auch hin und wieder recht scharf, so war sie in ihrem Tun meist die Güte selbst. In Wahrheit hatte sie Emerald sehr gern auf Greystones, da mit Kathleens Tod Herz und Seele des Hauses zu Grabe getragen worden waren und erst mit Emeralds Ankunft wieder Leben durchs Haus zog.

Als Emerald an trockenem Toast knabberte und ein wenig heiße Brühe dazu löffelte, schlug ihr Herz schneller vor Freude. Der Gedanke an ein Kind machte sie überglücklich. Ihr Wunsch nach Kindern war der einzige Grund gewesen, weshalb sie sich von ihrem Vater zur Heirat hatte zwingen lassen. Und das Wissen, daß Sean O'Toole ihr den Samen zur Mutterschaft eingepflanzt hatte, erfüllte ihr Herz mit soviel Glückseligkeit, daß ihr schwindelte.

Ihre einzige Sorge war Seans Reaktion. Unberechenbar und befehlsgewohnt, war er nur glücklich, wenn er Menschen und Ereignisse beherrschte. Paßte das Kind nicht in seine Pläne, würde er womöglich sehr ungehalten sein.

Der trockene Toast und die heiße Brühe brachten ihre Symptome auf wundersame Weise zum Verschwinden. Eme-

rald wählte eines ihrer hübschesten Kleider, gab sich große
Mühe mit ihrem Haar und ging dann in die Bibliothek, um die
Bücher durchzusehen, die von Maynooth nach Greystones
geschafft worden waren. Die ledergebundenen Bände bereite-
ten ihr viel Freude, da das Aufschlagen eines Buches für sie
wie das Öffnen eines Fensters in eine andere Welt war. Wenn
sie Shamus nachmittags besuchte, würde sie vielleicht ein
Buch mitnehmen und ihm daraus vorlesen.

»Ach, hier versteckst du dich also.«

Erfreut blickte sie auf, als Sean eintrat; sie hatte sein Kommen gar nicht gehört. »In Gelb siehst du wunderschön aus.
Die Sonne hat deine Haut golden gefärbt, und was ich da auf
deinem Nasenrücken sehe, sind echte irische Sommerspros-
sen.«

Emerald konnte kaum an sich halten, da sie es nicht erwarten konnte, ihm die Neuigkeit zu präsentieren, wußte aber
nicht so recht, wie sie das heikle Thema anschneiden sollte.
»Du warst heute sehr zeitig auf.«

»Du hast so fest geschlafen, daß ich dich nicht stören
wollte.«

»Beim Erwachen fühlte ich mich elend. Kate meint, ich sei
guter Hoffnung«, platzte sie heraus.

»Was für ein Unsinn!« erklärte Sean. »Zuviel Hummer, lautet meine Diagnose.« Besorgt näher tretend, umfaßte er ihre
Wange. »Vielleicht hast du einen Sonnenstich abbekommen.«

»Nun, was immer es war, jetzt fühle ich mich schon viel
besser.«

»Gut. Ich möchte, daß du dich heute nicht übernimmst.
Unsere gestrigen Anstrengungen haben uns beide erschöpft.«
Er zwinkerte. »Es freut mich, wenn ich sehe, daß du auch an
geistigen Aktivitäten wie Büchern Gefallen findest.«

Er wollte sie erröten sehen, und sie tat ihm den Gefallen.
»Ich könnte in dieser Bibliothek ein Jahr verbringen, ohne

mich zu langweilen. Hier gibt es einfach alles: Sagen, Märchen, Legenden, Abenteuer, Geschichte, Geographie. Glaubst du, daß dein Vater sich über ein Buch freuen würde?«

»Das würde er sicher, zumal wenn du das Buch begleitest. Ich glaube, er hat eine Schwäche für dich. Eine schöne Frau anzusehen ist viel interessanter als den ganzen Tag durch ein Fernrohr zu starren.«

Nachdem Sean gegangen war, verfiel sie ins Grübeln über seine Worte und sein Verhalten. Er war so überzeugt, daß ihr Unwohlsein andere Ursachen hatte, daß auch sie sich fast überzeugen ließ. Als sich aber am nächsten Tag von neuem Übelkeit einstellte und eine Woche lang jeden Morgen auftrat, änderte Emerald ihre Meinung wieder.

Merkwürdig war nur, daß Sean allmorgendlich aufstand, ehe sie erwachte und daher nie Zeuge ihres morgendlichen Unwohlseins wurde. Und immer, wenn Kate Kennedy auf Emeralds Zustand anspielte, weigerte Sean sich, die Möglichkeit einer Schwangerschaft überhaupt in Betracht zu ziehen.

Als Kate ihr gegenüber andeutete, Sean wolle den Tatsachen nicht ins Auge sehen, bekam Emerald es mit der Angst zu tun. Natürlich würde Sean über eine Schwangerschaft höchst ungehalten sein. Aber er würde doch keine Zweifel bezüglich der Vaterschaft hegen – wie auch? Freilich würde das Kind vor dem Gesetz als Jack Raymonds Sprößling gelten, da er noch immer ihr Mann war. Emerald ahnte, wie besitzergreifend Sean sein Kind lieben würde und wie unerträglich es ihm sein mußte, wenn ein anderer in der Öffentlichkeit als Vater galt.

Aber vielleicht war es etwas anderes. Eventuell machte Sean sich nichts aus Kindern. War es möglich, daß er Emeralds Liebe nicht teilen wollte? Sie würde ihm Zeit lassen müssen, sich an den Gedanken zu gewöhnen.

Emerald lächelte. Er mochte es abstreiten, soviel er wollte, aber sie wußte ohne den geringsten Schatten eines Zweifels, daß sie und Sean FitzGerald O'Toole zusammen ein Kind gezeugt hatten.

Sie beschloß, kein Wort mehr darüber zu verlieren. Sie wollte ihn mit besonderer Aufmerksamkeit behandeln, damit er spürte, daß sie ihn über alles liebte und daß er ihr Herz voll und ganz besaß und immer besitzen würde. In ein paar Monaten, wenn ihre Brüste voller wurden und ihr Leib sich mit der Frucht ihrer Liebe wölbte, würde Sean nicht mehr abstreiten können, was er mit eigenen Augen sah.

Emerald, die zufrieden aufseufzte, schwor sich, eine perfekte Mutter zu sein. Wie konnte irgend etwas dieses durch ihre Liebe geschaffene Wunder trüben, wenn sie doch das Gefühl hatte, daß alles so richtig war?

23

Als die *Silver Star,* ein Handelsschiff der O'Tooles, in Greystones einlief, brachte Kapitän Liam FitzGerald viel Post für den Earl, aber auch ein Schreiben für Emerald. Liam händigte alles Sean aus, da dieser zu entscheiden hatte, ob seine Frau Korrespondenz haben durfte oder nicht.

Sean wog den Brief in der Hand. Er hatte Johnny Montagues Handschrift auf den ersten Blick erkannt. Sein wacher Verstand ließ ihn sofort erraten, warum Emeralds Bruder ihr geschrieben hatte. Als er sie traf, kam sie aus dem Garten, den Arm voller flammender Chrysanthemen. »Hallo, meine Schöne. Was steckt hinter deiner unersättlichen Blumenleidenschaft?«

»Ach, ich hatte noch nie einen Garten. Unser Haus in London ist von grauem Stein eingeschlossen. Blumen wachsen dort nur in Parks, und als ich klein war, wurde ich schwer bestraft, wenn ich welche pflückte.«

»Nun, wenn es dich glücklich macht, kannst du meinetwegen jede Blüte pflücken, die auf Greystones wächst. Hast du die Wiese hinter den Stallungen schon gesehen? Sie ist rot mit Strandastern.«

»Diese Blumen stimmen mich traurig«, sagte sie leise.

»Ach, meine Schöne, du wirst mit jedem Tag irischer. Du pflückst Blumen und stellst sie auf jedes Fensterbrett, um dein Herz zu erfreuen. Du pflückst sie mit liebevollen Händen, und du füllst deine Sinne mit ihrem Duft, und doch sagst du mir jetzt, daß sie dich traurig machen.«

»Es sind Herbstblumen. Unser Sommer war so kurz. Ehe man es sich versieht, fallen die Blätter, und der Winter bricht herein.«

Um ihre Schwermut zu vertreiben, nahm er sie samt allen Blumen in die Arme und hob sie hoch. »Unser Sommer war heiß und süß. Bereue ihn nie und vergesse ihn nie, Emerald. Unsere Erinnerungen werden ewig währen.« Seine Augen verdunkelten sich vor Begehren. »Ich kann nicht mehr durch feuchtes Gras gehen, ohne erregt zu werden. Du läßt jede Jahreszeit für mich blühen.« Als er sie wieder auf den Boden stellte, berührten sich ihre Körper, und Emerald wollte, daß sie ewig in seinen Armen bleiben konnte. Er griff in sein Hemd. »Hier, ein Brief für dich.«

Sie sah das Schreiben voller Freude an. Da es an Emerald FitzGerald und nicht an Emma Montague adressiert war, wußte sie sofort, daß es von Johnny war. Sie öffnete den Brief erst, nachdem sie die roten Blumen ins Wasser gestellt und in die Bibliothek getragen hatte. Dann setzte sie sich in einen großen Ohrensessel am Fenster und brach das Wachssiegel. Ein zweiter Brief glitt heraus. Er war an Nan FitzGerald auf Maynooth gerichtet.

Liebste Emerald,

bitte, sei ein Engel und bringe Nan diesen Brief. Noch nie habe ich so tief für ein Mädchen empfunden, und ich weiß im Innersten meines Herzens, daß so etwas auch nie mehr der Fall sein wird. Die Entscheidung, ob ich sie wiedersehen darf, war für mich sehr schmerzlich, da es ein moralisches Dilemma ist. Wie könnte ich nach der katastrophalen Beziehung unserer Eltern von einer FitzGerald verlangen, gut von einem Montague zu denken?

Ende letzten Monats war ich dann in Summerhill, einem Gestüt in Meath, um für die Armee vertragsgemäß Pferde auszusuchen und zu kaufen. Als ich merkte, daß es von dort bis nach Maynooth keine zwanzig Meilen sind, ritt ich hin, um Nan wiederzusehen. Noch nie im Leben habe ich so impulsiv gehandelt. Es ist eine Qual, von ihr so weit entfernt zu sein. Wann ich wieder nach Irland kommen werde, weiß Gott allein.

Ich beneide Dich und Sean grenzenlos. Für einen Bruchteil des Glücks, das ihr gemeinsam gefunden habt, würde ich meine Seele geben.

Dein Dich liebender Bruder,
Johnny

Emerald blickte vom Brief auf, als Sean eintrat. Er setzte sich an den Schreibtisch, um die an ihn gerichteten Briefe zu lesen. Johnny Montague hatte auch an ihn geschrieben, nur konnte er sicher sein, daß der Umschlag keinen Liebesbrief enthielt, den er hätte weiterleiten sollen.

Seans geheime Belustigung verwandelte sich in Befriedigung, als er las, was Johnny ihm mitteilte. Die *Heron* und die *Gibraltar* sollten Ende der Woche im Hafen Drogheda insgesamt fünfhundert Pferde an Bord nehmen. Montague hatte sie auf einen Schlag gekauft und würde sie um das Doppelte an die Armee weiterverkaufen. Da John schrieb, daß die Schiffe nicht versichert wären, verstand es sich von selbst, daß dies auch auf die Pferde zutraf. Die Versicherung lebender Fracht war des hohen Verlustrisikos wegen immens kostspielig.

Sean überflog den Rest der Nachricht, ehe er zu Emerald aufblickend fragte: »Morgen muß ich nach Maynooth. Kommst du mit?«

Wie konnte er wissen, daß sie im Begriff gestanden hatte, einen Besuch in Maynooth vorzuschlagen? Sie war sicher, daß er den Brief nicht geöffnet hatte, und sie bezweifelte, daß er über übernatürliche Kräfte verfügte. Und doch mußte er ihren Wunsch irgendwie vorausgeahnt haben. »Warum fragst du?« sagte sie herausfordernd.

Er grinste. »Ach, nur so eine Vorahnung. Ich weiß ja, wer dir geschrieben hat.« Er hob seinen Brief hoch. »Ich kenne seine Schrift. Letzten Monat habe ich Johnny und Nan Fitz-Gerald zusammengebracht. Das Unvermeidliche ist geschehen. Ich glaube, dein Bruder ist ihr verfallen.«

»Laß mich den Rest sagen«, lächelte Emerald. »Du hast gefolgert, daß ein Bruder seiner Schwester nur schreibt, wenn er einen wichtigen Grund hat. Als du gesehen hast, daß ich mir die Lippen wundbeiße, weil ich mir den Kopf zerbrach, wie ich den Brief weiterleiten sollte, hast du angeboten, mich nach Maynooth mitzunehmen.«

Sean zog sie in seine Arme. »Wenn ich sehe, wie du dir die Lippen wundbeißt, melden sich bei mir sündige Gedanken.«

»Bleib ernst und sag mir, wie ich den weiblichen FitzGeralds gegenübertreten soll!«

Er nahm ihre Hände und blickte auf Emerald nieder. »Du kannst es mit jeder Frau aufnehmen, nicht nur was Schönheit betrifft, sondern auch hinsichtlich Witz, Intelligenz und Selbstvertrauen. Tu nicht so, als fehle es dir an Mut, den Fitz-Geralds gegenüberzutreten.«

Sie warf ihm einen aufreizenden Blick unter gesenkten Wimpern hervor zu. »Ich werde ihnen nicht nur gegenübertreten, ich werde sie ausstechen. Ich bin schließlich auch eine FitzGerald.«

Er umfaßte ihr Gesicht. »Die schönste von allen.«

Sie stellte sich auf die Zehenspitzen, um Sean einen Kuß zu geben, was der zum Anlaß nahm, ihren Mund ausdauernder zu erforschen, als vorgesehen war. Dann schob er sie gespielt streng von sich. »Hör sofort auf, ich habe dringende Sachen zu erledigen.«

»In der Tat, Sir, ich spüre die Dringlichkeit.« Sie ließ ihre Hand zwischen ihre Körper gleiten, um jenen Teil von ihm zu streicheln, der plötzlich Aufmerksamkeit forderte.

Sean schob ihre Röcke hoch, bis er ihre bloßen Schenkel liebkosten konnte. »Es freut mich, daß du dich in der Bibliothek aufhältst, das ist sehr bildend.«

Sie fuhr mit der Zungenspitze die Linie seiner Oberlippe nach. »Nur mit dem richtigen Mentor und den passenden Lehrmitteln.«

»Das stimmt, man braucht ganz entschieden einen Schreibtisch.« Er hob sie hoch, so daß ihr blankes Hinterteil auf seiner polierten Oberfläche landete, um dann ihre Knie zu öffnen.

»Mein Wissensdurst ist groß«, versicherte sie ihm, legte ihre Arme um seinen Nacken und griff in seine dunklen Locken.

Sean öffnete seine Hose und stöhnte auf, als sein erregtes Glied befreit hervorlugte. »Ich bin ein anspruchsvoller Lehrer, der nicht mit der Rute spart«, warnte er sie.

Sie wölbte sich ihm verführerisch entgegen. »Die Lektion kann beginnen.«

Seine Hände griffen unter ihre Gesäßbacken, und er drang ohne Verzögerung in sie ein. Er war entzückt, daß sie sich so ungehemmt zeigte und zuließ, daß er sie hier an Ort und Stelle nahm, wo die Leidenschaft sie übermannt hatte. Offenbar besaß er die Macht, sie das Personal und den Umstand vergessen zu lassen, daß es mitten am Tag war.

Sie waren so versessen aufeinander, daß auch Sean in Sekundenschnelle seine Umgebung vergaß. Ihre Leidenschaft steigerte sich so unglaublich rasch, daß er Emeralds Wonneschreie nur mühselig mit seinem Mund abfangen konnte. Sein Höhepunkt kam so mächtig, daß sie wild aufschrie, als sein glühender Samen sich in sie ergoß und sie selbst in rasender Verzückung den Gipfel ihrer Lust erlebte. Ihre durstige Scheide umschloß ihn fest und leerte ihn bis zum letzten Samentropfen.

Als sie wieder imstande war, einen Gedanken zu fassen, murmelte sie schwer atmend: »Nun, habe ich bestanden, Sir?«

»Cum laude«, erwiderte er heiser, um dann grienend hinzuzufügen: »Ich muß mich jetzt um andere dringende Angelegenheiten kümmern, aber abends gibt es Hausaufgaben.«

Emerald wählte ein paar Bücher aus, um sie in den Wachturm mitzunehmen, und nahm dann einem Impuls folgend eine der Vasen mit den Chrysanthemen mit. Kaum hatte Shamus sie erblickt, als sich seine Miene erhellte. »Jedes Mal, wenn ich dich sehe, bist du schöner. Mein Junge muß irgend etwas richtig machen.«

Sie errötete und fragte sich, ob Mr. Burke von Kate erfahren hatte, daß sie vermutlich schwanger war.

»Meine Kathleen strahlte und blühte, wenn sie schwanger war, und du bist ähnlich.«

»Ach, du kennst also mein Geheimnis«, sagte sie leicht verlegen.

»Was für ein Geheimnis? Jeder, der Augen im Kopf hat, kann sehen, daß du heranreifst wie eine üppige Frucht.«

»Jeder, nur Sean nicht«, erwiderte sie wehmütig.

»Ach, was weiß der schon. Ist es nicht sein erstes?« Er beugte sich vertraulich zu ihr. »Männer hören es nicht gern, wenn endlos vom Kinderkriegen geschwatzt wird. Du brauchst jetzt die Frauen in deiner Familie, mit denen du dich aussprechen kannst.«

»Ich habe keine Familie.«

»Sei nicht dumm. Du bist eine FitzGerald. In deinem Clan gibt es mehr Frauen als Bienen in einem Stock.«

»Und ich habe ihren Stachel zu spüren bekommen... die FitzGerald-Frauen hassen mich.«

»Das alles ist eine uralte Geschichte. Damals warst du eine Rivalin. Das bist du nicht mehr, nun, da du sein Kind trägst. Wenn sie es erfahren, werden sich die Reihen der Schwestern um dich schließen, um dir zu dienen und dich zu behüten, dich zu verwöhnen und zu bedauern, zu beschimpfen und zu segnen, dir zu raten und dich zu bewundern. Meiner Seel, Kind, hat dich denn niemand diese Dinge gelehrt? Muß ich Mutter für dich spielen?«

Da brach Emerald unvermittelt in Tränen aus.

»Was zum Teufel habe ich jetzt angestellt?« fragte er Paddy Burke verblüfft.

Mr. Burke räusperte sich. »Ich glaube, das mit der Mutter hat sie getroffen.«

»Es tut mir leid«, flüsterte Emerald, die ihre Tränen mit den Fingern fortwischte. »Ich habe geschworen, ich würde sie ewig hassen, weil sie mich verließ, aber ich kann es nicht. Sie fehlt mir so sehr.«

Shamus und Paddy wechselten einen vielsagenden Blick. Alle wußten, daß ihre Mutter nur dreißig Meilen entfernt in Wicklow lebte. Es war nicht gut, sie nicht zusammenzubringen, zumal Emerald nun ein Kind erwartete. Shamus nahm sich vor, mit Sean darüber zu sprechen. »Komm, trockne deine Tränen. Ich erwarte Besuch von der Besatzung der *Sil-*

ver Star. Wir O'Tooles stehen im Ruf, ein Lächeln auf das Gesicht einer Frau zaubern zu können.«

Da mußte Emerald lachen. Sie hätte ihren Kopf darauf verwettet, daß Shamus es zu seiner Zeit genauso wild getrieben hatte wie Sean.

»Schon besser, schöne Frau.« Augenzwinkernd hob er eines der Bücher hoch, das sie mitgebracht hatte. »Wir verkriechen uns ein andermal unter dieser Decke, wenn wir vor Störung sicher sein können.«

Von draußen hörte man Bewegung, als ein halbes Dutzend Seeleute lachend die Pförtnerhaustreppe heraufpolterte. Emerald erhob sich, und Mr. Burke folgte ihr. »Ich wollte mit Ihnen ein offenes Wort reden – seinetwegen. Ohne Hilfe schafft er es nicht einmal mehr vom Bett zum Sessel. Fast habe ich Angst, ihn allein zu lassen.«

»Ich werde mit Sean sprechen. Shamus muß wieder nach Greystones kommen.«

»Dazu ist er zu stur. Die jungen Dinger vom Hauspersonal, die Kate schickt, sind ihm nicht gewachsen. Er jagt ihnen nur Angst und Schrecken ein. Wenn ein Schiff kommt, hat er jede Menge Gesellschaft, aber in der Zwischenzeit ist er zu einsam. Seit Sie da sind, sehe ich, wie sehr er weibliche Gesellschaft genießt. Ich glaube, Familienbesuche würden ihm guttun.«

»Meinen Sie die FitzGerald-Frauen?« fragte Emerald nachdenklich.

»Die meine ich. Eine FitzGerald kann er nicht so herumkommandieren wie eine Hausmagd.«

»Sean und ich machen morgen einen Besuch auf Maynooth. Ich will mit ihm über Ihren Vorschlag sprechen, aber ich möchte, daß Sie ihm dasselbe sagen, was Sie mir sagten. Sie besitzen einen viel größeren Einfluß, als ich ihn je haben werde, Mr. Burke.«

Den Ritt nach Maynooth legte Emerald im Sattel einer lamm-frommen Fuchsstute zurück, die so gemächlich dahintrottete, daß Luzifer unruhig wurde. »Verdammt, das ist aber eine langsame alte Mähre, die du da reitest.« Sean grinste. »Ich würde dir lieber etwas Aufregenderes zwischen die Beine schieben.« Sein Grinsen wurde breiter. »Hinreißend, wie du errötest.«

»Ein Wunder, daß ich überhaupt noch erröte, wenn man bedenkt, was ich von dir und deinem Vater zu hören be-komme.«

Sean wurde ernst. »Paddy Burke ist der Meinung, daß Sha-mus von der Gesellschaft weiblicher FitzGeralds profitieren würde.«

»Das glaube ich auch«, sagte sie mit Nachdruck. »Er ist ein-sam, und er mag Frauen…«

»Schöne Frauen«, murmelte Sean.

»Alle FitzGerald-Frauen sind schön.«

»Ha, auch dann nicht, wenn man seine Phantasie noch so sehr bemüht«, widersprach Sean, um dann wie beiläufig eine Bemerkung zu machen, ihre Reaktion aber genau beobach-tete. »Meine Mutter und deine waren die einzigen zwei ech-ten Schönheiten.«

Die von ihm heraufbeschworenen Erinnerungen bewirk-ten, daß Emerald die Augen schloß. Als sie sie wieder auf-schlug, sah er, daß ungeweinte Tränen darinnen schwammen. *Mein Vater und Mr. Burke hatten wie immer recht,* dachte sie bei sich. Er rechnete im Geiste nach und beschloß: *Sobald die Sache mit den Pferden erledigt ist, reite ich nach Wicklow und rede ein ernstes Wort mit Amber FitzGerald.*

Emeralds Reitkostüm aus cremefarbigem Samt, das ihre üppi-gen Brüste vollendet zur Geltung brachte, sowie ihr zu einem Krönchen geflochtenes Haar hinderten die FitzGerald-

Frauen nicht, Emerald mit aufrichtiger Freude willkommen zu heißen. Es war ihr erster offizieller Besuch auf Maynooth, und die herzliche Gastfreundschaft, mit der sie empfangen wurde, weckten in ihr sofort das Gefühl, eine von ihnen zu sein. Natürlich war Sean jetzt Earl von Kildare und Maynooth sein Eigentum. Und da er auf Greystones mit ihr ganz offen zusammenlebte, gab er deutlich zu erkennen, daß Emerald die Dame seines Herzens war. Und Seans Wahl war auch ihre Wahl. Anders konnte es nicht sein.

Von Tanten umringt, versuchte sie deren Namen auseinanderzuhalten, während Sean sie gemäß der »Hackordnung« vorstellte. Emerald gab es auf, als Maggie, Meggie und Meagan gleichzeitig auf sie einredeten. Als nächstes kam eine Gruppe jüngerer Frauen an die Reihe, die allesamt rasch mit ihr Freundschaft schließen wollten. Sie sah das amüsierte Aufblitzen in Seans Augen, als er mit der Vorstellung begann. »Kannst du dich an Bridget erinnern? Sie erwog einmal, als Nonne ins Kloster zu gehen... ehe sie Mutter von vier Kindern wurde, versteht sich.«

Emerald hätte nicht verblüffter sein können. Die junge, dickliche Person wies nicht die geringste Ähnlichkeit mit der nackten Nymphe aus, die sich vor fünf Jahren in der Kajüte der *Sulphur* gerekelt hatte. Emerald erfuhr, daß alle, obwohl sie nun verheiratet waren, mit ihren Familien auf Maynooth lebten. Ein Ende des Anwachsens der Familie war nicht abzusehen, wie ihr der zahlreiche Nachwuchs verriet, der sich in den letzten fünf Jahren eingestellt hatte.

Eine Gruppe von FitzGerald-Jünglingen umdrängte Sean. Die meisten hofften, sie würden in seinen Augen alt genug sein, um auf einem seiner Schiffe anheuern zu können. Die weiblichen FitzGeralds hatten Murphys, Wogans und O'Byrnes geheiratet, ihre Sprößlinge aber galten immer noch als FitzGeralds von Kildare.

»Ich werde dich im Schoße der Familie zurücklassen«, sagte Sean nun zu Emerald. »Die Runde auf allen zu Maynooth gehörenden Pachtgütern wird eine gewisse Zeit dauern, erwarte mich also nicht vor dem Dinner zurück.«

Sofort übernahm Maggie das Kommando. »Ihr bleibt über Nacht. Hinauf mit dir, Fiona, richte die große Suite her.«

Emerald suchte den Augenkontakt mit einem hochgewachsenen, schlanken jungen Mädchen, das hold errötete wie ein irischer Morgen. »Entschuldige, aber ich habe deinen Namen nicht verstanden.«

»Ich bin Nan«, sagte sie leise.

Emerald fand sofort Gefallen an ihr. Nan hatte ein süßes Gesicht und eine sanfte Stimme. Ihr fehlte die kecke Miene, die so viele weibliche FitzGeralds zur Schau trugen. »Bist du so gut und machst einen Rundgang mit mir?« bat Emerald.

»Mit Vergnügen«, murmelte Nan, abermals errötend.

»Nicht ehe du dich gesetzt und mit einem Glas Wein erfrischt hast – oder ist dir Ale lieber?« fragte Maggie.

»Ale, hört, hört. Sie soll meinen Rosenlikör versuchen«, ordnete Tiara an und fegte die anderen beiseite. »Nan, du kannst die Honneurs machen.« Tiara beugte sich zu ihr, um ihr anzuvertrauen: »Sie hat sanfte Hände – und saubere obendrein, was man nicht von allen an meinem Hof sagen kann.«

Als Emerald an dem köstlichen Likör nippte, der etwas Stärkeres enthalten mußte als nur Rosen, wurde ihr klar, daß die »Hackordnung« außer Kraft gesetzt war, wenn Tiara sprach. Eine Erkenntnis, die sie für spätere Überlegungen aufhob. Tiara strahlte, als Emerald ihr das Glas zum Nachfüllen entgegenhielt. »Du hast einen feinen Gaumen. Unter uns sind so wenige, die sowohl Manieren als auch Urteilsvermögen besitzen.« Jemand ließ einen kullernden Rülpser hören. »Siehst du?« sagte Tiara gelassen.

Als Emerald ihr Glas ausgetrunken hatte, führte Nan sie

288

hinauf ins große Schlafgemach, wo Fiona gerade das breite Bett blütenweiß überzog. Offenbar war der Ruf von Seans übertriebenen Ansprüchen bis nach Maynooth gedrungen.

»Ich schicke Michael herauf, damit er Feuer macht«, bot Fiona an.

»Danke, das eilt nicht. Wir brauchen das Feuer erst, wenn wir uns für die Nacht zurückziehen.«

Als sie und Nan endlich allein waren, übergab Emerald ihr den Brief. »Mein Bruder Johnny bat mich, dir dies zu geben. Der Brief ist erst gestern gekommen.«

Nan schien es die Rede verschlagen zu haben.

»Ich weiß, daß er letzten Monat von Meath herüberritt, um dich zu sehen, aber ich glaube nicht, daß Sean davon weiß.«

Nan atmete erleichtert auf. »Ach, wie bin ich froh, daß ich dir alles anvertrauen kann. Darf ich dich Emerald nennen?«

»Aber natürlich. Ich bin ebenso froh, daß ich dir vertrauen kann. Johnny und ich stehen einander sehr nahe. Unser Vater ist ein schlechter Mensch. Als Johnny klein war, ist er besonders übel mit ihm umgesprungen. Es machte ihm Freude, ihn zu quälen und zu bestrafen. Unsere Mutter hat uns vor seinen Wutanfällen beschützt, aber nachdem sie uns verließ, hatten wir nur mehr einander.«

»Deine Mutter ist meine Tante Amber. Ich kenne sie nicht, da sie schon vor meiner Geburt deinen Vater heiratete und nach England zog.«

»Nach allem, was ich hörte, hat sie ihn geheiratet, um von Maynooth und Irland fortzukommen. Die Ironie des Schicksals wollte es, daß sie sich dann tagtäglich vor Sehnsucht nach ihrer Heimat verzehren sollte. Ich glaube nicht, daß sie ihn jemals liebte, obwohl sie so tat. Nan, ich bitte dich, dies Johnny nie anzutun. Bitte, spiele ihm nicht Liebe vor, nur damit er dich mitnimmt.«

»Emerald, das darfst du nicht glauben. Johnny will mich nicht mitnehmen. Er möchte herkommen und hier leben.«

»Könntest du hier glücklich und zufrieden sein?«

»Mit Johnny könnte ich überall glücklich sein.«

Das gleiche empfinde ich für Sean, dachte Emerald. »Lies seinen Brief.« Um Nan ungestört zu lassen, ging Emerald in die anschließende Badekammer, um sich Hände und Gesicht zu waschen.

Ihr hatten schon die Räumlichkeiten auf Greystones imponiert, aber dieses geräumige Badezimmer war atemberaubend mit seinen verspiegelten Flächen an Wänden und der Decke und dem hellrosa Marmorboden. Die hohe, rechteckige Wanne, die Stufen, die zu ihr hinaufführten, und das Klosett, in dem man mit bereitgestellten gefüllten Wasserkrügen nachspülen konnte, waren ebenfalls aus rosa Marmor.

»Das ist ja himmlisch«, rief sie aus. »Man fühlt sich hier wie im Herzen einer Rose.«

Nan kam an die Tür und steckte den kostbaren Brief ins Mieder ihres Kleides. »Würdest du ein Bad einem Rundgang auf Maynooth vorziehen? Ich kann später wiederkommen.«

»O Gott, nein! Ich werde diesen Luxus doch nicht allein an mich verschwenden. Ich will warten, bis Sean Zeit hat, mir Gesellschaft zu leisten.«

Als Nan verlegene Röte in die Wangen stieg, ahnte Emerald, daß das Mädchen mit den Intimitäten zwischen Mann und Frau noch nicht lange vertraut war. Sätze aus dem Brief ihres Bruders blitzten in ihrem Kopf auf. *Ich konnte nicht anders... so impulsiv habe ich noch nie gehandelt.* Emerald schloß die Augen und stöhnte insgeheim auf. *O Gott, Johnny, was hast du getan?*

24

Im riesigen Speisesaal auf Maynooth, in früheren Zeiten so groß geplant, um Familien und bewaffneten Gefolgsleuten ausreichend Platz zu bieten, überblickte Emerald von der erhöhten Haupttafel aus den ganzen Raum und versuchte sich vorzustellen, wie es hier einst ausgesehen haben mußte. Viel Phantasie mußte sie dabei nicht aufwenden. Die FitzGeralds brauchten kein Hauspersonal zu beschäftigen, da sich viele Hände die Arbeit teilten und jedes Familienmitglied mit einer anderen Aufgabe betraut war. So wurde das Essen von den Zehn- bis Zwölfjährigen aufgetragen, Pagen aus alten Zeiten nicht unähnlich.

Bei Tisch herrschte Geschlechtertrennung. Die Männer saßen beisammen, während die Frauen mit den jüngeren Kindern speisten. Ein Tisch war alten Frauen vorbehalten, die zwischen siebzig und achtzig sein mußten, vermutlich die Schwestern von Seans Großvater.

Auf Tranchierbrettern wurden nun große, dampfende Bratenteile von Rind und Lamm hereingetragen, es folgten Platten mit Gemüse, sodann Brot, Soßenschüsseln, tiefe Puddingteller, Früchte und ganze Käselaibe. Emerald bekam eine Ahnung davon, welche Menge von Speisen Tag für Tag vom Clan der FitzGeralds verzehrt wurde.

»Woher kommen die vielen Nahrungsmittel?« fragte sie Sean.

»Maynooth versorgt sich selbst«, erklärte er. »Wir besitzen Tausende Morgen von Land. Neben Pferden züchten wir auch Rinder, Schafe und Schweine. Unsere Felder, auf denen Kartoffeln, Rüben und Kohl angebaut wird, erstrecken sich meilenweit, obwohl Kohl nie auf den Tisch kommt, wenn ich hier esse«, betonte er.

Zum ersten Mal erlebte Emerald ihn in der Rolle des Earls, den Vorsitz an der Haupttafel führend, Herr über alle, die er vor sich sah. Wie immer war Sean ganz in Schwarz erschienen, das durch makelloses weißes Leinen an Hals und Manschetten aufgehellt wurde. In letzter Zeit trug er nur an seiner Linken einen schwarzen Lederhandschuh, den er außerhalb des Schlafgemachs nie auszog. Mit ihnen an der Haupttafel saßen die Schwestern seiner Mutter und deren Vettern und Kusinen, die in der Hierarchie von Maynooth den obersten Rang innehatten.

»Meine Damen, ich brauche Rat und Hilfe.« Sofort galt ihm ihre ungeteilte Aufmerksamkeit. »Wie ihr wißt, lebt Shamus im Turm des Pförtnerhauses und kann seine Beine nur sehr eingeschränkt gebrauchen. Paddy Burke, der mir in geschäftlichen Belangen unentbehrlich ist, muß sich derzeit mit der Rolle der Krankenschwester befassen. Kann mir jemand helfen, dieses Problem zu lösen?«

Alle Damen begannen auf einmal zu reden. Es entspann sich eine langwierige und hitzige, beinahe in einen Streit ausartende Debatte. Emerald wurde das nachgerade peinlich, bis sie Sean einen unsicheren Blick zuwarf und sah, daß er ihr zuzwinkerte. Als sie jedoch hörte, wie alle das Sündenregister Shamus O'Tooles vehement auflisteten, fürchtete sie schon, keine würde sich zur Hilfe bereitfinden. Um so größer war ihre Verwunderung, als sich schließlich alle meldeten, nur um sich anschließend zu streiten, wem der Vorrang gebührte. Es endete unentschieden, da alle drei älteren Schwestern, nämlich Maggie, Meggie und Meagan, stichhaltige Gründe vorbrachten, weshalb ihnen der Vorrang gebührte.

Als Sean seine allmächtige Hand erhob, beugten sie sich alle sofort seinem Urteil. »Ich schlage vor, ihr wechselt euch ab, sagen wir monatlich?«

Man war einverstanden. »Aber wer soll die erste sein?« fragte Maggie.

»Haltet mich nicht für so dumm. In diese Falle tappe ich nicht, und wenn sie einen Goldköder enthielte. Diese Entscheidung überlasse ich allein euch, meine Damen.«

»In diesem Fall werde ich den Anfang machen. Ich nehme an, daß wir morgen nach Greystones aufbrechen?«

Fast wagte Emerald nicht, Sean anzusehen, da es Tante Tiara, die Kusine seiner Mutter war, die gesprochen hatte. Nicht einmal die Andeutung eines Protestes wurde laut, da Tiara ein wenig verwirrt war und man ihr ihren Willen ließ. Als niemand widersprach, faßte Emerald sich ein Herz und sah den Earl von Kildare an. Er lächelte breit, und diesmal lächelten auch seine Augen.

Als sie sich für die Nacht zurückzogen, ließ Emerald ihrer Belustigung freien Lauf und hielt sich den Bauch vor Lachen. »O Gott, was wird dein Vater sagen?«

»Sehr viel, und alles mit gotteslästerlichen Flüchen und wüsten Verwünschungen gespickt«, erwiderte Sean ebenso erheitert.

»Jetzt lachen wir, aber wenn wir ihm unter die Augen treten, wird es nicht so lustig werden.«

Er trat ans Bett und blickte auf sie hinunter. »Du hast vor ihm keine Angst?« fragte er interessiert.

»Natürlich habe ich Angst«, gestand sie.

»Er hat aber das weichste Herz der Welt, besonders wenn es um Frauen geht. Meine Mutter hat ihn um den kleinen Finger gewickelt. Ein Mann, der dumm genug ist, dies zuzulassen, ist bei allen Frauen schwach.«

Seine Worte ließen erkennen, daß er selbst nie so dumm sein würde. Emerald aber war gewillt, die Warnung zu ignorieren. Ihr neu gefundenes Selbstvertrauen ließ sie nicht nur glauben, sie würde Sean um den kleinen Finger wickeln können, sie war auch überzeugt, er würde für sie durch brennende Reifen springen.

Ein leises Pochen war an der Tür zu hören. Sean runzelte die Stirn und ging, um nachzusehen. »Ach, meine Liebe, eben war von dir die Rede.«

»Dann habt ihr keine Zeit verloren«, verkündete Tiara aufgeräumt. »Ich habe Emerald ein Nachthemd gebracht.« Sie reichte ihm ein durchsichtiges rotes Gebilde. »Purpur wird ihre Leidenschaft entfachen.«

»Ich werde ihre Leidenschaft entfachen.«

Sie musterte ihn von oben bis unten. »Ja, das glaube ich dir. Ein Mann, der seiner Sache so sicher ist, wirkt unwiderstehlich. Gute Nacht, meine Süßen. Ich wünsche euch Freude aneinander.« Wieder waren sie allein.

»Was weiß denn eine altjüngferliche Tante von Männern und ihrer Selbstsicherheit?«

Er grinste. »Nur weil sie unvermählt blieb, heißt das nicht, daß sie unerfahren ist. Sexualität ist vermutlich die Quelle ihrer Kreativität. Sieh dir das an.« Er breitete das hauchdünne Nachthemd auf dem Bett aus.

»Das ist aber unanständig!« sagte sie mit schwerem ländlichem Zungenschlag.

»Apropos unanständig, hast du das Bad schon gesehen?«

»Ja … ich dachte schon, das Dinner würde nie ein Ende finden.« Sie streifte ihm den schwarzen Lederhandschuh herunter, rollte sich dann auf dem Bett herum und präsentierte ihm ihren Rücken. »Knöpf mein Kleid auf.«

Kaum berührten seine Hände sie, als sich auch schon Erregung bei ihm meldete. Wenn sie es bis zu den rosa Marmorstufen schafften, würde es schlicht ein Wunder sein…

Lange nachdem Emerald eingeschlafen war, blieb Sean noch wach, schützend an sie geschmiegt, während eine Hand ihre

Brust umfaßte. Vor einem Monat hatte sie perfekt in seine Hand gepaßt, jetzt war sie viel voller. Ihr Körper hatte sich subtil verändert, war nun weicher und kurvenreicher. Sogar ihre Haut schimmerte wie poliertes Elfenbein. Nun konnte er nicht mehr umhin, zur Kenntnis zu nehmen, daß sie schwanger war, und sein Bedürfnis, sie zu behüten, hatte sich wie befürchtet verdoppelt.

Es hatte so kurze Zeit in Anspruch genommen, sein Vorhaben zu verwirklichen. Er bedauerte sehr, daß sie so rasch schwanger geworden war. Da er jedoch mit diesem unvermeidlichen Ereignis gerechnet hatte, als er sie ihrer Familie raubte, war Bedauern so nutzlos wie eine alte Hure. Obwohl er wußte, daß es an Selbstverstümmelung grenzen würde, wenn er sie aufgab, würde er den Preis bezahlen. Der Racheschwur, den er auf dem Sträflingsschiff geleistet hatte, verblaßte neben dem geheimen Gelöbnis am Grab seiner Mutter.

Sein Bewußtsein verdrängte alle Reuegefühle. Er brauchte sie ja noch viele Monate nicht aufzugeben. Er mußte nicht an die Zukunft denken, er mußte für das Heute leben. Erwartete eine Frau ihr erstes Kind, so sollte es die glücklichste Zeit ihres Lebens sein, und er gelobte sich, diesen Zeitabschnitt für sie entsprechend zu gestalten. Er würde sie mit Aufmerksamkeit überschütten, beschloß er und verspottete sich gleich selbst. Sie hätte nicht reizvoller sein können. Wie selbstlos von ihm, völlige Hingabe zu geloben!

Als nächstes wußte Sean nur, daß es Morgen war und daß Emerald leise stöhnte. Er hob sie hoch und trug sie zum Wasserklosett im Bad, wo sie sich fürchterlich übergab. Er kniete hinter ihr, und seine Hände strichen beruhigend über ihre Bauchmuskeln, als sie sich erbrach. Als ihre Krämpfe nachließen, setzte er sie auf die rosa Marmorstufen und wusch ihr zärtlich das Gesicht.

»Es tut mir leid«, flüsterte sie.

»Emerald, entschuldige dich nie mehr bei mir.« *Ich bin derjenige, der sich entschuldigen müßte.*

Er trug sie zurück zum Bett. »Bleib liegen, bis du dich besser fühlst.« Er zog sich rasch an. »Ich bringe dir Tiara, sie ist eine Kräuterhexe, die sich auf alle möglichen Mixturen versteht. Sicher ist es nicht nötig, daß du so leidest.«

In kürzester Zeit war er mit »Prinzessin« Tiara zurück. »Wie ich vermutete!« erklärte sie.

»Was kann ich tun, um zu helfen?« fragte Sean.

»Hast du nicht schon genug getan?« Sie deutete auf die Tür. »Da du der Urheber ihres Elends bist, kannst du uns getrost allein lassen. Sie kann nicht in den Speisesaal gehen und in ihrem Zustand Räucherschinken essen. Aber dich wird das natürlich nicht abhalten«, setzte sie anklagend hinzu.

In Emeralds Augen blitzte es belustigt, als sie Seans Blick begegnete. »Ich fühle mich schon besser.«

Kaum waren sie allein, als Tiara sie mit einem strahlenden Lächeln bedachte. »Ach, mein Kleines, ich habe dich so viel zu lehren. Lektion Nummer eins: Schuldbewußtsein ist eine starke Waffe, die dir erlaubt, alle zu beherrschen, außer die Skrupellosen. Also, ich habe manche Arznei für Morgenübelkeit. Es gäbe Kamille, Minze, Gerstenschleim.«

»Die Entscheidung liegt bei dir.«

Tiara war entzückt. »Wie tapfer du bist!«

»Nicht wirklich«, lachte Emerald. »Ich habe dein Geheimnis geahnt. Du tust nur so, als wärest du nicht ganz richtig im Kopf.«

Tiara schien beunruhigt. »Maria und Josef, versprich mir, daß du es den FitzGeralds nie verrätst. Sean weiß es natürlich, er war immer schon gerissen wie der Teufel. Aber alle anderen halten mich für total übergeschnappt.«

Als sie wiederkam, brachte sie nicht nur ein Gegenmittel

für Emeralds Übelkeit, sie brachte ihr auch einen Flakon mit Mandel- und Rosenöl. »Das wirkt wahre Wunder. Du mußt täglich Bauch, Brüste und Schenkel damit einreiben, damit du keine häßlichen Dehnungsstreifen bekommst.«

»Häßliche Dehnungsstreifen? Gott steh mir bei, wie unwissend ich bin«, gestand Emerald.

»Dann ist es ja großartig, daß ich nach Greystones mitkomme. Wirst du den Ritt durchhalten?«

»Aber ja, die Übelkeit hat sich gelegt. Wirst du reiten, Tiara?«

»Natürlich werde ich reiten. Ich bin noch nicht reif für den Abdecker. Ach, übrigens heiße ich Tara. Die Familie hat den Namen geändert, als ich mir angewöhnte, eine Tiara zu tragen. Das entspricht vermutlich ihrer jämmerlichen Auffassung von Humor.«

Als Sean vom Frühstück zurückkam, war er erleichtert, Emerald wieder wohlauf anzutreffen. Als er ihr half, ihr Reitkostüm zuzuknöpfen, furchte er die Stirn. »Liebling, wie würde es dir gefallen, eine der jüngeren FitzGeralds zu einem Besuch einzuladen? Meine Geschäfte werden mich tagelang von Greystones fernhalten, und mir wäre wohler zumute, wenn du Gesellschaft hättest.«

»Am besten gefällt mir Nan«, sagte sie zögernd und beobachtete seine Reaktion. Sie wußte, daß er Nan mit Absicht als Köder für ihren Bruder benutzt hatte.

»Nan wäre ideal«, gab er ihr recht.

Emerald fragte sich, wie ideal sie ihm vorgekommen wäre, wenn er gewußt hätte, daß Johnny sich den Köder bereits von der Angel geschnappt hatte. »Kann sie reiten?«

»Liebling, sie ist eine FitzGerald aus Kildare und reitet wie der Wind.«

»Gut. Sie kann mit dir und Luzifer Schritt halten, während ich mit Tara hinterhertrotte.«

Er zog die Brauen in die Höhe. »Tara also? Du bist ein kluges kleines Ding.«

»Ich hatte einen guten Lehrer«, sagte sie mit unschuldigem Wimpernaufschlag. »Während sie in Greystones ist, wird sie ihrem Thron entsagen und mir beibringen, wie sich eine Prinzessin benimmt.«

»Du, meine Schöne, brauchst in diesem Punkt keine Belehrung. Du bist schon hoheitsvoll genug.«

Emerald warf spitzbübisch ihre Locken zurück. »Anders möchtest du mich ja nicht haben.«

Auf ihrem Ritt von Maynooth nach Greystones schien es, als wäre das grüne Laub über Nacht in flammende Herbstfarben getaucht worden. Die Sonne ließ es leuchten und blitzen, daß Emerald das Herz aufging. Nach ihrer Ankunft inspizierte Tara die Gärten und nahm anschließend die Vorrats- und Destillierkammer wie selbstverständlich in Beschlag.

Emerald brachte Nan in dem Schlafzimmer unter, das Johnny schon bewohnt hatte, und bot Tara einen in Lavendel gehaltenen Raum an, um ihr eine Freude zu bereiten.

»Diese Farbe macht mich krank. Hast du nicht ein Zimmer in hübschem, beruhigendem Grün? Ich trete in eine neue Lebensphase ein, in der ich zurück zur Natur muß«, verkündete sie theatralisch.

»Natürlich«, lachte Emerald und führte Tara in einen anderen Flügel von Greystones in den grünen Raum, der neben jenem von Kates ehemaligem Schlafzimmer lag. Außerdem war sie gespannt, wie Kate Kennedy mit Prinzessin Tara zurechtkommen würde.

Als Emerald am nächsten Morgen die Augen aufschlug, häuften sich auf dem Bett die letzten Rosen des Sommers, und Sean stand da und blickte auf das bezaubernde Bild hinunter, das er soeben geschaffen hatte. Er reichte ihr ein kostbares

Flötenweinglas mit Kamille, Minze und Rosenwasser, das sie dankbar austrank. Taras Gebräu war eine wahre Wundermixtur, die Emerald die Morgenübelkeit ersparte. Sie seufzte erleichtert und glücklich auf.

»Was für ein wundervolles Erwachen. Du mußt jede einzelne Rose auf Greystones gepflückt haben.«

»Auftrag von Tara. Sie will die Blüten destillieren, deshalb wollte ich dich mit ihrer Schönheit umgeben, ehe sie sie alle an sich rafft und davonträgt. Sie behauptet auch, daß uns ein Unwetter bevorstünde.«

»Vielleicht meint sie jenes, das aufzieht, wenn du Shamus eröffnest, daß sie gekommen ist.«

»Du hast soviel Feingefühl, daß ich es dir überlassen wollte, es ihm zu sagen.«

»Du Teufel! Die Situation amüsiert dich wohl?«

»Sehr«, gestand er freimütig. »Mein Vertrauen in deine Zauberkraft ist unbegrenzt.«

Schon in der nächsten Stunde erhob sich ein so kräftiger und kalter Wind, daß Emerald eher glaubte, Tara sei diejenige, die ihre Zauberkunst hatte wirken lassen. Nachdem Emerald Nan in der Bibliothek zurückgelassen hatte, damit diese Johnnys Brief von neuem lesen und sich ihren Träumen hingeben konnte, entschloß Emerald sich, den Löwen in seiner Höhle aufzusuchen. Sie wußte, daß Shamus nach Kathleens Tod aus dem großen Haus ausgezogen war, weil er es nicht ertragen hatte, dort ohne sie zu leben. Des weiteren war Emerald klar, daß er den Umgang mit den weiblichen FitzGeralds aus falschem Stolz scheute, weil er sich seiner Unbeweglichkeit schämte. In wärmende Umschlagtücher gehüllt, liefen sie und Tara dem Wind trotzend über den Rasen zum Pförtnerhaus, das am Ende der Zufahrt stand. Als sie den Turm erklommen, polterten Sean und Mr. Burke in unziemlicher Hast die Treppe herunter.

»Feiglinge!« rief Emerald ihnen nach, ehe sich die zwei Frauen den Mund zuhielten, damit ihr Kichern nicht an Shamus O'Tooles Ohren drang.

Er saß an seinem Lieblingsfenster, eine warme Decke über die Knie, sein Fernrohr in der Hand. Das Willkommenslächeln auf seinem gutgeschnittenem Gesicht erlosch in dem Moment, als er Tara FitzGeralds ansichtig wurde.

»Was soll das?« knurrte er, wachsam wie ein alter Wolf.

»Shamus, du kannst dich doch gewiß noch an Tara erinnern? Sie hat sich liebenswürdigerweise bereit erklärt, uns einen Monat Gesellschaft zu leisten und sich um uns zu kümmern. Sie kennt sich mit Kräutern und Tinkturen aus wie eine Zauberin und glaubt, daß sie etwas zusammenbrauen könnte, das deinen Beinen hilft.«

»Zauberin? Du meinst wohl Hexe? Ich brauche kein verdammtes Kindermädchen!« rief er.

Emerald sank vor ihm in die Knie und nahm seine Hand. »Liebster Shamus, ich weiß, daß du keines brauchst. Aber Mr. Burke braucht Hilfe und ist zu stolz, darum zu bitten.«

»Sie ist nicht ganz richtig im Kopf«, raunte er ihr ins Ohr.

»Ich habe es gehört, Shamus O'Toole«, erklärte Tara ungerührt, die einen Stuhl neben seinen schob und sich setzte. »Weißt du auch, daß du es warst, der mich um den Verstand brachte?«

Emerald sah, daß in seinen Zügen Neugierde mit Ablehnung kämpfte. Vielleicht war es seine Einsamkeit, die zuließ, daß die Neugierde den Sieg davontrug. Beide lauschten nun aufmerksam, als Tara ihre Geschichte erzählte.

»Als du das erste Mal nach Maynooth kamst, weil du um Kathleen werben wolltest, warst du der schmuckste Jüngling, der den FitzGerald-Mädchen jemals vor die Augen gekommen war. Damals waren wir ein Dutzend junger Dinger gleichen Alters, und deine staatliche Erscheinung ließ unsere Herzen höher schlagen.

Kathleen hat dir die kalte Schulter gezeigt. Als älteste Tochter eines Earls war sie zu stolz, um sich von einem seefahrenden Kaufmann umwerben zu lassen. Damals war meine herausragende Sünde nicht Stolz, sondern Eitelkeit. Ich wollte dich haben und sah dank meiner großen Schönheit keinen Grund, warum ich dich nicht von deiner Neigung zu meiner Kusine Kathleen hätte heilen können. Aber ich konnte mich dir noch so oft in den Weg werfen, du hast mich geflissentlich übersehen und deine Bemühungen um Kathleen verdoppelt.

Um meinen Stolz zu retten, sagte ich mir, du zögest sie nur vor, weil sie die älteste Tochter eines Earls war und du das tun wolltest, was zweckdienlich war. Ich war so verliebt in dich, daß es mir das Herz brach. Ich konnte nicht essen, nicht schlafen, ja, nicht einmal klar denken. So gesehen verlor ich meinen Verstand.

Meine Familie brachte mir daraufhin soviel Mitgefühl und Aufmerksamkeit entgegen, daß ich den Zustand allmählich genoß, nicht zuletzt, weil ich auch merkte, daß es mir Macht verlieh. Als ich also meinen Verstand wieder zusammennahm, behielt ich diese Tatsache für mich und mimte auch weiterhin die Geistesgestörte. Außerdem lernte ich eine wertvolle Lektion. Je mehr Kathleen dich verachtete, desto entschlossener wurdest du. Je stolzer und herablassender sie sich gab, desto größer wurde deine Liebe. Du warst so bezwingend und männlich, daß Kathleen schließlich nachgab. Und als sie es tat, da wußte ich, daß sie dich von Anfang an gewollt hatte und nur aus Klugheit diesen Weg gewählt hatte, um sicherzugehen, daß sie dich bekäme.«

Shamus' nachdenkliche Miene verriet Emerald, daß Tara ihm den Stachel gezogen hatte. Er tätschelte Emeralds Hand.

»Nun, Paddy zuliebe will ich es mit ihr versuchen. Ein Monat ist schließlich nicht lebenslänglich.«

»Gibt es im Garten blaue Iris?« fragte Tara grienend.

»Ja, aber die Blüten sind alle verblüht.«

»Ich brauche nur die Wurzel. Sie wärmt und tröstet die Gelenke, wie nichts sonst es vermag.«

»Du wirst mich sowieso bald zum Gehen bringen. Es ist der einzige Weg, dir zu entkommen«, gab Shamus gereizt von sich, aber Emerald wußte, daß er kapituliert hatte.

»Würdest du mir wohl zeigen, wo diese blauen Iris wachsen, Kleines?«

»Ja, im umfriedeten Garten.« Als sie aus dem Pförtnerhaus gingen, sagte Emerald leise. »Deine Geschichte hat mich gerührt.«

»Ach, das sollte sie ja. Ich habe ihm geschmeichelt, indem ich behauptete, wir alle wären verrückt nach ihm gewesen. Dann benutzte ich sein schlechtes Gewissen, um sein Mitgefühl zu gewinnen, und schließlich sagte ich, was er hören wollte, daß Kathleen ihn nämlich von allem Anfang an wollte. Was für ein Haufen Unsinn!«

Emerald war von Taras Doppelzüngigkeit schockiert, doch als sie darüber nachdachte, entschied sie, daß die Geschichte mehr als nur ein Körnchen Wahrheit enthalten mochte.

Den Tag über frischte der Wind weiter auf und heulte die ganze Nacht durch. Emerald schlief unruhig und schlug die Augen auf, kaum daß Sean sich im Morgengrauen aus dem Bett stahl. Ungläubig sah sie zu, wie er Leinenzeug und Hemden in einen kleinen Koffer packte. »Wohin willst du?«

»Ich sagte schon, daß ich für einige Tage fortmüßte. Nur die Küste entlang.«

Ihre schlimmsten Befürchtungen bewahrheiteten sich. »Du wirst doch nicht bei diesem Wetter auslaufen wollen?«

»Das ist nur ein bißchen Wind, Liebes, keine Angst.«

Emerald schlug die Decke zurück und tappte ans Fenster. Was sie sah, erfüllte sie mit einer bösen Vorahnung. Die See brodelte, als ob sie kochte. »Das ist ein heftiger Sturm!«

Nun trat auch er ans Fenster und blieb hinter ihr stehen, die Hände auf ihre Schultern legend. »Es sieht schlimmer aus, als es ist. Der Herbst bringt oft Wind.«

Aufgebracht drehte sie sich um, zum Kampf bereit, wenn sie ihn damit nur zurückhalten, in Sicherheit bringen konnte, doch las sie in seiner Miene so viel gespannte Entschlossenheit, daß ihr die Worte auf den Lippen erstarben. Einen Augenblick lang erwog sie, an sein Schuldgefühl zu appellieren, um ihn am Fortgehen zu hindern. Vielleicht würde es genügen, wenn sie in Ohnmacht fallen würde? Sie spürte aber, daß er sich vor Ungeduld kaum zügeln konnte. Sein Sinn stand ihm ganz klar nach Abenteuer. Sie schauderte. Was immer es sein mochte, das ihn lockte, sie hatte keine Kraft, sich dagegen aufzulehnen.

»Du frierst.« Er hob sie hoch und trug sie zum Bett, um sie hinzulegen und die Decke um sie festzustecken. »Dein Zustand regt deine Phantasie an. Ich bin Seemann, ich genieße es, wenn die See rauh ist.« Er hob ihr Kinn an, bis ihre Blicke einander begegneten. »Emerald, mir kann nichts zustoßen. Schließlich habe ich einen Pakt mit dem Teufel geschlossen!«

25

Geduldig wie ein Raubtier auf seine Beute, lauerte die *Sulphur* an der Mündung des Boyne, in der Nähe der Stelle, an der der Fluß in die Irische See überging. Sean O'Toole hatte seine übliche aus FitzGeralds bestehende Besatzung an Bord, daneben aber auch die Brüder Murphy und ein Dutzend der besten Pferdeknechte von Maynooth.

Im Schutz der Dunkelheit schlich Sean sich ans Ufer und kundschaftete aus, daß die Pferde aus Meath bereits in Drogheda eingetroffen waren. Montagues Schiffe waren wegen des unerwartet heftigen Sturmes überfällig, doch kurz nach Morgengrauen lief die *Heron* in den Hafen ein und ging vor Anker, um auf die schwerfälligere *Gibraltar* zu warten.

Sean wartete stundenlang in aller Gelassenheit, aber immer noch zeigte sich die *Gibraltar* nicht. Er beobachtete, wie der Kapitän der *Heron* seiner Besatzung befahl, mit dem Verladen der Tiere zu beginnen, obwohl das zweite Schiff noch nicht eingetroffen war. Als spät am Nachmittag die letzten Pferde an Bord gebracht wurden, kam die behäbige *Gibraltar* in Sicht. Inzwischen hatte der Seegang sich beruhigt. Kapitän Jones von der *Heron* übermittelte deshalb Kapitän Bowers von der *Gibraltar* die Nachricht, daß er seine Fracht bereits an Bord genommen hätte und sofort auszulaufen gedenke.

O'Toole rechnete mit dem Schutz der Dunkelheit. Die *Heron* war dann von Drogheda aus nicht mehr zu sehen. Sie segelte bereits weit entfernt die Küste entlang, als die *Sulphur* die Segel setzte. Der Abstand zwischen den beiden Schiffen verringerte sich rasch. Die Mannschaft der *Heron* war wohl zu erschöpft, um den Schatten des kleinen Beibootes zu bemerken, das sich unauffällig an die Breitseite ihres Schiffes schob. Ein Seil flog durch die Finsternis und schlang sich mit einem dumpfen Klatschen kurz über der Reling um einen starken Balken. Das Seil spannte sich – und mit den stämmigen Murphy-Brüdern als Rückendeckung kletterte Sean O'Toole katzengleich die steile Holzwand hoch, sprang vorsichtig an Deck der *Heron* und baute sich wortlos mit zwei Pistolen im Anschlag vor dem Kapitän auf, der gerade in seine Kajüte gehen wollte.

Ein Blick auf den Teufel und seine Jünger, und dem Kapitän blieb sein Hilferuf in der Kehle stecken. Im nächsten Moment erschien von unten sein Bootsmann Daniels mit eigenen Pistolen an Deck. Der Kapitän wußte, wann er sich einer Niederlage gegenübersah. Seine Besatzung war total überanstrengt, und die Hälfte der Leute war damit beschäftigt, die Spuren der Bisse und Tritte zu versorgen, die ihnen ihre störrische Fracht beigebracht hatte.

»Kapitän Jones, falls Sie wissen, wie man Befehle befolgt, könnte sich dies als Ihr Glückstag entpuppen«, sagte O'Toole leise. »Sollten Sie diese verdammten Rösser loswerden wollen, so bin ich gewillt, Ihnen diesen Wunsch zu erfüllen.«

Sean O'Toole übernahm kommentarlos das Ruder und steuerte die *Heron* in den winzigen Hafen von Rush. Die *Sulphur* hielt sich dicht am Heck der *Heron*, als ständige Bedrohung gedacht, da das Montague-Schiff ihren Lafettengeschützen dadurch hilflos ausgeliefert war.

Jones und seine Besatzung mußten nun fassungslos mitansehen, wie rasch und reibungslos über zweihundert Pferde ausgeladen wurden. Sean schickte die Hälfte der Pferdeknechte mit der Herde nach Maynooth, ehe er Jones und seinen versteinerten Seeleuten seinen Vorschlag unterbreitete.

»Meine Herren, wie Sie sicher wissen, kann Fortuna äußerst wankelmütig sein. Lächelt sie einem nicht mehr zu, ist eine Katastrophe meist nicht mehr weit. Nun hat das Glück zum Beispiel den Montagues seine Gunst entzogen. Die vergangenen Verluste der Montague-Linie samt jenen, die ihr noch drohen, werden sie in wenigen Monaten geschäftsunfähig machen. Aber Ihr persönliches Schicksal muß nicht unbedingt mit den Montagues verknüpft bleiben. Bislang waren Sie überarbeitet und unterbezahlt. Das soll sich ändern.

Die *Heron* ist nun mein Eigentum und wird mit Kurs auf Charleston in See stechen, wo sie Baumwolle laden wird. Sie sind eingeladen, für diese Fahrt anzuheuern.« Er kannte die Ruhelosigkeit der Seeleute, die bewirkte, daß sie ständig nach Abwechslung gierten. Als er ihnen noch sagte, welche Heuer sie zu erwarten hätten, war auch der letzte Zweifel der Besatzung überwunden. »Es steht Ihnen frei, ein paar Tage die Gastfreundlichkeit von Rush in Anspruch zu nehmen, während die *Heron* sich in die *Dolphin* verwandelt und für die Überfahrt nach Amerika den Proviant an Bord nimmt.«

Sean überließ die Aufsicht nun den Murphys und begab sich wieder auf die *Sulphur*, nicht ohne Danny FitzGerald mitzunehmen. Sie segelten die Küste entlang zurück, wohl wissend, daß die *Gibraltar* erst am nächsten Tag damit beginnen würde, die restlichen Pferde an Bord zu nehmen. Wieder wartete Sean geduldig, bis das Schiff die irische Küste südwärts segelte, ehe er und Danny – diesmal ganz offen, jedoch außer Sichtweite von anderen Schiffen – an Bord gingen.

Die Besatzung der *Gibraltar* stand bereits im Sold der O'Tooles, wenngleich sie noch nichts getan hatte, um sich das Geld zu verdienen. Die Leute hatten angenommen, O'Toole würde die *Gibraltar* seiner Linie einverleiben wie die *Swallow*. Er ließ die *Gibraltar* an Rush vorbeisegeln und lief Malahide an, wo die Pferde ausgeladen und ebenfalls nach Maynooth gebracht wurden. Erst dann unterrichtete er Captain Bowers und dessen Besatzung von dem Los, das er der *Gibraltar* zugedacht hatte.

»Sie ist ein stinkendes altes Luder, dem ein wäßriges Grab gebührt. Mr. Daniels wird nach London zurückkehren und melden, die *Gibraltar* sei im Sturm auf Lambay Island aufgelaufen, und der Schaden am Schiffsrumpf hätte leider nicht mehr ausgebessert werden können. Montague wird ein Schiff entsenden müssen, das Sie alle von dieser Insel abholt. Zweifellos wird er auch jemanden schicken, der die Umstände der Katastrophe untersuchen soll.

Es wird jede Menge Beweise geben, die Ihre Behauptung untermauern. Die drei Pferde, die beim Verladen zu Tode kamen, bleiben im Laderaum. Sie werden mit den Wrackteilen der *Gibraltar* an die Insel gespült werden. Ich nehme an, Captain Bowers, daß Sie es vorziehen, als vermißt gemeldet zu werden, statt sich die Schuld an dem Verlust geben zu lassen?«

»Lord Kildare, Ihre Annahme trifft zu.«

»Bowers, dann kann ich für Sie die Überfahrt nach Amerika arrangieren. Das Kommando wird zwar Tim Murphy führen, aber ich könnte mir denken, daß Sie sich mit der Position des ersten Maats zufriedengeben?«

»Das hört sich sehr vernünftig an, Mylord.«

»Gibt es auf dieser Insel Frauen?«, erkundigte sich ein Besatzungsmitglied bei Danny FitzGerald.

»Allmächtiger, zwei Wochen Urlaub reichen dir wohl nicht, möchtest du unbedingt auch noch Ärger?«

Der auf Greystones für die religiösen Bedürfnisse der Bewohner zuständige Geistliche war ein FitzGerald, allgemein als Vater Fitz bekannt. Es war üblich, daß alle täglich der Messe beiwohnten und daß der schon etwas betagte Priester anschließend den Turm des Pförtnerhauses erklomm, um Shamus die Heilige Kommunion zu erteilen. Die einzigen auf Greystones, die sich nie in der Kapelle blicken ließen, waren Sean und Emerald.

Da es für Tara und Nan selbstverständlich war, zur Messe zu gehen, entschied Emerald, daß es für sie wirklich höchste Zeit zu einem Kirchenbesuch war. Natürlich betete sie täglich für ihr Kind, aber sie hatte das Gefühl, daß ihr wohler zumute sein würde, wenn sie in der Kirche betete und sich den Segen des Geistlichen holte.

Das Innere der kleinen Kapelle war prächtig. Die Herbstsonne fiel durch die bunten Glasfenster auf das mit roten Samtkissen belegte Kirchengestühl aus glänzender Eiche. Das Altartuch mit seiner kunstvollen Goldstickerei bildete die passende Ergänzung zu den mit Edelsteinen besetzten, funkelnden Kelchen und goldenen Kerzenleuchtern auf dem Altar. Als Gegensatz dazu trug Vater Fitz eine schlichte dunkle Soutane. Das einzig Farbige an ihm war sein rotes, lächelndes Gesicht. Er reichte allen, mit Ausnahme von Emerald, die Kommunion. Als er vor ihr stand, fixierte er sie mit seinen durchdringenden blauen Augen und sagte nur: »Auf ein Wort unter vier Augen.«

In ihrer Verwirrung nickte Emerald gehorsam. Sie ahnte, was der Priester ihr sagen würde. Der Duft von Weihrauch und Kerzenwachs wirkte nicht unangenehm auf sie. Er weckte in ihr die Erinnerung an die Zeiten, als sie und ihre Mutter hinter dem Rücken des Vaters heimlich zur Kirche gegangen waren.

Der Reihe nach gingen nun die FitzGeralds zum Beichtstuhl und kamen jeweils nach nur ein, zwei Minuten zurück. Nan wartete nervös bis zuletzt. Als sie wiederkam, verriet ihre Miene, wie glücklich sie war. »Ich fühle mich getröstet«, flüsterte sie Emerald zu. »Vater Fitz ist so verständnisvoll. Soll ich auf dich warten?«

»Nein, geh schon zum Frühstück. Für mich ist es das erste Mal, es könnte also ein wenig länger dauern.«

Die Kapelle war jetzt leer, und Emerald war nicht sicher, wie sie sich verhalten sollte. Sollte sie den Beichtstuhl betreten oder warten, bis Vater Fitz zu ihr käme? Sie beschloß abzuwarten und sprach mit geschlossenen Augen ein Gebet für Sean. Seit er in den Sturm hinausgesegelt war, suchten sie Sorgen und Ängste heim. Dazu kam, daß seit seinem Abschied die unruhige See und der heulende Wind es ihr unmöglich gemacht hatten, Schlaf zu finden. Sie schlug die Augen auf, als

eine Stimme in irischem Tonfall sagte: »Emerald Montague.«
Er stand direkt vor ihr.

Trotz ihres Widerwillens, mit diesem Namen angesprochen
zu werden, widersprach sie nicht. »Ja, Vater, ich weiß, daß ich
schon eher hätte kommen sollen«, sagte sie zerknirscht.
»Aber – aber jetzt bin ich da.«

»Warum bist du da, Emerald Montague?« fragte er. Sein
Gesicht zeigte keine Lachfältchen mehr.

»Ich – ich habe so viele Gebete auf dem Herzen und möchte
Euch um Euren Segen bitten. Ich bin gekommen, um für
Seans Sicherheit zu beten und für mein …« Etwas in der Miene
des Priesters hielt sie davon ab, das Wort *Kind* zu äußern.

»Sean O'Toole hat seit seiner Rückkehr nach Irland keinen
Fuß mehr in ein Gotteshaus gesetzt. Seine Seele ist schwarz
vor Sünden, und doch geht er nicht zur Beichte und zeigt
keine Reue«, sagte er anklagend.

Mitleid und Verständnis für den Mann, den sie liebte, regten sich in ihr. »Sicher wißt Ihr, daß er fünf Jahre lang unter
unbeschreiblichen Bedingungen eingekerkert war. Nicht er
hat gesündigt, sondern die anderen haben sich *gegen* ihn ver-
sündigt.«

»Er ist schuldig, an jedem Tag seines Lebens Todsünden begangen und Gottes Gebote gebrochen zu haben. Haß, Zorn,
Stolz, Wollust verzehren ihn! Sein Gott ist die Rache, und um
sie zu erlangen, wird er alles tun – lügen, stehlen, töten oder
Ehebruch begehen. Du würdest gut daran tun, deinen Einfluß
zu benutzen, um ihn zu Gott zurückzuführen, damit er seine
Seele läutert und Absolution empfängt.«

»Ich will es versuchen, Vater«, sagte sie beklommen. Nun
war sie froh, daß sie das Kind unerwähnt gelassen hatte.

Seine Augen brannten sich in ihre. »Bist du bereit, zu gehen
und dich von der Sünde loszusagen?«

»Gehen?« wiederholte sie, erschrocken über die Bedeutung.

»Du mußt zu deinem Mann zurückkehren, Emerald Montague. Du bist eine Ehebrecherin!«

Ihre glühenden Wangen erbleichten, als ihr das Blut aus dem Gesicht wich und ihr eiskalt wurde.

»Bist du bereit, deine Sünden zu beichten und Gott um Vergebung zu bitten?«

»Ich – ich beichte, daß ich Sean O'Toole liebe, und wenn das schlecht ist, bitte ich Gott um Vergebung.«

»Weib, du sollst Gott nicht verspotten! Ehe du nicht bereit bist, deiner ehebrecherischen Beziehung ein Ende zu machen und zu deinem Mann zurückzukehren, wird dir weder Vergebung noch Absolution zuteil.«

»Ich… ich bin nicht katholisch«, sagte sie verwirrt.

»Ehebruch ist für jede Religion und in jedem Land eine Sünde, die der Vergebung bedarf!«

Als er sich von ihr abwandte, spürte Emerald, wie Zorn in ihr aufwallte. »Und Ihr macht Euch des Zorns und Stolzes schuldig, ganz zu schweigen von Selbstgerechtigkeit. Und falls das nicht schon zu Eurem Sündenregister zählt, solltet Ihr es aufnehmen!« rief sie aufgebracht.

Sie rannte aus der Kirche und zurück nach Greystones. Allen ausweichend lief sie direkt in das Schlafzimmer, das sie mit Sean teilte. Sie starrte das breite Bett an, von Schuldgefühlen geplagt. Der Priester hatte sie Ehebrecherin genannt, und wie wollte sie das leugnen? In seinen Augen beging sie eine Todsünde. Und in Gottes Augen? fragte sie sich verärgert. Sie rechtfertigte sich damit, daß es eine viel größere Sünde wäre, ohne Liebe Jack Raymonds Bett zu teilen. Emerald ging ans Fenster und starrte mit leerem Blick hinaus auf die See. »Komm zurück… komm… ich brauche dich.«

Was er erreicht hatte, verschaffte Sean O'Toole große Befriedigung. Maynooth war auf Kosten William Montagues um fünfhundert Pferde reicher, und die Handelsflotte seines Feindes war auf vier Schiffe reduziert worden.

Wie geplant segelte er an der irischen Küste entlang bis zum Hafen, in dem Emeralds Mutter lebte Als die *Sulphur* in der Bucht von Wicklow ankerte, fragte er sich, ob er das Richtige tat. Er wußte seit seiner Rückkehr nach Irland, wo Amber sich aufhielt. Mr. Burke hatte Sean von ihrem Auftauchen am Tag vor dem Begräbnis seines Großvaters berichtet und auch davon, daß Shamus ihr Geld gegeben hatte, damit sie sich ein Geschäft aufbauen konnte.

Sean hatte sie jahrelang gehaßt, weil sie eine Montague war und Josephs Tod mitverschuldet hatte. Doch war ihm inzwischen klar, daß Emerald ihre Mutter über alles liebte und sich wünschte, wieder mit ihr vereint zu sein. Er entschloß sich daher, die Frau aufzusuchen und mit ihr zu reden. Erst dann wollte er entscheiden, ob er sie nach Greystones einladen würde. Nach allem, was Montague ihr angetan hatte, mußte sie den Mann so hassen, wie Sean selbst ihn haßte. Gut möglich, daß sie sich zur Verbündeten besser eignete als zur Feindin. Ebenso möglich, daß auch sie sich irgendwie benutzen lassen würde.

Sean ließ seine Besatzung an Bord und verließ das Schiff. An den Absteigen und Kaschemmen vorüber, die die Docks säumten, hielt er auf den wohlhabenderen Teil der Stadt zu. Am Ende einer langen Straße stieg er die Stufen zur Tür eines eleganten Steinhauses hinauf und betätigte den schweren Klopfer aus Messing. Ein Mädchen mit gestärktem Häubchen führte ihn in einen Büroraum und bat ihn, zu warten.

Amber FitzGerald, die ihr Büro energischen Schrittes betrat, stockte erst, als sie dem Gentleman gegenüberstand. Männer kannte sie so gut, daß sie sie meist mit einem Blick einschätzen konnte, dieser da aber war anders. Sein Gesicht

311

war das faszinierendste, das sie je gesehen hatte, so wie er auch die stolzeste Haltung und die dunkelsten Augen besaß.

Sein Alter ließ sich unmöglich schätzen. Obwohl nicht alt, war nichts Jugendliches an ihm. Von seiner in dramatisches Schwarz gekleideten Erscheinung ging Autorität aus. Er wirkte wie ein Mann, der sich skrupellos über Regeln hinwegsetzte, wenn es seinen Zwecken dienlich war. Er sah gefährlich aus.

Amber wußte, daß sie ihn noch nie gesehen hatte, und doch hatte er etwas Vertrautes an sich, so daß sie das Gefühl hatte, ihn eigentlich sofort erkennen zu müssen.

Sean O'Toole fand es kaum glaublich, daß die hinreißende junge Frau vor ihm alt genug sein konnte, um Emeralds Mutter zu sein. Erst bei genauerem Hinsehen entdeckte er die feinen Linien um Augen und Mund, Fältchen, die ihrer Schönheit keinen Abbruch taten, ganz im Gegenteil, da sie auf Erfahrung schließen ließen und damit ihren Reiz erhöhten.

Ihr elegantes graues Seidenkleid, das dezenten Geschmack verriet, bildete einen klug gewählten Rahmen für ihr flammendrotes Haar, und ihr selbstsicheres Lächeln verriet ihm, daß sie sich zutraute, es mit jedem Mann aufzunehmen. Josephs Worte kamen ihm unwillkürlich in den Sinn. *Du würdest mich verstehen, wenn du sie sehen könntest.* Und jetzt verstand er. Völlig. Sie war feminin bis in die Fingerspitzen, und sie war, von ihrer Haarfarbe abgesehen, genau wie Emerald.

»Ich bin Sean O'Toole.«

Ambers Augen weiteten sich. Wie konnte dies der junge irische Prinz sein, in den ihr kleines Mädchen sich verliebt hatte? Seine markante männliche Schönheit mochte von einer älteren Frau mit viel Erfahrung geschätzt werden, aber wie konnte sein geradezu dämonisches Äußeres einem blutjungen

Ding gefallen? Sein Anblick weckte Erinnerungen an Joseph. Bittersüße Erinnerungen, die ihr den Atem raubten.

»Bitte... nehmen Sie Platz«, sagte sie beherrscht, auf einen eleganten goldverzierten Sessel deutend. Dann schenkte sie ihm ein Glas Whisky ein und für sich ein Gläschen trockenen Sherry. Damit nicht der Schreibtisch als Schranke zwischen ihm und ihr stand, setzte sie sich in einen Sessel ihm gegenüber.

»Was mein Mann mir angetan hat, weiß ich. Inzwischen habe ich auch erfahren, was er Joseph antat. Aber ich kann nur ahnen, was Sie durch ihn erdulden mußten.«

»Nein.« Er schüttelte bedächtig den Kopf. »Ich glaube nicht, daß Sie das können, Amber.«

Während er dies sagte, beobachtete sie sein Mienenspiel und seine Augen und konnte bis zu einem gewissen Grad seinen Schmerz nachempfinden. Sie spürte, daß er sich nicht nur äußerlich stark verändert hatte. »Sie haben überlebt.«

Abermals schüttelte er langsam den Kopf. »Nicht ganz. Sehr viel von mir ist gestorben.« Warum sagte er ihr diese Dinge? Wahrscheinlich weil sie eine Frau mit einem Gespür für Männer war, eine Frau, zu der man leicht Zugang fand. Außerdem hatte auch sie gelitten und überlebt. »Jener Teil von mir, der überlebte, lebt für die Rache.«

»Diese Ansicht kann ich verstehen. Die Rache hat mich fast verzehrt, ehe ich lernte, sie zu verdrängen, bis der Moment der Abrechnung gekommen ist. Alles kommt zu seiner Zeit.«

Sean nippte an seinem Whisky, ließ ihn die Zunge umspülen, kostete ihn aus. »Das hat Ihnen nur geholfen zu existieren. Ich bin zu ungeduldig, um der Zeit nicht nachzuhelfen. Das erste, was in mir starb, war mein Glaube an Gott. Ich ersetzte ihn durch den Glauben an mich.«

»Vielleicht ist es nur Stolz. Wenn man erniedrigt wird, füllt sich das Herz mit Haß und Stolz.«

»Ich besitze kein Herz, kein Gewissen, keine Angst, keine Liebe, kein Mitleid, keine Scham.«

»Wenn Ihre Gefühle so gut wie tot sind, werden Sie dann Ihre Rache genießen können, wenn Sie sie ausüben?«

»Leidenschaftlich. Zu Haß bin ich noch fähig. Und ich bin auf dem Weg der Vergeltung schon weit fortgeschritten. Für mich ist Rache heute nur eine andere Form der Gerechtigkeit.«

Amber lächelte. »Wir sind einander sehr ähnlich.« Sie wußte, daß sein Kommen einen Zweck hatte, und da er nur einen einzigen Zweck im Leben kannte, bedeutete dies, daß er sie dafür benutzen wollte. Nun, sollte er es getrost versuchen. Sie hatte gelernt, den Spieß umzudrehen. Nun war sie es, die Männer benutzte.

»Was wissen Sie von Ihren Kindern?«

Ambers Herz tat einen Sprung, um dann kurz auszusetzen. Lieber Gott, wie verletzlich sie allein durch die Erwähnung ihrer Kinder wurde. »Ich weiß nur, daß sie keine Kinder mehr sind.« Es gelang ihr nicht, das Verlangen in ihrem Blick zu verbergen. Sie hungerte nach Nachrichten von ihnen.

»Ihre Tochter ist mit Jack Raymond vermählt.«

Amber sprang auf und faßte an ihre Brust. »Dieser Schurke hat meinen Schatz, meine kleine Emerald, mit dem Bastard seines Bruders vermählt? Ich bringe ihn um!«

»Gegenwärtig lebt sie bei mir auf Castle Lies.«

Eine Woge der Erleichterung erfaßte sie. Emerald hatte Sean O'Toole seit ihrer Kindheit geliebt. Ambers Erleichterung war aber nur von kurzer Dauer. Hatte er nicht eben gesagt, daß er nicht lieben konnte? Hatte er Greystones nicht Castle Lies, Lügenschloß, genannt? Sean O'Toole ging nach einem bestimmten Plan vor. Er würde alles und jeden benutzen, um sein Ziel zu erreichen. Er hatte ihre Tochter in der Hand. Und was war mit ihrem Sohn? Sie warf einen Blick auf Seans in schwarzes Leder gehüllten Hände, und ihr schauderte.

»Was ist aus Johnny geworden?«

»Er hat sich als gerissener entpuppt, als sein Vater sich jemals hätte träumen lassen. Wir sind Verbündete, so wie William und Shamus es einst waren.«

»Aus einem Bündnis zwischen FitzGeralds und Montagues ist nie etwas Gutes erwachsen«, sagte sie unverblümt.

»Ich will ja nichts *Gutes*. Ich verfüge über die Mittel, Montague finanziell zu ruinieren und seinen Ruf zu vernichten. Doch werde ich nicht rasten noch ruhen, ehe ich nicht vor den Augen der Welt Montague und Raymond in Schmach und Schande gestürzt habe.« In seinen Augen blitzte es gefährlich auf. »Ich habe eine solche Waffe in der Hand. Amber, werden Sie nach Greystones kommen und Emerald besuchen?«

Sie sprang auf und lief zum Schreibtisch und zurück, von der Frage bewegt, ob Emerald ihr je vergeben würde. Einerlei! Für eine Chance, mit ihrer Tochter zusammenzusein, hätte sie ihre Seele verkauft. *Verdammt, Sean O'Toole, du hast meine Antwort gekannt, als du kamst.*

Amber machte den Mund auf und schloß ihn wieder, um abermals an den Schreibtisch zu gehen. Dann drehte sie sich zu ihm um. »Ich werde kommen, wenn Sie mir in einem Punkt Ihr Wort geben.«

»Ihr Geheimnis ist bei mir sicher, Madam. Ich werde Emerald mit keinem Wort verraten, daß Sie ein Bordell besitzen.«

26

Die brodelnde See beruhigte sich, der Wind flaute ab, und die Herbstsonne zeigte sich wieder. Emerald glaubte zwar nicht, daß Gott ihre Gebete erhört hatte, dankte ihm aber dennoch, als sie Taras Gebräu trank, das ihre Morgenübelkeit bannte.

Als sie sich angezogen hatte, ging sie zu Nans Schlafkammer, da sie glaubte, ein Ausritt im Sonnenschein würde ihnen guttun. Vielleicht konnte Nan ihr beibringen, besser im Sattel zu sitzen. Als sie die Tür öffnete, mußte sie entdecken, daß Nans blonder Kopf über den Bettrand hing und sie sich ins Nachtgeschirr erbrach.

»Ach du meine Güte, nein«, murmelte Emerald mitleidig.

Nan blickte erschrocken auf. »Ich muß etwas gegessen haben, das meinem Magen nicht bekommen ist.«

»Nan«, sagte Emerald leise, »vor mir brauchst du dich nicht zu verstellen. Wahrscheinlich bekommst du ein Kind. Ich weiß zwischenzeitlich alles über Morgenübelkeit. Ich bin nämlich auch schwanger.«

»Gott im Himmel, was soll ich tun?«

»Als erstes mußt du etwas gegen das Erbrechen unternehmen. Ich will Tara holen.«

»Nein, das darfst du nicht!« rief Nan verängstigt aus.

»Sie weiß über mich Bescheid, und der Schock hat sie nicht umgebracht.«

»Ach, Emerald, das ist nicht dasselbe«, stöhnte Nan.

»Ich hole dir etwas von meinem Kamillen-Rosen-Gemisch. Ich bin gleich wieder da.«

Wenig später schluckte Nan gehorsam den Trank, und ihre Übelkeit ließ tatsächlich nach.

»Ich möchte nicht, daß Tara es erfährt. Sie würde es meiner Mutter verraten, über die ich mit meinem Zustand große Schande bringe«, erklärte Nan schaudernd.

»Wer ist deine Mutter?« fragte Emerald verlegen, da sie die FitzGeralds nicht auseinanderhalten konnte.

»Maggie ist meine Mutter.«

»Ach, du liebe Güte«, sagte Emerald, die sofort wußte, daß Keuschheit in der Wertordnung dieser Frau ganz oben stand.

»Emerald, es tut mir leid, daß auch du so schlimm dran bist.

Aber niemand würde es wagen, den Earl herauszufordern oder auch nur ein kritisches Wort über dich zu äußern.«

»Daß ich nicht lache! Du hättest hören sollen, was Vater Fitz gestern zu mir sagte. Dabei weiß er nichts von meinem Zustand. In seinen und Gottes Augen bin ich eine Ehebrecherin! Weder du bist verheiratet, noch Johnny, also kann sich eure Sündhaftigkeit nicht mit meiner messen.«

»Ist Sean glücklich darüber?«

Emerald überlegte kurz, ehe sie antwortete: »Da bin ich mir nicht sicher. Sicher ist nur eines: Er gerät nicht außer sich vor Glückseligkeit. Bis zur letzten Woche in Maynooth wollte er es überhaupt nicht wahrhaben.«

»Männer sind komisch«, murmelte Nan. »Johnny wird es mir ganz sicher nicht glauben. Wir haben es nur einmal getan. Er wird wütend sein.«

»Verdammt, Nan, du solltest wütend auf Johnny sein, nicht andersrum! Nan, die FitzGeralds werden es früher oder später herausbekommen. Eine Schwangerschaft läßt sich nicht monatelang verbergen.«

»Kann ich hierbleiben?«

»Natürlich, aber Sean wird dahinterkommen.«

»O Gott, er wird fürchterlich wütend auf mich sein!«

Emerald mußte ihr schweigend recht geben.

»Bitte, verrate ihm nichts«, flehte Nan.

»Ich sage nichts.«

»Und Johnny auch nicht?«

»Nun, ich werde das nicht tun, aber du solltest es ihm sagen. Er sollte dich heiraten – und eher früher als später.«

»Ach, wäre das nicht wundervoll?«

»Die FitzGeralds werden vielleicht nicht einverstanden sein. Sie hassen die Engländer im allgemeinen und die Montagues im besonderen.«

Nan umschlang ihren Oberkörper mit den Armen und

wiegte sich vor und zurück, bemüht, einen Ausweg aus ihrer mißlichen Lage zu finden. »Wenn der Earl einverstanden wäre, würden sie klein beigeben. Emerald, du mußt sofort anfangen, ihn zu bearbeiten, wenn er zurückkommt. Sag nichts vom Kind, aber schlage ihm vor, daß dein Bruder eine Fitz-Gerald heiraten sollte. Ein paar Andeutungen im richtigen Augenblick werden sicher Gehör finden und könnten ihn der Idee geneigter machen.«

Emerald verdrehte die Augen gen Himmel. Allmächtiger, das Mädchen hatte keinen Schimmer von Seans unbeugsamer Natur. »Fühlst du dich besser? Ich werde Tara bitten, sie solle noch etwas von diesem Zauberelixier brauen, ohne ihr zu verraten, daß es für zwei bestimmt ist.« Emerald war klar, daß es heute keinen Ausritt geben würde. »Du solltest im Bett bleiben und ruhen. Ich werde mit einem Buch zu Shamus gehen und ihm vorlesen. Er freut sich immer, und es wird Tara von dir fernhalten.«

Als Emerald im Wachturm ankam, hatte Tara Shamus eben eine Beinmassage mit der Salbe aus Iriswurzeln angedeihen lassen. Sein Fernrohr lag vergessen am Fensterbrett, und er sah entspannter und zufriedener aus, als Emerald ihn je gesehen hatte.

»Ich bin gekommen, um dir vorzulesen. Hoffentlich gefällt dir dieses Buch besser als das letzte.«

»Was ist es denn, meine Schöne?« fragte er interessiert.

»Marco Polos *Reisen.*«

»Ach, genau das Richtige, um meine Wanderlust anzuheizen.« Er blinzelte ihr zu.

Emerald setzte sich neben ihn und las fast zwei Stunden lang vor, ebenso hingerissen wie ihr Zuhörer. Schließlich klappte sie das Buch zu. »Meine Kehle ist staubtrocken.«

»Tara, gieß uns doch etwas ein. Welches Gift bevorzugst du da, meine Liebe?«

Tara schenkte Shamus grienend einen strammen Whisky ein, für sich und Emerald aber einen Likör, der nach Birnen schmeckte.

»Köstlich... hast du ihn selbst gemacht, Tara?«

»Selbstverständlich. Ich habe Stunden in der Destillierkammer verbracht und mit der Natur kommuniziert.«

Emerald nickte bewundernd und sagte dann nachdenklich: »Ich wußte gar nicht, daß Nan Maggies Tochter ist.«

Shamus lachte auf. »Maggie, ja, eine Frau, wie es sie nüchterner nicht geben könnte. Die würde nicht billigen, daß du Berauschendes aus Birnen braust.«

»Auch nicht, daß du dem Whisky zusprichst«, ergänzte Tara. »Sie ist die nächste, die einen Monat auf Greystones verbringen wird.«

Shamus' heitere Miene umwölkte sich. »Warum machen Frauen sich ein Vergnügen daraus, Männer um ihren Spaß zu bringen?«

Emerald stand auf und drückte seine Hand. »Nicht alle Frauen, Shamus.« Sie griff nach seinem Fernrohr und führte es an ihre Augen. »Es gibt auch unter uns einige, die wissen, was Vergnügen ist.« Plötzlich holte sie japsend Luft, als hätte sie etwas Unglaubliches gesehen. Rasch führte sie das Glas ans andere Auge, um sich zu vergewissern. »Er ist da! Sean ist zurückgekommen!« Sie ließ das Glas in Shamus' Schoß fallen, hob mit beiden Händen ihre Röcke an und lief los.

»Heilige Jungfrau, jede Wette, daß mein Sohn etwas von Vergnügen versteht!«

Emerald lief die Turmtreppe hinunter, unter dem Bogen des Pförtnerhauses hindurch und über die weite Rasenfläche, die zum kurzen Hafendamm führte. Atemlos hielt sie inne, um zu beobachten, wie die *Sulphur* am gemauerten Dock festmachte. Ein wahrhaft schöner Anblick. Ihr Blick flog übers Deck und streifte die dunklen Köpfe, bis sie ihn am Steuer entdeckte. Die dunkel gekleidete Gestalt war unverkennbar. Kaum hatte sie ihn erspäht, als sie wie verrückt zu winken anfing. Als er seine schwarz behandschuhte Hand hob, lief sie die lange Steigung zur Mole hinunter.

Emerald hüpfte vor Aufregung von einem Fuß auf den anderen. Voller Ungeduld wartete sie, daß er an Land kam. Wie froh sie war, daß sie gerade heute das Kleid aus weichem pfirsichfarbigen Wollstoff gewählt hatte. Sie wußte, wie sehr es ihr schmeichelte. Als er endlich auf sie zueilte, rief sie voller Freude seinen Namen: »Sean… Sean«, ehe sich kraftvolle Arme um sie legten und sie ihr Gesicht seinem Kuß entgegenhob.

»Ach, du hast mir ja so gefehlt… ich liebe dich… wie hast du mir gefehlt«, rief sie zwischen den ungestümen Küssen aus.

Sean hob sie vom Boden und wirbelte sie herum. »Wenn ich so empfangen werde, muß ich öfter fortgehen.«

Sie packte in gespielter Wut zwei Fäuste seiner vollen schwarzen Locken. »Ich werde dich ans Bett ketten, du rastloser Teufel!« Kaum hatte sie es ausgesprochen, als sie sich am liebsten die Zunge abgebissen hätte. Wie hatte sie ihn nur daran erinnern können, daß er jahrelang in Ketten hatte schlafen müssen? »O Gott, es tut mir leid!« Um ihren gedankenlosen Worten den Stachel zu nehmen, bedeckte sie sein Gesicht mit lauter kleinen Küssen.

Sean umfaßte ihr Gesicht und sah ihr lachend in die Augen. »Emerald, bei mir brauchst du deine Worte nicht auf die Waagschale zu legen. Hoffentlich weißt du, daß du zu mir alles sagen kannst.« Er grinste. »Sollte es zu unverschämt sein, wirst du einfach übers Knie gelegt und versohlt.«

»Du würdest nicht wagen, mit mir in meinem Zustand so umzuspringen«, forderte sie ihn in gespielter Empörung heraus.

Er blickte kopfschüttelnd auf sie nieder. »Wie schlank du

noch immer bist. Ich hatte erwartet, du würdest rund wie ein kleiner Pudding sein.« Wieder hob er sie hoch.

»Du Satan, stell mich sofort wieder hin.«

»Ich habe dir ein Geschenk mitgebracht«, raunte er.

Sie fuhr mit ihrer Hand in seine schwarze Lederweste, um zu tasten, wo er etwas versteckt hatte, worauf er ihr ins Ohrläppchen biß und flüsterte: »Tiefer!« Sie schnappte nach Luft, als ihr Blick auf die Wölbung zwischen seinen Beinen fiel. »Du arroganter Kerl!«

»Ich machte doch nur Spaß. Das Geschenk ist von anderer Art.« Er trat zur Seite, damit sie ungehinderte Sicht aufs Schiff hatte.

Emerald riß ihre strahlenden Augen von ihm los. Ihr Blick wanderte übers Deck und blieb an der eleganten Frauengestalt mit dem flammendroten Haar hängen. Sie stand an der Reling und beobachtete sie beide. Emerald faßte an ihre Kehle. Reglos dastehend starrte sie die Frau an, als sähe sie ein Gespenst. Dann fing sie an, wie Espenlaub zu zittern. Noch immer stand sie wie angewurzelt da, aus Angst, ihre Phantasie würde ihr nach so langer Zeit einen Streich spielen. »Mutter?« hauchte sie, und dann setzten sich ihre Füße in Bewegung, auf das Schiff zu.

Kaum sah Amber ihre Tochter auf sich zulaufen, wenn auch zögerlich, betrat sie die Landeplanke.

Emeralds Schritt beschleunigte sich, bis die beiden einander gegenüberstanden. Ihre grünen Augen tasteten ungläubig das Gesicht ihrer Mutter ab. Beide brachten momentan kein Wort heraus, umarmten einander aber liebevoll und gegen Glückstränen ankämpfend. Erst als die beiden vor Sean standen, flossen Emeralds Tränen ungehindert. »Wie hast du sie nur gefunden?«

»Ich lebe in Wicklow«, sagte Amber rasch. Sie deutete auf die purpurnen Berge im Süden.

Emerald wischte sich die Tränen ab, während ihr Herz übervoll vor Liebe war. Sie war mit jenen zwei Menschen wiedervereint, die ihr die teuersten, unersetzlichsten auf der ganzen Welt waren. Ihr brannten unzählige Fragen auf der Seele, doch in diesem Moment gab sie sich damit zufrieden, die beiden nur stumm anzusehen.

Sean winkte die Frauen zum Haus hinauf. »Um das Gepäck macht euch keine Sorgen. Lauft schon mal voraus. Ihr beide habt viele Jahre nachzuholen.«

Als sie den Rasen erreichten, hielt Amber inne, um die Pracht des palastähnlichen georgianischen Hauses auf sich einwirken zu lassen.

»Willkommen auf Greystones.« Emerald lächelte ihrer Mutter nun zu und ging ihr in den großartigen Empfangssalon voraus. Dort ließ Amber sich auf dem gepolsterten Fenstersitz nieder, von dem aus man in den ummauerten Garten blickte. Es war der Platz, auf den auch Emerald sich gesetzt hatte, als sie den Raum an jenem verhängnisvollen Schicksalstag das erste Mal in ihrem Leben betreten hatte.

»Ich war nur einmal auf Greystones, und damals gelangte ich nur bis zum Pförtnerhaus.« Amber hielt inne, bemüht, sich nicht überwältigen zu lassen. Plötzlich fehlten beiden die Worte, da sie kein nutzloses Geplauder anfangen wollten und doch nicht recht wußten, wo beginnen. »Du bist zu einer schönen, lebensfrohen jungen Frau erblüht. Ich hatte ja solche Angst, dein Vater würde deine Persönlichkeit und dein Wesen vernichten.«

»Das hat er getan!« rief Emerald aus. »Von dem Moment an, als du uns verlassen hast, hat er mein Leben so unerträglich gemacht, wie er Johnnys immer schon machte!«

»Ach, mein Liebling. Ich habe euch nicht verlassen. Wie konntest du das jemals glauben? Er hat mich fast tot geprügelt, und er hat geschworen, daß ich euch nie mehr wiedersehen sollte. Dann hat er mich in meinem Gemach schwer verletzt und ohne Nahrung oder Wasser eingesperrt und dem Tod überlassen.«

Emerald war entsetzt. Sie konnte sich so genau erinnern, als wäre es am Tag zuvor gewesen. »Er sagte, du wärest mit deinem Geliebten auf und davon, aber ich konnte nicht glauben, daß du ohne uns gegangen wärest. Als ich hinauflief zu deiner Tür, da war sie verschlossen, und du hast mir keine Antwort gegeben. Ach, Mutter, es tut mir ja so leid, daß Johnny und ich dich dort deinem Schicksal überließen.«

»Ihr hättet nichts tun können. Montague ist die Verkörperung des Bösen, und wenn ihn seine Tobsucht überfällt – dann kann keine Macht der Welt es mit ihm aufnehmen.«

»Ich hätte nicht geglaubt, daß ich ihn noch mehr hassen könnte, als ich es schon tat. Aber jetzt, da ich weiß, daß er dich fast totprügelte, hat sich mein Haß verdoppelt. Aber, Mutter, du irrst dich. Es gibt eine Macht, die stärker ist als er. Sean O'Toole besitzt diese Macht, und er will sie einsetzen, um ihn zu vernichten.«

Mit einem Mal fürchtete Amber um ihre Tochter mehr als je zuvor. Emerald stand zwischen zwei gewaltigen Mächten, woraus ihr nur Schmerz und Leid erwachsen würde. Ihrer Tochter Angst einzujagen war jedoch das letzte, was sie wollte. Wollte sie Emerald vor Sean warnen, mußte sie mit großer Behutsamkeit vorgehen. Emerald war offenkundig bis über beide Ohren in den Mann verliebt und würde ihn sofort wild verteidigen.

»Von ihm weiß ich, daß du mit Jack Raymond verheiratet bist. Wie konnte das nur geschehen?«

Emerald seufzte tief. »Das ist eine endlos lange Geschichte. Nachdem du uns verlassen hast – ich meine, nachdem wir nach England zurückkehrten –, erlaubte Vater mir nicht, auf eine Schule zu gehen. Statt dessen stellte er eine gräßliche Person als meine Gouvernante ein, die auch die letzte Spur alles Irischen in mir tilgen sollte. Ich durfte deinen Namen nicht aussprechen, und mein eigener wurde in Emma geändert. Und sie schafften es wirklich, aus mir eine farblose Emma zu machen. Sie änderten alles an mir, Frisur, Kleidung, Sprache, Benehmen, Persönlichkeit. Als sie es geschafft hatten, war aus mir tatsächlich ein englisches Mäuschen geworden, das sich in sein Loch am Portman Square verkroch.«

Die Erinnerung an das dunkle Haus ließ Emerald schaudern. »Es war wie ein Kerker – nein, stimmt nicht –, es war wie eine Gruft, in der ich mich lebendig begraben fühlte. Von meinem Bastard-Vetter Jack abgesehen, hatte ich keine Verehrer und konnte mir keine Hoffnung auf eventuelle Freier machen. Als er mich um meine Hand bat, willigte ich zögernd ein, da ich glaubte, ich würde der grausamen Herrschsucht meines Vaters entrinnen und diesem häßlichen Backsteinungetüm entfliehen können. Es sollte sich als der größte Irrtum meines Lebens herausstellen. Der illegitime Sproß meines Onkels hatte nur bezweckt, durch diese Heirat ein Montague zu werden und im Montague-Mausoleum zu wohnen. Ich war in meine selbstgestellte Falle getappt.«

Das Leid ihrer Tochter war viel schwerer zu ertragen als das eigene. »Mein Liebling, du hast dem tragischen Irrtum wiederholt, den ich selbst beging, als ich deinen Vater heiratete, um dem Familienclan auf Maynooth zu entgehen.«

Sie sahen einander nun mit neuen Augen, nicht als Mutter und Tochter, sondern als zwei Frauen mit ähnlichen Bedürfnissen, Gefühlen und Leidenschaften.

»Sean O'Toole hat mich gerettet.«

Mein Gott, kein Wunder, daß sie ihn für ihren Prinzen hält. Sie war der klassische Fall einer Jungfrau in Bedrängnis, zu deren Rettung ein Ritter in schimmernder Rüstung erscheint.

Wie kann ich ihr die Augen dafür öffnen, daß er ihre Verletzlichkeit benutzen wird, um seine Rache zu üben? Amber wußte, daß die vor ihr liegende Aufgabe gewaltig war. O'Toole war nicht nur gefährlich attraktiv, witzig, charmant, männlich und mächtig – er war auch dominierend, raffiniert und ein rücksichtsloser Verführer. Kurzum, er war ein Mann und daher der natürliche Feind einer Frau. Wie konnte sie Emerald dazu bringen, sich diesen Tatsachen zu stellen, ehe ihr das Leben erbarmungslos eine Lehre erteilte? *Ihr Vertrauen werde ich nicht so rasch gewinnen, aber ich werde alles tun, um ihr zu helfen, wenn sie mich braucht.*

Während sie miteinander sprachen, fand das ganze Personal Greystones', einer nach dem anderen, einen Vorwand, um einen neugierigen Blick in den Empfangssalon zu werfen – bis Kate Kennedy auftauchte und damit alle verscheuchte. Nun konnte Emerald die Frau, die so viel getan hatte, damit sie sich auf Greystones zu Hause fühlte, unmöglich ignorieren.

»Kate, treten Sie ein. Kommen Sie, damit Sie meine Mutter kennenlernen.«

Kate, durchaus nicht abgeneigt, ihren Wissensdurst zu stillen, trat nun ein, um mit der jungen Frau bekannt gemacht zu werden, von der sie im Laufe der Jahre so viele Geschichten gehört hatte.

»Meine Mutter Amber FitzGerald... Kate Kennedy, die Haushälterin hier auf Greystones. Kate macht ihre Sache hier nicht nur ausgezeichnet, sie ist mir auch mit viel Güte und Fairneß begegnet und hat gegen meine Anwesenheit hier wohl nichts mehr einzuwenden.«

Die zwei Frauen schätzten einander ab.

Also das ist die FitzGerald-Hexe, die sich einen englischen Aristokraten angelte und es bitter bereute. Kein Wunder, daß Joseph ihretwegen den Kopf verlor und dann mit seinem Leben dafür bezahlen mußte. Unbestritten, sie ist eine Schön-

325

heit, und ihre Tochter ist ihr nachgeraten, aber Emerald hat etwas Liebenswertes an sich, das diese Frau hier nie besaß.

Und Amber dachte. *Sie ist klug und tüchtig und hat für mich nichts übrig, aber das spielt keine Rolle. Für meine Tochter ist es gut, daß eine Person wie sie hier das Kommando führt.* »Es freut mich außerordentlich, Sie kennenzulernen, Mrs. Kennedy. Greystones muß eine verantwortungsvolle Aufgabe darstellen.«

»Ihre Tochter hat in dieses Haus wieder Sonnenschein und Lachen gebracht, nachdem wir schon verzweifelten, weil wir glaubten, beides nie wieder zu erleben.«

Emerald errötete vor Freude. »Kate, Sie sind zu gütig.«

»Sie haben Sean und Shamus Freude gebracht. Ich würde nicht soweit gehen, zu behaupten, daß sie Kathleen ersetzt haben, da dies unmöglich ist, aber Sie haben auf Greystones eine große Lücke gefüllt.«

»Kate, würden Sie wohl Nan FitzGerald suchen? Ich möchte, daß sie meine Mutter kennenlernt.«

»Sie hat sich in ihrer Kammer eingeigelt. Man würde eine Brechstange brauchen, um sie hervorzulocken.«

»Nun, einerlei. Wir werden bei Tisch mit ihr zusammensein. Tara ist übrigens auch da, kannst du dich an sie erinnern?«

Kate warf naserümpfend ein: »Wer könnte die wohl vergessen? Hier wimmelt es von FitzGeralds. Ich werde das Lavendel-Zimmer für Ihre Mutter zurechtmachen.« Anstatt zu knicksen, empfahl Kate sich mit einem Nicken.

»Ich denke an Tante Tara mit großer Zuneigung zurück, auch wenn Kate Kennedy für sie nicht allzuviel übrigzuhaben scheint.«

»Nun, sie glaubt, sie sei nicht ganz richtig im Kopf, weil sie sich für eine keltische Prinzessin hält. Aber Tara ist nicht irre; im Gegenteil, sie ist sehr weise.«

»Sie war es, von der ich alles über die Heilkräfte der Kräuter lernte.«

»Sie ist zwar erst eine Woche da, hat aber schon die Herrschaft über die Destillierkammer an sich gerissen.« Emerald hätte zu gern das Gespräch wieder in die persönlichen Bahnen zurückgelenkt, in denen es sich bewegt hatte, ehe sie unterbrochen worden waren. Sie wollte alles vom Leben ihrer Mutter erfahren, scheute sich aber, ihr Fragen zu stellen. Als Amber jedoch nichts sagte, beschloß Emerald, Sean zu fragen, wenn sie abends allein sein würden.

»Komm hinauf und richte dich ein. Du ahnst ja nicht, wie glücklich mich dein Besuch macht. Wenn nur Johnny hier wäre!«

»Besucht er dich denn?« fragte Amber hoffnungsvoll.

»Er und Sean haben geschäftlich miteinander zu tun. Er war einmal da und hat mir geschrieben. Hoffentlich wird aus ihm ein regelmäßiger Besucher.«

Amber zog die Brauen hoch. »Entweder hat er gelernt, gegen seinen Vater aufzubegehren oder aber, er nimmt wie ich seinerzeit Zuflucht zur Verstellung.«

»Um zu überleben, hat er von beidem ein wenig gelernt, denke ich. Offenbar hat Vater es aufgegeben, aus ihm einen Seemann machen zu wollen. Gegenwärtig fungiert er als Vaters rechte Hand im Familienunternehmen.«

»Ach, jetzt verstehe ich, warum Sean O'Toole die Beziehung zu ihm pflegt«, meinte Amber mit wissendem Nicken.

Emerald errötete. Sie wollte abstreiten, daß Sean ihn nur benutzte, konnte es aber nicht. »Johnny liebt Irland. Er ist ganz versessen auf Maynooth.«

»Das ist verständlich, da er immer ein Pferdenarr war. Wahrscheinlich gehört er hierher.«

»Eines Tages müssen wir hinüberreiten. Du kannst es sicher kaum erwarten, alle FitzGeralds wiederzusehen.«

»Liebling, du bist mir zu schnell. Maynooth gehört dem Earl von Kildare. Vielleicht will er mich nicht dort haben.«

Emerald schüttelte ihre Locken und lächelte ihr geheimnisvolles Lächeln. »Der Earl will, was ich will. Er frißt mir aus der Hand.«

»Emerald, begehe nicht den Fehler, ihn für einen Wallach zu halten. Er ist ein Hengst, und ich bezweifle sehr, ob du ihn jemals zähmen wirst«, warnte Amber sie.

»Mutter, ich will ihn nicht zähmen, ich will ihn genauso, wie er ist.«

Emerald, sei vorsichtig mit deinen Wünschen. Ein Wunsch, der in Erfüllung geht, kann sich in den schlimmsten Alptraum verwandeln.

27

»Ich kann nicht zum Dinner kommen. Ich kann ihr nicht unter die Augen treten«, jammerte Nan.

»Mach dich nicht lächerlich. Meine Mutter ist die Liebe und Güte in Person. Wenn sie entdeckt, daß du Johnny liebst, wird sie dich in ihr Herz schließen. Niemand wird dein Geheimnis ahnen, Nan, wenn du nicht selbst durch dein Versteckspiel Verdacht erregst.«

Als die zwei Frauen schließlich das Eßzimmer betraten, waren Tara und Amber in ein lebhaftes Gespräch über die wohltuenden Eigenschaften der verschiedenen Gewürze vertieft. Auch Sean erwartete sie bereits und war nun ganz der charmante Gastgeber, der die Vorstellungszeremonie übernahm und dann allen ihre Plätze anwies. Amber zu seiner Rechten, Tara und Nan zur Linken, während Emerald ihm gegenüber zu sitzen kam.

328

Mit drei Irinnen in einem Raum, von denen drei gern im Mittelpunkt der Aufmerksamkeit standen, gestaltete sich die Unterhaltung sehr lebhaft und wurde immer wieder von Lachen unterbrochen. Sogar Nan beteiligte sich gelegentlich daran, obwohl sie jedesmal, wenn Ambers warmherziger Blick auf ihr ruhte, heftig errötete.

Sean amüsierte seine Gäste, ohne das Gespräch an sich zu reißen, und schenkte jeder Dame seine ungeteilte Aufmerksamkeit, wenn er mit ihr sprach. Emerald fand es schwierig, nicht nur ihn anzuschauen. Der schneeweiße Batist an seinem Hals kontrastierte stark mit seiner dunklen Haut, dem dunklen Haar und den grauen Augen. Die Erregung in ihr stieg, bis sie nur noch an den Moment denken konnte, in dem sich die Schlafzimmertür hinter ihnen schließen würde und sie ungehemmt zeigen konnten, wie sehr sie einander gefehlt hatten.

Bevor die Tafel aufgehoben wurde, war Amber klar, wie verliebt ihre Tochter in den Earl war. Sie wußte auch, daß Emerald Sean O'Toole keineswegs gleichgültig war. Seine dunklen Augen sagten ihr, daß er sie nicht nur heftig begehrte, sondern sehr große Besitzansprüche stellte. Und doch wurde Amber den Verdacht nicht los, daß er sie nicht deshalb entführt hatte, weil er nicht ohne sie leben konnte, sondern um sich an den Montagues zu rächen.

Sean O'Toole hatte ihr klipp und klar erklärt, daß er weder rasten noch ruhen würde, ehe er seine Feinde nicht vor aller Welt bloßgestellt hätte, und daß er die Waffe in seiner Hand hielte. *Konnte diese Waffe Emerald sein?*

Immer wieder wurde Ambers Blick von dem dunklen, geradezu magnetisch wirkenden Mann am Kopfende der Tafel angezogen. Seine Rachegelüste waren noch lange nicht befriedigt. *Gerechtigkeit*, hatte er sie genannt. Sie fragte sich unbehaglich, was und wen diese Gerechtigkeit umfaßte. Amber wußte, daß sie ein ernstes Wort mit Emerald reden mußte.

Natürlich nicht heute. Seans und Emeralds Verlangen aufeinander lag schier greifbar in der Luft.

Sean beobachtete zuerst Emerald verstohlen, mit dem Fortschreiten des Mahles aber immer offener. Er wußte, daß er richtig gehandelt hatte, als er das Wiedersehen mit ihrer Mutter herbeiführte. Emerald sprühte heute förmlich vor Leben, ja sie glühte vor Glück, und es war ihm eine tiefe Befriedigung, daß er zu ihrer Freude einen großen Teil beigetragen hatte.

Er hatte ihr gutgetan. Diese lebhafte Frau, die unbefangen lachte und plauderte, hatte mit dem bleichen, mitleiderregenden Geschöpf, das er aus London entführt hatte, nichts mehr gemein. Doch Emerald hatte auch ihm gutgetan, wie er sich eingestand. Mit ihrer Liebe, die sie aus vollem Herzen gab, hatte sie seine oberflächlicheren Wunden geheilt. Sie hatten einander gleichermaßen geholfen. Er würde ihre gemeinsame Zeit niemals bereuen, eine Zeit, die wie sonst nichts in seinem Leben der Vollendung nahekam.

Amber wandte sich an ihn, und sofort galt ihr seine Aufmerksamkeit. »Verzeihen Sie, ich war abgelenkt.« Ihre Blicke trafen sich und gaben gegenseitig ihre Gedanken preis.

»Wenn Sie entschuldigen wollen, aber Tara hat versprochen, mir den Destillierraum zu zeigen.«

Auch Tara meldete sich zu Wort. »Da dies Stunden dauern könnte, wünschen wir dir gute Nacht.«

Und Nan murmelte: »Ich brauche ein Buch aus der Bibliothek.«

Sean grinste Emerald lüstern zu: »Die FitzGerald-Frauen haben sich verschworen, uns das Alleinsein zu ermöglichen.«

»Sind wir denn so leicht durchschaubar?« fragte Amber lächelnd.

»Und wie.« Sean lachte amüsiert.

Als sie die Treppen hinaufgingen, legte Sean den Arm um Emerald. »Du siehst gut aus. Wie steht es mit deiner Morgenübelkeit, mein Liebes?«

»Viel besser«, versicherte sie ihm und kostete seine zärtliche Besorgnis voll aus.

Im Schlafzimmer ging Emerald sofort ans Fenster und schob die Vorhänge zurück, die Kate zugezogen haben mußte. »Liebling, vielen, vielen, vielen Dank, daß du meine Mutter mitgebracht hast. Du hast mich überglücklich gemacht; mein Glück ist nun vollkommen! Ach, heute fühle ich mich so lebendig wie die See!«

Er nahm sie in die Arme, nur um das Vergnügen zu haben, sie festhalten zu können. »Und ich dachte, du fürchtest das Meer!« neckte er sie.

»Nur wenn du dort draußen bist – aber es ist, als hättest du es bezwungen, und jetzt bist du zurückgekommen, und ich werde es nie wieder fürchten!« Sie schlang ihre Arme um seinen Nacken. »Bist du bei mir, dann fürchte ich nichts und niemanden auf der Welt.«

Er beugte den Kopf, um sie zu schmecken. »Das hat wenig mit mir zu tun und viel mit der selbstsicheren Frau, die aus dir geworden ist.« Er küßte ihr Ohr und fuhr dann mit der Zungenspitze ihre Kehle entlang, daß sie erschauerte. »Ich möchte Feuer machen, ehe ich dich ausziehe. Du sollst dich nicht erkälten.«

»Es ist herrlich, von deiner zärtlichen Fürsorge umgeben zu sein. Ich bin die glücklichste Frau auf Erden. Habe ich dir gefehlt?«

»Du hast mir mehr als gefehlt, ich habe mich verzehrt nach dir. Mein Blut hat nach dir gelechzt. Und jetzt sind wir allein, und ich möchte dich mit meiner Leidenschaft anstecken.« Er nahm die Kissen vom Bett und warf sie vor den Kamin, in dem das Feuer brannte, das er angefacht hatte und das jenes andere

Feuer vorwegnahm, das er zu entfachen gedachte. Er nahm ein Glasfläschchen vom Nachttisch. »Ist das ein Liebestrank, den Tara für dich gebraut hat?«

Emerald hob ihre Röcke, um ihre Beine am Feuer zu wärmen und gestattete ihm einen verlockenden Blick auf weiße Schenkel und ein Gekräusel schwarzer Löckchen. »Nein, das ist Rosen- und Mandelöl. Es verhindert Dehnungsstreifen und erhält meine Haut für dich schön.«

»Dann ist es in der Tat eine Liebesmixtur. Ich werde dich einreiben, aber ich muß dich warnen, Geliebte, meine Hände werden dich um den Verstand bringen. Wenn ich fertig bin, werde ich dich besitzen, Körper und Seele.«

Als er auf sie zukam, warf sie ihm einen provozierenden Blick unter gesenkten Wimpern hervor zu. Wußte er denn nicht, daß er bereits jedes Teilchen ihres Seins besaß? Er zog ihr weiches Wollkleid aus und ließ die Wäsche folgen, ehe er sie sanft zurückdrückte, damit sie nackt auf den Kissen lag. Seine von Leidenschaft verdunkelten Augen streiften über sie, liebkosend, bewundernd, in die Anbetung ihres Körpers versunken. Sein begehrlicher Blick versprach ihr absolute Lust.

Er goß duftendes Öl auf seine Handfläche und wärmte es kurz am Feuer. Sie spürte den Duft, der ihre Sinne einhüllte, als seine Hände den ersten Kontakt mit ihrem Körper herstellten. Er begann an ihrer Kehle, um seine Hände tiefer gleiten zu lassen und über ihr Herz zu streichen. Als nächstes umfaßte er ihre Schultern, strich ihre Arme hinunter und massierte dann in kleinen, sanften Kreisen ihre Brüste. Sie fing zu zittern an, vor Wonne vibrierend.

»Hm, das fühlt sich himmlisch an.« Sie streckte die Arme nach oben und näherte die sich härtenden Brustspitzen seinem Mund, als er sich über sie beugte. Seine Zunge umspielte ihre rosigen Knospen, und das köstliche Gefühl entlockte ihr ein kehliges Stöhnen.

Seans Hand glitt über ihre Rippen zu ihrem weichen Leib, sanft reibend, kreisend, massierend, bis sie ihm erregt ihren Unterkörper entgegenhob. Mit vom Öl schlüpfrigen Fingerspitzen folgte er der Spur der seidigen schwarzen Härchen und fuhr ihren Spalt mit federleichten Strichen nach, ehe seine fordernden Finger sie öffneten.

Langsam drang er mit seinem Finger in sie ein, bewegte ihn hin und her, bis ein Liebeslaut ihm verriet, daß sie nach mehr verlangte, und er zwei Finger in ihr seidiges Inneres einführte. Sie war so glühend heiß, daß es sich anfühlte, als hätte er seine Finger in Flammen gesteckt. Als er sie durch das heftige Stoßen seiner Finger zum Höhepunkt brachte, beobachteten seine dunklen Augen jedes Zucken ihrer grenzenlosen Wollust, jedes Schaudern ihrer sinnlichen Erlösung.

Sean goß noch mehr Öl aus und fing an ihren Zehen an. Er verabreichte ihr eine Fußmassage und strich dann in langen, kräftigen Bewegungen ihre Beine entlang. Als er ihre Schenkel erreichte, erbebte Emerald erneut unter den köstlich erregenden Gefühlen, die er in ihr weckte. Während der Feuerschein ihren Körper in flüssiges Gold verwandelte, beobachtete er sie, so lange seine Beherrschung anhielt. Dann senkte er seinen Mund auf ihre Liebesgrotte und begann, sie mit seiner Zunge zu reizen.

Er forderte, saugte, leckte, kreiste, stieß zu, bis ihr Stöhnen in unartikulierte Schreie überging. Sie lag ungehemmt geöffnet vor ihm, mit geschlossenen Augen, konvulsivisch zuckend, den Gipfel ihrer Erregung voll auskostend.

Als sie wenig später ermattet ihre Augen öffnete, bemerkte sie, daß er sich endlich entkleidet hatte. Er kniete nackt vor ihr und sie umfaßte mit ungeduldigen Händen sein erigiertes Glied. »Du hast mich zweimal geliebt, warum holst du dir nicht dein eigenes Vergnügen?« flüsterte sie.

»Du hast mich zweimal erfreut«, murmelte er. »Deine Verzückung zu beobachten und zu wissen, daß nur ich dies bei dir vermag, führt bei mir zu höchster Erregung.« Nun drehte er sie auf den Bauch und begann, mit warmen, kräftigen Fingern über die gesamte Länge ihres Rückens zu streichen. Emerald wußte nicht, was schöner war: das Gefühl seiner sensitiven Hände auf ihrem nackten Fleisch oder ihre Haut, die so samtig war wie noch nie. Seine Lippen drückten winzige Küsse auf ihr Rückgrat. »Du bist wie warmer Satin. Jahrelang suchte mich ein erotischer Traum heim, meine Schöne, in dem du die Hauptrolle innehattest. Dein Rücken ist das einzige, das mir zugewandt war. Daß es der deine ist, erkenne ich an deiner herrlichen Haarflut. Ich schwöre dir, daß du den aufregendsten Rücken der Welt hast.«

Seans Hände nahmen nun ihre Kehrseite voll in Besitz. Zuerst knetete er ihre Gesäßbacken, bevor seine Finger in den Spalt dazwischen glitten, um dort ihren Zauber zu entfachen. Als sie ihr Hinterteil sehnsüchtig anhob, und sich gleichzeitig hinkniete, stieß ein Finger in sie, und ein zweiter manipulierte ihre pralle Liebesperle.

Emerald umklammerte die Kissen mit geballten Fäusten. »Sean, ich brauche mehr«, keuchte sie außer sich.

»Ich weiß, und ich werde dir mehr geben.« Er hob mit festen Händen ihr Gesäß an und drang mit einem kräftigen Stoß von hinten in sie ein.

Emerald hatte dergleichen nie erlebt, hätte sich nie träumen lassen, daß dieses Gefühl möglich war. Was sie in ihrem Inneren empfand, war noch intensiver und sinnlicher als vorher, da er immer wieder über ihren geschwollenen, harten Liebespunkt glitt, ehe er sie mit wilden, betäubenden Stößen pfählte.

Sie fühlte, wie er pulsierte, fühlte ihrer beider Herzschläge in ihrem Körper und fragte sich atemlos, wie es kam, daß ihre Wonneschauer immer intensiver, jedoch beglückend lang andauernd waren. Und dann wurde ihr klar, wie gut er ihren

Körper kannte. Er hatte ihr einen zweifachen Orgasmus beschert, ehe er seine Wurzel in ihr begrub, da er wußte, daß sie nun rasch zu erregen war, aber nur langsam zum Höhepunkt gelangte.

Ihre Brüste in Händen haltend, behutsam, als wären sie aus kostbarem Porzellan, gab er ihr zu verstehen, daß in diesem Augenblick ihr ganzer Körper ihm gehörte. Als Sean zum drittenmal spürte, wie ein Zucken sie durchlief und sein Glied erfaßte, gelangte er zu seinem eigenen, erruptiven Höhepunkt. Der ungezügelte Schrei, den Emerald von sich gab, wurde von Seans rauhen Lustschreien übertönt.

Amber wußte, daß es auf Greystones jemanden gab, den sie unbedingt sehen mußte, um ihm etwas längst Fälliges zu sagen. Zwar würde Shamus sie vermutlich nur widerstrebend empfangen, doch wollte Amber sich bei ihm für die großzügige finanzielle Hilfe bedanken, die ihr buchstäblich das Leben gerettet hatte.

Sie suchte zuerst Paddy Burke auf, weil sie ihm für sein damaliges Verhalten danken wollte, das er ihr entgegengebracht hatte.

Erleichtert registrierte sie, daß er sie herzlich begrüßte. Ungeachtet der vorwurfsvollen Blicke Mary Malones und Kate Kennedys gingen sie einträchtig Arm in Arm aus der Küche.

Als Mr. Burke Amber hinauf in den Turm des Pförtnerhauses führte, wurden sie von Tara begrüßt, die sich allerdings sofort gemeinsam mit Paddy diskret empfahl.

Bei Shamus' Anblick erschrak Amber, die ihn als gutaussehenden, vitalen Mann auf der Höhe seiner Kraft und Energie in Erinnerung hatte. Was sie nun vor sich sah, war nur ein Schatten seiner selbst. »Shamus.« Sie sagte es wie eine Liebkosung.

Er musterte sie eingehend, während seine Gefühle in ihm

kämpften. Amber FitzGerald war eine schöne Frau, deren unseliger Anziehungskraft Joseph nicht hatte widerstehen können. Doch konnte er ihr für das Geschehene nicht die Schuld anlasten. Amber war ebenso Opfer Montagues wie seine eigene geliebte Familie. Mit einer Handbewegung bot er ihr Platz an.

»Ich bin gekommen, um Ihnen für das Geld zu danken, das Sie mir vor Jahren gaben. Sie sind sehr großzügig, Shamus.«

Er durchdrang sie mit seinem Blick. »Damals hatte ich noch Kathleen und meine Söhne, und der Haß hatte meine Seele noch nicht zerstört.«

Amber widerstand dem Drang, schuldbewußt die Wimpern zu senken. »Ich kann Sie nicht um Verzeihung für die Rolle bitten, die ich in dem Drama spielte. Ich kann mir selbst nicht verzeihen. Ich kann nur anbieten, alles in meiner Macht Stehende zu tun, um wenigstens ein bißchen wiedergutzumachen.«

»Es gibt nur einen Weg zu sühnen. Locken Sie Montague nach Greystones.«

»Shamus, es gibt nichts, was ich mir sehnlicher wünsche als William Montagues Tod; es ist die einzige Rache, die mich befriedigen kann. Aber ich habe keinen Einfluß auf ihn. Er haßt mich so sehr, wie ich ihn hasse.«

»Meine Liebe, das möchte ich sehr bezweifeln. Ihr Verlust ist vermutlich das einzige, was er in seinem ganzen elenden Leben bedauert. Sie sind eine FitzGerald. Mit denen kann sich niemand messen! Ich weiß es, weil ich das Glück hatte, mit einer verheiratet gewesen zu sein. Amber, Ihre Reize können eine fatale Wirkung ausüben.«

Diesmal senkte sie den Blick. Ihre Anziehungskraft hatte auf Joseph höchst fatal gewirkt, und die Last ihrer Schuld bedrückte sie noch immer. Doch sie würde sich niemals in eine Lage begeben, in der William Montagues Bösartigkeit ihr erneut etwas anhaben konnte. Um Shamus zu besänftigen, sagte sie mit traurigem Lächeln: »Sollte sich jemals die Gelegenheit ergeben, Shamus, werde ich im Sinne der Rache reagieren.«

Für Emerald und Amber vergingen die Tage viel zu schnell. Zwar waren sie ständig zusammen, doch nur selten allein. Sean nahm sie zu einem Ausflug nach Maynooth mit, wo Amber von ihren Kusinen und Tanten auf das wärmste begrüßt wurde. Die FitzGeralds schwelgten stundenlang in Erinnerungen, überboten einander am lauten Lachen und Durcheinanderreden, bis Amber sich fast einbildete, sie wäre nie fortgewesen.

Spät am Nachmittag nahm Sean die beiden auf eine seiner Pachtfarmen mit, wo er ein neues Pferd für Emerald aussuchen wollte. Ein milchweißer Hengst mit fließender Mähne erregte sofort ihr Gefallen, und als sowohl Nan als auch Sean ihre Wahl billigten, erklärte sie, daß sie es Bucephalus nennen wollte. »Du hast wohl wieder in der Enzyklopädie geschmökert, Engländerin«, zog Sean sie auf.

Emerald war entzückt, weil ihre erste Begegnung ihm noch so deutlich in Erinnerung war. »Nein, das stammt aus *Alexander der Große*, das ich deinem Vater vorgelesen habe.«

Sean drängte Amber, sich ebenfalls ein Pferd auszuwählen und bot ihr an, es nach Wicklow zu transportieren, wenn er sie nach Hause brachte.

Amber lehnte lächelnd, aber entschieden ab. Sie wollte diesem mächtigen Mann nicht verpflichtet sein.

Sean, der anscheinend ihre Gedanken lesen konnte, griente entwaffnend. »Tatsächlich hat diese Pferde Montague bezahlt«, sagte er so, daß nur sie es hören konnte. »Ich wollte ihm halt nur Transport und Unterhalt ersparen.«

Sein freimütiges Geständnis brachte Amber zum Lachen. »In diesem Fall gehe ich auf Ihr Angebot ein. Das gefällt mir sehr.«

Am nächsten Tag wußte Amber, daß ihre gemeinsame Zeit sich dem Ende zuneigte. Mitten am Vormittag nahm sie Emerald beiseite. »Ich habe Sean gebeten, mich morgen nach Wicklow zurückzubringen.«

»O nein!« rief Emerald aus. »Entschuldige, ich weiß, daß du ein Geschäft führst, aber unsere Zeit ist wie im Flug vergangen. Mir ist, als wärest du erst gerade angekommen.«

»Liebling, es wird nicht so sein wie vorher. Wir werden einander ja wiedersehen.«

»Ich weiß gar nicht, welcher Art dein Geschäft ist.«

Amber stockte der Atem. »Es ist… eine Art Agentur. Ich beschäftige Frauen, die sich auf Partys und bei anderen Anlässen nützlich machen.«

»Ach, gibt es denn dafür Bedarf?« fragte Emerald neugierig.

»Sehr großen sogar«, gab Amber wahrheitsgemäß zurück. »Liebling, ich muß dringend unter vier Augen mit dir sprechen. Wohin könnten wir gehen?«

Emerald sah ihre Mutter forschend an. Offenbar sollte sie niemand belauschen können. »Wir können mit den Hunden spazierengehen.«

»Das wäre gut. Aber zieh dich warm an, ich spüre den Winter schon in der Luft.«

Als Emerald wieder herunterkam, trug sie ihren grünen Samtumhang mit der üppigen Rotfuchsverbrämung an der Kapuze. Amber wurde die Kehle eng. »Das kann nicht der sein, den ich für dich machte.«

»Nein, ich verließ England mit einem einzigen Kleid, nämlich dem, das ich am Leib trug. Ein sehr häßliches Kleid übrigens. Sean hatte diesen Umhang für mich machen lassen, eine Kopie von dem, den ich am Tag seiner Geburtstagsfeier trug. Er hat sich das tatsächlich gemerkt!«

Sie holten die Hunde im Stall ab. »Der Windhund gehörte Joseph, aber ihnen war nur wenig Zeit zusammen vergönnt.«

Amber ging in die Knie, um ihre Arme um den Hund zu legen. »Alles ist so herzzerreißend traurig.«

Seans Wolfshund begrüßte Emerald, indem er sich auf die Hinterbeine stellte und ihr die dicken Vorderpranken auf die Schultern legte. »Liebling, sei vorsichtig wegen des Babys!« rief Amber aus.

»Ach, du weißt davon?« fragte Emerald verblüfft.

»Ich habe es mir gedacht. Anfangs nicht, aber von dir geht ein solches Glühen aus, daß ich dich genauer unter die Lupe nahm. Ich hoffte, daß meine Befürchtungen unbegründet wären.«

»Ich hatte Angst, es dir zu sagen.«

»Ist es das Kind deines Mannes oder ist es von Sean?«

»Natürlich von Sean!«

»Dann ist es ein Bastard«, sagte Amber leise.

»Sag das nicht! Sean und ich lieben einander!«

»Gehen wir«, sagte Amber, die ihre Gedanken sammeln mußte. Die Hunde jagten über die Wiese auf den gegenüberliegenden Wald zu. Die zwei Frauen folgten ihnen langsam. »Ich weiß, daß du in Sean O'Toole verliebt bist. Ich hätte blind und taub sein müssen, um es nicht zu merken. Aber liebt er dich auch?«

»Natürlich liebt er mich«, versicherte Emerald ihr.

»Denk nach. Hat er dir jemals gesagt, daß er dich liebt? Hat er jemals gesagt, daß er ohne dich nicht leben kann? Hat er jemals von Heirat gesprochen? Hat er gesagt, daß er dich als Mutter seiner Kinder möchte?«

»Wie kann er das, wenn ich doch einen Ehemann habe? Du klingst so mißbilligend wie Vater Fitz. Er nannte mich Ehebrecherin und ermahnte mich, zu Jack Raymond zurückzukehren. Ist es das, was du möchtest?«

»Gott im Himmel, nein. Ich wünschte nur, du hättest dich nicht so bereitwillig in die Arme seines Feindes geworfen.« Sie hatten eine niedrige Steinmauer erreicht und ließen sich darauf nieder.

»Man machte mich glauben, daß du hemmungslos und schlecht seist, weil du irisch bist. Irisch durfte ich nicht sein, also war es mir durch die englische Erziehung unerträglich, wenn Jack mich berührte. Was er mit mir machte, bereitete mir tatsächlich Übelkeit. Ich wollte fliehen, war aber wie in einer Falle gefangen.«

Amber wußte nur zu gut, wie ihrer Tochter zumute gewesen sein mußte. Sie war achtzehn Jahre lang mit William Montague eingesperrt gewesen.

»Und dann geschah ein Wunder. Sean brachte mich nach Irland. Ich habe ihn ja schon immer geliebt. Doch da wurde es mir endgültig klar. Du hast ganz recht, wenn du glaubst, ich hätte mich ihm in die Arme geworfen. Er hat gar nicht den Versuch gemacht, mich zu zwingen. Nachdem er mich behutsam die Liebe lehrte, habe ich mich nach ihm verzehrt, und ich schämte mich, weil ich so ablehnend über dich gedacht hatte. Wenn du zügellos warst, dann muß ich das allerverdorbenste Geschöpf sein. Ich gebe mich ihm mit Leib und Seele hin. Auch wenn er nicht ausspricht, daß er mich liebt, so zeigt er es mir doch auf jede nur mögliche Weise.

Nie ist er hart oder barsch zu mir. Nie tut er mir weh. Wenn er mich berührt, tut er es mit liebenden Händen. Einmal gab es Streit, als er mich nach England brachte und ich ihn beschuldigte, er stelle mich als seine Geliebte zur Schau. Und es stimmte, er benutzte mich dazu, um sich an den Montagues zu rächen. Aber wir haben beide nachgegeben und einander um Verzeihung gebeten. Nach allem, was ihm angetan wurde, habe ich tiefes Verständnis für sein Verlangen nach Rache.«

»Liebling, es könnte in seinem Herzen aber außer für Rache kein Platz für etwas anderes sein.«

»Mutter, er hat mich gelehrt, für das Heute zu leben, weil es alles ist, was wir wirklich haben. Wenn es morgen zu Ende wäre, würde ich nicht einen Augenblick unserer gemeinsamen Zeit bereuen. Und ich bereue dieses Kind nicht. Es ist Teil von ihm und Teil von mir, vielleicht der beste Teil.«

Amber fiel es schwer, ihre Tränen zurückzuhalten. »So wie du der beste Teil von mir bist, Emerald. Versprich mir nur, daß du zu mir kommst, falls er dir je weh tun sollte und dein Traum sich in einen Alptraum verwandelt.«

Emerald schlang liebevoll die Arme um ihre Mutter. »An wen sonst sollte ich mich wenden?«

28

Als William Montague die Nachricht erreichte, zwei seiner Schiffe seien einem Sturm in der Irischen See zum Opfer gefallen, verfluchte er Himmel und Hölle und alles dazwischen. Und als er gar noch erfuhr, daß die nicht versicherten und schon bezahlten Pferde auf See verlorengegangen waren, wurde er zum Tobsüchtigen. Das Leben am Portman Square, für Johnny nie ein glückliches, wurde nun unerträglich. Die Wutanfälle des Alten machten ihm das Leben in einem Ausmaß zur Hölle, daß John, der sich jetzt glücklicherweise eine eigene Wohnung leisten konnte, nach Soho zog.

Als John an diesem Tag im Kontor der Montague-Linie eintraf, tobte sein Vater schon wieder, verwünschte ganz Irland und raste, weil alles, was mit diesem Land in Verbindung stand, den Montagues zum Verhängnis wurde. John war zumindest dankbar, daß der alte Schurke die Schuld an allem nicht mehr bei ihm suchte.

»Niemand liebt Pferde mehr als ich, aber wir haben die gesamte Besatzung der *Gibraltar* verloren. Das scheint dir keinen Pfifferling wert zu sein.«

»Stimmt genau! Zu schade, daß die Besatzung der *Heron* nicht auch abgesoffen ist. Minderwertiges, unfähiges Pack.«

»Du solltest froh sein, daß sie nicht abgesoffen ist, wenn auch nur, damit ihre Familien nicht Schadensersatz fordern können.«

»Wie? Ha! Nicht einen Penny würden die sehen, hörst du? Falls solche impertinenten Leute kommen sollten, und um Captain Bowers und seine Leute jammern, dann sollen sie zu Jack gehen. Der wird ihnen die Köpfe gewaltig zurechtrücken.« William Montague ließ sich gewichtig in seinen Sessel fallen und stützte seinen Fuß, in dem es schmerzhaft pochte, auf einen niederen Schemel. »Beide Schiffe waren wohl entsprechend versichert, nehme ich an?«

»Natürlich«, log Johnny glatt. »Aber du weißt ja, wie lange es dauert, bis Lloyd's diesen Forderungen nachkommt. Wir brauchen schleunigst mehr Schiffe und können nicht auf das Geld von der Versicherung warten. Ich wüßte eine Quelle, die uns ein Darlehen zu einem niedrigen Zinssatz gibt. Ich werde alles veranlassen, aber du mußt die Schiffe selbst aussuchen, die du möchtest. Du weißt ja, was passierte, als du die Auswahl Jack überlassen hast.«

John beobachtete befriedigt, wie das Gesicht des Alten eine gefährliche rote Färbung annahm, wie jedesmal, wenn er ihm in Erinnerung rief, daß ein Schiff gekauft worden war, das ihnen bereits gehört hatte.

»Diesmal vertraue ich dir den Kauf der Schiffe an.«

»Vater, ich kann nicht alles machen. Ich muß nach Lambay Island, um die gestrandete Besatzung abzuholen und um festzustellen, ob sich die Bergung der *Gibraltar* lohnt. Sollte sie schon auseinanderfallen, muß ich einen Bericht für die Versicherung aufsetzen.«

Williams Doppelkinn sank auf seine Brust. Herrjeh, Geld und Schiffe verschwanden schneller, als man sie wieder beschaffen konnte. Das Unternehmen hing an einem dünnen Faden. Wie anders war doch alles in der guten alten Zeit gelaufen, als er und Shamus O'Toole so satten Profit gemacht hatten, daß sie nicht wußten, wohin mit dem Geld. Wenn man das Rad der Zeit doch zurückdrehen könnte!

John Montague nützte die rasche Fahrt an die irische Küste voll aus. Anstatt Lambay direkt anzusteuern, stattete er erst Greystones einen Besuch ab.

Kaum hatte Emerald erkannt, daß das eben eingelaufene Schiff, die *Seagull*, ihren Bruder an Bord hatte, wartete sie ungeduldig an der Vordertür von Greystones, um ihn willkommen zu heißen, kaum imstande, sich zu bezähmen, da ihr die Neuigkeit über ihre Mutter geradezu unter den Nägeln brannte.

»Du siehst strahlend glücklich aus«, sagte er und begrüßte sie mit einem herzlichen Kuß.

»Tritt ein. Ich muß dir etwas Wundervolles sagen. Mutter war hier! Sean hat sie in Wicklow entdeckt und sie zu einem Besuch hierhergebracht. Du hast sie nur knapp verfehlt. Sean hat sie schon wieder nach Hause gebracht.«

»In Wicklow? Das ist ja nur ein Stück die Küste entlang. Mein Gott, nicht zu glauben! Ist sie wohlauf?«

»Es geht ihr wundervoll, und sie hat sich überhaupt nicht verändert. Sie ist so schön wie immer. Johnny, sie hat uns nicht verlassen. Vater hat sie Josephs wegen fast tot geprügelt und schwer verletzt in ihrem Schlafzimmer liegenlassen, das er auch noch versperrt hatte! Er hat sie einfach ihrem Schicksal überlassen! Wollte, daß sie starb! Aber Mutter gelang es, sich selbst zu retten, wußte jedoch, daß sie auf keinen Fall in unsere Nähe kommen durfte.«

»Das hatte ich vermutet. Ich war damals froh, daß sie ihn los war. Ich hatte immer gehofft, daß sie irgendwo in Irland glücklich lebt. Wicklow ist nicht weit, wir werden sie von nun an besuchen können.«

»Johnny, sie wäre überglücklich, dich zu sehen. Warum segelst du nicht nach Wicklow?«

»Ja, das werde ich, aber heute nicht. Ich sollte gar nicht hier sein. Vielleicht kann ich sie nächste Woche besuchen. Hast du Nan meinen Brief gebracht?« fragte er gespannt.

»Das habe ich«, nickte sie. Eigentlich drängte es sie, ihm von Nans Zustand zu berichten, doch sie hielt sich gezwungenermaßen an ihr Versprechen.

»Geht es in Ordnung, wenn ich mir ein Pferd borge? Ich möchte nach Maynooth reiten und sie besuchen.«

»Das ist nicht nötig, sie ist hier bei mir.«

»O Himmel, was für eine herrliche Nachricht. Wo ist sie?«

»Sie bewohnt das Zimmer, das du während deines Hierseins benutzt hast. Apropos herrliche Nachricht – ich glaube, Nan hat eine für dich, aber du wirst sie ihr herauslocken müssen.«

Er war fort wie der Blitz und blieb die nächsten zwei Stunden verschwunden. Als Emerald zu Mittag beschloß, selbst hinaufzugehen, statt Kate nach ihnen zu schicken, hörte sie durch die geschlossene Tür Nan weinen und Johnny, der tröstend auf sie einredete. Sie klopfte leise an und wartete auf die Aufforderung einzutreten.

Johnny war bleich und sah seine Schwester hilfesuchend an. »Ich möchte, daß wir heiraten. Ich möchte, daß sie mit mir kommt.«

Emerald verschlug es fast die Sprache. »An den Portman Square kannst du sie doch nicht mitnehmen!«

»Ich habe jetzt eine eigene Wohnung. Ich möchte heiraten.«

»Johnny, ich gebe dir ja recht. Ihr solltet heiraten, aber nach

344

England darfst du sie nicht bringen. Eine Irin, und besonders eine FitzGerald, kann fern ihrer Familie nicht glücklich werden.«

Johnnys schwerer Seufzer zeigte an, daß er wußte, daß Emerald die Wahrheit sprach. Geistesabwesend fuhr er sich durch sein braunes Haar. »Dann werden wir als Eheleute eben getrennt leben müssen, zumindest im Moment. Es kommt nicht in Frage, daß ich Nan mit einem englischen Bastard im Leib allein lasse.«

Emerald schloß gequält die Augen über seinen harten Ton. Es war das zweite Mal in ebenso vielen Tagen, daß ihr zu Bewußtsein gebracht wurde, daß das Kind, das sie erwartete, ein »Bastard« sein würde. Sie verdrängte ihr eigenes Problem, um sich jenem Nans zu widmen. »Glaubst du, Vater Fitz würde euch trauen?«

»Sicher würde er das!« Neue Hoffnung erhellte Nans Gesicht.

»Johnny, hast du etwas dagegen, von einem katholischen Priester getraut zu werden?«

»Natürlich nicht. Gehen wir sofort in die Kapelle und besprechen wir alles mit ihm.«

»Gott sei Dank ist Sean nicht da«, murmelte Emerald. »Nan, ich glaube, wir sollten Tara mitnehmen. Vater Fitz ist bigott, voreingenommen und autoritär. Wir brauchen jemanden aus der Familie, der ihn umstimmt, falls er Sturheit an den Tag legen sollte.«

Ein verklärter Ausdruck lag auf Vater Fitz' rundem Gesicht, als er Nan und John im heiligen Stand der Ehe vereinte und ihnen anschließend den Segen erteilte. Emerald staunte, wie gütig er zu Nan war und mit welcher Inbrunst er sie segnete, während er ihr gegenüber nach wie vor eine ablehnende, versteinerte Haltung bewahrte. Emerald wußte, daß Vater Fitz'

Zorn sie treffen würde, wenn sie ihn bäte, die Trauung vor Sean geheimzuhalten, deshalb flüsterte sie Nan einen entsprechenden Vorschlag ins Ohr, als sie ihr einen Kuß gab.

»Vater, bitte sagen Sie dem Earl nichts davon. Wir werden zum richtigen Zeitpunkt selbst die passenden Worte finden«, bat Nan den Geistlichen.

»Mein Kind, was du heute getan hast, ist Gott wohlgefällig. Meine Herde davon in Kenntnis zu setzen gehört jedoch nicht zu meinen Pflichten.«

Anstatt ins Haus zurückzukehren, gingen Nan und John zu den Stallungen, wo sie sich ungestört verabschieden und sich ihrer Liebe und Hingabe versichern konnten. Die Ställe auf Greystones waren sehr groß, so daß sie Hand in Hand in den rückwärtigen Teil gingen und dort in eine leere Box schlüpften. John setzte sich ins frische Stroh und zog seine Braut zu sich herunter.

»Nan, ich liebe dich so sehr. Es tut mir leid, daß ich dich in diese Lage brachte. Ich verstehe gar nicht, wie ich so achtlos und gedankenlos sein konnte.«

»John, es ist meine Schuld. Ich wußte ja nicht, daß es nach nur einem Mal passieren könnte. Ich möchte nicht, daß du jetzt glaubst, ich hätte dich in eine Falle gelockt, um geheiratet zu werden.«

»Nan, Liebling, such die Schuld nicht bei dir. Ich hätte es besser wissen sollen. Aber so gesehen, tut es mir nicht im geringsten leid. Weil es passierte, sind wir viel früher verheiratet, als es sonst der Fall gewesen wäre. Ich bedaure nur, daß wir uns sofort wieder trennen müssen. Aber Emerald hat recht, wenn sie meint, daß du in Irland sicherer bist. Auf meinen Vater und mich warten unerledigte Dinge, vor denen ich dich bewahren muß. Ich weiß nicht, wann ich dich wiedersehen kann, aber ich werde dir schreiben. Und wenn du mich brauchen solltest, schicke mir Nachricht nach Soho, jedoch ohne Unterschrift. Es gibt nur eine Frau, die mir schreiben kann.«

Sie hob ihm ihren Mund zu einem Kuß entgegen. »Liebe mich, Johnny, es wird vielleicht für viele Monate das letzte Mal sein.«

Ehe John wieder an Bord ging, um seine Fahrt fortzusetzen, hinterließ er eine kurze Nachricht für Sean. »Er wird gleich nach seiner Ankunft wissen, daß ich hier war. Erkläre ihm, daß ich nur kam, um ihm Bericht zu erstatten.«

»Er besitzt die unheimliche Gabe, alle Vorgänge zu durchschauen«, sagte Emerald zweifelnd.

In Johnnys Miene trat wieder ein besorgter Ausdruck.

»Mach dir um Nan keine Sorgen«, beruhigte Emerald ihn. »Die FitzGerald-Frauen sind wie eine Schwesternschaft, wenn es ums Kinderkriegen geht. Sie werden sich um sie scharen, sich um sie kümmern und um jeden Preis beschützen, und ich werde es ebenso halten.«

Johnny bekam kugelrunde Augen, als ihm ein Licht aufging. »Mein Gott, ich muß mit Blindheit geschlagen sein! Was zum Teufel wirst du tun?«

Sie lächelte. »Natürlich werde ich Seans Baby bekommen. Ich könnte nirgends glücklicher und behüteter sein als hier auf Greystones. Gib lieber auf dich selbst acht, Johnny.«

Johnny nahm Nan noch einmal zu einem zärtlichen Lebewohl in die Arme. Er ließ seine Braut höchst ungern zurück, wußte aber, daß er keine andere Wahl hatte. Er küßte sie zum ungezählten Mal und murmelte: »Nan, mach dir bitte keine Sorgen. Ich werde versuchen, dir zu schreiben. Und denk immer daran, daß ich dich liebe.«

Nan schwebte im siebenten Himmel. Wenn auch von Wehmut erfüllt, weil Johnny so rasch wieder fortmußte, war sie doch unendlich erleichtert, daß ihre große Sorge aus der Welt geschafft worden war. »Emerald, ich kann es nicht fassen, daß ich verheiratet bin! Ich habe ihn gebraucht, und er ist gekommen. Ist er nicht der herrlichste Mann der Welt?«

Emeralds angespanntes Gesicht wurde weich. »Nun, wir beide haben ihn lieb, deshalb sind wir voreingenommen. Aber ich bin sehr stolz darauf, wie er sich seiner Verantwortung stellte. Er ist ein guter Mensch, der seine Liebe und sein Vertrauen nicht achtlos verschenkt. Wie bin ich froh, daß Sean nicht mitten in der Trauungszeremonie nach Hause kam!«

»Ach, Emerald, ich bin ein richtiger Angsthase. Ich möchte ihm lieber nicht begegnen. Hast du etwas dagegen, wenn ich nach Hause ginge? Ich kann es kaum erwarten, meiner Mutter alles zu beichten, und meine Kusinen werden vor Neid erblassen.«

»Natürlich habe ich nichts dagegen. Möchtest du, daß ich mitkomme?«

»Nein, nein, einer der Stallknechte soll mich begleiten. Wenn du bei Seans Ankunft nicht da wärest, käme er nach Maynooth und würde dich suchen.«

»Flößt er dir so große Angst ein?«

Nan schauderte zusammen. »Er ist der Earl von Kildare.«

Binnen einer Stunde nach Nans übereiltem Abschied glitt die *Sulphur* in den Privathafen von Greystones. Währenddessen machte Emerald sich für Seans Rückkehr schön. Als sie ein Kleid wählte, das Mrs. McBride erst kürzlich aus Dublin geschickt hatte, kam ihr ein Gedanke, der sie kurz aus dem Konzept brachte. Die neuen Sachen paßten ihrer fülliger werdenden Gestalt und kaschierten sie sogar. Doch als Sean die Kleider bestellt hatte, war nicht einmal sie selbst sich ihrer Schwangerschaft bewußt gewesen. Es gab also nur eine Erklärung: Sean hatte ihre Schwangerschaft vorausgeahnt.

348

Als sie ihr Haar bürstete und es mit einem jadegrünen, auf das Kleid abgestimmten Band durchflocht, mußte sie sich eingestehen, daß ihr der Mann ihrer Liebe ein Rätsel war. Er teilte vieles mit ihr, niemals aber seine innersten Gedanken. Diese hielt er in sich fest verschlossen und hatte ihr bislang den Schlüssel dazu vorenthalten. Doch sämtliche trüben Gedanken verschwanden wie Eis in der heißen Sonne, als Sean das Zimmer betrat und sie in die Arme nahm. Immer wenn Sean mit ihr zusammen war, überschüttete er sie mit seiner ganzen Aufmerksamkeit. Sie wußte, wie sehr sie verwöhnt wurde und hatte Gewissensbisse, weil sie nie genug von ihm bekommen konnte.

Als er badete und sich danach wieder anzog, musterte Emerald ihn verliebt. Es bereitete ihr unaussprechliches Vergnügen, ihm einfach nur zuzusehen und seiner tiefen Stimme zu lauschen. »Sean, ich kann dir gar nicht genug danken, daß du Mutter nach Greystones gebracht hast. Du wirst es kaum glauben, aber nicht einmal eine Stunde nach eurem Aufbruch kam Johnny. Ich hätte mir sehr gewünscht, die beiden wären einander begegnet. Es hätte Mutter so glücklich gemacht.«

»Nun, du hast sie für dich ganz allein gehabt. Er wird sie ein andermal sehen. Ich hatte ihn allerdings sowieso erwartet.«

»Er hat für dich ein Schreiben hinterlassen … einen Bericht, wie er es nannte.«

Als er den Brief entgegennahm, fiel Sean ihre angespannte Miene auf. Er öffnete den Brief und überflog den Inhalt. »Eine gute Nachricht. Hm, möchte doch wissen, warum er nicht so lange hiergeblieben ist. Na ja, er ist nur nach Lambay Island. Ich will hinübersegeln und mit ihm reden.«

Seine dunklen Augen forschten in ihrem Gesicht. »Du siehst müde aus. Fühlst du dich nicht wohl, Liebling?« Ohne ihre Antwort abzuwarten, hob er sie hoch und trug sie zum Bett. Er legte sie behutsam hin, streckte sich neben ihr aus und zog sie eng an sich, wobei er ihre dunklen Locken aus der Stirn strich.

»Ich muß dich nicht gleich wieder verlassen. Ich bleibe bei dir, um sicherzugehen, daß du ruhst. Soll ich dir den Rücken massieren?«

Emerald drückte ihr Gesicht in seine Halskuhle. »Nein«, flüsterte sie, »ich möchte nur ruhig neben dir liegen und spüren, wie deine Liebe mich einhüllt.«

Sean blieb bei ihr, bis sie einschlief, und blickte auf sie nieder. Nach der Aufregung, die die Besuche Ambers und Johns gebracht hatten, würde ein wenig Ruhe ihr guttun. Er spielte mit einer ihrer schwarzen Haarsträhnen, die auf dem Kissen rings um sie ausgebreitet waren, und zwirbelte die seidige Fülle zwischen seinen Fingern. Sein zärtliches Lächeln drang bis in seine Augen vor. In diesem Moment wußte er, daß Emerald glücklich war.

Als Johnny sah, wie rasch nach seiner eigenen Ankunft die Segel der *Sulphur* sich Lambay näherten, vibrierte er vor Wachsamkeit. Hatte O'Toole so bald von ihm und Nan erfahren und war nun gekommen, um ihm den Kopf abzureißen? Johnnys Entschluß stand fester denn je. Zum Teufel damit, an seiner Heirat war nichts zu ändern, es sei denn, er würde Nan zur Witwe machen. Was dies betraf, war es jedoch Sean O'Toole, dessen Verhalten einer kritischen Betrachtung nicht standhielt. Es war moralisch verwerflich gewesen, Emerald zu schwängern, wenn er sie nicht heiraten konnte.

Als Sean ankerte und an Land ging, war er zufrieden, als er sah, daß das Skelett des alten Sklavenschiffes eine Bergung nicht lohnte. Danny FitzGerald hatte seine Sache gut gemacht. Sean begrüßte Johnny und richtete dann seinen Blick auf das Schiff, das der Montague-Linie gehörte. Es war eines von nur vieren, die seiner Berechnung nach noch geblieben waren. Da die Besatzung des Wracks schon an Bord der *Seagull* war, gesellte O'Toole sich zu den Männern. Über seine Schulter hinweg fragte er Johnny: »Wieviel Mann hast du mitgebracht?«

»Nur drei. Ich war Maat und betätigte mich auch noch an den Tauen, obwohl ich diese verdammte Arbeit hasse.«

Sean schlug ihm schmunzelnd auf den Rücken. »Ein wenig blaß bist du ja, aber du hältst dich wacker. Ruf die Besatzung der *Seagull* zusammen. Da sie nach Castle Lies gesegelt sind, können wir nicht zulassen, daß sie zu Montague zurückkehren und ihm die falschen Geschichten erzählen. Deinem Schreiben habe ich entnommen, daß die Montague-Linie bereit ist, ein hohes Darlehen aufzunehmen?«

»Vater glaubt, es wäre nur für kurze Zeit, bis die Versicherung uns den Verlust ersetzt.«

»Deine Gerissenheit ist geradezu teuflisch, eine Eigenschaft, die ich an einem Mann bewundere. Sie wird dir helfen, in dieser korrupten Welt zu überleben. Ich werde sehr bald in London sein. Euer Darlehen kommt von Barclay & Bedford. Klingt der Name nicht durch und durch englisch? Als Sicherheit brauche ich nur die Besitzurkunde des Hauses am Portman Square.«

John starrte ihn mit neuer Bewunderung an. Als Sean gelobt hatte, die Montagues zu ruinieren, hatte er es wirklich gründlich gemeint. Wenn O'Toole mit seinem Vater und Jack quitt war, würden sie nicht einmal mehr ein Dach über dem Kopf haben. Ein Glück, daß Vater die Versicherungssumme von Lloyds erwartete, da er ihn andernfalls nie bewegen hätte können, die Übereignungsurkunde zu unterschreiben. O'Tooles nächste Anweisung aber ließ erkennen, daß er mit dem »gerissenen Willie« noch nicht fertig war.

»Warum machst du ihm nicht den Vorschlag, die Montague-Linie sollte sich auf den Schmuggel mit französischem

Brandy konzentrieren? Die Gewinne sind größer als das Risiko, und vor Weihnachten wird der Bedarf unersättlich sein.«

Als die *Sulphur* und die *Seagull* von Lambay aus in entgegengesetzte Richtungen ausliefen, war John froh, daß es an Bord nun ausreichend Hände zur Bedienung der Segel gab. Die Begegnung mit Sean O'Toole hatte seine Nerven sehr beansprucht, und nun drohte sein Magen bei jeder Welle, sich seines Inhalts zu entledigen.

O'Tooles Vergeltungsdrang kannte kein Erbarmen. John war jene Nacht noch zu deutlich in Erinnerung, als er erwacht war, und Seans Messer zwischen den Beinen gespürt hatte. Würden er und sein Messer wieder bereit sein, wenn er erfuhr, daß Nan guter Hoffnung war?

Am Ruder der *Sulphur* verweilten John O'Tooles Gedanken tatsächlich eine Weile bei Johnny Montague, doch waren diese Gedanken von widerwilligem Respekt erfüllt. Sean wußte, daß er ohne Johns Mithilfe sein Ziel nur unter großen Schwierigkeiten erreicht hätte. Eines war jedenfalls klar: Johnny Montague war kein feiger Schwächling mehr.

Erst zu sehr später Stunde kehrte Sean nach Greystones zurück. Er ging leise die Treppe hinauf und betrat ebenso leise das große Schlafgemach. Dennoch setzte sich Emerald im Bett auf und zündete die Lampe auf dem Nachttisch an.

»Verzeih, Liebes, ich wollte dich nicht wecken.«

Ein spitzbübischer Blick aus grünen Augen lockte unter gesenkten schwarzen Wimpern. »Wie unterschiedlich wir doch sind, denn ich wollte Euch ganz sicher stören, Mylord. Das gehört zu den aufreizendsten Freuden des Lebens.«

Sean zog seine Lederjacke aus und entledigte sich seines Leinenhemdes. »Ein Nachmittagsschläfchen scheint deine

Vitalität wiederhergestellt zu haben.« Er wollte ins Badezimmer.

»Und meinen Appetit. Du sollst dich nicht waschen. Ich möchte dich riechen und schmecken.«

Ihre in heiserem Ton geäußerten Worte ließen ihn innehalten. Seinen Drang nach makelloser Sauberkeit vergaß er zum ersten Mal, seitdem er dem Häftlingsschiff entkommen war.

29

Als der Herbst zum Winter wurde, war Emerald sehr dankbar, daß Irland von Eis und Schnee verschont blieb. Zwar herrschten oft Feuchtigkeit und Kälte, und die Tage wurden zusehends kürzer, dies aber machte die Abende länger. Und das hatte große Vorzüge...

Meist zogen Sean und Emerald sich früh nach oben zurück und schlossen die Welt aus, da sie außer einander niemanden brauchten. Manchmal nahmen sie sogar das Abendessen oben ein, spielten anschließend Schach, lasen gemeinsam oder widmeten sich hemmungslosen Liebesspielen.

Ihre Schwangerschaft war nun sichtbar, aber wie bei zierlichen Frauen oft, wirkte sie nicht so unförmig. Ihre Rundlichkeit erhöhte nur ihre Weiblichkeit. Mit dem Vergehen der Wochen wurde Sean immer zärtlicher und fürsorglicher, trug sie oft herum, massierte ihr regelmäßig Rücken und Schenkel und erweckte in ihr das Gefühl, geliebt und gebraucht zu werden.

Bislang hatte Sean O'Toole alle Überlegungen, Emerald ihrer Familie zurückzugeben, erfolgreich verdrängt. Das war etwas, was er in der Zukunft tun würde. Die Zukunft jedoch hatte die beunruhigende Eigenschaft, zur Gegenwart zu werden.

Sean hatte seit seiner Rückkehr aus seiner Gefangenschaft das Grab seiner Mutter jeden Tag besucht und es nie versäumt, frische Blumen zu bringen und im ummauerten Garten unter der Weide niederzuknien. Ganz plötzlich aber mied er Kathleens Grab, als gelte es, einen Kampf in seinem Inneren auszutragen. In den langen Nächten hielt er Emerald stundenlang fest, weil er sie spüren mußte, weil er nicht schlafen konnte.

Sich für das Unvermeidliche zu wappnen war nicht nur schwierig, es war das Härteste, dem er sich je gegenübergesehen hatte. Im Geiste rechnete er nach – zum tausendsten Mal, wie ihm schien –, in welchem Monat sie war. Im Mai hatte sie ihm ihr Geheimnis anvertraut, und nun war es Ende November.

Nach Seans Berechnung würde sie das Kind im Februar bekommen. Vielleicht Anfang Februar. Da es aber bereits im April zu ihrem ersten intimen Zusammensein gekommen war und sie womöglich sofort empfangen hatte, konnte es sogar schon im Januar kommen. Die Schiffsreise konnte sich als gesundheitliches Risiko erweisen, wenn er sie zu lange hinausschob. Seine gequälten Gedanken jagten einander im Kreis. Eines war sicher: Er wollte sie über Weihnachten bei sich haben, und er war fest entschlossen, die Feiertage gemeinsam mit ihr auf Greystones zu verbringen. Über die Zeit danach weigerte er sich schlichtweg nachzudenken.

Kaum stand sein Entschluß fest, schob Sean sämtliche schwarzen Gedanken beiseite. Als Folge davon hob sich seine Stimmung beträchtlich, und er konnte Emerald und dem Personal bei den Vorbereitungen helfen, die darauf ausgerichtet waren, diese Weihnachten zu einem fröhlichen Fest zu machen.

Das große Haus war festlich mit Mispel, Efeu, Stechpalmen und immergrünen Zweigen geschmückt. Tara war wieder auf Greystones. Maggie, Meggie und Meagan waren je für einen Monat dagewesen. Dann aber hatte Tara darauf bestanden, wieder an die Reihe zu kommen. Sie brachte viele Stunden damit zu, Duftkerzen und Blumengestecke herzustellen und fabrizierte köstliche Liköre aus Birnen, Quitten und Aprikosen.

Lief ein O'Toole-Schiff ein, so wurde den ganzen Dezember über die Besatzung eingeladen, sich an den festlichen Leckerbissen zu delektieren, die Mary Malone von früh bis spät zubereitete. Mr. Burke ließ aus den Kellern Ale und Whisky holen, und Greystones hallte wider vor Lachen und Musik.

Sogar Shamus ließ sich von Sean oder Paddy Burke von seinem Turm herunterholen, damit er an den vielen Feiern teilnehmen konnte. Er zog Emerald unbarmherzig auf, indem er sie grienend Weihnachtspudding nannte, und sie ließ es sich gefallen, nicht ohne es ihm mit gleicher Münze heimzuzahlen.

Da in Irland der Weihnachtsabend in eine Heilige Nacht übergeht, gingen alle nach dem Festmahl zur Mitternachtsmette in die Kirche. Alle, bis auf Emerald und Sean. Gemeinsam pusteten sie die Kerzen auf dem hohen Christbaum aus, dann hob Sean sie hoch und trug sie hinauf.

»Na, fehlt dir der Kirchgang?« fragte sie leise.

Er lachte kurz und hart auf. »Nein. Religion ist etwas für die Unwissenden.«

»Ich ging einmal in die Kirche, als Nan da war. Vater Fitz hat mir die Kommunion verweigert.«

Er stellte sie auf den Boden und starrte auf sie hinunter. »Hattest du wirklich das Bedürfnis, in die Kirche zu gehen?«

»Ich wollte für unser Kind und für deine Sicherheit beten, als du im Sturm hinausgefahren bist.«

»Das sind doch alles Phantasien. Es gibt keinen Gott, der über uns wacht und Übel von uns fernhält. Widrige Umstände lehrten mich, daß man sich nur auf sich selbst verlassen kann, und ich war bestrebt, dir diese Lehre mitzugeben.«

»Der Priester grollt dir, weil du seit deiner Rückkehr nach England keinen Fuß in die Kirche gesetzt hast.«

»Was hat Vater Fitz zu dir gesagt?«

Als Emerald zögerte, da sie die Anschuldigungen nicht wiederholen wollte, die er ihr an den Kopf geworfen hatte, umfaßte Sean ungeduldig ihre Schultern. »Sag schon.«

»Er sagte, deine Seele sei von der Sünde schwarz geworden, und doch würdest du keine Reue zeigen.«

Seans Lachen klang hart. »Es ist die Wahrheit. Was hat der alte Weihrauchschwinger sonst noch gesagt?«

Sie wiederholte keine der Todsünden, die der Priester aufgezählt hatte, auch nicht, daß er gesagt hatte, Seans Gott sei nun die Rache. Aus der Befürchtung heraus, Sean würde offen zugeben, daß alles stimmte, beschloß sie, das Thema lieber fallenzulassen. Sich auf die Zehenspitzen stellend, drückte sie ihre Lippen auf seine. »Er riet mir, meinen Einfluß auf dich geltend zu machen.«

»Das tust du täglich und allnächtlich.« Seine Stimme hatte ihre Härte verloren und klang nun heiser.

»Ach ja, ich habe immensen Einfluß auf dich bis hin zu deiner Lektüre.«

Sean grinste sie an und nahm zwei Bücher vom Nachttisch, Dantes *Inferno* und *Der Fürst* von Niccoló Machiavelli. Sean legte die Bücher beiseite und griff nach einem, das Emerald las. Es war das *Decamerone*. »Hm, Boccaccio. Warum nutzt du deinen Einfluß nicht, indem du mir vorliest?«

Er warf die Bettkissen auf den Teppich vors Feuer und zog sich aus. Als Emerald sich entkleidete, bedeckte sie ihre Nacktheit mit einem weichen Morgenmantel aus Wolle, ohne ein Nachthemd anzuziehen. Sean legte sich nackt neben sie, das Kinn in die starke Faust gestützt, während sein dunkler Blick auf ihr ruhte.

Emerald fing zu lesen an, doch wich ihr Blick immer wieder von der Buchseite ab, da er von dem prachtvollen männlichen Körper neben ihr angezogen wurde. Der Feuerschein spiegelte auf seinem straffen Leib, auf den langen, schmalen Flanken, der muskelbepackten Brust und den breiten Schultern.

Sie konzentrierte sich wieder auf das Buch und las ein paar Absätze, wobei sie nicht zum ersten Mal feststellte, daß Boccaccio die Tatsachen der Liebeskunst mit Raffinesse und Offenheit gleichermaßen beschrieb. Aus dem Augenwinkel sah sie, wie Seans Phallus, der an seinem Schenkel lag, erwachte und sich regte. Der Kopf spitzte aus seiner Umhüllung, und Emerald, die das Buch weglegte, sah fasziniert, wie sein Glied länger und stärker wurde.

Das Verlangen, ihn zu berühren und zu schmecken, stieg in ihr auf. Ihre Hände fieberten danach, seine schweren heißen Hoden zu umfangen, ihre Finger sehnten sich danach, den dicken Schaft zu umfassen, und ihre Lippen lechzten danach, den glatten, samtenen Kopf zu küssen, den die Flammen karminrot färbten. Seine Augen, die nun denen eines Raubtieres glichen, steigerten seine verführerische Männlichkeit noch mehr. Er wußte, was sie wollte.

»Komm doch«, lockte er sie.

Sie sah den Puls an seinem Hals schlagen, dann glitt ihr begehrlicher Blick an seinem geschmeidigen, harten Körper hinunter. Vor ihm niederkniend, umfaßte sie sein Geschlecht mit zarten Händen. Dann strichen ihre Lippen mit leichtem Küssen über die samtige Oberfläche, ehe sie sanft darüber blies, bis er zitterte.

Sanft und zart berührte sie nun mit ihrer Zungenspitze die

winzige Öffnung seines Glieds und umspielte dann mit ihrer Zunge den pulsierenden, geschwollenen Schaft. Seine Hoden in einer Hand haltend, sein Glied mit der anderen, nahm sie ihn nun in ihren hungrigen Mund auf, um abwechselnd zu saugen oder ihre heiße Zunge kreisen zu lassen und dabei Liebesgeräusche von sich zu geben, die so erotisch waren, daß er das Gefühl hatte, vor Lust sterben zu müssen.

Sean bemühte sich um Beherrschung, um die köstliche Wonne so lange wie möglich währen zu lassen, aber Emerald war von so aufreizender Sinnlichkeit, daß seine Ekstase nicht mehr zu halten war. Emerald schmeckte die ersten Tropfen seines perlenden Höhepunktes, ehe er sich in höchster Wonne guttural stöhnend aufbäumte und sein weißer Samen heiß über seinen Leib spritzte. Emerald öffnete ihren Mantel und drückte ihre Brüste an seinen harten Körper, bis sie beide mit seiner moschusartigen männlichen Essenz bedeckt waren.

Sean griff zwischen ihre Beine, um ihr ebenfalls Lust zu verschaffen, und war erstaunt, ihren Orgasmus zu spüren, kaum daß er in sie gedrungen war. »Meine kleine Schönheit, du bist sehr großzügig im Geben.« Schweratmend lagen sie vor dem Feuer, gesättigt und voller Liebe füreinander, und wünschten sich, ihre Umarmung möge ewig währen. Schließlich löste er sich mit einem innigen Kuß von ihr und setzte sich auf.

»Ich habe auch ein Geschenk für dich, aber erst möchte ich dich baden.«

»Wenn du willst«, murmelte sie und berührte seine Wange.

»Ich will«, sagte er und hob sie hoch, um sie ins Badezimmer zu tragen.

Das warme Badewasser war köstlich. Er hielt sie auf dem Schoß und seifte sie reichlich ein, in die Bewunderung der seidigen Beschaffenheit ihrer Haut vertieft. »Dich an mir zu spüren, ist hinreißend. Dein Rücken könnte nicht verführerischer sein.«

Emeral griente leicht. »In letzter Zeit ist meine Vorderfront weniger verlockend.«

Seine Hände glitten über die reife Fülle ihrer Brüste. »Das stimmt nicht, meine Schöne. Ich kann es nicht erwarten, dich abzutrocknen und deine Seidenhaut mit Rosenöl einzureiben.«

»Ich liebe das«, gestand sie lächelnd, »und ich bin süchtig danach.«

Sean hüllte sie in ein Badetuch und trug sie zurück ans Feuer. Mit unendlicher Geduld und Zärtlichkeit massierte er ihren gesamten Körper mit dem angewärmten, duftenden Öl. Als er fertig war, streckte Emerald sehnsüchtig eine Hand aus und liebkoste seine Wange. »Das war das schönste Geschenk, das ich je bekam.«

Er lachte kehlig. »Das ist nicht dein Geschenk.« Er stand auf und ging an das Schubfach seines Nachttisches. Dann kam er zurück und kniete vor ihr nieder. »Das ist es«, sagte er und drückte ihr ein Samtetui in die Hand.

Langsam hob sie den Deckel. Beim Anblick der funkelnden Juwelen stockte ihr momentan der Atem. »Smaragde!« hauchte sie überwältigt. Durch den Schein des Feuers versprühten die Edelsteine grünes, irisierendes Licht.

»Frohe Weihnachten, Liebling.«

Ihre Augen schwammen in ungeweinten Tränen. »Das hättest du nicht tun sollen.«

»Doch. Niemand verdient sie mehr. Emerald, du hast mir soviel gegeben.«

»Ich hoffe, daß ich dir einen Sohn geben kann.« Als sie Ohrringe und Armband anlegte, entging ihr der verschlossene Blick, der in seinen Augen lag. Rasch trat er hinter sie, um ihr das Halsband anzulegen. »Ruh dich jetzt aus. Der morgige Tag wird anstrengend.«

Nachdem man am Weihnachtsmorgen den traditionellen riesigen Weihnachtsscheit hereingeschleppt und angezündet hatte, war es Zeit, dem Personal die Geschenke zu überreichen. Die Pächter und ihre Familien traten der Reihe nach ein, und alle brachten Geschenke und wurden ihrerseits mit der gewohnten, von Generationen ausgeübten Großzügigkeit der O'Tooles beschenkt. Als zu Mittag die *Silver Star* am Kai anlegte, wurde die Besatzung zum Weihnachtsschmaus gebeten, einem unvergleichlichen Festmahl, an dem Gesinde und Familie gemeinsam teilnahmen.

Captain Liam FitzGerald brachte das schönste Weihnachtsgeschenk, das Sean O'Toole sich hätte wünschen können. Auf einen Hinweis der FitzGerald-Kapitäne hin hatte die neu ernannte Spitze der britischen Admiralität zwei Schiffe der Montague-Linie mit französischem Brandy als Schmuggelfracht aufgebracht. Da England und Frankreich sich im Krieg befanden, waren die Schiffe beschlagnahmt worden. Eine schmerzlich hohe Geldstrafe würde folgen.

Der Kapitän hatte auch einen Brief von Johnny Montague mitgebracht, der die Information bestätigte. Sean steckte das Schreiben in sein Hemd und machte sich auf die Suche nach Paddy und Shamus, da er ihnen die Neuigkeit sofort überbringen wollte. Er brauchte eine Stunde, um Mr. Burke aufzutreiben, dessen Gesicht gehetzt wirkte. Beim Dinner hatte Sean ihn noch in bester Stimmung gesehen, als er bei Trinksprüchen mithielt und selbst einen ausbrachte.

»Was ist los?« fragte Sean den Verwalter.

»Es geht um Shamus. Ich kann ihn nirgends finden. Er ist verschwunden.«

»Sonderbar … weit kann er nicht gekommen sein«, beruhigte Sean ihn, da er wußte, wie es um die Beine seines Vaters bestellt war. »Vielleicht hat einer der Burschen ihn zurück zum Turm gebracht.«

Gemeinsam machten sie sich daran, Pförtnerhaus und Turm zu durchsuchen, konnten aber keine Spur von Shamus finden. »O Gott, hoffentlich ist er nicht die Kellertreppe hinuntergefallen«, sagte Paddy aufs höchste beunruhigt.

»Kommen Sie. Sie durchsuchen die Keller, ich das Obergeschoß.«

Sean machte sich nun methodisch daran, jeden Raum auf Greystones zu durchsuchen, erfolglos, wie es sich zeigte. Dann aber sah er ihn zufällig von einem Fenster aus, das Ausblick auf den Garten bot, und sein Innerstes krampfte sich zusammen. Sein Vater lag ausgestreckt vor Kathleens Grab auf dem Boden.

Sean raste die Treppe hinunter und lief durch die hohen Flügeltüren des eleganten Empfangssalons hinaus in den Garten. Herrgott, wie lange hatte Shamus schon auf der kalten Erde gelegen? Seans Schritte verlangsamten sich, als er sich seinem Vater näherte. Die schrecklichen Laute, die er von sich gab, waren beängstigend.

Shamus schluchzte ungehemmt und stieß abgehackte Wörter hervor, die Sean nicht verstand. Er kniete nieder und legte ihm beruhigend seine Hand auf den Arm. Doch Shamus wollte nicht getröstet werden. Die Trauer um seine geliebte Frau machte ihn blind gegenüber jeder Vernunft. Sean versuchte ihn hochzuziehen und fortzutragen. Aber sein Vater weigerte sich mit aller Macht. »Nein! Ich will hier bleiben. Ich habe versagt! Ich habe geschworen, den Montagues heimzuzahlen, was sie ihren Söhnen antaten. Das brach ihr das Herz, und sie starb darüber.«

»Vater, du bist außer dir, weil Weihnachten ist. Um diese Zeit fehlt sie dir mehr als sonst.«

»Ach, halt den Mund! Verstehst du denn nicht, daß ich sie Tag für Tag vermisse, Stunde für Stunde? Sie war Herz und Seele von Greystones, der Mittelpunkt meines Lebens. Durch sie hat man mich bestraft. Man hat meine Frau benutzt, um mich leiden zu lassen. Sie war mein einziger wunder Punkt.«

Am Grab seiner Mutter kniend, spürte Sean, wie sich die Klauen des Schuldbewußtseins in seine Kehle gruben und ihm beinahe den Atem abdrückten. Er wußte genau, wovon sein Vater sprach. Damals, als er das Grab seiner Mutter zum ersten Mal gesehen hatte, war Sean über die Untat ihrer Feinde so außer sich geraten, daß er auf den Knien den heiligen Eid geschworen hatte, er würde es ihnen mit gleicher Münze heimzahlen. Die Montagues sollten durch Entführung und Schwängerung der Frau leiden, die für sie die wichtigste war. Als Tochter des einen und Braut des anderen war Emerald das ideale Gefäß für seinen Rachedurst.

Er umarmte Shamus kraftvoll. »Vater, ich verspreche dir, daß wir Kathleen FitzGerald O'Tooles Tod nicht ungesühnt lassen werden.«

Erschöpft von seinem herzzerreißenden Gefühlsausbruch, ließ Shamus sich schließlich von Sean zu seinem Bett im Turm tragen. Paddy Burke wärmte ihm die Füße mit heißen Steinen, und Sean rief Tara, damit sie seinem Vater einen Schlaftrunk aus Whisky und dem Samen von weißem Mohn zubereite.

Am Abend des Weihnachtstages fiel Emerald ins Bett, erschöpft, aber glücklich. Sean, Paddy und Tara verschwiegen ihr Shamus' Zustand, um sie nicht unnötig zu beunruhigen, und Emerald schlief sofort ein.

Sean lag neben ihr, die Hände hinter dem Kopf verschränkt. Allmählich mußte er sich mit der Tatsache abfinden, daß sich eine glückliche Periode seines Lebens unwiderruflich dem Ende zuneigte. Er hatte so lange gezögert, wie es nur ging. Jetzt galt es zu handeln und eine Entscheidung herbeizuführen. Den Luxus des Selbstmitleids würde er sich nicht gönnen. Das war sinnlos und jämmerlich.

Im Geiste hatte er sich bereits von der Frau neben ihm zurückgezogen. Er rechtfertigte es damit, daß sie ihn nicht mehr brauchte. Sie war nicht mehr das passive, scheue Ding, als das sie England verlassen hatte. Seit sie in Irland war, hatte er sie gelehrt, eine Frau zu sein, die sich gegen jeden behaupten konnte. Ihren Vater hatte er zwar fast an den Bettelstab gebracht, doch Emerald hatte er ein Vermögen an Juwelen gegeben, um sie finanziell unabhängig zu machen. Und wenn sie nicht mehr bei den Montagues leben wollte, konnte sie sich in das Stadthaus an der Old Park Lane zurückziehen.

Als Emerald erwachte, war Sean schon gebadet und angezogen. Er setzte sich nicht ans Bett, um mit ihr zu reden, sondern ging ans Fenster, das aufs Meer hinaussah. Johnnys Brief verriet Sean genau, wo William Montague und Jack Raymond in der letzten Nacht dieses schicksalhaften Jahres sein würden, und er mußte dieses Wissen zu seinem Vorteil nutzen.

»Ich habe in England geschäftlich zu tun.«

»Du wirst doch nicht etwa heute aufbrechen?« fragte sie in aufbegehrendem Ton.

»Nein, dir bleiben ein par Tage Zeit für Reisevorbereitungen.«

Emeralds Miene erhellte sich. »Sehr gut – falls du erwogen hättest, mich wegen meines ›zerbrechlichen‹ Zustandes zurückzulassen, hätte ich mich mit Zähnen und Klauen gewehrt!«

Sean zog eine schwarze Braue hoch und suchte Zuflucht bei seinem Humor. »Zerbrechlich? Du hast Waffen wie eine Wildkatze.«

Emerald wollte schon erwidern, daß seine Narben kein Beweis für ihre Kratzkunst wären, brachte es jedoch nicht über sich, ihn wegen seiner Narben zu necken. Er hatte davon zu viele, sichtbare und unsichtbare. Aber sie war ein wenig erstaunt, daß er gewillt war, sie nach England mitzunehmen. Eigentlich hatte sie damit gerechnet, er würde darauf bestehen, daß sie in der Sicherheit von Greystones bliebe.

In London gab es jedoch viel mehr Ärzte und Hebammen als in der Umgebung von Greystones. Der Arzt der O'Tooles lebte in Dublin, doch sie hatte ihn noch nie zu Gesicht bekommen, da Shamus sich weigerte, seine Dienste in Anspruch zu nehmen. Emerald lächelte. Sie konnte seine Haltung gut verstehen, da sie selbst Kate Kennedys und Taras Rat in den Wind geschlagen und den Arzt nicht aufgesucht hatte, um sich untersuchen zu lassen. Emerald hoffte nur, sie würde auf der Überfahrt von Seekrankheit verschont bleiben. »Sorge für eine ruhige See«, ordnete sie mit einer königlichen Handbewegung an.

»Vergiß nicht, Tara um einen Vorrat an Ölen zu bitten und für alle Fälle um das Zeug, das deinen Magen beruhigt.« Er nahm sich vor, Tara auch um das Beruhigungsmittel zu bitten, das sie Shamus gegeben hatte. Er hatte so eine Ahnung, daß er es brauchen würde. Sein Plan war human und sah nicht vor, Emerald Konfrontationen und schmerzlichen Szenen auszusetzen.

»Glaubst du, daß ich so lange dortbleiben werde, um Johnny zu sehen?«

»Da bin ich sicher«, sagte er glatt und wandte sich zum Gehen, damit sie packen konnte. »Ich schicke Kate herauf.«

Als Sean ihr zwei Tage darauf an Bord der *Sulphur* half, erschrak er, wie stark sie in den wenigen Tagen seit Weihnachten zugenommen hatte. Als ihr warmer Umhang auseinanderglitt, fragte er sich, wie ihr gerundeter Bauch so rasch seinen Umfang hatte verdoppeln können.

»Emerald, fühlst du dich auch wohl?«

»Sehr wohl, danke, Mylord, ungeachtet der Tatsache, daß Kate nicht mit mir spricht.«

»Hm, wenn ich es recht bedenke, hat sie mir heute morgen beim Frühstück auch die kalte Schulter gezeigt. Was sie bloß haben mag?«

»Sie ist empört, daß ich in meinem abscheulichen Zustand nach England fahre. Sie ist der Meinung, ich solle mich in meinem Gemach verkriechen, wo mich niemand sehen kann. Sie hält mich für schamlos und hat natürlich recht!« Emerald lachte. »Aber sie hat das Herz auf dem rechten Fleck, die Gute. Sie hat mir angeboten mitzukommen, und du weißt, daß das Betreten englischen Bodens für sie gleichbedeutend mit dem Durchschreiten der Höllenpforten Dantes ist.«

»Viel Gepäck hast du ja nicht mitgenommen«, bemerkte Sean und öffnete die Kajütentür, um einen Blick auf den kleinen Koffer neben seinem eigenen zu werfen. Er dachte an den großen Schrank voller Kleider, die er ihr gekauft hatte.

»Nun, ich kann mir nicht vorstellen, daß ich einem Galaempfang bei Seiner Majestät oder Maskenbällen im Carlton House beiwohnen werde«, sagte sie leichthin. Emerald wollte nicht, daß er ihre Kurzatmigkeit bemerkte oder sah, wie unbeholfen ihre Bewegungen in letzter Zeit geworden waren. »Geh auf Deck, wo du hingehörst, während ich mich einrichte. Du weißt, daß ich mich allein sehr gut zurechtfinde.«

30

William Montague war am Ende seiner Weisheit. Die Schifffahrtslinie, nunmehr seine einzige Einkommensquelle, war so gut wie am Ende. Seit Weihnachten mied er die Kontorräume am Bottolph's Wharf und begnügte sich damit, ruhelos durch das Haus am Portman Square zu streifen und im Alkohol Vergessen zu suchen. Um die Haushaltskosten zu bestreiten, würde er gezwungen sein, die Einrichtung Stück für Stück zu verkaufen. Ganz London würde erfahren, was für ein armer Schlucker aus ihm geworden war.

Jack war der einzige, der seine Gesellschaft ertrug. Johnny besuchte ihn immer seltener, und sogar das Personal versuchte, einen großen Bogen um ihn zu machen.

»Es ist, als müsse ich bittere Arznei schlucken! Man bedenke – die Admiralität hat unsere Schiffe beschlagnahmt – die gottverdammte Admiralität! Dein Vater und ich standen an der Spitze der britischen Admiralität – wir *waren* die Admiralität!«

Jack schenkte William noch ein Glas voll, sodann eines für sich. Es war der Rest des Brandys, und Jack wußte, daß es keinen Nachschub mehr geben würde, da man ihn nur bar und pro Faß bezahlen konnte.

William blickte mit rotgeränderten Augen zu seinem Schwiegersohn auf. »Kannst du dir vorstellen, wie es mich erbittert hat, mit dem Hut in der Hand zu meinem Bruder zu gehen?«

Nicht so sehr, wie es mich demütigte. Ich bin sein Bastard, dachte Jack im stillen. *Und ich dachte, die Tage der Demütigung gehörten der Vergangenheit an, als ich deine verdammte Tochter heiratete und endlich ein Montague wurde.*

»Ich begreife einfach nicht, wie uns das Glück so verlassen konnte. Es erscheint mir unmöglich, daß alle diese Verluste nur dem Zufall zu verdanken sind. Ich sah zwischen dem Verschwinden der Sklavenschiffe und jener Schiffe, die wir im Sturm verloren, keinen Zusammenhang. Nun aber hege ich einen Verdacht. Einer der Feinde deines Vaters, vielleicht dieser Hundesohn Newcastle, hat uns verpfiffen!«

Er umklammerte und drehte das Glas so heftig, daß der

Stiel abbrach. Ein Splitter bohrte sich in seinen Daumen, und dunkelrotes Blut quoll aus der Wunde. William starrte seinen Daumen entsetzt und wider Willen fasziniert an. Eine unangenehme und lange unterdrückte Erinnerung regte sich. *O'Toole!* Er sprach den Namen nicht laut aus. Er wollte den Teufel nicht an die Wand malen.

»Ich würde schon den *Freunden* meines Vaters nicht trauen, geschweige denn seinen Feinden. Alle sind samt und sonders zügellos und verworfen. Wer soll bei der von ihm arrangierten Auktion zu Neujahr erscheinen?« Jack Raymond war alles andere als erbaut darüber, das Haus an der Pall Mall aufsuchen zu müssen, in dem er als einer der zahlreichen Bastarde des Earl von Sandwich aufgewachsen war.

»Soviel ich weiß, eine erlesene Versammlung: Dichter, Politiker, Aristokraten. Georg Selwyn wird anwesend sein, ebenso Bute und March. Natürlich werden der Prinz von Wales und seine Freunde nicht widerstehen können. Aber ich hoffe, daß mein Bruder mir noch ein wenig Verstand zubilligt. Meine Sammlung werde ich nämlich nicht an den Kronprinzen verkaufen, da es um dessen Finanzen womöglich noch schlechter bestellt ist als um unsere. Ich setze vielmehr auf Francis Dashwood, der für erotische Zeichnungen oder Skizzen jeden Preis zahlt.«

»Über Medmenham sind die tollsten Geschichten im Umlauf«, warf Jack ein, den allein schon der Gedanke an die angeblich in den Kalkhöhlen stattfindenden Ausschweifungen erregte.

»Ein höchst ungewöhnlicher Ort. In den Gartenanlagen stößt man auf eine Vielzahl obszöner Skulpturen und phallischer Symbole. Sogar die Wege teilen sich wie die Beine einer Frau und führen auf dichtbewachsene Vaginen zu.«

»Man munkelt, daß dort Schwarze Messen gefeiert wurden«, meinte Jack.

»Ach was, sich als Mönch zu verkleiden und es mit sogenannten Nonnen auf dem Altar zu treiben ist weitverbreitete Praxis. Wer von uns hat sich solchen Phantasien nicht schon hingegeben? Dashwood treibt es viel ärger. Wenn es darum geht, das Christentum herabzuwürdigen, ist er ein echter Fanatiker, der vor keiner Blasphemie zurückschreckt. Deshalb glaube ich, daß er für meine Karikaturen der zwölf Apostel jeden Preis bezahlen wird. Sie sind auch sehr drastisch.« William lachte anzüglich.

»Ich persönlich ziehe die pornographischen Bilder Rowlandsons vor. Sadismus und Sodomie regen mich nicht an, wenn nicht auch Frauen abgebildet sind.«

»Du hast recht. Frauen, die sich widernatürliche Praktiken hingeben, wirken ungemein erregend.« Williams Mund wurde trocken vor Lüsternheit. Er wußte, daß er zuviel getrunken hatte, um es zum Diwan Klub zu schaffen, was ohnehin nur bedeutete, Geld in die Tasche seines Bruders zu schaufeln. Sein schwerer Seufzer endete als lautes Rülpsen. Er würde sich wieder einmal mit einem der Küchenmädchen begnügen müssen.

Sean O'Toole plante die Reise so, daß sie am Neujahrstag in London eintreffen würden. Die See war auch bis zur letzten Nacht ruhig. Dann aber wurde der englische Kanal von einem heftigen Unwetter heimgesucht, dessen Blitzen Hagel folgte, der die Takelung in Fetzen zu reißen drohte.

Da er auf und unter Deck gebraucht wurde, verbrachte O'Toole die Nacht zwischen den beiden, die seiner gesamten Aufmerksamkeit bedurften. Emerald und der *Sulphur*. Niemand an Bord hatte geschlafen, am allerwenigsten Emerald, die jammerte, daß sie diese Fahrt nie hätte antreten dürfen. Am Morgen hatte der Sturm ein wenig abgeflaut, doch der Seegang war noch schwer, und Sean mußte Emerald zweimal aus Gründen der Sicherheit nach unten schicken.

Tränen der Angst rannen über ihr Gesicht. »Wenn ich sterben muß, möchte ich bei dir sein!«

Sean schüttelte den Kopf, als er sie in die Arme nahm und hinuntertrug. »Niemand wird sterben. Hör auf, dich verrückt zu machen, Emerald.«

Als sie sich fest an ihn schmiegte und seine Kraft suchte, seine Nähe, seinen Trost, hätte ihn fast sein merkwürdig aufsässiges Gewissen um seine Fassung gebracht. Er atmete tief durch, zog die Bettdecke zurück und legte Emerald hin. »Du brauchst Schlaf, mein Liebling. Ich möchte, daß du ruhst.«

»Ich kann nicht schlafen!«

»Du mußt. In wenigen Stunden werden wir sicher in London anlegen. Vertraue mir.« Kaum hatte er die letzten zwei Worte ausgesprochen, als er sich am liebsten die Zunge abgebissen hätte. Er ging an den Schrank und nahm die Flasche heraus, die Tara ihm mitgegeben hatte. Er füllte ein Weinglas zur Hälfte und hob es an ihre Lippen. »Trink das aus, es wird dich beruhigen.«

»Was ist das?«

»Eine von Taras unfehlbar wirkenden Arzneien.« Er sah zu, wie sie den kräftig mit Mohnextrakt versetzten Whisky gehorsam und vertrauensvoll trank. Es schüttelte sie, als sie die Hälfte geschluckt hatte, doch trank sie das Glas entschlossen leer. Sean setzte sich an den Rand der Koje und nahm ihre Hand. Er sah zu, wie ihre Angst sich legte, sah, wie ihre Lider schwer wurden, während er mit dem Daumen über die Oberseite ihrer Finger strich und geduldig wartete, bis sie eingeschlafen war.

Dann deckte er sie zu und sah auf sie hinunter. In dem Moment stampfte das Schiff ächzend und bekam schwere Schlagseite. Sean stieß eine leise Verwünschung aus. Ehe er sich von Emerald losriß, drückte er ihr einen sanften Kuß auf beide geschlossene Lider.

Sieben Stunden später schlief Emerald noch immer fest. Sie hatte nicht mitbekommen, daß Sean sie aus der Koje hob und sie, in ihren Samtumhang gehüllt, zu einer wartenden Droschke trug.

Schneeflocken trieben an den gelben Gaslaternen vorüber, als der Wagen das Ufer entlangfuhr und dann nach Piccadilly abbog. Sean spürte die kalte Nachtluft nicht. Er war bar aller Gefühle. Sein Lebewohl hatte er gesagt und mußte sie jetzt nur noch sicher zu Hause abliefern. Seine Gedanken galten bereits dem gesellschaftlichen Ereignis, das in der marmornen Monstrosität des Earls von Sandwich an der Pall Mall stattfinden sollte.

Als die Droschke hielt, saß O'Toole noch eine ganze Minute da, ehe er den endgültigen Schritt tat. Mit versteinertem Blick öffnete er den Wagenschlag, nahm die Schlafende auf seine Arme und pochte hart gegen die Eingangspforte.

Belton, der stämmige Butler am Portman Square, trug nach einem ganzen Jahrzehnt, das er bei den Montagues tätig war, eine permanent sauertöpfische Miene zur Schau. Diese wich jedoch einem Ausdruck höchster Beunruhigung, als er das drohende Gesicht des Mannes sah, der Williams Tochter auf den Armen hielt. Er trat erschrocken zur Seite, als die höllische Erscheinung ohne ein Wort ins Haus stürmte und das schlafende Mädchen, das hochschwanger war, in den großen Empfangssalon trug.

Sean legte seine Last auf die üppig gepolsterte Couch, als wäre sie eine Kostbarkeit, und verließ dann wie gehetzt das Haus. Belton, der ihm zum Ausgang folgte, nahm seinen ganzen Mut zusammen und rief: »Was geht hier vor?«

Sean O'Toole kam mit Emeralds Koffer zurück, den er in den Eingang stellte, ehe er seine Warnung ausstieß. »Belton, kümmern Sie sich gut um diese Frau.« Er griff in seine Brusttasche und händigte ihm ein an William Montague und Jack

Raymond gerichtetes Schreiben aus. Darin stand klipp und klar, daß er sie beide töten und damit zur Hölle schicken würde, falls sie Emerald etwas zuleide täten.

Als O'Toole im Schneetreiben verschwand, murmelte Belton sarkastisch: »Ein glückliches neues Jahr«, wohl wissend, daß das alles andere als glücklich sein würde.

Aus den Fenstern des vornehmen Hauses fiel helles Licht auf die Pall Mall. Der in förmliches Schwarz gekleidete Earl von Kildare fand ohne weiteres Einlaß und tauchte in der Menge unter, die sich im Salon drängte. Der rauchverhangene Raum hallte wider von rauhem Gelächter und den lauten Stimmen der Männer, die dem Rotwein schon reichlich zugesprochen hatten. Für die Auktion waren die pornographischen Bücher, Bilder und Zeichnungen gut sichtbar an einer Wand ausgestellt.

Der Earl stellte sich neben eine Marmorsäule und ließ den Blick durch den Salon wandern, um festzustellen, was an Prominenz gekommen war. Die Lüstlinge, die sich um diese graphischen Kunstwerke drängten, riefen in ihm weder Verachtung noch Abscheu hervor. Gleichgültigkeit war das einzige, was er empfand.

Als der Prinz von Wales an ihm vorüberschritt, neigte Seine Hoheit herablassend sein Haupt und murmelte: »Kildare«, ehe er sich wieder seinem Freund Churchill zuwandte, der in abschätzigem Ton bemerkte: »Jede Wette, daß die Brüder Montague genug schmutzige Bilder besitzen, daß man Carlton House damit tapezieren könnte.«

Sean O'Tooles Blick glitt gleichmütig über John Montague, Earl von Sandwich, während er die Menge nach den zwei Männern absuchte, die Ziel seiner wilden Rachegelüste waren. Als er schließlich William Montague entdeckte, war dieser in ein Gespräch mit John Wilkes vertieft, für O'Toole eine unglaubliche Ironie. Erkannte Montague in ihm nicht einen der für seinen Sturz verantwortlichen Feinde? Daß Wilkes der Auktion beiwohnte, war nicht weiter verwunderlich. Wiewohl fromm und politischen Reformen offen, hegte er eine Vorliebe für derbe Sinnlichkeit und Pornographie, vor allem aber für allerlei ergötzliche Streiche.

Der Earl von Kildare wußte, daß er sich kein idealeres Publikum für seine Ankündigung hätte aussuchen können. Die Montagues würden von dieser Versammlung lasterhafter Sadisten glatt verschlungen werden. Ihre Demütigung konnte nicht vollkommener ausfallen.

Das Raubtier in ihm lauerte auf den richtigen Moment des Zuschlagens. Als Jack Raymond zu William und Seiner Könglichen Hoheit trat, rückte die Gruppe in den Mittelpunkt allgemeiner Aufmerksamkeit. Nun gesellte sich auch Kildare dazu und hob sein Glas.

»Ich glaube, jetzt wäre ein Toast angebracht. Ihre Tochter steht kurz davor, Ihr erstes Enkelkind zur Welt zu bringen.« Er deutete auf Raymond. »Da ich wußte, daß er unfähig ist, ihr dazu zu verhelfen, bin ich in seine Rolle geschlüpft. Tja… man soll die Iren nie unterschätzen.«

In dem atemlosen Schweigen, das sich nun über den gesamten Raum senkte, hob Kildare die Hand und zeigte damit seinen verstümmelten Daumen. »Keine Dankesbekundungen, meine Herren, das Vergnügen war ganz auf meiner Seite.«

Er verbeugte sich höflich und wandte sich gemessen zum Gehen. Die Menge teilte sich vor ihm, um sich hinter ihm raunend wieder zu schließen, hochentzückt, einer so schockierenden und ruinösen Enthüllung beigewohnt zu haben. Öffentliche Entehrung und Schande boten ein köstliches Mahl, an dem alle sich zu gern delektierten.

In einem Alptraum gefangen, aus dem es kein Erwachen gab, kämpfte Emerald verzweifelt darum, sich aus seinen Klauen zu befreien. Der Traum aber, der sie wie ein Tintenfisch mit all seinen Fangarmen hartnäckig festhielt, kerkerte sie so vollständig ein, daß kein Entrinnen möglich war.

Sie träumte, sie wäre wieder am Portman Square und schaffte es nicht zu erwachen, obwohl sie es mit aller Kraft versuchte. Sie kämpfte sich auf die Beine, völlig desorientiert, aber dennoch allmählich gewahr werdend, daß sie nicht träumte. Und doch bestritt sie die Realität dessen, was sie umgab. *Das kann mir nicht passieren!*

Ihre Gedanken befanden sich in totalem Durcheinander, als sie nach ihrem Kopf faßte, um ihn zu klären. Zitternd strich sie sich das Haar aus der feuchten Stirn und starrte entsetzt und fassungslos um sich. Der Sturm war das letzte, woran sie sich erinnern konnte. *Wie bin ich hierhergeraten? Wo ist Sean?*

Als sie darauf bestanden hatte, mit ihm nach England zu fahren, hätte sie es sich doch nie träumen lassen, wieder am Portman Square zu landen! Das Kind in ihr benahm sich, als würde es einen Purzelbaum schlagen, und plötzlich wurde Emerald übel. Irgendwie schaffte sie es bis zur Treppe. Sich am Geländer festhaltend, schleppte sie sich Stufe um Stufe hinauf und hoffte, sie würde nicht erbrechen, ehe sie nicht Badezimmer und Wasserklosett erreicht hatte.

Heftig würgend umfaßte sie ihren Leib, aus Angst, er würde sein Innerstes nach außen kehren. Allmählich ließ die Übelkeit nach, doch das kranke Gefühl in ihrem Herzen steigerte sich mit jedem Atemzug. Emerald hörte jemanden kommen. Sie raffte sich auf und drehte sich um, in der Meinung, es sei eines der Mädchen, das ihr zu Hilfe eilen wollte. Doch sie starrte in das entsetzte Gesicht Jack Raymonds und sah, daß es sich dann vor Haß und Abscheu verzerrte.

»Du verkommenes Luder! O'Toole kündigte an, er würde

dich zurückbringen, wenn du einen irischen Bastard im Bauch hättest! Hast du denn kein Schamgefühl, du treulose Hure?«

Die totenbleiche Emerald schirmte ihren unförmigen Leib mit ihren Armen ab, wie um ihr Kind vor seinem Haß zu schützen. Jack log. Sean hätte etwas so Brutales niemals tun können.

»Hinaus mit dir! Ich nehme dich nicht wieder auf! Ich will die abgelegte Dirne dieses Dreckschweins nicht!«

Emerald wollte sich nicht in die Ecke treiben lassen wie eine Ratte. Ihren ganzen Stolz zusammennehmend, richtete sie sich kerzengerade auf und schob ihr Kinn vor. »Diese Gelegenheit wirst du nie bekommen, Jack Raymond. Der Earl von Kildare ist ein großartiger Liebhaber. Die Vorstellung, daß ich dir jemals erlauben würde, mich wieder anzurühren, ist einfach lachhaft.« Trotz ihrer fortgeschrittenen Schwangerschaft oder vielleicht eben deswegen, brachte sie die innere Kraft auf, sich hoheitsvoll umzudrehen und die Treppe wieder hochzusteigen.

»Er wird den Montagues nicht seinen irischen Bastard aufzwingen. Eher vernichte ich das Kind!«

Am oberen Ende der Treppe angelangt, drehte Emerald sich angsterfüllt um, da sie hörte, wie er ihr folgte und sie seine böse Absicht ahnte. Er hob die Arme hoch, ganz langsam, wie ihr schien, um sie die Treppe hinunterzureißen. In einem verzweifelten Versuch, einen Sturz zu verhindern, faßte Emerald nach dem Treppengeländer.

Sie spürte den harten Griff seiner zerrenden Hände an ihrem Rücken, spürte, wie sie fiel. Sich gegen das Geländer werfend, bekam sie es zu greifen und hielt sich in Todesangst daran fest. Da rutschte ihr Fuß aus, ihr Bein verdrehte sich unter ihr, und Emerald hörte das Geräusch eines brechenden Knochens. Sie schrie vor Schmerz auf, doch wurde ihr Schrei vom Gebrüll ihres Vaters übertönt. »Was in Gottes Namen geht hier vor?«

374

Durch einen roten Nebel sah sie die verhaßte Gestalt William Montagues am Fuß der Treppe, hinter ihm den korpulenten Belton, der fasziniert die Szene beglotzte, deren Augenzeuge er eben geworden war. Er versuchte dann eilfertig, zwei Hausmädchen zu verscheuchen, die ebenfalls alles gesehen und gehört hatten. Doch deren Fassungslosigkeit ließ sie im Vestibül wie angewurzelt stehenbleiben.

»Ein Arzt muß her«, befahl Montague. Er sah Emerald voller Widerwillen an, erinnerte sich aber an seine väterliche Pflicht.

Belton schickte ein Mädchen nach dem Arzt und wies die andere an, ein Bett für die Patientin vorzubereiten.

»Nicht in meiner Suite«, zischte Jack. »Dieses Weibsstück ist nicht mehr meine Frau.«

»Bringt sie im Dienstbotenflügel unter«, befahl William.

In Irma Bludgets ehemaligem Zimmer wurde nun das Lager für sie zurechtgemacht, doch als Jack sie widerwillig hochziehen wollte, spuckte sie Gift und Galle. »Rühr mich nicht an, du Meuchelmörder!«

Schließlich war es Mrs. Thomas, die Köchin, die sie ins Bett schleppte, sie auszog und ihr eines ihrer früheren Nachthemden brachte. Emerald spürte den Schmerz in ihrem Bein wie einen glühenden Feuerhaken, doch ihre erste Sorge galt dem Kind und nicht dem Bein. Mrs. Thomas befragte Emerald nach ihrem Schmerz und suchte sie nach Blut ab. Beide waren sehr erleichtert, als sie keines entdeckte.

William Montague tobte. Wäre er dagewesen und hätte eine Pistole zur Hand gehabt, als O'Toole hier eingedrungen war, wäre das irische Schwein jetzt tot. Und kein englisches Gericht hätte ihn deswegen verurteilt! Aber schlimmer noch als die Demütigung durch seine Tochter war die Erkenntnis, daß O'Toole es war, der ihn in die finanzielle Katastrophe getrieben hatte. Als die schwarzen Augen ihn durchbohrt hatten

375

und er die spöttischen Worte *Man soll einen Iren nie unter-schätzen* hörte, hatte William gewußt, daß er seinen gesamten Ruin O'Toole zu verdanken hatte. Aber die verdammten O'Tooles waren nicht die einzigen, die sich auf Rache verstanden. Er wollte mit seiner ganzen intriganten Kraft dafür sorgen, daß das Blatt sich nun wieder wenden würde.

Die Ankunft des Arztes riß Montague aus seinen Racheplänen. Momentan war er enttäuscht, daß das dumme Dienstmädchen seinen eigenen Hausarzt geholt hatte. Jeder beliebige Arzt hätte getaugt, um ein gebrochenes Bein einzurichten, vorzugsweise einer, der mit den Affären seiner Familie nicht vertraut war. Aber dann fiel William ein, daß er an Dr. Sloane vielleicht einen Verbündeten gewinnen würde.

»Hat es einen Unfall gegeben?« fragte Sloane, der seinen Blick von William zu Jack wandern ließ. »Wie es aussieht, könnten Sie beide ein Beruhigungsmittel gebrauchen.«

William sagte mit einem Seitenblick, der dem Dienstmädchen galt: »Kommen Sie in die Bibliothek, Doktor. Du auch, Jack. Du tust so, als ob du deine Hände in Unschuld waschen könntest. Es geht aber auch dich direkt an!«

William schloß die Tür zur Bibliothek, ehe er weitersprach: »Meine Tochter hat sich offensichtlich ein Bein gebrochen. Aber nicht das ist es, was uns Sorgen macht. Sie ist hochschwanger, und es sieht aus, als wäre die Entbindung nahe.« William warf Jack einen Blick zu. »Es ist nicht das Kind ihres Mannes. Wir möchten es loswerden.«

Dr. Sloanes Brauen zogen sich zornig zusammen. Montague liebte Macht über alles, aber falls er glaubte, er wäre allmächtig, würde er seine Meinung revidieren müssen. »*Loswerden?* Ich will zu Ihren Gunsten annehmen, daß Sie keine verbrecherische Handlung von mir fordern. Wenn Sie jedoch damit meinen, ich solle jemanden finden, der Ihnen das Kind abnimmt, dann läßt sich das arrangieren. Es hat natürlich einen gewissen Preis.«

Verdammtes Geld! Am Ende läuft alles auf diesen schnöden Mammon hinaus. Williams Unmut wuchs von Minute zu Minute. Die O'Tooles mußten sich auf eine höllische Abrechnung gefaßt machen.

»Ich möchte jetzt die Patientin sehen«, bestimmte Sloane kurz angebunden.

William führte den Arzt in den Dienstbotentrakt, wo Mrs. Thomas noch immer ihr Bestes tat, um es Emerald so bequem wie möglich zu machen.

Die junge Frau auf dem Bett zuckte, als sie den Hausarzt erkannte. Von den wenigen Malen, als er sie als Kind untersucht hatte, waren ihr seine rüde Art und rauhen Hände in Erinnerung geblieben.

Sloane machte aus seiner Verachtung keinen Hehl, als er Emeralds Leib anstarrte. Schließlich entnahm er seiner umfangreichen Tasche Schienen und machte sich daran, das gebrochene Bein einzurichten. Obwohl Emerald sich bemühte, stumm zu bleiben, war der Schmerz so groß, daß sie aufschrie.

»Was ist?« fuhr Sloane sie an.

»Es tut weh«, flüsterte sie mit blutleeren Lippen.

»Kein Wunder. Es ist gebrochen«, gab er schroff zur Antwort. Er überprüfte flüchtig das Bein, schickte die Köchin hinaus und konzentrierte seine Aufmerksamkeit auf ihren Leibesumfang, der die Nähte ihres Nachthemdes zu sprengen drohte. Nachdem er sie untersucht und abgetastet hatte, legte er beide Hände auf ihren stark gewölbten Bauch. Seine buschigen Brauen zogen sich zusammen.

»Was ist?« fragte Emerald, die Miene des Arztes ängstlich beobachtend.

Sloane drückte sein Hörrohr auf ihren Leib und horchte mit geneigtem Kopf. Nach einer vollen Minute richtete er sich stirnrunzelnd auf. »Da drinnen ist mehr als nur ein Kind. Sie bekommen Zwillinge«, sagte er in angeekeltem Ton, der ihre doppelte Sünde noch unmißverständlicher verdammte als der Priester.

31

Montague lief im Empfangssalon auf und ab, während Jack zusammengesunken in einem Sessel saß.

»Liegt sie in den Wehen?« fragte William, als könne er es nicht erwarten, die demütigende Angelegenheit hinter sich zu bringen.

»Nein, bis dahin dürfte es noch eine Woche dauern. Vielleicht etwas länger, vielleicht auch kürzer.«

Montague gab einen knurrenden Kommentar von sich, der seine Einschätzung über die Fähigkeiten des Arztes ausdrücken sollte. »Sehen Sie zu, daß Sie zur Entbindung hier sind und den Portman Square von diesem widerlichen irischen Bastard befreien.«

»Ich habe sie eben untersucht«, eröffnete Sloane ihm mit vor Schadenfreude blitzenden Augen. »Es handelt sich um zwei ›widerliche irische‹ Bastarde.«

Kaum war Sloane gegangen, als William seinen Zorn an Jack Raymond ausließ. »Du bist nutzlos wie Titten an einem Eber. Einfach dazusitzen und sich den dämlichen Kopf zu halten! Ist dir denn nicht klar, daß O'Toole es darauf anlegt, uns systematisch zu vernichten?«

Williams Worte durchdrangen Jack alkoholvernebeltes Gehirn und bewirkten, daß ihm gewisse Zusammenhänge aufgingen. Benommen richtete er sich auf.

»Vielleicht hat O'Toole recht, und du bist gar kein Mann!«
Jack kam kerzengerade auf die Beine, zur Offensive bereit.
»Du alter Halunke, du. Es ist *deine* Tochter, die sich zur Hure
machte, so wie es *deine* Frau vor ihr tat! *Du* warst es, der den
alten Earl verriet, *du* hast deinen Partner betrogen, *du* hast Joseph O'Tooles Ermordung geplant, und *du* warst es auch, der
Sean O'Toole mit verstümmelter Hand aufs Häftlingsschiff
schickte. Für heute habe ich die Nase voll von den Montagues!« Jack stürmte aus dem Raum und aus dem Haus und
donnerte die Eingangstür hinter sich zu.

Von unbeherrschbarem Zorn übermannt, lief William in die
Bibliothek und durchsuchte den Schreibtisch nach seiner
Waffe. Zur Hölle mit allen! Sein Schwiegersohn hatte sich als
ebenso nutzlos entpuppt wie sein Sohn. Er würde sich
O'Toole selbst vorknöpfen. Sein Schiff mußte an der Themse
liegen, und früher oder später mußte O'Toole dorthin
zurückkehren.

Emerald hatte einen schweren Schock erlitten. In Irma Bludgets Bett liegend, schenkte sie den zornigen Männerstimmen,
die aus einem anderen Teil des Hauses zu hören waren, wenig
Beachtung. Der Schmerz in ihrem Bein war so schlimm, daß
er ihren ganzen Körper erfaßte. Und doch war er ihr willkommen. Denn wenn sie keine körperlichen Qualen litt, würden sie die Qualen in ihrem Herzen sicherlich töten.

Sean hatte ihr dies angetan. Um seine Rache auszuüben.
Doch am tiefsten berührte Emerald das Wissen, daß sie ihn
trotz allem noch liebte. Nun wurde ihr klar, was Ewigkeit bedeutete, wenn man jemanden wirklich liebte. Wie unendlich
grausam, daß Seans Herz so voller Haß war, daß darin Liebe
keinen Platz hatte. Nicht für sie, nicht für seine Kinder.

Sie strich über ihren Leib. Als sie erfahren hatte, daß sie
Zwillinge trug, hatte auch ihre Liebe sich verdoppelt. Ihre

größte Sorge galt jetzt nicht sich selbst, sondern ihren Kindern. »Alles wird gut«, flüsterte sie ihnen zu. »In diesem Haus werden wir nicht lange bleiben. Wir werden zu meiner Mutter gehen. Johnny wird uns helfen.«

Emerald drehte ihr Gesicht zur Wand. Die Tränen, gegen die sie angekämpft hatte, ließen sich nun nicht mehr zurückhalten. Sie wußte nicht, wie eine Frau gebar. Als sie noch glaubte, sie gehöre zu Sean O'Toole, hatte sie keinen Gedanken daran verschwendet. Doch wie sollte sie das nun alles ganz allein durchstehen?

Johnny Montague saß in seinem trüb erhellten Kontor am Bottolp's Wharf. Seine Erleichterung hätte nicht größer sein können. Sean O'Tooles kurzer Besuch hatte ihm eine schwere Bürde von den Schultern genommen. Sean hatte sich kühl und unbeteiligt gegeben. John ging im Geiste noch einmal ihr Gespräch durch.

»Johnny, ich möchte dir für deine Hilfe danken. Geschafft hätte ich es auch ohne dich, aber niemals so rasch und so gründlich. Jetzt brauche ich deine Unterstützung nicht mehr. Alles ist erledigt. Ich habe alles erreicht, was ich mir vorgenommen hatte.«

»Die Montagues werden gezwungen sein, die zwei neuen Schiffe zu verkaufen, um die Geldstrafe aufzubringen, die ihnen die Admiralität auferlegte.«

»Johnny, du glaubst doch nicht etwa, Barclay und Bedford hätten für diese Schiffe bezahlt?«

»Deshalb schuldet er nicht nur die Kaufsumme für die Schiffe, sondern auch die Strafe«, vollendete Johnny.

»Und zusätzlich habe ich das Haus am Portman Square gekauft«, fügte Sean trocken hinzu.

Johnny brauchte eine verblüffte Minute, um diese Information zu verarbeiten. »Wie geht es Emerald?«

»Als ich sie verließ, ging es ihr gut.«

Fast hätte Johnny ihm seine Heirat mit Nan FitzGerald anvertraut, doch schien sich zwischen ihm und Sean eine Kluft aufzutun. Da er Johns Hilfe nicht mehr benötigte, gab O'Toole sich sehr reserviert. Er zeigte keine Neigung, länger zu bleiben.

»Ich sage dir Lebewohl. Ich segle noch heute zurück.«

Johnnys Blick wanderte langsam durch sein Kontor. Wie ihn das alles anödete, der Schreibkram, die Frachtbriefe, die Frachtlisten, die Gezeitentabellen, die Schiffahrtsrouten, die Ladungen und die Besatzungen. Geräusche und Gerüche von Schiffen waren ihm verhaßt, doch nun hoben sich seine Lebensgeister. Wenn O'Toole ihn nicht mehr brauchte, war das schmutzige Geschäft hier für ihn erledigt.

Er war frei! Frei nach Irland zu gehen, frei zu seiner Frau zu gehen, frei, um bei Nan zu sein, wenn sie ihr Kind gebar. Darauf mußte er einen Schluck trinken. Er öffnete einen Aktenschrank und fand eine Flasche irischen Whisky. »Wie passend«, lachte er. »Auf ein neues Jahr und einen neuen Lebensbeginn.«

Kaum hatte Johnny sein Glas an die Lippen geführt, als Tumult vor der Türe anstand, und sein Vater sich polternd ins Zimmer wuchtete. Sein wilder Blick und die Pistole in seiner Hand verhießen nichts Gutes. »Um Himmels willen, Vater, was tust du hier?«

»Ich bin gekommen, um ihn zu töten, aber er ist fort!«

Johnny wußte sofort, daß er Sean O'Toole meinte.

»Er kam zur Auktion... er hat uns ruiniert!«

Johnny dirigierte ihn zu einem Ledersessel und schaffte es, William ein gut gefülltes Glas Whisky in die Hand zu drücken und ihm dabei die Waffe abzunehmen.

»Er hat Emerald seinen dreckigen irischen Samen eingepflanzt!«

Allmächtiger, Sean muß Jack auf der Auktion vor allen Anwesenden der Unfruchtbarkeit beschuldigt haben, dachte John. *Kein Wunder, daß O'Toole es so eilig hatte fortzukommen.* Er kippte sorgfältig das Pulver aus der Zündpfanne der Pistole, ehe er dem Alten schweigend Whisky nachschenkte.

»Ich kriege ihn, Johnny. Er ist derjenige, der für unsere Verluste verantwortlich ist.«

Zynisch fragte John sich, wieso dieser elende Menschenschinder so lange gebraucht hatte, um dahinterzukommen – und wie lange es noch dauern würde, ehe er Verdacht schöpfte, daß O'Toole Hilfe aus dem innersten Kreis der Montagues gehaben haben mußte...

Plötzlich brach Montague in Tränen aus. Unter krampfhaftem Schluchzen wiegte er seinen Oberkörper vor und zurück. Sein Sohn starrte ihn mit angewidertem Blick an. Sein Vater erwartete doch nicht etwa Mitgefühl von ihm? Halb besinnungslos vor Selbstmitleid und irischem Whisky, stöhnte William: »Mir fehlt deine Mutter. Amber fehlt mir.«

Johnny ballte die Hände zu Fäusten. Bislang hatte er sich das Gejammer seines Vaters mit kalter Gleichgültigkeit angehört. Doch als der Name seiner Mutter fiel, spürte er einen solch mächtigen Kloß von Wut in seiner Kehle, daß es ihn fast erstickte. Seine schöne junge Mutter hatte unter Montagues Willkür die Hölle auf Erden gehabt, bevor er sie wie ein Stück Dreck hinauswarf, nicht ohne zu versuchen, sie mit aller Macht und Gemeinheit umzubringen. John Montague nutzte die Gelegenheit, seinem Vater zusätzlich einen Dolchstoß zu versetzen.

»Sonderbar, daß dir niemand davon erzählt hat, da es allgemein bekannt ist; Shamus O'Toole ist ihr Beschützer.«

William bäumte sich vor Entsetzen auf, als ihn der Tiefschlag traf.

»Einerlei, Vater, sie hat dich nur deines Geldes wegen ge-

heiratet. Und jetzt ist es Shamus, der sein Geld über sie aus-
schüttet.« Johnnys Stimme klang unbeteiligt, während er innerlich vor Freude einen Purzelbaum schlug.

Als Williams alkoholdurchtränktes Gehirn die Lüge auf-
sog, überwältigte ihn das Gefühl totaler Niederlage. Johnny
führte ihn fürsorglich zum Ledersofa und deckte ihn mit seinem Mantel zu. Als Williams betrunkenes Gestammel verstummte und er einschlief, wurde John klar, wieviel Dank er
Sean O'Toole schuldete. Sein Vater war das ganze Leben lang
sein Feind gewesen. Nun war William Montague dank Sean
O'Tooles Machenschaften so restlos am Ende, daß Johnny
ihn weder fürchtete noch haßte. Er war wirklich frei.

In der Woche darauf machte John Montague sich daran, seine
Angelegenheit zu ordnen. Im Kontor ging er jedes Dokument
durch, um sicherzugehen, daß er keine belastenden Papiere
hinterließ. Er gab seine Wohnung in Soho auf und packte
seine Koffer. Dann besorgte er sich eine Fahrkarte für die
Postkutsche nach Liverpool. Vier Stunden Überfahrt von
dort über die Irische See waren der viertägigen Seefahrt von
London nach Dublin bei weitem vorzuziehen.

John wußte zwar nicht, was vor ihm lag, sagte sich aber, daß
es lange nicht so schlimm sein konnte wie das, was hinter ihm
lag. Er konnte es kaum erwarten, die Tür zur Zukunft aufzu-
stoßen und jene zur Vergangenheit endgültig zu schließen. Er
hatte Nan seit Monaten nicht gesehen, und die Sehnsucht in
ihm wuchs mit jeder Stunde. Da er wußte, daß es die letzte
Nacht war, die er hier verbringen würde, ließ er seinen Blick
mit einem Gefühl der Erleichterung durch den Raum wandern.

Doch diese Erleichterung sollte nur von kurzer Dauer sein.
Als an die Tür geklopft wurde und er sich nach dem Öffnen
Mrs. Thomas, der Köchin vom Portman Square, gegenüber-

sah, vermutete er, daß sie wegen seines Vaters gekommen war. Der Alte hatte jahrelang nicht auf seine Gesundheit geachtet und einen Schlaganfall geradezu herausgefordert.

»Guten Abend, Mrs. Thomas. Falls mein Vater Sie schickt, haben Sie leider Ihre Zeit vergeudet.«

»Nein Sir, es geht um Mistreß Emma.«

»Um Emerald?« fragte John stirnrunzelnd.

»Sie hat mich geschickt, damit ich Sie hole«, flüsterte Mrs. Thomas, die so verängstigt war, daß sie kaum wagte, die Botschaft zu überbringen.

»Wo ist sie?«

»Am Portman Square, Sir.«

»Am Portman Square? Was treibt sie dort, um Himmels willen?« John hielt vor Schreck den Atem an.

»Sie ist… arm dran. Jetzt ist sie fast eine Woche da. Bitte, Sir, Sie dürfen nicht verraten, daß ich es war, die Sie holte.«

John griff entschlossen nach seinem Mantel. »Gehen wir.«

»Man hat sie im Dienstbotentrakt untergebracht. Dr. Sloane hat ihr das Bein geschient.«

»Sie hat sich das Bein gebrochen? Wie konnte das passieren?« Jedesmal, wenn die Frau Luft holte, um die nächste Katastrophe zu verkünden, setzte Johns Herzschlag vor Besorgnis kurz aus.

»Fast getraue ich mich nicht, es zu sagen, Sir, aber ihr Mann hat eine grausame Art, mit ihr umzugehen.« John schnaubte vor Wut und hastete mit der Köchin im Schlepptau auf die Straße. Dort hielt er ungeduldig eine Kutsche an, die sie in rasender Fahrt zum Portman Square brachte.

Vor dem Haus angekommen, huschte Mrs. Thomas sofort nach hinten zum Dienstboteneingang. John Montague, der geglaubt hatte, diese Schwelle nie wieder überschreiten zu müssen, straffte seine Schultern und pochte energisch an die Haustür. Belton, der ihm öffnete, schien fast erfreut, ihn zu sehen.

»Stimmt das? Ist meine Schwester hier?« fragte John scharf.

Der Butler nickte nur und eilte ihm zu Irma Bludgets früherem Zimmer voraus. Als John seine Schwester bleich im Bett liegen sah und ihren Leib betrachtete, der unglaublichen Umfang angenommen hatte, wäre er fast in Tränen ausgebrochen. Er ergriff ihre Hand. »Em, mein Gott. Was hat man dir angetan?«

Sie drückte dankbar seine Hand. »Johnny, ich bekomme Zwillinge.«

Er schluckte schwer und sagte dann: »O'Toole hat dich verlassen! Dieser rachsüchtige Teufel war es nicht zufrieden, mich zu benutzen, um die Montagues zu vernichten, er mußte auch noch dich benutzen! Ich bringe ihn um! So wahr mir Gott helfe, ich werde ihn umbringen!«

»Nein, Johnny, nicht schon wieder Rache, bitte!«

Johnny stöhnte.

»Ich hatte keine Ahnung, wo du bist. Ich war praktisch schon unterwegs nach Irland.« Er fuhr sich nervös durchs Haar. »Hier kannst du nicht bleiben. Aber dein Zustand ist zu weit fortgeschritten, als daß du mit mir nach Irland fahren könntest.«

Sie schob die Decke etwas zur Seite, um ihm ihr geschientes Bein zu zeigen. »Ich werde eine Zeitlang, wenn auch sehr ungern, hierbleiben müssen. Zumindest so lange, bis meine Kinder geboren sind. Dr. Sloane war zweimal da. Er wird mir bei der Entbindung helfen. Mrs. Thomas hat versprochen, ihn zu holen, sobald die Wehen einsetzen.«

»Mrs. Thomas deutete an, daß es Jack Raymond war, der den Beinbruch verschuldet hat.«

»Er wollte mich die Treppe hinunterstoßen, um eine Fehlgeburt auszulösen. Vater hat mich letztendlich vor ihm gerettet und den Arzt kommen lassen.«

Plötzlich kam die ganze Flut des Hasses und der Angst, die

John Montague schon verlassen hatte, wieder zurück. Nicht seinetwegen, sondern seiner geliebten Schwester wegen, die so hilflos und verletzlich war.

»John, sobald die Babys da sind und ich reisefähig bin, mußt du mich zu Mutter nach Wicklow bringen. Ich mußte ihr versprechen, daß ich mich an sie wende, wenn ich Hilfe brauche.«

John Montague spürte, wie sich in seinem Inneren heiße Wut aufbaute. Er stand vor der Fahrt nach Irland, gewiß. Doch war jetzt sein Ziel nicht Wicklow, sondern Castle Lies. Irgendwie würde er diesen irischen Hurensohn dazu bringen, Emerald anständiger zu behandeln. O'Toole hatte dafür gesorgt, daß die Montagues mittellos waren, während er sich des Vermögens und Titels eines Earls von Kildare erfreute. John schwor sich, ihn auf mehrfache Weise bezahlen zu lassen.

Doch er war sich unschlüssig, in welcher Reihenfolge er vorgehen sollte. Einerseits wollte er Emerald nicht einem bösartigen Ehemann wie Jack Raymond auf Gedeih und Verderb ausliefern, andererseits aber fürchtete er, hier wenig für sie tun zu können. Bei der bevorstehenden Geburt konnte er nicht helfen. Da zu erwarten war, daß Emeralds Entbindung nicht mehr lange auf sich warten lassen würde, fühlte John sich zu raschem Handeln gedrängt. Und dieses Mal würde er kein Feigling sein.

Er küßte seine Schwester. »Ich habe dich lieb, Emerald. Sieh zu, daß du bei Kräften bleibst. Ich habe jetzt einiges zu tun, und sei sicher, daß ich dich hier bald raushole.« Dann machte er sich auf die Suche nach Belton.

»Ist Raymond hier?« wollte er wissen, kaum imstande, seine Wut zu zügeln. Er lechzte danach, sich körperlich abzureagieren, und Raymond war das perfekte Ziel.

»Nein, Sir. Diese Woche haben wir ihn nur wenig zu Gesicht bekommen.«

John hörte es zähneknirschend. »Und mein Vater?«

John ging in die Küche und drückte Mrs. Thomas zwanzig Pfund in die Hand. »Mehr Geld habe ich nicht bei mir. Sollte Emerald etwas brauchen, dann besorgen Sie es für sie. Falls Dr. Sloane aus irgendeinem Grund nicht zu erreichen sein sollte, lasse Sie einen anderen Arzt oder eine Hebamme kommen. Verraten Sie meinem Vater nicht, daß Sie Geld haben, sonst nimmt er es Ihnen ab.«

Als John schließlich gehen wollte und die Haustür öffnete, konnte er sein Glück kaum fassen. Jack Raymond kam gerade mit unschuldiger Miene die Stufen herauf. Zum erstenmal in seinem Leben gelüstete es Johnny nach Blut, ein Gefühl, das ihm wie Feuer durch die Adern jagte. Raymond hatte noch nicht ganz die oberste Stufe erreicht, als Johns Faust vorschnellte und ihm mitten ins Gesicht krachte. Raymond wurde die fünf Stufen hinunterkatapultiert und landete am Fuß der Treppe wie ein Lumpenbündel. Ein Bein lag über der untersten Stufe ausgestreckt. Ohne ein Wimpernzucken hob John Montague seinen gestiefelten Fuß und sprang mit seinem vollen Gewicht auf das Bein, bis er ein häßliches Knacken hörte. Dann bückte er sich befriedigt lächelnd und packte den wie ein Stier brüllenden Jack an seinem blutigen Halstuch. »Nächstes Mal begnüge ich mich nicht mit deinem Bein, dann sind deine Eier dran. Du wirst Emerald nie wieder anfassen!«

Der Mann, dem es zu verdanken war, daß Johnny Montague einen solch blutrünstigen Rachefeldzug begann, verbrachte den Tag allein. Seit seiner Rückkehr aus England wagte auf Greystones niemand, sich ihm zu nähern. Das gesamte Personal, vom einfachsten Stallburschen bis zu Paddy Burke, war von der Frage bewegt, warum Emerald nicht nach Hause gekommen war. Doch das düstere und abweisende Gesicht des Earls bewirkte, daß diese Frage lieber unausgesprochen blieb.

Sean O'Toole sonderte sich ab und verbarg sich hinter einer finsteren Wand des Schweigens. Wer sich ihm zu nähern wagte, dem zeigte er sich stumm oder wortkarg. So kam es, daß die anderen auf Distanz gingen. Sie hatten sowieso keine andere Wahl, nachdem sein Verlangen nach Alleinsein und Abgeschiedenheit geradezu krankhafte Ausmaße annahm.

Auf dem Rücken Luzifers durchstreifte er die Hügel blinden Auges. Eisiger Regen, in Schneeregen übergehend, schnitt ihm ins Gesicht, dennoch trieb er sein Tier rücksichtslos an. Es bewegten ihn nur noch seine eigenen quälenden Gedanken. Er hatte Emerald zwar genauso abgegeben, wie er das geplant hatte, doch war sie allgegenwärtig. Im Wachzustand war jeder Gedanke von ihr besessen, und die wenigen Male, die er Schlaf gefunden hatte, waren seine Träume mit tiefem Verlangen nach ihr erfüllt. Er war in seiner eigenen Falle gefangen. Er hatte sie geraubt und sie zu seiner idealen Gefährtin geformt.

Vertrau mir! Immer wieder hatte er es zu ihr gesagt. Und sie hatte ihm nicht nur ihr Vertrauen, sondern auch ihre Liebe geschenkt. Selbstverachtung kam in ihm hoch, bis er sie auf seiner Zunge schmecken konnte. Seine Selbstachtung war genauso verstümmelt wie seine häßliche, versehrte Hand. Doch war seine Hand ihm nicht so widerwärtig wie seine Seele, die völlig verderbt war.

Plötzlich verwünschte er sich laut und verlachte höhnisch den Narren, zu dem er sich gemacht hatte. Auch um das bißchen Selbstachtung, das ihm geblieben war, würde es bald geschehen sein. Er mußte dem ein Ende bereiten. Doch er wußte nur zu genau, daß er nicht aus seiner Haut herauskonnte. Er mußte sich eben selbst akzeptieren. *Leichter gesagt als getan. Ich habe ihre Liebe mit Lügen und Verrat vergolten.* Und dann fingen seine dunklen Gedanken wieder an, sich im Kreis zu drehen. Er war unfähig zur Liebe. Emerald war ohne ihn besser dran.

Schließlich machte er kehrt und ritt, bis auf die Haut durchnäßt und bis ins Mark erfroren, nach Greystones zurück. Das schlechte Wetter paßte zu seiner Stimmung und kümmerte ihn nicht. Es war allein Mitleid mit seinem Pferd, das ihn nach Hause trieb.

Während er Luzifer abrieb, blieben die Stallknechte auf Distanz. Er betrat das Haus durch die Hintertür und eilte durch die riesige Küche. Das Gesinde erstarrte in seinen Bewegungen, wenn er nahte, so daß Räume und Gänge wie unbelebt wirkten. Um so erstaunter war er, als er beim Betreten des Eßzimmers Shamus vor dem lodernden Feuer sitzend antraf. Sein Vater war gekommen, um ihn zur Rede zu stellen.

»Der Berg ist zu Mohammed gekommen.«

Seans Miene blieb verschlossen. Die Augen ausdruckslos.

»Warum gehst du mir aus dem Weg?« fragte Shamus.

»Ich bin nicht in Stimmung für Gesellschaft«, erwiderte Sean mürrisch.

»Wo ist sie?« fragte Shamus.

Sean fuhr sich unwillig durch die nassen Haare. »Wieder im Schoß ihrer Familie mit einem irischen Bastard in ihrem Leib.«

»Warum? Warum?« donnerte Shamus, wobei er sich fragte, ob er seinen Sohn jemals wirklich gekannt hatte.

Sean starrte seinen Vater verärgert an. Der Grund war wohl sonnenklar. Das seinem Plan zugrundeliegende Konzept war so simpel, daß ein Kind es begreifen konnte. »Sie haben deine Frau benutzt, um dich leiden zu lassen. Und ich habe es ihnen mit gleicher Münze heimgezahlt.«

»Versuchst du mir etwa zu sagen, du hättest diese Untat für mich vollbracht?«

»Nicht für dich, aber für sie! Kathleen FitzGerald O'Toole war Herz und Seele von uns allen. Sie war Mittelpunkt unse-

389

res Lebens. An ihrem Grab schwor ich einen heiligen Eid, daß ich sie durch die Frau, die Mittelpunkt *deren* Lebens ist, rächen würde.«

Shamus griff nach dem eisernen Feuerhaken, als wolle er seinen Sohn damit schlagen. »Eine solche Untat schändet ihr Gedächtnis! Deine Mutter stand für alles, was edel und sanft war. Kathleen vergießt im Himmel blutige Tränen, weil du so etwas in ihrem Namen getan hast. Ich möchte mein Enkelkind, ihr Enkelkind – selbst wenn du es nicht möchtest.« Shamus schleuderte den Feuerhaken von sich. »Paddy! Schaff mich hier raus!«

Sean stand nackt vor dem Feuer in seinem Gemach, die Stirn an den massiven Kaminsims aus Eiche gelehnt. Die Flammen tanzten so fröhlich, als spotteten sie mutwillig seiner Stimmung. Er hatte eine halbe Karaffe Whisky geleert, war aber zu seiner großen Enttäuschung stocknüchtern geblieben.

»Kate!« kläffte er, ehe ihm einfiel, daß sie ihn nicht bedienen würde. An dem Abend, an dem er allein aus England zurückgekehrt war, hatte er eine Wiege im großen Schlafgemach vorgefunden. Das hatte ihn so wütend gemacht, daß er ihr gegenüber einen Tobsuchtsanfall bekommen hatte. Den sie allerdings nicht wortlos über sich hatte ergehen lassen. Als Strafe, daß sie ungebeten die Wiege in sein Zimmer gestellt hatte, mußte Kate alles entfernen, was Emerald gehörte. Mit verkniffenen Lippen hatte sie seinen Befehl unter seinem zornigen grauen Blick ausgeführt.

Sean O'Toole konnte keine Ruhe finden. Er mußte unbedingt etwas berühren, das Emerald gehörte. Dieses Verlangen wurde plötzlich so wichtig wie die Luft zum Atmen. Verzweifelt kramte er nach dem Schlüssel für die Verbindungstür. In seiner Hast durchsuchte er dasselbe Schubfach dreimal, ehe er den Schlüssel ertastete. Er eilte durch den Raum und machte sich fluchend am Schloß zu schaffen, ehe es nachgab.

Als er den hohen Wäscheschrank öffnete, füllte ihr zarter Duft seine Sinne. Trotz der schwachen Beleuchtung wußte er, daß er ihre erlesenen Nachtgewänder enthielt. Fast andächtig wollte er eine Handvoll der seidenen Köstlichkeiten an seine Wange führen, als seine Finger an etwas Hartes, Kaltes stießen.

In Seans Magen krampfte sich etwas zusammen. Sein Verstand wollte leugnen, was die Berührung ihm sagte. Unbeherrscht riß er die Lade heraus und schleppte sie in sein Zimmer. Zwischen Seide und Spitzen lagen die Diamanten und Smaragde, die er ihr geschenkt hatte, um sein schlechtes Gewissen zu beruhigen. Eisige Finger legten sich um sein Herz und zerquetschten es langsam. Er hatte sie ohne einen Penny zurückgelassen. Sie besaß nichts, um sich mit ihrem ungeborenen Kind durchzuschlagen.

32

Als John Montague am späten Nachmittag in Dublin von Bord des Postschiffes ging, lief er direkt zum Brazen Head, wo er ein Pferd und ein Packpferd für sein Gepäck mietete. Selbst der unablässige eiskalte Regen konnte seine Wut nicht kühlen. Als er in Greystone ankam, war sein Blut dermaßen erhitzt, daß er sich für den Kampf seines Lebens gerüstet fühlte.

Voll grimmiger Freude bemerkte er, daß trotz der fortgeschrittenen Stunde in Haus und Stallungen noch Lichter brannten. Er saß im Hof ab und führte beide Pferde am Zaumzeug in den Stall, und dann sah er ihn: Die hohe dunkle

Gestalt O'Tooles, die eben den Stall vor ihm durch die Hintertür betreten hatte, war nicht zu verkennen.

Ohne sich auch nur den Regen aus den Augen zu wischen, ließ John Montague die Zügel fallen, rannte Sean nach und warf sich auf den total überraschten Mann vor ihm. Es war eher die Schrecksekunde als der Kinnhaken, was O'Toole zu Boden warf. Sich mit seinem Kontrahenten auf dem Stallboden wälzend, versuchte John, den nächsten Treffer zu landen, während Sean nun den wütenden Fausthieben geschickt auswich.

O'Toole wollte gegen John Montague nicht mit äußerster Brutalität vorgehen. Der Junge war kein Gegner für jemanden, der sich gegen die FitzGeralds und Murphys siegreich zur Wehr setzen konnte. Da er seinen Angreifer nicht bewußtlos schlagen wollte, rollte er sich seitlich weg, kam auf die Beine und griff nach einer Heugabel. Dann drängte er Johnny, der Flüche und wüste Beschimpfungen ausstieß, in eine leere Box.

»Du Hundesohn! Und dich habe ich respektiert!«

»Das hast du mit mir gemeinsam.« O'Tooles Stimme troff vor bitterem Spott.

»Deine unbezähmbaren Rachegelüste kann ich ja noch verstehen. Ich kann sogar verstehen, daß du Emerald benutzt hast, um die Montagues zu demütigen. Aber du wirst meine Schwester nicht einfach verstoßen und sie mittellos ihrem Schicksal überlassen.«

»Emerald hat dich nicht geschickt.« Sean sagte es tonlos und enttäuscht. »Dazu hat sie zu viel Stolz.«

»Wer ihr den wohl beigebracht hat?« zischte Johnny.

»Sie wollte kein Geld von mir. Sie würde es mir ins Gesicht werfen, sagte sie.«

»Mann, ihre Lage ist verzweifelt. Sie kann es sich nicht leisten, wählerisch zu sein.«

Seans Griff, mit dem er die Heugabel hielt, lockerte sich. »Was meinst du damit? Los, Johnny, sprich!«

»Leg das verdammte Ding weg.«

Sean warf die Gabel in einen Strohhaufen. »Komm ins Haus, du bist total durchnäßt.« Er machte Johns Gepäck vom Packpferd los und rief einen jungen Pferdeburschen, der sich um die Tiere kümmern sollte.

Als Johnny sich vor dem Feuer in der Schlafkammer auszog, zeigte Sean ihm die Juwelen. »Ob du es glaubst oder nicht, dieser Schmuck gehört Emerald. Bis gestern dachte ich, sie hätte die Juwelen mitgenommen.« Sean rief sich die Auseinandersetzung ins Gedächtnis, die sie wegen des Schmuckes gehabt hatten. Er konnte sich deutlich erinnern, daß er ihr das Versprechen abgerungen hatte, die Juwelen zu behalten. *Du hast kein eigenes Geld. Das Halsband wird dir etwas finanzielle Sicherheit bieten,* hatte er sie ermahnt. Doch dann fiel ihm ihre Antwort ein. *Mein Liebling, du bist die einzige Sicherheit, die ich je brauchen werde.*

Johnny sah ihm in die Augen. »Hätte sie geahnt, daß du sie zurück an den Portman Square bringst, dann hätte sie nicht gezögert, den Schmuck mitzunehmen! Aber du hast es ihr verschwiegen, oder?«

Fast hätte Sean gesagt: »So war es besser«, doch hielt er die Worte zurück. Es war nicht besser, es war schlicht einfacher gewesen. Er hatte getan, was für ihn zweckdienlicher war. »Als ich den Schmuck entdeckte, habe ich wenig später einen Burschen nach Maynooth geschickt, damit er die Besatzung der *Sulphur* zusammentrommelt. Wir laufen am Morgen aus.«

Johnny stieß einen Seufzer der Erleichterung aus. Es spielte keine Rolle, ob er Sean dazu überredet hatte oder ob dieser aus eigenem Antrieb handelte. Wichtig war nur, daß er an ihrer Seite war. Aber Johnny war noch nicht mit ihm quitt, noch lange nicht. Er hatte Sean O'Toole in die Defensive gedrängt, ein gutes Gefühl, wie er feststellte.

»Hast du in deinem erbarmungslosen Rachedurst nie innegehalten und überlegt, was *sie* Emerald antun könnten?«

»Sie ist diesen verdammten Montagues durchaus gewachsen!«

»Ach, ist sie das? Überleg doch – warst du ihnen in jener Nacht, als du ihnen auf Gedeih und Verderb ausgeliefert warst, gewachsen? War dein Bruder Joseph ihnen gewachsen?«

Sean griff nach der leeren Whiskykaraffe und warf sie zornig in den Kamin, daß sie zerschellte. »Emerald ist immerhin seine Tochter! Sie muß ihm doch etwas wert sein!«

»Etwas wert?« Johnny lachte. »Offenbar hat sie dir nie etwas vom Zusammenleben mit Vater erzählt. Man hat sie beschimpft, bestraft und ständig überwacht, bis ihre Lebensgeister gebrochen waren. In ihrer Verzweiflung heiratete sie Jack Raymond, weil sie Vater und dem Kerker am Portman Square entfliehen wollte. Leider mußte sie entdecken, daß sie daraufhin lebenslänglich zwei Kerkermeistern ausgeliefert war.«

Sean spürte, wie sein Blut erstarrte. Emerald hatte sich nie über schlechte Behandlung beklagt, aber gewußt hatte er davon. Man hatte ihr jegliche Freiheit verweigert – wie ihm, und das war ihm klar gewesen. Es war auch der Grund, weshalb es ihm so große Freude bereitet hatte, ihr diese Freiheit wieder zu verschaffen. Zu beobachten, wie sie wieder zum Leben erwachte und sich in die temperamentvolle, leidenschaftliche Emerald ihrer ersten Begegnung zurückverwandelte. Das hatte ihn so gefreut wie sonst nichts im Leben.

Plötzlich wurde er von Eiseskälte erfaßt. Johnny wäre nicht gekommen, wenn ihr nicht etwas zugestoßen wäre. Er wollte die Frage nicht stellen, weil er die Antwort nicht hören wollte. Doch schließlich stellte er sich seiner Angst; Angst, von der er geglaubt hatte, sie nie mehr fühlen zu können.

»Was hat man mit ihr gemacht?«

»Jack versuchte sie die Treppe hinunterzustoßen, um eine Fehlgeburt zu provozieren. Sie konnte sich am Geländer festhalten, hat sich aber ein Bein gebrochen.«

Seans Angst wuchs.

»Als unser Hausarzt kam, um das Bein zu schienen, entdeckte er, daß sie Zwillinge erwartet.«

Seans Angst verdoppelte sich schlagartig. Er sah Johnny ungläubig an. »Und du hast sie in dieser elenden Lage zurückgelassen?«

»Nein, du Hundesohn, *das hast du getan*!«

Als Dr. Sloane erneut ins Haus am Portman Square gerufen wurde, tat er es nicht in der Erwartung, schon wieder einen Beinbruch behandeln zu müssen.

»Hier ist wohl eine Epidemie ausgebrochen«, bemerkte er trocken zu William Montague, der, jedes einzelne Familienmitglied verfluchend, im Schlafgemach auf und ab humpelte.

Jack Raymond wechselte zwischen Schmerzensschreien und obszönen Flüchen, mit denen er die Bedienten in Angst und Schrecken versetzte. Als Sloane ihm riet, sich Emeralds Gelassenheit im Krankenbett zum Vorbild zu nehmen, richtete sich Jacks Wut gegen den Arzt.

»Ich muß ihm ein Beruhigungsmittel geben«, sagte Sloane zu William.

»Ist das nötig?« zeterte William. »Ich brauche ihn hellwach. Ernste Probleme müssen besprochen werden – geschäftliche Angelegenheiten.«

»Die müssen warten«, herrschte Sloane ihn an. »Zeit für Debatten werden Sie noch genug haben. Er wird wochenlang nicht gehen können.«

Die Emerald geltende Aufmerksamkeit, die schon zuvor nicht

sehr groß gewesen war, verringerte sich noch mehr, als auch noch Jack der Pflege bedurfte. Ihr Appetit war gering, was ein Glück war, da Mrs. Thomas zum Kochen wenig Zeit hatte. Als Gesellschaft hatte Emerald somit während ihrer einsamen Tage nur ihre Gedanken.

Ihre Angst vor dem Unbekannten war so groß, daß sie sich streng auf das Heute konzentrierte und sich damit tröstete, daß sie sich dem Morgen erst stellen mußte, wenn es soweit war. Ganz vernünftig sagte sie sich, daß sie nur zwei Möglichkeiten hatte: entweder überrollte die Panik sie – oder sie versuchte die Situation mit kühlem Verstand zu meistern.

Frauen bekamen seit Urzeiten Kinder. Sie sagte sich, daß *sie* es sein würde, die die Schmerzen erdulden mußte, selbst wenn ein Dutzend Helfer ihr zur Seite stünden. Niemand konnte ihr das abnehmen. Sie beruhigte sich auch damit, daß sie sich während ihrer Schwangerschaft guter Gesundheit erfreut hatte. Bei ihrer Morgenübelkeit hatte es sich nur um eine kleine, einfach zu behebende Unpäßlichkeit gehandelt. Sie wußte, daß sie stark war, körperlich, geistig und seelisch, und sie war überzeugt, daß sie sich nach der Entbindung rasch erholen würde. Da das schmerzhafte Pochen im Bein aufgehört hatte, nahm sie an, daß auch das gut heilte.

Neben ihren Selbstgesprächen betete sie viel – um Beistand und Kraft und um Vergebung. Am meisten aber sprach sie mit ihren ungeborenen Kindern. Ständig versicherte sie ihnen, daß alles gutgehen würde, beruhigte sie und sich selbst mit Erinnerungen an ihre glückliche Zeit in Irland und erzählte ihnen im Flüsterton von ihrem Vater, Sean FitzGerald, Earl von Kildare.

Sean O'Toole lief im Raum auf und ab wie ein gefangenes Tier. Das Warten auf seine Besatzung machte ihn so ungeduldig, daß er schier aus der Haut fuhr. »Sobald sie da sind, geht es los, egal um welche Zeit.« Um wenigstens seine Hände zu beschäftigen, machte er sich daran, eine Tasche zu packen.

»Für *dich* geht es los«, berichtigte John ihn gelassen. »Ich kann nicht zurück. Ich habe hinter mir sämtliche Brücken abgebrochen. Inzwischen wird Vater schon wissen, welche Rolle ich bei seinem Untergang spielte. Und bevor ich endgültig fortging, habe ich Jack Raymond angegriffen und ihm bei dieser Gelegenheit mit Absicht das Bein gebrochen.«

»Das hätte ich zu gerne übernommen«, knurrte Sean.

»Dir bleibt noch genug zu tun. Deine erste Pflicht gilt Emerald... und meine gilt Nan.«

»Nan FitzGerald?« Sean sah ihn verblüfft an.

»Nan ist meine Frau. Sie erwartet mein Kind. Ich habe sie lange genug vernachlässigt.«

»Deine Frau?« Seans Augen funkelten vor Zorn. »Wann zum Teufel ist das alles passiert?«

»Deine Rachegelüste haben dich ja so beansprucht, daß dir ganz entgangen ist, was vor deiner Nase geschieht. Ja, wir wurden hier auf Greystones von Vater Fitz getraut.«

»Wie könnt ihr es wagen, hinter meinem Rücken eigenmächtig zu handeln? Bin ich hier der einzige, der in Unwissenheit gehalten wird?« Mit wenigen Schritten durchquerte O'Toole den Raum und packte Johnny an der Kehle.

»Ich konnte sie doch nicht mit einem Bastard im Leib zurücklassen. Und außerdem liebe ich sie«, würgte der junge Mann hervor.

Johns Worte taten ihre Wirkung besser, als eiserne Fäuste es vermocht hätten. Aus Sean wich jede Aggressivität, und er ließ Johnny los. Beide wandten sich erleichtert zur Tür, als geklopft wurde.

Mr. Burke trat ein und erlöste Sean von seiner Ungeduld.

»Rory FitzGerald ist mit der Besatzung eingetroffen.«

»Gott sei Dank!« Es war das erste Mal seit fünf Jahren, daß

sein Name Sean über die Lippen kam. »Sag ihnen, daß wir noch heute auslaufen!«

Paddy Burke räusperte sich. »Kate und ich sind reisefertig. Wir wußten, daß Sie sie holen würden.«

Sean musterte ihn verdutzt. Er hatte die beiden eine Woche lang nicht gesehen, sie aber wußten um jede seiner Bewegungen, um jeden seiner Gedanken. Ihre Treue und Hilfsbereitschaft waren unbezahlbar und überwältigend. Doch schon im nächsten Moment durchzuckte ihn ein sehr demütigender Gedanke. Sie taten es nicht für ihn, sie taten es für Emerald.

Als bei Emerald schließlich kurz vor Tagesanbruch die Wehen einsetzten, trafen die Schmerzen sie völlig unvorbereitet. Mrs. Thomas eilte zwar, um Dr. Sloane zu holen, doch sie kam ohne ihn wieder und erklärte, daß eine erste Entbindung sich immer in die Länge ziehen würde und der Arzt erst zu einem späteren Zeitpunkt kommen wolle.

Bis dahin vergingen zwölf lange Stunden, in denen Emerald weinte, betete, fluchte, schrie und das Bewußtsein verlor; nachdem ein Schmerz, der sie zu zerreißen drohte, aus ihrer Bewußtlosigkeit riß, begann der Kreislauf von neuem.

Ehe sie völlig am Ende war, hatte Emerald ihren Vater, ihren Ehemann, ihre Mutter, Sean O'Toole und Gott verflucht. Und dann verfluchte sie sich selbst. Mrs. Thomas wachte an ihrer Seite und versuchte sie zu besänftigen und zu beruhigen.

Um fünf erschien Dr. Sloane, als käme er kurz zum Tee vorbei. Als er sah, wie Emerald im Bett um sich schlug, wies er Mrs. Thomas an, ihr die Beine festzubinden, damit die Patientin sich nicht selbst oder ihren Arzt verletzte.

Gleich darauf verkrampfte Emerald sich unter einer starken Wehe, die so unerträglich war, daß sie gellend aufschrie und ohnmächtig wurde, während Dr. Sloane einem winzigen Mädchen auf die Welt verhalf. Nach einem Blick auf das bleiche Neugeborene, das kaum Lebenszeichen von sich gab, reichte er es ohne die geringsten Anweisungen an Mrs. Thomas weiter.

Die gute Frau, die heißes Wasser und Unmengen weißer Tücher vorbereitet hatte, säuberte den winzigen Säugling, während sie vor sich hin murmelte: »Armes Dingelchen.« Das kleine Mädchen, das nicht die Kraft hatte, einen Piepser von sich zu geben oder gar zu brüllen, kämpfte um ein paar flache Atemzüge.

Dr. Sloane wusch sich die Hände und trocknete sie ab. »Ich will hinaufgehen und nach meinem zweiten Patienten sehen«, kündigte er ungerührt an.

»Sie können sie nicht allein lassen, Doktor, sie ist bewußtlos!« protestierte Mrs. Thomas empört.

»Es können Stunden vergehen, bis sie das nächste gebiert. Wenn die Wehen erneut einsetzen, wird sie schon zu sich kommen.«

William Montague war miserabler Laune, als er nach Hause kam. Die letzten paar Tage hatte er in seinem Kontor verbracht und versucht, wenigstens etwas, irgend etwas von der dezimierten Montague-Linie zu retten. Ein einziges Schiff war ihm geblieben, die *Seagull*, und die einzige Fracht, die er ergattert hatte, war eine Schiffsladung Kohle aus Newcastle.

Obendrein hatte ihn heute ein Anwalt aufgesucht, der die Liverpool Shipping Company vertrat. Der Scheck, den sie von Barclay & Bedford für die zwei von Montague erworbenen Schiffe bekommen hatte, war ein wertloser Fetzen Papier. Der Anwalt eröffnete William, daß man auf die Schiffe, die bereits unterwegs waren, im Moment ihrer Ankunft in London Ansprüche erheben würde, und gab ihm unmißverständlich zu verstehen, daß die Liverpool Shipping Company vor Gericht gehen und Schadenersatz fordern würde.

In Montague, der mit seinem Sohn bereits haderte, weil dieser Jack Raymond das Bein gebrochen hatte, regte sich nun der Verdacht, John hätte noch viel größeren Schaden angerichtet. Dieser Halunke hatte sich in Luft aufgelöst, und so wie es aussah, hatte John auch allen Grund dazu, das Weite zu suchen. Von einem Feind betrogen zu werden, war zu erwarten. Hinterging einen aber das eigene Fleisch und Blut, so war das wider die Natur. Die letzten Monate hatten ihn um zehn Jahre altern lassen. Er fühlte sich verbraucht, verbittert und ausgenutzt.

Belton informierte William, daß der Arzt sich im Obergeschoß befände.

»Kann es sein, daß in diesem Haus niemand ein Abendessen zubereitet?« fragte William unheildrohend. »Ich habe Hunger.«

»Ja, Sir, Mrs. Thomas war die ganze Zeit bei Miß Emma. Sie liegt in den Wehen.«

William wurde noch verdrießlicher. In der letzten Woche war das Hafenkontor seine einzige Zuflucht vor dem Irrenhaus am Portman Square gewesen. Von heute an wollte er allerdings auch sein Büro meiden. Das eigene Heim sollte ja eigentlich wie eine sichere, friedvolle Burg sein. Doch sein Haus war von unwillkommenen Kranken bevölkert, die ihm allesamt nur Ärger, Demütigungen und unbezahlte Rechnungen bescherten.

William blickte aufgebracht die Treppe hinauf und zog dann eine Taschenuhr zu Rate. Halblaute Unflätigkeiten auf den Lippen, ging er hinauf und weiter in den Flügel, den Jack Raymond bewohnte. Sein Wehklagen und Stöhnen hörte er schon über den gesamten Gang hinweg. William stürmte in das Zimmer und bellte ihn an: »Du elender Blutsauger, du! Lebst hier wie die Made im Speck und rührst nicht einen Finger gegen den Verrat, der mich umgibt!« Und mit einem Blick zu Sloane stieß er hervor: »Verdammt noch mal, geben Sie ihm doch ein Beruhigungsmittel, Mann, ein starkes, wenn ich bitten darf. Ich ertrage dieses memmenhafte Gejammere nicht.«

Plötzlich hörten die drei Männer die markerschütternden Schreie einer Frau.

»Lassen Sie sie leiden«, zischte Jack gehässig.

»Ich muß zu ihr hinunter«, sagte Dr. Sloane achselzuckend.

»Sie bekommt nur ein Kind«, herrschte Jack ihn an, »während ich in Agonie liege!«

»Wir alle haben unser Kreuz zu tragen«, äußerte Sloane sein Mitgefühl mit einem bezeichnenden Blick zu William hin.

Die zwei Männer gingen gemeinsam die Treppe hinunter. »Wie lange dürfte das noch dauern?« fragte William, der bedauerte, überhaupt nach Hause gekommen zu sein.

»Nicht sehr lange. Vom ersten Kind habe ich sie vor Ihrer Ankunft entbunden. Ich werde mich mit dem zweiten sehr beeilen. Sie sind nicht der einzige, der sein Dinner möchte, Montague.«

Die Frau auf dem Bett wand sich in qualvollen Wehen. Sie war in Schweiß gebadet und von ihren bereits über einen Tag dauernden Torturen am Ende ihrer Kraft. Ihre Augen blickten glasig und ihre Haut war so grau, als ob sich der Tod näherte.

Sloane versetzte ihr einen Schlag ins Gesicht. »Komm schon, Weib. Du hast eine Arbeit zu tun.«

Emeralds Augen öffneten sich halb, doch sie riß sie vollends auf, als eine mächtige Wehe sie erfaßte. Sie wollte schreien, doch es kam kein Laut heraus. *Laß mich sterben, laß mich sterben*, betete sie.

»Pressen, Weib, pressen!« befahl Sloane, und irgendwie schaffte sie es, seiner Aufforderung nachzukommen. Einem Schmerz, ärger als alles, was sie je gespürt hatte, folgte ein strömendes, stürzendes Gefühl, als kehre sich ihr Inneres nach außen. Lautes, empörtes Geschrei füllte den Raum, und Sloane murmelte: »Nun, dieses ist wenigstens kräftig.«

»Ein Junge, Gott sei gelobt«, sagte Mrs. Thomas, die sich beeilte, Dr. Sloane das blutverschmierte Bündel abzunehmen.

Während des Händewaschens warf er einen Blick auf das neugeborene Mädchen, das Mrs. Thomas gewickelt und ans Fußende des Bettes gelegt hatte. Leider atmete es noch. Sloane schloß seine Tasche und ging ungerührt aus dem Zimmer. Montague erwartete ihn ungeduldig direkt vor der Tür.

»Sie werden gewiß erleichtert sein, wenn Sie hören, daß diese widerwärtige Angelegenheit erledigt ist, Montague.«

»Haben Sie einen Platz für die Bälger gefunden?«

»Ja. Zum Glück wird nur eines überleben. Morgen früh komme ich, um den Totenschein auszustellen und Ihnen das andere abzunehmen.«

»Sehr gut, Sloane. Ich gehe mit Ihnen hinaus. Heute wird es für mich hier kein Dinner geben.«

Im Zimmer warf Mrs. Thomas einen Blick auf Emerald, um festzustellen, ob sie von den schockierenden Dingen, die die Männer laut besprachen, etwas gehört hatte. Doch die erschöpfte junge Mutter schien von ihrer Umgebung nichts mitzubekommen. Daß William Montague ein bösartiges altes Ekel war, hatte die Köchin immer schon gewußt. Nun aber war ihr klar, daß er auch kaltblütig wie eine Schlange war. Und Dr. Sloane, dieser abgefeimte Schuft, war um nichts besser. Jetzt wünschte sie, sie hätte für Emerald eine Hebamme besorgt. Dem neugeborenen Mädchen hätte es vermutlich auch nicht geholfen, da es offensichtlich keine Kraft zum Überleben hatte. Die Mutter jedoch brauchte Pflege und Fürsorge.

Der kleine Junge, den Mrs. Thomas säuberte und wickelte, brüllte so durchdringend, daß sie sich nicht die Zeit nahm, Emerald zu waschen, sondern ihr das Nachthemd beiseite schob, um ihr das Kleine an die nackte Brust zu legen. Sofort begann das Kind schmatzend zu saugen, als könne es nicht erwarten, kräftig und stark zu werden. Emerald, die ohne Reaktion alles über sich ergehen ließ, machte auf Mrs. Thomas den Eindruck einer Sterbenden.

Nachdem sie den satten Jungen einfach auf Emeralds Brust liegenließ, streckte sich die Köchin ermattet und faßte mit der rechten Hand an ihr Kreuz. Sie war seit Tagesanbruch auf den Beinen und zum Umfallen müde. Sie zog sich einen Stuhl ans Bett und ließ sich schwerfällig darauf nieder. Nach einem besorgten Blick auf das stille winzige Bündel am Fußende musterte sie die junge Mutter.

Das alles überstieg Mrs. Thomas' Kräfte. Sie wußte, daß etwas getan werden mußte, doch wußte sie nicht was. Als sie sah, daß Emerald die Augen geschlossen hatte, betete sie darum, sie möge eingeschlafen sein. Und dann sagte sie sich erschöpft, daß man nichts machen könnte. Alles lag jetzt in Gottes Hand.

33

Wenn Sean O'Toole nicht am Ruder der *Sulphur* stand, lief er an Deck auf und ab. Als sie in London einliefen, hatte er den Großteil der Strecke nach England auf den Beinen zurückgelegt. Er wußte, daß er sich einen Wettlauf mit der Zeit lieferte, und hoffte wider besseres Wissen anzukommen, ehe Emerald in den Wehen lag. Er wollte sie aus dem Mausoleum am Portman Square herausholen und sie in das hübsche Haus an der Old Park Lane schaffen, wo sie so glückliche Stunden verbracht hatten. Und noch mehr wünschte er sich, zur Geburt seiner Kinder zurechtzukommen. Er wußte, daß er das, was er ihr angetan hatte, irgendwie gutmachen mußte. Im Leben eines jeden Menschen gab es einen Wendepunkt, einen entscheidenden Augenblick, und dies war der seine.

Es war zwei Uhr morgens, als die *Sulphur* anlegte und drei Uhr, als die große schwarze Droschke ihre drei Insassen zum Haus der Montagues am Portman Square brachte. Sean sprang heraus, lief die Stufen hinauf und hämmerte mit der Faust an die Tür.

Belton, der im Vestibül eingeschlafen war, während er auf William wartete, schreckte so abrupt auf, daß er den Schirmständer aus Messing umwarf. Einen wüsten Fluch unterdrückend, öffnete er die Tür und stellte zähneknirschend fest, daß es nicht sein Herr, sondern Montagues Feind war, der ihn so roh geweckt hatte. Mehr noch, der Mann zeigte die Absicht, schon wieder einfach ins Haus zu stürmen.

»Sie können nicht herein, es ist mitten in der Nacht!«

O'Toole bezwang seinen Hang zu Gewalttätigkeit. »Machen Sie Platz«, knurrte er. »Ich habe die Besitzurkunde für dieses verwünschte Haus. Es gehört mir.«

Der sprachlose Belton taumelte einen Schritt rücklings und ließ nicht nur O'Toole ein, sondern auch den Mann und die Frau in seiner Begleitung.

»Bringen Sie mich sofort zu ihr.« In dem sehr leise ausgesprochenen Befehl schwang eine tödliche Drohung mit.

»Hier entlang, Mylord.« Belton lief rot an, weil die Tochter des Hauses im Dienstbotenflügel untergebracht worden war.

Als Sean die kleine Kammer betrat, hielt er vor Entsetzen die Luft an. Er war nicht nur zur Geburt zu spät gekommen, allem Anschein nach war er für alles zu spät gekommen. Sein Eintreten ließ eine schlafende Dienerin aufschrecken, doch die Frau, die mit einem schlummernden Kind an der Brust mit den Füßen ans Bett festgebunden war, rührte sich nicht. Die heruntergebrannten Kerzen erhellten den Raum nur spärlich.

»Zünden Sie die Lampen an«, wies Sean die Dienerin an, als

er neben dem Bett hinkniete und Emeralds schlaffe Hand erfaßte. Das Licht flammte auf und enthüllte genau das, was er befürchtet hatte. Emerald war sterbenskrank. Ihre Blässe war die des Todes. Als er ihr das feuchte Haar aus der Stirn strich, spürte er die Fieberhitze unter seiner Hand.

Er war empört, daß seine Geliebte auf beschmutzten Laken liegen mußte. Hinter sich hörte er Paddy Burke ausrufen: »Heilige Muttergottes!« Mordgelüste regten sich in Sean, den es drängte, ihren Vater und ihren Mann für die begangenen Missetaten und für diese grobe Vernachlässigung umzubringen. Nur mit Mühe unterdrückte er seine blinde Wut. Alle seine Überlegungen mußten jetzt Emerald und seinen neugeborenen Kindern gelten.

Er hörte, wie Kate Kennedy erschrocken flüsterte: »Wir brauchen einen Priester. Die arme kleine Seele hat ihren letzten Atemzug getan.«

Diese Worte versetzten Sean in sofortige Aktivität. Er nahm Kate vorsichtig das winzige Bündel ab. Nach einem Blick auf das bläulich verfärbte Gesichtchen hauchte er diesem Handvoll Menschlein behutsam seinen eigenen Atem ein. »Wir brauchen keinen Priester. In dieser Nacht werden wir keine Toten beklagen müssen!«

Als das Neugeborene zumindest wieder flach atmete, reichte Sean es Kate zurück. Er löste die Stoffstreifen, die Emeralds Beine ans Bett fesselten, und sagte drängend: »Wir müssen sie hier fortschaffen.« Das neugeborene Knäblein, das an der Brust seiner Mutter schlief, öffnete den Mund und begann zu greinen. Sean hob ihn hoch und drückte ihn Paddy Burke in den Arm.

»Macht mir den Weg frei«, befahl er und hob Emerald mit starken Armen hoch. Als er sie die Treppe hinunter und durch die Haustür trug, hatte Sean das Gefühl, als hätte er etwas unendlich Kostbares wiedergefunden, das ihm verlorengegan-

gen war. Nein. Das er beinahe weggeworfen hätte. So sanft
wie möglich bettete er sie ins Wageninnere.

Emerald schlug die Augen auf, um sie sofort wieder zu
schließen, und murmelte: »Nicht mehr.«

Die Worte durchschnitten Seans Herz. Er wußte, daß ihr
Zustand besorgniserregend war. Er bangte um ihr Leben.
Emerald mußte unschuldig für die Sünde büßen, die er begangen hatte. Am liebsten hätte er sich, den Himmel und alles
übrige ob dieser Ungerechtigkeit verwünscht.

Mr. Burke übergab Kate das Kind, das er trug, und stieg
dann auf den Sitz neben den Kutscher. Sean kauerte auf dem
Boden der Droschke und schützte Emerald gegen das Rum-
peln der Kutsche, so gut er konnte. Die kurze Fahrt nahm nur
ein paar Minuten in Anspruch. Für Sean aber, der sich ein
Wettrennen mit der Zeit lieferte, schien eine Ewigkeit zu vergehen.

Ihre Ankunft in der Old Park Lane verwandelte den Haus-
halt schlagartig in einen wie vor Emsigkeit summenden Bie-
nenstock. Das Personal mußte vollzählig antreten, worauf
jeder bestimmte Aufgaben zugeteilt bekam. Ein Arzt mußte
geholt werden, in allen Räumen mußte Feuer gemacht werden, heißes Wasser wurde gebraucht, Betten mußten überzogen werden.

Sean legte seine kostbare Last auf schneeweißes Leinen und
murmelte heiser: »Alles wird gut, Liebes. Vertraue mir!« Als
sein Blick über Emerald und die zwei Kinder glitt, sah er, was
vor allem nottat. Er sah Kate und Paddy angsterfüllt an.
»Kümmert euch um Emerald und ihren Sohn.« Es zerriß ihm
schier das Herz, Emeralds Pflege anderen zu überlassen, doch
es blieb ihm nichts anderes übrig. Seine Bemühungen mußte
er anderweitig einsetzen. »Ich brauche Whisky«, sagte er zu
Mr. Burke.

Seans eisiges Herz schmolz, als er das stumme kleine Bündel vor das Feuer im Salon trug, es vorsichtig auswickelte und einen Blick auf das wehrlose Neugeborene warf. Als Paddy den Whisky brachte, schüttete Sean ein wenig davon in die Hand, erwärmte ihn am Feuer und fing dann an, ihn direkt in die Haut des Babys einzumassieren.

Er begann auf der schmalen Brust, drehte das Kind dann um und rieb über den kleinen Rücken. Mit sanften Fingern strich er über Arme und Beine und über das winzige Gesäß, ehe er wieder zum Brustkorb überging, unermüdlich den Kreislauf des Kindes anregend.

Nach einer Stunde war die unheilverkündende blaue Farbe verschwunden. Nach zwei Stunden rötete sich die Haut des kleinen Mädchens so unnatürlich, daß Sean sich als ungeschickten Idioten verwünschte. Er war in seinen Bemühungen übereifrig gewesen. Mit dem Baby in der Armbeuge lief er in die Küche. »Haben wir Milch da?« fragte er das Küchenmädchen.

»Ein Milchmädchen bringt täglich frische Milch, Mylord.«

»Ich brauche ein steriles Tuch. Am besten Leinen.«

Das Küchenmädchen brachte einen Topf Wasser zum Kochen und hielt eine Leinenserviette hinein. Als das Tuch ausgekocht war, sagte sie: »Mylord, mit zwei Säuglingen müssen Sie die Dienste einer Amme in Anspruch nehmen.«

»O ja, warum habe ich nicht selbst daran gedacht – kannst du eine besorgen?« fragte er stirnrunzelnd.

Sie lächelte beglückt, weil er ihren Rat befolgte. »Die Agentur für Butler und Hauspersonal vermittelt auch diese Dienste. Englische Ladys stillen ihre Kinder nicht selbst, Mylord.«

Sean nahm eine Tasse Milch und die Leinenserviette mit ans Feuer im Salon. Er goß eine Spur des rauchigen Whiskys in die Milch und tauchte dann einen Zipfel der Serviette ein. Den Mund des Babys mit seinen Fingern öffnend, flößte er seiner Tochter Tropfen für Tropfen ein.

Plötzlich fing sie zu würgen an, und Sean erstarrte vor Entsetzen, da er befürchtete, etwas falsch gemacht zu haben. Er drehte das Kind um und versetzte ihm ein paar Klapse auf den Rücken. Da löste sich plötzlich ein Schleimpfropfen aus der Kehle. Kaum hatte Sean ihn aus dem Mund des Babys entfernt, holte es ganz tief Luft und ließ ein mitleiderregendes dünnes Gewimmer hören.

»Braves Mädchen. Daddys Mädchen. Komm, Zeit fürs Frühstück.«

Paddy Burke erschien an der Tür. »Himmel, was für ein ermutigendes Geräusch. Allerdings produziert der Junge das in einer solchen Lautstärke, daß ich ihn gerne zum Schweigen bringen würde.«

»In der Küche ist Milch, und morgen besorgen wir uns eine Amme. Ist der verdammte Arzt schon da?«

»Er wird kommen, wenn es tagt. Die Ärzte der Reichen legen ihre eigenen Regeln fest.«

Sean sah Paddy mit eindringlichem Blick an. »Wie geht es ihr?«

»Kate sagt, daß sie viel Blut verloren hat. Die junge Frau ist entkräftet und erschöpft, aber jetzt hat sie es wenigstens sauber.« Paddy verschwieg, daß sie stark fieberte und phantasierte.

Erst als Sean seiner Tochter mühsam eine Vierteltasse Milch eingeflößt hatte, Tropfen für Tropfen, realisierte er, daß er Vater eines Knaben und eines Mädchens war. Er hatte einen Sohn und eine Tochter!

Alle seine finsteren Rachegedanken zerstoben wie Staub. Als er auf das zarte, unschuldige Bündel in seiner Armbeuge hinunterblickte, wußte er, daß es einen Gott gab, ein höheres Wesen, das über Himmel und Erde gebot. Über seine eigene Überheblichkeit konnte er jetzt nur den Kopf schütteln. Wenn man sein eigenes Kind in den Händen hielt, dessen Leben an einem seidenen Faden hing, war man allerdings rasch bereit, Gottes Existenz anzuerkennen. Doch er fing nicht nur zu beten an, er tat es inbrünstig und flehentlich und öffnete sein Herz Gottes Liebe.

Was für ein selbstgerechtes Ekel er doch gewesen war, als er behauptete, in seinem Herzen gäbe es keinen Platz für Liebe. In diesem Augenblick war sein Herz übervoll davon. Er liebte diese Frau und diese Kinder über alle Vernunft – mit seinem Verstand, seinem Herzen und aus ganzer Seele. Er hatte mehr Liebe für sie, als sich in einem Menschenleben ausschöpfen ließ. Seine Liebe war ewig und würde ewig währen.

Als sein winziges Töchterchen eingeschlafen war, wickelte er es fest ein. Über die Chancen der Kleinen gab er sich keinen Illusionen hin, da sie zu klein und zu zart war. Sie würde ständige Fürsorge, Liebe und Aufmerksamkeit brauchen; und auch dann war ihre Überlebenschance nur gering. Seine eigene Mutter war als Zwilling geboren worden, und ihr Bruder hatte nicht überlebt.

Sean trug das schlafende Kind ins Schlafgemach und legte es aufs breite Bett. Dann berührte er Kates Schulter. »Sie sollten sich ausruhen. Ich wache jetzt bei Emerald.«

Kate protestierte spontan.

»Kate, es ist mein Ernst. Sie können ihr nicht nützen, wenn Sie umfallen.«

»Tja, dann werde ich mich wohl ein Stündchen hinlegen«, gab Kate sich geschlagen. »Also, hier ist ein Stapel frisches Bettzeug, und ich habe eines der Mädchen angewiesen, aus Flanelltüchern Windeln zu schneiden.«

»Danke, Kate.«

»Ach, und Ihrem großartigen Koch habe ich aufgetragen, er solle Gerstenschleim kochen. Es geht nichts über Gerstenschleim bei einem Kranken. Man möchte es nicht glauben, aber er hatte keine Ahnung. Der Teufel soll den Mann holen. Ich sehe rasch mal nach, ob er es ordentlich macht.«

Sean blickte voller Sorge auf Emerald hinunter. Sie war nicht mehr bleich, sondern hochrot. Ihre Lider waren schwer und aufgedunsen. Ständig murmelte sie unzusammenhängendes Zeug, während ihr Kopf sich ruhelos auf dem Kissen hin und her bewegte. Er berührte mit der Handfläche ihre Wange und fühlte die Hitze ihres Fiebers. Obwohl Kate sie kalt abgewaschen hatte, schien es das Fieber nicht gesenkt zu haben. Er wollte es noch einmal versuchen.

Sean holte eine Schüssel mit klarem Wasser und einen Schwamm. Während er sie nun am ganzen Körper abwusch, redete er auf sie ein. »Kate hat sich vermutlich große Mühe gegeben, dich in dieses makellose Nachtgewand hineinzubekommen, aber jetzt ziehe ich es dir wieder aus, meine Schöne. Das ist viel kühler. Und nur ich weiß, daß du im Bett lieber nackt bist. So, schon besser.« Er schnitt eine Grimasse, als er die verschmutzten Verbände an ihrem Bein sah. Wenn der Arzt nicht eintraf, bis er sie fertig gewaschen hatte, würde er den Verband selbst entfernen.

Er wusch ihr sanft Gesicht und Hals, immer wieder, mit unendlicher Geduld, bis sich die Hitze ein wenig zu verringern schien. Dann kühlte er ihr Schultern und Arme. Ihm fiel auf, daß Emerald in ihren Phantasien verstummte, wenn er ständig auf sie einredete. Als er ihre Brüste wusch, sah er, daß die Mutterschaft ihrer Schönheit nichts hatte anhaben können. Sie waren größer, fest und glatt wie Seide, die Spitzen rosig und feucht.

»Du bist eine seltene Schönheit, Emerald, meine Geliebte; eine echte irische Schönheit! Sobald du wieder bei Kräften und reisefähig bist, bringe ich dich nach Hause. Du hast großartige Arbeit geleistet, Irin. Einmal hast du gesagt, du würdest mir einen Sohn schenken, aber du hast dich selbst übertroffen! Du hast mir nicht nur einen Knaben geschenkt, sondern auch ein kleines Mädchen.«

Er wusch zärtlich ihren Leib, der von der Schwangerschaft noch immer unförmig gewölbt war. »Keine Dehnungsstreifen zu sehen, dank Taras Zaubersalben.« Er wusch ihr nicht verbundenes gesundes Bein und trocknete sie liebevoll mit einem Leinentuch ab. Jetzt hatte er den Eindruck, daß ihre Haut etwas kühler wurde.

Mit einem Blick auf den verschmutzten Verband faßte er einen Entschluß. »Ich will versuchen, dir nicht weh zu tun, Liebes. Ich will versuchen, dir niemals wieder weh zu tun.« Auf See hatte er schon Knochenbrüche gesehen, war also in diesen Dingen kein völliger Neuling. Er wickelte das Bein aus und untersuchte es gründlich von oben bis unten. Mit den Fingern tastete er ihren Schenkel ab, der nicht geschwollen war. Daß sie nicht zusammenzuckte, war für ihn der Beweis, daß ihr Oberschenkelknochen heil war und keine Schiene brauchte.

Aber der Unterschenkel sah schlimm aus. Er war geschwollen und aufgedunsen vom Knie zum Knöchel. Sie mußte sich das Schienbein gebrochen haben, und Sean hoffte und betete, es möge sich um einen sauberen Bruch handeln. Behutsam wusch er ihr Bein und trocknete es ab. Dann riß er ein Bettlaken in Streifen. Immer darauf bedacht, es nicht zu fest zu wickeln, bandagierte er das Bein mit den Leinenstreifen, bis es gesichert und unbeweglich war. Ging die Schwellung zurück, konnte man die Bandage fester machen.

Endlich kam der Arzt, und Paddy Burke brachte ihn ins Krankenzimmer. Nachdem Dr. Brookfield sich vorgestellt hatte, untersuchte er das Bein flüchtig und stellte fest, daß es fachmännisch versorgt worden war. »Entweder der Knochenbruch heilt, oder er heilt nicht.« Die Miene des Earl von Kildare verriet ihm unmißverständlich, daß er sich nicht mit solchen Platitüden abspeisen ließ. »Wenn das Bein sechs Wochen lang nicht belastet wird, müßte es heilen.«

»Sie fiebert, Doktor. Was kann man tun, um das Fieber zu senken?«

Brookfield fühlte Emerald den Puls und prüfte die Hauttemperatur. »Kindbettfieber tritt sehr häufig auf. Im allgemeinen haben diejenigen, die anständig gepflegt und sauber gehalten werden, die besten Chancen. Die vernachlässigten Wöchnerinnen sterben eher. Aber manchmal tritt auch das genaue Gegenteil ein.«

Sean mußte das Verlangen unterdrücken, den Arzt an der Gurgel zu packen, um seinen dummen, banalen Weisheiten ein Ende zu bereiten. Offenbar war er nur gekommen, um sich selbst reden zu hören. Er fuhr fort, Sean zu erzählen, was dieser bereits wußte.

»Die Geburt war kompliziert, weil es sich um Zwillinge handelte. Vermutlich hat sie stark geblutet. Wenn sie sich nicht erholt ...«

Sean unterbrach ihn ungeduldig. »Sie wird genesen, Doktor. Sagen Sie mir nur, was ich tun soll, um die Genesung zu beschleunigen.«

»Sie sollten ihr viel Flüssigkeit geben. Außerdem lasse ich Ihnen ein Beruhigungsmittel da. Ach, und wenn ich schon da bin, kann ich mir gleich die Kinder ansehen.«

Sean hatte jedoch nicht die geringste Lust, sich seine blödsinnige Meinung über die Kinder anzuhören. »Die sind wohlauf, Doktor. Wieviel schulde ich Ihnen?«

Brookfield warf einen Blick auf das flach atmende kleine Bündel auf dem breiten Bett. »Das hier sieht mir nicht aus, als ob es durchkäme, Kildare, Sie sind ein Mann von Verstand, einer, der den Tatsachen ins Auge sieht, wie ich denke. Bei Zwillingen gedeiht meist nur einer, und der andere wird immer schwächer und stirbt dann. Die Kindersterblichkeit ist schon bei normalen, gesunden Kindern hoch. Machen Sie sich auf das Unvermeidliche gefaßt. Dieses Neugeborene wird nicht überleben. Aber manchmal ist der Tod Glück im Unglück.«

»Hinaus«, sagte Sean angespannt. Er schloß die Augen. *O Gott, kann ich nicht eine Nacht hinter mich bringen, ohne gewalttätig zu werden?* dachte er.

»Paddy!« brüllte er, worauf Mr. Burke sofort eintrat und den gewickelten und gesättigten kleinen Jungen aufs Bett legte. »Bring den Doktor hinaus, bevor ich mich vergesse«, knurrte Sean leise.

Sean betete darum, daß Brookfields Worte nicht Emeralds Ohnmacht durchdrungen hatten. Denn schließlich hatte sie auf seine Stimme reagiert. Deshalb bemühte er sich, sie mit aller Zuversicht, die er nicht empfand, zu beruhigen. »Unsere Kinder sind hier bei uns. Sie wurden gefüttert und machen jetzt ein Schläfchen. Ich werde dir etwas zum Trinken holen. Deine Lippen sind ganz ausgetrocknet.«

Er wollte mit kühlem Wasser anfangen. Behielt sie es bei sich, dann konnte man es mit Gerstenschleim versuchen. Er brachte zwei Tassen ans Bett, unsicher, wie er die Sache angehen sollte, damit sie nicht an der Flüssigkeit erstickte. Vorsichtig zog er das Kissen unter ihrem Kopf hervor und setzte sich dann hinter sie ans Kopfende des Bettes. So behutsam wie möglich, hob er ihre Schultern an, bis sie an seiner Brust lehnte.

Emeralds Kopf sank an seine Schulter und blieb dort, als wäre das der richtige Ruheplatz. Sean hob die Tasse an ihre Lippen und drängte sie zu trinken. »Nur ein winziges Schlückchen. So ist es recht, so ist es gut! Du bist wirklich durstig. Niemand hat dir zu trinken gegeben. Ruh dich jetzt aus, und komm wieder zu Atem.«

Nun wechselte er zum Gerstenschleim und führte ihr löffelchenweise den Brei in den Mund. Mit unendlicher Geduld und Ermutigung schaffte er es, ihr die Hälfte einzuflößen. Als sie offensichtlich nicht mehr schlucken konnte, beschränkte er sich darauf, Emerald in den Armen zu halten. Er hatte nicht das Gefühl, daß das Fieber sich gesenkt hätte, aber ihre Ruhelosigkeit hatte nachgelassen.

Emerald sollte wissen, daß er bei ihr war, daß er zurückgekehrt war, um sie zu holen. Sie sollte wissen, daß er es war und kein anderer, der sie an sein Herz gedrückt hielt. Sanft nahm er ihre Hand und legte ihre Finger um seinen verstümmelten Daumen. Durch diese Berührung würde sie wissen, daß es Sean O'Toole war und kein anderer.

Vielleicht konnte sein Körper ihr etwas von seiner Kraft abgeben. Er wollte es, er wünschte es sehnlichst. Wenn Liebe heilen konnte, würde er sie damit umgeben und einhüllen. Er wußte nicht, ob es Einbildung oder Wunschdenken war, doch er glaubte zu spüren, daß Emeralds Finger seine Hand jetzt fester hielten.

Viele Stunden saß Sean so da und hielt sie umfangen. Dunkelheit ging in Dämmerung über, Dämmerung wich dem hellen Licht des Morgens. Er sah, wie sein Söhnchen erwachte und sofort zu brüllen anfing. Sean griente belustigt über die Entschlossenheit des kleinen Wichts, unverzüglich auf sein Verlangen nach Nahrung aufmerksam zu machen.

Kate eilte ins Zimmer und nahm ihn hoch. »Endlich haben wir eine Amme. Dieses Kind ist Ihr lebendes, atmendes Ebenbild. Gott steh uns allen bei!«

»Vielleicht sollten wir uns eine Amme für jedes nehmen.« Er machte keinen Hehl aus seiner Angst, daß Emerald womöglich so schnell nicht wieder genesen würde. »Was meinen Sie, Kate?«

»Heute wird Emeralds Milch einschießen. Wenn sie nicht stillt, wird sie große Beschwerden bekommen. Warten wir's ab. Vielleicht wird sie heute abend schon ein wenig kräftiger sein.«

Kates Worte ermutigten ihn und spornten ihn an. Heute wollte er seine Bemühungen um Emerald verdoppeln. Er wollte ihr kräftigende Flüssigkeit eingeben und nahm sich vor, sie stündlich kalt abzureiben. Wenn es möglich war, dadurch ihr Fieber zu senken, so war er dazu fest entschlossen.

Die Bemühungen des ganzen Haushaltes konzentrierten sich auf ein einziges Ziel: auf das Überleben von Mutter und Kindern. Mr. Burke ging außer Haus und kam mit einer Wiege wieder. Zwei Hausmädchen wurden zum Einkaufen geschickt, um Babykleidung zu besorgen sowie Decken, Windeln, Flaschen und Sauger. Kate saß an Emeralds Bett, während Sean ein Bad nahm, sich umzog und geistesabwesend etwas Essen hinunterschlang. Dann setzte er sich wieder auf Emeralds Bett, hielt sie in den Armen, redete leise und beruhigend auf sie ein, wusch sie stündlich ab und flößte ihr nährende Flüssigkeiten ein.

Das Tageslicht verblaßte zu Zwielicht, ehe sich tiefe Dunkelheit herabsenkte. Sean saß still an den Kopfteil des Bettes gelehnt da und hielt Emerald in den Armen. Seine Angst war groß, weil sie immer noch nicht zu sich gekommen war. Doch plötzlich spürte er, daß die trockene glühende Hitze einem Schweißausbruch gewichen war. Er befühlte ihre Stirn, ließ seine Hand über ihre Wange zur Kehle gleiten. Emerald war am ganzen Körper in heilsamen Schweiß gebadet. Ihr Fieber war gebrochen!

34

Nachdem Sean sie diesmal gewaschen und gebadet hatte, half er ihr in ein Nachthemd und hob sie vom Bett hoch, damit man es frisch beziehen konnte. Noch immer redete er leise auf sie ein, sagte ihr, wo sie sich befand, erklärte ihr, daß Kate und Paddy da wären, um ihm bei der Krankenpflege zu helfen.

»Sprich nicht, Liebes. Es würde dich zu sehr ermüden. Du mußt jetzt nur gesund werden. Alles andere kannst du uns überlassen.«

Obwohl ihre Antwort ausblieb, wußte Sean, daß Emerald seine Worte verstanden hatte. Er vermittelte ihr Zuversicht, doch in seinem Inneren herrschte schiere Panik. Er wußte, die größte Beruhigung für sie würde es sein, wenn man ihr die Kinder zeigte. Aber der Anblick ihrer Tochter würde sie womöglich vor Angst verzweifeln lassen. Obwohl ihr Fieber gesunken war, konnte noch lange nicht davon die Rede sein, daß sie über dem Berg war. Sean vermutete, daß ihre Genesung langsam und mühsam verlaufen würde.

Nachdem sie wieder geborgen in ihrem sauberen Bett lag, setzte Sean sich an den Bettrand und umfaßte ihre Hand. »Weißt du, daß du einem kleinen Jungen und einem kleinen Mädchen das Leben geschenkt hast?« Sein Herz verkrampfte sich vor Mitleid, als ihr Mund sich zu einem halben Lächeln verzog, denn selbst diese geringe Reaktion schien ihre Kraft zu übersteigen. »Ich werde sie dir bringen, einzeln, damit du diese kleinen Wunder mit eigenen Augen sehen kannst.« Und leise lachend setzte er hinzu: »Lauf nicht weg, ich komme gleich wieder.«

Sean ging in die Schlafkammer, die in ein Kinderzimmer verwandelt worden war, und beriet sich mit Kate Kennedy. Die machte einen ebenso einfachen wie bedenklichen Vorschlag. »Damit sie keine weiteren Schocks bekommt, könnten Sie ihr dasselbe Kind zweimal zeigen.«

Sean runzelte die Stirn. Diese Lösung wäre verlockend. Im Moment wäre die Illusion sehr viel gnädiger als die Wirklichkeit, doch Sean wußte, daß er sie nie wieder hintergehen durfte, auch wenn die Versuchung noch so groß war.

»Nein, Kate.« Er wandte sich an Alice, die junge Amme, die ihnen in ihrer verzweifelten Lage wie ein Geschenk Gottes erschien. »Kann meine Tochter trinken, Alice?«

»Nicht sehr gut, Sir. Sie hat kaum die Kraft dazu. Sie saugt ein wenig und schläft immer wieder ein.«

»Dann müssen Sie sie wach halten. Lassen Sie sie nicht einschlafen, bis sie richtig getrunken hat. Kate, helfen Sie mit, das Kind munter zu halten, kitzeln sie es meinetwegen an den Füßen oder dergleichen.«

Sean traf Mr. Burke mit dem nach wie vor energisch protestierenden Neugeborenen im Salon an. »Paddy, Sie werden noch die Teppiche durchtreten, wenn Sie dero Hochwohlgeboren ständig herumtragen.«

Paddy grinste. »Erinnert mich an die Zeit, als Sie selbst klein waren. Wie oft hat Shamus Sie nächtelang herumgetragen.«

»Geben Sie ihn mir. Ich werde ihn zu seiner Mutter bringen.«

Emerald öffnete die Augen, als sie ihren Sohn spürte.

»Er ist bildhübsch, aber sehr lebhaft. Wenn er schreit, dann wackeln die Wände«, lachte Sean.

In Emeralds Augen traten Freudentränen.

»Deine Milch ist eingeschossen, Liebes, möchtest du ihn stillen?«

Als er auf ein Nicken hin ihr das Nachthemd öffnete und ihr den Kleinen an die Brust legte, fand das winzige Mündchen zielsicher seine Nahrungsquelle. Während sie ihren eifrig saugenden Sohn beobachtete, leuchtete Emeralds Gesicht, und Sean empfand es als Segen, daß er einen so intimen Moment miterleben durfte. Nach einer Weile legte ihr Sean das Kind an die andere Brust. »Wie sollen wir den kleinen Racker nennen?«

Emerald blickte von ihrem Kind auf und sah in zinngraue Augen. »Joseph«, flüsterte sie.

Der Kloß, den Sean in seiner Kehle spürte, machte es ihm momentan unmöglich zu antworten. Sie war die liebenswerteste, großmütigste Frau der Welt. Was hatte er getan, um sie zu verdienen? Als Joseph zufrieden schmatzend einschlafen wollte, nahm Sean ihn auf den Arm und lehnte ihn an seine breite Schulter. Sanft massierte er den kleinen Rücken, so wie Kate es ihm vorgemacht hatte.

»Glaubst du, du schaffst es noch, so lange wach zu bleiben, daß du deine Tochter begrüßten kannst?« In Wahrheit wünschte er, Emerald würde einschlafen, damit die erste Begegnung bis zum nächsten Tag verschoben werden konnte. »Auch auf die Gefahr hin, daß ich mich wiederhole: Schlaf nicht ein, ich bin gleich wieder da.«

Als Sean mit seinem Sohn hinausging, schloß Emerald erschöpft die Augen. Von dem Zeitpunkt, als die Wehen einsetzten, hatte sie fast alles um sich herum mitbekommen. Sie hatte auch das Gespräch zwischen ihrem Vater und Dr. Sloane gehört, das ihr verriet, welches Schicksal ihren Neugeborenen zugedacht war. Als ihr klar wurde, daß eines dem Tod geweiht war und man ihr das andere wegnehmen wollte, hatte sie aufgegeben. Die Zwillingsgeburt hatte sie all ihre Kräfte gekostet. Und dann war jede Hoffnung erloschen. Völlig in sich zurückgezogen, wartete sie nur noch auf ihren Tod.

Was dann geschah, war wie ein Traum. Der Engel des Todes senkte sich herab und trug sie davon. Erst später wurde ihr klar, daß es kein Traum war und daß die Erscheinung im Haus am Portman Square Sean O'Toole in Gestalt eines schwarzen Racheengels war. Sein Wille war so stark, daß er sie nicht sterben lassen wollte. Irgendwie hatte er den Tod zumindest einen Schritt von ihrer kleinen Tochter verscheucht. Aber Emerald besaß nur wenig Hoffnung. Sie hatte die Diagnose der zwei

Ärzte gehört, die besagte, daß das Mädchen zu klein und zu schwach war, um zu überleben.

Sean spielte ihr zuliebe den Tapferen. Emerald war ihm für alles, was er getan hatte, überaus dankbar. Er hatte unermüdlich vierundzwanzig Stunden gekämpft und ihnen seine eigene Stärke übermittelt, hatte sich geweigert, die Möglichkeit eines Mißerfolges überhaupt in Betracht zu ziehen. Sie schloß die Augen und betete um Kraft, um sich dem Kommenden zu stellen.

Als Sean eintrat, trug er das winzige Bündel so zärtlich und besitzergreifend, daß sich ihr schier das Herz umdrehte. »Sie ist sehr klein, Emerald. Aber mach dir keine Sorgen, die Amme hat sie gestillt, und jetzt ist sie eingeschlafen.« Er legte ihr das Baby an die Brust, ließ es aber nicht los.

Mit einem Mal wußte Emerald, daß sie ihm die Hoffnung nicht rauben durfte. Als sie auf ihre Tochter hinunterblickte, wurde ihr Gesicht weich vor Liebe, und sie kämpfte gegen die Tränen an. »Wir wollen sie Kathleen nennen«, flüsterte sie.

Dieser Augenblick rührte ihn so tief, daß Sean den Tränen nahe war. Doch dann merkte er, daß sie ihm zuliebe ihre eigenen Tränen zurückhielt. Er sank in die Knie, um ihr näher zu sein. Und als ihre Blicke sich fanden, gab es zwischen ihnen kein Versteckspiel mehr.

»Emerald, ich schwöre dir, daß ich unsere Tochter retten werde, wenn sie zu retten ist. Kathleen ist der ideale Name. Vielleicht wurde meine Mutter zu ihrem Schutzengel erkoren.« Er streichelte das in den Armen seiner Mutter schlummernde Kind, ehe er die beiden kurz allein ließ.

Als er wiederkehrte, schleppte er die große hölzerne Wiege mit sich und stellte sie neben das Bett. Dann holte er den schlafenden kleinen Joseph und legte ihn hinein. Sean löschte die Kerzen bis auf zwei und legte sich neben Emerald auf das breite Bett. Solange sie einander berührten, waren sie Teil des anderen. Blieben sie in den dunklen Stunden vereint, würde ihnen die endgültige Trennung vielleicht erspart bleiben.

Während der nächsten vierzehn Tage wich Sean nicht von Emeralds Seite. Der kleine Joseph gedieh prächtig. Von seiner Mutter und Alice gestillt, nahm er zu und wuchs.

Die kleine Kathleen hingegen blieb unverändert winzig. Ihr Appetit war minimal und manchmal gar nicht vorhanden. Oft wurde ihr Atem mühsam, und ihre rosige Farbe wich wächserner Blässe. Trat dies ein, Tag oder Nacht, dann massierte Sean sie geduldig, bis ihr Kreislauf sich wieder stabilisiert hatte. Sie hatte nur selten die Energie zu schreien. Wenn sie es aber tat, dann war es ein jämmerliches Gewimmer. Von der Zauberkraft der Körperwärme und ihrer Nähe überzeugt, kamen Sean und Emerald überein, daß einer von ihnen sie immer halten sollte.

Emerald selbst ging es etwas besser, aber Sean wußte, daß ein langer und beschwerlicher Weg vor ihnen lag, bis sie wieder völlig hergestellt sein würde. Sah sie unwohl aus, umgab er sie mit besonderer Zärtlichkeit. Erst in der dritten Woche wagte er sich zum ersten Mal aus dem Haus. Es war Februar, und vorfrühlingshafter warmer Sonnenschein fiel durch die Fenster. Es tauchte die Räume in fröhliches goldenes Licht, das die Stimmung aller Hausbewohner zu heben schien. Bislang war alles wider Erwarten gutgegangen, und allmählich regte sich bei ihnen der Optimismus, daß sich alles zum Besten wenden würde.

Als Sean zurückkam, brachte er einen Arm voller Narzissen mit und verstreute sie über den Fuß des Bettes. Er lächelte, als er sah, was für ein wunderschönes Bild das abgab – Emerald in den Kissen lehnend, ihr Töchterchen in den Armen und ihr Bett geschmückt mit strahlenden Blüten.

»Ich weiß um deine geradezu unersättliche Liebe für Blumen, die du von mir glücklicherweise auch bereitwillig annimmst – anders als Juwelen«, setzte er mit einem schiefen Lächeln hinzu. Er ließ sich aufs Bett nieder. »Ich habe noch etwas, das du annehmen sollst.« Er nahm ihr das Baby ab und überreichte Emerald einen länglichen Umschlag.

Als sie ihn öffnete, fand sie darin die Besitzurkunde des Hauses an der Old Park Lane vor. Sie hob den Blick vom zerknitterten Dokument. »Du hast es gekauft?«

Er nickte. »Ich weiß, wie sehr du das Haus liebst. Ich habe das Dokument auf deinen Namen ausstellen lassen, nicht auf meinen. Das hätte ich schon längst tun sollen.«

»Ich danke dir für diese liebevolle und umsichtige Geste.«

»Ich liebe dich, Emerald.«

»Sag das nicht«, sagte sie leise.

Oh, sie hat mir also doch nicht vergeben, dachte er betrübt. Doch er konnte sie verstehen, und eigentlich hatte er auch nichts anderes erwartet, wie ihm jetzt klar wurde. Er deutete ihr mit einem kleinen schmerzlichen Lächeln an, daß er begriffen hatte. Aber er würde ihr so viel Zeit lassen, wie sie brauchte, ihm zu verzeihen. Bis dahin wollte er ihr durch sein Verhalten, durch seine Hingabe und Ergebenheit zeigen, daß er sie ehrlich und aus ganzem Herzen liebte.

Sie schliefen nun zu viert im großen Schlafgemach. Emerald hatte keinen Einwand gegen diese Anordnung, im Gegenteil, sie gewann großen Trost daraus. Sie ließ sich von ihm waschen und füttern, solange sie selbst noch nicht die Kraft dafür hatte. Deshalb war Sean sich sicher, daß sie gegen seine Berührung nichts einzuwenden hatte. Er dankte Gott für dieses kleine, aber wichtige Zeichen und dachte mit leichter Ironie, daß sie offenbar nur seine wörtlichen Liebeserklärungen ablehnte.

Er wählte seine Worte mit großem Bedacht. »Ich möchte dich nicht drängen, ehe du wirklich bereit bist, mein Liebes.

Aber ich möchte, daß du allmählich über die Heimkehr nach Greystones nachdenkst.« Er war erleichtert, als sein Vorschlag bei ihr auf Zustimmung traf.

»Wenn du meinst, daß Kathleen die Reise gut übersteht, bin ich jederzeit bereit, Sean.«

Er nahm Emeralds Hand und drückte sie. »Ich werde dich nie wieder belügen, mein Liebling. Deshalb kann ich dir nicht garantieren, daß sie es schaffen wird.«

»Das weiß ich«, sagte sie müde.

»Ich werde sie den ganzen Weg nach Irland in den Armen halten.«

Um ihren Mund zuckte es belustigt. »Und was ist mit Joseph?«

»Ach was, der ist schon so kräftig, daß er das Schiff steuern könnte!«

Es war ein wundervolles Gefühl, sie lachen zu sehen. Er wußte nicht, daß sie hauptsächlich deshalb zurück nach Irland wollte, um zwischen ihn und die Montagues Distanz zu bringen. Täglich fragte sie sich, wann er seinen Rachefeldzug wieder aufnehmen würde. Er hatte Wut und Haß sehr gut im Zaum gehalten, aber seine Beherrschung würde nicht ewig währen, wie sie aus bitterer Erfahrung wußte. Im Moment räumte er ihr und den Kindern noch Vorrang ein, doch stand zu befürchten, daß dies nicht mehr lange dauern würde und daß er weitere schreckliche Vergeltung plante.

Als Sean Emerald das nächste Mal mit dem Schwamm wusch, sagte er stirnrunzelnd: »Ständiges Liegen ist kräfteraubend. Wir müssen verhindern, daß deine Muskeln abschlaffen. Tägliche Massage könnte dir guttun, glaube ich. Bis zu den ersten Gehversuchen sind es noch drei Wochen.«

»Ja, ich mache mir schon Sorgen, weil ich trotz der Ruhe und Pflege nicht zu Kräften komme.«

»Muskeln, die nicht benutzt werden, verkümmern mit der Zeit. Aber das werden wir nicht zulassen. Ich werde mit dir im Bett Übungen machen.«

»Ach ja, ich möchte wetten, daß du bei Bettübungen recht einfallsreich sein kannst«, neckte sie ihn.

»Nun, wenn deine Gedanken in diese Richtung wandern, ist das ein sehr ermutigendes Zeichen.«

Emerald überließ sich seinen warmen Händen. Nachdem er sie gewaschen hatte, trug er duftendes Öl auf und massierte jeden Muskel ihres Körpers. Sie schloß halb die Augen. »Wie guuut das tut«, murmelte sie, sich wie eine Katze wohlig räkelnd, während sie ihn unter ihren Lidern hervor beobachtete. Seine Attraktivität grenzte für sie nach wie vor an Sündhaftigkeit.

Als ihr Blick an seinem Körper hinunterwanderte, um zu sehen, ob seine Tätigkeit ihn erregte, zog sie befriedigend eine Augenbraue hoch. »Ermutigende Zeichen zeigen sich allenthalben«, murmelte sie boshaft.

Völlig ernst erwiderte er: »Eine sehr erhebende Arbeit.«

»Gut. Man sagt, daß Vorfreude der schönste Teil ist und Enthaltsamkeit der Seele guttut.« Und ebenso ernst wie er, fragte sie: »Ist es sehr schwierig?«

»Irin, du hast ja keine Ahnung.«

Emerald streckte die Hand aus und strich über die pralle Erhöhung seiner Hose.

»Du reizt mich mutwillig«, sagte Sean, nach Luft schnappend.

»Nur eine kleine Überprüfung. Nicht benutzte Muskeln verkümmern doch sonst.« Sie schenkte ihm einen einladenden Blick. »Was hältst du von ein wenig oraler Stimulierung?«

Sean hob seine Hände von ihrem Schenkel, drückte sie zurück in die Kissen und blickte tief in ihre neckenden grünen Augen. »Du genießt dieses sündige Spiel auf meine Kosten.

Unter oraler Stimulierung verstehst du sicher Küsse, obwohl du möchtest, daß ich etwas anderes denke.«

Sie versetzte ihm einen spielerischen Klaps. »Schluß mit der Gedankenleserei, du Teufel.«

Ihr übermütiges Geplänkel fand ein Ende, als Kate ins Zimmer trat, in jedem Arm ein Baby. »Da wären wir, gebadet und zum Kuscheln bereit.«

Sean blinzelte ihr zu. »Ich bin bereit, wenn Sie es sind, Kate.«

»Achtung«, warnte Emerald lachend, »sein Übermut kennt keine Grenzen.«

»Ha! Das muß wohl an der Frühlingsluft liegen. Auch bei Paddy Burke regen sich merkwürdige Gefühle.«

Beide starrten sie wortlos an, doch kaum war sie gegangen, brachen sie in unbändiges Gelächter aus.

»Höchste Zeit, daß wir nach Hause kommen. Die beiden haben zu dicht aufeinandergehockt.«

In ihrer letzten Nacht im Haus an der Old Park Lane stand Sean leise auf, um Kathleen behutsam in die Wiege neben ihren schlafenden Zwillingsbruder zu legen.

»Was machst du da?« flüsterte Emerald.

»Ich möchte dich eine Weile festhalten. In einer Stunde kannst du sie wiederhaben.« Damit schlüpfte er wieder ins Bett und rückte so nahe an sie heran, daß sie einander fast berührten. Auf einen Ellbogen gestützt, blickte er auf sie hinunter. Am Abend hatte er ihr das Haar gewaschen, und das Vergnügen, das ihm diese Tätigkeit bereitet hatte, hielt noch an.

»Dein Haar ist schöner als je zuvor. Es ist seidenweich und noch lockiger als früher.« Er nahm eine Strähne zwischen seine Finger und strich damit über seine Wange.

»Das hat wohl mit dem Kinderkriegen zu tun.«

Seine Hand glitt über ihre Brüste. Seine Fingerspitzen zeichneten ein zartes Muster auf ihre Haut und fuhren dann in die Mulde zwischen ihren Brüsten. »Du bist so üppig und reif. Wunderschön.«

Ein schalkhaftes Lächeln blitzte über ihr Gesicht. »Wie eine verbotene Frucht.«

»Verboten allerdings. Mir kommt es vor wie eine Ewigkeit, seitdem wir uns das letzte Mal liebten. Ich weiß, daß du noch nicht kräftig genug bist, um dich mir hinzugeben, aber vielleicht bist du zu einer kleinen Kostprobe bereit?«

»Was bleibt mir denn übrig? Ich bin deine Gefangene. Davonlaufen kann ich nicht«, zog sie ihn auf. »Zumindest jetzt noch nicht.«

»Sollen wir Jäger-Gejagte spielen?« fragte er heiser, als die Spitze seines Schaftes ihren Schenkel streifte.

»Das könnte lohnend sein, zumindest bis mein Bein verheilt ist.«

Er küßte sie, weil er sie schmecken mußte, doch genoß er ihre verbalen Neckereien ebenso. »Und dann?«

»Dann werde ich dich um deine Beute laufen lassen«, gelobte sie hintergründig.« Ich werde so schnell rennen, daß du nicht weißt, wie dir geschieht.«

»Und ich werde dir keuchend nachsetzen, heiß und schwer.«

»Heiß und schwer?« Sie griff zwischen seine Beine und umfaßte ihn. »Das trifft genau zu. Hm, du bist zwar verlockend, aber ich bin noch zum Laufen aufgelegt.«

»Heute nacht nicht, kleine Gefangene, nicht heute.« Sein Mund nahm sie völlig in Besitz, und nun spürte sie genau, was ein Jäger machte, wenn er seine Beute gefaßt hatte. Er brachte sie so intensiv zum Höhepunkt, daß sie vor Wonne laut stöhnte. Und Emerald ihrerseits fand als seine willige Gefangene einfallsreiche Wege, alle seine Bedürfnisse zu befriedigen.

Zur Abwechslung schlief Sean vor ihr ein. Da sie schon so lange ans Bett gefesselt war, war sie nicht müde. Doch ihre Gedanken hatten viel Zeit, in der Vergangenheit spazierenzugehen und die Zukunft zu überdenken. Rückblickend fielen ihr die subtilen Warnungen ein, die er ihr gegenüber geäußert hatte. Er hatte sie gelehrt, in der Gegenwart zu leben und nie an die Zukunft zu denken. Er wußte, daß diese gleichbedeutend mit Trennung war. Vor ihrer ersten Liebesnacht hatte er sie gewarnt: *Meine Seele ist schwarz und unrettbar. Bring dich vor mir in Sicherheit, ehe es zu spät ist.* Er hatte auch darauf bestanden, daß sie den Schmuck behielt. *Du hast kein eigenes Geld. Die Diamanten werden dir finanzielle Sicherheit bieten.*

Während Emerald still in der Dunkelheit lag und ihre Pläne überdachte, ließ sie ihren Blick über sein dunkles Gesicht gleiten. Fairneß gegen Fairneß – sie hatte ihn eindeutig davor gewarnt, daß sie ihm davonlaufen würde.

Als die *Sulphur* in den Hafen von Greystones einlief und Sean sah, daß Shamus die uralte grün-goldene Flagge Irlands auf dem Wachturm gehißt hatte, freute er sich sehr.

Kate rief sofort das gesamte Hauspersonal zusammen und fragte, wer sich gern als Kindermädchen für die Zwillinge anlernen lassen wollte. Aus den acht jungen Frauen, die sich meldeten, wählte Kate zwei aus, die sauber und fleißig waren und aus kinderreichen Familien stammten.

Ellen und Jane, beide jung, eifrig und willig, wurden sofort in ihre neue Arbeit eingewiesen und lernten, wie die Babywäsche zu pflegen war und wie die Fläschchen sterilisiert und gefüllt wurden. Erst wenn sie diese grundlegenden Pflichten beherrschten, würden sie im Dienst aufsteigen und die Zwillinge in den Schlaf wiegen, ja sie sogar baden dürfen, erklärte Kate ihnen streng.

Kaum hatte man in Maynooth erfahren, daß Emerald und

ihre Zwillinge zu Hause waren, fiel der halbe FitzGerald-Clan in Greystones ein. Maggie, die sowieso schon da war und Tara in Mr. Burkes Abwesenheit geholfen hatte, wollte ihre Tochter Nan in ihrer fortgeschrittenen Schwangerschaft nicht mehr nach Maynooth zurückkehren lassen. Ein weiser Entschluß, wie es sich zeigte, da am späten Nachmittag bei Nan Wehen einsetzten und sie ihrem Mann nach etlichen Stunden einen Sohn schenkte. Vor Freude schier außer sich, trug Johnny das Kind herum, damit alle es gebührend bewundern konnten.

Mit drei Babys gab es auf Greystones keinen Augenblick der Langeweile. Sogar Shamus gab seine Bleibe im Wachturm auf und zog wieder in das schöne georgianische Haus, damit er als Teil der Familie an diesem Glück teilhaben konnte.

Zwei Tage später saßen die beiden frischgebackenen Väter zusammen in der Bibliothek und gönnten sich ein Glas Whisky, nachdem die übrigen Hausbewohner sich zur Ruhe begeben hatten. »John, ich traf wirklich im letzten Moment ein. Als ich ankam, war mein kleines Mädchen dem Tode nahe und Emerald schwer krank. Ich danke dir für deine Einmischung. Es hat dich sicher viel Mut gekostet, mir handgreiflich klarzumachen, daß ich sie holen soll.«

»Ach, du wärest auch ohne meine Starthilfe gefahren«, versuchte Johnny zu scherzen.

»Ja, aber es hätte vielleicht eine Weile gedauert. Wenn du mich nicht sofort zum Handeln gezwungen hättest, wäre ich nicht rechtzeitig an ihrer Seite gewesen.«

»Im Vergleich zum letzten Mal, als ich sie sah, sieht Emerald wundervoll aus.«

»Ja, sie wird auch mit jedem Tag kräftiger. Noch eine Woche, und sie wird wieder gehen können.«

»Aber Kathleen ist so winzig. Glaubst du, daß sie schon außer Gefahr ist?«

»Ich weiß es nicht, Johnny, aber ich hoffe es. Sehr robust wird sie wohl nie sein. Wir werden sie sehr verwöhnen müssen, sie sozusagen in Watte packen und dürfen nie in unserer Wachsamkeit nachlassen.«

»Ein guter Vater zu sein ist eine große Verantwortung. Ich habe lange überlegt… wenn einer der Pachthöfe von Maynooth zu haben wäre, würde ich ihn gern übernehmen und mich als Pferdezüchter versuchen.«

»Ich hatte an eine größere Aufgabe gedacht. Wie wäre es, wenn du die Leitung von Maynooth übernimmst? Stallungen, Koppeln, Weideland, alles ist riesengroß. Unter den FitzGerald-Jungen gibt es manche, die gut als Stallknechte und Pferdeburschen taugen, aber keiner hat den Kopf für Planung und Finanzen. Früher züchtete mein Großvater die edelsten Rennpferde in Kildare. Ich könnte mir vorstellen, daß du der geeignete Mann bist, dem Gestüt wieder zum einstigen Glanz und Ruhm zu verhelfen.«

John Montague war fassungslos, als er Seans Angebot hörte. »Wo ist der Haken?« fragte er vorsichtig.

»John, ich stehe in deiner Schuld. Du hast alles getan, was ich jemals von dir forderte, und es waren ein paar üble Sachen darunter. Indem ich deinen Vater an den Bettelstab brachte, habe ich auch dich ruiniert. Als du dich auf meine Seite schlugst, schwor ich, daß du es nie bereuen solltest.« Sean übergab ihm einen Umschlag. »Das ist die Besitzurkunde des Hauses am Portman Square. Es gehört jetzt dir und nicht mir. Du hast es dir verdient.« Um Seans Mund zuckte es belustigt. »Als zweite Belohnung schwebte mir allerdings Nan FitzGerald vor.«

»Verzeih, aber dieser Punkt hat sich verselbständigt«, erklärte Johnny. »Eine solche Angelegenheit konnte ich nicht dir und schon gar nicht dem Zufall überlassen.«

Sean hob grienend sein Glas. »Du hast dir ja auch selbst

sehr gut geholfen!« Die zwei Männer stießen lachend an und leerten voll Genuß ihre Gläser.

Ehe Sean hinaufging, hatte er noch etwas zu erledigen, das keinen Aufschub duldete. Er warf seinen schwarzen Umhang über und eilte zur Kapelle. Er wollte nicht etwa um Vergebung für seine Taten beten, da er allzeit bereit war, dafür ganz alleine die Konsequenzen zu tragen. Doch es drängte ihn, Gott seinen Dank für seine Kinder abzustatten. Er gelobte, sie mit seinem Leben zu schützen und flehte Emerald zuliebe den Himmel demütig an, Kathleen am Leben zu lassen.

35

Eine Woche lang trug Sean Emerald jeden Nachmittag hinaus auf die Terrasse in die Frühlingssonne. Die Zwillinge lagen in einem altmodischen Kinderwagen direkt vor den Glastüren, wo Kate und die zwei jungen Kindermädchen jedes Wimmern sofort hören konnten.

Nan, die bereits wieder auf den Beinen war, saß mit ihrem Söhnchen ebenfalls bei den anderen in der wärmenden Sonne. Sie hatte so viel Milch, daß sie manchmal auch Emeralds Sohn stillte.

»Nan, ich bin dir ja so dankbar.«

»Unsinn, meine Brüste sind so voll, daß sie schmerzen.«

»Nein, nein, ich spreche von Johnny. Noch nie habe ich ihn so glücklich erlebt. Er ist wie ein neuer Mensch, und das ist dir zu verdanken.«

»Er liebt alle FitzGeralds, und sie lieben ihn. Es scheint ihm wahrhaftig Spaß zu machen, zur Sippe zu gehören.«

»Er hat immer schon eine Familie gebraucht, die er lieben kann, und jetzt hat er eine.«

»Auch Sean hat sich verändert. Nie hätte ich mir träumen lassen, daß er einen so liebevollen Vater abgeben würde«, sagte Nan. »Gestern hat er beide in den Schlaf gewiegt, eines in jedem Arm.«

»Er gehört zu den Menschen, die etwas nur zu schätzen wissen, wenn sie Gefahr laufen, es zu verlieren«, sagte Emerald wie beiläufig.

»Emerald, er liebt dich über alles.«

»Ja, das weiß ich.« *Aber manchmal ist Liebe nicht genug*, dachte Emerald.

Als die Nachmittagsschatten länger wurden, tauchte Sean wieder auf der Terrasse auf.

»Hast du meiner Mutter die Nachricht überbracht?« fragte Emerald.

»Das habe ich, meine Liebe, und ich habe sie für einen ganzen Monat eingeladen, falls sie es erträgt, ›Großmutter‹ genannt zu werden.«

»Wenn sie kommt, muß ich wieder normal gehen können.«

»Nun, das ist der Tag, auf den du gewartet hast. Bist du sicher, daß du der Sache gewachsen bist?« Als er sie von ihrer Liege hob, streiften seine Lippen zärtlich ihre Stirn.

»Ich war einer Sache nie sicherer.«

»Es wird mir fehlen, dich herumzutragen«, murmelte er.

»Ach, ich werde mich gerne noch von dir herumtragen lassen, eine Zeitlang wenigstens.«

Sean trug sie hinauf, da er wußte, daß sie ihre ersten Gehversuche nicht vor den Augen aller machen wollte. Ihm selbst schlug sein Herz bis zum Hals. Er spürte, daß sein inneres Widerstreben gefährlich an Angst grenzte. Es war ein Gefühl, das er seit langen Jahren nicht mehr kannte, doch neuerdings schien die Angst um Frau und Kinder zu seinem ständigen Begleiter geworden zu sein.

Er setzte sie aufs Bett, streifte ihren Rock bis zu den Hüften hoch und wickelte dann die feste Bandage von ihrem Bein.

»Ach, wie gut das tut«, seufzte sie erleichtert.

Sean strich rasch über beide Beine und über ihre Schenkel. »Hm, wie recht du hast«, neckte er sie.

Emerald lächelte, da sie wußte, daß sein Scherz seine Angst tarnen sollte. An den Bettrand rückend, stellte sie ihre Beine auf den Teppich, dann blickte sie hinunter und verglich ein Bein mit dem anderen. Das so lange bandagierte Bein war etwas bleicher und dünner als das andere, doch hoffte sie, es würde mit Gymnastik wieder normal werden.

Als Sean ihr die Hand entgegenstreckte, schüttelte Emerald den Kopf. »Ich muß lernen, ohne Stütze auszukommen.«

Falls ihre Worte ihn verletzten, so ließ er es sich nicht anmerken.

Langsam stand Emerald auf, bis ihr ganzes Gewicht auf ihren Beinen ruhte. Eine Minute stand sie reglos da, in Erwartung des Schmerzes. Als dieser ausblieb, fühlte sie sich für einen Schritt stark genug. Plötzlich fühlten beide Beine sich sehr sonderbar an, so als wollten sie unter ihr nachgeben. Ihre Knie wackelten, sie sah, daß Sean sie auffangen wollte, dann aber richtete sie sich energisch auf und tat drei zögernde Schritte. Damit erreichte sie die rettende Stuhllehne, an die sie sich klammerte, um zu Atem zu kommen.

»Schmerzt es?« fragte er.

Sie schüttelte verwundert den Kopf.

»Versuch es noch einmal«, ermutigte er sie.

Emerald drehte sich um und setzte dann langsam einen Fuß vor den anderen, bis sie Sean erreicht hatte.

Nun tat er sich keinen Zwang mehr an. Er hob Emerald hoch und wirbelte mit ihr im Kreis herum. »Du hast es geschafft!« Er küßte sie begeistert.

»Ach, ist das nicht wunderbar? Ich muß jetzt täglich üben.

Meine Beine sollen kräftiger werden, als sie es je waren. Nimmst du mich morgen zum Reiten mit?«

»Immer schön langsam, Emerald«, ermahnte er sie.

»Ach, ich möchte es aber nicht langsam angehen. Ich möchte reiten und schwimmen und so vieles machen! Wie lange? Wie lange glaubst du, wird es wohl dauern, bis das Bein seine alte Kraft wieder hat?«

Ihre strahlende Miene war für ihn eine unaussprechliche Freude. »Mit täglichen Übungen und abendlicher Massage dürfte es nicht länger als einen Monat dauern.«

»Ich schaffe es früher!« schwor sie sich. »Du mußt mir beibringen, auf einem Ale-Faß eine Gigue zu tanzen.«

»Irin, du bist zu ehrgeizig.« Er lachte auf.

»Nein, ich möchte alles machen!« Verführerisch schmiegte sie sich an ihn und raunte in sinnlich-rauchigem Ton: »Ich möchte, daß meine Beine sehr kräftig werden, damit ich etwas ganz Spezielles mit ihnen machen kann.«

Er zog sie an sich, während er sich vorstellte, wie sie ihre langen Beine fest um seinen Rücken schlang. »Sag mir, was du machen möchtest.«

»Sean O'Toole, ich möchte dich von hier bis Dublin in den Hintern treten, weil du etwas so Grausames getan hast.«

Sean mußte so lachen, daß er sich aufs Bett warf und sie mitriß. »Hallelujah! Ich verzweifelte schon, weil du so zurückhaltend und brav warst. Ich liebe deine Leidenschaft und deinen Zorn. Wie lange beabsichtigst du, mich zu bestrafen?«

»Für den Rest deines Lebens natürlich.« Obwohl ihre Worte leichthin gesprochen wurden, sah er grünes Feuer in ihren Augen funkeln, und plötzlich war sein ungutes Gefühl wieder da. Was Emerald betraf, war er sehr verwundbar geworden. Falls sie wirklich Vergeltung suchte, verfügte sie über die Mittel, ihn tödlich zu verletzen.

Sie griff nach unten und kratzte sich am Bein. »O Gott, es juckt mich, daß ich mir die Haut abkratzen könnte.«

»Ich verschreibe dir ein Bad«, sagte er und drückte ihr einen Kuß auf die Nase.

»Ein Bad. Was für eine himmlische Wonne! Fast zwei Monate lang habe ich nicht gebadet.«

»Es gibt noch etwas, was du zwei Monate lang nicht genossen hast.«

Emerald faßte mit ihren Fingern in sein dichtes dunkles Haar und fuhr mit ihrer Zungenspitze seine Oberlippe nach. »Also, erst das Bad, und dann wird man ja sehen, wohin das führt.«

Als er sie in seine Arme nahm, argwöhnte er, daß sie ihm etwas vorenthielt. Da zu vermuten stand, daß sie sich in irgendeiner Form rächen wollte, durfte er sie nicht einen Moment unbeobachtet lassen. Er wollte sie, und er wollte sie ganz, mit Haut und Haaren, mit ihrer ganzen Seele.

Im Haus am Portman Square war Jack Raymond ebenfalls dabei, wieder gehen zu lernen, war dabei aber nicht so vom Glück begünstigt wie seine Frau. Sein Bruch war viel komplizierter als der von Emerald, und ihm war keine zärtliche, liebevolle Pflege zuteil geworden.

Während der Wochen, in denen er ans Bett gefesselt war, hatte sein Haß auf William Montague sich mit jedem Tag gesteigert, bis er mit jenem gleich stark war, den er gegen Williams zwei Kinder hegte. Er verwünschte den Tag, an dem er in den Montague-Pfuhl hineingeboren worden war.

William freilich behandelte Jack als Freund und Vertrauten ohne die leiseste Ahnung von seinem unter der Oberfläche brodelnden Haß. Als er sah, daß Jack hinkte, brachte er ihm sogar seinen bevorzugten Spazierstock, denjenigen, den er benutzte, wenn die Gicht ihn plagte.

»Hier, mein Junge, nimm ihn, bis dein Hinken nachläßt.«

Am liebsten hätte Jack dem Alten damit eins über den Schädel gegeben. Wußte er denn nicht, daß das Hinken nie mehr vergehen würde?

»Freut mich, daß du wieder auf den Beinen bist, damit wir uns endlich wieder unseren Geschäften zuwenden können.«

Das einzige Geschäft, das mich noch interessiert, ist Mord. An dir und deinem verfluchten Sohn. An meiner treulosen Frau und an ihrem verwünschten Liebhaber!

»Uns ist nur ein einziges lausiges Schiff geblieben. Mit einer Ladung Kohle konnte ich ein paar verdammte Pfund verdienen. Dafür habe ich aber auch eine gehörige Portion an Demütigung hinnehmen müssen. Höchste Zeit, daß wir zurückschlagen!«

»Ich höre«, preßte Jack hervor.

»Die O'Tooles haben nun alles, was einst mir gehörte. Sie haben mir meine Schiffe gestohlen, meine Tochter und meine schöne Frau. Sie haben sogar meinen Sohn gegen mich aufgehetzt, bis er einer der ihren wurde!«

Diese schäbige Memme hat sich also nach Irland geflüchtet, dachte Jack bei sich.

»Ich sage, daß wir losschlagen und uns holen sollen, was uns gehört!« rief William aus.

Bist du verrückt, Alter? Ich will nichts zurück, ich möchte restlos alles vernichten! Und? »Wie sieht dein Plan aus?« fragte Jack. Vielleicht konnte er den Plan so umsetzen, daß er selbst Vorteile daraus zog.

»Also, wir haben zwar nur ein Schiff, aber wir haben zwei zusätzliche Besatzungen, die müßig herumhocken. Seit die Admiralität sich unserer Schiffe bemächtigte, haben die Leute keinen lausigen Penny verdient. Mit soviel Mann könnten wir einen Überfall wagen und unsere Schiffe zurückgewinnen. Wir könnten nach Anglesey segeln und die Insel als Basis benutzen. Castle Lies ist nur wenige Stunden entfernt. Wir könnten ihre Aktivitäten beobachten und zuschlagen, wenn die verfluchten O'Tooles am verwundbarsten sind.«

»Die Seeleute sind allesamt Halsabschneider. Sie werden Geld sehen wollen.«

»Du trommelst sie zusammen, und ich treibe das Geld auf.« William war fest entschlossen, dieses Wagnis zu finanzieren, und wenn er deshalb die gesamte Hauseinrichtung veräußern mußte.

Amber kam in ihrer eigenen Equipage. Ihre Pferde, vorbildlich in Schritt und Haltung, bildeten ein ideales Gespann, und die elegante Livree ihres Kutschers hätte einer Herzogin Ehre gemacht. Im Wageninneren häuften sich die Geschenke für ihre drei Enkel, für Emerald und für ihre Schwiegertochter Nan.

Als Amber im Salon saß und Johnny stolz seinen Sohn hereintrug, küßte Amber beide und brach unvermittelt in Tränen aus. »Nicht weinen, Mutter, dies ist ein glücklicher Anlaß.«

»Es ist so lange her«, flüsterte sie hilflos.

Johnny reichte das Baby Nan und nahm seine Mutter in die Arme.

»Ich weiß, daß du den besten Vater abgeben wirst, den man sich denken kann«, sagte Amber unter Tränen lachend.

»Keine Rede davon«, protestierte Sean O'Toole, der Johnny beiseite schob, um Amber seinen Sohn zu zeigen. »Laß dir gesagt sein, daß ich der beste Vater bin.«

Ambers Tränen versiegten, während sie die zwei vor sich betrachtete. Der Kleine hatte rabenschwarzes Haar und große, runde zinngraue Augen. »Er ist dir wie aus dem Gesicht geschnitten.«

»Gott helfe dem armen, unschuldigen Kerlchen«, ließ Shamus von seinem Sessel am Feuer aus vergnügt hören. »Das muß gefeiert werden. Paddy! Hol etwas vom guten Stoff aus dem Keller!«

»Kein Trinken ohne Essen«, erklärte Tara mit Bestimmtheit. »Ich werde Mary Malone helfen, einen anständigen Imbiß auf den Tisch zu stellen.«

»Du hast mir besser gefallen, als du wirr im Kopf warst«, erklärte Shamus ihr grienend. Das ließ Tara nicht ungestraft auf sich sitzen, und die Spötteleien flogen nur so hin und her, wobei niemand verschont wurde.

Als Emerald das Zimmer betrat, strahlte Sean: »Ach, endlich, hier kommt die Schönheit der Familie.«

»Emerald glaubt doch glatt, du meinst sie«, zog Johnny ihn auf.

»Sie war schon immer eine eitle kleine Hexe«, erklärte Amber augenzwinkernd.

»Ich bin meiner Mutter nachgeraten«, schoß Emerald lachend zurück.

»Die Schönheit meiner Tochter stellte jene ihrer Mutter glatt in den Schatten«, klärte Sean nun die Konkurrenz in der Familie.

Emerald kniete neben ihrer Mutter nieder, um ihr Kathleen zu zeigen. Dem kleinen Mädchen mit dem Rosenknospenmund und den grünen Smaragdaugen ringelten sich winzige Löckchen um das herzförmige Gesicht.

»Ach, sie ist dir wie aus dem Gesicht geschnitten«, erklärte Amber und prustete dann, als sie merkte, daß sie sich wiederholt hatte.

»Wir hatten uns um sie so große Sorgen gemacht, aber ich glaube, jetzt ist sie über dem Berg«, erklärte Emerald.

»Gib sie mir. Sie wird sich gewiß gut entwickeln. Du warst auch immer zu klein. Nicht größer als ein Däumling.«

»Das hat sie mit ihrer Frechheit ausgeglichen«, scherzte Johnny.

Das fröhliche Beisammensein dauerte bis in die abendliche Dunkelheit. Seit Jahren war auf Greystones nicht mehr so ausgiebig und lebhaft gefeiert worden. Zwischen Kate, Tara, Maggie und Amber erhob sich ein Wettstreit darum, wer die Babys baden durfte.

»Nachdem hier keine Hackordnung gilt, hat die Großmutter das letzte Wort«, bestimmte Amber.

»Und da ich die Großmutter bin, gebe ich dir recht«, rief Maggie triumphierend aus.

»Euch ist ja der Wein zu Kopf gestiegen«, klagte Tara.

»Aber es ist Ihr gefährlicher Wein«, sagte Kate und schob damit die Schuld Tara zu.

»Hach, Sie sind nicht einmal eine FitzGerald«, warf Maggie ihr feixend an den Kopf.

»Eine Kennedy sticht drei FitzGeralds allemal aus!« erklärte Kate mit Kampflust im Blick.

Plötzlich brachen alle in Gelächter aus und marschierten gemeinsam hinauf. Ellen und Jane, die jungen Kindermädchen, hatten jede Hoffnung schon aufgegeben, die Kinder jemals halten und pflegen zu dürfen.

»Und dich werde ich zu Bett bringen«, sagte Sean und hob Emerald hoch. »Du bist noch immer zart wie ein Däumling.«

»Du weißt, das gleiche ich mit Frechheit aus«, griente sie und zupfte ihn an den Haaren.

Sean wußte, daß sie den Tag genossen hatte, ebenso wußte er aber, daß sie müde war und Ruhe brauchte, wenn sie mit den anderen einigermaßen mithalten wollte. Nachdem er sie ins Bett gebracht hatte, ging er wieder hinunter. Er ahnte, daß Amber mit ihm sprechen wollte, sobald alle anderen sich zurückgezogen hätten.

Sean schenkte zwei Schwenkgläser besten französischen Brandys ein.

»Doch nicht schon wieder ein Trinkspruch?« fragte Amber mit hochgezogenen Augenbrauen.

»Irgendwie schon. Auf dich, Amber. Weil du dein Geschäft verkauft hast.«

Sie fragte nicht, woher er es wußte. Dank seines geradezu unheimlichen Spürsinns blieb Sean O'Toole nichts verborgen. »Als Bordellbesitzerin kann ich wohl kaum als würdige Großmutter auftreten, also habe ich mich für die ehrenhafte Lösung entschieden.«

»Falls das als Seitenhieb gemeint war, bin ich der erste, der zugibt, daß er ihn verdient.«

»Ich weiß nicht, was du meinst«, sagte Amber verblüfft.

»Hat Emerald nicht erzählt, wie schmählich ich sie im Stich gelassen habe?« fragte er fassungslos. »Ich glaube, das ist es, was ich am meisten an ihr liebe… ihre Verschwiegenheit und ihren Großmut.« Er ging ans Feuer und wärmte den Brandy in seinen Händen, ehe er sich zu Amber umdrehte und ihr die ganze Geschichte vom Anfang bis zum Ende erzählte. »Und nach all dem besaß sie auch noch die Großherzigkeit, die Zwillinge Joseph und Kathleen zu nennen.«

»Aber verziehen hat sie dir nicht, oder?«

Er schüttelte den Kopf. »Nein, auf Verzeihung hoffe ich nicht. Was ich getan habe, ist unverzeihlich.«

»Aber nicht ganz unerwartet. Ich habe sie vor dir gewarnt und ihr gesagt, du würdest sie für deine Rache mißbrauchen.«

»Und was sagte sie?«

»Sie sagte, sie hätte Verständnis für dein Verlangen nach Vergeltung. Weiter sagte sie, du hättest sie gelehrt, für das Heute zu leben, und falls es morgen ein Ende hätte, würde sie keinen einzigen Augenblick der gemeinsamen Zeit bedauern.«

»Das sagte sie, weil sie mir vertraute. Und ich habe dieses Vertrauen mißbraucht.« Er konnte den Schmerz nicht verbergen, der aus seinen dunklen Augen sprach. »Ich vermute, daß Emerald mich verlassen wird.«

»Und was gedenkst du zu tun?«

»Sie zurückholen natürlich. Ich werde sie nie gehen lassen!«

Wie von einem Dämon angetrieben, der ihm keine Ruhe ließ, schenkte Sean Emerald am folgenden Tag ein eigenes Schiff.

»Komm und sieh es dir an. Die Besatzung der *Sulphur* hat Tage damit zugebracht, es frisch anzustreichen.«

Alle Hausbewohner pilgerten zur Anlegestelle, um die *Swallow* zu bewundern, die neue Segel bekommen hatte und auf den Namen *Emerald Isle* umgetauft worden war. Als weiteres Geschenk eröffnete Sean Emerald: »Du bekommst von mir eine eigene Besatzung, damit du Kapitän deines eigenen Geschickes sein kannst.«

»Ist die *Emerald Isle* für Vergnügungsfahrten vorgesehen, oder soll ich eine eigene Schiffahrtslinie betreiben?«

»Emerald, du kannst sie verwenden, für was immer du willst. Es ist nur meine Art, dir zu zeigen, daß auch dein ist, was mein ist.«

Sie fragte sich, ob er bereit wäre, seine Seele mit ihr zu teilen. Einen Teil seines Wesens hatte Sean immer für sich behalten. Und jetzt ertappte sie sich dabei, daß sie sich ähnlich verhielt. Sie hatte ihm einmal alles gegeben – Herz, Liebe und Vertrauen. Doch jetzt war sie es, die ihr Innerstes vor ihm verbarg. Es war, als wäre ihr Herz eingefroren und wolle nicht schmelzen.

Emerald lächelte strahlend. »Morgen unternehmen wir eine Segelpartie. Wer kommt mit?«

»Ich nicht«, Johnny sagte es lachend, »von nun an bleibe ich mit beiden Beinen auf festem Boden.«

»Dann wird es eben eine reine Damenpartie«, erklärte sie.

»Weit brauchen wir ja nicht zu segeln. Wie wäre es mit der Dublin Bay und zurück?«

Amber, Nan, Tara, Maggie und Kate waren sofort einverstanden. »Das wäre also abgemacht, aber was unternehmen wir heute?« fragte Amber.

»Johnny und ich wollten den Kleinen taufen lassen, während du da bist«, schlug Nan schüchtern vor. »Wir sind übereingekommen, ihn nach meinem Großvater Edward zu nennen.«

»Eine wunderbare Idee«, erklärte Amber. »Aber daß ich Großmutter bin, heißt wohl nicht unbedingt, daß ich auch als Taufpatin fungieren müßte, oder?«

Als die Gesellschaft sich wieder hinauf zum Haus begab, blieb Emerald zurück, den Blick über die Greystones Bucht gerichtet, in der ein halbes Dutzend Schiffe vor Anker lagen. Sean trat neben sie.

»Es tut mir leid, daß wir die Zwillinge nicht auch taufen können. Bist du traurig darüber?«

»Ein wenig schon«, gestand sie. Beide waren dagegen, daß die Kinder Montague hießen. Da es aber unmöglich war, ihnen den Namen O'Toole zu geben, unternahmen sie gar nichts.

»Ich habe eine Idee. Lassen wir sie doch als FitzGeralds taufen. Den Familienname haben wir beide. Du weißt ja, was Shamus sagt: *Tu immer das Zweckdienliche, und du wirst nie ganz falsch handeln.*«

»Vater Fitz würde sich weigern.« Die Erinnerung an die Anschuldigungen, die er ihr an den Kopf geworfen hatte, ließ sie erröten.

Seans Miene verhärtete sich. »Emerald, Fitz wird auf jeden Fall tun, was ich sage.«

Als sich sämtliche Beteiligten später zur Taufzeremonie in der Kapelle zusammenfanden, merkte Emerald, daß Sean dem Priester in einem Gespräch unter vier Augen klargemacht

440

haben mußte, wer hier das Gesetz vertrat. *Sein* Gesetz. Weder ein Wort noch ein Blick verriet, daß der Geistliche gezögert hätte, allen drei neuen Erdenbürgern das Sakrament der Taufe zu spenden.

Als Johnny und Sean voller Stolz mit ihren Söhnen im Arm dastanden, wurde Emerald das Herz schwer bei dem Gedanken an ihre Pläne. Es war falsch, einen Vater um seine Kinder zu bringen. Mit einem Blick auf das winzige Mädchen in ihren Armen seufzte sie schwer. Shamus Worte über Zweckdienlichkeit kamen ihr in den Sinn, und ihr wurde klar, daß sie im Begriff stand, genau nach dieser Maxime zu handeln. Sie hatte zugelassen, daß Sean O'Toole sie und ihre Kinder rettete und sich ihrer annahm, bis sie kräftig genug waren. Und jetzt mußte sie ihn verlassen.

Emerald würde ihm ewig dankbar für das sein, was er für sie getan hatte. Ebenso würde sie ihn immer lieben. Aber er hatte seine Rache über sie und sein eigenes Fleisch und Blut gestellt und würde es jederzeit wieder tun, wenn sich die Gelegenheit böte. Als sie ihr Kind Vater Fitz hinhielt und hörte, wie er sagte: »Ich taufe dieses Kind auf den Namen Kathleen FitzGerald«, wußte sie, daß sie das Richtige tat.

Am darauffolgenden Tag standen Emerald und Amber am Bug der *Emerald Isle.* Da beide einander so ähnlich waren, waren sie auch einer Meinung, daß dies der aufregendste Platz auf einem in Fahrt befindlichen Schiff sei. Die anderen Damen zogen geschütztere Plätze vor, an denen ihre Frisuren nicht in Unordnung gerieten. Doch Mutter und Tochter liebten das Gefühl, wenn der Wind ihre Locken zerzauste.

Als das wendige Schiff die Rundung der Dublin Bay entlangsegelte, fanden Emerald und Amber den Mut, davon zu sprechen, was ihnen am dringendsten auf dem Herzen lag. »Sean hat mir gestanden, was er dir antat.«

Emerald war erst verblüfft, dann wütend. Wie hatte er es wagen können, Amber erst seine Version aufzutischen? »Er soll zur Hölle fahren!«

»Liebling, es war kein Versuch einer Rechtfertigung.«

»Aber nur deswegen, weil es gegen seine Natur ist, sich in die Defensive zu begeben. Er geht immer in die Offensive! Nun, er hat mich tief gekränkt, und ich werde ihn verlassen.«

»In Todesgefahr hast du aber nach ihm geschickt, und er ist gekommen.«

»Nein, ich habe nicht nach ihm geschickt! Ich habe Johnny zu dir geschickt. Nachdem Sean mich in England verließ, hatte ich nicht die Absicht, jemals wieder nach Castle Lies zurückzukehren. Wir beide, du und ich, waren übereingekommen, daß ich zu dir kommen würde, wenn Sean mir jemals Schmerz zufügte. Wenn du jetzt heimfährst, komme ich mit dir.«

»Emerald, das ist ein vergebliches Unterfangen. Er wird dir folgen.«

»Mutter, der Earl von Kildare mag ja allmächtig sein, aber ob ich bleibe oder gehe, ist *meine freie Entscheidung*, nicht seine. Anders kann es gar nicht sein.«

Während die beiden Frauen in ihr Gespräch vertieft waren, verharrte auf der anderen Seite der Bucht eine schattenhafte Gestalt zur Reglosigkeit erstarrt ob des Anblicks, der sich ihr bot. Auf dem Deck der *Seagull* wie angewurzelt stehend, wollte William Montague seinen Augen nicht trauen. Mitten in der Dublin Bay erblickte er seine schöne Frau an Bord seines eigenen Lieblingsschiffes, der *Swallow*. Bald würde er beide zurückhaben, selbst wenn er Castle Lies und alle seine Bewohner vernichten mußte.

36

Lief einer der Murphy-Brüder im Heimathafen Greystones' ein, hieß es immer, daß auch der andere Bruder binnen eines Tages aufkreuzen würde. Die FitzGeralds behaupteten scherzhaft, die beiden hätten Magnete in ihren Hintern. Als Pat Murphy, Kapitän der *Brimstone*, eintraf, war Sean O'Toole daher sicher, daß Tim nicht lange auf sich warten lassen würde.

Und tatsächlich, einen Tag darauf steuerte die auf *Dolphin* umgetaufte *Heron* den Heimathafen an. Sean und Paddy verbrachten daraufhin den größten Teil des Tages mit den Murphys, inspizierten die Fracht und gingen die Papiere der aus Spanien und Marokko importierten Waren durch.

Als sie fertig waren, nahm Tim Murphy Sean auf ein vertrauliches Wort beiseite. »Bowers sagt, er hätte heute morgen, als wir Dublin verließen, ein Montague-Schiff gesehen. Ich selbst kann das nicht bestätigen, aber Bowers schwört alle heiligen Eide.«

Sean runzelte besorgt seine schwarzen Brauen. »Komm hinauf in die Küche, Tim. Wir wollen mit Shamus reden.«

Da sie für den nächsten Tag ihre Abreise plante, hatte Amber schon gepackt. Johnny schleppte gerade ihre Koffer hinunter, als Sean mit grimmiger Miene das Haus betrat und ihn zu sich rief. Johnny rückte die Koffer beiseite und folgte ihm sofort in die Küche, in der Mr. Burke und Shamus bereits warteten. Spätestens jetzt wußte Emerald, daß etwas in der Luft lag.

»O Gott, wie ich das hasse, wenn die Männer sich so zusammenrotten«, ereiferte sie sich.

Amber versuchte, sie zu beruhigen. »Sie haben geschäftliche Angelegenheiten zu besprechen. Sean ist kein Geheimniskrämer.«

»Da kennst du ihn aber schlecht. Drohen Schwierigkeiten, dann stecken sie ihre Köpfe zusammen und halten die Weiblichkeit in Unwissenheit.«

»Emerald, du ziehst voreilige Schlüsse.«

»Ach? Ein Blick in Seans Gesicht sagt mir nur zu deutlich, was ich wissen muß. Und daß er Johnny dazu gerufen hat, bestätigt nur meinen Verdacht. Es geht wieder um seine Rache! Dieser Drang liegt ihm im Blut, er ist ihm geradezu verfallen! Er lebt dafür! Noch ehe eine Stunde vergangen ist, wird er mit seinem Schiff nach irgendwohin auslaufen und mich mit einer Lüge abspeisen.«

»Ich glaube, du irrst dich.«

Minuten später kam Sean O'Toole in den vorderen Salon und sagte wie beiläufig: »Ach übrigens, Emerald, ich unternehme mit der *Sulphur* eine kleine Ausfahrt. Warte nicht auf mich, Liebling, es könnte sein, daß ich länger ausbleibe.«

Emerald sah ihm fest in die Augen. »Wohin willst du?«

»Aufs Zollamt in Dublin. Ich muß dort Formulare für die importierten Waren ausfüllen.«

»Das dürfte nicht sehr lange dauern«, entgegnete sie hartnäckig.

»Nun, ich habe auch noch andere Dinge zu erledigen«, lautete seine ausweichende Antwort.

»Kann das nicht warten? Es ist Mutters letzter Tag, und Johnny und Nan fahren morgen wieder nach Maynooth. Mir wäre es sehr lieb, wenn wir den Tag gemeinsam verbringen könnten.«

»Tim Murphy möchte, daß ich mir ein Schiff anschaue, und Johnny kommt mit. Er und Nan werden noch einige Tage bleiben.« Seine Miene zeigte den verschlossenen Ausdruck, den Emerald schon so oft an ihm erlebt hatte. *Wenn du durch diese Tür gehst, werde ich bei deiner Rückkehr nicht mehr da sein.* Einen letzten Versuch unternahm sie noch. Auf ihn zutretend, hob sie ihm ihr Gesicht entgegen. »Sean, bitte, geh nicht fort.«

Er legte seine Arme um sie und senkte den Kopf, so daß er ihr gerade in die Augen schauen konnte. »Liebling, deine Phantasie geht wieder einmal mit dir durch. Also, wenn es dich beruhigt – ich werde mich bemühen, zum Dinner wieder da zu sein.« Er küßte sie flüchtig und ging, ohne sich noch einmal umzudrehen.

Johnny kam aus der Küche. »Wo ist Nan?«

»Sie ist mit dem Kleinen oben. Mit welcher Lüge gedenkst du sie zu füttern?« wollte sie wissen.

»Emerald, halte dich aus Männersachen heraus«, warnte Johnny sie und lief die Treppe hinauf.

Emerald ließ die Schultern sinken, als ihr Zorn verrauchte und unendlicher Traurigkeit Platz machte. Seufzend sah sie ihre Mutter an. »Ich mache mich ans Packen. Wir fahren noch heute los.«

Emerald rief Ellen und Jane zu sich. »Ich werde meine Mutter nach Wicklow begleiten und eine Zeitlang mit den Zwillingen bei ihr bleiben. Hättet ihr Lust mitzukommen?«

Als beide Mädchen erfreut nickten, regte sich bei Emerald ein Anflug von schlechtem Gewissen, weil sie sie belog. Doch sie nahm sich vor, die beiden zurückzuschicken, falls sie in Wicklow nicht glücklich würden. »Ich danke euch. Ohne euch könnte ich die Fahrt kaum unternehmen. Geht und packte eure Sachen, wir brechen noch heute auf.«

Als der Berg von Gepäck am Hauseingang wuchs, schüttelte Kate mit sorgenvoller Stirn den Kopf. »Das sieht so aus, als wollten Sie uns verlassen.« Emerald sah sie fest an.

»Ja, ich begleite meine Mutter.«

»Und was ist mit den Kindern?« fragte Kate streng.

»Ellen und Jane kommen mit. Kate, wir werden gut zurechtkommen. Ich möchte Ihnen für alles danken, was Sie für mich und die Zwillinge getan haben. Sie werden mir sehr fehlen.«

In Kates Kehle bildete sich ein Kloß. »Wie lange wollen Sie fortbleiben?«

Emerald wollte sie nicht mehr beunruhigen als notwendig. »Ich habe keine fixen Pläne«, sagte sie leise.

»Hm, für mich sehen sie verdammt fix aus«, brummte Kate und verzog sich ohne einen weiteren Kommentar in die Küche.

»Jetzt habe ich sie verletzt«, murmelte Emerald betroffen.

»Liebling, Kate ist nicht die einzige, um die du dich sorgen solltest.«

»Ich habe für Sean eine Nachricht hinterlassen«, sagte Emerald leise.

»Nun, das wird ihn gewiß beruhigen«, sagte Amber in resigniertem Ton.

Es dauerte eine Weile, bis Emerald alles Notwendige gepackt hatte. Diesmal zögerte sie nicht, ihren Schmuck und die Besitzurkunde des Londoner Stadthauses mitzunehmen.

Als Ambers Kutsche Greystones verließ, türmte sich das Gepäck so gefährlich hoch, daß es herunterzufallen drohte. Im Wageninneren hielten Ellen und Jane je einen schlummernden Säugling auf dem Schoß. Emerald hatte ihre Zwillinge im letzten Moment in der Hoffnung gestillt, sie würden den größten Teil der Fahrt nach Wicklow verschlafen.

Als die *Sulphur* mit Rory FitzGerald am Ruder aus der Bucht von Greystones auslief, standen Johnny und Bowers, der ehemalige Kapitän der Montagues, am Bug und suchten Küstenlinie und Horizont nach der *Seagull* ab, während Sean O'Toole hoch oben in der Takelung hing, das Fernrohr ans Auge gedrückt.

Zweimal fegten sie über die Dublin Bay und identifizierten jedes Schiff, das sie passierten, ohne jedoch ein Montague-

Schiff zu sichten. Daraufhin umsegelte die *Sulphur* die Eye of Ireland genannte Landzunge, die die Dublin Bay vor der offenen See schützt. Als ihre Beute sich noch immer nicht blicken ließ, suchten sie die Küste in beiden Richtungen ab, von Bray bis nach Lambay Island.

Befriedigt, daß kein Montague-Schiff im Umkreis von dreißig Meilen auf der Lauer lag, gab Sean Befehl, auf Heimatkurs zu gehen. Er kletterte aus der Takelung herunter und zog Johnny beiseite. »Was meinst du?«

»Bowers muß sich geirrt haben«, erklärte Johnny.

Sean schüttelte den Kopf. »Ich habe so ein Gefühl…«

»Als ich Vater zum letzten Mal sah, bot er das für mich wunderbare Bild eines total gebrochenen Menschen. Und da ich dafür gesorgt habe, daß Jack Raymond lange Zeit nicht mehr laufen kann, glaube ich nicht, daß wir uns Sorgen machen müssen.«

»Johnny, es freut mich, daß du deine Angst vor ihnen verloren hast. Aber solange in ihren üblen Körpern noch ein Hauch von warmem Blut fließt, stellen sie eine Bedrohung dar.«

»Nun, falls sie hier waren, so sind sie jetzt auf jeden Fall wieder fort.«

Aber wohin? fragte sich Sean im stillen. »Anglesey«, platzte er heraus. »Morgen fahren wir hinüber nach Anglesey, nur um uns zu vergewissern.« Als die *Sulphur* wieder Kurs auf Greystones nahm, wurde Sean dennoch das unbehagliche Gefühl nicht los, daß etwas nicht stimmte.

Diese Vorahnung verließ ihn auch nicht, als er von der Anlegestelle hinauf zum Haus ging. Auf Greystones herrschte sonderbare Ruhe. Vom Hauspersonal war niemand zu sehen. Plötzlich durchbrach Säuglingsgeschrei die unheimliche Stille, doch seine Miene erhellte sich nicht. Es war weder sein Sohn noch seine Tochter; deren Geschrei hätte er aus Hunderten von anderen Kindern herausgehört.

Mit schmal zusammengepreßten Lippen stürzte Sean ins große Schlafgemach. Er wußte sofort, was geschehen war, und hätte die Türen des großen Schrankes erst gar nicht aufreißen müssen. Emerald hatte alles zusammengepackt und hatte das Haus verlassen! Kaum hatte er ihr den Rücken gekehrt, war sie mit Amber davongefahren. Emerald hatte getan, was zweckmäßig war ...

Sein Blick fiel auf den Umschlag, den sie auf seinem Kissen hinterlassen hatte. Hastig danach greifend, steckte er ihn in seine Lederjacke. Er wollte verdammt sein, wenn er ihn las! Er war nicht daran interessiert, auch nur einen der Gründe für ihr Verhalten zu erfahren. Seine gesamte Energie konzentrierte sich nur auf eines: Er würde Emerald und die Zwillinge noch heute nacht nach Greystones zurückholen!

Sean O'Toole lief direkt in den Stall und sattelte in aller Eile Luzifer, ohne nachzudenken oder sich mit jemandem zu beraten. Um diese wankelmütige Person zur Räson zu bringen, brauchte er von niemandem Rat und Hilfe. Er hatte zwar keine Ahnung, wann sie Greystones verlassen hatte, aber es war ihm einerlei. Egal, wie viele Meilen sie zurückgelegt hatte, er würde sie einholen und zur Umkehr zwingen.

Die ersten zehn Meilen sah er weder nach rechts noch nach links. Er galoppierte in rasendem Tempo nur geradeaus. Dann warf Sean einen Blick zum Himmel, um abzuschätzen, wieviel Zeit noch blieb, ehe die Nacht hereinbrach ... etwa eine Stunde noch, dann würde es ganz dunkel sein. Vor ihm lag die Stadt Dublin, und als er sie erreichte, zwangen ihn die belebten Straßen, sein rücksichtsloses Tempo zu drosseln.

Da, ganz überraschend, erspähte er Ambers Kutsche, die in einer Reihe von Droschken, Wagen und Ponykarren im Zentrum der alten Hauptstadt dahinrollte. Auf der Brücke über den Liffey gab er Luzifer die Sporen und holte die Kutsche gerade ein, als sie das andere Ufer erreichte.

»Stehenbleiben!« befahl er.

Ein einziger Blick in das dunkle, drohende Antlitz des Earl von Kildare, und der Kutscher zügelte sofort sein Gespann.

Die vom gemächlich dahinfließenden Verkehrsstrom Dublins zur Verzweiflung gebrachte Emerald warf einen Blick aus dem Fenster, um zu sehen, was es mit dieser neuerlichen Verzögerung auf sich hatte. Als sie den Rappen mit seinem schwarzgekleideten Reiter sah, unterdrückte sie nur mit Mühe einen enttäuchten Aufschrei. Er hatte sie eingeholt, ehe sie auch nur aus Dublin herausgekommen waren!

Ihre Wut gewann die Oberhand. Mit geröteten Wangen stürzte sie aus der Kutsche, um ihm entgegenzutreten.

Seans Augen blitzten vor Zorn. »Steigen Sie wieder ein, Madam, mit Ihnen werde ich mich zu Hause befassen.«

Emerald bot ihm kühn die Stirn, obwohl sie ihn noch nie so aufgebracht erlebt hatte. »Ich fahre nach Wicklow. Versuch ja nicht, mich zu überreden, es wäre vergeudete Mühe.«

»*Dich zu überreden?*« Seine rauhe Stimme verriet ihr, daß seine Absicht keineswegs so zivilisiert war. »Die einzige Überredungskunst, die ich anwende, ist die meiner flachen Hand«, knirschte er.

Seit sie ihn kannte, war er nie ungehalten oder gewalttätig ihr gegenüber gewesen. Nicht ein einziges Mal hatte er sie im Zorn angefaßt. Vielleicht war dies der Grund, warum Emerald ihm jetzt Widerstand leistete. »Mußt du inmitten dieses Verkehrs eine Szene machen?«

»Offenbar ja«, sagte er, saß ab und ging auf sie zu. Mit gefährlich funkelnden grauen Augen blieb er vor ihr stehen.

»Ich fahre nach Wicklow!«

»Nach Greystones«, knurrte er unerbittlich.

Menschen kletterten aus ihren Fahrzeugen, um den spannenden Streit nicht zu versäumen, der jeden Augenblick in Gewalttätigkeit auszuarten drohte. Als Seans kraftvolle Hände ihre Schultern umfaßten, lag in seiner Berührung keine Sanftheit.

»Steigen Sie sofort wieder ein, Madam.«

»Versuch es doch!« schleuderte sie ihm giftig entgegen.

Ohne auch nur einen Augenblick zu zögern, hatte er sie umgedreht, sie sich über einen Schenkel gelegt, ihre Röcke hochgeschoben und ihr drei schallende Schläge auf die nackte Kehrseite versetzt. Unter dem Applaus der Umstehenden öffnete Sean den Wagenschlag, faßte Emerald um die Taille und setzte sie unsanft hinein. Dann band er Luzifer hinten an der Kutsche fest und wies den Kutscher vorne an: »Rück ein bißchen«, womit er sich neben ihn fallen ließ.

Emerald, deren Würde in tausend Scherben lag, ignorierte die schockierten Kindermädchen und starrte ihre ungläubige Mutter mit tränennassen Augen an.

»Liebling, ich sagte ja, dies sei ein vergebliches Unterfangen.«

Wieder in Greystones, trugen die Kindermädchen, gefolgt von Emerald, die Zwillinge ins Haus. Kate, Tara, Nan, Johnny, Mr. Burke und Shamus befanden sich im vorderen Salon, als hätten sie ihre Rückkehr erwartet. Amber gab Kate und Tara mit einem bezeichnenden Blick zu verstehen, daß in Kürze ein heftiges Ungewitter bevorstand.

Als Emerald Seans unverkennbaren Schritt hinter sich hörte, drehte sie sich blitzschnell um, bereit den Kampf aufzunehmen, wo sie ihn abgebrochen hatten. Sean aber hob gebieterisch seine Hand, die sie warnte, lieber den Mund zu halten.

»Ich lasse dir eine Stunde Zeit, dich um die Kinder zu kümmern.«

Mit eigensinnig vorgeschobenem Kinn fegte Emerald aus

dem Salon in die große Eingangshalle, legte die Hand aufs Treppengeländer und ging hinauf, den Rücken kerzengrade.

Sean folgte ihr bis an den Fuß der Treppe. »Eine Stunde, genau hier an dieser Stelle.«

Emerald warf den Kopf zurück, ohne ihn einer Antwort zu würdigen.

Sie wusch sich die verräterischen Tränen ab und stillte dann ihre Kinder. Zu mehr war in einer Stunde nicht Zeit. Erst wollte Emerald sein Ultimatum einfach ignorieren, dann aber fiel ihr ein, daß er sofort in die Offensive gehen und ihren Gehorsam erzwingen würde, wenn sie nicht hinunterkäme. Zu warten, bis er sie holte, hätte sie in die Defensive gedrängt, und deshalb änderte sie ihre Absicht.

Emerald übergab ihre Babys den zwei Kindermädchen. »Ich wäre sehr dankbar, wenn ihr die Kinder heute zu Bett bringen würdet.« Sie bürstete ihr Haar, bis es knisterte, dann schritt sie hoheitsvoll die Treppe hinunter, um dem Mann gegenüberzutreten, dem nach einem erbitterten Kampf dürstete.

Als ihr Fuß die unterste Stufe berührte, machte sie den Mund auf, um eine Breitseite abzufeuern. Seine Hand umschloß jedoch eisern ihren Unterarm und schnitt ihre verbale Attacke ab. »Kein Wort, Madam.«

Er ging zur Eingangstür und zerrte sie mit. Unheilvolles Schweigen trat ein, als er mit ihr die Zufahrt entlang zum Pförtnerhaus hastete. Er ließ sie nicht los, bis sie die Turmtreppe erreicht hatten.

Emerald blieb nichts übrig, als hinaufzugehen. In ihrem Zorn mischte sich nun Angst. Was immer er mit ihr vorhatte, er wollte keine Zeugen. Als er sie losließ, stützte Emerald die Hände in die Hüften.

»Es gefällt dir wohl, den Tyrannen zu spielen?« knirschte sie.

»Du brauchst ganz offensichtlich eine feste Hand. Du hast die Beherrschug verloren.«

»Deine Beherrschung und die damit verbundene feste Hand habe ich zu spüren bekommen – mitten in Dublin – vor den Augen aller!« schrie sie empört.

»Es hat deinem Trotz ein Ende bereitet«, stellte er kühl fest.

»Vorübergehend!« Sie loderte vor Wut. Ihr Temperament brach sich in ungehemmter Leidenschaft Bahn.

Doch Sean stand ihr in seinem Zorn in nichts nach.

»Los, erkläre mir: Wie kannst du es wagen, mir meine Kinder wegzunehmen?« donnerte er.

»Ich habe dir eine Nachricht hinterlassen«, brüllte sie.

Er zog den Umschlag aus der Tasche und hielt ihn ihr unter die Nase.

»Du hast den Brief nicht einmal gelesen!« giftete sie ihn an.

»Und ich werde ihn nie lesen! Wenn du etwas zu sagen hast, dann sage es mir ins Gesicht.«

»Wie kannst du es wagen, mich anzuklagen! Du bist es, der im Unrecht ist. Du verdienst es, daß man dich verläßt!«

»Ich bin es, der dir das Leben rettete. Ich bin es, der dich nach allen Regeln der Kunst verwöhnte. Und du dankst es mir, indem du die Kinder entführst und dann die Unschuldige, die Zornige spielst, wenn ich in Wut gerate.«

Da stürzte sich Emerald auf ihn und trommelte mit den Fäusten gegen seine Brust. Ihr Haar wehte wie eine dunkle Rauchwolke um ihre Schultern. »Du selbstgerechtes Ekel, du! Mein Zorn ist nicht gespielt. Er ist sehr echt, wie du in dem Moment merken wirst, wenn ich wieder fliehe.«

Er packte ihre Hände und hielt sie fest. »Du meinst, sobald ich dir den Rücken kehre?«

»Ja!« geiferte sie.

»Ich werde nicht zulassen, daß du dich davonstiehlst!« rief er aus.

»Wie willst du mich aufhalten?« Aus ihren Augen flammte grünes Feuer. Sie keuchte vor Wut.

»Wenn es sein muß, werde ich dich in diesen Turm sperren und den verdammten Schlüssel wegwerfen!«

»Ha! Warum schlägst du mich nicht wieder?« forderte sie ihn höhnisch heraus.

»Dich schlagen?« fragte er ungläubig. »Du würdest zwar eine anständige Tracht Prügel verdienen, aber ich habe nie im Zorn die Hand gegen dich gehoben... noch nicht! Das von vorhin war nur eine leichte Züchtigung. Emerald, ich habe dein Vorgehen vorausgesehen. Ein wenig Intelligenz kannst du mir ruhig zugestehen. Ich wußte, daß du mir etwas verschweigst. Ebenso wußte ich, daß es nur eine Frage der Zeit ist, bis du davonläufst.«

»Du hast immer schon dein Innerstes und deine Gedanken vor mir verborgen. Nun weißt du, was das für ein Gefühl ist.«

»Als ich versuchte, dir zu sagen, daß ich dich liebe, wolltest du nicht zuhören«, beschuldigte er sie.

Nun wurde sie ungeduldig. »Um Gottes willen, ich weiß, daß du mich liebst. Ich wußte es immer schon.«

»Ich habe dir Schmuck gegeben, ein Haus, ein Schiff«, zählte er empört auf.

»Es geht hier nicht um Juwelen oder Häuser oder Schiffe«, fuhr sie ihn an.

»Dann sag mir, daß du mich nicht liebst«, forderte Sean sie heraus.

»Natürlich liebe ich dich. Ich habe dich immer schon wider jede Vernunft geliebt. Es geht hier auch nicht um Liebe!«

»Worum geht es dann, in Gottes Namen?«

»Es geht um Vertrauen«, sagte sie leise.

Lieber Gott im Himmel, wie konnte er sich dagegen verteidigen? Plötzlich war ihm der Wind aus den geblähten Segeln genommen.

»Sean, du hast mich gelehrt, für das Heute zu leben, doch du selbst tust es nicht. Du lebst für das Gestern. Du lebst für die Vergeltung. Ich habe dir völlig vertraut, und du hast mich deiner Rache zuliebe verraten.«

Der Schmerz in seinen Augen verriet ihr, daß er es nicht abstritt. Er schluckte. »Du willst mich also leiden sehen. Ich weiß nicht, ob dir klar ist, daß auch du Vergeltung willst. Du wirst nicht eher glücklich sein, bis du deinen Rachefeldzug durchgezogen hast. Du willst deine Kinder nehmen und mich für immer verlassen.«

Emerald starrte ihn entsetzt an. Ihre Augen schwammen in Tränen. Lieber Gott, das war es nicht, was sie wollte! Sie wollte, daß er sie in die Arme nähme und ihr ewige Liebe schwor. Sie wollte, er solle ihr geloben, alles zu tun, um sie zu halten. Sie wollte das Versprechen, daß sie und die Kinder von nun an die erste Stelle einnehmen würden. Ihn gelüstete es nach Rache, doch sie wollte, daß es ihn nur nach ihr gelüstete. Sie wollte für ihn alles sein – die erste und die letzte. Sie wollte ein Band des Vertrauens, das nie wieder zerreißen sollte, komme, was da wolle.

Als sein Blick über ihr ebenmäßiges, herzförmiges Gesicht wanderte, gestand er sich ein, daß er sie von Anfang an geliebt hatte. Auch als er es leugnete und sein Herz dem Glück verschloß, hatte sich die Liebe zu Emerald hineingestohlen. Er hatte nie gewagt, das Vorhandensein der Liebe anzuerkennen, weil er glaubte, sie nicht halten zu können, von ihr enttäuscht zu werden.

Sean berührte ihr von Tränen benetztes Gesicht mit großer Zärtlichkeit. »Meine Liebe zu dir und unseren Kindern ist absolut und bedingungslos. Ich stimme allem zu, was du willst.«

Das sagst du so, aber meinst du es auch? Sie mußte sicher sein. Obwohl sie es sehr ungern tat, stellte sie ihn auf die Probe. »Was – was, wenn ich dir deinen Sohn ließe?«

»Emerald, bist du verrückt? Sicher weißt du, daß mein Sohn sich nötigenfalls allein durchkämpfen könnte. Mein kleines Töchterchen ist es, das meine Kraft braucht. Aber ich würde die beiden niemals trennen. Ich will beide Kinder oder keines.«

Die erste Probe hatte Sean bestanden, würde er auch die weiteren bestehen?

»Was – was wenn ich dir beide ließe?«

Auf ihren Vorschlag hin zogen sich seine schwarzen Brauen abwehrend zusammen. »Ohne dich? Meine Antwort lautet nein! Ich will alles oder nichts. Die Zwillinge von ihrer Mutter zu trennen kommt für mich nicht in Betracht.«

Emerald atmete tief durch. Sie wollte nie wieder an ihm zweifeln, sie wollte, daß er die schwarze Wolke der Rache von ihrem Horizont vertriebe. Sie wollte, daß sie felsenfest auf ihn bauen konnte.

»Sean, dein Verlangen nach Rache war so groß, daß ich überflüssig wurde. Wenn man nicht aufhören kann, seine Feinde zu hassen, läuft man Gefahr, daß die Saat des Hasses in einem selbst Wurzeln schlägt und aufgeht. Ich weiß, daß du deinen Bruder und deine geliebte Mutter verloren hast. Aber Rache ist nicht die Antwort. Wenn man mit dem Verlust fertig werden will, muß man lernen, das Leben wieder zu genießen. Überleben allein genügt nicht. Man muß gern leben, und das heißt, daß man lieben muß.«

»Verdammt, Weib, ich liebe dich mehr als mein Leben!«

»Wenn das stimmt, dann wirst du mir so viel Vertrauen entgegenbringen, daß du auch deine geheimsten Gedanken mit mir teilst. Und ich vertraue dir, daß du deine Vergeltungsmaßnahmen aufgibst.« Emerald streckte ihm die Hand entgegen.

Als Sean in ihr Gesicht blickte, das voll inniger Liebe leuchtete, begriff er endlich, daß am Ende nicht eine geglückte

Rache zählte, sondern die Tiefe seiner Hingabe, die Liebe zu ihr und den Kindern. Langsam streckte er seine Hand aus, bis sich ihre Fingerspitzen berührten. »Ja, komm und vertraue mir.«

37

Emerald hatte ihn in früheren Zeiten oft diese Worte sagen hören, doch hatte sie bis zu diesem Augenblick nicht gewußt, wie sehr sie sich in letzter Zeit danach gesehnt hatte. Sie legte ihre Hand in seine und fand es erregend, als seine Finger sich warm um ihre schlossen.

Er umschlang sie mit starken Armen, und sie standen still aneinander geschmiegt, ihr Kopf unter seinem Kinn, ihre Wange an seine Brust gedrückt, seinen Herzschlägen lauschend. Sean strich ihr übers Haar. »Emerald, ich liebe dich.«

Als er es sagte, konnte sie sein Herz hören und fühlen und wußte, daß er die Wahrheit sprach. Sie nahm seine Hand und legte sie auf ihr Herz. »Und ich liebe dich, Sean.«

Während er sie an sich drückte, hatte er das Gefühl, als ob ein Kreis der Liebe sie umgäbe, und er spürte, wie all sein Zorn, sein Kummer und Haß verschwanden. Wie ein Gefäß, das sich von neuem füllte, durchdrang ihn tiefe und demütige Liebe. Wunderbarerweise empfand er auch Frieden und ein neues Selbstwertgefühl, das mit Titel oder Reichtum nichts zu tun hatte.

Plötzlich stieg in ihm eine überwältigende Glückseligkeit auf. Er riß sie in seine Arme und trug sie zum Bett. Mit vor Liebe strahlenden Augen ließ sie sich von ihm ausziehen, und er zollte ihrer Schönheit Zentimeter für Zentimeter höchste Ehrerbietung. Er legte sich auf sie und küßte innig ihre Lippen, während er ihr ausführlich versicherte, wie glücklich sie ihn machte.

»Ich bin der glücklichste, beneidenswerteste Mensch des Universums. Und du bist die liebenswerteste Frau der Welt. Wenn du gibst, dann gibst du alles. Es wundert mich nicht, daß du Zwillinge bekommen hast. Mir ein Kind zu schenken hat dir nicht gereicht. Du hast mir Sohn und Tochter zugleich geschenkt. Ich möchte, daß du mich deine Großzügigkeit lehrst. Und ich möchte dir etwas geben, etwas, was du dir von Herzen wünschst«, drängte er sie.

»Nun, es gibt da etwas«, sagte Emerald mit einem übermütigen Funkeln in den Augen. »Beim ersten Mal hast du mich mit einem bestimmten Ziel vor Augen verführt. Diesmal möchte ich dich in ähnlicher Weise, nur viel langsamer, gewissenhafter und in aller Gründlichkeit erobern.«

Sean stöhnte auf. »Du raffiniertes kleines Biest. Ich bin einen Herzschlag davon entfernt, in dich einzudringen, und nun soll ich wie ein Opferlamm stillhalten.«

»Gib dich mir hin«, hauchte sie verheißungsvoll an seine Lippen.

Zwei Stunden nach Mitternacht lichtete die *Seagull* ihren Anker und glitt von Angleseys Mole. Kurz nach vier Uhr morgens würde man im Hafen von Greystones eintreffen, kurz vor Tagesanbruch also, zu einer Zeit, die erwarten ließ, daß Castle Lies und seine Bewohner tief schliefen.

Von dem Dutzend Seeleuten an Bord der *Seagull* waren nur drei den O'Tooles ergeben, die anderen kannten keine Loyalität, nicht einmal untereinander.

Williams Plan sah vor, seine eigenen Schiffe, nämlich die *Heron* und die *Swallow*, zurückzugewinnen und eines der O'Toole-Schiffe an sich zu bringen, das man dann als Pfand zum Feilschen verwenden konnte. In den verschrobenen Windungen seines Gehirns stellte er sich vor, daß die O'Tooles das Schiff für Amber austauschen würden.

Jack hingegen wollte jedes Schiff im Hafen von Greystones zerstören und versenken. Mit Hilfe der Lafettengeschütze, die Vierpfünder abfeuerten, würde es sein, als schösse man auf Fische in einem engen Faß. Von der Besatzung standen so gut wie alle auf seiner Seite, da sein Plan kein Risiko barg. Der Überraschungsfaktor war nicht zu überbieten. Ehe die O'Tooles überhaupt nur Luft holen konnten, würden sie schon die ganze Bucht in Schutt und Asche gelegt haben.

Als William Montague und Jack Raymond einander widersprechende Befehle an die Besatzung herausgaben, brach Verwirrung aus.

»Geh doch näher heran, warum fällst du zurück?« brüllte William den ersten Maat an.

»Nein! Bleib zurück! Von hier aus können wir jedes Schiff voll treffen!« forderte Jack.

Als die Kanoniere an ihre Geschütze rannten, brüllte Montague: »Zum Teufel, was soll das? Kein Geschützfeuer – ihr versenkt ja meine Schiffe!«

Als unter der Besatzung Streitigkeiten ausbrachen, schob Jack William beiseite. »Aus dem Weg, du alter Narr. Du führst schon zu lange das Kommando. Jetzt ist die Reihe an mir!«

William, der sich daraufhin mit puterrotem Gesicht auf Jack stürzte, wollte dem jungen Bastard die Kehle mit seinen fleischigen Händen zudrücken. Jack aber benutzte seinen Stock als Waffe und schlug damit Montague auf seine gichtigen Beine. Der Schmerz ließ den Alten zurücktaumeln. Ihm wurde klar, daß ihm die ganze Aktion zu entgleiten drohte.

Von einer an Irrsinn grenzenden Wut erfaßt, bahnte William sich in beeindruckendem Tempo seinen Weg zur Waffenkiste und griff sich eine Muskete, die er mit Kugel und Pulver lud. Dann hastete er wieder hinauf an Deck und näherte sich dem unaufmerksamen Jack Raymond, den Lauf seiner Waffe direkt auf dessen Kopf gerichtet.

»Kein verdammter Bastard wird mein Schiff befehligen!« brüllte Montague. »Gib meine Befehle weiter, oder du hast deinen letzten Atemzug getan.«

Jack gab sich über seinen Schwiegervater keinen Illusionen hin. William Montague war der kaltblütigste Mensch, der ihm je über den Weg gelaufen war. Verrat bestimmte sein Leben. Also gab Jack notgedrungen das Kommando, mit der *Seagull* längsseits der *Heron* zu gehen. Als sie nahe genug herangekommen waren, gab er Williams Befehl, drei Mann sollten auf die *Heron* überwechseln, weiter. Der Zufall wollte es, daß diese drei im Sold der O'Tooles standen.

Als die *Seagull* auf Montagues an der Mole liegendes Lieblingsschiff, die *Swallow*, zuglitt, wußte Jack Raymond, daß diese seine letzte Chance war, dem Irrsinn Montagues zu entkommen. Kaum hatte er Montagues Befehl ausgesprochen, versuchte Jack, mit den drei Seeleuten, die hinüberwechselten, gemeinsam die *Swallow* zu entern.

William drückte jedoch ohne zu zögern ab. Jack Raymond stieß einen grellen Schmerzensschrei aus, als die Bleikugeln seinen Rücken zerfetzten und ihn aufs Deck zurückwarfen.

Sean O'Toole erwachte schlagartig. Sein Instinkt sagte ihm, daß der scharfe Knall, der ihn geweckt hatte, ein Musketenschuß war. Einen Sekundenbruchteil lang wußte Sean nicht, wo er sich befand. Als ihm klar wurde, daß er im Wachturm war, sprang er aus dem Bett zum hohen Fenster hinüber, von dem aus man Damm und Hafen überblickte. Draußen war es noch dunkel. Er sah nur die schwankenden Lichter der in der Greystones-Bucht vor Anker liegenden Schiffe.

Als Sean anfing, sich hastig anzukleiden, setzte sich Emerald im Bett auf und tastete nach einer Lampe.

»Kein Licht, Liebes!«

»Was ist los?«

Sean zögerte, aus Angst, sie zu beunruhigen.

»Sag schon! Du hast geschworen, mich nie mehr auszuschließen.«

Rasch setzte er sich an den Bettrand und ergriff ihre Hände. »Gestern erhielt ich eine Nachricht, das Schiff deines Vaters sei im Hafen von Dublin gesichtet worden. Wir segelten hin, suchten überall, konnten aber nichts finden. Ich glaube, jetzt wagt er einen Angriff im Morgengrauen.«

»Oh, mein Gott! Die Kinder!«

»Ich glaube nicht, daß sie zum Haus gelangen könnten, ohne alle zu wecken. Wahrscheinlich sind die Schiffe ihr Ziel.«

Emerald zog sich in fliegender Hast an. »Ich muß zu den Kindern.«

»Ich gehe zu ihnen – du bist hier viel sicherer.«

»Nein, Sean, ich muß ins Haus. Ich kann nicht hier sitzen, ohne zu wissen, was los ist.«

Sean unterdrückte den Drang, hinunter zur Mole zu laufen. Sie durfte nicht glauben, daß seine Schiffe ihm mehr wert waren als sie, was ja auch nicht stimmte. »Dann komm, ich bringe dich ins Haus. Wir gehen zusammen und vergewissern uns, daß die Zwillinge und alle anderen in Sicherheit sind.«

Emerald klammerte sich an seine Hand, während sie die Turmtreppe hinunterliefen. »Alles fängt wieder von vorne an.«

Die Hoffnungslosigkeit, die aus ihrem Ton sprach, traf ihn mitten ins Herz. Als sie aus dem Pförtnerhaus eilten, erhellte die erste Dämmerung den Himmel. Er drückte ihre Hand. »Nein, Emerald, ich schwöre dir, daß ich alles dagegen unternehmen werde, die Gewalt eskalieren zu lassen.«

Beim Betreten des großen Hauses stellten sie fest, daß alle halb angezogen und auf den Beinen waren. Sean und Emerald liefen hinauf, um sich zu überzeugen, daß ihre Kinder wohlauf waren. Kate und Amber begegneten ihnen auf dem Treppenabsatz.

»War das Shamus, der geschossen hat und uns zu Tode erschreckte?« wollte Kate wissen.

»Nein. Vater hat keine Waffen bei sich, sie sind noch immer im Wachturm.«

John kam mit grimmiger Miene aus einem der Schlafzimmer. »Verdammt, du hattest recht! So etwas wie einen ungefährlichen Feind gibt es nicht!«

Sean umfaßte Emeralds Schultern. »Du mußt mir versprechen, daß du die Frauen hier im Haus zurückhalten wirst, wo es sicher ist.« Er drückte ihr einen flüchtigen Kuß auf die Lippen. »Vertrau mir, Emerald.« Und dann war er fort und mit ihm Johnny.

Amber sah, daß ihre Tochter vor Angst erbleicht war. »Es ist dein Vater, nicht wahr?«

»Und mein Mann. Die *Swallow* wurde gestern in Dublin gesichtet.«

»Keine Angst, Liebling, Sean O'Toole wird mit ihnen fertig!«

»O Gott, ich komme mir so schuldig vor. Ich habe ihn hinausgeschickt, seinen Feinden entgegen, und ihm praktisch seine Hände gebunden!«

»Inwiefern?«

»Ich sagte, daß ich ihn verlassen würde, wenn er von Rachedurst und Haß nicht ablasse. Und er hat es mir versprochen. Er hat es mir geschworen, Mutter! Was aber, wenn er wegen seines Versprechens nicht zurückschlägt? Sie werden ihn töten!«

»O'Toole hat genug gesunden Menschenverstand, um zwischen Vergeltung und Notwehr zu unterscheiden.«

Als die Kinder zu brüllen anfingen, nahm Kate Joseph

und Emerald Kathleen. »Ich stille sie als erste«, sagte sie zu Kate.

»Und ich gebe Dero Hochwohlgeboren ein Fläschchen, um ihn ruhigzuhalten. Lassen Sie sich Zeit«, mahnte Kate, die wußte, daß Emerald von ihren Sorgen abgelenkt würde, wenn sie etwas zu tun hatte.

Emerald drückte ihrem Kind einen Kuß auf die Stirn und setzte sich in den Schaukelstuhl. Als ihr Töchterchen sich gierig schmatzend an ihrer Brust festsaugte, dachte Emerald daran, daß dieses Kind ohne Seans Liebe und Hingabe gestorben wäre. Tränen tropften von Emeralds Wimpern, als sie die Löckchen an den Schläfen der Kleinen sanft glattstrich. Sie und das Kind waren dem Tode nahe gewesen. Was für eine Ironie des Schicksals, wenn Sean nun sterben mußte, jetzt, wo sich alles zum Guten zu wenden schien. Emerald schloß gequält die Augen und betete.

Von unten hörte man jemanden lautstark fluchen und toben. »Das ist Shamus«, sagte Amber. »Ich muß zu ihm, ehe er vor Zorn einen weiteren Schlaganfall bekommt.«

An Bord der *Dolphin*, der einstigen *Heron*, hörte sich Tim Murphy voller Ingrimm an, was ihm die Seeleute erzählten, die soeben wie Schatten auf sein Schiff geklettert waren. »Wäre meine verdammte Nachtwache aufmerksamer gewesen, dann wäret ihr drei jetzt mausetot«, knurrte er.

»Sind wir aber glücklicherweise nicht«, griente der Wortführer der drei. »Dafür können wir dir berichten, daß Montague dieses Schiff wieder in Besitz nehmen möchte. Sein Schwiegersohn jedoch will jedes einzelne Schiff hier im Hafen in die Luft pusten! Die verdammten Geschütze waren auf euch gerichtet und wurden beinahe abgefeuert. Wir alle hätten im Fegefeuer landen können.«

Tim Murphy ging zum Achterdeck und brüllte Befehle. Im

schwachen Licht der Morgendämmerung konnte er die Umrisse der *Seagull* ausmachen, wie sie auf die an der Mole von Greystones vertäute *Swallow* zuglitt. Murphy ließ die Anker lichten und befahl die Leute, die die Geschütze bedienten, auf ihre Posten. »Ich werde die Engländer direkt in die Hölle pusten«, gelobte er.

Sean traf mit Paddy Burke und Johnny rechtzeitig an der Mole ein, um zu sehen und zu riechen, wie die Pechfackeln angezündet wurden. Rory FitzGerald, der auf der *Sulphur* das Kommando führte, stand im Begriff, sein Schiff hinaus ins Hafenbecken zu manövrieren, um dem Feind entgegenzusegeln.

»Gib Murphy Signal, daß er sein Feuer zurückhalten soll!« brüllte Sean zu Rory hinauf.

Rory FitzGerald befolgte, wenn auch enttäuscht, O'Tooles Befehl.

Paddy Burke sah zu, wie Sean seine Stiefel auszog und ins Wasser wollte. »Sean, nicht. Rory Fitz befolgt zwar Ihre Befehle, aber Murphy hat ein ungestümes Temperament. Hinüber zur *Seagull* zu schwimmen wäre leichtsinnig und tollkühn. Wenn Montague Sie nicht erschießt, könnte Murphy Sie in Stücke pusten. Murphy weiß, daß auch den letzten Schlag tut, wer als erster losschlägt. Das haben Sie ihn gelehrt.«

»Paddy, versuchen muß ich es«, sagte Sean, der ins kalte, schwarze Wasser abtauchte.

Während er auf die *Seagull* zuschwamm, glitt das Schiff immer weiter von ihm fort. Ihm war nun klar, daß sie sich der *Swallow* nur genähert hatte, damit jemand an Bord des anderen Schiffes gelangen konnte. Montagues Schiff hielt nun auf die *Half Moon* zu, auf der sich niemand befand. Ihr Kapitän David FitzGerald und die Besatzung befanden sich auf Landurlaub auf Maynooth.

Sean stieß insgeheim eine Verwünschung aus. Wenn es Montague glückte, eine Besatzung an Bord zu bringen, konnte er das Schiff entweder vernichten oder damit davonsegeln, ehe er fähig war, ihn daran zu hindern. Alle seine Instinkte sagten ihm, daß er sich an Bord der *Sulphur* schleichen und das Montague-Schiff mit den Montagues an Bord hätte zerstören sollen. Doch tief im Herzen war er froh, daß er den ehrenhaften Weg eingeschlagen hatte.

Sean schwamm unbeirrt weiter. Hätte er nicht so viele Jahre auch im Winter in der Themse getaucht und gegraben, wäre er nicht imstande gewesen, in der kalten See so weit zu schwimmen.

Schließlich aber berührten seine Hände das Heck der *Seagull*, jenen Teil, an dem sich einige der sparsam angebrachten Verzierungen befanden. An einer hervortretenden Wölbung Halt suchend, stemmte Sean die Beine gegen den Schiffsrumpf. Langsam und mühsam zog er sich Zoll um Zoll höher, vorbei am Proviantraum, sodann an der Heckkajüte, bis seine Finger das Deck berührten.

Sean wußte, daß er direkt hinter dem Ruder auf Deck auftauchen würde. Wer das Ruder führte, würde ihm den Rücken zukehren. Der Morgen graute, und somit schützte ihn die Dunkelheit nicht mehr, wenn er über die Reling kletterte. Er hielt kurz inne, um Atem zu schöpfen, und hob dann vorsichtig den Kopf, nur so viel, daß er das Deck überblicken konnte. Der Anblick, der sich ihm bot, traf ihn unvorbereitet.

William Montague stand mit dem Gesicht zu ihm da und richtete eine Muskete auf den Mann am Steuer. Ein anderer lag mit dem Gesicht nach unten in einer Blutlache auf dem Boden. Ganz tot war er noch nicht, da O'Toole sein angestrengtes Stöhnen und Keuchen vernahm. Sean wußte nun, daß es ausgeschlossen war, ungesehen das Deck zu erreichen, ebenso wie er wußte, daß Montague ihn erschießen würde, kaum daß er ihn sah.

Sean blieb nichts anderes übrig, als auf den Überraschungsmoment zu setzen. Er spannte seine Muskeln und übersprang mit einem kühnen Satz die Reling. Die Zeit schien stehenzubleiben, als er sah, wie Montagues die Augen aufriß, ehe er auf ihn anlegte. Plötzlich donnerte eine Kanonenkugel über das Deck und schlug in den Hauptmast, der krachend umfiel und todbringende Holzsplitter in alle Richtungen versprühte. Noch ehe der Splitterregen aufgehört hatte, detonierte wieder eine Kugel, diesmal tief im Inneren des Schiffes, und riß eine klaffende Öffnung in die Seite der *Seagull*.

»Mein Schiff! Mein schönes Schiff!« jammerte Montague in schrillsten Tönen. Die Besatzung sprang unverzüglich ins Wasser, als das Schiff gleich darauf zu sinken begann.

Sean, der William die Muskete entriß, sah voller Entsetzen, daß dieser auf die Knie fiel und um sein Leben flehte. »Ich werde Sie nicht töten. Ich werde mir doch nicht die Hände schmutzig machen«, spie Sean verächtlich hervor.

Sean wußte, daß die *Seagull* im Begriff stand, rasch unterzugehen. Und er wußte, daß Montague ertrinken würde, wenn er ihn nicht rettete. Aber es gab noch einen, der Lebenszeichen von sich gab. Doch er konnte kaum beide retten. Auf ein Knie gestützt, drehte er den Verwundeten auf den Rücken und zuckte zurück, als er das Gesicht Jack Raymonds vor sich sah. Wenn er ihn hier liegen ließ und Raymond mit dem Schiff unterginge, war Emerald Witwe, wie ihm schlagartig klar wurde.

Als Jack den Mund aufmachte und gurgelnd um Hilfe flehte, beschloß Sean, ihn trotz allem zu retten, wenn es sich irgendwie machen ließ. Die *Seagull* hatte nun schon schwere Schlagseite. Sean richtete sich auf und sah sich nach einem Stück Holz um, das groß genug war, um als Floß zu dienen.

Mit großer Erleichterung sah er in dem Moment, daß seine *Sulphur* längsseits ging und es mit einem Mal auf dem sinkenden Schiff von FitzGeralds nur so wimmelte. William Montague wurde gepackt und hinüber auf die *Sulphur* geschafft.

»Rory! Hilf mir«, befahl Sean, der Jacks Schultern anhob, während Rory nach den Beinen faßte. Doch als sie den Verwundeten hochhoben, schoß schäumend ein Blutschwall aus seinem Mund. Der Schuß hatte ihn in die Lunge getroffen.

»Sean, er ist tot. Nichts wie weg von diesem schwimmenden Sarg!«

Sie wird mir nie glauben, daß ich ihn nicht getötet habe! dachte Sean verzweifelt, als er hinüber auf sein eigenes Schiff sprang. Als er sah, wie Johnny angeekelt seinen Vater im Auge behielt, ging er auf die beiden zu. Montague faselte in wildem Durcheinander von seinen Schiffen, seiner Frau, seinem tückischen Schwiegersohn.

»Siehst du jetzt, was ich meinte, als ich ihn als Häufchen Elend bezeichnete?« fragte Johnny. »Was hast du mit ihm vor?«

»Ich werde die Sache nicht selbst in die Hand nehmen, sondern ihn der Gerichtsbarkeit überantworten. Hoffen wir, daß die Gerechtigkeit siegt. Sicher wird er abstreiten, Jack Raymond getötet zu haben, aber vielleicht kann man den Leichnam bergen und Augenzeugen auftreiben. Wir müssen die Leute aus dem Wasser fischen und die gesamte Besatzung hinter Schloß und Riegel bringen, bis die Wahrheit an den Tag kommt.«

Da er nun jemanden hatte, der ihm zuhörte, machte Shamus O'Toole seinem Zorn mit wüsten Flüchen Luft. »Dieser englische Hurensohn zerstört dort draußen unsere Schiffe, während ich hier tatenlos herumsitze, weil mir meine Beine nicht gehorchen! Amber, wissen Sie, wie lange ich in dem Wachturm dort drüben hockte und wartete, daß Montague seinen Fuß auf mein Land setzt? Endlich ist der Tag gekommen, und ich sitze auf meinem Allerwertesten in Greystones! Amber, Sie müssen mir in meinen Turm hinüberhelfen!«

»Shamus, Sie können nicht laufen, und ich kann Sie nicht tragen. Alle in Frage kommenden Männer sind unten im Hafen.«

»Gehen Sie und holen Sie Paddy Burke. Er wird mich in meinen Turm schaffen!«

»Shamus, Mr. Burke ist bei Sean und Johnny. Glauben Sie mir, wenn es möglich wäre, würde ich eine Möglichkeit finden, Sie hinüberzuschaffen. Ich möchte dieses Ungeheuer ebensogern tot sehen wie Sie.«

»Amber, Mädchen«, verlegte Shamus sich aufs Bitten. »Ich besitze vier Gewehre, aber keines davon ist hier. Diese Schande überlebe ich nicht! Ich habe einen heiligen Eid geschworen, ihn in dem Moment zu erschießen, wenn sein Schatten auf mein Land fällt!«

»Shamus, Sie werden keine Waffe brauchen. Bis zum Haus können die gar nicht gelangen.«

»Das wissen wir nicht! Der ›gerissene Willie‹ würde nie ohne eine größere Streitmacht angreifen. Ich habe zwei Detonationen gehört. Wir wissen nicht, wie viele der unseren getötet wurden! Nach den Schiffen wird Greystones das nächste Ziel sein. Amber, seien Sie ein gutes Mädchen und holen Sie mir eine Waffe.«

Trotz ihrer äußeren Ruhe war Amber nicht geheuer zumute. Was, wenn Montague und seine Leute tatsächlich Greystones stürmten? Sie wußte, sie würde sich selbst wohler fühlen, wenn sie eine Waffe in der Hand hätte. »Na schön, Shamus, ich werde gehen, aber wenn jemand fragt, dann verraten Sie nicht, daß ich das Haus verlassen habe. Wo finde ich diese Waffen?«

»Sie lehnen ständig geladen an der Wand neben dem großen Fenster. Man kann sie gar nicht übersehen.«

Amber schlüpfte aus einer Seitentür. Es roch nach Pech und Schießpulver, aber ein weiterer Schuß war nicht mehr gefallen. Vom Wasser her hörte man Männerstimmen, doch schien sich die Situation beruhigt zu haben. Sie hoffte inständig, die Gefahr wäre vorüber.

Amber raffte ihre Röcke und lief den Weg zum Pförtnerhaus entlang und dann die Treppe im Inneren des Turms hinauf. Die Gewehre sah sie auf den ersten Blick. Sie befanden sich genau dort, wo Shamus sie zurückgelassen hatte, in unmittelbarer Nähe des Fensters. Während sie überlegte, ob sie alle vier mitnehmen sollte oder nur eine für Shamus und eine für sich, warf sie einen Blick aus dem Fenster und erstarrte.

Von ihrem hochgelegenen Aussichtspunkt aus hatte sie ungehinderten Blick auf den Hafen und den nach Greystones führenden Damm. Mindestens ein Dutzend Männer strebten dem Haus zu, und ihr Anführer schien William Montague zu sein!

Entsetzt starrte sie hinunter, während Angst und Abscheu bewirkten, daß sich ihr Magen zusammenkrampfte. Und dann sah sie, daß nicht Montague die Gruppe anführte. Er lief ganz vorne mit, weil er gefangen war. Da wich die Angst von ihr und ließ nur noch Raum für verzehrenden Haß.

Amber nahm eine Muskete, hob das Visier an die Fensterscheibe, hielt den Atem an und zielte sorgfältig. Sie drückte ab, und der Rückstoß traf schmerzhaft ihre Schulter, als sich der Schuß löste. *Noch ein Schmerz, der auf dein Konto geht, William, aber es wird der letzte sein.* Das Fensterglas war zersprungen, sie hörte die verdutzten Rufe der Männer, die sich um den auf dem Boden Liegenden scharten.

Sean löste sich von den anderen und lief aufs Pförtnerhaus zu. Während er, zwei Stufen auf einmal nehmend, die Treppe hinauflief, rief er Shamus zu, er solle nicht mehr schießen. O'Tooles hoher, dunkler Schatten fiel durch den Eingang und hielt jäh inne. Sein Blick erfaßte die elegante Frau im grauen Seidenkleid mit dem flammendroten Haar. Sie starrten einander lange wortlos an, dann zogen sich Ambers Mundwinkel leicht nach oben.

»Tu immer das Zweckdienliche, und du wirst nie ganz falsch handeln.«

38

Als Emerald hörte, wie sich in unmittelbarer Nähe des Hauses ein Schuß löste, überfiel sie ein Zittern. Hastig reichte sie ihre Tochter dem Kindermädchen. »Ich muß wissen, was sich zugetragen hat.«

Kate bekreuzigte sich. »Kindchen, gehen Sie nicht hinaus. Sie haben Sean versprochen, daß die Frauen im Haus bleiben.«

»Kate, ich kann hier keinen Moment länger bleiben, wenn ich nicht weiß, was los ist. Sean ist mein ganzes Leben. Wenn er verwundet wurde, muß ich zu ihm.«

Emerald lief die Treppe hinunter und riß die Haustür auf, um dann weiterzuhasten, über die weitläufige Rasenfläche hinunter zum Meer. Sie sah sofort die Gruppe auf dem Dammweg, die sich um jemanden drängte, der auf dem Boden lag.

Mach, daß es nicht Sean ist, mach, daß es nicht Sean ist!

Als sie Johnny erkannte, der neben dem Mann am Boden kniete, blieb ihr das Herz fast stehen. Doch dann, als sie an die Seite ihres Bruders geeilt war, sah sie, daß es ihr Vater war, der dort lag. Er war tot, von einem Schuß in die Brust getroffen.

»Wo ist Sean?« flüsterte sie mit blutleeren Lippen.

Johnnys Blick war ausdruckslos. »Er ist im Wachturm.«

Emerald raffte ihre Röcke und lief zum Pförtnerhaus. Ihre Mutter hatte sich geirrt. Das war nicht Notwehr, das war Rache! Am Fuße der Treppe angelangt, sah sie, daß Sean eben im Begriff stand herunterzukommen. Sie starrte zu ihm hinauf. In ihr tobte ein Gefühlschaos. Einerseits empfand sie Erleichterung, daß er unversehrt war, andererseits verurteilte sie die Gewalttat, die er soeben begangen hatte.

»Warum hast du ihn wie einen tollwütigen Hund niedergeknallt?« rief sie mit erstickter Stimme.

»Weil er ein tollwütiger Hund *war*«, ließ sich Amber vernehmen, die aus dem Turmzimmer trat, die Waffe noch immer in der Hand.

»Mutter!« Emerald bewältigte stolpernd die Stufen hinauf, während Sorge und Mitleid alle anderen Gefühle auslöschten.

Sean nahm Amber die Waffe ab, und Emerald ging mit ihrer Mutter zurück ins Turmzimmer.

»Shamus hat mich um seine Gewehre geschickt. Er hat einen heiligen Eid geleistet, William zu töten, falls dieser je einen Fuß auf sein Land setzen würde. Als ich Montague sah und gleichzeitig die Waffen, wußte ich, was ich mir schuldig war.«

Johnny trat nun ins Zimmer, und seine Augen wurden groß, als ihm aufging, daß es nicht Shamus war, der den Schuß abgegeben hatte. Er nahm seine Mutter fest in die Arme. »Es ist vorbei. Er kann uns nie wieder etwas antun.«

Johnnys Blick suchte Seans Augen. »Was wird mit ihr geschehen?«

»Nichts. Castle Lies behält seine Geheimnisse für sich.«

»Danke«, rief Emerald aus, warf ihre Arme um Sean, begrub ihr Gesicht an seiner Brust und schüttelte sich dann. »Igitt, du bist ja bis auf die Haut naß!«

»Dieser tollkühne Narr ist zu Vaters Schiff hinausgeschwommen, obwohl er wußte, daß er jeden Moment in Stücke gerissen werden konnte!«

»Das hast du mir zuliebe getan, um weitere Gewalt zu verhindern.« Emerald schluchzte in einer Mischung aus Erlösung und schlechtem Gewissen, weil Sean sein ihr gegebenes Wort unter Lebensgefahr gehalten hatte.

»Als ich die *Seagull* erreichte, hatte dein Vater bereits Jack Raymond erschossen. Emerald, du bist Witwe.«

»Ich… ich… das kann ich kaum fassen.« Sie sah ihre Mutter an, und beiden wurde klar, daß sie am selben Tag Witwen geworden waren. Keine traurigen allerdings. Ihre Erleichterung war überwältigend.

Nachdem die FitzGeralds Jack Raymonds Leichnam aus dem Meer geborgen hatten, ließ Paddy Burke zwei massive Särge zimmern.

Amber und Johnny kamen überein, die sterblichen Überreste zur Beerdigung nach England zu schaffen. Bei dieser Gelegenheit sollte das Haus am Portman Square, das sie immer gehaßt hatten, zum Verkauf angeboten werden.

Am Morgen ihrer Abreise küßte Johnny Nan und seinen Sohn zum Abschied, während Amber Sean warnte: »Daß du es ja nicht wagst, ohne mich eure Hochzeit zu feiern.«

Sean lachte. »Emerald möchte zwar intensiv, aber nicht zu lange umworben werden, also beeilt euch. Ich bin auch ein ungeduldiger Mensch!«

An einem herrlichen Tag Ende Mai, als die Weißdornsträucher in voller Blüte standen, feierte man auf Greystones. In der Kapelle sollte an diesem Tag nicht nur die Trauung stattfinden, anschließend sollten die Zwillinge auch noch auf den Namen ihres Vaters getauft werden.

Emerald saß in ihrem eigenen Schlafgemach vor dem Spiegel und bürstete ihr dunkles Haar, bis es sie duftig wie eine dunkle Wolke umgab. Dann steckte sie den weißen Kranz aus Rosenblüten fest. Als sie an Seans Werben dachte, lächelte sie ihrem Spiegelbild zu.

Er war unermüdlich um sie herum gewesen, hatte ihr unverschämt geschmeichelt und ihr schamlos Komplimente gemacht. Ununterbrochen hatte er sie mit Aufmerksamkeiten überhäuft, hatte ihrer Schönheit geschmeichelt und ihr schamlose Komplimente gemacht. Ununterbrochen hatte er sie mit Aufmerksamkeiten überhäuft, damit ihrer Schönheit gehuldigt, ihre Tugenden gepriesen, damit sie ihm nur ja keinen Korb gab, wenn er ihr einen Heiratsantrag machte. Zugleich aber war er unermüdlich in seinen Bemühungen, sie zu den kühnsten Intimitäten zu verleiten.

Er bedrängte sie in jeder Kammer, raubte ihr Küsse, lockte sie, berührte sie, flüsterte, lachte. Er machte es ihr so gut wie unmöglich, ihn abzuweisen. Aber irgendwie schaffte sie es, ihn, wenn schon nicht auf Armeslänge, so doch ein paar entscheidende Zoll von seinem Ziel entfernt zu halten.

Schließlich bekamen sie von Vater Fitz zu hören, es sei skandalös, die heilige Zeremonie noch länger hinauszuschieben, da ihrer Verbindung bereits zwei Kinder entsprossen waren. Emerald gab nun nach und erlaubte Sean, daß der Priester das Aufgebot verkündete.

Sean stöhnte. »Das heißt, noch drei Sonntage hintereinander. Ich halte es nicht mehr aus. Du hast mich lange genug gequält.«

Sie warf ihm unter gesenkten Wimpern hervor einen Blick zu. »Ire, das war erst der Anfang.«

In der letzten Woche der Enthaltsamkeit wurden ihre Träume eindeutig unanständig und weckten ihre Neugierde auf die Träume ihres Geliebten. Sie errötete unter seinen Blikken und wurde von Erregung erfaßt, wenn sie ihn sah oder nur seine tiefe Stimme hörte. Sie verbrachten jeden Tag, jeden Abend zusammen, nur um sich dann an ihren Schlafzimmertüren zu trennen. Sean ritt mit ihr aus, er segelte und schwamm mit ihr und fuhr mit ihr nach Dublin ins Theater. Wo immer sie sich aufhielten, er konnte die Finger nicht von ihr lassen, und in jedem Gespräch schwang ein Unterton mit, der an ein Vorspiel denken ließ. Werben war seine Sache nicht, sondern körperliche, ungekünstelte Verführung!

Emerald sah im Spiegel, daß sich hinter ihr die Tür öffnete und Amber eintrat. »Liebling, alle sind schon in der Kapelle. Es wird Zeit.«

»Mutter, du siehst in Lavendel wunderbar aus. Na, bist du bereit, mich meinem Mann am Traualtar zuzuführen?«

»Ich glaube, Sean O'Toole besitzt dein Herz, seitdem du sechzehn warst.«

»Ja, Mutter, das stimmt.«

Als Emerald an Ambers Arm zum Traualtar schritt, war die Kapelle bis in den letzten Winkel mit FitzGeralds gefüllt. Sie fühlte sich durch und durch irisch in ihrem Kleid aus cremefarbigem Leinen, das mit alter irischer Spitze verziert war. Ihr Gesicht wurde weich vor Liebe, als ihr Blick auf ihre Zwillinge in den Armen ihrer Kindermädchen fiel. Dann aber hatte Emerald nur noch Augen für Sean, der vorne am Altar wartete.

Obwohl er wieder zu dem vergnügten und zu jedem Spaß aufgelegten jungen Mann geworden war, als den sie ihn kennengelernt hatte, hatte er sein jugendliches Aussehen für immer verloren. Mit seinen hohen Wangenknochen, den dunkelgrauen Augen und seinen markant ausgeprägten Zügen wirkte er nun wie der Inbegriff des Kelten. Als sie an seine Seite trat, ließ er ein Lächeln aufblitzen, selbstsicher und verrucht. *Mein irischer Prinz; wie sehr ich dich liebe!*

In den Kerzenwachsgeruch mischten sich Weihrauch und Rosenduft ihres Kranzes. Das Antlitz von Vater Fitz war verklärt wie das eines Erzengels, als er die heiligen Worte sprach und Latein und Gälisch ungeniert mischte.

Kate Kennedy sah zur hochgewachsenen Gestalt des neben ihr stehenden Mr. Burke auf. »Ich habe schon oft eine ständige Beziehung erwogen. Wie steht es mit Ihnen, Paddy, haben Sie auch solche Überlegungen angestellt?«

»Die habe ich, Kate, aber wer will uns schon haben?« raunte er augenzwinkernd. Dann wurde er ernst. »Soll das etwa heißen, daß Sie *mich* in Erwägung gezogen haben?«

Ihr kecker Blick musterte ihn von oben bis unten. »Schon möglich, wenn ich richtig umworben werde«, flüsterte sie und warf grienend den Kopf zurück.

Kate war nicht das einzige weibliche Wesen, das vom Übermut gepiekst wurde. Als Vater Fitz Emerald die Frage stellte, ob sie gelobe, Sean zu lieben, ihn zu ehren und ihm zu gehorchen, gab sie sittsam und deutlich zur Antwort: »Ja«, um dann mit gesenkter Stimme, so daß nur ihr Bräutigam es hören konnte, hinzuzusetzen: »Gelegentlich.«

Sean sah sie mit mühsam ernstem Blick an, denn seine Augen verrieten Leidenschaft und Entzücken. Ihr Humor konnte sich mit seinem wahrhaftig messen. Was konnte ein Mann mehr verlangen? Er streifte ihr den Ehering liebevoll über und gab ihr dann den keuschesten Kuß ihres bisherigen gemeinsamen Lebens.

»Ich erkläre euch nun für Mann und Frau, und möge Gott euch gnädig sein«, setzte Vater Fitz inbrünstig hinzu, ehe er zum Sakrament der Taufe überging.

Das Brautpaar trat aus der Kapelle in den strahlenden Sonnenschein und ging allen voran zurück nach Greystones, wo man im Freien für das Fest lange Tische aufgestellt hatte.

»Die Kinder haben gelächelt, hast du gesehen, Sean?«

Er blickte auf sie hinunter und zwickte sie liebevoll in die Wange. »Sie haben nicht gelächelt, sie haben vielmehr ihren Vater ausgelacht, weil er so in ihre Mutter vernarrt ist!«

Den ganzen Tag zeigte sich kein Wölkchen am Himmel, während die Festgäste die Neuvermählten feierten. Sie schmausten, tranken, sangen, tanzten, lachten, riefen und stritten den lieben langen Tag und genossen das Leben, wie nur Iren es können.

Als die Nachmittagsschatten gegen Abend länger wurden, suchte Sean nach einer Gelegenheit, sich mit seiner Braut davonzustehlen, doch die fröhliche Runde wollte sie nicht ziehen lassen, ehe Sean nicht versprach, seine berühmte Gigue auf einem Ale-Faß zu tanzen.

Emerald ließ zwei Fässer nebeneinander aufstellen. Dann tanzte sie, ihre Röcke hebend, Schritt für Schritt nach seiner Anleitung. Donnernder Applaus war ihr Lohn. Sean sprang zu Boden, streckte seine Arme aus, und Emerald ließ sich, nach Luft ringend, lachend hineinfallen. Der Applaus wich ermutigenden Zurufen, als Sean sie über die Schulter warf und zu laufen anfing. Er hielt nicht inne, ehe sie nicht im großen Schlafgemach angelangt waren und die Tür fest verriegelt war. Schwer atmend ließ er ihren Körper an sich heruntergleiten. »Wie geht es deinem Bein?« fragte er mit zärtlicher Fürsorge.

»Mein Bein benimmt sich tadellos«, murmelte sie und hob ihr Gesicht seinem Kuß entgegen.

Er berührte ihre Lippen sanft mit den seinen. »Das muß ich selbst beurteilen«, raunte er und schob ihren Rock hoch, so daß seine Hand unter die cremefarbenen Falten tasten konnte.

»Au, das schmerzt aber!«

Seine Hand glitt zu ihrer Hinterbacke und zwickte sie. »Du Schwindlerin, das ist das falsche Bein.«

»Ich und schwindeln? Niemals!« schwor sie.

Sean fuhr mit der anderen Hand unter ihren Rock und beschwerte sich entrüstet: »Du hast mich die letzten zwei Monate reichlich gefoppt und angeschwindel!«

Sie küßte ihn entzückt. »Und ich habe jeden köstlichen Moment genossen.«

»Wir wollen dich von deinem Hochzeitsgewand befreien. Ich habe noch nie eine Countess nackt gesehen.«

»Und was war mit Lady Newcastle?«

»Die war Herzogin und hat ihr Korsett anbehalten«, grinste er.

»Du Teufel, Sean O'Toole.«

Da küßte er sie, langsam, leidenschaftlich, innig, und ließ sie nicht im Zweifel darüber, daß sie die einzige Frau war, die er wollte, jetzt und immerdar. »Wir müssen uns Erinnerungen schaffen«, murmelte er, als er ihr aus ihrer Robe half.

Emerald war stolz auf ihren Körper. Ihre Brüste waren eine Pracht, ihr Leib war wieder flach, und ihre Haut schimmerte perlweiß im Lampenlicht. Sie verspürte das Bedürfnis, ihn mit ihrer Schönheit zu erfreuen. Als sie nackt durch den Raum zum Kamin ging, ließen seine grauen Augen sie nicht los.

Emerald fühlte, wie ihre Haut zu prickeln begann. Ihr bereits erhitztes Blut flammte zu einem Feuersturm der Leidenschaft auf. Sie kam zu ihm zurück, als er sich seines letzten Kleidungsstückes entledigt hatte. Sie mußte ihn berühren, seine warme Haut fühlen.

Er drückte sie an sich und begrub sein Gesicht in der duftigen Flut ihrer Haarmähne. Als sie gemeinsam aufs Bett sanken, wußte sie, daß sie der Macht dieses Mannes nie würde entfliehen können. Sehnsüchtig schmiegte sie sich an ihn, wohl wissend, daß ihre Körper sich bald in glühender Leidenschaft vereinen würden.

Er legte sie sanft in die schneeweißen Laken zurück, breitete ihr dunkles Haar über die Kissen und wanderte dann in köstlicher Qual mit seinen Lippen behutsam über die gesamte seidige Haut ihres Körpers. »Mein Herz für immer, meine Schöne«, gelobte er heiser, ehe ihr gemeinsames, schon lange brodelndes Begehren in weißglühender Lust zerbarst. Sie liebten sich auf jede erdenkliche Weise, wie zwei Menschen sich nur lieben konnten.

Als Emerald befriedigt an seinem Herzen lag, flüsterte er: »Hast du die Worte auf der Innenseite deines Ringes gelesen?«

Sie streifte ihn vom Finger und hielt ihn gegen das Licht, damit sie die Worte lesen konnte. *Vertraue mir.*

»Ich liebe dich, Sean O'Toole«, flüsterte sie.

»Liebe ist eine Reise vom ersten Erröten körperlicher Anziehungskraft bis zu einer Verbindung der Seelen.« Seans Stimme klang bewegt.

Ihre Fingerspitzen glitten zärtlich über sein Gesicht, über Kehle und Brust, ehe sie seine Hand erfaßte, so daß Hände und Herzen vereint waren.

In diesem Moment wurde Sean klar, daß er die Vergangenheit loslassen mußte, ehe er die Zukunft umarmen konnte – so wie Emerald es ihm gesagt hatte. Wie konnte eine so junge, ungestüme Frau über soviel Weisheit verfügen? Ach, er betete sie einfach an. Er wollte wirklich alles mit ihr teilen, nie mehr Geheimnisse vor ihr haben.

Emerald japste kurz, als sie spürte, wie er an ihrem Schenkel erneut hart wurde. Mit seinem Mund an ihrem Ohr flüsterte er: »Weißt du noch, wie du mich geschlagen hast, als du sechzehn warst?«

»Ja«, murmelte sie träge.

»Ich versprach damals, daß ich eines Tages etwas tun würde, um mir diese Ohrfeige zu verdienen.«

Emerald ließ ihre Hand zielsicher zwischen ihre Körper gleiten. Bevor sie sich wieder ihrem Lieblingsspielzeug widmete, wollte sie allerdings das letzte Wort haben. Lasziv rekelte sie sich und schnurrte: »Auf dich muß man ja eine Ewigkeit warten. Ich bin für Ihre Schandtaten bereit, wenn Sie es sind, Mylord!«

Hinweis der Autorin

Ihres extrem milden ozeanischen Klimas wegen wählte ich die Insel Anglesey vor der walisischen Küste zum Ort der ersten Begegnung meiner Liebenden. Die warme Frühlingssonne strahlt über Anglesey schon so früh im Jahr, daß ganze Herden neugeborener Lämmer auf die Insel geschafft werden, damit sie dort heranwachsen.

Gelegentlich folgt tatsächlich ein Delphin dem Golfstrom in die Menai Street. Die glitzernden, mit Anglesitkristall beschichteten Höhlen der Insel erwecken wirklich den Anschein, als wären ihre Wände mit einer funkelnden Diamantschicht überzogen.

Die Tatsache, daß Angelsey Dublin direkt gegenüber liegt, war für meine Geschichte ein glücklicher Zufall. Die Fahrt zwischen diesen Punkten nahm im achtzehnten Jahrhundert zwar nachweislich mehr Zeit in Anspruch, als in meinem Roman geschildert, doch nahm ich mir diese Freiheit der Liebesgeschichte zuliebe, die es zu erzählen galt.

GOLDMANN

*Das Gesamtverzeichnis aller lieferbaren Titel erhalten Sie
im Buchhandel oder direkt beim Verlag.*

Taschenbuch-Bestseller zu Taschenbuchpreisen
– Monat für Monat interessante und fesselnde Titel –
✳
Literatur deutschsprachiger und internationaler Autoren
✳
Unterhaltung, Thriller, Historische Romane
und Anthologien
✳
Aktuelle Sachbücher, Ratgeber, Handbücher
und Nachschlagewerke
✳
Esoterik, Persönliches Wachstum und
Ganzheitliches Heilen
✳
Krimis, Science-Fiction und Fantasy-Literatur
✳
Klassiker mit Anmerkungen, Autoreneditionen
und Werkausgaben
✳
Kalender, Kriminalhörspielkassetten und
Popbiographien

Die ganze Welt des Taschenbuchs

Goldmann Verlag · Neumarkter Str. 18 · 81673 München

Bitte senden Sie mir das neue kostenlose Gesamtverzeichnis

Name: _____

Straße: _____

PLZ / Ort: _____